# DAN SIMMONS

# KINDER DER NACHT

**Das Buch:**
»Der beste Horrorroman des Jahres«, schrieb *Twilight Zone* über *Kinder der Nacht*, in dem Dan Simmons Themen und Motive des klassischen Vampirromans in einem zeitgenössischen politischen Terrorszenario ansiedelt. Die amerikanische Hämatologin Kate Neuman arbeitet nach dem Sturz des Diktators Ceaucescu in Rumänien an einem Projekt zur Erforschung seltener Blutkrankheiten. Ihr wichtigster Patient ist das Baby Joshua, das zum Überleben zweimal wöchentlich Bluttransfusionen braucht. Joshuas einzigartiges Immunsystem verspricht einen Durchbruch in der Bekämpfung von AIDS und Krebs. Es gelingt Kate, das Kind zu adoptieren und in Amerika ihre Forschungen fortzusetzen. Aber eines Nachts brechen fremde Männer in ihr Haus ein und entführen Joshua. Auf der Suche nach Joshua kehrt Kate nach Rumänien zurück – tief ins Herz der transsilvanischen Schreckenslandschaft hinein, in der wieder der historische Graf Vlad Dracula herrscht. Denn Joshua ist Draculas Sohn, ausersehen, einmal die Herrschaft über das unsterbliche Geschlecht der Vampire zu übernehmen. Auf dem Stammschloß des Grafen, wo sich das blutsaugende Gelichter versammelt hat, kommt es zu einem furiosen Schreckensfinale.
»Einzigartig in Komplexität, Spannung und Originalität.«
Denver Post

**Der Autor:**
Dan Simmons ist innerhalb weniger Jahre zu einem der führenden Horror-Autoren der USA geworden. Er erhielt 1986 den World Fantasy Award. Für seinen Roman *Kraft des Bösen* ist er 1990 mit dem Locus Award sowie mit dem Bram Stoker Award ausgezeichnet worden. Im Wilhelm Heyne Verlag liegen vor: *Göttin des Todes* (01/8190), *Hyperion* (01/8321), *Sommer der Nacht* (41/36).

# DAN SIMMONS

# KINDER DER NACHT

ROMAN

Aus dem Englischen von
Joachim Körber

WILHELM HEYNE VERLAG
MÜNCHEN

Band-Nr. 41/50

Titel der Originalausgabe
CHILDREN OF THE NIGHT

DEUTSCHE ERSTAUSGABE

Redaktion: Ulrich Petzold


Printed in Germany 1993
Umschlagillustration: Mark u. Stephanie Gerber/Agentur Luserke
Umschlaggestaltung: Atelier Ingrid Schütz, München
Gesamtherstellung: Ebner Ulm

ISBN 3-453-06452-6

*Den Kindern*

Sighişoara
MEDIAŞ
14
ALBAIULIA
Sebeş
Făgăraş
SIBIU
E81
FĂGARĂŞ-BERGE
Bilea-See
Schloß Dracula
Topolog (Fluß)
Albeşti
7C
Călimăneşti
Curtea de Argeş
73C
Ţigveni
RÎMNÍCU VÎLCEA
Argeş (Fluß)
PITEŞTI

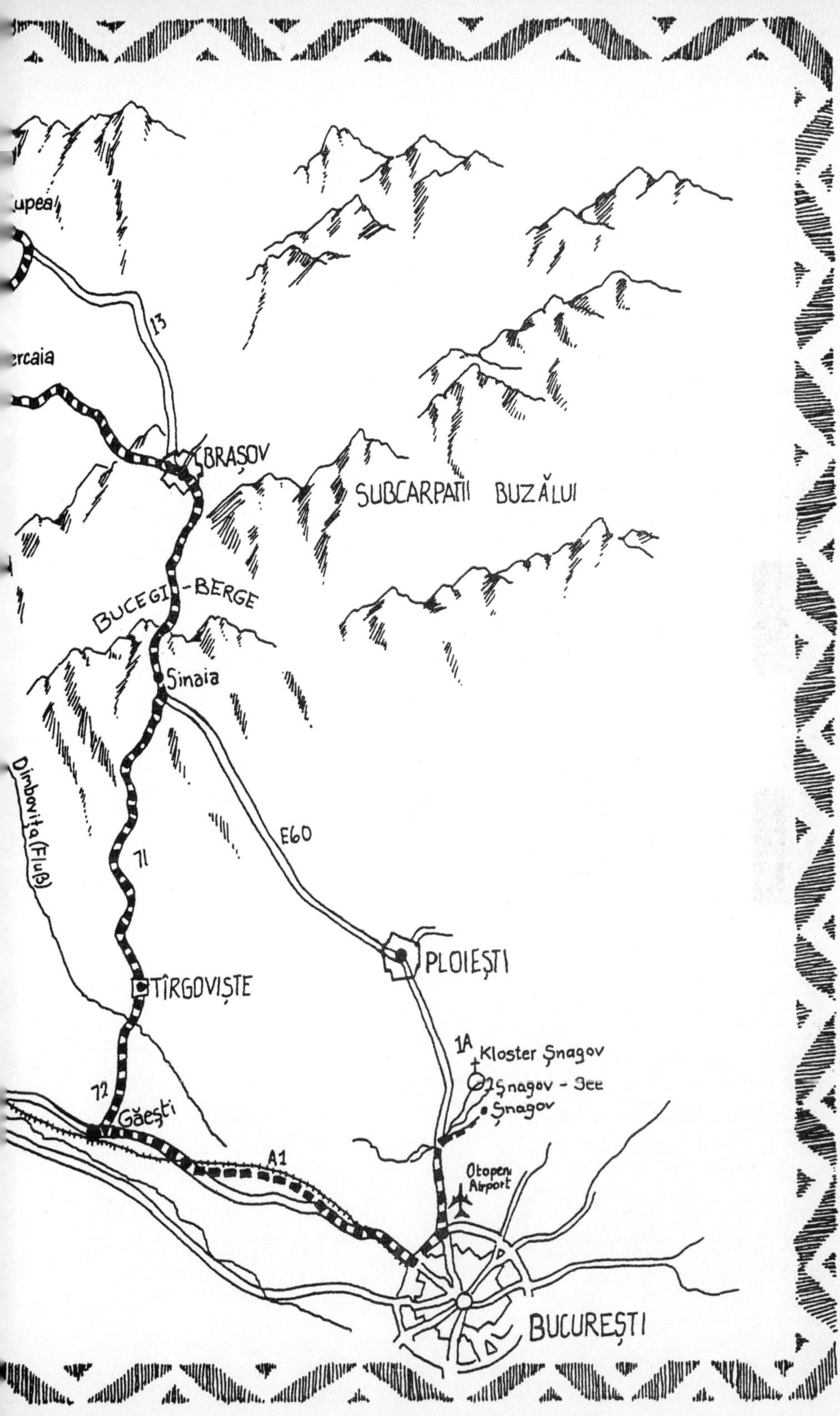

upea
13
ercaia
BRAŞOV
SUBCARPATII BUZĂLUI
BUCEGI-BERGE
Sinaia
Dîmbovița (Fluß)
E60
71
PLOIEȘTI
TÎRGOVIȘTE
1A
Kloster Şnagov
Şnagov - See
Şnagov
72
Găeşti
A1
Otopeni Airport
BUCUREȘTI

# Kapitel 1

Wir flogen nach Bukarest, als die Schießereien gerade aufgehört hatten, und landeten am 29. Dezember 1989 kurz nach Mitternacht auf dem Flughafen Otopeni. Als halboffizielle ›internationale Gutachtergruppe‹ wurden wir sechs an meinem Lear-Jet in Empfang genommen, durch das konfuse Durcheinander eskortiert, das seit der Revolution in Rumänien als Zoll gilt, und dann für die neun Meilen lange Fahrt zur Stadt in einen VIP-Bus des Nationalen Tourismusbüros verfrachtet. Sie hatten für mich einen Rollstuhl zum Einstieg des Flugzeugs gebracht, aber ich winkte ab und ging zu Fuß zum Bus. Es fiel mir nicht leicht.

Donna Wexler, unsere Kontaktperson von der amerikanischen Botschaft, deutete auf zwei Einschußlöcher an der Wand, wo der Bus geparkt hatte, aber Dr. Aimslea zeigte es drastischer, indem er einfach zum Fenster hinausdeutete, als wir auf der beleuchteten Ringstraße fuhren, die das Flughafengebäude mit der Hauptstraße verband.

Panzer sowjetischer Bauart, deren lange Geschützrohre auf die Zufahrt zum Flughafen gerichtet waren, standen entlang der Hauptstraße, wo im Normalfall Taxis warten würden. Mit Sandsäcken verbarrikadierte Geschützstellungen säumten die Straße und die Dächer des Flughafens, und die Natriumdampflampen warfen einen gelben Schein auf Helme und Gewehre der wachhabenden Soldaten, während sie gleichzeitig deren Gesichter in tiefe Schatten tauchten. Andere Männer, manche in den regulären Armeeuniformen, andere in der Lumpenkleidung der revolutionären Miliz, lagen schlafend neben den Panzern. Einen Augenblick lang entstand die Illusion, daß Leichen gefallener Rumänen die Gehwege bedeckten, und ich hielt den Atem an, bis ich sah, wie sich eine der Gestalten regte und eine andere sich eine Zigarette anzündete.

»Sie haben letzte Woche mehrere Gegenangriffe loyaler Militärs und der Streitkräfte der *Securitate* abgewehrt«, flüsterte Donna Wexler. Ihr Tonfall deutete an, daß das ein peinliches Thema war – wie Sex.

Radu Fortuna, der kleine Mann, der uns am Flughafen hastig als Führer und Kontaktmann zur Übergangsregierung vorgestellt worden war, drehte sich auf seinem Sitz um und grinste breit, als wären ihm weder Sex noch Politik peinlich. »Sie töten viele *Securitate*«, sagte er laut, und dabei wurde sein Grinsen noch breiter. »Dreimal haben Ceauşescus Leute versucht, den Flughafen zu erobern . . . dreimal sind sie getötet worden.«

Donna Wexler nickte und lächelte, sie fühlte sich offensichtlich bei dem Gesprächsthema nicht wohl, aber Dr. Aimslea beugte sich über den Mittelgang. Sekunden bevor wir ins Dunkel der verlassenen Straßen eintauchten, glänzte das Licht der letzten Natriumdampflampe auf seinem kahlen Kopf. »Also ist Ceauşescus Herrschaft wirklich vorbei?« wandte er sich an Fortuna.

Ich konnte nur die Andeutung eines Funkelns von Grinsen des Rumänen in der plötzlichen Dunkelheit sehen. »Ceauşescu ist vorbei, ja, ja«, sagte er. »Sie haben ihn und seine Mistkuh von Frau in Tîrgovişte festgenommen, wissen Sie . . . haben, wie sagt man, *Verhandlung* geführt.« Radu Fortuna lachte wieder, was sich kindlich und grausam zugleich anhörte. Ich merkte, wie ich in der Dunkelheit ein wenig erschauerte. Der Bus war nicht geheizt.

»Sie haben eine Verhandlung«, fuhr Fortuna fort, »und der Staatsanwalt sagt: ›Seid ihr beiden verrückt?‹ Sehen Sie, wären Ceauşescu und Mrs. Ceauşescu verrückt gewesen, dann hätte die Armee sie vielleicht einfach nur in ein Irrenhaus geschickt und hundert Jahre eingesperrt, wie unsere russischen Freunde das machen. Sie verstehen? Aber Ceauşescu sagt: ›Was? Was? Verrückt . . . Wie können Sie es wagen! Das ist eine obszöne Provokation!‹ Und seine Frau sagt: ›Wie können Sie so etwas zur Mutter der Nation sagen?‹ Also antwortet der Staatsanwalt: ›Okay, ihr seid beide nicht verrückt. Habt es selbst gesagt.‹ Dann ziehen die Soldaten Strohhalme, weil es so viele sind, die es machen wollen. Dann führen die Glücklichen die Ceauşescus auf den Hof und schießen ihnen viele Kugeln in die Köpfe.« Fortuna kicherte belustigt, als erinnere er sich an seine Lieblingsanekdote. »Ja, Regime ist vorbei«, sagte er zu Dr. Aimslea. »Ein paar Tausend *Securitate*, die wissen vielleicht noch nicht und erschießen immer noch Leute, aber das wird bald vorbei sein. Größeres Problem ist, was sollen wir mit einem von drei Bürgern anfangen, die für alte Regierung gespitzelt haben, hm?«

Fortuna kicherte wieder, und ich konnte im grellen Scheinwerferlicht eines entgegenkommenden Armeelastwagens sehen, wie seine Silhouette die Achseln zuckte. An den Innenseiten der Fenster gefror allmählich eine dünne Kondensschicht zu Eis. Meine Finger waren steif vor Kälte, und ich konnte kaum die Zehen in den absurden Bally-Schuhen spüren, die ich heute morgen angezogen hatte. Ich kratzte am Eis meines Fensters, als wir in die Stadt fuhren.

»Ich weiß, Sie sind alle sehr bedeutende Persönlichkeiten aus dem Westen«, sagte Radu Fortuna, dessen Atem ein kleines Nebelwölkchen bildete, das zum Dach des Buses emporstieg wie eine entweichende Seele. »Ich weiß, Sie sind der berühmte westliche Milliardär Mr. Vernor Deacon Trent, der für diese Reise bezahlt«, sagte er und nickte mir zu, »aber ich fürchte, die anderen Namen habe ich vergessen.«

Donna Wexler übernahm es, uns vorzustellen. »Doktor Aimslea arbeitet für die Weltgesundheitsorganisation ... Pater Michael O'Rourke hier repräsentiert sowohl die Erzdiözese von Chicago wie auch die Stiftung Save the Children.«

»Ah, wie schön, einen Priester hier zu haben«, sagte Fortuna, aber ich hörte möglicherweise so etwas wie Ironie aus seiner Stimme heraus.

»Doktor Leonard Paxley, Professor emeritus der Wirtschaftswissenschaften an der Universität Princeton«, fuhr Donna Wexler fort. »1978 Träger des Nobelpreises für Wirtschaftswissenschaften.«

Fortuna verbeugte sich vor dem alten Gelehrten. Paxley hatte während des ganzen Fluges von Frankfurt kein Wort gesprochen, und hier wirkte er verloren in seinem zu großen Mantel und den Falten seines Schals: ein alter Mann auf der Suche nach einer Parkbank.

»Wir heißen Sie willkommen«, sagte Fortuna, »auch wenn unser Land in gegenwärtigem Zustand keine Wirtschaft besitzt.«

»Verdammt, ist es hier immer so kalt?« ertönte eine Stimme tief in den Falten des Wollschals. Der Nobelpreisträger und Professor emeritus stampfte mit seinen kleinen Füßen auf. »Hier drinnen ist es so kalt, daß einem Bronzestier die Eier abfrieren könnten.«

»Und Mr. Carl Berry, der American Telegraph and Telephone repräsentiert«, fiel Donna Wexler hastig ein.

Der pummelige Geschäftsmann neben mir paffte seine Pfeife, nahm sie aus dem Mund, nickte in Fortunas Richtung und rauchte das Ding dann weiter, als wäre es eine notwendige Wärmequelle. In einer wirren Vision sah ich uns sieben einen Moment alle zusammengekauert um die Glut in Berrys Pfeife herumsitzen.

»Und Sie sagen, an unseren Sponsor, Mr. Trent, können Sie sich erinnern?« kam Donna Wexler zum Ende.

»Jaa«, sagte Radu Fortuna. Seine Augen funkelten, als er mich durch Berrys Pfeifenrauch und die Kondenswölkchen seines eigenen Atems hindurch ansah. Ich konnte fast mein Spiegelbild in diesen glänzenden Augen erkennen – ein sehr alter Mann mit tief in den Höhlen liegenden Augen, die nach den Anstrengungen der Reise noch tiefer lagen, ein schrumpeliger und runzliger Körper in teurem Anzug und Mantel. Ich war sicher, daß ich älter als Paxley aussah, älter als Methusalem . . . älter als Gott.

»Ich glaube, Sie waren schon einmal in Rumänien?« fuhr Fortuna fort. Ich konnte sehen, wie die Augen unseres Führers heller strahlten, als wir in die besser beleuchteten Stadtviertel kamen. Ich hatte kurz nach dem Krieg eine Zeit in Deutschland verbracht. Die Szene vor dem Fenster hinter Fortuna sah genauso aus. Auf dem Platz des Palastes standen weitere Panzer, schwarze Hüllen, die man für verlassene Haufen kalten Metalls hätte halten können, wäre einer von ihnen uns im Vorbeifahren nicht mit dem Geschützturm gefolgt. Wir sahen die rußigen Leichen ausgebrannter Autos und mindestens einen gepanzerten Truppentransporter, der nur noch ein Berg versengten Stahls war. Wir bogen nach links ab und fuhren an der Universitätsbibliothek vorbei, deren goldenes Kuppeldach zwischen rußigen, pockennarbigen Wänden eingestürzt war.

»Ja«, sagte ich. »Ich bin schon einmal hier gewesen.«

Fortuna beugte sich zu mir. »Und dieses Mal eine Ihrer Firmen *wird* möglicherweise ein Werk hier errichten, ja?«

»Vielleicht.«

Fortuna ließ mich nicht aus den Augen. »Wir arbeiten hier sehr billig«, flüsterte er so leise, daß ich bezweifelte, daß ihn außer Carl Berry jemand verstehen konnte. »Sehr billig. Arbeitskraft ist sehr billig hier. Das Leben ist sehr billig hier.«

Wir waren links von der menschenleeren Calea Victoriei abgebogen, dann wieder rechts auf den Boulevardul Nicolae Bălcescu, und nun hielt der Bus mit quietschenden Reifen vor dem höchsten Gebäude der ganzen Stadt, dem zweiundzwanzigstöckigen Hotel Intercontinental.

»Morgen, meine Herren«, sagte Fortuna, der sich erhob und uns den Weg zu einer hellerleuchteten Halle wies, »wir werden das neue Rumänien zu sehen bekommen. Ich wünsche Ihnen allen einen traumlosen Schlaf.«

# Kapitel 2

Unsere Gruppe verbrachte den nächsten Tag mit Begegnungen mit ›Offiziellen‹ der Übergangsregierung, überwiegend Mitglieder der erst jüngst zusammengeflickschusterten Nationalen Rettungsfront. Der Tag war so dunkel, daß die Straßenlaternen auf dem breiten Boulevardul N. Bălcescu und dem Boulevardul Republicii angingen. Die Gebäude waren nicht geheizt – jedenfalls nicht spürbar –, und die Männer und Frauen, mit denen wir uns unterhielten, sahen allesamt fast identisch aus in ihren zu großen, grauen Wollmänteln. Als der Tag zu Ende war, hatten wir mit einem Giurescu gesprochen, mit zwei Tismaneanus, einem Borosoiu, der, wie sich herausstellte, überhaupt kein Sprecher der neuen Regierung war – er wurde Augenblicke nachdem wir uns verabschiedet hatten, festgenommen –, sowie mehreren Generälen, darunter Popascu, Lupoi und Diurgiu, und zuletzt mit den tatsächlichen Staatsoberhäuptern, zu denen Petre Roman gehörte, Premierminister der Übergangsregierung, und Ion Iliescu und Dumitru Mazilu, der unter der Regierung Ceauşescu Präsident und Vizepräsident gewesen war.

Ihre Botschaft war einhellig dieselbe: Wir hatten den Zuspruch der Nation, und jedwede Empfehlung für Hilfeleistungen, die wir an unsere verschiedenen Institutionen weitergeben könnten, würde man auf ewig zu schätzen wissen. Die Beamten behandelten mich ganz besonders zuvorkommend, weil sie meinen Namen kannten und ich eine unvorstellbare Menge Geld repräsentierte, aber selbst diese höfliche Aufmerksamkeit hatte etwas Zerstreutes an sich. Sie waren wie Männer, die inmitten des Chaos schlafwandelten.

Als wir an diesem Abend zum Intercontinental zurückkehrten, wurden wir Zeugen, wie eine Menschenmenge – überwiegend Büroangestellte, die die Steinwaben der Innenstadt verließen und Feierabend machten – drei Männer und eine Frau herumschubsten und verprügelten. Radu Fortuna lächelte und deutete auf die große Plaza vor dem Hotel, wo die Menschenmenge größer wurde. »Da ... letzte Woche auf dem Universitätsplatz ... als die Leute zum Demonstrieren und Singen kamen, ja? Panzer der Armee überfahren Menschen, erschießen noch mehr. Das da sind wahrscheinlich Spitzel von *Securitate.*«

Bevor der Bus vor dem Hotel anhielt, sahen wir noch flüchtig uniformierte Soldaten, die die mutmaßlichen Spitzel abführten, wobei sie sie mit Gewehrkolben antrieben, während die Menge sie weiterhin anspuckte und auf sie einschlug.

»Man kann kein Omelette machen, ohne ein paar Eier zu zerschlagen«, murmelte der Professor emeritus, worauf Pater O'Rourke ihn mißfällig ansah und Radu Fortuna zustimmend kicherte.

»Man sollte meinen, Ceauşescu wäre besser auf eine Belagerung vorbereitet gewesen«, sagte Dr. Aimslea an diesem Abend nach dem Essen. Wir waren im Speisesaal geblieben, weil es dort wärmer als in unseren Zimmern zu sein schien. Kellner und ein paar Militärs huschten unablässig durch den großen Raum. Die Reporter hatten ihr Abendessen hastig und mit größtmöglichem Lärm hinuntergeschlungen und waren kurz danach aufgebrochen, um irgendwo hinzugehen, wo Reporter trinken und zynisch sein können.

Radu Fortuna leistete uns beim Kaffee Gesellschaft und ließ gerade eben sein patentiertes Zahnlückengrinsen sehen. »Sie möchten sehen, wie vorbereitet Ceauşescu war?«

Aimslea, Pater O'Rourke und ich bestätigten, daß wir das gerne sehen würden. Carl Berry beschloß, auf sein Zimmer zu gehen, wo er versuchen wollte, ein Gespräch mit den Staaten zu bekommen, und Dr. Paxley folgte ihm und brummelte etwas von früh zu Bett gehen.

Fortuna führte uns drei in die Kälte hinaus und durch dunkle Straßen zur rußgeschwärzten Fassade des Präsidentenpalastes. Ein Angehöriger der Miliz trat aus dem Schatten, hob eine AK-47 und bellte einen Befehl, aber Fortuna unterhielt sich leise mit ihn und wir durften passieren.

Im Palast selbst brannte kein Licht, abgesehen von gelegentlichen Feuern in Ölfässern, wo Angehörige der Miliz oder reguläre Soldaten schliefen oder sich zusammendrängten, um sich zu wärmen. Überall lagen Möbelstücke verstreut, Vorhänge waren von sechs Meter hohen Fenstern heruntergerissen worden, Papiere lagen auf dem Boden verteilt, und die regelmäßigen Fliesen waren mit dunklen Schlieren verschmiert. Fortuna führte uns einen schmalen Flur entlang, durch eine Reihe privater Wohngemächer, wie es schien, und blieb vor einer nicht näher bezeichneten Wandschranktür stehen. In dem eineinhalb Meter breiten

Schrank standen lediglich drei Laternen auf einem Fachboden. Fortuna zündete die Laternen an, gab eine Aimslea und eine mir und berührte dann eine Verzierung über der Rückwand. Eine Schiebetür ging auf und gab den Blick auf eine Steintreppe frei.

»Mr. Trent«, begann Fortuna und betrachtete stirnrunzelnd meinen Gehstock und meine zitternden Greisenarme. Das Licht der Laternen warf rastlose Schatten an die Wände. Er streckte eine Hand nach der Laterne aus. »Es sind viele Stufen. Vielleicht . . .«

»Ich schaffe es«, sagte ich mit zusammengebissenen Zähnen. Ich behielt die Laterne.

Radu Fortuna zuckte die Achseln und führte uns nach unten.

Die nächste halbe Stunde war traumartig, beinahe halluzinatorisch.

Die Treppe führte in hallende Kammern hinab, von denen ein Labyrinth anderer Steintunnel und Treppen abzweigte. Fortuna führte uns tief in dieses Gewirr hinein; unsere Laternen spiegelten sich auf halbrunden Decken und glatten Steinen.

»Mein Gott«, murmelte Dr. Aimslea nach zehn Minuten, »die erstrecken sich ja meilenweit.«

»Ja, ja«, lächelte Radu Fortuna. »Viele Meilen.«

Es gab Lagerräume mit automatischen Waffen auf Regalen, Gasmasken, die an Haken hingen; es gab Kommandozentralen mit Rundfunkgeräten und Fernsehmonitoren, die da im Dunkeln standen, manche zerstört, als hätten Wahnsinnige mit Äxten ihre Wut daran ausgelassen, andere waren noch mit Plastikfolie zugedeckt und warteten nur darauf, daß ihre Benutzer sie einschalteten; es gab Baracken mit Feldbetten und Öfen und Petroleumheizungen, die wir neidisch betrachteten. Einige der Baracken machten einen unberührten Eindruck, andere waren eindeutig Schauplatz panischer Evakuierungen oder gleichermaßen panischer Feuergefechte gewesen.

In einer dieser Kammern war Blut auf Wänden und Boden, doch die Schlieren sahen im Licht unserer zischenden Laternen mehr schwarz als rot aus.

In den entlegeneren Ausläufern der Tunnel lagen noch Leichen, manche in Wasserpfützen, das aus Luken an der Decke heruntergetropft war, andere hinter hastig errichteten Barrikaden an Kreuzungen der unterirdischen Gänge. In den Steinkorridoren roch es wie in einem Schlachthaus.

»*Securitate*«, sagte Fortuna und spie auf einen Mann im braunen Hemd, der mit dem Gesicht nach unten in einer gefrorenen Pfütze lag. »Sind wie Ratten hier heruntergeflohen, und wir haben sie wie Ratten erledigt. Sie verstehen?«

Pater O'Rourke kauerte eine Weile mit gesenktem Kopf neben einer der Leichen. Dann bekreuzigte er sich und stand auf. Sein Gesicht drückte weder Betroffenheit noch Ekel aus. Ich erinnerte mich, daß jemand gesagt hatte, der bärtige Priester sei in Vietnam gewesen.

Dr. Aimslea sagte: »Aber Ceauşescu ist nicht in diese ... Festung geflohen?«

»Nein.« Fortuna lächelte.

Der Doktor sah sich im zischenden weißen Licht um. »Um Gottes willen, warum nicht? Wenn er hier unten einen organisierten Widerstand aufgebaut hätte, hätte er monatelang durchhalten können.«

Fortuna zuckte die Achseln. »Statt dessen floh das Monster per Hubschrauber. Er fliegte ... nein? Flog, ja ... er flog nach Tîrgovişte, siebzig Kilometer von hier entfernt, ja? Dort sehen andere ihn und seine Mistkuh von Frau in Auto einsteigen. Sie fangen sie.«

Dr. Aimslea hielt die Laterne an den Eingang eines anderen Tunnels, aus dem jetzt ein gräßlicher Gestank wehte. Der Doktor zog das Licht rasch wieder zurück. »Aber ich frage mich, warum ...«

Fortuna kam näher, und das grelle Licht offenbarte eine alte Narbe an seinem Hals, die mir bis jetzt nicht aufgefallen war. »Sie sagen, sein ... Berater ... der Dunkle Ratgeber ... hat ihm empfohlen, nicht hierherzukommen.« Er lächelte.

Pater O'Rourke sah den Rumänen an. »Der Dunkle Ratgeber? Hört sich an, als wäre sein Berater der Teufel gewesen.«

Radu Fortuna nickte.

Dr. Aimslea grunzte. »Ist der Teufel entkommen? Oder war er einer der armen Kerle, die wir da hinten gesehen haben?«

Unser Führer antwortete nicht, sondern betrat einen der vier Tunnel, die an dieser Stelle abzweigten. Eine Steintreppe führte nach oben. »Zum Nationaltheater«, sagte er leise und winkte uns, vorauszugehen. »Es wurde beschädigt, aber nicht zerstört. Ihr Hotel liegt nebenan.«

Der Priester, der Doktor und ich gingen hinauf, während das Licht der Laternen unsere Schatten zehn Meter hoch auf die gekrümmten Steinmauern über uns warf. Pater O'Rourke blieb stehen und sah auf Fortuna hinab. »Kommen Sie nicht mit?«

Der kleine Führer schüttelte lächelnd den Kopf. »Morgen bringen wir Sie dorthin, wo alles angefangen hat. Morgen gehen wir nach Transsilvanien.«

Dr. Aimslea lächelte dem Priester und mir zu. »Transsilvanien«, wiederholte er. »Der Schatten von Bela Lugosi.« Er drehte sich um und wollte etwas zu Fortuna sagen, aber der kleine Mann war nicht mehr da. Nicht einmal das Echo von Schritten oder das Leuchten einer Laterne verriet, welchen Tunnel er genommen hatte.

# Kapitel 3

Wir flogen nach Tîmişoara – Temesvár –, einer Stadt mit rund dreihunderttausend Einwohnern im westlichen Transsilvanien, und mußten den Flug in einer alten, zusammengeflickten Tupolev-Turbopropmaschine über uns ergehen lassen, die jetzt der staatlichen Fluggesellschaft Tarom gehörte. Die Behörden gestatteten nicht, daß ich innerhalb des Landes mit meinem Lear-Jet von Stadt zu Stadt flog. Wir hatten Glück; der tägliche Flug hatte nur eineinhalb Stunden Verspätung. Wir befanden uns fast den ganzen Flug über in Wolken, und eine Innenbeleuchtung gab es nicht, was freilich keine Rolle spielte, da weder Stewardessen an Bord waren noch eine Mahlzeit oder ein Imbiß gereicht wurden. Dr. Paxley nörgelte beinahe die gesamte Strecke, aber das Heulen der Propellerturbinen und das Ächzen von Metall, während wir durch Aufwinde und Sturmwolken schlingerten und schwankten, übertönte den größten Teil seiner Tirade.

Gerade als wir gestartet waren, Sekunden bevor wir in die Wolkendecke eintauchten, beugte sich Fortuna über den Mittelgang und deutete zum Fenster hinaus auf eine schneebedeckte Insel in einem See, der etwa zwanzig Meilen nördlich von Bukarest liegen mußte. »Şnagov«, sagte er und beobachtete dabei mein Gesicht.

Ich sah nach unten, erkannte kurz eine dunkle Kirche auf der Insel, bevor die Wolken alles verhüllten, und schaute Fortuna wieder an. »Und?«

»Vlad Ţepeş ist dort begraben«, sagte Fortuna, der mich immer noch ansah. Er sprach den Namen wie ›Tsepesch‹ aus.

Ich nickte. Fortuna widmete sich wieder der Lektüre eines unserer *Time*-Hefte im düsteren Halbdunkel, aber mir wird ewig unbegreiflich bleiben, wie jemand während des turbulenten Flugs lesen oder sich konzentrieren konnte. Eine Minute später beugte sich Carl Berry auf dem Sitz hinter mir nach vorn und flüsterte: »Wer zum Teufel ist Vlad Ţepeş? Jemand, der bei den Kampfhandlungen ums Leben gekommen ist?«

In der Kabine war es inzwischen so dunkel, daß ich kaum Berrys nur Zentimeter von meinem entferntes Gesicht erkennen konnte. »Dracula«, sagte ich zu dem leitenden Angestellten von AT & T.

Berry stieß einen enttäuschten Seufzer aus, lehnte sich in seinem Sitz zurück und zog den Gurt enger, als das Flugzeug heftig zu schlingern und schwanken anfing.

»Vlad der Pfähler«, flüsterte ich vor mich hin.

Der Strom war ausgefallen, daher wurde die Leichenhalle einfach dadurch gekühlt, daß man sämtliche Fenster aufgerissen hatte. Das Licht war immer noch ausgesprochen spärlich, als würde es von den dunkelgrünen Wänden, den rußigen Fensterscheiben und tiefhängenden Gewitterwolken gedämpft, reichte aber aus, die Leichen sichtbar zu machen, die auf Tischen lagen und fast den gesamten gekachelten Bereich für sich beanspruchten. Wir mußten einen verschlungenen Pfad gehen und ständig über bloße Beine und weiße Gesichter und aufgedunsene Bäuche steigen, damit wir zu Fortuna und dem rumänischen Arzt in der Mitte des Raumes gelangen konnten. In dem langen Saal befanden sich mindestens drei- bis vierhundert Menschen – uns selbst nicht mitgerechnet.

»Warum sind diese Menschen nicht begraben worden?« fragte Pater O'Rourke, der den Schal vors Gesicht gelegt hatte. Seine Stimme klang wütend. »Es ist mindestens eine Woche her seit den Morden, richtig?«

Fortuna übersetzte für den Arzt aus Tîmişoara, der die Achseln zuckte. »Elf Tage, seit die *Securitate* das gemacht hat«, sagte er. »Beerdigung bald. Die . . . wie sagt man . . . die Behörden hier, die wollen es den westlichen Reportern und bedeutenden Persönlichkeiten wie Ihnen zeigen. Sehen Sie, sehen Sie.« Fortuna breitete die Arme aus und gestikulierte beinahe stolz durch den Raum – ein Koch, der das Bankett vorführte, das er vorbereitet hatte.

Auf dem Tisch vor uns lag der Leichnam eines alten Mannes. Seine Hände und Füße waren mit einem nicht besonders scharfen Gegenstand amputiert worden. Er hatte Verbrennungen auf Unterleib und Genitalien, und die Brust wies offene Wunden auf, die mich an Fotos von Flüssen und Kratern des Mars erinnerten, wie die Viking-Sonde sie übermittelt hatte.

Der rumänische Arzt sagte etwas. Fortuna übersetzte. »Er sagt, die *Securitate* haben mit Säure gespielt. Ja? Und hier . . .«

Die junge Frau lag auf dem Boden, vollständig bekleidet, abgesehen von einem Riß in der Kleidung, der von den Brüsten bis zum Schambein reichte. Was ich zuerst für eine zweite Schicht aufgeschnittener roter Fetzen gehalten hatte, entpuppte sich bei näherem Hinsehen als die rote Wandung des aufgeschnittenen

Bauchs und Unterleibs. Ein sieben Monate alter Fötus lag in ihrem Schoß wie eine achtlos weggeworfene Puppe. Es wäre ein Junge gewesen.

»Hier«, befahl Fortuna, der gestikulierend durch ein Dickicht von Knöcheln stieg.

Der Junge mußte etwa zehn gewesen sein. Der Tod und eine Woche oder mehr Eiseskälte hatten die Haut aufgebläht und ihr die Beschaffenheit von fleckigem, marmoriertem Pergament verliehen, aber der Stacheldraht um seine Knöchel und Handgelenke war noch deutlich zu sehen. Man hatte ihm die Arme derart brutal auf den Rücken gebunden, daß die Schultergelenke völlig aus den Pfannen gedreht worden waren. Fliegen hatten sich in seinen Augen niedergelassen, ihre Eier vermittelten den Eindruck, als trüge das Kind weiße Kontaktlinsen.

Professor emeritus Paxley stieß einen Laut aus, taumelte aus dem Raum und stolperte dabei fast über die dort aufgereihten Leichen. Die knotige Hand eines alten Mannes schien am Hosenbein des fliehenden Professors zu zupfen.

Pater O'Rourke packte Fortuna am Mantelkragen und hob den kleinen Mann fast vom Boden hoch. »Warum, um alles in der Welt, zeigen Sie uns das?«

Fortuna grinste. »Wir haben noch mehr, Pater. Kommen Sie.«

»Sie haben Ceaușescu den ›Vampir‹ genannt«, sagte Donna Wexler, die später hergeflogen war und sich zu uns gesellt hatte.

»Und hier, in Tîmișoara, hat alles angefangen«, sagte Carl Berry, der an seiner Pfeife paffte und dabei den grauen Himmel, die grauen Gebäude, den grauen Schneematsch auf der Straße und die grauen Menschen betrachtete, die durch das trübe Licht huschten.

»Hier, in Tîmișoara, begann die letzte Explosion«, sagte Donna Wexler. »Die jüngere Generation wurde schon seit geraumer Zeit immer unruhiger. In gewissem Sinne hat Ceaușescu sein eigenes Todesurteil unterschrieben, indem er diese Generation geschaffen hat.«

»Diese Generation geschaffen hat?« wiederholte Pater O'Rourke stirnrunzelnd. »Das müssen Sie mir erklären.«

Donna Wexler erklärte es ihm. Mitte der sechziger Jahre hatte Ceaușescu die Abtreibung verboten, die Einfuhr von Verhütungsmitteln unterbunden und verkündet, es wäre die Verpflichtung jeder Frau dem Staat gegenüber, viele Kinder zu haben. Des weiteren hat seine Regierung Geburtenprämien eingeführt und Steuersenkungen für alle Familien beschlossen, die dem Aufruf nach mehr Geburten folgten. Paare, die weniger als fünf Kinder hatten, wurden nicht nur höher besteuert, sondern darüber hinaus mit Bußgeldern belegt. Zwischen 1966 und 1976, so Donna Wexler, nahm die Geburtenrate um vierzig Prozent zu, begleitet von einem sprunghaften Anstieg der Kindersterblichkeit.

»Die Masse dieser jungen Menschen um die zwanzig bildete Ende der achtziger Jahre den Kern der Revolution«, sagte Donna Wexler. »Sie hatten keine Arbeit, keine Chancen auf eine Universitätsausbildung ... nicht einmal angemessene Wohnunterkünfte. Sie haben die Proteste in Tîmişoara und anderswo angefangen.«

Pater O'Rourke nickte. »Ironie ... aber angemessen.«

»Natürlich«, sagte Donna Wexler und hielt nahe des Bahnhofs inne, »konnten es sich die meisten Bauernfamilien nicht leisten, die zusätzlichen Kinder großzuziehen ...« Sie verstummte mit dem Diplomaten eigenen Verlegenheitszucken.

»Und was ist mit diesen Kindern passiert?« fragte ich. Es war erst früher Nachmittag, doch das Licht war schon zu winterlicher Dämmerung verblaßt. An diesem Abschnitt der Hauptstraße von Tîmişoara gab es keine Straßenlaternen. Irgendwo, weit entfernt die Schienen entlang, heulte eine Lokomotive.

Die Frau von der Botschaft schüttelte den Kopf, aber Radu Fortuna kam näher. »Heute nacht fahren wir mit dem Zug nach Sebeş, Sibiu, Copşa Mica und Sighişoara«, sagte der lächelnde Rumäne. »Dann sehen Sie, wohin die Babys gekommen sind.«

Vor den Fenstern unseres Zuges wurde der Winterabend zur Winternacht. Der Zug fuhr durch Berge so zerklüftet wie verfaulte Zähne – ich konnte mich damals nicht erinnern, ob es sich um die Făgăraş-Berge oder die Ausläufer der Bucegi-Karpaten handelte –, und der erbärmliche Anblick zusammengedrängter Dörfer und verfallener Bauernhöfe wich einer Schwärze, die nur gelegentlich vom Schein einer Öllampe in einem fernen Fenster unterbrochen wurde. Einen Augenblick war die Illusion vollkommen, und ich bildete mir ein, ich würde im fünfzehnten Jahrhundert durch diese Berge reisen, mit der Kutsche zur Burg auf dem Argeş, in einem Wettlauf gegen Feinde durch diese Berge preschen, die ...

Ich stellte erschrocken fest, daß ich beinahe eingedöst wäre. Es war Silvester, der letzte Abend des Jahres 1989, und die Nacht würde bringen, was gemeinhin als das letzte Jahrzehnt des Jahrtausends angesehen wurde. Doch der Anblick vor den Fenstern blieb ein Panorama des fünfzehnten Jahrhunderts. Die einzigen Eindringlinge moderner Zeiten bei unserer Abreise aus Tîmişoara am Abend waren vereinzelte Militärfahrzeuge auf den verschneiten Straßen und wenige Stromleitungen, die man zwischen den Bäumen erspähen konnte, gewesen. Dann waren auch diese armseligen Fetische verschwunden, und es blieben nur die Dörfer, die Öllampen, die Kälte und ab und zu gummibereifte Karren, die von Pferden gezogen wurden, die nur aus Haut und Knochen zu bestehen schienen und deren Treiber sich unter dunklen Wollsachen versteckten. Dann waren selbst die Straßen der Dörfer verlassen, durch die der Zug brauste, ohne anzuhalten. Mir fiel auf, daß manche Dörfer vollkommen dunkel waren, obwohl es noch nicht einmal zehn Uhr war, und als ich mich nach vorne beugte und den Frostbeschlag von der Scheibe wischte, stellte ich fest, daß das Dorf, durch das wir fuhren, ausgestorben war – Gebäude niedergewalzt, Steinmauern abgerissen, Bauernhäuser in Trümmer gelegt.

*»Systematisierung«,* flüsterte Radu Fortuna, der lautlos neben mir im Mittelgang aufgetaucht war. Er kaute an einer Zwiebel.

Ich bat ihn nicht um eine Erklärung, aber unser Reiseführer lächelte und gab sie dennoch ab. »Ceauşescu wollte das Alte ausrotten. Er ließ Dörfer abreißen und Tausende Menschen in städtische Siedlungen wie den Boulevard Sieg des Sozialismus in Bukarest transportieren . . . kilometerlange Mietskasernen. Nur sind Gebäude nicht fertig, als sie Dörfer abreißen und Menschen deportieren. Keine Heizung. Kein Wasser. Kein Strom . . . er verkauft Elektrizität an andere Länder. Sie verstehen. Dorfbewohner haben kleine Häuser hier, sind drei-, vielleicht vierhundert Jahre im Familienbesitz, wohnen jetzt aber im neunten Stock eines schlechten Backsteinhauses in einer fremden Stadt . . . keine Fenster, kalter Wind weht herein. Müssen Wasser eine Meile weit tragen, dann neun Treppen hinaufschleppen.«

Er riß einen großen Bissen von der Zwiebel ab und nickte zufrieden. *»Systematisierung.«* Er ging weiter den verrauchten Mittelgang entlang.

Die Berge blieben in der Nacht zurück. Ich döste wieder ein – ich hatte in der Nacht zuvor kaum geschlafen, traumlos oder nicht, und in der Nacht zuvor im Flugzeug auch nicht –, erwachte nun aber achselzuckend und stellte fest, daß der Professor emeritus den Platz neben mir belegt hatte.

»Verdammt, nirgendwo Heizung«, flüsterte er und zog den Schal enger um sich. »Man sollte meinen, daß die ganzen Bauernleiber und Ziegen und Hühner und was sie sonst noch alles in ihren sogenannten Erste-Klasse-Wagen befördern, daß die zumindest ein bißchen Körperwärme hier drinnen erzeugen, aber es ist so kalt wie die toten Titten der Madame Ceaușescu.«

Ich blinzelte ob dieses Vergleiches.

»Eigentlich«, sagte Dr. Paxley, »ist es gar nicht so schlimm, wie sie behaupten.«

»Die Kälte?« sagte ich.

»Nein, nein. Die Wirtschaft. Ceaușescu ist möglicherweise das einzige Staatsoberhaupt in diesem Jahrhundert, dem es tatsächlich gelungen ist, die Staatsschulden seines Landes *zurückzuzahlen.* Selbstverständlich mußte er, um das zu bewerkstelligen, Lebensmittel, Elektrizität und Konsumgüter an andere Länder verkaufen, aber Rumänien hat derzeit keine Auslandsschulden. Überhaupt keine.«

»Mmm«, sagte ich und versuchte, mich an die Bruchstücke meines Traums während der wenigen Augenblicke Schlaf zu erinnern. Etwas über Blut und Eisen.

»Ein Handelsüberschuß von eins Komma sieben Milliarden Dollar«, murmelte Paxley und beugte sich so nahe zu mir, daß ich riechen konnte, daß auch er eine Zwiebel zum Abendessen gehabt hatte. »Und sie schulden dem Westen nichts und den Russen nichts. Unglaublich.«

»Aber das Volk hungert«, sagte ich leise. Donna Wexler und Pater O'Rourke schliefen auf dem Platz vor uns. Der bärtige Priester murmelte leise vor sich hin, als kämpfe er gegen einen Alptraum an.

Paxley tat meinen Einwand mit einer wegwerfenden Handbewegung ab. »Wenn es zur deutschen Wiedervereinigung kommt, wissen Sie, wieviel die Westdeutschen investieren müssen, nur um die Infrastruktur im Osten neu aufzubauen?« Ohne auf meine Antwort zu warten, fuhr er fort: »Hundert Milliarden deutsche Mark – und nur um den Stein ins Rollen zu bringen. In Rumänien ist die Infrakstruktur so erbärmlich, daß es kaum etwas abzureißen gibt. Man kann einfach nur den Industriewahnsinn abreißen, auf den Ceaușescu so stolz war, sich die billige Arbeitskraft zunutze machen – mein Gott, sie sind beinahe Leibeigene – und jedwede Infrastruktur aufbauen, die man haben will. Das Modell Südkorea, Mexiko ... sie sind alle bereit für sämtliche westlichen Firmen, die das Risiko eingehen wollen.«

Ich tat so, als döse ich ein, und schließlich ging der Professor emeritus den Mittelgang entlang und suchte nach jemand anderem, dem er die wirtschaftlichen Gegebenheiten erklären konnte. Die Dörfer blieben in der Dunkelheit zurück, während wir weiter in die Berge von Transsilvanien vordrangen.

Wir trafen vor Einbruch der Dämmerung in Sebeş ein, wo uns ein unbedeutender Amtmann empfing und uns zum Waisenhaus führte.

Nein, Waisenhaus ist ein zu beschönigendes Wort. Es handelte sich um ein Lagerhaus, das nicht besser geheizt war als die anderen Schlachthäuser, in denen wir bisher gewesen waren, und es war vollkommen schmucklos, abgesehen von schmutzigen Bodenfliesen und abblätternder Wandfarbe, die etwa bis auf Augenhöhe speigrün und darüber lepragrau war. Der Hauptsaal hatte einen Durchmesser von mindestens hundert Metern.

Er stand voller Kinderbetten.

Doch wieder ist das Wort zu beschönigend. Keine Kinderbetten, sondern flache Metallkäfige ohne Decken. In diese Käfige waren Kinder gesperrt. Kinder, deren Altersspektrum von Neugeborenen bis zu Zehnjährigen reichte. Keines schien gehen zu können. Alle waren nackt oder in schmutzverkrustete Fetzen gehüllt. Viele schrien oder weinten stumm, die Wölkchen ihres Atems stiegen in der kalten Luft empor. Gestreng dreinblickende Frauen mit komplizierten Schwesternhauben standen zigarettenrauchend an der Peripherie dieses Menschenlagerhauses und schritten gelegentlich einen Gang entlang, um einem Kind unwirsch ein Fläschchen zu geben – manchmal einem sieben- oder achtjährigen Kind – häufiger aber, um sie mit Prügeln zum Schweigen zu bringen.

Der Abgeordnete und der kettenrauchende Direktor des ›Waisenhauses‹ keiften uns eine Tirade entgegen, aber Fortuna ließ sich nicht dazu herab, sie für uns zu übersetzen, dann führten sie uns durch den Saal und schlugen hohe Türen auf.

Ein weiterer Saal, ein großer Saal, erstreckte sich bis in kälteverhangene Fernen. Strahlen kargen Morgenlichts fielen auf Käfige und Gesichter darin. Es mußten sich mindestens tausend Kinder in diesem Saal befinden, kein einziges älter als zwei Jahre. Einige weinten, und ihr kindliches Wimmern hallte durch den gekachelten Raum, aber die meisten schienen zu geschwächt und lethargisch zum Weinen zu sein und lagen nur auf ihren dünnen, exkrementverschmierten Laken. Einige hatten sich zur Embryonalhaltung des bevorstehenden Hungertodes zusammengerollt. Einige schienen tot zu sein.

Radu Fortuna drehte sich um und verschränkte die Arme. Er lächelte. »Sehen Sie jetzt, wohin Babys gehen, ja?«

# Kapitel 4

In Sibiu fanden wir die versteckten Kinder. In dieser zentralen transsilvanischen Stadt mit hundertsiebzigtausend Einwohnern gab es vier Waisenhäuser; jedes einzelne war größer und trauriger als die in Sebeș. Dr. Aimslea verlangte über Fortuna, daß man uns die AIDS-Kinder zeigen sollte.

Der Direktor des staatlichen Waisenhauses Strada Cetatii 319, eines alten Bauwerks ohne Fenster im Schatten der Stadtmauer aus dem sechzehnten Jahrhundert, weigerte sich hartnäckig zuzugeben, daß es überhaupt Babys mit AIDS *gab.* Er sprach uns das Recht ab, sein Waisenhaus zu betreten. Einmal bestritt er sogar, trotz der Inschrift an der Tür seines Büros und des Schildes auf seinem Schreibtisch, daß er der Direktor des staatlichen Waisenhauses Strada Cetatii 319 war.

Fortuna zeigte ihm unsere Reisepapiere und Vollmachten, die mit einer persönlichen Bitte um Zusammenarbeit von Roman, dem Premierminister der Übergangsregierung, Präsident Iliescu und Vizepräsident Mazilu unterschrieben waren.

Der Direktor schnaubte, zog an seiner kurzen Zigarette, schüttelte den Kopf und sagte etwas in verächtlichem Ton. »Ich bekomme meine Befehle vom Gesundheitsministerium«, übersetzte Radu Fortuna.

Es dauerte fast eine Stunde, bis wir eine Verbindung mit der Hauptstadt bekamen, aber Fortuna wurde schließlich zum Premierminister durchgestellt, der den Gesundheitsminister anrief, der seinerseits versprach, sofort im staatlichen Waisenhaus Strada Cetatii 319 anzurufen. Etwas mehr als zwei Stunden später kam der Anruf durch, der Direktor fauchte Fortuna etwas zu, warf seine Zigarettenkippe auf die schmutzigen Fliesen, wo es vor Kippen geradezu wimmelte, herrschte einen Pfleger an und reichte Fortuna einen riesigen Schlüsselring.

Die AIDS-Station lag hinter vier verschlossenen Türen. Es waren keine Schwestern dort, keine Ärzte ... überhaupt keine Erwachsenen. Auch keine Kinderbetten; die Säuglinge und Kleinkinder saßen auf dem Fliesenboden oder buhlten um Plätze auf einer des halben Dutzends nackter und exkrementverschmierter Matratzen, die man an der gegenüberliegenden Wand hingeworfen hatte. Sie waren nackt, und man hatte ihnen die Köpfe rasiert.

Der fensterlose Raum wurde von einigen kahlen Vierzig-Watt-Birnen erhellt, die acht bis zehn Meter auseinander hingen. Einige Kinder hatten sich um die trübe beleuchteten Stellen versammelt und sahen mit verquollenen Augen zu den Glühbirnen hinauf wie zur Sonne, aber die meisten lagen in den dunklen Schatten. Ältere Kinder krochen auf allen vieren davon, um dem Licht zu entfliehen, als wir die Stahltüren aufmachten.

Es war ersichtlich, daß die Böden alle paar Tage mit dem Schlauch abgespritzt wurden – die rissigen Fliesen wiesen Wasserspuren und Rinnen auf –, aber es war gleichermaßen deutlich, daß sonst keinerlei hygienische Anstrengungen unternommen wurden. Donna Wexler, Dr. Paxley und Mr. Berry drehten sich um und flüchteten vor dem Gestank. Dr. Aimslea fluchte und schlug mit der Faust auf die Steinmauer. Pater O'Rourke sah erst fassungslos hin, während sein irisches Gesicht wutfleckig wurde, dann schritt er langsam von Kind zu Kind, strich ihnen über den Kopf, flüsterte leise in einer Sprache zu ihnen, die sie nicht verstanden, und hob sie hoch. Ich sah zu und hatte den unerschütterlichen Eindruck, daß die meisten dieser Kinder noch nie auf den Armen gehalten, möglicherweise noch nie berührt worden waren.

Radu Fortuna folgte uns in den Saal. Er lächelte nicht. »Genosse Ceaușescu hat uns gesagt, daß AIDS eine kapitalistische Krankheit ist«, flüsterte er. »In Rumänien gibt es offiziell keine Fälle von AIDS. Keine.«

»Mein Gott, mein Gott«, murmelte Dr. Aimslea, der von Kind zu Kind ging. »Die meisten hier sind im fortgeschrittenen Stadium AIDS-bedingter Komplexe. Und leiden an Unterernährung und Vitaminmangel.« Als er aufsah, glitzerten Tränen hinter seiner Brille. »Wie lange sind sie schon hier?«

Fortuna zuckte die Achseln. »Die meisten wahrscheinlich, seit sie kleine Babys waren. Eltern bringen sie her. Babys verlassen diesen Raum niemals, darum können so wenige laufen. Niemand hält sie hoch, wenn sie es versuchen.«

Dr. Aimslea stieß eine Reihe Flüche aus, die in der kalten Luft zu rauchen schienen. Fortuna nickte.

»Aber hat niemand diese ... diese ... Tragödie dokumentiert?« fragte Dr. Aimslea mit erstickter Stimme.

Jetzt lächelte Fortuna. »O ja, ja. Doktor Patrascu vom Stefan-S.-Nicolau-Institut für Virologie, er sagt, es ist vor drei ... vielleicht vier Jahren passiert. Das erste Kind, das er testet, war infiziert. Ich glaube, sechs der nächsten vierzehn waren auch an AIDS erkrankt. Alle Städte, alle staatlichen Heime, er hat viele, viele kranke Kinder gefunden.«

Dr. Aimslea, der einem komatösen Kind mit der Stablampe in die Pupillen geleuchtet hatte, erhob sich. Aimslea packte Fortuna am Mantel, und ich war einen Augenblick überzeugt, daß er dem kleinen Führer ins Gesicht schlagen würde. »Um Himmels willen, Mann, hat er denn niemand darüber *informiert*?«

Fortuna sah den Arzt gleichgültig an. »O doch. Doktor Patrascu informiert das Gesundheitsministerium. Sie sagen ihm, er soll sofort aufhören. Sie verbieten AIDS-Seminar, das der Doktor plant ... dann verbrennen sie seine Aufzeichnungen und ... wie sagt man? Kleine Führer für Versammlung ... *Programme.* Sie beschlagnahmen gedruckte Programme und verbrennen sie.«

Pater O'Rourke legte ein Kind wieder hin. Die Zweijährige streckte dem Priester die dünnen Ärmchen entgegen und gab vage flehende Laute von sich – eine Bitte, wieder hochgehoben zu werden. Er hob sie hoch und drückte ihren kahlen und schorfigen Kopf fest an seine Wange. »Der Teufel soll sie holen«, sagte er in einem Tonfall, als spräche er den Segen. »Der Teufel soll das Ministerium holen. Der Teufel soll dieses Arschloch da unten holen. Der Teufel soll Ceaușescu holen. Hoffentlich schmoren sie für alle Zeiten in der Hölle.«

Dr. Aimslea hatte bei einem Säugling gekauert, der nur aus Rippen und aufgeblähtem Bauch zu bestehen schien. »Dieses Kind ist tot.« Er drehte sich wieder zu Fortuna um. »Wie konnte das nur geschehen? Es kann unmöglich so viele Fälle von AIDS in der hiesigen Bevölkerung geben, oder? Oder sind dies Kinder von Drogensüchtigen?«

Ich konnte die unausgesprochene Frage in den Augen des Arztes sehen: In einer Nation, wo die Durchschnittsfamilie nicht genügend zu essen kaufen konnte und der Besitz von Narkotika mit der Todesstrafe geahndet werden konnte, wie sollte es da so viele Kinder von Drogenabhängigen geben?

»Kommen Sie«, sagte Fortuna und führte den Arzt und mich aus dieser Station des Todes. Pater O'Rourke blieb und hob und streichelte die Kinder eines nach dem anderen.

Ein Stockwerk tiefer, in der ›gesunden Station‹, die sich lediglich in der Größe vom Waisenhaus in Sebeș unterschied – tausend Kinder oder mehr mußten in dem endlosen Meer von Stahlkrippen liegen –, schritten gleichgültige Schwestern von Kind zu Kind, gaben ihnen Glasflaschen, in denen sich Milchsurrogat zu befinden schien, und wenn die Kinder lautstark saugten, verpaßten sie ihnen eine Injektion mit der Spritze. Danach wischten die Schwestern ihre Spritzen an Lappen ab, die sie am Gürtel trugen, tauchten sie in eine große Phiole auf dem Tablett und gaben dem nächsten Kind seine Injektion.

»Mutter Gottes«, flüsterte Dr. Aimslea. »Haben Sie keine Einwegnadeln?«

Fortuna machte eine Geste mit den Händen. »Ein kapitalistischer Luxus.«

Aimsleas Gesicht war so rot, daß ich dachte, Äderchen würden platzen. »Und was ist mit einem Autoklaven?«

Fortuna zuckte die Achseln und fragte die Schwester in unserer Nähe etwas. Diese schnappte eine Antwort und fuhr mit ihren Injektionen fort. »Sie sagt, der Autoklav zum Sterilisieren ist kaputt. Wurde kaputtgemacht. Zur Reparatur ins Gesundheitsministerium geschickt«, übersetzte Fortuna.

»Wie lange?« keifte Aimslea.

»Ist vor vier Jahren kaputtgegangen«, sagte Fortuna, nachdem er der geschäftigen Frau die Frage zugerufen hatte. Sie hatte sich nicht einmal die Mühe gemacht, sich zum Antworten umzudrehen. »Sie sagt, vier Jahre, *bevor* er letztes Jahr zum Ministerium zur Reparatur geschickt wurde.«

Dr. Aimslea ging näher zu einem sechs- oder siebenjährigen Kind, das im Bett lag und an seinem Fläschchen saugte. Der Inhalt sah aus wie graues Wasser. »Und was sie da verabreichen, sind Vitaminspritzen?«

»O nein«, sagte Fortuna. »Blut.«

Dr. Aimslea erstarrte, dann drehte er sich langsam um. »Blut?«

»Ja, ja. Erwachsenenblut. Macht kleine Babys kräftig. Mit Zustimmung des Gesundheitsministeriums ... sie sagen, ist sehr ... wie man sagt ... *fortschrittliche* Medizin.«

Aimslea ging einen Schritt auf die Schwester zu, dann einen Schritt auf Fortuna, dann wirbelte er zu mir herum, als würde er die beiden anderen umbringen, wenn er ihnen zu nahe käme. *»Erwachsenenblut,* Trent. Jesus Christus. Das war eine Theorie, die mit Gaslicht und Gamaschen aus der Mode gekommen ist. Mein Gott, denen ist überhaupt nicht bewußt . . .« Plötzlich drehte er sich wieder zu unserem Führer um. »Fortuna, woher bekommen sie dieses ... Erwachsenenblut?«

»Wird gespendet ... nein, falsches Wort. Nicht gespendet, *ge-*

*kauft.* Leute in Großstädten, die überhaupt kein Geld haben, die verkaufen Blut für Babys. Jedesmal fünfzehn *Lei.*«

Dr. Aimslea gab einen heiseren, kehligen Laut von sich, der wenig später in ein Kichern überging. Er bedeckte die Augen mit den Händen, stolperte rückwärts und lehnte sich an ein Tablett voller Flaschen mit dunkelroter Flüssigkeit. »Bezahlte Blutspender«, flüsterte er vor sich hin. »Leute von der Straße ... Drogensüchtige ... Prostituierte ... und das verabreichen sie den Säuglingen in staatlichen Waisenhäusern mit wiederverwendbaren, nicht sterilisierten Nadeln.«

Das Kichern ging weiter, wurde lauter. Dr. Aimslea ließ sich in hockender Haltung auf den schmutzigen Handtüchern nieder, nahm die Hand nicht von den Augen, und das Kichern stieg von tief aus der Kehle herauf. »Wie viele ...«, wandte er sich an Fortuna. Dann räusperte er sich und versuchte es noch einmal. »Wie viele waren nach Schätzung dieses Doktor Patrascu mit AIDS infiziert?«

Fortuna runzelte die Stirn und versuchte sich zu erinnern. »Ich glaube, er hat vielleicht achthundert unter den ersten zweitausend gefunden. Danach höhere Anzahl.«

Unter dem Visier seiner Hand hervor sagte Dr. Aimslea: »Vierzig Prozent. Und wie viele ... Waisenkinder ... sind hier?«

Unser Führer zuckte die Achseln. »Das Gesundheitsministerium sagt, etwa zweihunderttausend. Ich denke mehr ... vielleicht eine Million. Vielleicht noch mehr.«

Dr. Aimslea sah nicht wieder auf und sagte auch nichts mehr. Das tiefe Kichern wurde lauter, und mir wurde klar, daß es überhaupt kein Kichern war, sondern Schluchzen.

# Kapitel 5

Wir fuhren zu sechst mit dem Zug durch das Spätnachmittagslicht nach Norden Richtung Sighişoara. Pater O'Rourke war im Waisenhaus von Sibiu geblieben. Fortuna hatte einen Halt in einer Kleinstadt unterwegs vorgesehen. »Mr. Trent, Copşa Mica wird Ihnen gefallen«, sagte er. »Wir besichtigen es nur Ihretwegen.«

Ich drehte mich nicht zu ihm um, sondern ließ den Blick auf den niedergewalzten Dörfern, durch die wir kamen. »Noch mehr Waisenhäuser?« fragte ich.

»Nein, nein. Ich meine ja ... es gibt ein Waisenhaus in Copşa Mica, aber dorthin gehen wir nicht. Es ist ein kleines Dorf ... sechstausend Einwohner. Aber es ist der Grund, weshalb Sie in unser Land gekommen sind, ja?«

Ich drehte mich zu ihm um. »Industrie?«

Fortuna lachte. »Ah, ja ... Copşa Mica ist sehr industrialisiert. Wie so viele unserer Dörfer. Und dieses ist so nahe bei Sighişoara, wo der Dunkle Ratgeber des Genossen Ceauşescu geboren wurde.«

»Dunkler Ratgeber«, schnappte ich. »Was wollen Sie damit sagen? Daß Ceauşescus Ratgeber Vlad Ţepeş war?« Der Führer antwortete nicht.

Sighişoara ist eine vollständig erhaltene mittelalterliche Stadt, wo selbst der Anblick einiger weniger Autos auf den Kopfsteinpflastern ein Anachronismus zu sein scheint. Die Berge rings um Sighişoara sind übersät von verfallenen Türmen und Festungen, die aber ausnahmslos nicht so kinogerecht wirken wie das halbe Dutzend unversehrte Burgen in Transsilvanien, die gegenüber leichtgläubigen Reisenden mit harten Devisen als Draculas Schloß ausgegeben werden. Aber das alte Haus in der Piata Muzeului war tatsächlich Vlad Draculas Geburtsstätte und Heimat von 1431 bis 1435 gewesen. Als ich es vor vielen Jahren zum letztenmal gesehen hatte, hatten sich oben ein Restaurant und im Souterrain ein Weinkeller befunden.

Fortuna streckte sich und machte sich auf die Suche nach etwas zu essen. Dr. Aimslea hatte die Unterhaltung mitgehört und ließ sich neben mir auf den Sitz fallen. »Kann man sich so einen Mann vorstellen?« flüsterte er. »Jetzt erzählt er uns schon Gruselgeschichten von Dracula. *Allmächtiger!*«

Ich nickte und betrachtete die Berge und Täler, die in grauer Einförmigkeit vorüberzogen. Hier herrschte eine Wildnis, wie ich sie noch nirgendwo anders auf der Welt gesehen hatte, und ich habe mehr Nationen bereist, als Mitglieder in der UN sind. Die Berghänge, tiefen Schluchten und Bäume wirkten mißgestaltet, knorrig, wie etwas, das sich mühte, aus einem Gemälde von Hieronymus Bosch zu entkommen.

»Ich wünschte, wir hätten es hier mit Dracula zu tun«, fuhr der gute Doktor fort. »Überlegen Sie doch einmal, Trent . . . wenn unsere Abordnung melden würde, daß Vlad der Pfähler lebt und in Transsilvanien Menschen auflauert, nun . . . verdammt . . . dann würden sich hier zehntausend Reporter drängen. Satellitentrucks auf dem Marktplatz von Sibiu, die InstaCam-Berichte in jede Sendezentrale von Kanal 7 und Kanal 4 in Amerika übertragen. Ein Ungeheuer beißt ein paar Dutzend Menschen, und die Welt fieberte vor Interesse . . . aber so sind nur Zehntausende Männer und Frauen tot und Hunderttausende Kinder in Lagerhäuser eingepfercht, wo sie . . . *verdammt.*«

Ich nickte, ohne mich umzudrehen. »Die Banalität des Bösen«, flüsterte ich.

»Was?«

»Die Banalität des Bösen.« Ich drehte mich um und lächelte dem Arzt grimmig zu. »Dracula wäre eine Schlagzeile. Das Elend Hunderttausender Opfer von politischem Wahnsinn, Bürokratie, Dummheit . . . ist nur . . . lästig.«

Wir trafen kurz vor Einbruch der Nacht in Copşa Mica ein, und mir wurde auf der Stelle klar, warum das ›meine Stadt‹ war. Donna Wexler, Aimslea und Paxley blieben während des halbstündigen Aufenthalts im Zug, nur Carl Berry und ich hatten dort etwas zu tun. Fortuna ging voraus.

Das Dorf – es war zu klein, von einer Stadt zu sprechen – lag in einem breiten Tal zwischen alten Bergen. Auf den Hängen lag Schnee, aber der Schnee war schwarz. Die Eiszapfen, die von den dunklen Zinnen der Häuser hingen, waren schwarz. Der Schneematsch auf den ungeteerten Straßen war ein grauschwarzer Mischmasch, und über allem hing eine sichtbare Glocke schwarzer Luft, als würden Millionen mikroskopischer Falter im erlöschenden Licht flattern. Männer und Frauen in schwarzen Mänteln und Schals gingen an uns vorbei, zogen schwere Handkarren oder führten Kinder an den Händen, und auch die Gesichter dieser Menschen waren rußgeschwärzt. Als wir uns der Mitte des Dorfs näherten, stellte ich fest, daß wir drei durch eine Schicht von Asche und Ruß wateten, die mindestens acht Zentimeter tief war. Ich habe aktive Vulkane in Südamerika und anderswo gesehen, und Asche und mitternächtlicher Himmel haben genauso ausgesehen.

»Es ist eine ... wie man sagt ... Autoreifenfabrik«, sagte Radu Fortuna und deutete auf den schwarzen Industriekomplex, der das Ende des Tals beherrschte wie ein gestürzter Drache. »Sie stellen schwarzen Puder für Gummiprodukte her ... arbeiten rund um die Uhr. Der Himmel sieht immer so aus ...« Er deutete stolz auf den schwarzen Dunst, der sich auf allem niederließ.

Carl Berry hustete. »Großer Gott, wie können die Menschen nur so leben?«

»Sie leben nicht lange«, sagte Fortuna. »Die meisten alten Menschen wie sie und ich leiden an Bleivergiftung. Kleine Kinder haben ... wie heißt das Wort? Immerzu husten?«

»Asthma«, sagte Berry.

»Ja, kleine Kinder haben Asthma. Babys werden mit Herzen geboren, die ... wie sagen Sie, fehlgebildet sind?«

»Mißgebildet«, sagte Berry.

Ich blieb hundert Meter vor den schwarzen Zäunen und schwarzen Mauern der Fabrik entfernt stehen. Das Dorf hinter uns war eine schwarze Skizze vor grauem Hintergrund. Nicht einmal das Licht der Lampen konnte richtig durch die rußgeschwärzten Fensterscheiben dringen. »Warum ist das ›meine Stadt‹, Fortuna?« fragte ich.

Er streckte die Hand zur Fabrik aus. Seine Handlinien waren schon schwarz vom Ruß, die Manschetten seines weißen Hemdes dunkelgrau. »Ceaușescu ist jetzt nicht mehr. Die Fabrik muß keine Gummiartikel für Ostdeutschland, Polen, die UdSSR mehr herstellen ... Möchten Sie? Sachen herstellen, die Ihre Firmen brauchen? Keine ... wie sagt man ... keine Umweltschutzbestimmungen, keine Vorschriften dagegen, Artikel so herzustellen, wie man will und Abfälle wegzuwerfen, wo immer man will. Also, möchten Sie?«

Ich stand lange Zeit im schwarzen Schnee und wäre vielleicht noch länger dort gestanden, hätte der Zug nicht das Signal gegeben, daß er in zwei Minuten abfahren würde.

»Vielleicht«, sagte ich. »Aber nur vielleicht.«

Wir stapften durch die Asche zurück.

# Kapitel 6

Donna Wexler, Dr. Aimslea, Carl Berry und unser Professor emeritus, Dr. Leonard Paxley, fuhren mit dem wartenden VIP-Bus von Sighişoara nach Bukarest zurück. Ich blieb. Der Morgen war dunkel, finstere Wolken zogen über dem Tal dahin und hüllten die umliegenden Berghänge in ein Leichentuch wabernden Nebels. Das graue Gestein der Stadtmauer mit ihren elf Türmen schien mit dem grauen Himmel zu verschmelzen und das mittelalterliche Städtchen unter einer unentrinnbaren Glocke der Düsternis einzuschließen. Nach einem späten Frühstück füllte ich meine Thermosflasche, ließ den Dorfplatz hinter mir und erklomm die alten Stufen zu dem Haus in der Piata Muzeului. Die schmiedeeisernen Pforten zum Weinkeller waren abgeschlossen, die schmalen Türen zum Erdgeschoß mit eisenbeschlagenen Läden versperrt. Ein alter Mann, der auf der anderen Straßenseite auf einer Bank saß, sagte mir, daß das Restaurant seit mehreren Jahren geschlossen sei und der Staat überlegt hatte, ob man es in ein Museum umwandeln sollte, aber doch zu dem Ergebnis gekommen war, daß ausländische Touristen keine harten Devisen bezahlen würden, um ein verfallenes Haus zu sehen – nicht einmal wenn Vlad Dracula vor fünfhundert Jahren darin gewohnt hatte. Die Touristen gaben den großen Burgen den Vorzug, die einige hundert Kilometer näher bei Bukarest lagen; Burgen, die Jahrhunderte nach Vlad Ţepeş' Abdankung erbaut worden waren.

Ich ging über die Straße zurück, wartete ab, bis der alte Mann seine Tauben gefüttert hatte und gegangen war, und dann zog ich den schweren Balken weg, der die Holztüren festhielt. Die Scheiben der Türen waren so schwarz wie die Seele von Copşa Mica. Die Türen waren verschlossen, aber ich kratzte an dem jahrhundertealten Glas.

Fortuna öffnete die Tür und ließ mich ein. Die meisten Tische und Stühle waren an einer rustikalen Bar aufgeschichtet worden, Spinnweben spannten sich von ihnen zu den rußgeschwärzten Deckenbalken, aber Fortuna hatte einen Tisch heruntergezogen und mitten auf den Steinfußboden gestellt. Er staubte zwei Stühle ab, bevor wir uns setzten.

»Hat Ihnen die Rundreise gefallen?« fragte er auf rumänisch.

*»Da«,* sagte ich und fuhr in derselben Sprache fort, »aber ich hatte den Eindruck, Sie tragen ein bißchen zu dick auf.«

Fortuna zuckte die Achseln. Er ging hinter die Bar, staubte zwei Zinnbecher ab und brachte sie zum Tisch.

Ich räusperte mich. »Hätten Sie mich am Flughafen als Mitglied der Familie erkannt, auch wenn Sie mich nicht gekannt hätten?« fragte ich.

Mein einstiger Führer ließ sein Grinsen erkennen. »Selbstverständlich.«

Ich runzelte darüber die Stirn. »Wie? Ich habe keinen Akzent, und ich lebe schon seit vielen Jahren als Amerikaner.«

»Ihr Benehmen«, sagte Fortuna und ließ das rumänische Wort von der Zunge rollen. »Ihr Benehmen ist viel zu gut für einen Amerikaner.«

Ich seufzte. Fortuna griff unter den Tisch und holte einen Weinschlauch hervor, aber ich machte eine Geste und zog die Thermosflasche aus der Manteltasche. Ich schenkte für uns beide ein, worauf Fortuna so ernst nickte, wie ich ihn in den vergangenen drei Tagen nicht gesehen hatte. Wir stießen an.

*»Skoal«,* sagte ich. Das Getränk war ausgezeichnet, frisch, immer noch auf Körpertemperatur und noch weit vom Gerinnen entfernt, wenn eine gewisse Bitterkeit einsetzt.

Fortuna trank seinen Zinnbecher leer, wischte sich den Schnurrbart ab und nickte anerkennend. »Wird Ihr Konzern die Fabrik in Copşa Mica kaufen?« fragte er.

»Ja.«

»Und andere Fabriken ... in anderen Copşa Micas?«

»Ja«, sagte ich. »Oder unser Konsortium wird europäische Investitionen dort unterschreiben.«

Fortuna lächelte. »Das wird die Investoren der Familie freuen. Es werden noch fünfundzwanzig Jahre vergehen, bis dieses Land sich den Luxus leisten kann, sich Gedanken über Umweltschutz zu machen ... und über die Gesundheit der Bevölkerung.«

»Zehn Jahre«, sagte ich. »Umweltbewußtsein ist ansteckend.«

Fortuna machte mit Händen und Schultern eine Geste ... eine eigentümliche transsilvanische Geste, die ich seit Jahren nicht mehr gesehen hatte.

»Da wir gerade von Ansteckung sprechen«, sagte ich, »die Situation in den Waisenhäusern ist Wahnsinn.«

Der kleine Mann nickte. Trübes Licht von der Tür hinter mir erhellte seine Stirn. Hinter ihm war nur Schwärze zu sehen. »Wir verfügen hier nicht über den Luxus Ihres amerikanischen Plasmas oder privater Blutbanken. Der Staat müßte ein Reservoir zur Verfügung stellen.«

»Aber das AIDS . . .«, begann ich.

»Wird eingedämmt werden«, sagte Fortuna. »Dank der humanitären Impulse Ihres Dr. Aimslea und Pater O'Rourkes. In den folgenden Monaten wird das amerikanische Fernsehen ›Sonderberichte‹ in *60 Minutes*, in *20/20* und anderen Sendungen ausstrahlen, die Sie ins Leben gerufen haben, seit ich das letztemal in Amerika war. Die Amerikaner sind so sentimental. Ein öffentlicher Aufschrei wird durch das Land gehen. Unterstützung von sämtlichen Organisationen und von reichen Leuten, die sonst nichts mit ihrer Zeit anzufangen wissen, wird fließen. Familien werden adoptieren, ein Vermögen für kranke Kinder bezahlen, die in die Staaten geflogen werden, und die lokalen Fernsehsender werden Mütter interviewen, die vor Glück weinen.«

Ich nickte.

»Ihre amerikanischen Mediziner – und britischen – und westdeutschen – werden scharenweise in die Karpaten strömen, in die Bucegis und die Făgăraş – und wir werden viele weitere Waisenhäuser und Krankenhäuser ›entdecken‹, viele andere isolierte Stationen. Innerhalb von zwei Jahren wird das Problem in den Griff zu bekommen sein.«

Ich nickte wieder. »Aber sie werden höchstwahrscheinlich den Löwenanteil Ihres . . . Reservoirs . . . mitnehmen«, sagte ich leise.

Fortuna lächelte und zuckte wieder die Achseln. »Es gibt mehr. Immer mehr. Das wissen selbst Sie in Ihrem Land ausgerissener Teenager und Fotos vermißter Kinder auf Milchkartons, nicht?«

Ich trank meinen Becher leer, stand auf und ging zum Licht. »Die Zeiten sind vorbei«, sagte ich. »Überleben heißt Bescheidenheit. Das muß die ganze Familie eines Tages lernen.« Ich drehte mich zu Fortuna um, und meine Stimme drückte mehr Zorn aus, als ich selbst erwartet hatte. »Andernfalls, was? Wieder die Ansteckung? Ein Wachstum der Familie, schneller als Krebs, ansteckender als AIDS? Mit Zurückhaltung leben wir im Gleichgewicht. Überlassen wir uns der . . . Fortpflanzung . . ., werden bald nur die Jäger übrig sein, ohne Beute, zum Aussterben verurteilt, wie vor Jahren die Kaninchen auf der Osterinsel.«

Fortuna hielt beide Hände nach oben, Handflächen nach außen. »Wir wollen nicht streiten. Wir wissen das. Darum mußte Ceauşescu gehen. Darum haben wir ihn gestürzt. Darum haben Sie ihm geraten, nicht in seine Tunnel zu flüchten, um an die Auslöser heranzukommen, die das Ende von Bukarest bedeutet hätten.«

Einen Augenblick konnte ich den kleinen Mann nur ansehen. Als ich weitersprach, klang seine Stimme sehr müde. »Demnach möchten Sie mir gehorchen? Nach all den Jahren?«

Fortunas Augen strahlten. »O ja.«

»Und Sie wissen, warum ich zurückgekehrt bin?«

Fortuna stand auf und ging zu der dunklen Diele, wo eine noch dunklere Treppe wartete. Er deutete nach oben und schritt voran in die Dunkelheit, zum letztenmal mein Führer.

Das Schlafzimmer diente als großer Lagerraum über dem Touristenrestaurant. Vor fünf Jahrhunderten war es ein Schlafzimmer gewesen. Mein Schlafzimmer.

Dort warteten andere Mitglieder der Familie, die ich seit Jahrzehnten oder Jahrhunderten nicht mehr gesehen hatte. Sie trugen die dunklen Gewänder, die wir ausschließlich den heiligsten Zeremonien der Familie vorbehielten.

Das Bett wartete. Mein Porträt hing darüber: dasjenige, das während meiner Gefangenschaft in Visegrád im Jahre 1465 angefertigt worden war. Ich hielt einen Moment inne und betrachtete das Gemälde – ein ungarischer Adliger erwiderte meinen Blick, Säbelkragen mit Goldbrokat, goldene Knöpfe, die den Mantel hielten, ein Seidenhut im Stil der Zeit mit neun Perlenreihen gesäumt, die gesamte Kopfbedeckung gehalten von einer sternförmigen Brosche mit einem großen Topas in der Mitte. Das Gesicht war mir zutiefst vertraut und gleichzeitig erschreckend fremd: lange und gekrümmte Nase; grüne Augen, die grotesk groß wirkten; buschige Brauen und ein noch buschigerer Schnurrbart, eine wulstige Unterlippe über einer vorspringenden Partie von Kinn und Wangen – alles in allem ein arrogantes und beunruhigendes Gesicht.

Fortuna hatte mich erkannt. Trotz der Jahre, trotz der Verwüstungen des Alters und der chirurgischen Eingriffe, trotz allem.

»Vater«, flüsterte einer der alten Männer, die beim Fenster standen.

Ich sah ihn müde blinzelnd an. Ich konnte mich nicht mehr an seinen Namen erinnern, wahrscheinlich einer der Cousins meiner Dobrin-Brüder. Ich hatte ihn zum letztenmal vor mehr als eineinhalb Jahrhunderten während der Zeremonie gesehen, bevor ich nach Amerika ausgewandert war.

Er kam zu mir und berührte zaghaft meine Hand. Ich nickte, holte den Ring aus der Tasche und streifte ihn mir über den Finger.

Die Männer in dem Raum knieten nieder. Ich konnte das Knakken und Ächzen uralter Gelenke hören.

Der Cousin der Dobrins stand auf und hielt ein schweres Medaillon ins Licht.

Ich kannte dieses Medaillon. Es repräsentierte den Orden des Drachen, einen Geheimbund, der 1387 gegründet und 1408 reformiert worden war. Das goldene Medaillon an der Goldkette war in Form eines Drachen gestaltet – eines zum Kreis gekrümmten Drachen, Maul offen, Beine ausgestreckt, Schwingen ausgebreitet, Schwanz um den Kopf geringelt, die ganze Gestalt um ein doppeltes Kreuz geschlungen. Auf dem Kreuz standen die beiden Leitsprüche des Ordens: *»O quam misericors est Deus«* (O wie barmherzig ist Gott) und *»Justus et Pius«* (Gerecht und gottesfürchtig).

Mein Vater war am 8. Februar 1431 in den Orden aufgenommen worden – ein Jahr vor meiner Geburt. Als Draconist – ein Anhänger von Draco, wie Drache auf lateinisch heißt – trug mein Vater seine Wahrzeichen auf dem Schild und ließ sie auf seine Münzen prägen. So wurde er Vlad Dracul, wobei *dracul* in meiner Muttersprache sowohl Drache wie auch Teufel heißt.

*Dracula* bedeutete schlicht und einfach ›Sohn des Drachen‹.

Der eine der Dobrin-Brüder legte mir das Medaillon um den Hals. Ich spürte, wie das Gewicht des Goldes mich nach unten ziehen wollte. Das runde Dutzend Männer in dem Raum sang einen kurzen Psalm, dann stellten sie sich in einer Reihe auf, küßten meinen Ring und kehrten auf ihre Plätze zurück.

»Ich bin müde«, sagte ich. Meine Stimme klang wie das Rascheln von uraltem Pergament.

Da stellten sie sich um mich herum auf und zogen mir das Medaillon und den teuren Anzug aus. Sie kleideten mich behutsam in ein Nachtgewand aus Leinen, und Dobrin zog das Leinenbetttuch zurück. Ich ließ mich dankbar auf dem Bett nieder und legte mich auf die hohen Kissen.

Radu Fortuna kam näher. »Sie sind gekommen, um zu sterben, Vater.« Es war keine Frage. Ich besaß weder die Energie noch sah ich die Notwendigkeit zu nicken.

Ein alter Mann, bei dem es sich um einen Überlebenden der anderen Dobrin-Brüder handeln konnte, kam näher, sank auf ein Knie, küßte wieder meinen Ring und sagte: »Ist es demnach an der Zeit, Vater, über Geburt und Investitur des neuen Fürsten nachzudenken?«

Ich sah den Mann an und dachte, daß der Vlad Ţepeş des Porträts über mir ihn wegen der unverblümten Frage ausgeweidet oder gepfählt haben würde.

Statt dessen nickte ich.

»So soll es geschehen«, sagte Radu Fortuna. »Die Frau und ihre Hebamme wurden bereits erkoren.«

Ich machte die Augen zu und unterdrückte ein Lächeln. Das Sperma war schon vor vielen Jahrzehnten gesammelt und für fruchtbar befunden worden. Ich konnte nur hoffen, daß sie es in dieser unzulänglichen, gottverlassenen Nation, wo nicht einmal die Hoffnung gedeihen wollte, gut konserviert hatten. Ich wollte die derben Einzelheiten der Auswahl und Befruchtung gar nicht wissen.

»Wir werden mit den Vorbereitungen für die Befruchtung beginnen«, sagte ein alter Mann, den ich einmal als den jugendlichen Prinzen Mihnea gekannt hatte.

Seine Stimme klang nicht drängend, und mir war klar, daß dazu auch keine Veranlassung bestand. Selbst mein Sterben würde langsam vonstatten gehen. Die Krankheit, die ich vor so langer, langer Zeit willkommen geheißen hatte, würde mich nicht so schnell freigeben. Selbst jetzt noch, runzlig und vom Alter gezeichnet, beherrschte die Krankheit mein Leben und widersetzte sich den ersehnten Forderungen des Todes.

Nach diesem Tag werde ich kein Blut mehr trinken. Das ist meine Entscheidung, und sie ist unwiderruflich. Ich bin in dieses Haus zurückgekehrt, in dieses Bett, und beides werde ich freiwillig nicht mehr verlassen.

Aber selbst wenn ich faste, wird die unerbittliche Fähigkeit meines Körpers zur Heilung, zur Lebensverlängerung mit dem Wunsch zu sterben ringen. Vielleicht werde ich ein Jahr oder zwei Jahre oder sogar noch länger auf diesem Totenbett liegen, bevor meine Seele und der unbarmherzige, tief in den Zellen verwurzelte Zwang weiterzumachen sich der unvermeidlichen Notwendigkeit aufzuhören ergeben.

Es ist mir bestimmt zu leben, bis der neue Fürst geboren und eingeführt ist, wie viele Monate oder Jahre bis dahin auch verstreichen werden.

Aber dann werde ich nicht mehr der gealterte, aber vitale Vernor Deacon Trent sein; ich werde lediglich die mumifizierte Karikatur des Mannes mit dem seltsamen Gesicht auf dem Porträt über meinem Bett sein.

Ich lege mich tiefer in die Kissen zurück, und meine gelblichen Finger wirken zerbrechlich auf dem Laken. Ich öffne die Augen nicht, als die ältesten Mitglieder der Familie – einer nach dem anderen – an mir vorbeiziehen, um meinen Ring ein letztes Mal zu küssen, worauf sie aufstehen und draußen auf dem Flur tuscheln und murmeln wie Bauern bei einer Beerdigung.

Unten, auf den uralten Stufen des Hauses, in dem ich geboren wurde, höre ich leises Schlurfen und Ächzen, als andere Mitglieder der Familie – in langen Schlangen – in ehrfürchtigem Schweigen heraufkommen, um mich zu betrachten wie eine Mumie im Museum, wie einen einbalsamierten Lenin, der eingefallen und vergilbt in seiner Gruft ruht, und um den Ring und das Medaillon vom Orden des Drachen zu küssen.

Ich schließe die Augen und gestatte mir, in Träume zu versinken.

Ich spüre, wie sie über mir schweben, diese Träume von vergangenen Zeiten, Träume von manchmal glücklicheren Zeiten, und allzuoft Träume von schrecklichen Zeiten. Ich spüre ihre Last, die Last dieser Träume von Blut und Eisen.

Ich schließe die Augen und ergebe mich ihnen, ich träume unruhig, während meine letzten Tage durch meinen Geist Revue passieren und vorüberschlurfen wie die neugierigen und trauernden Mitglieder meiner Familie der Nacht.

# Kapitel 7

Dr. Kate Neuman hatte den Punkt erreicht, wo sie es einfach nicht mehr ertragen konnte. Sie verließ die Kinderstation, ging an der Quarantänestation vorbei, wo sich die acht Patienten mit Hepatitis B erholten, blieb gerade lange genug vor dem ungekennzeichneten Sterbesaal für Säulinge stehen, daß sie durch das Fenster sehen und mit der Faust gegen den Türrahmen schlagen konnte, und schritt dann rasch weiter zum Aufenthaltsraum der Ärzte.

Die Flure des Krankenhauses im Ersten Bezirk von Bukarest erinnerten Kate an eine alte Fabrik in Massachusetts, wo sie eines Sommers gearbeitet hatte, um etwas Geld für ihr Studium in Harvard beiseite legen zu können; die Flure dort hatten dieselbe schmutzige grüne Farbe gehabt, denselben rissigen und dreckigen Linoleumfliesenboden, dieselben widerlichen Neonröhren, die tiefes Dunkel zwischen Flecken fahlen Lichts hinterließen, und dieselbe Art von Männern waren mit Bartstoppeln im Gesicht und überheblichen, diskriminierenden Seitenblicken schlurfend dort entlanggegangen.

Kate Neuman hatte genug. Es war sechs Wochen her, seit sie im Rahmen einer ›kurzen Unterrichtsreise‹ nach Rumänien gekommen war; es war achtundvierzig Stunden her, seit sie zum letztenmal geschlafen hatte, und fast vierundzwanzig Stunden, seit sie zum letztenmal duschen konnte; es waren Tage vergangen, seit sie zuletzt das Tageslicht gesehen hatte; es war erst Minuten her, seit sie mit ansehen mußte, wie das letzte Baby gestorben war, und Kate Neuman hatte genug.

Sie rauschte durch die Tür des Ärztezimmers, blieb schwer atmend stehen und betrachtete die verblüfften Gesichter, die von dem zerschlissenen Sofa und dem langen Tisch zu ihr aufsahen. Die Ärzte waren überwiegend Männer mit blassen Gesichtern, viele mit schmutzigen Ärztekitteln und struppigen Schnurrbärten. Sie machten einen verschlafenen Eindruck, aber Kate wußte, daß es nicht an Überstunden auf den Stationen lag; die meisten dieser Ärzte legten Freistunden ein und kamen nur durch das, was im nachrevolutionären Bukarest als Nachtleben galt, um ihren Schlaf. Kate sah Bluejeans am anderen Ende des Sofas und verspürte einen Augenblick eine Woge der Erleichterung darüber, daß ihr rumänischer Freund und Dolmetscher Lucian wieder da war, aber als der Mann sich nach vorn beugte, konnte sie sehen, daß es sich doch nicht um Lucian handelte, sondern nur um den amerikanischen Priester, den die Kinder ›Pater Mike‹ nannten, und Kates Zorn schlug wieder wie eine schwarze Woge über ihr zusammen.

Sie stellte fest, daß Mr. Popescu, der Leiter des Krankenhauses, beim Wasserspender stand, und ging auf ihn zu. »Wir haben heute nachmittags wieder ein Kind verloren. Wieder ein Baby tot. Sinnlos gestorben, Mr. Popescu.«

Der pummelige Verwaltungsdirektor sah sie blinzelnd an und rührte seinen Tee um. Kate wußte, daß er sie verstand.

»Möchten Sie nicht wissen, warum es gestorben ist?« fragte Kate den kleinen Mann.

Zwei der Kinderärzte stahlen sich Richtung Tür davon, aber Kate versperrte den Ausgang und hielt eine Hand hoch wie ein Verkehrspolizist. »Das sollten alle hören«, sagte sie leise. Sie hatte Mr. Popescu nicht aus den Augen gelassen. »Möchte niemand wissen, weshalb wir heute wieder ein Kind verloren haben?«

Der Direktor leckte sich die Lippen. »Dr. Neuman ... Sie sind ... möglicherweise ... sehr müde, ja?«

Kate fixierte ihn mit ihrem Blick. »Wir haben das kleine Mädchen auf Station neun verloren«, sagte sie mit einer Stimme, die so ausdruckslos wie ihr Blick war. »Sie ist gestorben, weil jemand unachtsam eine IV angebracht hat ... eine ganz stinknormale Scheiß-IV ... und die dicke Schwester mit dem Knoblauchatem hat dem Kind ein Luftbläschen ins Herz injiziert.«

*»Îmi pare foarte rău«,* murmelte Mr. Popescu, *»nu am înțeles.«*

»Von wegen, Sie verstehen nicht«, schnappte Kate, die spürte, wie ihr Zorn Gestalt annahm, zu etwas Scharfem und Scharfkantigem wurde. »Sie verstehen sehr gut.« Sie drehte sich um und musterte das runde Dutzend Ärzte, die standen oder saßen und sie ansahen. »Sie verstehen alle. Die Worte sind auch nicht schwer zu verstehen ... Pfusch ... berufliche Fahrlässigkeit ... Schlampigkeit. Das ist das dritte Kind diesen Monat, das wir wegen reiner, dummer Unfähigkeit verlieren.« Sie sah den ersten Kinderarzt direkt an. »Wo *waren* Sie?«

Der größere Mann drehte sich zu seinem Gefährten um, grinste und sagte etwas auf rumänisch. Die Worte *tiganesc* und *corcitura* waren deutlich zu verstehen.

Kate machte einen halben Schritt auf ihn zu und kämpfte gegen den Wunsch an, ihm einen Schlag genau über dem buschigen Schnurrbart zu verpassen. »Ich weiß, daß das Kind ein Zigeunerhalbblut war, Sie elender kleiner Scheißkerl.« Sie ging noch einen Schritt auf sie zu, und obwohl sie zwölf Zentimeter kleiner und siebzig Pfund leichter als der Rumäne war, wich dieser vor ihr an die Wand zurück.

»Ich weiß auch, daß Sie überlebende Babys an die hirnlosen Amerikaner verkaufen, die hier herumlaufen«, sagte sie zu dem Kinderarzt und hob einen Finger, als wollte sie ihm diesen durch die Brust bohren. Im letzten Augenblick wandte sie sich von ihm ab, als würde sein Geruch sie abstoßen. »Und ich weiß auch über die Nebeneinkünfte aller anderen hier Bescheid«, sagte Kate mit einer Stimme, die so müde und voller Ekel war, daß sie sie selbst kaum als ihre eigene erkannte. »Sie könnten wenigstens versuchen, mehr von ihnen zu retten . . .«

Die beiden Kinderärzte an der Tür stahlen sich hastig hinaus. Die anderen Ärzte am Tisch und auf dem Sofa ließen ihren Tee stehen und verließen das Zimmer. Mr. Popescu kam näher und streckte die Hand aus, als wollte er sie am Arm berühren, überlegte es sich dann aber anders. »Sie sind sehr müde, Mrs. Neuman . . .«

»*Doktor* Neuman«, sagte Kate, ohne aufzusehen. »Und wenn auf den Stationen nicht bald mehr Sorgfalt herrscht, Popescu, wenn noch ein Kind sinnlos stirbt, dann, das schwöre ich bei Gott, werde ich einen Bericht an die UNICEF, an Adoption Option und Save the Children und alle anderen Organisationen schicken, die Ihren Laden hier finanzieren – einen derart geharnischten Bericht, daß Sie nie wieder einen amerikanischen Cent zu sehen bekommen und Ihre habgierigen Freunde in der Stadt Sie in ein Lager schicken, oder was auch immer heutzutage in Rumänien für Gulag steht.«

Mr. Popescu war rot und blaß und wieder rot geworden, während er zurückgewichen und seitlich am Tisch entlang Richtung Tür geschlichen war, nun stellte er die Teetasse hinter sich, verfehlte den Tisch, zischte etwas auf rumänisch und stapfte zur Tür hinaus.

Kate Neuman wartete einen Augenblick, ohne aufzusehen, dann hob sie seine Tasse vom Boden auf, wischte sie mit einem Lappen vom Tresen aus und stellte sie auf den Sims über dem Heißwasserboiler zurück. Sie schloß die Augen und spürte, wie Müdigkeit unter ihr wogte wie lange, langsame Wellen unter einem kleinen Schiff.

»Ist Ihre Rundreise hier bald zu Ende?« fragte eine amerikanische Stimme.

Kate schnellte ruckartig hoch. Der bärtige Priester saß immer noch auf dem Sofa, wo er mit seinen Bluejeans, dem grauen Sweatshirt und den Reebok-Turnschuhen ein wenig deplaziert wirkte. Kate überlegte sich eine giftige Antwort, besann sich aber anders. »Ja«, sagte sie. »Noch eine Woche, dann fliege ich heim, was auch passieren mag.«

Der Priester nickte, trank seinen Tee aus und stellte die gesprungene Tasse weg. »Ich habe Sie beobachtet«, sagte er leise.

Kate sah ihn verdrossen an. Sie hatte religiöse Menschen nie besonders leiden mögen, aber zölibatäre Priester erbosten sie mehr als alles andere. Für sie waren Priester nichts weiter als ein sinnloser Anachronismus – Medizinmänner, die ihre furchteinflößenden Masken gegen Priesterkragen eingetauscht hatten; Verbreiter scheinheiliger Fürsorge; Aasgeier, die um die Kranken und Sterbenden herumkreisten.

Kate stellte fest, wie müde sie war. »Ich habe Sie nicht beobachtet«, sagte sie leise. »Aber ich habe Sie bei den neuen Kindern und bei der Arbeit auf den Stationen gesehen. Die Kinder mögen Sie.«

Der Priester nickte. »Und Sie retten ihnen das Leben.« Er ging zum Fenster und zog die schweren Vorhänge zurück. Helles Abendlicht strömte in den Raum, wahrscheinlich zum erstenmal seit Jahrzehnten.

Kate blinzelte und rieb sich die Augen.

»Es wird Zeit, Feierabend zu machen, Doktor Neuman«, sagte der Priester. »Ich würde Sie gerne auf dem Heimweg begleiten.«

»Das ist nicht nötig . . .«, begann Kate und versuchte, wieder Wut wegen der Anmaßung des Mannes zu verspüren, brachte aber keine zustande. Sie spürte, wie ihre Emotionen leerliefen wie eine verbrauchte Batterie. »Na gut«, sagte sie.

Er ging mit ihr aus dem Krankenhaus und in den Bukarester Abend hinaus.

# Kapitel 8

Normalerweise ließ sich Kate nach Einbruch der Dunkelheit von einem Taxi nach Hause bringen, aber an diesem Abend gingen sie zu Fuß. Kate blinzelte, als sie das fahle Abendlicht bemerkte, das auf die Fassaden der Häuser gemalt zu sein schien. Ihr war, als hätte sie Bukarest noch nie zuvor gesehen.

»Sie wohnen also nicht in einem der Hotels?« fragte der Priester.

Kate schüttelte sich aus ihrer Betrachtung. »Nein, die Stiftung hat in der Ştirbei Vodă ein kleines Apartment für mich gemietet.« Sie nannte ihm die Adresse.

»Ah«, sagte Pater O'Rourke, »das ist ganz in der Nähe von Cişmigiu.«

»In der Nähe wovon?« sagte Kate. Das letzte Wort hatte sich beinahe wie ein Niesen angehört.

»Cişmigiu-Park. Einer meiner Lieblingsplätze in der Stadt.«

Kate schüttelte den Kopf. »Habe ich nie gesehen.« Sie lächelte verkrampft. »Aber ich habe überhaupt nicht viel gesehen, seit ich hier angekommen bin. Ich habe mir drei Tage im Krankenhaus frei genommen, aber die habe ich verschlafen.«

»Wann sind Sie hier angekommen?« fragte er. Kate bemerkte, daß er hinkte, als sie über den belebten Bălcescu-Boulevard gingen. Hier, auf den Nebenstraßen rings um die Universität, waren die Schatten dunkler, die Luft kühler.

»Hmmm . . . am vierten April. O Gott.«

»Ich weiß«, sagte Pater O'Rourke. »In diesem Krankenhaus kommt einem ein Tag wie eine Woche vor. Und eine Woche wie eine Ewigkeit.«

Sie hatten gerade den großen Platz an der Calea Victoriei erreicht, als Kate stirnrunzelnd stehenblieb. »Was haben wir heute für einen Tag?«

»Den fünfzehnten Mai«, sagte der Priester. »Mittwoch.«

Kate rieb sich das Gesicht und blinzelte. Ihre Haut fühlte sich wie betäubt an. »Ich habe CDC versprochen, daß ich am zwanzigsten wieder dort sein würde. Sie haben mir die Tickets geschickt. Ich hatte ganz vergessen, wie bald . . .« Sie schüttelte wieder den Kopf und sah sich auf der Plaza um, wo noch dichter Feierabendverkehr herrschte. Hinter ihnen ragte die völlig in Gerüste gekleidete Kirche Crețulescu auf, an deren rußiger Fassade man noch die Einschußlöcher erkennen konnte. Der Palast der Republik auf der anderen Seite der *piața* war stärker beschädigt worden. Lange rot- und weißgestreifte Banner hingen über dem Säuleneingang, aber die Türen und zerschmetterten Fenster waren vernagelt. Das Athenée Palace Hotel rechts von ihnen war zwar geöffnet, aber die Fenster leer, die Einschußlöcher sahen aus wie frische Narben auf der Haut eines Heroinsüchtigen.

»CDC«, sagte Pater O'Rourke. »Kommen Sie aus Atlanta?«

»Boulder, Colorado«, sagte Kate. »Die hohen Tiere sitzen immer noch in Atlanta, aber es heißt schon seit mehreren Jahren *Centers* for Disease Control. Die Niederlassung in Boulder ist noch ziemlich neu.«

Sie überquerten die Calea Victoriei an der Ampel und schritten die Strada Știrbei Vodă hinab, als schon drei Zigeunerbettler vor dem Hotel București sie sahen, auf sie zugelaufen kamen, ihnen Babys entgegenstreckten, Kate auf die Schulter klopften und sagten: *»Por la bambina ... Por la bambina ...«*

Kate hob erschöpft die Hand, aber Pater O'Rourke holte für jeden Kleingeld heraus. Die Zigeunerin verzog das Gesicht, als sie die Münzen sah, schnappte etwas in einem Dialekt und eilte wieder zu ihrem Platz vor dem Hotel. Die Geldwechsler in ihren Bluejeans und Ledermänteln sahen gleichgültig zu.

Știrbei Vodă war eine schmalere Straße, aber immer noch voll von billigen Dacias und den Mercedes und BMWs der Geldwechsler, die auf Kopfsteinpflaster und abgenutztem Asphalt dicht gedrängt vorbeirumpelten. Kate bemerkte wieder das leichte Hinken des Priesters, beschloß aber, ihn nicht danach zu fragen. Statt dessen sagte sie: »Wo liegt Ihre Heimat?« Sie hatte überlegt, ob sie *Pater* hinzu fügen sollte, aber das kam ihr nicht so einfach über die Lippen.

Der Priester lächelte gepreßt. »Nun, der Orden, für den ich arbeite, hat seinen Sitz in Chicago, und für diese Reise bekomme ich meine Anweisungen von der Erzdiözese in Chicago, aber es ist eine Weile her, seit ich zum letztenmal dort war. In den letzten Jahren habe ich viel Zeit in Süd- und Mittelamerika verbracht. Davor in Afrika.«

Kate sah nach links, erkannte die Straße namens 13 Decembrie und wußte, sie war nur noch einen oder zwei Blocks von ihrer Wohnung entfernt. Bei Tage und zu Fuß sah die Straße ganz anders aus. »Demnach sind Sie gewissermaßen ein Experte für die dritte Welt«, sagte sie und erfreute sich am Klang der englischen Sprache, obwohl sie eigentlich zu müde war, der Unterhaltung zu folgen.

»Sozusagen«, antwortete Pater O'Rourke.

»Und haben Sie sich auf Waisenhäuser rund um die Welt spezialisiert?«

»Eigentlich nicht. Wenn ich überhaupt ein Spezialgebiet habe, dann sind es Kinder. Die findet man eben in Waisenhäusern und Kliniken am ehesten.«

Kate gab einen zustimmenden Laut von sich. Einige Kastanienbäume an der Straße fingen das letzte gespiegelte Licht von den Gebäuden an der Ostseite der Straße auf und schienen in eine goldorangefarbene Korona gehüllt zu sein. Die Luft war schwanger von den Gerüchen, die für jede osteuropäische Stadt typisch sind – ungereinigte Autoabgase, Abwasser, faulender Müll –, aber die leichte Abendbrise brachte auch einen Hauch von Grün und frischen Blüten mit sich.

»Ist es die ganze Zeit, seit ich hier bin, so schön gewesen? Ich kann mich nur daran erinnern, daß es kalt und regnerisch war«, sagte Kate leise.

Pater O'Rourke lächelte. »Seit dem ersten Mai herrschen hier sommerliche Temperaturen«, sagte er. »Die Bäume der Alleen nördlich von hier sind wunderschön.«

Kate blieb stehen. »Nummer fünf«, sagte sie. »Das ist mein Wohnkomplex.« Sie streckte die Hand aus. »Vielen Dank für den Spaziergang und das Gespräch . . . äh, Pater.«

Der Priester sah sie an, ohne ihre Hand zu schütteln. Sein Gesichtsausdruck wirkte ein wenig verwirrt, aber nicht ihretwegen, sondern fast so, als würde er eine stumme Diskussion mit sich selbst führen. Kate bemerkte zum erstenmal, wie erstaunlich klar seine grauen Augen waren.

»Der Park liegt genau dort«, sagte Pater O'Rourke und deutete die Ştirbei Vodă hinab. »Keinen Block entfernt. Der Eingang ist leicht zu übersehen, wenn man nicht schon weiß, daß er sich dort befindet. Ich weiß, Sie sind erschöpft, aber . . .«

Kate *war* erschöpft und in miserabler Laune und trotz seiner wunderschönen Augen nicht im geringsten angetan von diesem zölibatären Priester in seinen Reeboks. Nichtsdestotrotz war dies die erste nichtmedizinische Unterhaltung seit Wochen für sie, und sie stellte zu ihrer eigenen Überraschung fest, daß sie sie nicht beenden wollte. »Einverstanden«, sagte sie. »Zeigen Sie ihn mir.«

Der Cişmigiu-Park erinnerte Kate daran, wie sie sich den Central Park in New York vor Jahrzehnten vorgestellt haben würde, bevor dieser seine Nächte der Gewalt und seine Tage dem Lärm preisgegeben hatte: Cişmigiu war eine wahrhaftige städtische Oase, ein verborgenes Tal mit Bäumen und Wasser und Schatten von Laub und Blumen.

Sie betraten ihn durch ein schmales Tor in einem hohen Zaun, das Kate noch nie aufgefallen war, gingen eine Treppe zwischen hohen Felsen hinunter und gelangten in einen Irrgarten von asphaltierten Wegen und Kopfsteinpflasterpfaden. Der Park war groß, aber sämtliche Abschnitte anheimelnd: hier ein Bach, der unter einer bogenförmigen Brücke verlief und sich dort zu einer schattigen Lagune verbreiterte; eine langgezogene Wiese – ungepflegt und scheinbar unberührt von Sense und Sichel eines Gärtners, aber voll von Wildblumen; ein Spielplatz, wo es von Kindern wimmelte, die noch für den gerade vergangenen Winter gekleidet waren; lange Bänke, auf denen Großeltern saßen und den Kindern beim Spielen zusahen; Tische und Bänke aus Stein, wo Männer in Gruppen anderen Männern beim Schachspielen zusahen; ein Inselrestaurant in buntem Licht; Gelächter, das über das Wasser hallte.

»Wunderschön«, sagte Kate. Sie waren um die Ostseite der Lagune herumgegangen, am Lärm des Spielplatzes vorbei, hatten eine Brücke aus Betonpfosten und Ästen überquert und verweilten dort, um Pärchen zu beobachten, die unten auf dem Bach ruderten.

Pater O'Rourke nickte und lehnte sich an das Geländer. »Es ist immer zu leicht, nur eine Seite einer Stadt zu sehen. Mag sein, daß man sich nicht leicht in Bukarest verlieben kann, aber die Stadt hat auch ihre schönen Seiten.«

Kate beobachtete ein junges Pärchen, das unten vorbeifuhr; der junge Mann mühte sich mit den schweren Rudern ab und versuchte so zu tun, als ginge es völlig mühelos, seine junge Lady rekelte sich wollüstig – jedenfalls ihrer Meinung nach – in dem Kahn. Das Ruderboot schien so groß wie ein Rettungsboot der *QE 2* zu sein und ebenso einfach zu bedienen. Das Paar verschwand hinter einer Biegung des Bachlaufs, wo der junge Mann sich schwitzend und fluchend auf die Ruder stützte, um einem Paddelboot auszuweichen, das aus der anderen Richtung kam.

»Die Ceauşescus und die Revolution scheinen sehr weit entfernt zu sein, oder nicht?« sagte Kate. »Man kann sich kaum vorstellen, daß diese Menschen jahrelang unter einem der schlimmsten Diktatoren der Menschheitsgeschichte leben mußten.«

Der Priester nickte. »Haben Sie den neuen Präsidentenpalast und den Boulevard Sieg des Sozialismus gesehen?«

Kate versuchte, ihr Gedächtnis in die Gänge zu bekommen. »Ich glaube nicht«, sagte sie.

»Sollten Sie sich ansehen, bevor Sie abreisen«, sagte Pater O'Rourke. Seine grauen Augen wirkten abwesend und schienen mit einem inneren Monolog beschäftigt zu sein.

»Ist das im neuen Stadtteil von Bukarest, den er erbauen ließ?«

Der Priester nickte wieder. »Erinnert mich an die Architekturmodelle, die Albert Speer für Hitler entworfen hat«, sagte er mit sehr leiser Stimme. »Berlin, wie es nach dem Endsieg des Dritten Reiches aussehen sollte. Der Präsidentenpalast könnte das größte bewohnte Gebäude der Welt sein ... aber augenblicklich ist er nicht bewohnt. Das neue Regime hat nicht die leiseste Ahnung, was man damit anfangen soll. Und der Boulevard besteht aus einer Masse glänzender weißer Büro- und Mietshäuser – teils Drittes Reich, teils koreanische Gotik, teils römischer Imperialismus. Sie sind über den ehedem schönsten Teil der Stadt hinweggewalzt wie marsianische Kampfmaschinen. Die alten Gebäude sind für immer dahin ... so tot wie Ceaușescu.« Er rieb sich die Wangen. »Macht es Ihnen etwas aus, wenn wir uns einen Moment setzen?«

Kate ging mit ihm zur Bank. Der Sonnenuntergang leuchtete nur noch in den allerhöchsten Wolken, aber die Dämmerung ließ sich Zeit, der laue Frühlingsabend schmolz langsam dahin. Einige wenige Gaslaternen leuchteten an dem langen, gewundenen Weg auf. »Ihr Bein macht Ihnen Probleme«, sagte sie.

Pater O'Rourke lächelte. »Dieses Bein kann mir keine Probleme machen«, sagte er und zog das linke Hosenbein über den Stützstrumpf. Er klopfte auf das rosa Plastik einer Prothese. »Nur bis zum Knie«, fügte er hinzu. »Oberhalb kann es verdammt weh tun.«

Kate biß sich auf die Lippen. »Autounfall?«

»Sozusagen. Gewissermaßen ein nationaler Autounfall. Vietnam.«

Kate war überrascht. Während des Krieges war sie noch in der High-School gewesen, und sie hatte angenommen, der Priester wäre in ihrem Alter oder jünger. Jetzt betrachtete sie gründlich das Gesicht über dem dunklen Bart, bemerkte das Netz der Lachfältchen um die Augen, *sah* den Mann zum erstenmal richtig und stellte fest, daß er ein paar Jahre älter als sie war, möglicherweise Anfang Vierzig. »Das mit Ihrem Bein tut mir leid«, sagte sie.

»Mir auch«, lachte der Priester.

»War es eine Tretmine?« Kate hatte mit einem brillanten Arzt zusammengearbeitet, der sich auf Kriegsverletzungen spezialisiert hatte.

»Eigentlich nicht«, sagte Pater O'Rourke. Seiner Stimme fehlte das Selbstmitleid und Zögern, das sie bei vielen Vietnam-Veteranen gehört hatte. *Welche Dämonen der Krieg und die Verletzung ihm auch immer beschert haben mögen,* dachte sie, *inzwischen hat er sie überwunden.* »Ich war eine Tunnelratte«, sagte er. »Und ich habe einen Nordvietnamesen da unten gefunden, der mehr Falle als Leichnam war.«

Kate war nicht sicher, was eine Tunnelratte war, fragte aber nicht.

»Sie wirken Wunder bei den Kindern im Krankenhaus«, sagte der Priester. »Seit Ihrer Ankunft hat sich die Zahl der überlebenden Fälle mit Hepatitis B verdoppelt.«

»Aber sie ist immer noch nicht gut genug«, schnappte Kate. Sie hörte den schneidenden Unterton ihrer Stimme und holte Luft. Als sie weitersprach, klang ihre Stimme leiser. »Wie lange sind Sie schon in Rumänien ... äh ...«

Er kratzte sich am Bart. »Warum nennen Sie mich nicht Mike?«

Kate wollte etwas sagen, zögerte aber. ›Pater‹ war falsch; ›Mike‹ hörte sich auch nicht ganz richtig an.

Der Priester grinste sie an. »Okay, wie wäre es mit O'Rourke? In der Armee hat das prima geklappt.«

»Na gut – O'Rourke«, sagte Kate. Sie streckte die Hand aus. »Ich bin Neuman.«

Sein Händedruck war fest, aber Kate spürte große Zärtlichkeit dahinter. »Nun, Neuman«, sagte er, »um Ihre Frage zu beantworten ... ich bin seit eineinhalb Jahren mehr oder weniger ständig in Rumänien.«

Kate war überrascht. »Und Sie haben die ganze Zeit mit den Kindern gearbeitet?«

»Meistens.« Er beugte sich nach vorn und rieb sich abwesend das Knie. Ein weiteres Ruderboot kam vorbei. Vom Inselrestaurant drang Rockmusik, deren Text nicht zu verstehen war, über die Lagune. »Das erste Jahr oder so . . . nun, Sie kennen ja die Bedingungen in den staatlichen Waisenhäusern. Die erste Aufgabe war, die kränksten Kinder in Krankenhäuser zu bringen.«

Kate strich sich über die müden Lider. Erstaunlicherweise ließ die krankheitsgleiche Erschöpfung ein wenig nach und räumte einer einfachen Müdigkeit das Feld. »In den Krankenhäusern sieht es nicht viel besser aus«, sagte sie.

Pater O'Rourke sah sie nicht an. »Die Krankenhäuser für die Parteielite sind besser. Haben Sie sie gesehen?«

»Nein.«

»Sie stehen nicht auf der offiziellen Liste des Gesundheitsministeriums. Es sind keine Schilder daran angebracht. Aber medizinische Versorgung und Ausrüstung sind Lichtjahre weiter als in den öffentlichen Krankenhäusern, in denen Sie gearbeitet haben.«

Kate drehte den Kopf und sah einem Pärchen nach, das Hand in Hand vorbeischlenderte. Zwischen den Zweigen über dem Weg wurde der Himmel zunehmend dunkler. »Aber es sind keine Kinder in diesen Krankenhäusern der Parteielite, O'Rourke, oder?«

»Keine Waisenkinder. Nur ein paar gutgenährte Kinder, die die Mandeln herausgenommen bekommen.«

Das Pärchen war hinter der Wegbiegung verschwunden, aber Kate sah weiter in diese Richtung. Die angenehme Geräuschkulisse des Parks schien in der Ferne zu verschwinden.

»Gottverdammt«, flüsterte sie leise. »Was sollen wir nur tun? Über sechshundert dieser staatlichen Institutionen . . . zweihunderttausend Kinder oder mehr da draußen, von denen wir wissen . . . fünfzig Prozent davon mit Hepatitis B . . . fast ebenso viele in diesen elenden Löchern HIV-positiv. Was sollen wir nur tun, O'Rourke?«

Der Priester sah sie in der Dämmerung an. »Das Geld und die Aufmerksamkeit des Westens haben etwas geholfen.«

Kate gab einen wüsten Laut von sich.

»Doch«, sagte Pater O'Rourke. »Die Kinder werden nicht mehr in Käfige gesperrt wie bei meiner ersten Rundreise, die Vernor Deacon Trent arrangiert hat.«

»Nein«, stimmte Kate zu. »Jetzt läßt man sie in sauberen Eisenbetten schaukeln und verkümmern.«

»Und es besteht immer die Hoffnung, daß der Adoptionsprozeß . . .«, begann der Priester.

Kate drehte sich zu ihm um. »Haben Sie auch etwas mit diesem

Scheißzirkus zu tun? Beschaffen Sie gesunde rumänische Kinder, damit diese steakfressenden, wiedergeborenen amerikanischen Dummköpfe sie kaufen können? Ist das Ihre Rolle bei alledem?«

Pater O'Rourke saß stumm im Angesicht ihrer Wut. Sein Gesicht ließ keinerlei Schuldbewußtsein erkennen. Seine Stimme klang sanft. »Möchten Sie meine Rolle bei alledem sehen, Neuman?«

Kate zögerte nur einen Augenblick. Sie spürte wieder die Wut wie heiße Galle in sich emporsteigen. Tausende Kinder mußten leiden und sterben – Zehntausende –, und dieser wandelnde Anachronismus mit seinem Priesterkragen gehörte zum Großen Baby-Basar, dieser profitorientierten Nebenbeschäftigung, die von den Ganoven und ehemaligen Informanten betrieben wurde, die die schmierige Mafia dieses Landes bildeten.

»Ja«, sagte sie schließlich und machte ihrer Wut mit einem höhnischen Fauchen Luft. »Zeigen Sie es mir.«

Pater O'Rourke stand ohne ein weiteres Wort von der Bank auf und führte sie aus dem Park hinaus in die dunkle Stadt.

# Kapitel 9

Pitești war eine Flammenmauer in der Nacht. Eine solide Wand von Raffinierietürmen, Tanks, Kühltürmen und Gerüsten, die sich als Schattenrisse abzeichneten, zog sich meilenweit am nordöstlichen Horizont hin. Flammen loderten aus tausend Ventilen, dunklen Kuppeln und schwarzen Gebäuden empor. Kate wußte, daß es sich um eine Raffinieriestadt handelte, aber aus der Nähe kam sie ihr wie die Hölle vor.

O'Rourke hatte noch einen kurzen Umweg zu seinem Zimmer im Gebäude der UNICEF in der Știrbei-Vodă-Straße gemacht und einen Anzug angezogen, den er als seinen Mutant-Hero-Priesteranzug bezeichnete: schwarzes Hemd, schwarze Jacke, schwarze Hosen, Priesterkragen. Er führte Kate zu einer kleinen Dacia-Limousine, die hinter dem gotischen Gebäude parkte, danach holperten sie über Backstein- und Kopfsteinpflaster zum Hotel Lido am Magheru-Boulevard. Aber statt dort anzuhalten, war O'Rourke in die Strada C. A. Rosetti eingebogen, um den Block gefahren und hatte jedesmal gebremst, wenn sie das dunkle Hotel passierten.

»Was wollen wir . . .«, begann Kate, als sie zum drittenmal an dem Hotel vorbeischlichen.

»Augenblick . . . *da*«, hatte O'Rourke gesagt und mit dem Finger gezeigt. Ein mit Kleidung aus dem Westen bekleidetes Paar war aus dem Hotel gekommen, hatte mit einem großen Mann im Ledermantel geschwatzt, und dann hatten alle drei auf dem Rücksitz eines Mercedes Platz genommen, der im Parkverbot am Bordstein hielt. O'Rourke hatte den Dacia ins Dunkel unter den Bäumen der Strada Franklin gefahren und die Scheinwerfer ausgeschaltet. Einen Augenblick später, als sich der Mercedes in den spärlicheren Verkehr einfädelte, folgte er ihm.

»Freunde von Ihnen?« fragte Kate, die dieser Mantel-und-Degen-Unsinn etwas verunsicherte.

Zwischen den dunklen Linien seines gepflegten Barts sahen O'Rourkes Zähne ausgesprochen weiß aus. »Selbstverständlich Amerikaner. Ich wußte, daß sie sich etwa um diese Zeit mit dem Mann treffen würden.

»Adoption?«

»Freilich.«

»Haben Sie etwas damit zu tun?«

O'Rourke sah sie an. »Noch nicht.«

Sie waren dem Mercedes den Boulevardul Magheru entlang gefolgt, bis die Straße in den Boulevardul Nicolae Bălcescu überging, hatten wie der Mercedes im Kreisverkehr am Plaza Universitatii westliche Richtung eingeschlagen und folgten ihm, bis die breite Prachtstraße des Boulevardul Republicii zur Gheorge Gheorghiu-Dej wurde. Als sie den betonierten Kanal überquert hatten, der einmal der Fluß Dimbovița gewesen war, fuhren sie durch ein Viertel mit Wohnkasernen und Elektronikfabriken aus der Ära Stalin Richtung Westen. Hier waren die Straßen breit, mit tiefen Schlaglöchern, und weitgehend menschenleer, abgesehen von Gruppen dunkel gekleideter Fußgänger, ab und zu einem rasenden Taxi und ratternden Straßenbahnen. Die Geschwindigkeitsbegrenzung betrug fünfzig Stundenkilometer, aber der Mercedes beschleunigte rasch auf hundert, und O'Rourke peitschte den Dacia, damit sie den Anschluß nicht verloren.

»Ein Verkehrspolizist wird Sie anhalten«, sagte Kate.

Der Priester nickte zum Handschuhfach. »Falls es soweit kommt, habe ich vier Stangen Kent da drinnen«, sagte er und scherte aus, um einer Gruppe Fußgänger auszuweichen, die mitten auf dem Boulevard stand. Die Straße wurde vom fahlen Schein vereinzelter Natriumdampflampen beleuchtet, die sehr weit auseinanderstanden.

Plötzlich wurden die häßlichen Mietshäuser spärlicher, dann verschwanden sie völlig, und die beiden befanden sich mit einemmal auf dem Land, wo sie noch mehr beschleunigen mußten, damit sie die Scheinwerfer des Mercedes nicht aus den Augen verloren. Kate sah ein Hinweisschild vorbeihuschen: A-1, AUTOSTRADA BUKAREȘTI–PITEȘTI, PITEȘTI 113 KM.

Die Fahrt dauerte etwas länger als eine Stunde, und sie und der Priester sprachen nur wenig miteinander: Kate, weil sie so erschöpft war, daß es ihr schwerfiel, Worte zu formen, O'Rourke offensichtlich, weil er eigenen Gedanken nachhing. Die Straße bestand aus der Nachbildung einer amerikanischen Interstate ohne Böschung, aber dafür mit Schlaglöchern, aber das Land, das rechts und links vorbeizog, war viel dunkler, als Kate die Landschaft in den Staaten in Erinnerung hatte. Lediglich vereinzelte Dörfer waren in der Ferne von der Straße aus zu erkennen, und selbst diese leuchteten nur schwach, wie von Petroleumlampen statt von elektrischem Licht.

Piteşti mit seinen Flammenmauern, die himmelwärts loderten, war ein um so größerer Schock.

Der Mercedes nahm die erste Ausfahrt Richtung Piteşti, und O'Rourke folgte und näherte sich allmählich, indem er beschleunigte. Die Ausfahrt führte sie wenig später auf eine spärlich beleuchtete Landstraße, dann auf eine noch schmälere Straße ohne Beleuchtung. Hier machten die Mietshäuser einen noch trostloseren Eindruck als in Bukarest; es war noch nicht einmal zehn Uhr, aber lediglich einige wenige Lampen leuchteten hinter Vorhängen. Die grauen, schmucklosen Betongebäude ragten vor dem flackernden orangeroten Leuchten auf, das sich auf den tiefhängenden Wolken spiegelte. Kate und O'Rourke hatten die Fenster des Dacia hochgekurbelt, aber dennoch gelangten ätzende Abgase der Raffinerien in das Wageninnere, kratzten sie im Hals und brachten ihre Augen zum Tränen. Kate mußte wieder an die Hölle denken.

Der Mercedes fuhr in eine noch schmalere Gasse und hielt an. O'Rourke fuhr mit dem Dacia unmittelbar nach einer Kreuzung an den Straßenrand.

»Was jetzt?« fragte Kate.

»Sie können hierbleiben oder mich in das Haus begleiten«, sagte O'Rourke.

Kate stieg aus dem Auto aus und folgte ihm um die Ecke, über die Straße und zur Fassade der Mietskaserne. Aus den dunklen oberen Stockwerken konnte man vereinzelte Radios und Fernseher hören. Hier war die Frühlingsluft kalt, trotz des höllischen Loderns über ihnen. Der Fahrstuhl im Innern funktionierte nicht; sie hörten Schritte auf der Treppe über sich hallen. Der Priester winkte ihr, sie solle sich beeilen, worauf Kate ihm halb laufend die Treppe hinauf folgte. Sie konnten das schwere Schlurfen von vier Menschen über sich hören, aber O'Rourkes Schritte waren fast lautlos. Sie stellte fest, daß er seine Reeboks angelassen hatte und lächelte verhalten, obwohl sie allmählich vor Anstrengung schnaufte.

Im sechsten Stock – der in Amerika der siebte gewesen wäre – blieben sie stehen. O'Rourke machte die Tür des Treppenhauses auf, worauf sie augenblicklich von alten Kochgerüchen eingehüllt wurden, die fast so widerwärtig wie der Gestank von Chemikalien draußen waren. Stimmen hallten in dem schmalen Flur.

O'Rourke hielt eine Hand hoch und bedeutete ihr, sich im Dunkeln bei der Treppe zu halten, dann schlich er lautlos den Flur entlang. Kate fand, daß ›Mutant-Hero-Priesteranzug‹ ein durchaus zutreffender Ausdruck war; der große Mann verschmolz mit den Schatten zwischen den düsteren Lichtern.

Trotz seiner Anweisung, sie solle zurückbleiben – oder vielleicht gerade deswegen –, folgte Kate ihm den Flur entlang, wobei sie sich an der Wand hielt, wo es am dunkelsten war. Sie hatte eine Vorahnung, was für eine Szene sie sehen würde, wenn die Wohnungstür aufgerissen wurde, und sie wurde nicht enttäuscht.

Zwei Rumänen in Lederjacken standen neben dem amerikanischen Paar, übersetzten und zankten mit dem Mann und der Frau, die in der Wohnung hausten. Drei kleine Kinder klammerten sich an den Beinen ihrer Mutter fest, durch die offene Schlafzimmertür drang das Schreien eines Babys. Die Wohnung war klein, vollgestopft und schmutzig, Töpfe und Pfannen standen auf dem fadenscheinigen Teppich, als hätten Kleinkinder bis vor kurzem damit auf dem Boden gespielt. Der durchdringende Geruch von angebranntem Essen und schmutzigen Windeln hing in der Luft.

Kate sah wieder um den Türrahmen herum. O'Rourke stand tatsächlich bereits in den Schatten innerhalb der Wohnung, aber die zankenden Erwachsenen in dem erleuchteten Zimmer hatten ihn noch nicht bemerkt. Bei den beiden Rumänen, die die Amerikaner hergebracht hatten, handelte es sich um die üblichen Mafioso- und Geldwechslertypen: fettige Haare, einer mit einem Banditenschnurrbart, der andere mit Dreitagesstoppeln, beide trugen Designerjeans und Seidenhemden unter den Lederjacken, beide hatten dieselbe dreiste, einschüchternde Art an sich, die Kate auf drei Kontinenten gesehen hatte.

Das rumänische Paar, um dessen Wohnung es sich handelte, war kleiner, blasser, die Frau hohläugig und mit hektischen Blikken, der Ehemann geschwätzig, sein gelegentliches Lächeln sah mehr wie eine Gesichtszuckung aus. Dazwischen stand das amerikanische Pärchen – jung, blond, rosa Wangen und Freizeitkleidung von Land's End – und schien überwältigt. Die Amerikanerin duckte sich andauernd und umarmte die Kinder, die allesamt nicht besonders sauber waren, oder lächelte ihnen zu, aber die Kinder versteckten sich immer wieder hinter ihren Eltern oder stahlen sich in das dunkle Schlafzimmer davon.

»Wieviel für das hier?« fragte der Amerikaner und zauste dem Drei- oder Vierjährigen, der sich am Rock seiner Mutter festklammerte, das Haar. Der Junge wich hastig zurück. Der größere der beiden rumänischen Führer bellte eine Frage und unterbrach den Vater dann mitten in seiner Tirade.

»Er sagt einhunderttausend *Lei* und einen Turbo«, sagte der große Führer grinsend.

»Einen Turbo?« sagte die amerikanische Frau, die hektisch blinzelte.

»Turbo-Automobil«, sagte der kleinere und vierschrötigere der beiden Führer. Als er grinste, reflektierte ein Goldzahn das Licht.

Der Amerikaner holte einen Taschenrechner heraus und tippte Zahlen ein. »Hunderttausend *Lei* wären sechzehnhundertundsechsundsechzig Dollar beim offiziellen Wechselkurs, Liebes«, sagte er zu seiner Frau. »Mmmm ... nur etwa fünfhundert Piepen zum Schwarzmarktkurs. Aber das Auto ... ich weiß nicht ...«

Der größere der beiden Führer grinste. »Nein, nein, nein«, sagte er. »Alle verlangen hunderttausend *Lei.* Nicht bezahlen. Diese Zigeuner ... sehen Sie? Sehr habgieriges Volk. Zigeunerbaby ist keine hunderttausend *Lei* wert. Ihre kleinen Kinder sogar noch weniger wert. Wir bieten ihnen dreißigtausend und sagen ihnen, wenn sie ablehnen, gehen wir anderswo hin.« Er drehte sich um und klopfte dem rumänischen Vater nicht allzu sanft auf die Brust. Der kleine Mann wand sich ein wenig und lauschte dem kaltschnäuzigen rumänischen Wortschwall.

Kate verstand nur einige Worte – Amerika, Dollars, Narr, Behörden.

Die junge Amerikanerin war zur Tür des dunklen Schlafzimmers gegangen und versuchte, das zweijährige Mädchen ins Licht herauszulocken. Der Ehemann war eifrig mit dem Taschenrechner beschäftigt; im Licht der schmucklosen Glühbirne glänzte Schweiß auf seiner Stirn.

»Ahhh«, grinste der größere der beiden Führer. »Das kleine Mädchen, sehr gesund, sie sind mit fünfundvierzigtausend *Lei* einverstanden. Können heute nacht noch aufbrechen. Sofort.«

Die Amerikanerin machte die Augen zu und flüsterte: »Lobet den Herrn.« Ihr Mann blinzelte und leckte sich die Lippen. Der kleinere der beiden Fremdenführer grinste seinen Kollegen an.

»Das verstößt gegen das Gesetz«, sagte O'Rourke und betrat die Wohnung.

Die Amerikaner zuckten zusammen und blickten verschüchtert drein. Die beiden Führer runzelten die Stirn und kamen nach vorn. Der Zigeuner sah seine Frau an, beiden stand die nackte Panik des entgangenen Geschäfts ins Gesicht geschrieben.

»Es verstößt gegen das Gesetz und ist unnötig«, sagte der Priester, der sich zwischen die Führer und das amerikanische Paar stellte. »Es gibt Waisenhäuser, wo Sie eine gesetzliche Adoption beantragen können.«

*»Cine sînteţy dumneavoastră?«* wollte der größere Führer wütend wissen. *»Ce este aceasta?«*

O'Rourke beachtete ihn gar nicht und wandte sich direkt an die amerikanische Frau. »Keines dieser Kinder wurde zur Adoption freigegeben oder müßte adoptiert werden. Vater und Mutter arbeiten beide in der Raffinerie. Diese beiden . . .« Er deutete mit einer wegwerfenden Bewegung der linken Hand auf die beiden Führer, als würde er sich zu sehr ekeln, sie anzusehen. »Das sind Gauner . . . Informanten . . . Gangster. Sie haben sich für diese Familie entschieden, weil schon andere in diesem Haus durch Einschüchterung dazu gebracht wurden, ihre Kinder zu verkaufen. Bitte bedenken Sie, was Sie vorhaben.«

»Nun . . .«, begann der Amerikaner, der sich wieder die Lippen leckte und mit beiden Händen seinen Taschenrechner festhielt. »Wir wollten nicht . . .«

Seine Frau schien den Tränen nahe zu sein. »Es ist nur so schwer, Visa für die kranken Kinder zu bekommen«, sagte sie. Ihr Akzent hörte sich nach Oklahoma oder Texas an.

»Seien Sie *still!«* brüllte der größere der beiden Führer. Er schrie O'Rourke an, nicht das Paar. Der Führer machte drei schnelle Schritte nach vorn und hob die Faust, als wolle er den Priester in den Boden hämmern.

Kate sah zu, wie sich O'Rourke langsam umdrehte, dann aber ausgesprochen schnell handelte, den erhobenen Arm des Führers am Handgelenk packte und ihn langsam nach unten drückte. Der Führer drehte die linke Hand und wollte O'Rourkes Handgelenk packen, aber der Arm wurde weiter nach unten gedrückt. Sie konnte sehen, wie das Gesicht des Rumänen vor Anstrengung rot anlief, konnte seine Sohlen auf dem Boden schlurfen hören, als er sich um einen besseren Stand bemühte, aber das umklammerte Handgelenk wurde einfach immer weiter nach unten gedrückt, bis O'Rourke den Arm samt der noch geballten Faust reglos an der Seite des Mannes festhielt. Das Gesicht des Führers war rot, fast schon Purpur geworden; sein ganzer Körper bebte vor Anstrengung, sich zu befreien. Der Priester selbst verzog nicht einmal das Gesicht.

Der kleinere der Fremdenführer griff in die Tasche und brachte ein kleines Klappmesser zum Vorschein. Die Klinge schnellte heraus, er machte einen Schritt vorwärts.

Der größere Mann bellte etwas, während das rumänische Elternpaar zu schreien und die Amerikanerin zu weinen anfingen. O'Rourke gab das Handgelenk des ersten Führers frei, und Kate konnte sehen, wie der große Mann stöhnte und die Finger spannte. Er fauchte noch etwas, worauf sein kleinerer Gefährte das Messer wegsteckte und die verwirrten Amerikaner aus der Wohnung scheuchte; die Prozession hastete an Kate unter der Tür vorbei, als wäre diese gar nicht da. Die Kinder in der Wohnung weinten, ebenso die Zigeunerin. Der Vater stand da und rieb sich die stoppeligen Wangen, als wäre er geschlagen worden.

*»Îmi pare foarte rău«,* sagte O'Rourke zu dem Zigeunerpaar, und Kate verstand: *Es tut mir sehr leid.* *»Noapte bună«,* fügte er hinzu, während er die Wohnung verließ. *Gute Nacht.*

Die Tür fiel ins Schloß; er sah Kate an, die daneben stand.

»Möchten Sie die Amerikaner nicht erwischen?« sagte sie. »Sie zwingen, mit uns nach Bukarest zurückzufahren?«

»Warum?«

»Sie werden mit diesen . . . diesen Dreckskerlen einfach anderswo hingehen. Letztendlich werden sie einfach ein anderes Kind aus seinem Bett stehlen.«

O'Rourke schüttelte den Kopf. »Heute abend nicht, das kann ich mir nicht vorstellen. Wir haben den Rhythmus ihres Abends sozusagen gestört. Ich werde die Amerikaner morgen im Lido besuchen.«

Kate sah in das dunkle Treppenhaus. »Haben Sie keine Angst, daß einer dieser Schurken oder beide Ihnen auflauern?«

Sie hatte den Eindruck, als könnte der Priester das freudige Grinsen bei diesem Gedanken nicht unterdrücken. Sie sah ihn an, während er sich das Lächeln vom Gesicht wischte. »Das glaube ich nicht«, sagte er leise, mit nur einer Spur von Bedauern. »Die werden zu sehr damit beschäftigt sein, ihre Schäfchen nach Hause zu treiben, sie zu beruhigen und einen neuen Verkauf anzukurbeln.«

Kate schüttelte den Kopf und ging mit ihm die Treppe hinunter, aus dem Gebäude hinaus, in dem es nach Knoblauch, Urin und Hoffnungslosigkeit roch.

Obwohl sie beide erschöpft waren, unterhielten sie sich auf der Rückfahrt nach Bukarest weiter. Der Dacia erbebte förmlich unter dem Knirschen des Getriebes, mechanischem Stöhnen, quietschenden Federn und Luft, die selbst durch die hochgekurbelten Fenster pfiff, aber sie sprachen einfach lauter miteinander.

»Ich wußte, daß die meisten Amerikaner letztendlich für gesunde Kinder bezahlen«, sagte Kate. »Aber ich wußte nicht, daß sich die Einkaufsbummel derart zynisch gestalten.«

O'Rourke nickte, wandte den Blick aber nicht von der dunklen Straße ab. Piteşti bestand aus einer Flammenmauer, die hinter ihnen zurückblieb. »Sie sollten einmal dabeisein, wenn sie sie in eines der ärmeren Zigeunerdörfer führen«, sagte er leise. »Da wird es zu einer Auktion . . . zu einem regelrechten Aufstand.«

»Demnach konzentrieren sie sich auf Zigeuner?« Kate hörte, daß ihre Stimme vor lauter Erschöpfung belegt klang. Sie stellte fest, daß sie sich nach einer Zigarette sehnte, obwohl sie nicht mehr rauchte, seit sie ein Teenager gewesen war.

»Meistens. Diese Leute sind arm genug, verzweifelt genug und gehen nicht so leicht zu den Behörden wie andere, wenn sie bedroht werden.«

Kate sah zur Seite, wo die kümmerlichen Lichter eines einen oder zwei Kilometer von der Straße entfernt gelegenen Dorfes zu sehen waren. Sie hatte während der Fahrt nach Westen jeden Kilometer oder zwei mindestens ein Auto- oder LKW-Wrack gesehen. »Adoptieren diese wiedergeborenen Amerikaner überhaupt je aus den Waisenhäusern?«

»Ab und zu«, sagte der Priester. »Aber Sie kennen die Schwierigkeiten ja.«

Kate nickte. »Die Hälfte der Kinder ist krank. Die anderen sind überwiegend zurückgeblieben oder emotional verkrüppelt. Die amerikanische Botschaft gewährt den kranken Kindern kein Visum.« Sie lachte und war betroffen, wie schroff es sich anhörte. »Was für eine Scheiße.«

»Ja«, sagte O'Rourke.

Plötzlich erzählte Kate dem Priester von den Kindern, denen sie helfen wollte, den Kindern, die aufgrund unzureichender medizinischer Versorgung gestorben waren, aufgrund fehlender Medikamente und aufgrund mangelnder Anteilnahme und Kompetenz des rumänischen Krankenhauspersonals. Sie erzählte ihm von dem Baby auf der Isolierstation des Krankenhauses im Bezirk Eins; dem ausgesetzten, namenlosen, hilflosen kleinen Jungen, der auf Transfusionen ansprach, aber kurz darauf wieder von einem Defekt des Immunsystems verzehrt wurde, den Kate mit den primitiven Mitteln, die ihr hier zur Verfügung standen, nicht isolieren oder diagnostizieren konnte.

»Es handelt sich nicht um AIDS«, sagte sie. »Nicht einfach nur Anämie oder Hepatitis oder eine andere blutbedingte Immunstörung, die ich kenne – nicht einmal eine von den seltenen. Ich bin sicher, in den Staaten könnte ich es mit der Ausrüstung und den Leuten, die mir im CDC in Boulder zur Verfügung stehen, isolieren, finden und beheben. Aber das Kind hat keine Familie, und das Land würde den Transfer in die Staaten nie bezahlen oder auch nur ein Visum ausstellen, wenn ich die Kosten übernehmen würde.« Sie rieb sich grob die Wangen.« Er ist sieben Monate alt, er ist auf mich angewiesen, und er stirbt . . . und ich kann nicht das geringste dagegen tun.« Sie mußte erstaunt feststellen, daß ihre Wangen tränenfeucht waren. Sie wandte das Gesicht noch mehr von dem Priester ab.

»Warum adoptieren Sie ihn nicht?« fragte O'Rourke leise.

Sie drehte sich um und sah ihn erschrocken an. Er sah sie an, sagte aber nichts mehr. Sie auch nicht. Schweigend fuhren sie weiter zum dunklen Bukarest.

# Kapitel 10

Die Rumänen nannten ihre unbekannten und unidentifizierten männlichen Patienten nicht ›John Doe‹. Der ausgesetzte sieben Monate alte Junge in der Isolierstation des Krankenhauses Bezirk Eins wurde – in den Unterlagen, die Lucian für Kate übersetzt hatte – als unidentifizierter männlicher Patient Nr. 2613 bezeichnet. Die meisten Kinder hatten Anmerkungen in den Akten, in denen stand, wer ihre Eltern gewesen waren oder wer sie in Kranken- oder Waisenhäusern abgegeben hatte, oder zumindest wo man sie gefunden hatte, aber die Akte des unidentifizierten männlichen Patienten Nr. 2613 enthielt diese Informationen nicht.

Kate hatte diese Unterlagen in der Nacht zuvor durchgearbeitet, nachdem sie mit Pater O'Rourke aus Piteşti zurückgekommen war. Sie hatte ihm für die Fahrt gedankt, als sie nach Mitternacht vor ihrer Wohnung aus dem Dacia ausgestiegen war.

Sonst hatten sie nicht mehr über seinen Vorschlag gesprochen – wenn es denn überhaupt ein Vorschlag gewesen war. Kate fragte sich immer noch, ob der Priester möglicherweise einen Scherz gemacht hatte.

Aber sie hatte ihre Unterlagen durchgesehen, bevor sie auf das Bett gefallen war.

Der unidentifizierte männliche Patient Nr. 2613 war ins Bukarester Krankenhaus Distrikt Eins eingeliefert worden, nachdem es den Ärzten in einer Kinderklinik in Tîrgovişte nicht gelungen war, den offenbar lebensgefährlichen Zustand des Jungen zu diagnostizieren. Die Symptome beinhalteten Gewichtsverlust, Apathie, Erbrechen, Verweigerung der Nahrungsaufnahme und eine Störung des Immunsystems, die jeden Grippe- oder Erkältungsvirus zu einer potentiell tödlichen Bedrohung für den Jungen machte. Bluttests ergaben keine Hepatitis oder andere Leberfehlfunktion, keine Anämie, aber die Zahl der weißen Blutkörperchen war bei weitem zu gering. Bluttransfusionen hatten, als das Kind fünf Monate alt war, eine scheinbar wundersame Besserung gebracht – fast zwei Monate lang hatte der Junge von der Flasche gelebt und zugenommen, und seine Reaktion auf einen Test hatte eine positive Reaktion des Immunsystems ergeben –, aber dann setzte das Immunproblem wieder ein, und der Zyklus begann von vorn. Neuere Transfusionen brachten immer kürzere Phasen der

Besserung. Das Krankenhaus in Tîrgovişte hatte das Kind vor fünf Wochen nach Bukarest überwiesen, und Kate Neuman hatte fast die ganze Zeit nur darum gekämpft, es am Leben zu halten.

Jetzt betrat sie die Isolierstation. Die dicke Schwester mit der Hasenscharte stand neben dem Bett des Kindes und fütterte es; oder besser gesagt, sie rauchte eine Zigarette und sah in die andere Richtung, während sie ein Fläschchen durch die Gitter des Bettes hielt und dem Baby den Schnuller an die Wange drückte. Es weinte kläglich und schenkte der Flasche keinerlei Beachtung.

»Hinaus«, sagte Kate. Sie wiederholte es auf rumänisch. Die Schwester steckte das Fläschchen in die schmutzige Tasche ihres Kittels, bedachte Kate mit einem gehässigen Lächeln, schnippte die Asche von der Zigarette und watschelte hinaus.

Kate nahm das Baby aus dem Bett und sah sich nach der Wiege um, die sie für diesen Raum angefordert hatte. Sie war schon wieder verschwunden. Kate setzte sich auf die kalte Heizung unter dem Fenster, nahm das Baby in die Arme und wiegte es sanft. *Ich werde sofort die intravenöse Ernährung anordnen,* dachte sie. Die letzte Transfusion hatte nur ganze fünf Tage eine Besserung gebracht.

Das winzige Baby in ihren Armen richtete den Blick auf sie und hörte auf zu weinen. Es war so winzig, daß es sieben Wochen hätte alt sein können, statt sieben Monate. Die Haut seiner kleinen Hände und winzigen Füßchen war rosa und fast durchsichtig. Seine Augen dagegen waren sehr groß. Es sah Kate durchdringend an, als erwarte es eine Antwort auf eine uralte Frage.

Kate holte das Fläschchen heraus, das sie warm gemacht hatte, bevor sie hereingekommen war, und suchte den kleinen Mund mit dem Schnuller. Das Kind wandte sich mehrmals ab und weigerte sich, aber jedesmal fiel der Blick wieder auf sie. Kate stellte die Flasche auf den Fenstersims und wiegte es einfach weiter. Das Baby machte langsam die Augen zu, das hektische Atmen ging in die langsamen Atemzüge des Schlafs über.

Sie wiegte es sanft und sang dabei ein Schlummerlied, das ihre Mutter schon ihr selbst vorgesungen hatte.

*»Hush little baby don't say a word*
*Mama's gonna buy you a mockingbird.*
*And if that mockingbird won't sing,*
*Mama's gonna buy you a diamond ring . . .«*

Plötzlich verstummte Kate und hob das Gesicht des Kindes an

ihres. Sie nahm den Babygeruch seiner Haut wahr und spürte das unendlich weiche schwarze Haar. Sein Atem an ihrer Wange war warm und schnell; sie konnte das leise Ächzen und Fiepsen hören, wenn es einatmete.

»Keine Bange, Joshua«, flüsterte sie und wiegte den Jungen weiter. »Keine Bange, kleiner Joshua. Ich werde nicht zulassen, daß dir etwas Schlimmes widerfährt. Ich werde dich nicht im Stich lassen.«

Am nächsten Morgen ging Kate nach einer sechzehnstündigen Schicht und nur drei Stunden Schlaf zum entsprechenden Ministerium in der Innenstadt und begann den endlosen Papierkram für die Adoption.

Lucian Forsea, ihr junger Freund und Dolmetscher, empfing sie auf der Treppe des Krankenhauses, als sie am Nachmittag zurückkehrte. Er kam mit offenen Armen die Treppe herunter, umarmte sie heftig, gab ihr einen Schmatz auf die Wange und wich zurück. »Also ist es wahr?« fragte er. »Sie adoptieren das Kind in der Isolierstation Drei?«

Kate starrte ihn nur an. Sie hatte niemanden im Krankenhaus informiert. Sie hatte heute morgen nur mit den Beamten des Ministeriums darüber gesprochen. Aber so etwas hatte sie in Bukarest schon erlebt: Alle schienen alles zu wissen, sobald es passierte. »Es stimmt«, sagte sie.

Lucian grinste und umarmte sie wieder.

Kate mußte lächeln. Der rumänische Medizinstudent war Mitte Zwanzig, aber sie hätte ihn nie und nimmer für einen Rumänen noch für einen Medizinstudenten gehalten. Heute trug Lucian ein Reyn-Spooner-Hawaiihemd mit riesigen pinkfarbenen Blumen, Calvin-Klein-Jeans (stone-washed) und Nike-Turnschuhe. Das Haar hatte er sorgfältig in einem Stil geschnitten, der hart an Punk grenzte, und am Handgelenk trug er eine teure, aber nicht übertrieben protzige Rolex. Lucians Gesicht war zu braungebrannt für einen Medizinstudenten, die Augen zu klar und offen für einen Rumänen, sein Englisch zu fließend und blumig. Kate dachte oft, daß Lucian, wäre sie fünfzehn Jahre jünger, vielleicht auch nur zehn, eine ungeheure Faszination auf sie ausüben würde. So aber war er nur ein guter Freund in diesem seltsamen, traurigen Land.

»Toll!« sagte er und grinste immer noch angesichts der Tatsache, daß sie bald Mutter werden würde. »Wenn wir beide heiraten, haben wir schon ein Kind ohne die ganze Arbeit und Wartezeit. Ich habe schon immer gesagt, daß Polaroid einmal ins Babygeschäft einsteigen sollte.«

Kate stieß ihn mit der Hand an der Brust an. »Hör auf«, sagte sie. »Wie waren deine Abschlußprüfungen?«

»Meine Abschlußprüfungen sind abschließend abgeschlossen«, sagte Lucian. Er hakte sich bei ihr unter und ging mit ihr die Treppe hinauf. »Schildern Sie mir Ihre Erlebnisse im Ministerium. Hat man Sie stundenlang warten lassen?«

»Selbstverständlich.« Sie betraten durch die hohe Tür die düstere und hallende Lobby des Krankenhauses Distrikt Eins. Wartende Patientenanwärter saßen auf Bänken in dem langen Flur. Rollbetten mit schlafenden oder komatösen Patienten standen unbeobachtet da wie in zweiter Reihe geparkte Autos. Die Luft roch nach Äther und den unterschiedlichsten Medikamenten.

»Und nachdem Sie die Anträge ausgefüllt hatten, hat man Sie wieder Stunden warten lassen?« Lucians blaue Augen sahen sie mit einer Mischung aus Heiterkeit und . . . was? . . . Zuneigung? Liebe? an. Kate verwarf den Gedanken.

»Eigentlich nicht«, sagte sie und verstummte, als ihr das erstmals bewußt wurde. »Nachdem ich alle Anträge ausgefüllt hatte, waren sie überaus zuvorkommend. Ich hatte nur mit einem einzigen Mann zu tun. Er sagte, er würde alles Weitere veranlassen, und mir ist eben erst aufgefallen, daß er das auch getan hat. Seltsam, nicht?«

Lucian machte ein komisches Gesicht. Kate dachte sich manchmal, daß der junge Mann einen besseren Komiker als Arzt abgeben würde, weil er so geistreich und seine Gesichtszüge so beweglich waren. »Seltsam!« rief er. »Das ist beispiellos! Unerhört! Ein arbeitsamer Beamter in Bukarest . . . mein Gott! Als nächstes werden Sie mir noch erzählen, daß es einen wahren Patrioten in der Nationalen Rettungsfront gibt!« Lucian hatte die Stimme nicht gesenkt, zwei Verwaltungsbeamte des Krankenhauses am Ende des Flurs drehten sich um und sahen mißbilligend her.

»Im Ernst«, sagte Lucian und tätschelte ihre Hand. »Wie heißt dieser Beamte? Vielleicht bin ich eines Tages auch einmal auf einen tüchtigen Bürokraten angewiesen.«

Kate hatte Lucians Vater kennengelernt, einen bekannten Dichter, Intellektuellen und Regimekritiker; während seine Mutter ironischerweise der *Nomenklatura* angehörte – der Parteielite, die in den Devisenläden einkaufen konnte und stets besondere Privilegien genoß. Bukarest hatte fast zweieinhalb Millionen Einwohner, und manchmal dachte Kate, daß Lucian sie alle persönlich kannte. So sehr er mit der *Nomenklatura* verbunden und an ein privilegiertes Leben gewöhnt war, verabscheute Lucian doch sowohl das Regime Ceaușescu wie auch das Nachfolgeregime.

»Der Mann hieß Stancu, glaube ich«, sagte Kate. »Ja, Stancu.«

»Ah«, sagte Lucian, »wie der Romancier, der vor siebzehn Jahren gestorben ist. Kein Wunder, daß der Mann so tüchtig war. Mit einem Namen wie Stancu muß er in große Füße treten.«

»Große Fußstapfen«, verbesserte Kate geistesabwesend. Sie mußte daran denken, wie tüchtig der Beamte wirklich gewesen war – er hatte Anrufe getätigt, Formulare ausgefüllt, ihr versichert, daß das rumänische Ausreisevisum des Kindes morgen um halb neun fertig sein würde. Als sie das heikle Thema von Joshuas Gesundheitszustand angeschnitten hatte – sie betrachtete das Kind inzwischen nur noch als Joshua, auch wenn sie nicht wußte, wie sie auf diesen Namen gekommen war –, tat Mr. Stancu alle Einzelheiten mit einer Handbewegung ab und sagte, daß es höchstens mit der amerikanischen Botschaft Probleme geben könnte.

»Fußstapfen, ja«, sagte Lucian, der sie immer noch auf den Arm nahm. »Aber was für ein kleiner Beamtenwicht könnte in diese Fußstapfen treten? Zuerst müßten ihm einmal Schuhe und Socken des Romanciers Stancu passen. Und da wir gerade von Socken sprechen . . .«

Sie waren mit dem Fahrstuhl zum dritten Stock gefahren, hatten sich saubere Kittel und Masken aus dem Vorratsspind geholt, und jetzt deutete Lucian auf die übergroßen Socken, die das Krankenhauspersonal in den Isolierstationen über den Schuhen trug.

»Nur Masken«, sagte Kate. Tests heute morgen hatten bei Joshua eine ziemlich niedrige Zahl weißer Blutkörperchen ergeben.

»Hi ho, Silver«, sagte Lucian und zurrte die Maske fest.

Kate schüttelte den Kopf. Lucian hatte ihr gesagt, daß er Amerika einmal mit seinem Vater besucht hatte. Aber das war nur wenige Tage gewesen. Wie konnte er vom ›Einsamen Ranger‹ wissen?

Lucian schien ihre Gedanken zu lesen. Sie konnte sehen, wie sich die Wangen unter der Maske zu einem Grinsen verzogen.

»Tonbänder der alten Rundfunksendungen«, sagte er. »Ich habe welche mitgenommen, als ich vor einigen Jahren in New York war.«

»Als du noch ein Kind warst«, sagte Kate. Wenn sie Lucian unwiderstehlich fand, vergegenwärtigte sie sich immer, daß der Junge noch nicht auf der Welt gewesen war, als Präsident Kennedy ermordet wurde ... daß er erst drei war, als Robert Kennedy und Martin Luther King ermordet wurden. Angesichts dieser Tatsache fühlte sich Kate wahrhaftig alt, obwohl sie selbst beim Attentat auf den Präsidenten erst zehn und noch an der High-School gewesen war, als Bobby erschossen wurde.

Lucian zuckte die Achseln. »Okay, Omi. Touché. Wollen wir jetzt Ihr Baby hier ansehen, oder was?«

Kate ging in die Station voran und verspürte plötzlich die schreckliche Vorahnung, daß Joshua kalt und tot in seiner Wiege liegen würde.

Das Baby war noch am Leben. Es lag auf dem Rücken und sah mit großen Augen zu ihnen auf, während es die kleinen Fäuste ballte und öffnete. Der abgesehen von seiner unförmigen Babywindel nackte unidentifizierte männliche Patient Nr. 2613 – bald schon Joshua Arthur Neuman – hatte die Bettdecke von sich gestrampelt, die nicht wieder hochgezogen worden war, und sah ein wenig wie ein hilfloser kleiner Vogel aus, der vorzeitig aus dem Nest gefallen ist: aufgeblähter Bauch, Rippen, die sich deutlich unter blasser rosa Haut abzeichneten, winzige Finger, die sich bewegten, und der obszöne Anblick von Nadel und Pflaster, das die unbequeme Nabelschnur des IV-Tropfs festhielt.

Kate wollte die IV überprüfen, aber Lucian nahm es ihr bereits ab und regulierte den Zustrom mit geübtem Griff.

Kate beugte sich über das hohe Gitter des Bettes, senkte das Gesicht zu dem des Babys und küßte es sanft auf die Wange. »Noch ein paar Tage, mein Kleiner.«

Das Baby verzog das Gesicht, als wollte es weinen, dann seufzte es aber statt dessen. Sein Blick wanderte zu Lucian, der sich jetzt über den Rand des Bettes beugte.

»He, Junge«, sagte Lucian mit einem Bühnenflüstern, »Zeit für Neil Diamond.« Dann summte Lucian ein paar Takte von ›Coming to America‹.

Kate hatte die Krankenkarte abgenommen, die am unteren Bettrand an einem Nagel hing, und betrachtete stirnrunzelnd die Laborwerte, die hinzugefügt worden waren, seit sie heute morgen vor ihrem Besuch im Ministerium hereingesehen hatte. »Nun, sie scheinen endlich dazu gekommen zu sein, die zusätzliche Blutanalyse abzuschließen, um die ich vor drei Wochen gebeten hatte«, sagte sie. »Ich hätte es ja selbst getan, wenn es in diesem Saftladen eine Zentrifuge oder ein anständiges Mikroskop gäbe.«

»Wie sieht das Ergebnis aus?« fragte Lucian, der dem Baby mit einem Finger an die Rippen stupste und am Bauchnabel kitzelte.

»Dieselbe geringe Zahl von T-Zellen, die wir auch jetzt haben«, sagte Kate. »Außerdem wurde ein kritischer Mangel an Adenosindeaminase festgestellt.«

Plötzlich schnellte Lucian in eine spöttische Habtachtstellung und sprach rasch und abgehackt, als müßte er Fragen bei einer mündlichen Abschlußprüfung beantworten. »Adenosindeaminase – ein lebenswichtiges Enzym, das erforderlich ist, um toxische Nebenprodukte des normalen Stoffwechsels abzubauen – nicht vorhanden bei seltenen Krankeiten wie Adenosindeaminasemangel.« Lucian schlug die Augen auf, dann sprach er mit ernster Stimme weiter. »Es tut mir leid, Kate. Das ist nicht heilbar, oder?«

»Doch, selbstverständlich«, schnappte Kate und knallte die Krankenkarte so fest auf die Heizung, daß das Scheppern von Metall auf Metall durch das kleine Zimmer hallte. »Es ist eine ungemein seltene Störung – möglicherweise nicht einmal dreißig Kinder weltweit –, aber sie ist heilbar. In den Staaten benutzen wir ...«

»Ein synthetisches Enzym namens PEG-ADA«, vollendete Lucian ihre Ausführungen. »Aber ich bezweifle, daß es irgendwelches PEG-ADA in Rumänien gibt. Wahrscheinlich nicht einmal in ganz Osteuropa.«

»Nicht einmal in den Krankenhäusern der Partei?«

Lucian schüttelte langsam den Kopf. Kate stellte fest, wie kräftig sein Kinn war, wie glatt die Haut seiner Wangen. Er hatte eine runde Hornbrille aufgesetzt, um den Laborbericht zu lesen, aber damit sah er nur noch jungenhafter aus, statt älter und seriöser.

»Ich kann das Enzym für das Rote Kreuz aus Amerika anfordern«, sagte sie, »Aber bis die alle bürokratischen Formalitäten erledigt haben, wird ein Monat vergehen und Joshua an der einen oder anderen Viruserkrankung gestorben sein. Nein, es geht auf jeden Fall schneller, wenn ich ihn mit in die Staaten nehme.« Sie machte eine Pause. »Lucian, du mußt *wirklich* gut sein, wenn du über Adenosindeaminasemangel Bescheid weißt. Davon haben wahrscheinlich die meisten Ärzte in den Staaten noch nichts gehört. Was hast du bei der Abschlußprüfung bekommen?«

»Viermal A A A«, sagte er. »Herausragend auf allen Gebieten, genau wie meine Liebeskünste.« Er beugte sich wieder über das Bett. »Und du, du kleiner Homunkulus. Du solltest besser zusehen, daß du deinen winzigkleinen transsilvanischen Hintern zusammen mit Doktor Mama Neuman nach Boulder, Colorado, schaffst, damit sie dir eine Spritze hineinjagen können.«

Joshua schien in seinem Bett einen Augenblick über den Vorschlag nachzudenken, dann ballte er die Fäuste, verzog das Gesicht und fing lauthals an zu weinen.

# Kapitel 11

Kate ging am nächsten Morgen zur amerikanischen Botschaft, indem sie zu Fuß den Boulevardul Bălcescu bis zum Hotel Intercontinental entlangschritt, dann einen Block auf der Strada Batiştei bis zur Strada Tudor Arghezi. Es war noch nicht neun Uhr, aber es standen schon eine Menge Rumänen auf der Straße Schlange. Sie verspürte zwar Schuldgefühle, wußte aber, sie hatte nicht stunden- oder tagelang Zeit, mit diesen Menschen Schlange zu stehen, daher ging sie zum Anfang der Reihe. Die rumänischen Soldaten betrachteten ihren Paß und winkten sie zum Tor; der Mariner im Inneren nickte und sprach in ein schwarzes Telefon.

Kate sah über die Straße, wo mehrere Protestierende an einer Backsteinwand standen. Auf dem Spruchband an der Wand stand: A.V.C. WIR WARTEN AUF EINREISEVISA 1982–1987. Auf den Transparenten, die sie trugen, stand: HUNGERSTREIK FÜR EINWANDERUNGSVISA und: WO BLEIBT DAS FAIR PLAY? und: STOPPT DIE UNGERECHTIGKEIT und: WASHINGTON SAGT *JA*, WARUM SAGT RUMÄNIEN *NEIN*? WAS SAGT DAS AMERIKANISCHE KONSULAT?

Der Mariner kam zurück, der rumänische Soldat machte ihr das schwarze schmiedeeiserne Tor auf, und Kate betrat den Hof der Botschaft und nickte den stoischen Menschen, die Schlange standen, um Nachsicht bittend zu.

Drinnen mußte sie durch einen Metalldetektor treten, wie sie auf Flughäfen üblich waren, mußte ihre Handtasche zur Durchsuchung abgeben und sich danach einer Untersuchung durch einen gelangweilten Wachmann unterziehen, der einen tragbaren Metalldetektor in der Hand hielt. Sie bekam ihre Handtasche zurück, dann wurde sie mit einem summenden Türöffner ins Erdgeschoß der Botschaft eingelassen.

Der einstmals große Saal war in ein Wartezimmer und mehrere Bürokojen unterteilt worden. Überall standen Menschen Schlange: Rumänen, die Visa wollten, bildeten die längste am Ende des Raumes, vor allen anderen Schaltern standen kürzere Reihen Amerikaner. Acht Stuhlreihen waren im Hauptwartezimmer aufgestellt worden, auf den meisten saßen amerikanische Frauen, die rumänische Babys und Säuglinge auf dem Schoß trugen. Der Lärm war ohrenbetäubend. Als Kate in der ersten

Schlange stand und auf den diensthabenden Offizier wartete, verlor sie fast den Mut angesichts der Hoffnungslosigkeit des Ganzen.

Zweieinhalb Stunden später wurde dieses Gefühl der Hoffnungslosigkeit bestätigt. Kate hatte mit vier Mitgliedern des Botschaftspersonals gesprochen und gedroht zu schreien, wenn man sie nicht mit einem höheren Beamten sprechen ließe. Jemand aus dem Büro des Botschafters war heruntergekommen, hatte einen Klappstuhl aus Metall herangezogen, sich breitbeinig verkehrt herum daraufgesetzt, gelächelt und noch einmal langsam erklärt, was schon der erste Beamte gesagt hatte.

»Wir können schlicht und einfach nicht zulassen, daß diese AIDS-kranken Kinder in die Vereinigten Staaten einreisen dürfen«, sagte der Mann langsam. Seine Zähne waren perfekt, sein Haarschnitt war perfekt, die Bügelfalten seiner grauen Hose waren perfekt. Er hatte sich als Culley oder Cawley oder Crawley vorgestellt. »Die Vereinigten Staaten haben auch so schon ernste Probleme mit AIDS. Das verstehen Sie doch sicher, Mrs. ... äh ... Neuman.«

»*Doktor* Neuman«, verbesserte Kate ihn zum fünftenmal. »Und dieses Kind hat kein AIDS. Ich bin *Spezialistin* für Blutkrankheiten. Ich kann es jederzeit bestätigen.«

Der Mann von der Botschaft schürzte die Lippen und nickte langsam, als würde er komplizierte Daten verarbeiten. »Und hat die Trojan-Klinik es bestätigt?«

Kate schnaubte. Die Trojan-Klinik war eine Bruchbude voll inkompetenter Stümper, die in der Lotterie gewonnen hatte, als die amerikanische Botschaft beschloß, sämtliche Tests auf Hepatitis B und AIDS vor Erteilung eines Visums dort durchführen zu lassen. Kate hätte lieber einen Astrologen aufgesucht, als sich auf die Laborergebnisse der Trojan-Klinik zu verlassen. »*Ich* habe es bestätigt«, sagte sie. »Wir haben die HIV-Untersuchung vor fünf Wochen im Krankenhaus Distrikt Eins vorgenommen. Und wir haben gleichzeitig die Möglichkeit von Hepatitis B ausgeschlossen. Ich habe die Testergebnisse ... bestätigt und handschriftlich abgezeichnet von den Ärzten Ragrevscu und Grigorescu, Chef- und Assistenzpathologen im Krankenhaus Distrikt Eins.«

Der Mann von der Botschaft – Curly? Cally? *Crawley?* – schürzte die Lippen, nickte wieder und sagte: »Aber wir brauchen selbstverständlich die Bestätigung der Trojan-Klinik, daß das Kind gesund ist. Und selbstverständlich das schriftliche Einverständnis von einem oder beiden leiblichen Elternteilen.«

»Gottver*dammt*«, sagte Kate und beugte sich so schnell nach vorn, daß Mr. Crawley beinahe von seinem Stuhl gefallen wäre, auf dem er verkehrt herum saß. »Erstens, ich will es zum zehntenmal wiederholen: Es existieren keine Unterlagen über die leiblichen Eltern des Kindes, weder von der Mutter noch vom Vater. Überhaupt keine Unterlagen. Er wurde ausgesetzt. Verlassen. Dem sicheren Tod überlassen. Nicht einmal das Waisenhaus in Tîrgovişte besitzt Unterlagen darüber, wer ihn gebracht hat. Zweitens, daß Kind ist *nicht* gesund – das ist ja ein Grund, weshalb ich es mit in die Staaten nehmen will. Das alles habe ich schon fünfzehnmal erklärt. Aber er hat keine ansteckende Krankheit. Kein Hepatitis B. Kein AIDS. Überhaupt nichts Ansteckendes. Soweit wir das feststellen können, hat das Kind eine Immunschwäche, die mit ziemlicher Sicherheit genetisch bedingt ist und mit ebenso großer Wahrscheinlichkeit tödlich ausgehen wird, *wenn Sie mir nicht gestatten, ihn irgendwohin zu bringen, wo ich ihm helfen kann.*«

Der Mann von der Botschaft nickte, schürzte wieder die Lippen, klopfte mit einem Bleistift auf den Schreibtisch, nickte dem rangniederen Botschaftsangestellten zu, verschränkte die Arme und sagte: »Nun, Mrs. Neuman, wir würden Ihnen wirklich gerne helfen, aber es wäre mindestens ein Monat Zeit erforderlich, den notwendigen Papierkram für ein ... äh ... ungewöhnliches Kind wie dieses zu bearbeiten, und aller Wahrscheinlichkeit nach würde der Antrag auf Erstellen eines Einreisevisums sowieso ohne schriftliches Einverständnis der leiblichen Mutter des Kindes und ein Gesundheitszertifikat von der Trojan-Klinik abgelehnt werden. Haben Sie einmal überlegt, ein gesundes Kind zu adoptieren?«

Man hätte Kates Schrei draußen auf der Straße hören können. Wenn sie sich *erlaubt* hätte zu schreien.

Ein Wachmann von den Marinern begleitete sie zur Tür der Botschaft, als sie im Wartezimmer den Mutant-Hero-Priesteranzug erblickte, eine schwarze Silhouette im Tohuwabohu amerikanischer Sommerpastellfarben und rumänischer Grautöne.

»O'Rourke!«

Der Priester drehte sich um, wollte lächeln, sah ihr Gesicht und kam rasch durch den überfüllten Raum zu ihr herüber. Sie winkte den Wachmann weg, und der Mariner zögerte nur einen Augenblick, bevor er ihren Arm losließ. Pater O'Rourke führte sie zu einem Stuhl in am wenigsten überfüllten Teil des Raumes und wischte einen Stapel Zeitungen für sie herunter, damit sie sich setzen konnte. Sie schrie fast seinen Namen heraus, als er sich umdrehte und wieder wegging, aber er kehrte schon einen Augenblick später mit einem Pappbecher voll kühlen Wassers zurück. Kate trank es dankbar.

»Was ist los, Neuman?« Seine Stimme war sanft. Der Blick seiner grauen Augen wich nicht von ihrem Gesicht.

Sie erzählte ihm alles, und schon während der Schilderung fragte sich ein unbeteiligter Teil ihres Verstandes: *Ist es so bei der Beichte? Ist dies das Gefühl, das einem die Religion bringt ... daß man sämtliche Probleme auf jemanden anderen abwälzen kann?* Sie glaubte es nicht.

Als sie fertig war, nickte O'Rourke einmal. »Und Sie sind sich ganz sicher, daß die Rumänen die Ausreise des Kindes gestatten, wenn es soweit ist, auch wenn die Amerikaner es nicht tun?«

Kate nickte nachdrücklich. Als sie nach unten sah, stellte sie überrascht fest, daß sie den Pappbecher immer noch mit beiden Händen umklammert hielt.

»Und wieviel Bakschisch?« fragte er. »Ich meine den rumänischen Beamten.«

Kate runzelte die Stirn. »Gar keines. Ich meine, ich hatte damit gerechnet ... ich war davon ausgegangen, daß ich fünf- bis sechstausend amerikanische Dollar bezahlen müßte ... aber nichts dergleichen. Mr. Stancu ... der Mann im Ministerium ... hat nie danach gefragt, und ich habe nicht ... keines.«

Pater O'Rourke überlegte einen Moment und verdaute diese Neuigkeit. Sie konnte die Zweifel in seinen Augen sehen.

Kate zog einen Stapel Dokumente aus der Handtasche. »Sie waren heute morgen fertig, O'Rourke. Sehen Sie. Lucian sagt, sie sind offiziell und vollständig. Ich habe versucht, sie den Leuten hier zu zeigen ... *unseren* Leuten, aber diese dummen Arschlöcher geilen sich derart an ihren beschissenen Vorschriften auf, daß ...«

»Schon gut, Neuman. Schon gut.« Die Hand des Priesters legte sich sanft, aber bestimmt auf ihren Arm.

Kate verstummte, holte Luft, nickte.

»Warten Sie bitte einen Augenblick hier, ja?« bat er. Er brachte ihr noch einen Becher Wasser und strich ihr über das Haar, als sie daraus trank.

Kate spürte, wie die Wut in ihr brodelte. Es war Jahre her, daß sie so wenig Einfluß auf eine Situation gehabt hatte.

Pater O'Rourke beugte sich in die nächstgelegene Koje. »Donna, dürfte ich einen Augenblick ihr Büro benützen? Ja, nur ein paar Minuten, ehrlich. Ich nehme den Hörer ab, wenn Seine Eminenz anruft. Danke, Donna. Sie sind ein Schatz.«

Kate stellte fest, daß sie durch Tränen blinzelte, als sie sah, wie die junge Frau sich entfernte. Pater O'Rourke winkte ihr und betrat die Koje. Sie hörte, wie er die Telefonistin um eine Satellitenverbindung mit den Staaten bat. Kate wußte, daß 202 eine Washingtoner Vorwahl war.

Die Unterhaltung konnte nicht länger als zwei Minuten gewesen sein, und sie bekam nur Bruchstücke davon mit, da ihr ganzes Denken darum kreiste, was sie Mr. Crawley von der Botschaft alles hätte sagen *sollen.*

»Hallo, Jim . . . ja, Mike O'Rourke, ganz recht . . . prima, prima, wie geht es dir? Nein, dieses Mal nicht Lima oder Santiago . . . Bukarest. Jawohl.«

Kate schloß die Augen. Sie gehörte zu den fünfzehn besten Hämatologen der westlichen Hemisphäre und hörte einem alten Gemeindepriester zu, der ein Schwätzchen mit jemand aus seinem ›Alte Kameraden‹-Bekanntenkreis hielt, wahrscheinlich einem anderen Priester an der Georgetown University oder sonstwo – ein dummer Jesuit mit einem Schwager im Innenministerium.

*Nein,* verbesserte sie sich, *Priester haben keine Schwager. Oder doch?*

»Genau das ist es«, sagte O'Rourke ins Telefon. Kate stellte fest, daß sie gehört hatte, wie er mit einem Dutzend Worten oder weniger das Problem mit ihrem Visum darlegte. »Das ist es, Jim . . . dein Gehirn hat seit den Tagen der Fahrradpatrouille kein Moos angesetzt. Sie gehört zu den wenigen Amerikanern, die ich in den vergangenen eineinhalb Jahren hier gesehen habe, die versuchen, eines der echten Waisenkinder zu adoptieren . . . ein sehr krankes Kind . . . krank, aber keinesfalls ansteckend . . . ganz recht . . . und dieser Dummkopf in der Visaabteilung macht es ihr unmöglich. Ja, ich stimme zu, es läuft auf ein Todesurteil hinaus.«

Kate spürte, wie ihre Haut klamm wurde, als sie es jemand anderen sagen hörte. *Joshua. Tot.* Sie dachte an die winzigen Fingerchen, die vertrauensseligen Augen. Sie dachte an Dutzende und Aberdutzende namenlose Gräber, die sie im Verlauf der Rundreise durch Bukarest und weiter hinter den Waisenhäusern und Kinderkliniken gesehen hatte.

»Okay, Jimmy. Dir auch, Junge. Nein, Kev ist noch in Houston, glaube ich ... NASA ... und Dale arbeitet in den Grant Tetons oder wo auch immer an seinem nächsten Buch. Nein, hm, das war Lawrences *dritte* Hochzeit. Nein, er hatte mich als *Gast* eingeladen. Sie hatten eine Art Grand-Prix-Fahrer, der sich als Zen-Guru versucht und die eigentliche Trauung durchführte. Dir auch, Amigo. Wir unterhalten uns später noch einmal.«

Er kam zu ihr und tätschelte ihr das Knie wie ein Vater seiner Tochter, die geweint hat. Kate schluckte die Wut über sich selbst und die Situation hinunter. Sie versuchte an die Blutspezialisten, CDC-Administratoren, Medienleute, Zeitungsreporter und Medizinlobbyisten zu denken, die sie kannte. Ganz bestimmt mußte doch jemand darunter sein, der mehr Muskelschmalz aufbieten konnte als O'Rourkes Kumpel aus Georgetown. Sie würde gleich heute nachmittag mit den Telefongesprächen beginnen. Jemand würde für sie Druck auf das Innenministerium ausüben. *In drei Tagen?*

»Ich bringe Sie jetzt zum Krankenhaus zurück«, sagte der Priester zu ihr.

»Meinetwegen«, sagte sie. Bevor sie die Innentür der Botschaft erreicht hatte, drückte sie ihm den Arm unter dem schwarzen Stoff. »Danke, O'Rourke. Danke für den Versuch.«

»Gern geschehen, Neuman.«

Sie waren gerade an der Tür, als Mr. Crawley von oben die Treppe heruntergelaufen kam und in seiner Hast fast über den Marmorboden schlitterte. Seine Krawatte saß schief. Das Haar war zerzaust. Sein Gesicht gerötet, abgesehen von der blassen Partie um den Mund herum, und er hatte einen Ausdruck in den Augen, bei dem Kate dachte, daß ein kleiner Beamter mit einem uneinprägsamen Namen gerade gesehen hatte, wie seine mögliche Karriere mit Glanz und Gloria den Bach runterging. Was war mit ihm geschehen?

»Mrs. ... äh ... *Doktor* Neuman!« rief der Botschaftsangestellte, dem die Erleichterung im Gesicht geschrieben stand. »Ich bin froh, daß ich Sie noch erwischen konnte. Es hat eine Verwechslung gegeben ... ich fürchte, ich habe mich falsch ausgedrückt.« Er hielt ihr einen Stapel Dokumente hin. »Wir haben den Antrag auf ein Visum bis morgen früh bearbeitet. Dieses provisorische Visum müßte die rumänischen Behörden überzeugen, falls es irgendwelche Fragen von deren Seite gibt ...«

Später, als sie zum Krankenhaus zurückgingen, sagte Kate zu O'Rourke: »Was hatten Sie eigentlich in der Botschaft zu tun?«

»Meine Arbeit führt mich manchmal dorthin.«

»Um weitere ungesetzliche Adoptionen zu unterbinden?«

Er zuckte die Achseln. Kate dachte, ganz nebenbei, daß der Mann ausgesprochen fit und stattlich aussah – und sehr irisch in seinem schwarzen Anzug mit dem weißen Kragen.

»Manchmal«, sagte der Priester, »fördere ich auch, statt zu unterbinden.«

»In dieser Situation waren Sie eindeutig sehr förderlich. Sie haben möglicherweise Joshuas letzte Chance zu überleben gefördert.« Sie verstummte und betrachtete den dichten Verkehr auf dem Boulevardul Bălcescu. »Können Sie mir den Nachnamen Ihres Freundes Jim verraten?«

Pater O'Rourke kratzte sich das Kinn unter dem kurzen Bart. »Warum nicht? Er lautet Harlen.«

»*Senator* Harlen? Senator *James* Harlen? Der Senator, der Vorstand des Komitees für auswärtige Angelegenheiten ist? Den Staatssekretär unbedingt Baker als seine Nummer zwei haben wollte, obwohl er der falschen Partei angehörte? Der Senator, den Dukakis '88 beinahe anstelle von Lloyd Bentsen als Vize nominiert hätte?«

Der Priester lächelte. »Jimmy hatte völlig recht, *das* wäre kein kluger Schachzug gewesen. Ich wollte, daß er kandidiert, was beweist, wie naiv ich bin. Aber er wird bis '96 warten, bevor er in die nationale Politik geht – und dann nicht als Vizepräsidentschaftskandidat. Er und Cuomo sind die einzigen verbliebenen Demokraten, die noch aus dem Holz sind, aus dem man Präsidenten schnitzt – und ich glaube, Jimmy verfügt über die Energie und hinreichend neue Ideen, es durchzuziehen.«

»Und Sie sind Freunde«, sagte Kate, der bewußt wurde, wie dumm diese Bemerkung war.

»Wir sind Freunde. Schon sehr lange Zeit.« Pater O'Rourke betrachtete das ONT-Tourismusbüro auf der gegenüberliegenden Seite, aber seine Augen sahen etwas anderes.

»Nun, wenn ich an Wunder glauben würde, dann müßte ich sagen, die letzten paar Tage waren voll davon«, sagte Kate. Sie verspürte ein seltsames Gefühl, als sie das sagte. *Es stimmt. Wirklich und wahrhaftig. Ich werde ein Baby haben.* Kate fühlte sich wie als junges Mädchen; damals hatte sie sich getraut, hatte am Rand des Drei-Meter-Bretts beim Kenmore Municipal Pool gestanden: zu ängstlich zu springen, zu stolz aufzugeben.

»Das einzige Wunder ist, daß ein rumänischer Beamter jemandem ohne großes Bakschisch einen Gefallen getan hat«, sagte O'Rourke. Als er sah, daß sie zitterte, wollte er sie wieder berühren, ließ dann aber den Arm sinken. Kate spürte die Last seines Blickes auf sich. »Neuman, wenn dieser Junge überleben soll, dann müssen Sie die Wunder vollbringen.«

»Ich weiß«, sagte Kate. Dann fragte sie sich, ob sie es tatsächlich laut ausgesprochen hatte, und sagte noch einmal laut und deutlich: »Ich weiß.«

# Kapitel 12

Kates und Joshuas Flug in die Vereinigten Staaten war auf Montag, den zwanzigsten Mai festgelegt, und am Abend des neunzehnten, Sonntag, war sie überzeugt, daß man ihr nie und nimmer gestatten würde, das Land zu verlassen.

UNICEF, zusammen mit dem International Relief Fund des CDC Mitsponsor ihres sechswöchigen Aufenthalts zur medizinischen Unterstützung in Rumänien, hatte die Tickets der PanAm schon vor Wochen geschickt, und da der Flughafen Otopeni keine telefonische Bestätigung von Flügen duldete, rief sie fast stündlich das nationale Tourismusbüro an, um ihre Reservierung zu bestätigen. Da sie sich aber damit noch nicht zufriedengab, ließ sie Lucian zweimal am Samstag und dreimal am Sonntag zum Flughafen fahren und sich vergewissern, daß der Flug noch geplant war und sie eine Platzreservierung hatte. Joshua würde sie auf den Schoß nehmen, der brauchte kein eigenes Ticket. Auch das ließ sie Lucian bestätigen.

Mr. Stancu im Ministerium hatte zu seinem Wort gestanden – er war ein kleiner, fröhlicher Mann mit rosigen Wangen, das genaue Gegenteil vom Klischeebild des osteuropäischen Bürokraten, und darüber hinaus das genaue Gegenteil von allen Beamten, die Kate im Land kennengelernt hatte – und mitgeteilt, daß Joshuas Ausreisevisum fertig und genehmigt war. Sie hatten auf die üblicherweise erforderliche Unterschrift eines leiblichen Elternteils verzichtet. Der rumänische Teil des Adoptionsvorgangs gestaltete sich überraschend einfach.

Die amerikanische Botschaft war nicht so schnell, aber am Samstagnachmittag hatte Mr. Crawley Joshuas Einreisevisum fertig ausgestellt – Lucian hatte eine Nikon mit ins Krankenhaus gebracht, um ein Foto von dem Kind zu machen, aber wie sich herausstellte, war kein Foto erforderlich – , und dann begann der amerikanische Teil des Adoptionsvorganges über ihre Kontakte zu Rocky Mountain Adoption Option. Deren amerikanisches Hauptquartier lag in Denver, daher würde Kate keine Mühe haben, den Vorgang abzuschließen, wenn sie zu Hause war.

Mr. Popescu, der Verwaltungschef des Krankenhauses Distrikt Eins, war anfangs unzufrieden, daß ihre aufbrausende amerikanische Besucherin eines der Kinder aus einer seiner Stationen mitnehmen wollte – darüber hinaus noch, ohne ihn für dieses Privileg zu bezahlen –, aber Telefonanrufe vom Gesundheitsministerium und die Bestätigung rumänischer Kinderärzte, daß das Kind praktisch keine Überlebenschance hatte und demzufolge lediglich eine Belastung für den Etat des Krankenhauses darstellte, beruhigten den kleinen Mann offenbar so weit, daß er Kate am letzten Tag ihres Aufenthalts nur noch süßlich angrinste.

Der gesamte Papierkram war erledigt. Pan American war darüber informiert, daß ein sehr krankes Kind in die Staaten gebracht wurde und hatte in Frankfurt zusätzliche medizinische Ausrüstung bereitgestellt. Kate brachte ihre eigene Ärztetasche mit an Bord, die mit Vorräten aus den Beständen des Roten Kreuzes und sogar gestohlenen Spritzen, IV-Tropfe und Antibiotika aufgefüllt worden war, welche Lucian irgendwie von der medizinischen Fakultät organisiert hatte. Bei den Spritzen handelte es sich um Einwegspritzen westlicher Prägung, die noch steril verpackt waren. Die Antibiotika stammten aus Westdeutschland. Kate war zutiefst gerührt, weil sie wußte, welchen Preis das alles auf dem Schwarzmarkt gebracht hätte.

Sie wußte zwar, daß diese Vorräte in Rumänien bleiben sollten, um einigen der Tausende anderer Kinder in den Krankenhäusern zu helfen, aber im Grunde ihres Herzens wußte sie auch, daß sie alles tun würde, alles stehlen und alles leugnen, nur um Joshua am Leben zu halten. Nachdem Kate sich fast zwei Jahrzehnte lang der medizinischen Ethik unterworfen hatte, mußte sie nun betroffen feststellen, daß es höhere Werte gab.

Sie hatte seit Donnerstag versucht, ihren Exmann Tom anzurufen, aber sein Anrufbeantworter in Boulder leierte immer nur mit Toms tiefer, fröhlicher Kleinjungenstimme herunter, daß er sich auf einer Floßfahrt auf dem Arkansas River befand und keine Ahnung hatte, wann er wieder zurück sein würde. Hinterlassen Sie eine Nachricht, wenn Ihnen danach ist. Kate hinterließ vier Nachrichten, und jede war ein klein wenig verständlicher als die vorangehende.

Ihre Trennung von Tom vor sechs Jahren war ruhig statt melodramatisch gewesen, resigniert statt wütend. Wie es bei etwa einem Prozent aller geschiedenen Ehen der Fall ist, waren sie und ihr Exmann *nach* der Scheidung engere Freunde geworden und gingen häufig nach der Arbeit essen oder etwas trinken. Tom, gerade vierzig geworden, aber stark wie der sprichwörtliche Stier und auf eine Tom-Sawyer-Weise hübsch, konnte sich endlich eingestehen, daß es stimmte – er war nie erwachsen geworden. Sein Job in Boulder, teils Flußschiffer, teils Bergsteiger, teils Radrennfahrer, teils Führer von Himalajaexpeditionen, teils Naturfotograf und Vollzeitabenteuersucher, hatte ihm – wie er inzwischen selbst eingestand – die perfekte Ausrede dafür geliefert, nie erwachsen zu werden.

Was Kate anbetraf, sie hatte sich in den vergangenen Monaten eingestehen können, daß sie möglicherweise zu sehr erwachsen geworden war, daß ihre über-erwachsene medizinische Persönlichkeit jegliche kindliche Freude verdrängte, die sie am Anfang mit ihm geteilt hatte. Es wurde nie über eine mögliche Aussöhnung zwischen den beiden gesprochen – Kate war sicher, keiner konnte sich vorstellen, je wieder mit dem anderen zusammenzuleben –, aber in den letzten Jahren waren ihre Unterhaltungen entspannter geworden, und sie weihten einander offenherziger in kleine Probleme und große Geheimnisse ein.

Und jetzt brachte Kate ein Baby nach Hause. Nachdem sie einander jahrelang versichert hatten, jeder aus seinen eigenen Gründen, warum keiner ein Kind in seinem Leben wollte, brachte Dr. Kate Neuman im Alter von achtunddreißig Jahren ein Baby mit nach Hause.

Tom erwischte sie schließlich am Sonntagabend in ihrem Apartment in der Strada Ştirbei Vodă. Seine Floßfahrt war ein voller Erfolg gewesen. Er konnte ihre Nachricht nicht glauben. Seine Stimme drückte die gewohnte Mischung aus jugendlicher Energie und Boulderschem Enthusiasmus aus. Kate war zum Weinen zumute.

»Ich habe Angst, daß es gar nicht soweit kommt«, sagte sie. Die Verbindung war schrecklich und mit sämtlichen Echos, Verzögerungen und Rauschen verbunden, wie bei Überseegesprächen üblich, dazu kam noch das gewohnte Knacksen, Prasseln und Summen des rumänischen Telefonnetzes.

Dennoch konnte Tom sie verstehen. »Was meinst du damit, daß es gar nicht soweit kommt? Hast du nicht gesagt, der gesamte Papierkrieg wäre erledigt? Das Baby ... Joshua ... hast du nicht gesagt, es ginge ihm augenblicklich gut?«

»Ja, er ist stabil ...«

»Und was ...«

»Ich *weiß* es nicht«, sagte Kate. Ihr wurde bewußt, wenn es hier, wo sie sich befand, Sonntagabend neunzehn Uhr war – das goldene Mailicht lag schwer auf dem Kastanienbaum vor dem Fenster ihres Apartments –, dann mußte es in Boulder Sonntagmorgen zehn Uhr sein. Sie holte Luft. »Ich habe nur schreckliche Angst, daß es irgendwie nicht dazu kommen wird. Daß uns etwas . . . aufhalten wird.«

Toms Stimme war so ernst, wie sie sie noch nie gehört hatte. »Das sieht dir gar nicht ähnlich, Kat. Was ist aus der Eisernen Lady geworden, die ich kennen- und liebengelernt habe? Der Frau, die die Welt heilen wollte, ob die Welt geheilt werden wollte oder nicht?« Sein zärtlicher Tonfall strafte die Worte Lügen.

Kate zuckte zusammen, als sie das ›Kat‹ hörte. So hatte er sie am Anfang ihrer Ehe während des Liebesspiels genannt. »Das liegt an diesem Ort«, sagte sie. »Der macht einen paranoid. Jemand hat mir gesagt, daß während der Ära Ceauşescu jeder dritte oder vierte ein bezahlter Spitzel war.« Das Telefon klackte und pfiff. Das Summen der Entfernung erklang in der Leitung. »Dabei fällt mir ein«, sagte sie, »wir sollten nicht alles am Telefon besprechen.«

»Lauscher? Horcher? KGB oder wie immer das in Rumänien heißt?« ertönte Toms Stimme durch das Rauschen. »Hol sie der Teufel. Hol *dich* der Teufel, wer immer zuhört. Nicht dich, Kat.«

»Nicht wegen der *Securitate*«, sagte Kate und versuchte zu lächeln. »Wegen der Telefonrechnung.«

»Nun, AT & T soll auch der Teufel holen. Oder MCI. Oder bei wem auch immer ich den Vertrag unterschrieben habe.«

Jetzt lächelte Kate. Sie hatte immer die Rechnungen bezahlen müssen, als sie noch verheiratet waren; Tom hatte fast nie gewußt, wen sie wofür bezahlten. Sie fragte sich, wer wohl jetzt seine Rechnungen bezahlte.

»Wann kommst du morgen in Stapleton an?« fragte Tom. Seine Stimme war über die statischen Störgeräusche hinweg kaum zu hören.

Kate machte die Augen zu und leierte ihren Spruch herunter. »Abflug von Bukarest mit dem PanAm-Flug zehn-siebzig nach Frankfurt über Warschau um zehn nach sieben morgens. PanAm-Flug siebenundsechzig von Frankfurt um halb elf Uhr vormittags, Ankunft auf dem JFK um eins-null-fünf nachmittags. Dann Pan-Am siebenundneunzig vom JFK, Ankunft in Denver um neunzehn Uhr achtundfünfzig.«

»Mann, was für ein Tag für das Baby. Und für die Mutter.« Es herrschte einen Augenblick Stille, abgesehen vom Rauschen. »Ich komme zum Stapleton, um dich abzuholen, Kate.«

»Du mußt nicht . . .«

»Ich *bin* da.«

Kate erhob keine weiteren Einwände. »Danke, Tom«, sagte sie. »Oh . . . und bring einen Autositz mit?«

»Einen was?«

»Einen Kindersitz.«

Gedämpftes Gelächter war zu hören, dann ein Fluch. »Na prima«, sagte Tom schließlich. »Also kann ich meinen freien Tag damit verbringen, einen Kindersitz fürs Auto aufzutreiben. Aber du bekommst ihn, Kat. Ich liebe dich, Mädchen. Bis morgen abend.« Er legte mit seiner unvermittelten Art auf, die Kate immer völlig überraschte.

Die plötzliche Stille nach der Unterhaltung war kaum zu ertragen. Kate ging zum hundertstenmal in ihrem Zimmer auf und ab, überprüfte das Gepäck – alles eingepackt, außer ihrem Pyjama und dem Kulturbeutel – zum fünfzigstenmal und blätterte die Dokumente in ihrer Safarijacke zum fünfhundertstenmal durch: Paß, ihr Visum, Joshuas Visum, die Adoptionsunterlagen – vom Ministerium und der amerikanischen Botschaft gestempelt –, die Impfbescheinigung, die Bescheinigung über Tests wegen ansteckenden Krankheiten, ein Brief mit der Bitte um bevorzugte Behandlung vom Büro von Mr. Stancu und ein gleichlautender Brief von Mr. Crawley in der amerikanischen Botschaft. Alles da. Alles gestempelt, gegengestempelt, unterschrieben, geprüft und bestätigt.

Etwas würde schiefgehen. Sie wußte es. Bei jedem Schritt auf dem Flur oder im Innenhof des Hotels rechnete sie mit einem Beamten, der ihr die Nachricht überbringen würde – Joshua war in derselben Stunde gestorben, als sie ihn zum letztenmal friedlich schlafend in seinem Bettchen in der Klinik gesehen hatte. Oder das Ministerium hatte seine Genehmigung zurückgezogen. Oder . . .

Es würde schiefgehen.

Lucian hatte ihr angeboten, sie zum Flughafen zu bringen, und sie hatte angenommen. Pater O'Rourke hatte am Montagmorgen geschäftlich in Tîrgovişte zu tun, fünfzig Meilen nördlich der Hauptstadt, aber er hatte darauf bestanden, um sechs Uhr im Krankenhaus vorbeizuschauen, wenn sie Joshua abholen sollte. Alles war vereinbart, arrangiert und verpackt . . . Sie hatte sich von Lucian sogar den Fahrplan des Orient-Expreß nach Budapest geben lassen, falls PanAm oder Tarom Airlines Bukarest auf einmal nicht mehr anfliegen sollten . . . aber Kate war überzeugt, daß etwas schiefgehen würde.

Um zweiundzwanzig Uhr zog Kate den Pyjama an, putzte sich die Zähne, stellte den Wecker auf 4 Uhr 45 und legte sich ins Bett, obwohl sie wußte, sie würde kein Auge zu tun. Sie sah zur Decke und dachte an Joshua, der auf dem Bauch schlief oder auf dem Rücken lag, die IV-Nadel noch im Arm, die ihm die Kraft für die Prüfung des morgigen Tages geben würde; dann begann für Kate selbst eine lange Zeit schlaflosen Wartens.

# *Träume von Blut und Eisen*

*Ich beobachtete durch diese Fenster . . . diese kleinen Fenster, die so spärliches Licht auf mich warfen . . . ich beobachtete durch dieses Fenster als drei- oder vierjähriges Kind, wie sie Diebe, Wegelagerer, Mörder und Steuerbetrüger aus dem überfüllten Gefängnis am Platz des Ältestenrats über die Straße zu ihrer Hinrichtungsstätte in der Juweliers-Donjon führten. Ich kann mich an ihre Gesichter erinnern, die der Gefangenen, dieser verurteilten Männer: ungewaschen, blutunterlaufene Augen, hagere Gesichter, bärtig und panisch, wie sie verzeifelte Blicke um sich warfen und dabei jedem einzelnen Mann die Gewißheit dämmerte, daß ihm nur noch Minuten blieben, bis der Strick um seinen Hals gelegt wurde und der Henker ihn von der Plattform stieß. Ich kann mich erinnern, einmal waren drei Frauen dabei, die separat im Turm des Ältestenrats untergebracht gewesen waren, und ich beobachtete an einem kalten Herbstmorgen, wie sie in Ketten aus dem Turm und über den Platz geführt wurden, vom Platz auf die Straße, und dann den kopfsteingepflasterten Hang hinunter, außer Reichweite meiner gierigen Blicke. Doch, oh, diese Sekunden ungetrübten Schauens, als ich dort auf der Ottomane im Gemach meines Vaters kniete, das als Empfangs- und als Privatgemach zugleich diente . . . oh, diese endlosen Augenblicke der Ekstase!*

*Die Frauen waren in schmutzige Lumpen gekleidet, wie die Männer auch. Ich konnte durch die fadenscheinigen braunen Fetzen ihre Brüste sehen. Die Frauen waren mit Schmutz vom Turm verkrustet, und mit Blut, weil die Wachen sie grob behandelt hatten. Aber ihre Brüste waren blaß, weiß, schutzlos. Ich konnte Blicke auf ihre schmutzigen Füße und blassen Schenkel erhaschen; ich sah die Dunkelheit zwischen diesen Schenkeln, als die älteste der Frauen breitbeinig stürzte und der Gefängniswärter sie kreischend an der langen Kette auf dem Kopfsteinpflaster entlangzerrte. Aber am deutlichsten erinnere ich mich an ihre Augen . . . so entsetzt wie die der männlichen Gefangenen, die ich gesehen hatte, so weit aufgerissen, daß das Weiße um die dunkle Iris herum zu sehen war, gleich den unsteten Augen von Mähren, die weitergetrieben werden, nachdem sie frisches Blut oder die Anwesenheit eines Hengstes gewittert haben.*

*Da verspürte ich zum erstenmal die Erregung – den Nervenkitzel, als ich miterlebte, wie die sichere Gewißheit des baldigen Todes über diese Männer und Frauen kam – die Erregung und die pulsierende Reinheit der Empfindung. Ich erinnere mich, wie ich, mit schwachen Beinen, die mich nicht mehr trugen, vor eben diesem Fenster mit klopfendem Herzen auf der Ottomane* meines Vaters zusammenbrach, während die Bilder dieser verzagten, zum Tode verurteilten Männer und Frauen noch frisch in mein Gedächtnis eingebrannt waren, obwohl ihre tatsächlichen Schreie in der kühlen Luft, die zum offenen Fenster meines Vaters hereinwehte, verhallten und schwächer wurden.

Mein Vater, Vlad Dracul, hatte diese Menschen zum Tode durch den Strang verurteilt. Besser gesagt, er hatte die Urteile mit nichts weiter als einer Handbewegung oder einem Nicken zu einem Untergebenen bestätigt. Vater hatte die Gesetze geschaffen, die diese Männer und Frauen verurteilten, und sorgte nun für deren Durchsetzung. Vater hatte dieses große Entsetzen über diese Menschen gebracht, Vater hatte dieses greifbare Schlagen der Schwingen des Todes da unten auf dem Platz bewirkt.

Ich erinnere mich, wie ich hier auf der Ottomane lag, und spürte, wie mein Herzschlag sich normalisierte, wie sich die erste Verlegenheit ob meiner seltsamen Erregung einstellte ... ich erinnere mich, wie ich in diesem Zimmer lag und dachte: ... Eines Tages werde ich diese Macht besitzen.

Als ich vier Jahre alt war, trank ich in eben diesem Zimmer zum erstenmal aus dem Kelch. Ich kann mich an jede Einzelheit erinnern. Meine Mutter war nicht zugegen. Nur Vater und fünf andere Männer, die ich vorher noch nie gesehen hatte, allesamt mit den zeremoniellen grün-roten Gewändern des Ordens des Drachen angetan, waren an jenem Abend anwesend. Ich erinnere mich an den bunten Gobelin hinter Vaters Thron, der nur für diese Nacht aufgehängt worden war – ein großer Drache, der sich zu einem Kreis goldener Schuppen zusammengerollt hatte, das furchteinflößende Maul aufriß, die Schwingen spreizte und die gewaltigen Krallen zu tödlichen Klauen krümmte. Ich erinnere mich an das Licht der Fackeln und das gedämpfte Ritual des Ordens des Drachen. Ich erinnere mich an die Darbietung des Kelchs. Ich erinnere mich, wie ich zum erstenmal Blut kostete. Ich erinnere mich an die Träume, die es mir in jener Nacht bescherte.

Als ich fünf war, im Jahre des Herrn 1436, hörte ich in diesem Zimmer, wie mein Vater dem Hof seine Absicht kundtat, Land und Titel seines sterbenden Halbbruders Alexander Aldea an sich zu reißen, womit Vater zum ersten vollwertigen Fürsten der Walachei wurde. Ich erinnere mich an den Klang von Pferdehufen in der Winterluft vor dem Fenster meines Kinderzimmers, an das Quietschen von Leder und das tödliche Klirren von Eisen auf Eisen, als die Kavallerie in jener Dezembernacht vorüberritt. Ich erinnere mich, wie ich den Wohlstand der kaiserlichen Stadt Tîrgovişte liebte, ich erinnere mich an das sinnliche Gefühl der italienischen, ungarischen und lateinischen Worte, die ich dort lernte, jede neue Silbe so vollmundig wie der Geschmack des Blutes in meinem Mund, und ich erinnere mich an *die Erregung hinter dem trockenen Geschichtsunterricht, den ich von meinem bojarischen Hauslehrer und den alten Mönchen dort erhielt. Und ich erinnere mich, wie kurz diese wunderschöne Zeit sein sollte.*

*Ich war zwölf Jahre alt, als mein Vater mich und meinen jüngeren Halbbruder Radu dem türkischen Sultan Murad als Geiseln gab. Möglicherweise hatte er das so nicht geplant, als wir nach Gallipoli ritten, um den Sultan zu treffen, denn Vater wurde ebenfalls wenige Minuten nachdem wir die Stadttore erreicht hatten, von den Männern des Sultans überwältigt. Aber Vater schwor später einen Eid auf die Bibel und den Koran, sich dem Willen des Sultans nicht zu widersetzen, und unsere Rolle als Geiseln war Teil dieses Schwurs. Radu war erst acht, und ich kann mich noch an seine Tränen erinnern, als der eskortierte Wagen uns von Gallipoli fort nach der Festung Egrigoz in der Provinz Karaman im westlichen Anatolien brachte.*

*Ich weinte nicht.*

*Ich erinnere mich, wie kalt dieser Winter war, wie seltsam das Essen, und daß die männlichen Diener, die sich um unsere Bedürfnisse kümmerten, auch die Tür zu unserem Gemach absperrten, wenn sich die frühe Dämmerung über die Gebirgsstadt senkte. Ich erinnere mich an die Betroffenheit der Männer des Sultans, als ihnen die Zeremonie des Kelchs erklärt wurde, aber sie akzeptierten sie als eine von vielen Barbareien des christlichen Glaubens. Ihre Gefängnisse waren voll von Verbrechern, Sklaven und Kriegsgefangenen, die darauf warteten, daß man sich ihrer entledigte; daher war es nicht schwierig, Spender zu finden. Später wurden wir nach Tokat gebracht, und noch später nach Adrianopel, wo wir in der Gesellschaft des Sultans lebten, aßen, reisten und zu Männern heranwuchsen.*

*Sultan Murad war ein grausamer Mann, aber ich glaube, nicht so grausam, wie Vater gewesen war. Er behandelte uns mehr wie Söhne, als Vater das je getan hatte. Ich erinnere mich, wie mir der Sultan einmal über die Wange strich, nachdem ich ihm aufgeregt Flug und Jagd eines Falken zeigte, an dessen Ausbildung ich mitgewirkt hatte. Diese überraschend zärtliche Geste blieb mir im Gedächtnis haften.*

*Am Ende meines sechsten Jahres dort dachte ich häufiger in Türkisch als in meiner eigenen Sprache, und selbst heute noch, da meine Kraft schwindet und mein Bewußtsein nachläßt, forme ich meine halbwachen Gedanken in Türkisch.*

*Radu war immer hübsch gewesen, schon als kleines Kind, und konnte, als er die ersten Anzeichen der Mannbarkeit erkennen ließ, als wunderschön bezeichnet werden. Ich blieb häßlich. Radu schmeichelte sich bei den Philosophen und Hauslehrern ein, die uns unterrichteten. Ich widersetzte mich ihren Anstrengungen, uns die byzantinische Kultur nahezubringen.*

*Radu gab den Kelch auf, während ich genötigt war, wöchentlich statt monatlich daraus zu trinken, dann täglich statt wöchentlich. Radu wurden die Belohnungen und Aufmerksamkeiten unserer Wärter und Lehrer zuteil; ich mußte ihre Peitschen erdulden. Im Alter von dreizehn Jahren hatte Radu gelernt, sowohl die Frauen im Serail zu beglücken, wie auch die männlichen Höflinge, die spät des Nachts in unsere Gemächer kamen.*

*Ich haßte meinen Halbbruder, und er erwiderte den Haß mit einem noch größeren Maß an Verachtung. Wir wußten beide, wenn wir überlebten – und auf seine Weise war jeder von uns von dem unbändigen Wunsch zu überleben beseelt –, würden wir eines Tages Feinde und Rivalen um den Thron unseres Vaters sein.*

*Radu folgte seinem Pfad zum Thron, indem er zum Günstling des Sultans Murad II. und Haremsknabe seines Nachfolgers Mehmed wurde. Er blieb in der Türkei bis 1462; mit siebenundzwanzig war Radu immer noch wunderschön, für einen Haremsknaben aber doch zu alt. Nachdem der Sultan ihm den Titel seines Vaters versprochen hatte, mußte Radu feststellen, daß dieser von einem Mann beansprucht wurde, der tollkühner und findiger war als er. Den Thron beanspruchte ich.*

*Ich erinnere mich an den Tag – ich war sechzehn –, als die Nachricht vom Tod meines Vaters uns am Hofe des Sultans erreichte. Das war im Spätherbst des Jahres 1447. Cazan, der getreue Kanzler meines Vaters, war fünf Tage bis Adrianopel geritten, um uns die Nachricht zu überbringen. Die Einzelheiten waren spärlich und schmerzlich. Die Bojaren und Bürger von Tîrgoviște hatten sich, angestachelt vom habgierigen ungarischen König Hunyadi und dessen Verbündetem aus der Walachei, Wladislaw II., zu einem Aufstand erhoben. Mircea, mein Bruder, war in Tîrgoviște gefangengenommen und lebendig begraben worden. Vlad Dracul, mein Vater, war in den Sümpfen von Balteni bei Bukarest gejagt und ermordet worden. Cazan informierte uns, daß man den Leichnam des Vaters zu einer verborgenen Kapelle in der Nähe von Tîrgoviște gebracht hatte.*

*Cazan, dessen Altmännertriefaugen noch feuchter als gewöhnlich waren, überreichte mir danach zwei Gegenstände, wie mein Vater ihm aufgetragen hatte – während sie, von den Häschern verfolgt, Richtung Donau flohen –, die mein Erbe sein sollten. Dieses Erbe bestand aus einem wunderschönen, in Toledo geschmiedeten Schwert, das mein Vater im Jahr meiner Geburt von Kaiser Sigismund in Nürnberg bekommen hatte, und dazu das goldene Drachenmedaillon, welches meinem Vater bei der Aufnahme in den Orden des Drachen überreicht worden war.*

*Ich legte mir das Drachenmedaillon um den Hals, hielt das Schwert hoch über den Kopf, so daß sich das Licht der Fackeln in der funkelnden Klinge spiegelte, und schwor meinen Eid einzig und allein vor Cazan. »Ich schwöre beim Blut Christi und beim Blut des Kelchs«, rief ich mit fester Stimme, »daß Vlad Dracul gerächt werden wird, daß ich eigenhändig das Blut Wladislaws bis zum letzten Tropfen leeren und trinken werde und daß diejenigen, welche diesen Verrat ersonnen und ausgeführt haben, den Tag bedauern werden, da sie Vlad Dracul ermordet und so die Feindschaft von Vlad Dracula, Sohn des Drachen, auf sich zogen. Bis zu diesem Tag werden sie niemals wahres Grauen erlebt haben. Das schwöre ich beim Blut Christi und beim Blut des Kelchs, mögen mir alle Kräfte des Himmels und der Hölle zur Erfüllung dieser feierlichen Aufgabe beistehen.«*

*Ich steckte das Schwert in die Scheide, klopfte dem weinenden Kanzler auf die Schulter und kehrte in meine Gemächer zurück, wo ich wach lag und meine Flucht aus dem Reich des Sultans sowie die Rache an Wladislaw und Hunyadi plante.*

*Jetzt liege ich wieder wach und erkenne: so wie Klingen aus Toledostahl in den Feuern und glühenden Gußformen geschmiedet werden, so werden Menschen in den Gußformen solcher Schmerzen, Verluste und Ängste geschmiedet. Und wie bei einem kostbaren Schwert, so dauert es auch bei solchen menschlichen Klingen Jahrhunderte, bis sie ihre scharfen Schneiden verlieren.*

*Das Licht wird düster. Ich werde so tun, als schliefe ich.*

# Kapitel 13

Die Zweigstelle der Centers for Disease Control in Colorado bestand aus einem Gebäudekomplex im Vorgebirge über Boulder, in dem Grünstreifen unterhalb der geologischen Formation, die als Flatirons bekannt ist. Die Einheimischen nannten den Komplex immer noch NCAR – ausgesprochen En-Car –, weil er fünfundzwanzig Jahre lang als National Center for Atmospheric Research gedient hatte. Als das NCAR im Vorjahr schließlich zu groß für den Komplex geworden war und ein neues Hauptquartier unten in der Stadt bezogen hatte, da hatten die CDC das Zentrum schnellstens für ihre Zwecke umgebaut.

Das Gebäude war von I. M. Pei aus denselben dunkelroten pennsylvanischen und permischen Konglomeraten entworfen worden, die die großen, schrägen Klippen der Flatirons bildeten, welche die Vorgebirge über Boulder beherrschten. Seiner Theorie zufolge sollte das sandsteinähnliche Material des Bauwerks im selben Maße verwittern wie die Flatirons selbst, wodurch das Gebäude schließlich in seiner Umgebung ›verschwinden‹ würde. Peis Theorie hatte weitgehend funktioniert. Die Lichter des CDC waren zwar in der Nacht weithin vor dem dunklen Hintergrund des Waldes im Grünstreifen und der Vorgebirge sichtbar, aber bei Tage erweckte ein flüchtiger Blick bei den meisten Touristen vielfach den Eindruck, als wäre das Gebäude auch nur eine von vielen seltsamen Sandsteinformationen an diesem zerklüfteten Abschnitt des Front Range.

Kate Neuman liebte ihr Büro im CDC Boulder, und nach ihrer Rückkehr aus Bukarest schätzte sie die Ästhetik des Bauwerks fast so, als hätte sie es vorher noch nie gesehen. Ihr Büro lag an der nordwestlichen Ecke des modernen Gebäudes – Pei hatte es als eine Reihe vertikaler Platten und überhängender Schiefer- und Sandsteinkästen mit großen Fenstern entworfen –, und von ihrem Schreibtisch konnte sie die gewaltige Mauer der ersten drei Flatirons im Norden sehen, die wogenden Wiesen und Pinienwälder am Fuß der Flatirons, die langgezogenen Hügelkämme der Fountain-Sandsteinformationen, die aus den spärlichen Wiesen aufragten wie die Schuppenplatten eines Stegosaurus, und sogar die Plateaus selbst, die in Boulder anfingen und sich, soweit das Auge reichte, nach Norden und Osten erstreckten. Tom, ihr Exmann, hatte ihr erklärt, daß die Flatirons einmal Schichten von Sedimentgestein unter einem urzeitlichen Binnenmeer gewesen und vor sechzig Millionen Jahren durch die heftige Bergbildung in den Rockys im Westen aufgeworfen worden waren. Jetzt konnte Kate die Flatirons nicht mehr ansehen, ohne dabei an betonierte Gehwege zu denken, die von Wurzeln aufgebrochen wurden.

Gleich an der Hintertür des CDC begann ein Weg, und der größere Panoramarundweg war hinter dem nächsten Hang zu erkennen; Wild kam herunter und äste direkt unter ihrem Fenster, und Mitarbeiter hatten Kate einmal gesagt, daß im Sommer keine dreißig Meter von dem Gebäude entfernt einmal ein Berglöwe auf den Bäumen gesehen worden war.

An das alles dachte Kate nicht. Sie beachtete die Papierstapel auf ihrem Schreibtisch gar nicht, ebensowenig den blinkenden Cursor auf dem Computermonitor, sondern dachte an ihren Sohn. Sie dachte an Joshua.

Da sie in der letzten Nacht in Bukarest nicht schlafen konnte, hatte sie ihre sämtlichen Taschen genommen, auf den dunklen, regennassen Straßen nach einem Taxi Ausschau gehalten und sich im Krankenhaus neben Joshuas Bett gesetzt, bis es Zeit wurde, zum Flughafen zu fahren. Der Fahrstuhl im Krankenhaus funktionierte nicht, daher mußte sie die Treppe hinauflaufen und war plötzlich überzeugt davon, sie würde das Kinderbett in Station Drei leer vorfinden.

Joshua schlief. Die letzte Einheit Blut, die Kate tags zuvor für ihn bestellt hatte, hatte ihm den Anschein blühender Gesundheit wiedergegeben. Kate hatte sich auf die kalte Heizung gesetzt, das Kinn auf die Faust gestützt und ihren Adoptivsohn im Schlafen beobachtet, bis das erste Licht der Morgendämmerung zu den schmutzigen Fenstern hereinfiel.

Lucian holte sie im Krankenhaus ab. Die letzte Hürde Papierkram, die es dort zu überwinden galt, war nicht so schlimm, wie Kate erwartet hatte. Pater O'Rourke kam wie versprochen vorbei. Als sie und der Priester einander auf der Treppe die Hand schüttelten, folgte sie einem Impuls und gab ihm einen Kuß auf die Wange. O'Rourke lächelte, hielt ihr Gesicht eine ganze Weile zwischen den Händen, und dann – bevor Kate nachdenken oder Einwände vorbringen konnte – segnete er Joshua mit einer sanften Berührung des Daumens auf der Stirn des Babys und dem raschen Zeichen des Kreuzes.

»Ich werde Sie nicht vergessen«, sagte O'Rourke leise, während er Kate und dem Baby die Tür des Dacia aufhielt. Der Priester sah Lucian an. »Fahren Sie vorsichtig, ja?« Lucian hatte nur gelächelt.

Die Straße zum Flughafen war so gut wie menschenleer. Joshua wachte während der Fahrt auf, weinte aber nicht, sondern sah lediglich mit seinen dunklen, fragenden Augen aus dem Kissen in Kates Armen zu ihr auf. Lucian schien Kates Unbehagen zu spüren. »Möchten Sie gerne noch einen meiner Ceauşescu- Witze hören, die ich früher immer erzählt habe?«

Kate lächelte argwöhnisch. »Hast du keine Angst, daß Mikrofone in deinem Auto versteckt sind?«

Lucian grinste. »Die würden nicht besser funktionieren als alles andere in diesem Schrotthaufen«, sagte er. »Außerdem stört sich die Nationale Rettungsfront nicht an Ceauşescu-Witzen. Sie drehen nur durch, wenn wir NRF-Witze erzählen.«

»Okay«, sagte Kate, die das Baby tiefer unter die leichte Decke steckte. »Laß deinen alten Ceauşescu-Witz hören.«

»Okay. Nun, nicht lange vor der Revolution wacht der große C. eines Morgens in guter Stimmung auf und geht auf den Balkon hinaus, um die Sonne zu begrüßen. ›Guten Morgen, Sonne‹, sagt er. Stellen Sie sich seine Überraschung vor, als die Sonne antwortet: ›Guten Morgen, Herr Präsident.‹ Ceauşescu stürzt ins Schlafzimmer zurück und weckt Elena. ›Wach auf!‹ sagt er. ›Sogar die Sonne respektiert mich jetzt.‹ – ›Wie schön‹, sagt die Frau des höchsten Führers. Und sie schläft weiter. Ceauşescu denkt sich, daß er vielleicht ein bißchen den Verstand verliert, daher geht er zur Mittagszeit wieder auf den Balkon hinaus. ›Guten Tag, Sonne‹, sagt er. Wieder antwortet die Sonne mit respektvoller Stimme: ›Guten Tag, Herr Präsident . . .‹«

»Hat der Witz auch eine Pointe?« fragte Kate. Sie konnte die Ausfahrt des Flughafens keinen Kilometer vor ihnen sehen. Inzwischen regnete es heftiger. Sie fragte sich, ob der PanAm-Flug nach Warschau abgesagt werden konnte.

»›Guten Tag, Herr Präsident‹, sagte die Sonne am Mittag«, fuhr Lucian fort. Er drückte auf den Blinkerhebel, aber kein Klick ertönte, kein Licht blinkte. Er achtete nicht darauf und bog so auf die lange Zufahrt zum Flughafen ab. »Ceauşescu ist so aufgeregt, daß er versucht, Elena auf den Balkon zu locken, aber die ist damit beschäftigt, ihr Make-up aufzulegen.

Schließlich, bei Sonnenuntergang, kann er sie überreden, mit auf den Balkon zu gehen. ›Paß auf, hör zu‹, sagt er zu seiner Frau, die gleichzeitig Vorsitzende des Nationalen Rats für Wissenschaft und Technologie ist. ›Die Sonne respektiert mich.‹ Er wendet sich dem wunderschönen Sonnenuntergang zu. ›Guten Abend, Sonne‹, sagt er. ›Verpiß dich, Arschloch‹, sagt die Sonne. Ceaușescu ist erbost. Er verlangt eine Erklärung. ›Heute morgen und heute mittag hast du mich mit Respekt angesprochen‹, platzt er heraus. ›Jetzt beleidigst du mich. Warum?‹«

Kate sah einen Parkplatz in der Reihe von Autos und Taxen an der halbkreisförmigen Ringstraße zur Schalterhalle, aber bevor sie darauf deuten konnte, bremste Lucian und parkte geschickt ein. Er unterbrach seine Geschichte nicht.

»›Warum beleidigst du mich jetzt?‹ will unser Staatsoberhaupt wissen. ›Du Dummkopf‹, antwortet die Sonne, ›weil ich jetzt im Westen bin.‹«

Er kam zur Beifahrerseite und hielt einen Regenschirm, während sie und das Baby ausstiegen. Kate lächelte anerkennend – mehr über seine Höflichkeit als über den Witz. Sie gingen gemeinsam zur Schalterhalle, Lucian trug einen ihrer Koffer und hielt den Regenschirm über sie, Kate trug das leichtere Handgepäck und das Baby.

»Die Transsilvanier haben ein Sprichwort über Witze wie meinen«, sagte Lucian. »*Rîdem noi rîdem, dar purceaua e moartă în coșar.*«

»Und was heißt das?« Kate blinzelte im Halbdunkel, als sie unter den großen Betonüberhang der Schalterhalle traten. Wachen in grauen Uniformen mit automatischen Waffen sahen sie gleichgültig an.

»Es heißt – Wir lachen alle, aber das Schwein ist tot im Korb.« Lucian ließ den Schirm sinken, schüttelte ihn, klappte ihn zusammen und stieß die Tür zur Schalterhalle mit der Schulter auf.

Die Halle sah noch so häßlich wie bei Kates Ankunft im Land aus: ein von Soldaten bewachter höhlenartiger, betonierter, hallender Raum voll Schutt und Abfall. Links von ihr lagen verlassen die langen, zerkratzten Tische und das kaputte Förderband für das ankommende Gepäck. Es gab keine eintreffenden Flüge. Direkt vor ihnen wiesen Sicherheitskontrollen und Kabinen mit Vorhängen den Parcours, den sie und Joshua auf dem Weg zur PanAm-Maschine hinter sich bringen mußten.

Lucian stellte ihren Koffer auf den ersten Kontrolltisch und drehte sich zu ihr um. Ab diesem Punkt wurden keine Besucher mehr geduldet.

»Nun . . .«, begann er und verstummte.

Kate hatte noch nie erlebt, daß ihrem jungen Freund und Dolmetscher die Worte fehlten. Sie legte ihm den freien Arm um den Hals und gab ihm einen Kuß. Er blinzelte, dann berührte er langsam und zaghaft ihren Rücken. Ein Beamter hinter einem Schalter mit der Aufschrift *CONTROLUL PASAPOARTERLOR* bellte etwas, worauf Lucians Augen einen fragenden Ausdruck hatten und in diesem Moment seltsam wie die von Joshua aussahen.

Der Beamte sagte etwas, diesmal lauter. Lucian wandte endlich den Blick von ihr ab und fuhr den Mann an: »*Lasă-ma in pace!*«

Einen Moment sah der Beamte hinter der Paßkontrolle ob Lucians Frechheit völlig fassungslos drein. Dann erholte er sich und schnippte mit den Fingern; drei uniformierte Wachen kamen im Eilschritt über den Betonboden gelaufen.

Kate glaubte, so etwas wie Wildheit in Lucians Augen zu sehen. Sie umarmte ihn noch einmal, wobei sie ihren Körper und den des Babys zwischen Lucian und die Wachen brachte. Gleichzeitig hatte sie ihren amerikanischen Paß herausgeholt und hielt ihn den Wachen wie ein magisches Amulett hin.

Der Zauber funktionierte ... wenigstens vorübergehend. Der Paßkontrolleur herrschte Lucian an und verschränkte die Arme. Die Wachen sahen ihn an, dann wieder Lucian und Kate.

»Es tut mir leid«, sagte Kate zu den Wachen. »Aber mein Verlobter kann sehr aufbrausend sein. Wir sind nur ungern getrennt. Lucian, sag dem Herrn, daß wir etwas für ihn haben ...«

Lucian sah den Paßkontrolleur finster an, kam aber wieder zu sich, als Kate ihn in den Arm kniff. »Was? Oh ... *aveţi dreptate, îmi pare rău ... Avem ceva pentru dumneavocestră.*«

Kate hörte Lucians Entschuldigung und den Ausdruck, der bedeutete »Ich habe an Sie gedacht«, eine höfliche Umschreibung für Bestechung, Bakschisch, das universelle rumänische Spiel, die Behörden zu schmieren. Sie kramte drei Schachteln Kent aus ihrer Handtasche und gab sie Lucian; dieser gab sie dem Paßkontrolleur weiter.

Der Beamte blinzelte finster, ließ die Schachteln aber verschwinden, winkte die drei Wachen fort, unterzog Kates Gepäck einer flüchtigen Inspektion, während er ihr schroff Fragen stellte, warf ihr Gepäck dann auf einen baufälligen Gepäckwagen und winkte sie durch. Sie ging automatisch einen Schritt weiter und erschrak, als hinter ihr eine Barriere heruntersauste.

Kate drehte sich zu Lucian um und war plötzlich so aufgewühlt, daß sie kaum sprechen konnte. Joshua regte sich und zappelte in ihren Armen, sein Gesicht wurde rot – die Vorstufe eines Weinkrampfs. »Ich . . .«, begann sie, mußte aber aufhören. Sie kam sich wie eine Närrin vor, versuchte aber nicht, ihre Tränen zu verbergen. Kate konnte sich nicht erinnern, wann sie zum letztenmal in aller Öffentlichkeit geweint hatte.

»He, alles roger, Baby«, sagte Lucian in seiner besten Nachahmung kalifornischen Surferslangs. »Ich besuche Sie und Josh, wenn ich in die Staaten komme und den Assistenzarzt mache. Bis später, Leute . . .« Er streckte die Hand durch die Barriere und berührte ihre Fingerspitzen.

Der Paßkontrolleur bellte etwas, worauf Lucian nickte, ohne Kate und das Baby aus den Augen zu lassen. Dann wandte sich Lucian ab und ging, ohne sich noch einmal umzudrehen, durch die menschenleere Schalterhalle.

Kate trug Joshua durch den Gang der Sicherheitszone, einen schmalen Korridor entlang und in den Ankunfts- und Abflugsbereich. Aus verborgenen Lautsprechern drang Gesang, bei dem es sich um einen Kinderchor handeln mochte, der rumänische Folklore sang, aber die Stimmen klangen so schrill, die Aufnahme so zerkratzt und verzerrt, daß die Wirkung alles andere als beruhigend oder angenehm war; Kate mußte an einen Chor kreischender Folteropfer denken. Ein rundes Dutzend weiterer Passagiere wartete auf den Bordruf, und Kate sah an den schlechtsitzenden Kleidungsstücken, daß es sich entweder um rumänische Beamte handelte, die nach Warschau reisten, oder um Polen, die in die Heimat zurückkehrten. Sie sah keine Amerikaner, keine Deutschen, keine Briten – überhaupt keine Touristen, abgesehen von ihr selbst.

Sie stand etwas abseits der Gruppe und sah sich nervös in der Schalterhalle um. Der Raum war riesig, für Hunderte Passagiere entworfen, das Kuppeldach ragte achtzehn Meter oder höher auf, und jedes Quietschen von Schuhen, jedes Husten hallte unbarmherzig. An der nördlichen Wand standen einige Buden – ein Schalter, wo man zum offiziellen Wechselkurs Geld tauschen konnte, ein verstaubtes Schild des Nationalen Tourismusbüros –, aber die waren nicht besetzt. Die meisten der wartenden Passagiere rauchten und sahen verstohlen zu den bewaffneten Wachen, die an der Treppe zu den Untergeschossen, an den Notausgängen und am Zollschalter standen. Weitere Wachsoldaten, die die automatischen Waffen unter den Arm eingehängt hatten, wanderten in Zweiergruppen durch die Schalterhalle.

Joshua war immer noch unruhig, aber Kate wiegte ihn eifrig, sprach leise auf ihn ein und gab ihm einen Schnuller. Er saugte an dem Gummi und hielt die Tränen zurück. Kate wünschte sich, sie hätte selbst einen Schnuller, um ihre Nerven zu beruhigen, und in diesem albernen Augenblick hatte sie eine plötzliche Einsicht, warum so viele Menschen in den osteuropäischen Polizeistaaten Kettenraucher waren.

Sie ging zu einem der schmalen, hohen Fenster hinüber. Zwei Flugzeuge standen auf dem Asphalt in der Nähe der Schalterhalle; bei dem kleineren handelte es sich eindeutig um irgendeinen offiziellen Jet der Regierung, das andere Flugzeug, das wie eine DC-9 aussah, wartete nur darauf, sie und Joshua nach Warschau zu bringen, wo sie weiter nach Frankfurt fliegen würden. Mehrere gepanzerte Personaltransporter, deren Abgaswolken in die stehende Luft entwichen, fuhren zwischen den Flugzeugen. Kate konnte Panzer sehen, die am Rand der Startbahn parkten, des weiteren sah sie Artilleriegeschütze unter einem Tarnnetz bei einer Baumreihe. Soldaten in grauen Uniformen kauerten bei ihren Lastwagen oder um ein Feuer in einer Tonne herum.

Viel weiter entfernt standen eine Reihe Tarom-Passagierflugzeuge auf einem unkrautüberwucherten Rollfeld. Diese Flugzeuge sahen wie grobschlächtige Boeing 727 aus, die bessere Zeiten gesehen hatten, bevor sie ausrangiert wurden: sie waren rostig, sie hatten Flicken auf Tragflächen und Rumpf, eines hatte zwei platte Reifen. Kate bemerkte plötzlich die bewaffneten Wachen, die unter den Flugzeugen dahinschritten – gelangweilte Männer, die sich bemühten, aus dem heftigen Regen zu bleiben –, und da wurde ihr zu ihrem Staunen bewußt, daß diese Flugzeuge mit ziemlicher Sicherheit noch in Betrieb waren.

Sie war ungeheuer froh, daß sie fast doppelt soviel bezahlt hatte, um mit PanAm nach Warschau und Frankfurt zu fliegen, statt die staatliche rumänische Fluggesellschaft zu nehmen.

»Mrs. Neuman?«

Sie wirbelte herum und sah zwei Männer vom Wachpersonal in schwarzen Ledermänteln, die hinter ihr standen. Drei Soldaten mit automatischen Waffen hielten sich in der Nähe auf. »Mrs. Neuman?« sagte der größere der beiden Wachmänner wieder.

Kate nickte. Es war ihr unmöglich, nicht an alte Kriegsfilme zu denken, wo die Gestapo Reisende festhielt. Sie erschauerte innerlich, als sie sich vorstellte, wie es sein mußte, in so einer Gesellschaft mit einem gelben Davidsstern am Mantel zu reisen, das

Wort *Jude* im Paß stehen zu haben. Sie erwartete, daß diese zeitgenössischen Gestapotypen ihre Papiere verlangen würden.

»Ihren Paß«, schnappte der große Mann. Sein Gesicht war von Kratern von Windpockennarben übersät, seine Zähne waren braun.

Sie gab ihm ihren Paß und versuchte, nicht ängstlich zusammenzuzucken, als er ihn in die Tasche steckte, ohne auch nur einen Blick darauf zu werfen.

»Hier entlang«, sagte er und deutete auf eine Kabine mit Vorhang im Sicherheitsbereich, den sie gerade hinter sich gelassen hatte.

»Was soll das . . .«, begann Kate, verstummte aber, als der andere Wachmann sie am Ellbogen berührte. Sie zog den Arm weg und folgte dem größeren Mann durch den abfallübersäten Raum. Die anderen Passagiere sahen gleichgültig zu; Rauch stieg von ihren Zigaretten auf.

Eine Sicherheitsbeamtin wartete hinter dem Vorhang der Kabine. Kate fand, daß die Frau wie eine humorlose Version von Martina Navratilova mit schlechtem Haarschnitt aussah. Aber dann zerstoben alle schnippischen Vergleiche, als in Kate die Gewißheit wuchs, daß dieses vierschrötige Ungeheuer sie einer Leibesvisitation unterziehen würde.

Der pockennarbige Wachmann holte ihren Paß heraus, studierte ihn eine ganze Weile – wobei er den Nähten, wo das Dokument geheftet war, besondere Aufmerksamkeit zukommen ließ – und bellte dann etwas Rumänisches zu den beiden anderen Wachen. Er drehte sich zu Kate um. »Sie adoptiertes Kind, ja?«

Kate war einen Moment verwirrt und nicht sicher, ob der Mann einen bizarren Witz machte oder nicht. Dannn sagte sie: »Ich habe dieses Kind adoptiert, ja. Er ist jetzt mein Sohn.«

Beide Männer studierten den Paß und den Wust von Dokumenten und Durchschlägen, die daran festgeklammert waren. Schließlich sah der große, pockennarbige zu ihr auf und sah sie an. »Es fehlt die Schrift der Eltern.«

*Unterschrift der Eltern,* meinte er, wie Kate klar wurde. Die neuen rumänischen Gesetze verlangten die Unterschrift mindestens eines leiblichen Elternteils, wenn ein rumänisches Kind adoptiert wurde. Kate hatte dieses Gesetz von ganzem Herzen begrüßt. »Es gibt keine Unterschrift«, sagte sie langsam und sorgfältig betont, »aber das liegt daran, daß die leiblichen Eltern nie gefunden wurden. Es ist ein Kind aus dem Waisenhaus. Ausgesetzt.«

Der Pockennarbige sah sie mit verkniffenen Augen an. »Um Baby zu adoptieren, müssen Sie Elternschrift haben.«

Kate nickte lächelnd und mußte alle Willenskraft aufbringen, um nicht zu schreien. »Ja, normalerweise schon«, sagte sie, »aber man glaubt, daß dieses Kind keine Eltern hat. Keine Eltern.« Sie deutete auf die Dokumente. »Sehen Sie, hier haben wir eine Anlage, auf der steht, daß in diesem Fall keine Unterschrift der Eltern erforderlich ist. Sie ist ... hier ... vom stellvertretenden Innenminister unterschrieben. Und hier vom Gesundheitsminister ... sehen Sie, hier.« Sie deutete auf das rosa Formular. »Und hier sind die Unterschriften des Waisenhausdirektors, wo Joshua gefunden wurde ... und hier vom Verwaltungschef des Krankenhauses Distrikt Eins.«

Der Wachmann runzelte die Stirn und blätterte die Dokumente beinahe verächtlich durch. Kate spürte die abgrundtiefe Dummheit hinter dem arroganten Benehmen des Schurken. *O Gott,* dachte sie, *ich wünschte, Lucian wäre hier.* Oder jemand von der Botschaft. Oder Pater O'Rourke. *Warum denke ich jetzt an Pater O'Rourke*? Sie schüttelte den Kopf und sah die drei Wachen an, wobei sie gelassenen Trotz, aber keinerlei Provokation erkennen ließ. »*Alles in Ordnung*«, sagte sie und merkte gar nicht, daß sie Deutsch gesprochen hatte. Irgendwie schien das im Augenblick passend zu sein.

Die Frau streckte die Hände aus und sagte etwas.

»Das Baby«, sagte der pockennarbige Mann. »Geben Sie ihr das Baby.«

»Nein«, sagte Kate ruhig, aber nachdrücklich. Sie fühlte sich alles andere als ruhig. Zu einem Schläger der *Securitate* nein zu sagen forderte selbst im Rumänien nach Ceaușescu noch Gewalt heraus.

Die beiden Männer sahen sie finster an. Die Frau schnippte ungeduldig mit den Fingern und streckte die Arme wieder aus.

»Nein«, sagte Kate fest. Sie sah das Bild vor sich, wie die Frau Joshua durch die Tür trug, während die beiden Männer sie selbst festhielten. Ihr wurde klar, es konnte mühelos geschehen, daß sie ihren Sohn nie wiedersehen würde. »Nein«, sagte Kate noch einmal. Sie bibberte innerlich, aber ihre Stimme blieb ruhig und fest. Sie lächelte den beiden Männern zu und nickte auf Joshua. »Sie sehen, daß er schläft. Ich will ihn nicht aufwecken. Sagen Sie mir, was erforderlich ist, dann werde ich es tun, aber ich gebe ihn nicht aus der Hand.«

Der größere Wachmann schüttelte den Kopf und sagte etwas zu der Frau. Diese verschränkte die Arme und fuhr ihn an. Der größere Mann antwortete schroff, klopfte auf Kates Paß, raschelte mit den anderen Dokumenten und sagte: »Ziehen Sie dem Baby Decke und Kleidung aus.«

Kate blinzelte, spürte Wut wie aufgeladene Ionen vor einem Sturm in der Luft schweben, sagte aber nichts. Sie wickelte Joshua aus der Decke und machte den Frotteestrampelanzug auf.

Das Baby wachte auf und fing an zu weinen.

»Pssst«, flüsterte Kate. Sie legte Decke und Strampelanzug mit der freien Hand auf den schmutzigen Tresen.

Die Frau sagte etwas. »Windeln aus«, übersetzte der Wachmann.

Kate sah von Gesicht zu Gesicht und versuchte ein Lächeln zu entdecken. Sie fand keins. Ihre Finger zitterten unmerklich, als sie die Sicherheitsnadeln aufmachte – nicht einmal die Botschaft hatte ihr Einwegwindeln besorgen können – und Joshua in die Höhe hob. Ohne die Kleidung sah das Baby noch zerbrechlicher aus – blasse Haut, vorstehende Rippen. Es hatte Blutergüsse an den dünnen Ärmchen, wo die IV- und Transfusionsnadeln gewesen waren. Der winzige Penis und der Hodensack waren in der Kälte geschrumpft, und vor Kates Augen breitete sich eine Gänsehaut über den ganzen Körper aus.

Kate drückte ihn fest an sich und sah die Frau böse an.

»In Ordnung? Haben Sie sich vergewissert, daß wir keine Staatsgeheimnisse oder Goldschätze schmuggeln?«

Die Frau sah Kate mit verständnislosem Blick an, durchsuchte Decke und Strampelanzug, mied die Windel sorgfältig, sagte etwas zu dem pockennarbigen Mann und verließ die Kabine.

»Es ist kalt«, sagte Kate. »Ich ziehe ihm jetzt die Kleidung wieder an.« Sie tat es hastig. Außerhalb der abgeteilten Kabine wurde über das schrille Lautsprechersystem von statischem Rauschen überlagert ihr Flug aufgerufen. Sie hörte, wie die anderen Passagiere die Treppe hinunter zum Bordbereich gingen.

»Warten Sie«, sagte der pockennarbige Mann. Er legte Kates Paß und Papiere auf den Tresen und verließ mit dem anderen Mann die Kabine.

Kate wiegte Joshua und sah durch den Vorhang hinaus. Die Abflughalle war menschenleer. Die Uhr über der Tür zeigte 7:04. Der Flug sollte planmäßig um 7 Uhr 10 starten. Von den drei Wachen, die bei ihr in der Kabine gewesen waren, war nichts zu sehen.

Kate holte tief Luft und tätschelte das Baby. Das atmete schnell und verschleimt, als wäre wieder eine Erkältung im Anzug. »Pssst«, flüsterte Kate. »Alles in Ordnung, mein Kleiner.« Sie wußte, daß die Zugmaschine, die den Passagiertransporter zum Flugzeug ziehen würde, jeden Moment starten mußte. Wie um das zu bestätigen, ertönte eine unverständliche, aber drängende Stimme aus den Lautsprechern der Schalterhalle.

Ohne sich noch einmal umzusehen, schnappte Kate ihre Papiere, hielt das Baby fest an sich, verließ die Kabine und ging starr geradeaus blickend, mit erhobenem Kopf, durch die endlose Halle. Zwei wartende Wachen am Ende der Treppe sahen ihr durch Zigarettenrauch blinzelnd entgegen.

Kate zeigte Paß und Bordkarte hastig, aber ohne unziemliche Eile. Der junge Wachmann winkte sie weiter.

Am unteren Ende der Treppe befanden sich ein weiterer Schalter und noch ein Wachmann. Kate konnte sehen, wie die letzten Passagiere draußen den Transportwagen bestiegen. Der Motor der Zugmaschine wurde in einer Wolke von Dieselabgasen angelassen. Kate konzentrierte sich auf die Tür ins Freie und ging an dem Wachmann vorbei.

»Halt!«

Sie blieb stehen, drehte sich langsam um und zwang sich zu lächeln. Joshua zappelte, weinte aber nicht.

Der Wachmann hatte ein feistes Gesicht und kleine Äuglein. Er klopfte mit den Wurstfingern auf den Tresen. »Passport.«

Kate legte ihn kommentarlos hin und versuchte, nicht zu zappeln, während der dicke Mann ihn gründlich studierte. Oben auf der Treppe, gerade außer Sichtweite, waren Schritte und Stimmen zu hören.

Draußen waren die letzten Passagiere eingestiegen, das letzte Gepäck auf den zweiten Wagen verladen worden. »Wir kommen zu spät«, sagte Kate leise zu dem Wachmann.

Er sah mit seinen Schweinsaugen auf und betrachtete sie und das Baby finster.

Sie erwiderte seinen Blick schweigend fast eine volle Minute. Der Gepäckwagen fuhr los. Der Passagierwagen wartete darauf, die hundert Meter bis zum wartenden Flugzeug zurückzulegen.

Als Kate noch als Chirurgin gearbeitet hatte, hatte sie Kollegen und Schwestern manchmal einzig und allein kraft ihres Blickes über dem Mundschutz zur Eile antreiben können. Das versuchte sie jetzt auch wieder und legte jedes Quentchen Autorität, das sie sich im Laufe ihres Lebens und ihrer beruflichen Laufbahn angeeignet hatte, in den Blick, mit dem sie den Wachmann betrachtete.

Der dicke Mann senkte den Blick, stempelte den Paß zum letztenmal und reichte ihn ihr brüsk. Kate mußte sich zwingen, damit sie nicht mit Joshua auf den Armen losrannte. Der Transportwagen hatte sich bereits Richtung Flugzeug in Bewegung gesetzt, hielt aber wieder an und wartete, bis sie eingestiegen war. Die polnischen und rumänischen Passagiere sahen sie an.

Sie saßen zwölf Minuten vor dem Anrollen zur Startbahn in dem Flugzeug, aber Kate war sicher, daß ihre Uhr stehengeblieben sein mußte. Es schien Stunden, Tage zu dauern. Sie beobachtete durch das regenüberströmte Fenster, wie zwei Wachmänner in Ledermänteln am unteren Ende der Treppe rauchten und sich unterhielten. Es waren nicht die beiden Männer aus der Schalterhalle. Aber sie hatten Handfunkgeräte bei sich. Kate machte die Augen zu, und ihre flehentlichen Bitten kamen einem Gebet so nahe wie nichts mehr seit ihrem zehnten Lebensjahr.

Drei Flughafenarbeiter schoben die Treppe weg. Das Flugzeug rollte ans Ende der einsamen und verlassenen Startbahn. Seit sie an Bord gekommen waren, war kein Flugzeug gestartet oder gelandet. Die Maschine beschleunigte auf dem ausgebesserten Asphalt.

Kate atmete erst auf, als das Fahrgestell eingefahren und Bukarest ein Wirrwarr aus weißen Häusern war, die hinter ihnen über Kastanienbäume hinausragten. Ihre Hände zitterten weiter, bis sie wußte, sie mußten den rumänischen Luftraum längst hinter sich haben. Sogar auf dem Flughafen in Warschau hatte sie Herzklopfen, bis die Mannschaft gewechselt hatte und sie sich auf dem Weg nach Frankfurt befanden.

Schließlich ertönte die Stimme des Piloten über den Bordfunk. Er hatte einen amerikanischen Akzent. »Meine Damen und Herren, wir haben soeben unsere Flughöhe von siebentausend Metern erreicht. Soeben überflogen wir die Stadt Lodz und müßten die deutsche Grenze in . . . äh . . . etwa fünf Minuten erreicht haben. Wir hatten einige Turbulenzen, wie Ihnen sicher aufgefallen ist, aber wir haben die Ausläufer der Schlechtwetterzone hinter uns gelassen, und Frankfurt informiert uns, daß es dort sonnig und warm ist, Temperatur einunddreißig Grad Celsius, Windgeschwindigkeit acht Meilen pro Stunde aus Westen. Wir hoffen, Sie genießen den Rest des Flugs.«

Plötzlich fiel Sonnenlicht durch das kleine Fenster herein. Kate küßte Joshua und weinte vor Freude.

Kate Neuman blinzelte im Sonnenschein, der zum getönten Fenster des CDC Boulder hereinstrahlte, und ging ans Telefon. Sie konnte wirklich nicht sagen, wie lange es schon läutete. Sie konnte sich noch vage erinnern, wie ihre Sekretärin den Kopf zur Tür hereingestreckt und gesagt hatte, daß sie zum Mittagessen in die Kantine hinunterginge.

»Doktor Neuman«, sagte Kate.

»Kate, hier ist Alan unten in der Tomographie. Ich habe die neuesten Bilder der letzten Untersuchung Ihres Sohnes.«

»Ja?« Kate stellte fest, daß sie Kreise in Kreise gekritzelt hatte, bis ihr Notizblock fast schwarz war. Sie legte den Kugelschreiber weg. »Wie sehen sie aus, Alan?«

Es folgte ein kurzes Zögern, und Kate konnte sich den rothaarigen Techniker vorstellen, wie er im Schein seiner zahlreichen Monitore saß und auf der Konsole vor sich ein halb aufgegessenes Sandwich mit Corned beef liegen hatte.

»Ich glaube, Sie sollten lieber runterkommen, Kate. Das sollten Sie sich selbst ansehen.«

Sechs Videomonitore waren in die lange Konsole eingelassen, und jeder zeigte eine etwas andere Darstellung der inneren Organe des neun Monate alten Joshua Neuman. Es handelte sich nicht um Röntgenbilder, sondern um komplexe Darstellungen, die Alans Magnetresonanzgerät erzeugte. Kate konnte Milz, Leber, die Windungen des Dünndarms und die untere Rundung des Magens ihres Kindes erkennen ...

»Was ist das?« fragte sie und deutete mit dem Finger auf den mittleren Monitor.

»Genau«, sagte Alan, schob die dicke Brille auf der Nase hoch und biß von seinem Corned-beef-Sandwich ab. »Jetzt passen Sie auf, wenn wir die Sequenz mit den CT-Daten von vor drei Wochen vergleichen.«

Kate ließ den Primär-VDT nicht aus den Augen, während die Bilder verschmolzen, sich in drei Dimensionen drehten und auf eine Nahaufnahme auf die untere Krümmung des Magens zoomten, wo verschiedene Schichten der Magenwand mit unterschiedlichen Farben unterlegt wurden, worauf eine Zeitraffersequenz mit digitaler Vergrößerung abgerufen wurde.

Ein kleiner Appendix oder ein Abszeß schien in Joshuas Magenwand zu wachsen.

»Magengeschwür?« sagte Kate, die, noch während sie das Wort

aussprach, wußte, daß es keines war. Das Magnetresonanzbild zeigte eine solide Struktur in der Anomalie. Sie spürte, wie sie der Mut verließ.

»Nein«, sagte Alan und trank einen Schluck kalten Kaffee. Plötzlich sah er Kates Gesicht, sprang auf und schob ihr einen Stuhl hin. »Setzen Sie sich«, sagte er. »Es ist auch kein Tumor.«

»Nicht?« Kate spürte, wie das Schwindelgefühl nachließ. »Aber es muß einer sein.«

»Ist aber keiner«, sagte Alan. »Glauben Sie mir. Sehen Sie. Das ist die CT-vergrößerte Serie der MR-Bildsequenz von dieser Woche.«

Die untere Rundung des Magens war wieder normal. Die bunten Schichten der Magenwand krümmten sich, der Abszeß oder was auch immer erschien, wuchs zur Größe eines Appendix und begann wieder zu schrumpfen.

»Ein separates Gewächs?« sagte Kate.

»Dasselbe Phänomen, ein anderer Zeitraum.« Alan deutete auf die Datenkolonne rechts von dem Bild. »Bemerken Sie die Übereinstimmung?«

Im ersten Moment bemerkte Kate sie nicht. Dann beugte sie sich näher hin und rieb sich die Oberlippe. »An dem Tag, wenn Joshua sein Plasma bekommt . . .« Sie drehte den Stuhl zu dem Monitor herum, wo der vorhergehende Zyklus auf dem Bildschirm eingefroren war. Sie glitt mit dem Finger am Bildschirm entlang und sagte: »Und diesselben Daten bei der Transfusion vor drei Wochen. Diese Bilder zeigen jedesmal, wenn es Blut bekommt, eine Veränderung in den Eingeweiden des Babys?«

Alan biß einen kräftigen Bissen von seinem Sandwich ab und nickte. »Nicht nur eine Veränderung, Kate, sondern eine Art grundlegenden Anpassungsprozeß. Dieses Gebilde ist jederzeit da, es wird nur deutlicher sichtbar, wenn es Blut absorbiert . . .«

»Blut absorbiert!« Kates Aufschrei überraschte sogar sie selbst. Sie dämpfte die Stimme. »Er absorbiert kein Blut durch die Magenwand, Alan. Wir geben Joshua intravenöse Injektionen – wir geben ihm kein Babyfläschchen voll Blut!«

Alan entging die Ironie. Er nickte und kaute zu Ende. »Selbstverständlich, aber dieses Anpassungs . . . organ . . . wie auch immer, das absorbiert *tatsächlich* Blut, daran besteht kein Zweifel. Sehen Sie, hier.« Er drückte auf Tasten, worauf sämtliche sechs Monitore um die abnormale Schwellung herum rot zu blinken anfingen. »Die Magenwand an der Stelle ist dicht von Venen und

Arterien durchzogen. Das ist ein Grund, weshalb ein Magengeschwür dort so ein Problem darstellt. Aber *dies*« – er deutete auf das Bild des tumorähnlichen Gebildes – »dieses Ding wird von einem größeren Arteriennetz gespeist, als ich je gesehen habe. Und es absorbiert *wirklich* Blut, kein Zweifel möglich.«

Kate schob den Stuhl zurück. »Mein Gott«, flüsterte sie.

Alan hörte ihr gar nicht zu. Er schob die Brille auf der Nase höher. »Aber sehen Sie sich die anderen Daten an, Kate. Nicht die Absorption des Blutes ist interessant. Betrachten Sie die jüngste MR-Serie. Was als nächstes passiert, ist unglaublich.«

Kate betrachtete die nächste Abfolge von MR-Bildern und Datenkolonnen, ohne zu blinzeln. Als es vorbei war, saß sie eine geschlagene Minute stumm da.

»Kate«, flüsterte Alan. Seine Stimme klang beinahe ehrerbietig. »Was geht hier vor?«

Kate ließ den Bildschirm nicht aus den Augen. »Ich weiß nicht«, sagte sie schließlich. »Ich weiß es wirklich und wahrhaftig nicht.« Aber irgendwo tief in ihrem kreativen Unterbewußtsein, das sie zu einer der besten Diagnostikerinnen des CDC gemacht hatte, *wußte* Kate Neuman es. Und das Wissen machte ihr gleichzeitig Todesangst und erfüllte sie mit einem seltsamen Hochgefühl.

# Kapitel 14

Kate Neumans Haus lag auf einer Hochwiese sechs Meilen den Sunshine Canyon über Boulder hinauf. Kate hatte Canyons immer gehaßt – ihr mißfiel der fehlende Sonnenschein, besonders im Winter, und daß sie der Gnade der Schwerkraft ausgeliefert war, sollten sich Felsbrocken lösen –, aber die Straße kam aus der breiten Vertiefung des Sunshine Canyons heraus und verlief meilenweit auf hohen Kuppen entlang, bevor sie die Abfahrt zu ihrem Haus erreichte. Sie fand die Lage ihres Hauses fast perfekt: Hochwiesen mit Espen und Pinien erstreckten sich zu beiden Seiten, zehn Meilen im Westen ragten die Gipfel des Abschnitts Indian Peaks der Kontinentalscheide empor, und nachts konnte sie zwischen den Klüften des Front Range südlich der Flatirons die Lichter von Boulder und Denver sehen.

Sie und Tom hatten das Haus vor ihrer Trennung gekauft, und obwohl sie ihr ganzes Einkommen für die Anzahlung und die Hypothek verwendet hatten, würde Kate Tom stets dankbar sein, daß er vorgeschlagen hatte, gerade in dieser Gegend nach einem Haus zu suchen. Das Gebäude selbst war groß und modern, aber es verschmolz mit den Felsen und Bäumen der Bergkuppen, durch die Fenster hatte man eine herrliche Aussicht in alle vier Himmelsrichtungen, und es besaß eine wunderbare Veranda mit Blick bergab auf die Flatirons; zwar standen nur eine Handvoll Häuser auf dem sechshundert Morgen großen Areal, aber das ganze Gebiet wurde durch einen Zaun und ein Tor geschützt, das lediglich von den Anwohnern geöffnet werden konnte, nachdem sich der Besucher über Sprechanlage gemeldet hatte. Normalerweise reagierten diese Besucher entsetzt über die unebene Schotterstraße hinter dem Tor. Sämtliche Anwohner besaßen Geländewagen mit Allradantrieb, damit sie mit dem Winterschnee in einer Höhe von zweitausendeinhundert Metern fertig wurden.

An diesem Junimorgen, eine Woche nach ihrem Gespräch mit Alan, stand Kate auf, joggte wie üblich eine Dreiviertelmeile auf dem Rundweg hinter ihrem Haus, duschte, zog ihre gewohnte legere Kleidung bestehend aus Jeans, Turnschuhen und einem weißen Herrenhemd ins CDC an – sie trug nur einen Hosenanzug oder gar ein Kleid, wenn hohe Tiere zu Besuch kamen oder sie zu einer Reise eingeteilt wurde – und frühstückte mit Julie und Joshua. Julie Strickland war eine dreiundzwanzigjährige Studentin und saß gerade an ihrer Doktorarbeit über die Auswirkungen der Umweltverschmutzung auf drei Blumenarten, die man ausschließlich auf gebirgigen Hochwiesen finden konnte. Kate hatte Julie vor drei Jahren durch Tom kennengelernt; die junge Frau war einen ganzen Sommer lang mit Toms Mountain Challenge Tours herumgereist und hatte oberhalb der Baumgrenze in einigen der unzugänglichsten Regionen von Colorado gecampt. Kate war ziemlich sicher, daß Julie und Tom in diesem Sommer einen kurzen Flirt miteinander gehabt hatten, aber aus unerfindlichen Gründen störte sie das überhaupt nicht. Beide waren schon kurz nachdem sie sich kennengelernt hatten, Freundinnen geworden. Julie war still, aber begeisterungsfähig, kompetent und lustig. Als Gegenleistung dafür, daß sie fünf Tage in der Woche auf Joshua aufpaßte, hatte Julie ihren eigenen Teil von Kates hundertsiebzig Quadratmeter großem Haus, konnte jederzeit Kates 386er PC mit seinem CD-ROM-Speicher für ihre Dissertation benützen, wenn Kate zur Arbeit war, hatte die Wochenenden frei für ihre Exkursionen und bekam ein Taschengeld, das ihr ermöglichte, ihren uralten Jeep aufzutanken.

Beide Frauen waren zufrieden mit dieser Übereinkunft, und Kate graute bereits vor dem Winter, wenn Julie mit ihrer Dissertation fertig sein würde. Kate, die immer Verständnis für das Los arbeitender Mütter gehabt hatte, die sich die Hacken abliefen, um tagsüber eine Aufsicht für ihre Sprößlinge zu finden, hatte schon Alpträume, ob es ihr gelingen würde, eine angemessene Obhut für Joshua zu finden. Aber an diesem wunderschönen Sommermorgen, an dem die Sonne bereits hoch über den Wiesen und Bergkuppen im Osten stand, verdrängte Kate solche Gedanken aus ihrem Kopf, aß ihr Oat-Bran-Frühstück und fütterte Joshua seinen Brei.

Julie, die die *Denver Post* las, sah auf. »Fährst du heute morgen mit dem Cherokee oder dem Miata zur Arbeit?«

Kate unterdrückte ein Lächeln. Sie hatte mit dem roten Miata fahren wollen, wußte aber, wieviel Spaß es Julie machte, mit dem Roadster den Canyon hinunterzubrausen. »Mmmm ... ich glaube, mit dem Jeep. Mußt du Einkäufe erledigen, bevor du Josh im CDC vorbeibringst?«

Als das Baby seinen Namen hörte, lächelte es und schlug mit dem Löffel auf sein Tablett. Kate wischte ihm Brei vom Kinn.

»Ich habe mir gedacht, ich schau bei King Soopers auf der Table

Mesa vorbei. Macht es dir auch wirklich nichts aus, wenn ich mit dem Miata fahre?«

»Nicht, wenn du auf den Kindersitz achtest«, sagte Kate.

Julie verzog das Gesicht, als wollte sie sagen: *Na logisch.*

»Entschuldige«, sagte Kate lächelnd. »Mutterinstinkt.« Sie hatte es als Scherz gemeint, erkannte aber sofort, daß genau das derart überflüssige Bemerkungen auslöste.

»Josh liebt den Sportwagen«, sagte Julie. Sie nahm ihren eigenen Löffel und tat so, als würde sie etwas Babybrei essen. Joshua bekundete strahlend sein Einverständnis. Julie sah Kate an. »Soll er pünktlich um elf dasein?«

»Ungefähr«, sagte Kate, sah auf die Uhr und räumte ihr Geschirr ab. »Wir haben die MR-Ausrüstung bis ein Uhr reserviert, daher macht es nichts, wenn es ein paar Minuten nach . . .« Sie deutete auf Joshuas restlichen Brei. »Macht es dir etwas aus . . .«

»Nn-nnn«, sagte Julie, die dem Kind alberne Grimassen schnitt. »Wir essen gern zusammen, oder etwa *nicht*, Pu?« Sie sah Kate wieder an und bemerkte nicht, daß sie einen Tropfen Milch auf der Nase hatte. »Diese MR-Sache tut ihm doch nicht weh, oder?«

Kate blieb unter der Tür stehen. »Nein. Dieselbe Prozedur wie bisher. Nur Bilder.« *Bilder wovon?* fragte sie sich zum hundertstenmal. »Ich bringe ihn rechtzeitig zu seinem Schläfchen wieder nach Hause.«

Es machte nicht soviel Spaß, mit dem Cherokee die kurvige Bergstraße hinunterzufahren, als den Miata durch die Windungen zu jagen, aber heute morgen war Kate so sehr mit ihren Gedanken beschäftigt, daß sie den Unterschied gar nicht bemerkte. Als sie in ihrem Büro saß, bat sie ihre Sekretärin, keine Anrufe durchzustellen, und stellte selbst eine Verbindung mit dem Trudeau-Institut in Saranac, New York, her. Es handelte sich um eine kleine Forschungsstätte, aber Kate wußte, daß dort die besten Arbeiten über Nervenendorganmechanismen zellbedingter Unempfänglichkeit bezüglich der Lymphozytphysiologie durchgeführt wurden. Darüber hinaus kannte sie Paul Sampson, den Direktor.

»Paul«, sagte sie, als sie Telefonistin und Sekretärin hinter sich gebracht hatte. »Kate Neuman. Ich habe ein Rätsel für dich.« Sie wußte, daß Paul süchtig nach kniffligen Rätseln war. Das war eine Eigenheit, die er mit vielen der besten medizinischen Forscher gemeinsam hatte.

»Schieß los«, sagte Paul Sampson.

»Wir haben in einem rumänischen Waisenhaus ein achteinhalb Monate altes Baby gefunden. Körperlich sieht das Kind aus, als wäre es etwa fünf Monate alt. Die geistige und emotionale Entwicklung scheint normal zu sein. An körperlichen Leiden haben wir periodische Anfälle chronischer Diarrhöe, hartnäckiges Soor, gehemmtes Wachstum, chronische bakterielle Infektionen und Mittelohrentzündung. Diagnose?«

Nur ein kurzes Zögern. »Nun, Kate, du hast gesagt, es wäre ein Rätsel, also scheidet AIDS aus. Das wäre auch zu offensichtlich, wenn man an das rumänische Waisenhaus denkt. Und du hast gesagt, etwas Interessantes.«

»Jawohl«, sagte Kate. Auf dem Grünstreifen unter ihrem Fenster im CDC war eine Familie Damwild zum Äsen herausgekommen.

»Wurden die Untersuchungen in Rumänien oder hier durchgeführt?«

»Beides«, sagte Kate.

»Okay, dann können wir von einer gewissen Zuverlässigkeit ausgehen.« Es folgte eine Pause, während der Kate hören konnte, wie Paul an seiner Pfeife sog. Er hatte vor fast zwei Jahren aufgegeben, das Ding zu rauchen, spielte aber immer noch damit, wenn er nachdachte. »Wie hoch ist die Zahl von T-Zellen und B-Zellen?«

»T-Zellen, B-Zellen und Gammaglobulin fast nicht vorhanden«, sagte Kate. Die Daten befanden sich in der Akte auf ihrem Schreibtisch, aber sie mußte sie nicht nachschlagen. »Serum-IgA und -IgM deutlich gesenkt . . .«

»Hmmm«, sagte Paul. »Hört sich ganz nach Schweizer SCID an. Traurig – und selten –, aber nicht unbedingt ein Rätsel, Kate.«

Sie sah, wie das Wild erstarrte, als ein Auto die kurvige Straße zum Parkplatz des CDC heraufkam. Das Auto fuhr vorbei; die Tiere ästen weiter. »Das ist noch nicht alles, Paul. Ich stimme dir zu, die Symptome scheinen auf Severe Combined Immunodeficiency – Schwere kombinierte Immunschwäche – Schweizer Typus hinzudeuten, aber die Zahl weißer Blutkörperchen ist ebenfalls gering . . .«

»Wie hoch ist die WBK-Rate?«

»Weniger als dreihundert Lymphozyten/*my*-eins«, sagte sie.

Paul pfiff durch die Zähne. »Das ist seltsam. Ich meine, dagegen sieht der sogenannte ›Junge-im-Glas‹-Fall von SCID harmlos aus. Laut deiner Beschreibung hat dieses arme rumänische Kind drei von vier bekannten Arten von SCID – Schweizer Typus, SCID mit

B-Lymphozyten und Retikulardysgenese. Ich glaube, ich habe noch kein Kind mit mehr als einer Manifestation gesehen. Selbstverständlich ist SCID selbst überaus selten, nicht mehr als fünfundzwanzig Kinder weltweit . . .« Er verstummte und schwieg, da er ohnedies nur das Offensichtliche aussprechen konnte. »Hast du noch mehr, Kate?«

Sie unterdrückte den Drang zu seufzen. »Ich fürchte ja. Das Kind leidet darüber hinaus an schwerem Adenosindeaminasemangel.«

»ADA auch noch?« unterbrach sie der Arzt am anderen Ende der Leitung. Sie hörte seine Zähne auf der Pfeife klicken und stellte sich seinen gequälten Gesichtsausdruck vor. »Der arme kleine Kerl leidet an allen vier Spielarten von SCID. Die Symptome zeigen sich für gewöhnlich zwischen dem dritten und sechsten Monat. Was hast du gesagt, wie alt ist er?«

»Fast neun Monate.« Kate mußte an den ›Geburtstagskuchen‹ denken, den Julie bei King Soopers einkaufen würde. Sie feierten Joshuas ›Geburtstag‹ jeden Monat. Jetzt wünschte sie sich, sie hätte sich selbst die Zeit genommen, den Kuchen einzukaufen.

»Neun Monate«, sagte Pauls Stimme. Er war eindeutig in tiefes Nachdenken versunken. »Ich weiß nicht, wie der kleine Kerl es so lange schaffen konnte . . . viel älter wird er jedenfalls nicht mehr werden.«

Kate zuckte zusammen. »Ist das deine Diagnose, Paul?«

Sie hörte das Rascheln am anderen Ende der Leitung und konnte fast vor sich sehen, wie der zerknitterte Forscher sich aufrichtete und die Pfeife auf den Tisch legte. »Du weißt, ich würde nie eine Prognose erstellen, ohne den Patienten und die Tests persönlich gesehen zu haben, Kate. Aber . . . mein Gott . . . Anzeichen von allen vier SCID-Variationen. Ich meine, wenn es sich nur um ADA handeln würde, wäre das schon schlimm genug . . . Wurde eine haploidentische Knochenmarkstransplantation durchgeführt?«

»Es gibt keinen Zwilling«, sagte Kate leise. »Überhaupt keine Verwandten. Das Waisenhaus konnte nicht einmal die Eltern ausfindig machen. Daher ist keine Gewebeverträglichkeit möglich.«

Einen Augenblick herrschte Schweigen. »Nun, du könntest dennoch ADA-Injektionen versuchen, um einige der Immunfunktionen wiederherzustellen. Außerdem Transferfaktor- und Thymusextrakte. Und dann wäre da ein Humangenetikprojekt, an dem Mulligan, Grosveld und andere arbeiten. Die können echte

Erfolge beim Aufbau ADA-erzeugender Retroviren vorweisen ...« Er verstummte.

Kate sprach aus, was ihr Freund verschwieg. »Aber bei allen vier Typen von SCID wäre die Chance, einem tödlichen Erreger aus dem Weg zu gehen, während die Gentherapie Widerstand aufbaut ... wie hoch, Paul? Zu gering, auch nur eine Zahl anzugeben?«

»Mein Gott, Kate«, sagte der Forscher, »du weißt so gut wie ich, daß eine einzige Infektion ausreicht, einem SCID-Kind den Garaus zu machen ... normale Windpocken, Masern mit Lungenentzündung, Cytomegalovirus- oder Adenovirusinfektionen, oder unseren alten Freund *Pneumocystosis carinii* ... eine ordentliche Kopfgrippe und das Kind ist tot. Das eigene Darmleiden mit Proteinverlust erschwert das Problem zusätzlich. Es ist, als würde man eine Schräge einfetten und dann auf Wachspapier hinunterrutschen.« Er verstummte, eindeutig außer Fassung, um Luft zu holen.

Kate sprach leise weiter. »Ich weiß, Paul. Und ich habe das auch getan.«

»Was getan?«

»Die Rutschbahn auf dem Spielplatz eingefettet und dann auf Wachspapier daran hinuntergerutscht.«

Sie hörte, daß er wieder auf seiner Pfeife kaute. »Kate, arbeitest du mit diesem Kind ... persönlich, meine ich.«

»Ja.«

»Nun, ich würde meine Hoffnung auf die Gentherapieforschungen setzen und das Beste hoffen. Heutzutage wird eine Menge Energie darauf verwendet, das ADA-Problem zu lösen, und wenn du das geschafft hast, kann man die Schweizer Typus-, B-Lymph- und Retikulardysgenese-Fehlfunktionen mit konventionelleren immunologischen Aufbautechniken angehen. Ich faxe dir alles, was wir über Mulligans Arbeit haben.«

»Danke, Paul«, sagte Kate. Das Wild hatte sich wieder in den Pinienwald zurückgezogen, als sie nicht hingesehen hatte. »Paul, was würdest du sagen, wenn ich dir erzähle, daß die Symptome dieses Kindes periodisch sind?«

»Periodisch? Du meinst, sie variieren an Heftigkeit?«

»Nein, ich meine buchstäblich periodisch. Sie tauchen auf, werden kritisch und werden dann vom eigenen Abwehrsystem des Kindes zurückgeschlagen.«

Dieses Mal dauerte das Schweigen fast eine Minute. »Autoimmunologische Rekonstruktion? WBKs, die von null an aufgebaut werden? T- und B-Zellen steigen? Gammaglobulinstandard wird wieder hergestellt? Von einem SCID-Kind mit dreihundert Lymphs/*my*-eins als Ausgangspunkt? Ohne gewebeverträgliche Knochenmarkstransfusionen, ohne ADA-Retrovirus-Gentherapie?«

»Korrekt«, sagte Kate. Sie holte tief Luft. »Nur mit Bluttransfusionen.«

*»Bluttransfusionen?«* Seine Stimme klang beinahe schrill. »Vor oder nach der Diagnose?«

»Vorher.«

»Bockmist«, sagte der Forscher. Kate hatte noch nie gehört, daß er einen Fluch oder ein Schimpfwort ausgesprochen hätte. »Absoluter Bockmist. Erstens: Autoimmunrekonstruktion gibt es nur in Comic strips. Zweitens: Serum oder unbestrahlte Transfusionen für dieses Kind vor der Diagnose hätten es mit Sicherheit *umgebracht* ... und keine wundersame Besserung bewirkt. Du kennst die Probleme, die eine allogene Transfusion hervorrufen kann, Kate – tödliche Transplantat-gegen-Wirt-Krankheit, progressive allgemeine Vakzinitis – verdammt, du *weißt*, wie die Folgen aussehen würden. Etwas an diesem Bild stimmt nicht ... entweder eine Fehldiagnose auf rumänischer Seite oder ein völliger Murks bei der Zählung der T-Zellen oder sonst etwas.«

»Ja«, stimmte Kate zu, obwohl sie genau wußte, daß die Daten stimmten. »Tut mir leid, daß ich dich deswegen aufgehalten habe, Paul. Die ganze Sache ist nur ein bißchen chaotisch.«

»Das ist noch untertrieben«, antwortete die Stimme ihres Freundes. »Aber wenn jemand dahinterkommt, dann du, Kate.«

»Danke, Paul. Wir hören bald voneinander.« Sie legte den Hörer auf und sah auf die verlassene Wiese hinaus.

Zwei Stunden später, als ihre Sekretärin ihr mitteilte, daß Julie mit dem Baby da war, sah sie immer noch hinaus.

Auch nach fünfzehnjähriger Dienstzeit als Ärztin war Kate der Meinung, daß es keinen traurigeren Anblick auf Erden gab als ein Kind, das von modernen medizinischen Geräten umgeben ist. Jetzt, als Mutter, die mit ansehen mußte, wie ihr Kind spitzen Nadeln und furchteinflößenden Maschinen ausgesetzt wurde, fand sie es doppelt traurig.

Julie war weinend hereingekommen und hatte sich entschuldigt. Kate brauchte ein paar Minuten, bis sie herausfand, daß Julie das Kind einen Augenblick im Kindersitz auf dem Vordersitz des Miata losgemacht hatte – »nur während ich den Geburtstagskuchen in dem winzigkleinen Kofferraum verstaut habe« –, und das Kind war herausgefallen und hatte sich den Kopf am Armaturenbrett angeschlagen. Die Wunde hatte ein wenig geblutet. Joshua hatte schon wieder aufgehört zu weinen, aber Julie war immer noch aus dem Häuschen.

Kate hatte sie beruhigt, hatte ihr gezeigt, wie klein die Aufschürfung war – die zugegebenermaßen eine ordentliche Beule geben würde –, und anschließend eine kleine Parade bestehend aus Josh, Julie, Kates Sekretärin Arleen, ihrem Büronachbarn Bob Underhill – einem weltweit führenden Experten für erbliche, nospherozytische, hämolytische Anämie – und dessen Sekretärin Calvin bei der Suche nach einem Desinfektionsmittel und einem Pflaster angeführt. Kate fand es erheiternd, und selbst Julie kicherte unter Tränen, daß sie sich im Center for Disease Control in den Rocky Mountains befanden, einem Sechshundert-Millionen-Dollar-Forschungszentrum mit medizinischen Labors und Diagnoseeinrichtungen auf dem neuesten Stand der Technik – und keine Jodtinktur oder Heftpflaster finden konnten.

Schließlich fanden sie ein Desinfektionsspray und Pflaster im Büro des Verwaltungschefs – eines fanatischen Joggers, der häufig stürzte –, Calvin brachte einen Lutscher für Joshua, Julie verabschiedete sich in besserer Stimmung, und Kate brachte ihr Baby zur Tomographie im Keller.

Als das Zentrum in den NCAR-Komplex umgezogen war, hatte sich Dr. Mauberly – Verwaltungschef und Doktor der Epidemiologie, Dr. phil., *kein* Dr. med. – gegen die Anwesenheit eines Magnetresonanzbildgeräts im selben Komplex wie der ganze Stolz des CDC, die beiden Cray-Computer im ersten Stock, ausgesprochen. Mauberly und die anderen wußten, in den Anfangstagen der MR-Aufnahmen hatten fehlerhafte Abschirmungen Armbanduhren ruiniert und Autos draußen auf der Straße gestoppt. So oder ähnlich lauteten die Gerüchte. Dr. Mauberly wollte bei den Crays, die einen beachtlichen Teil des Budgets des RM-CDC darstellten, kein Risiko eingehen.

Alan Stevens und die anderen Techniker hatten den Verwaltungschef überzeugt, daß Hirn und Datenbahnen der Crays von den MR- und CT-Scannern keine Gefahr drohte; Alan hatte gezeigt, wie der Tomographiekomplex im Keller elektronisch vom Rest der Welt abgeschirmt werden würde, buchstäblich in einem

Zimmer innerhalb eines Zimmers. Als Dr. Mauberly immer noch zögerte, hatte Alan die Pathologen und Sonnyboys des Biolabors Klasse IV zu Hilfe gerufen. MR- und CT-Ausrüstung waren zwar möglicherweise für *lebende* Patienten nicht erforderlich, erklärten diese, aber für die Leichen – menschliche und tierische –, die die *raison d'être* der tagtäglichen Plackerei von Pathologie und Biolabor bildeten, waren sie absolut unverzichtbar. Mauberly hatte eingewilligt.

Alan empfing Kate im Kellerflur auf halbem Weg zwischen Tomographieraum und den abgeriegelten Laborzentren. Joshua war schon öfter hier gewesen und hatte keine Angst, aber heute erwartete ihn eine häßliche Überraschung, da Schwester Teri Halloway mit IV-Kanüle und -Nadel im Tomographieraum auf ihn wartete. Joshua schrie, als die Nadel an der Innenseite seines mageren Arms eingeführt wurde. Kate bemühte sich, nicht zusammenzuzucken. Sie hätte die Transfusion selbst gemacht, aber Teri war sanfter im Umgang. Tatsächlich hörte Joshua nach einem *Pro-forma*-Protest gleich wieder auf zu weinen und legte sich blinzelnd zurück. Alan und Kate halfen, ihn auf die Aufnahmepalette zu legen, wobei sie seinen Kopf mit Kissen und breiten Bandstreifen fest an Ort und Stelle hielten und ihm auch die Handgelenke an den Kissen festklebten. Der Anblick war zum Steinerweichen, aber sie durften das Risiko nicht eingehen, daß das Baby sich während der Aufnahmesequenz bewegte und zappelte. Das würde nicht nur die CT-Bilder ruinieren, sondern auch die Biosensoren abschütteln, die Teri anbrachte, damit sie physiologische Veränderungen in Echtzeit mitverfolgen konnten. Kate beugte sich über Joshua und gurrte während der ganzen Vorbereitungszeit mit ihm, wobei sie sein Lieblingsplüschtier – einen Pu-Bären, dem ein Auge fehlte –, mit ihm sprechen und spielen ließ. Er schien kaum zu bemerken, als Teri ihm für den ersten von zahlreichen Bluttests in den Finger stach. Die Schwester nickte Kate zu, schenkte Joshua ein Lächeln und begab sich hastig ins Labor nebenan.

Schließlich legte Kate den Pu neben ihren Sohn und verließ das Zimmer. Hinter ihr glitten luftdichte Türen ins Schloß. Sie gesellte sich zu Alan an der Konsole seiner Videomonitore.

»Kommt seine laufende Nase vom Weinen, oder haben sich die Grippesymptome wieder eingestellt?« fragte Alan.

»In den letzten drei oder vier Tagen«, sagte Kate. »Die Diarrhöe ist auch wieder da.«

Alan nickte und deutete auf die Daten der Biosensoren. »Seine

Temperatur nähert sich achtunddreißig-fünf. Und sehen Sie sich die Resultate der ersten Tests an, die Teri durchgeführt hat.«

Kate sah sie an. Die Daten aus dem Labor wurden durch den MR/CT-Kontrollraum direkt eingespeist. Dem ersten Test zufolge zeigte sich bei Joshua der für SCID typische Mangel an weißen Blutkörperchen – die WBK-Rate lag bei 930 Lymphozyten/µl –, dazu das klassische Absinken der T-Zellen-, B-Zellen- und Gammaglobulinwerte. Darüber hinaus lagen die Leberenzymwerte zu hoch, und es gab Anzeichen eines Elektrolytungleichgewichts.

»Scheint sich um GVH-Probleme zu handeln«, sagte Alan.

Kate klopfte mit einem Kugelschreiber an ihre Zähne. »Ja, aber seit der letzten Transfusion ist fast ein Monat vergangen, und *damals* sind keine Transplantat-gegen-Wirt-Reaktionen aufgetreten. Sein Körper hat keine Schwierigkeiten mit dem neuen Blut – er scheint sein eigenes System abstoßen zu wollen.« Sie sah auf den Monitor. Der auf die Aufnahmepalette geschnallte Joshua wirkte winzig und unbedeutend. Sie konnte sehen, wie er beim Weinen den Mund bewegte, aber kein Laut war zu hören. Kate schaltete die Audioübertragung ein und justierte das Mikrofon, damit er sie hören konnte. »Schon gut ... Mama ist hier ... alles in Ordnung.«

Sie nickte Alan zu. »Bringen wir es hinter uns, und holen wir ihn da raus.«

Alans Finger huschten über die Tastatur, als wäre sie ein Wurlitzer-Klavier. Joshuas Aufnahmepalette schob ihn in den CT-Torus, und Kate sah das surrealistische Bild eines menschlichen Artilleriegeschosses vor sich, das in eine Plastikkanone geladen wurde. Sie beobachtete, wie der Display anzeigte, daß der IV-Tropf für den gesamten Blutkreislauf geöffnet worden war, dann, wie die Biosensoren Joshuas Reaktionen darauf übermittelten. Dreidimensionale Abbildungen seiner Leber, Milz und der Unterleibslymphknoten entstanden auf den Monitoren.

»Damit wir das richtig machen können«, sagte Alan und sah von Monitor zu Monitor, »sollten wir seine Milz scannen und dabei $^{99m}$ Tc-Kolloid oder hitzezerstörte rote Blutzellen verwenden, damit wir einen eindeutigen Überblick über das funktionierende Milzgewebe bekommen.«

»Zu massiv«, schnappte Kate. Ihre Augen blieben weiterhin starr auf die Daten der Biosensoren gerichtet. »Wir bleiben bei CT, MR und Ultraschall«, fügte sie mit sanfterer Stimme hinzu.

»Ich will nicht, daß er mehr durchmacht, als sich auf gar keinen Fall vermeiden läßt.«

Alan nickte zustimmend. »Okay«, sagte er, »jetzt kommt das Scannen der Magenwand . . . genau . . . *hier.*«

Kate beugte sich nach vorn, betrachtete den mittleren Monitor und runzelte die Stirn. »Ich sehe die Abweichung nicht, die wir beim letztenmal gefunden haben.«

»Das CT kann nichts erkennen, das kleiner als zwei Zentimeter ist«, sagt Alan. »In diesem Stadium haben wir es mit einer leicht faserartigen Masse zu tun, die kleiner und nicht so dicht wie die meisten Tumore ist. Ultraschallisotopie mit Leukozyten, die mit $^{67}$GA oder $^{111}$In markiert wurden, würde zeigen, daß es sich um etwas handelt, worüber man sich den Kopf zerbrechen sollte, aber das CT zeigt uns lediglich die schwächste Andeutung eines Abszesses . . . da, sehen Sie diesen Schatten?«

Kate sah ihn, aber nur, weil Alan an der entsprechenden Stelle mit dem Finger auf den Monitor klopfte. Es war der Schatten eines Schatten. Sie betrachtete wieder die Datenkolonnen der Biosensoren.

»Mein Gott«, flüsterte sie, »seine Temperatur liegt bei neununddreißig-drei und steigt weiter. Beenden Sie die Sequenz, ich muß da rein.«

Alan hielt sie am Unterarm fest. »Nein, warten Sie . . . ich habe so eine Ahnung, Kate. Letztes Mal haben wir seine Temperatur nicht gemessen, nur Bilder gemacht. Ich vermute, was immer mit der Umleitung des Blutes in dieses schattenhafte Organ in der Magenwand zu tun hat, verbrennt eine Menge Energie.«

»Es verbrennt *ihn*«, sagte Kate. »Beenden Sie die Sequenz.«

Alan hielt die Hand über den roten Hauptschalter, aber dann hob er sie wieder und deutete auf den Bildschirm. »Sehen Sie.«

Joshuas Temperatur hatte sich bei neununddreißig-fünf stabilisiert, aber die andern Sensoren zeigten praktisch ein Chaos. Der Blutdruck schnellte steil in die Höhe, normalisierte sich, schnellte wieder in die Höhe. Der Herzschlag lag fünfzig Prozent über normal. Der Hautwiderstand ergab ein ganzes Gebirgsmassiv von Veränderungen.

Kate stand mit offenem Mund über der Konsole. »Was geht da vor?«

Alan schob die Brille auf der Stupsnase höher und deutete auf den Primärmonitor.

Der Schatten auf Joshuas Magenwand hatte sich zu einer an Venen und Kapillaren reichen Masse verdichtet. Der CT-Scan zeigte ein Netz von Nerven, das fast drei Zentimeter dick war und noch wuchs.

»Er stabilisiert sich«, sagte Alan mit nervöser Stimme.

Kate sah, daß er recht hatte. Temperatur, Blutdruck und Herzschlag sanken wieder auf das Normalmaß zurück, ebenso die anderen Vitalwerte.

»Wir sind mit der ersten Sequenz fertig«, sagte Alan. Der Monitor zeigte, daß die Palette wieder herausgerollt wurde. Joshua regte sich ein bißchen in seinen Fesseln, ließ aber keinerlei Spuren von Trauma oder Unbehagen erkennen. Er weinte nicht. Alan sah Kate über den Rand der Brille hinweg an. »Möchten Sie mit Teri zur nächsten Runde Blutproben und Aufnahmen da reingehen, oder sollen wir aufhören?«

Kate zögerte nur einen Augenblick. Die Mutter in ihr wollte ihren Sohn *sofort* aus diesem Folterinstrument befreien ... ihn *sofort* nach Hause bringen. Die Ärztin in ihr wollte herausfinden, was ihn umbrachte, und sie wollte es *sofort* herausfinden.

»Rufen Sie Teri«, sagte sie schon auf dem Weg zur Luftschleuse. »Sagen Sie ihr, ich helfe ihr, die nächste Blutprobe zu nehmen.«

Die drei Aufnahmesequenzen dauerten keine fünfzig Minuten. Joshua hatte die Windel naß gemacht – sie hatten einen Katheter für Urinproben angebracht, das übergelaufen war –, aber davon abgesehen, und abgesehen vom Zorn, weil es so lange zur Bewegungslosigkeit verdammt gewesen war, schien das Baby vollkommen in Ordnung zu sein, als Kate es hochhob und wiegte, während Teri und Alan halfen, die Biosensoren zu entfernen. Teri nahm eine letzte Blutprobe, bei der sie ihn wieder in den großen Zeh piekste, und sein Schreien hallte in dem kleinen Raum.

Als sie den Tomographiebereich verließen, sagte Alan: »Ich werde die ganze Sequenz so programmieren, daß sie mit verschiedenen Variablen arbeiten kann, und bis acht Uhr haben wir empfindlicheres Videoband zur Verfügung. Soll ich mit der Zahl der T-Zellen oder mit der Adenosindeaminasekurve anfangen?«

»Mit der AD«, sagte Kate. »Aber ich möchte jeden erdenklichen visuellen Querverweis.«

Alan nickte und machte sich auf einem kleinen Block eine Notiz.

»Wir haben sämtliche Labordaten bis sechs zurück«, sagte Teri.

»Ich kümmere mich darum, daß McPherson sie persönlich auswertet.«

Kate klopfte der Schwester mit der freien Hand auf die Schulter.

»Huch«, sagte Teri. Joshuas Pflaster hatte sich an den Kopfhalterungen gerieben und gelöst. Teri zog es ab. »Ich glaube, dieses alte Ding brauchen wir nicht mehr, Süßer, oder?«

Alan sah Kates Zögern und ihre plötzliche Aufmerksamkeit. »Was ist?« fragte er mit besorgter Stimme.

Kate achtete darauf, daß ihre Stimme ruhig und gelassen klang. »Nichts. Ich habe nur gehofft, daß das alles seinen Schlafrhythmus nicht durcheinanderbringt.«

Kate schwang ihren Sohn leicht herum, hielt seine Stirn näher an das Licht und brachte das erste Lächeln des Nachmittags zustande. Sie beugte sich über ihn und küßte ihn, so daß ihre Augen nur wenige Zentimeter von seiner angenehm duftenden Kopfhaut entfernt waren.

Die häßliche Prellung und die Aufschürfung, die er vor nicht einmal zwei Stunden bekommen hatte, waren verschwunden. Kein Blutstau unter der Haut, keine Spur von einer Schwellung oder einem dauerhaften Hämatom, nicht der geringste Rest von Schorf, der eigentlich erst frühestens in einer oder zwei Wochen hätte nachlassen dürfen.

Die Wunde war *weg.* Als hätte sie nie existiert.

»Es dürften faszinierende Daten werden«, sagte Alan. »Ich kann es kaum erwarten.«

»Ich auch«, sagte Kate, die dem Baby in die Augen sah und feststellte, daß ihr Herz heftig gegen die Rippen schlug. »Ich auch.«

# Kapitel 15

Am Samstagvormittag kam Tom mit seinem Landrover zu Kates Haus gefahren, sie packte Picknicksachen in den Rucksack. Tom verstaute Joshua in der Rückentrage, dann bewältigten sie die knappe Meile zum Bald Mountain. Technisch gesehen gehörte der Bald Mountain zum Stadtparksystem von Boulder, aber er lag so weit von der Stadt entfernt, daß nicht viele Wanderer und Ausflügler hin kamen. Kate hatte die Aussicht immer gemocht; der Berg war soviel höher, als ihr Haus lag, daß er Ausblick auf ein größeres Panorama von hohen Gipfeln und Ebenen bot.

Die Julisonne brannte heiß, daher machten sie mehrmals Rast, als sie den Berg erklommen, und ließen sich von der Brise abkühlen. Einmal sah Kate dabei sie drei wie von außerhalb ihres Körpers: Joshua wohlauf und glücklich auf Toms breitem Rücken, ihr Exmann grinsend und überhaupt nicht außer Atem, sie selbst mit windzerzaustem Haar, heißer Sonnenschein auf ihren bloßen Beinen. Sie konnte nicht anders, sie verspürte eine Regung der Sehnsucht nach dieser Familie, die es nie gegeben hatte.

Auf dem Gipfel des Bald Mountain gab es fast keine Bäume, was sie Aussicht um so eindrucksvoller machte. Kate breitete die Decke aus, die sie mitgebracht hatte, sie setzten Joshua ab, damit er spielen konnte, und Tom packte die Picknicksachen aus. Der Himmel war eine makellose blaue Kuppel, Hitzeflimmern waberte auf den Hochebenen im Osten, und Kate konnte sehen, wie sich das Sonnenlicht auf Windschutzscheiben auf dem schmalen Band der Boulder Turnpike Richtung Denver spiegelte. Nur winzigste Schneekuppen verblieben auf den Indian Peaks im Westen.

»Eingelegte Eier«, sagte Tom. »Du Goldstück.«

Kate haßte eingelegte Eier, erinnerte sich aber, daß Tom verrückt danach war. Sie schnitt eine Scheibe von dem französischen Weißbrot ab und belegte es mit Truthahn. Joshua schenkte dem Essen gar keine Beachtung, sondern krabbelte über Toms Knie, damit er von der Decke herunter auf das Gras gelangen konnte.

Kate fing ein altes Spiel an, das sie und Tom immer bei ihren Ausflügen gespielt hatten. »Was ist das da drüben für ein Baum?« fragte sie.

Tom drehte sich nicht einmal um. »Goldkiefer.«

»Das hab' ich gewußt«, sagte Kate.

»Dann sag mir etwas Schwereres.«

Sie hob eine Handvoll des sandigen, kiesigen Bodens auf, auf dem sie saßen. »Wie nennt man das hier?«

»Dreck«, sagte Tom. Er stellte sich ein Sandwich von gargantuanischen Ausmaßen zusammen.

»Komm schon, Balboa«, sagte sie, »sei friedlich.« Das war ein alter, alberner Witz zwischen ihnen.

Tom hob mit der freien Hand etwas von der Krume auf. »Das nennt man Grus«, sagte er. »Es ist lediglich eine erodierte Version des Granits, aus dem diese Berge bestehen.«

»Was bringt ihn zum Erodieren?« Kate wurde dieses Spiel selten einmal überdrüssig. Was sie über die Natur wußte, wußte sie größtenteils aus Gesprächen mit Tom.

»Den Granit?« sagte er und biß von seinem Sandwich ab. »Eis, das sich ausdehnt und zusammenzieht. Wurzeln von Pflanzen. Die Säure von Fungi hyphae in diesen Flechten. Mit genügend Zeit können Lebewesen aus jedem Berg den Mist herausfressen. Dann verfault die organische Substanz, Kleinlebewesen nisten sich darin ein und reichern sie weiter an, wenn *sie* verwesen, und *voilà* . . . Dreck.« Er nahm noch einen Bissen.

Kate strich mit den Händen über das karge Gras und die niedrigen Unkräuter, wo Joshua krabbelte. »Und was ist das?«

»Kokardenblume«, sagte Tom hinter dem Sandwich hervor. »Das stachelige Ding dort, in das du Joshua nicht hineinstolpern lassen solltest, ist ein Blattkaktus. Diese spitzen kleinen Dinger sind Mistelzweige und die kelchartigen Hochblätter der Gummipflanze. Dieses schorfige Zeug da auf den Felsen sind Krustenflechten. Für das andere Grünzeug haben wir einen ziemlich wissenschaftlichen Namen . . .«

»Und der lautet?«

»Gras«, sagte Tom und nahm wieder einen kräftigen Bissen.

Kate seufzte, legte sich auf der Decke zurück und spürte die brennende Sonne auf der Haut. Der Wind strich über das hohe Gras, kühlte sie ab und ließ dann nach, so daß die Sonne wieder all ihre Sinne ansprechen konnte. Kate wußte, sie sollte sich bei ihrem geschiedenen Mann und einem todkranken Kind nicht so zufrieden fühlen, aber im Augenblick war alles vollkommen.

Sie öffnete ein Auge und betrachtete Tom. Dessen blondes Haar, das auf dem Scheitel immer ein wenig dünn gewesen war, war noch dünner geworden, so daß der ewige Sonnenbrand sich noch höher die Stirn hinauf ausbreiten konnte, aber von dieser

Einzelheit abgesehen, sah er noch genauso aus wie der zu groß geratene Junge, den sie vor fünfzehn Jahren kennen- und liebengelernt hatte. Er war immer noch durchtrainiert und fast unanständig gesund, die Unterarme in der muskulösen Symmetrie herausgebildet, wie sie nur Bergsteiger erlangen können. Sein glattes, rosa Gesicht ließ die natürlichen, hübschen Lachfältchen von jemandem erkennen, der nicht nur zufrieden damit ist, wo er sich befindet, sondern auch damit, wer er ist. Tom begrüßte jeden neuen Tag, als wäre er gerade erst auf dem Planeten Erde eingetroffen, frisch und ausgeruht und mit soviel zu tun und zu sehen, daß man es unmöglich in vierundzwanzig Stunden hineinquetschen konnte. Mit ihm zu leben war wie das Bergsteigen mit ihm gewesen – ausgeglichen, ungezwungen, mit viel Zeit, die Namen aller Blumen zu lernen, aber niemals vor dem Ziel umzukehren.

Das Dumme war nur, wurde Kate jetzt klar, daß sie sich nie hatten auf ein Ziel einigen können.

Joshuas Arme rutschten ab und er fiel Gesicht voraus ins Gras. Tom hob ihn hoch und setzte ihn auf einen weicheren Untergrund. Das Baby saß einen Moment da und balancierte, dann kippte es zur Seite. Es krabbelte wieder los und hielt nur einmal inne, um den Geschmack des Bodens zu kosten, auf dem es sich bewegte. Er schien ihm nicht zu schmecken.

Tom sah ihn an. »Müßte er nicht recht bald zu laufen anfangen?«

Kate zupfte einen Grashalm und kaute darauf. »Er könnte es bereits, wenn seine Entwicklung normal verlaufen wäre. So ist er aber immer noch einige Monate hinterher. Wir können uns glücklich schätzen, wenn er mit vierzehn Monaten laufen kann.«

Tom schenkte ihnen beiden Kaffee aus der Thermosflasche ein. »Okay, warum sagst du mir nicht, was die Tests ergeben haben? Ich warte schon die ganze Woche darauf.«

Kate hielt den Plastikbecher unter das Kinn, damit sie das volle Aroma des Kaffees einatmen konnte. »Die Ergebnisse sind verrückt«, sagte sie.

Tom zog eine Braue hoch. »Du meinst versaut?«

»Nein, die Daten sind akkurat. Nur die Ergebnisse sind verrückt.«

»Mußt du mir erklären.« Er stützte sich auf die Ellbogen. Seine blauen Augen waren klar und aufmerksam.

Kate konzentrierte sich darauf, alles für einen Laien verständlich zu erläutern. So sehr sich Tom für die Natur interessierte, Medizin – jedenfalls was über Erste Hilfe hinausging – war etwas, um das er sich nie gekümmert hatte.

»Du weißt vielleicht noch«, begann Kate, »daß ich dir von der zyklischen Natur von Joshs Immunschwächeproblem erzählt habe und daß sie in Zusammenhang mit den Bluttransfusionen zu stehen schien, die er bekam.«

»Ja. Aber du hast gesagt, daß das nicht der Fall sein könnte. Sollte nicht Knochenmark statt Blut dem Immunsystem des Kindes helfen?«

»Stimmt. Nun, ich habe die Resultate unseres letzten Tests gesehen, und es kann kein Zweifel daran bestehen, daß die Bluttransfusion eine bemerkenswerte Regeneration seines Immunsystems bewirkt hat. Binnen einer Stunde nach Injektion des Blutes waren Joshuas WBK wieder normal . . .«

»Was sind WBK?« fragte Tom. Er sah dem Kind beim Krabbeln zu und lauschte gleichzeitig.

»Weiße Blutkörperchen.« Kate trank noch einen Schluck Kaffee. »Aber das ist noch nicht alles, seine Werte von T- und B-Zellen schossen wieder auf das Normalmaß hoch. Sogar höher als normal. Die Gammaglobulinwerte stiegen rapide. Und das Unheimlichste ist das Enzym, von dem ich dir erzählt habe – das in seinem Stoffwechsel vollkommen fehlt.«

»Adenosin irgendwas«, sagte Tom.

»Adenosindeaminase. Genau. Nun, seine ADA-Werte waren innerhalb von einer Stunde nach der Transfusion wieder auf normal zurückgekehrt.«

Tom runzelte die Stirn. »Aber das ist doch gut . . . oder nicht?«

»Es ist super«, sagte Kate und bemühte sich, nicht gefühlsduselig zu werden, »aber es ist *unmöglich*.«

»Warum?«

Kate nahm einen Zweig und zeichnete einen Kreis in den grobkörnigen Boden, als könnte sie alles mit Hilfe von Diagrammen erklären. »ADA-Mangel ist eine *genetisch* bedingte Krankheit«, sagte sie. »Das Gen für ADA ist das Chromosom 20. Wir wissen, wie es funktioniert, aber wir sind nicht sicher, *warum* es so wichtig ist. Ich will damit sagen, die Gründe, weshalb Adenosinmetaboliten toxisch sind, sind nicht völlig geklärt, aber wir wissen, es hat etwas mit der Hemmung von Nukleotidreduktase durch Deoxyadenosintriphosphat zu tun . . .«

»Mann!« sagte Tom und hielt eine Hand hoch. »Wieder zurück, warum es unmöglich ist.«

»Entschuldige.« Kate wischte Kreis und Krakel auf dem Boden aus. »Es ist ein *genetischer* Defekt, Tom. Das Gen ist entweder da oder nicht. Wir können ein rotes Blutkörperchen von Joshua ansehen und wissen, ob ADA erzeugt wird oder nicht.«

»Wird es?«

Kate biß sich auf die Lippe. »Nein. Ich meine, es wird nicht auf natürliche Weise erzeugt. Aber nach einer Bluttransfusion kommt sein Immunsystem plötzlich auf Vordermann, und er produziert ADA, als gäbe es bald keins mehr.«

Tom nickte. »Aber du verstehst nicht, *wie* er seine neue Fähigkeit bekommt, die Substanz zu erzeugen. Ich meine, man kann kein Gen aus dem Blut von jemand anderem borgen, richtig?«

»Genau. Wir können dieses ADA-erzeugende Gen bei Kindern mit SCID – dieser Immunschwäche – nur bekommen, indem wir entweder eine Kochenmarkstransplantation von einem Zwilling vornehmen, oder aber mit einem neuentwickelten Gentherapieprogramm, das gerade erforscht wird, bei dem man das Humangen mittels eines Virus in den Patienten splittet . . .«

Tom blinzelte. »Mit einem *Virus*? Macht das den Patienten nicht noch kränker?«

Kate schüttelte den Kopf. »Viren müssen nicht schädlich sein. Tatsächlich sind die meisten sogar harmlos. Und für die Gentherapie sind Retroviren perfekt.«

Tom pfiff durch die Zähne. »Retroviren? Damit sind wir im AIDS-Gebiet, Kat, oder nicht?«

Kate, die immer noch nachdachte, nickte nur. »Das macht ja diese Art von Gentherapie so interessant. Der HIV-Retrovirus hat uns aufgerüttelt, weil er so tödlich ist, aber die geklonten Retroviren, die die Gentechniker benutzen, sind harmlos. Ein Retrovirus greift nicht einmal die Zelle an, in der er sich einnistet. Er dringt einfach in die Zelle ein, fügt seine eigene genetische Programmierung dort ein und überläßt die Zelle dann wieder sich selbst.«

Tom richtete sich auf und schenkte ihnen noch Kaffee ein. Joshua war im Kreis gekrabbelt, jetzt kam er zurück und spielte mit Toms Schnürsenkeln. Es gelang ihm, so lange an einem zu zupfen, bis er ihn geöffnet hatte. Tom grinste und machte ihm auch noch den anderen auf. »Du willst damit sagen, diese Gentherapie könnte Joshuas Leben retten, indem ihr ihm einen harmlosen Retrovirus eingebt, der die Zellen dazu bringt, ADA zu erzeugen.«

»Das könnten wir«, sagte Kate, die Kaffee trank und in die Ferne sah, »aber wir *müssen* es nicht. Irgendwie benutzt Josh das Blut, das wir ihm geben, zu genau demselben Zweck. Irgendwie bricht sein Körper die genetische Struktur dieses Blutes auf, findet die Zellbausteine, die er braucht, um die Immunschwäche seines eigenen Körpers zu überwinden, und verteilt sie binnen einer Stunde in seinem gesamten Stoffwechsel.«

»Wie?« sagte Tom. Er zauste den dunklen Flaum auf Joshuas Kopf.

»Wir haben keine Ahnung. Oh, wir haben etwas gefunden, das Alan ein ›Schattenorgan‹ nennt – eine Verdickung in der Magenwand, das die Stelle sein könnte, wo das Blut absorbiert und in seine genetischen Bestandteile aufgebrochen wird –, und ich vermute, daß Joshuas Körper einen eigenen neutralen Virus enthält, der die neuen genetischen Informationen im ganzen Körper verbreitet, aber der tatsächliche Mechanismus ist uns unbekannt.«

Tom hob das Kind in die Höhe. Joshuas Gesicht sah einen Augenblick erschrocken aus, aber dann brachte es reine Freude zum Ausdruck. Tom wirbelte ihn wie ein Flugzeug herum und setzte ihn wieder ins Gras. »Kate«, sagte er, »möchtest du damit sagen, daß dein Kind eine Art Mutant ist?«

Kate, die dem Baby gerade Apfelkompott und Karottenbrei aus dem Korb holte, hielt inne. »Ja«, sagte sie schließlich, »das will ich wohl damit sagen.«

Tom beugte sich zu ihr und hielt ihr Handgelenk fest. »Aber wenn diese Mutation seinem Körper ermöglicht, dessen Wie-auch-immer-Mangel zu überwinden und das Problem mit dem Immunsystem zu überwinden, dann könnte das die Heilmethode für . . .«

»Für AIDS sein«, sagte Kate mit rauher Stimme. »Und für Krebs. Und für Gott weiß wie viele andere Geiseln, unter denen wir im Verlauf der ganzen Menschheitsgeschichte zu leiden hatten.«

»Gütiger Himmel«, flüsterte Tom und sah Joshua seltsam an.

»Ja«, sagte Kate und machte das Gläschen Apfelkompott auf, um ihr Baby zu füttern.

Kate hatte nicht geplant, daß es in dieser Nacht passierte. Sie und Tom waren in den Jahren nach ihrer Scheidung mehrmals dicht daran gewesen, miteinander zu schlafen, aber jedesmal hatten es sich einer oder alle beide anders überlegt. In den zurückliegenden Jahren war ihre neue freundschaftliche Beziehung stets so wichtig gewesen, daß sie sie nicht durch eine sexuelle Beziehung gefährden wollten, die, wie beide wußten, eine emotionale Sackgasse sein würde.

Aber an diesem Samstagabend war alles anders gewesen. Nur sie beide und Joshua waren im Haus: Julie befand sich auf einer Expedition, um irgendwo in der Nähe von Lake City Gebirgsblumen zu sammeln. Sie grillten Hähnchen auf der Veranda, begaben sich anschließend zur Terrasse auf der Westseite, um den Sonnenuntergang nördlich von Long's Peak zu betrachten, und tranken Wein, bis sich die Sterne am Himmel zeigten. Es schien vollkommen logisch zu sein, als Tom schließlich das Weinglas weggestellt, ihre Hand genommen und sie in das Schlafzimmer geführt hatte, das bis vor sechs Jahren ihr gemeinsames gewesen war.

Ihr Liebesakt war stürmisch und dennoch zärtlich gewesen, unterstützt durch die Intuition, die ausschließlich intime Vertrautheit mit dem Körper des anderen bringen kann, und hinterher verspürten sie beide einen Anflug von Traurigkeit, als sie einander in den Armen lagen.

»Wäre es besser, wenn ich ginge?« hatte Tom irgendwann nach Mitternacht geflüstert.

Kate hatte sich an ihn gekuschelt und ihm eine Hand auf die Brust gelegt. Tom wohnte nicht mehr in der Nähe von Boulder, sondern in einer renovierten Blockhütte am Rollins-Paß, eine Stunde Fahrt durch den Boulder Canyon und dann auf dem ›Peak to Peak‹ Highway nach Süden. Der Gedanke, daß er diese Strecke noch so spät in der Nacht fahren müßte, stimmte sie traurig im Herzen. »Nein«, flüsterte sie, »schon gut. Julie wird morgen abend erst spät zurückkommen. Ich habe Brötchen in der Tiefkühltruhe, und Toby bringt die *Times* mit, wenn er morgen früh kommt und an der Satellitenschüssel arbeitet.«

Tom hatte ihr zärtlich über den Kopf gestrichen. Zu den wenigen Ritualen ihrer Ehe, die ihnen beiden Spaß gemacht hatten, gehörte ein ruhiger Sonntagmorgen mit Brötchen, Kaffee und der *New York Times*.

Er gab ihr einen Kuß auf den Mund. »Danke, Kat. Schlaf gut.«

»Du auch«, hatte Kate gemurmelt, während sie schon wieder in einen zufriedenen Schlaf sank.

Sie erwachte ruckartig und war hellwach. Der Wecker zeigte 3:48. Kate war sicher, daß sie etwas gehört hatte. Einen Moment verspürte sie Erleichterung, als ihr einfiel, daß Tom dageblieben war, und sie vermutete, daß sie ihn im Bad herumlaufen gehört hatte, aber als sie sich im Bett aufrichtete, stellte sie fest, daß auch er sich aufrichtete und lauschte. Ein neuerliches Geräusch ertönte aus der Diele.

Tom legte ihr eine Hand auf den Mund und flüsterte ihr »Pst« ins Ohr. Ein weiteres leises Geräusch aus dem Eßzimmer.

Tom beuge sich wieder zu ihr und flüsterte: »Würde Julie hier raufkommen, wenn sie früher zurückgekommen wäre?«

Kate schüttelte den Kopf. Sie hatte solches Herzklopfen, daß sie kaum ihre eigene geflüsterte Antwort hören konnte. »Ihre Zimmer sind unten. Sie kommt nachts nie hoch.«

Sie konnte den Umriß von Toms Kopf im schwachen Schein des Sternenlichts von der Veranda her sehen. Ein Stuhl im Eßzimmer wurde leise angestoßen. Kate hörte die gelockerten Bodendielen am anderen Ende des Flurs quietschen.

Tom schlüpfte geräuschlos aus dem Bett, beugte sich aber noch einmal über sie und flüsterte: »Ist die Schrotflinte noch da, wo ich sie gelassen habe?«

Einen Augenblick registrierte sie die Frage gar nicht, aber dann erinnerte sie sich an den Streit wegen der Schrotflinte, weil Tom darauf bestanden hatte, daß sie sie behalten sollte, wenn sie allein hier draußen leben wollte. Sie waren sich erst einig geworden, als er sie ganz hinten in einer unbenutzten Ecke des Schranks verstaut hatte. Sie hatte das Ding loswerden wollen, es nach einer Weile aber schlicht und einfach vergessen. Sie nickte.

»Hast du sie geladen, wie ich es dir gezeigt habe?« flüsterte er.

Ein neuerliches Quietschen auf dem Flur. Kate schüttelte mit klopfendem Herzen den Kopf.

»Scheiße«, flüsterte Tom. Er kauerte neben dem Bett. Seine Lippen berührten wieder ihr Ohr. »Steht die Munitionsschachtel noch auf dem obersten Fach?«

»Ich glaube ja«, flüsterte Kate. Ihr Mund war schrecklich trokken. Sie strengte sich an, etwas zu hören. Plötzlich quietschte eine Tür, und sie sprang aus dem Bett. »Das Kinderzimmer!« sagte sie laut.

Tom bewegte sich unglaublich schnell. Die Schranktür wurde mit einem Poltern aufgerissen, bei dem Kate fast aufgeschrien hätte, er schaltete das Licht ein, kam mit der Schrotflinte und einer gelben Munitionsschachtel heraus, verhinderte, daß Kate den Flur entlanglief, indem er ihr eine flache Hand auf die Brust drückte, bevor sie zur Schlafzimmertür hinaus konnte, und rief:

»Wir sind bewaffnet«, während er drei Patronen in das Magazin schob.

Sie hörten beide, wie Joshuas Tür aufgestoßen wurde.

Tom war einen Augenblick später zur Tür draußen und schaltete unterwegs die Lichter ein. Kate folgte ihm mit einer halben Sekunde Abstand. Sie erstarrte, als sie zur Tür von Joshuas Zimmer hineinstolperte.

Ein großer, schwarzgekleideter Mann hatte sich über Joshuas Wiege gebeugt. In der Sekunde, bevor Tom auf den Lichtschalter in dem Zimmer drückte, sah Kate nur die schwarze Gestalt, die über dem Baby aufragte, sowie das schmale Gesicht des Mannes, das vom Nachttischlämpchen neben dem Kinderbett erhellt wurde. Die Finger der Gestalt waren lang, in Handschuhen versteckt und griffen nach ihrem Sohn.

Tom schaltete das Licht ein und blieb geduckt mit angelegter Schrotflinte stehen. »Keinen Mucks!« rief er mit kräftiger, beherrschter Stimme. Er war immer noch nackt, aber sein Körper sah, fand Kate, braungebrannt und muskulös aus, und nicht verwundbar in seiner Nacktheit.

Der Eindringling trug eine Art Gesichtsmaske, aber sein Gesicht war ungeschützt. Er hatte einen breiten, schmalen Mund, eine lange Nase, buschige Brauen und Augen, die für Kate wie dunkle Höhlen aussahen. *Das ist ein Alptraum,* dachte sie, vom hektischen Klopfen ihres Herzens begleitet.

Kate war sicher, der Eindringling würde das Baby als Schild benutzen, aber der Mann sah Tom nur mit den schwarzen Höhlen seiner Augen an, dann hob er die spinnengleichen Hände und entfernte sich vom Bett. Tom wich nach links aus, damit das Baby nicht in die Schußlinie geriet, und Kate tastete sich hinter ihm an der Wand entlang.

»Keine Bewegung«, befahl Tom und lud eine Patrone in die Kammer.

Der schwarze Mann schien zu nicken, und dann überstürzten sich die Ereignisse.

Kate hatte Toms Reflexe schon früher miterleben können – er hatte ein Floß gehalten, das in Stromschnellen beinahe gekentert wäre, hielt das Seil, um ihren Sturz zu bremsen, als er ihr das Bergsteigen beigebracht hatte, er hatte einmal einen Sprung gewagt und damit Kate vor einem häßlichen Zusammenstoß mit einem Felsbrocken bewahrt, als sie einen verschneiten Hang hinuntergerutscht waren –, aber der Mann in Schwarz bewegte sich so schnell, daß nicht einmal Tom Zeit zu reagieren hatte. Eben noch stand der Eindringling mit ausgebreiteten Armen drei Meter entfernt im Zimmer, und im nächsten Augenblick schnellte die schwarze Gestalt sich abrollend über den Teppichboden, schoß unter der Schrotflinte in die Höhe und streckte die Hände nach Toms Hals aus.

Tom war der kräftigste Mann, den Kate je kennengelernt hatte, aber der Eindringling hob ihn wie ein Kind hoch und schleuderte ihn durch das Zimmer. Ein Mobile wurde heruntergerissen, Tom prallte gegen den gerahmten Kunstdruck von N. C. Wyeth an der gegenüberliegenden Wand und torkelte vorwärts, während der Mann in Schwarz ihm nachsprang. Irgendwie gelang es Tom, die Schrotflinte festzuhalten.

»Runter, Kate!«

Sie war auf dem Weg zum Kinderbett, ließ sich aber auf Toms Befehl hin auf den Boden fallen. Kate sah ein Funkeln in den schwarzen Handschuhen und stellte fest, daß der Mann eine Klinge in der Hand hielt und die Hand über der Stelle hob, wo Tom hingestürzt war.

Kates Schrei und der Knall der Schrotflinte ertönten gleichzeitig.

Die Abwärtsbewegung des Eindringlings wurde plötzlich umgekehrt, als lief eine Film rückwärts ab; er flog rückwärts nach hinten, prallte gegen die Wand, wo Kate noch vor einem Augenblick gestanden hatte, und glitt zu Boden. Er hinterließ eine Spur von Blut und schwarzen Wollfasern auf der Tapete mit ihren Enten und Flugzeugen.

Kate lief zum Kinderbett und holte Joshua heraus. Das Baby schrie, und sein Gesicht war vor Angst ganz rot angelaufen, aber es schien unverletzt zu sein.

Tom stand mit offensichtlich verletztem linkem Arm auf und näherte sich dem liegenden Mann vorsichtig. Das Messer, das der Mann in der Hand gehalten hatte, lag jetzt auf dem Boden. Kate hatte noch nie etwas so Kurzes und Tödliches gesehen. Es hatte weder Griff noch Heft, lediglich einen flachen Knauf, der, vermutete sie, genau in die Handfläche paßte. Beide Schneiden der Klinge waren offenbar scharf wie Rasiermesser.

»Vorsicht!« begann Kate, als Tom die liegende Gestalt mit dem Fuß umdrehte. Sie hielt den Atem an. Der Schuß der Schrotflinte hatte ein dreißig Zentimeter durchmessendes Loch in Brust und Rumpf des Mannes gerissen; einige der Schrotkugeln waren in

Hals und Gesicht eingedrungen. Eine unvorstellbare Menge Blut war geflossen. Kate betrachtete ihn eine ganze Weile, bevor ihre medizinische Ausbildung die Oberhand gewann. Sie gab Joshua einen Kuß, legte ihn in die Wiege zurück und ging neben dem Mann in die Hocke. Blut tränkte den Saum ihres Nachthemds, und sie zog es unwirsch weg, riß die Überreste des schwarzen Pullovers des Mannes auf und fühlte am Halsansatz nach dem Puls. Sie spürte keinen. Der Eindringling hatte die Augen leicht geöffnet, aber die Pupillen waren so verdreht, daß nur das Weiße zu sehen war.

»Ruf 911 und sag ihnen, sie sollen einen Krankenwagen vom öffentlichen Krankenhaus schicken«, sagte sie. Sie legte den Kopf des Mannes zurück und machte den Mund auf, um Blut und Gewebefetzen zu entfernen.

»Herrgott, Kate ... gib diesem Arschloch keine Mund-zu-Mund-Beatmung. Er ist sowieso tot.«

»Ich weiß«, sagte Kate und beugte sich noch tiefer, »aber wir müssen es versuchen.«

Tom fluchte und lehnte die Schrotflinte an die Wand. Er hob Joshua hoch und ging zur Tür. Kate kämpfte gegen einen plötzlichen Anfall von Übelkeit und senkte das Gesicht über das des Toten.

Der Eindringling riß die Augen auf wie eine Eule. Kate schrie, und er stieß sie beiseite, sprang auf die Füße und setzte hinter Tom und dem Baby her.

Tom drehte sich instinktiv um und schirmte Joshua vor dem Fremden ab. Der Mann landete auf Toms Rücken. Joshua fiel zu Boden und rollte kreischend unter das Bett.

Der Mann in Schwarz warf Tom gegen die Wand, sprang ihn an und streckte die langen Finger nach seinem Hals aus. Tom begegnete dem Angriff mit steif ausgestrecktem Arm und erhobener Handfläche, die die Nase des Eindringlings wie eine überreife Tomate zerquetschte. Der Mann fauchte – das erste Geräusch, das Kate von ihm hörte – und warf Tom drei Meter weit durch das offene Fliegengitter auf den Balkon. Dann wirbelte er herum, was Kate an eine Riesenspinne erinnerte, und wollte unter das Bett kriechen, um Joshua zu holen.

Kates erster und stärkster Impuls war gewesen, ihr Kind zu holen. Aber ihr Gehirn hatte sich über den Instinkt hinweggesetzt, und sie hatte Joshua unterm Bett gelassen und war über den Teppichboden zu der Schrotflinte gekrochen.

Der Eindringling sah, was sie vorhatte. Er ließ das schreiende Kind in Ruhe, schnellte auf die Füße und sprang durch das Zimmer auf sie zu.

Später konnte sich Kate nicht daran erinnern, daß sie eine Patrone in die Kammer geladen oder die Waffe gehoben hatte. Ebensowenig daran, daß sie abgedrückt hatte.

Aber sie erinnerte sich immer an den schrecklichen Knall, an den Anblick des Mannes, der rückwärts durch das Glas der Schiebetür katapultiert wurde, und an den gräßlichen Winkel seines Körpers auf dem Boden des Balkons über der Schlucht. Tom hatte sich gerade auf die Knie aufgerichtet und schützte sich jetzt vor dem Schauer von Glasscherben.

Kate rappelte sich auf die Füße, stolperte vorwärts und betrachtete durch das zertrümmerte Glas den Leichnam des Eindringlings. Der Schuß hatte ihm fast den linken Arm vom Rumpf getrennt. Sie konnte freigelegte Rippen glänzen sehen.

»Kat!« schrie Tom in dem Augenblick, als der Eindringling wie ein Klappmesser nach vorn schnellte und sie am Knöchel packte.

Sie fiel brutal auf den Rücken und schlug sich den Kopf am Bein des Bettes an. Der Mann zog sich mit dem rechten Arm zu der zerschmetterten Tür herein.

Die benommene Kate, die nur halb bei Bewußtsein war, vergaß ihren hippokratischen Eid und den lebenslänglichen Schwur der Gewaltlosigkeit, hob die Remington, lud die letzte Patrone in die Kammer und schoß dem Mann aus nächster Nähe in Brust und Gesicht, während dieser bereits die Hand an ihr vorbei nach Joshua ausstreckte.

Dieses Mal schleuderte der Schuß den Mann zur Tür hinaus, quer über den Balkon und über das Geländer in die zwanzig Meter tiefe Schlucht dahinter.

Und dann erinnerte sich Kate an gar nichts mehr, abgesehen von Joshua in ihren Armen, der noch weinte, aber unverletzt war, von Toms Armen, die er um sie legte, und von Toms Stimme, die beruhigend auf sie einsprach, während er sie in das hellerleuchtete Wohnzimmer führte und die Polizei anrief.

# Kapitel 16

Kate hatte vor Jahren selbst als Assistenzärztin an Ambulanzeinsätzen teilgenommen, aber jetzt war ihr, als hätte sie noch nie vorher Notärzte im Einsatz gesehen. Sie trafen zehn Minuten vor der Polizei ein und schienen ein mit Glasscherben und Blut übersätes Kinderzimmer als etwas Alltägliches anzusehen. Einer der Männer machte sich auf, um in der Schlucht nach Spuren des Eindringlings zu suchen, während die beiden anderen, ein Arzt und eine Ärztin, Toms ausgerenkte Schulter einrichteten, ihm Glassplitter aus dem Rücken zogen und Kate und Joshua untersuchten und für unverletzt erklärten. Kate und Tom zogen sich beide etwas an, weil sie auf die nächste Welle offizieller Ermittler warteten.

Drei Polizeiautos aus Boulder und ein Geländewagen des Sheriffs, deren blaue und rote Blinklichter über die Wiesen strahlten und sich in den Fenstern spiegelten, trafen gleichzeitig ein. Die Notärzte versuchten Tom zu überreden, mit ins Krankenhaus zu kommen, aber er weigerte sich; die Detectives verhörten Tom in einem Zimmer, Kate in einem anderen. Sie gab Joshua nicht aus der Hand.

Leistungsstarke Suchscheinwerfer leuchteten die Schlucht aus, als Tom und Kate ihre Jacken anzogen, Joshua in eine dicke Decke hüllten und vom Balkon aus zusahen.

»Es sind mindestens fünfundzwanzig Meter bis da runter«, sagte der Sheriff. »Und es gibt keinen anderen Weg zum Fluß hinunter, außer über diese Klippe.«

»Es sind nicht einmal zwanzig Meter«, sagte Tom, der am Rand der Granit- und Sandsteinklippe stand. Das Gestrüpp war abgebrochen und zerrissen. Kate konnte den Bach unten in der Schlucht plätschern hören; es war ein Geräusch, an das sie sich so sehr gewöhnt hatte, daß sie es für gewöhnlich gar nicht mehr wahrnahm.

»Der Leichnam hätte flußabwärts gespült werden können«, sagte der Chief Detective von Boulder. Er war jung und bärtig und hatte sich hastig ein Sweatshirt, Chinos und ein Cordjackett angezogen.

»Um diese Jahreszeit ist der Bach ziemlich flach«, sagte Tom. »Nicht mehr als zwanzig bis fünfundzwanzig Zentimeter Wasser an den tieferen Stellen.«

Der Detective zuckte die Achseln. Die Leute des Sheriffs zurrten ein Kletterseil aus Perlon um den Stamm der großen Goldkiefer am Rand der Veranda.

»Sind Sie sicher, daß Sie den Mann nicht erkannt haben?« fragte der Detective Sergeant zum drittenmal.

»Nein. Ich meine, ich bin sicher«, sagte Kate. Joshua schlief in den Falten der Decke; er hatte den Schnuller noch im Mund.

»Und sie wissen nicht, wie er reingekommen ist?«

Kate sah sich um. »Der Sheriff sagte, daß die Küchentür aufgebrochen worden ist. Ist das richtig, Sheriff?«

Der Sheriff nickte. »Scheibe rausgeschnitten. Beide Innenschlösser geöffnet. Sah ziemlich professionell aus.«

Der Detective machte sich eine Notiz und sah zu der Stelle, wo die Männer des Sheriffs und die Notärzte sich darüber stritten, wie man die Seile festzurren sollte. Uniformierte Polizisten schritten am Rand der Schlucht entlang und leuchteten mit Taschenlampen in die Dunkelheit hinab.

Der Chief Detective kam mit einem Plastikbeutel aus dem Haus. Kate sah Stahl darin funkeln. Er hielt ihn ins Licht. »Wissen Sie, was das ist?« fragte er.

»Hübsches kleines Handflächenmesser«, sagte er und zeigte ihr, wie es gehalten wurde – Stahlknauf in der Handfläche, die zweischneidige Klinge zwischen den Knöcheln von zwei Fingern. Der Detective drehte sich zu Tom um. »Hatte er das in der Hand, als er auf Sie losgegangen ist?«

»Ja. Entschuldigen Sie mich einen Augenblick, Lieutenant.« Tom ging zu den Deputies des Sheriffs und zeigte ihnen stumm, wie die Perlonseile festgezurrt werden mußten. Dann borgte er sich ein Gurtnetz von einem der Notärzte und hakte einen Karabinerhaken ein, als wollte er vorführen, wie man sich auf eine Kletterpartie vorbereitet.

»He!« rief der Deputy, als Tom sich mit einem Arm in der Schlinge zurücklehnte und anmutig über den Rand der Felsklippe kletterte.

Ein Notarzt schnallte sich selbst ein Seil um und folgte ihm die Felswand hinunter. Die uniformierten Beamten strahlten das Duo mit den Taschenlampen an, während die beiden am Fels hinabstürzten und behutsam in Gestrüpp und Zwergwacholder am Fuß der Klippe aufsetzten. Tom sah auf, winkte mit der unversehrten Hand und klinkte sich von dem Perlonseil ab. Deputies legten sich hastig Seile um und folgten ihnen.

Die Sonne ging auf, bevor die Suche abgebrochen wurde. Kate hatte Joshua in das Haus getragen und in ihr eigenes Bett gelegt; als sie wieder herauskam, zog sich Tom mühelos mit einem Arm an der Felswand hoch, während die Deputies und Notärzte sich schnaufend und keuchend mit beiden Armen abquälten.

Er trat auf die Veranda, klinkte den Karabinerhaken aus und schüttelte den Kopf.

»Kein Leichnam«, keuchte ein Deputy, der über den Rand kletterte. »Jede Menge Blut und abgebrochene Zweige, aber kein Leichnam.«

Der Detective Sergeant holte den Notizblock heraus und kam zu Kate. Er sah müde aus, und das gleißende Morgenlicht leuchtete auf graue Stoppeln. »Ma'am, sind Sie sicher, daß Sie den Mann mit Schrotladungen getroffen haben?«

»Dreimal«, sagte Tom und legte den unverletzten Arm um sie. »Zweimal aus knapp einem Meter Entfernung.«

Der Detective schüttelte den Kopf und ging zur Klippe zurück. »Dann ist es nur eine Frage der Zeit, bis wir den Leichnam finden«, sagte er. »Vielleicht können wir dann herausfinden, wer er war und warum er versucht hat, Ihr Baby zu entführen.«

Tom nickte und ging mit Kate ins Haus zurück.

Am Montag bat Ken Mauberly Kate in sein Büro. Sie hatte schon auf die Einladung gewartet.

Mauberly war der Verwaltungschef der CDC-Rocky-Mountain-Region, aber sein Büro war das einzige im NCAR/CDC-Komplex ohne Fenster. Er sagte, die Aussicht würde ihn von der Arbeit ablenken. Kate fand manchmal, daß die Wahl des Büros viel über den Charakter des Mannes verriet: ruhig, arbeitsam, genügsam, kompetent und ausschließlich fanatisch, was seine Langläufe betraf.

Er winkte sie zu einem Sessel und nahm selbst ebenfalls Platz. Das Jackett hatte er über die Stuhllehne gehängt, die Krawatte gelockert, die Ärmel hochgekrempelt. Er beugte sich über den Schreibtisch und faltete die Hände. »Kate, ich habe von dem Zwischenfall Samstag nacht gehört. Schrecklich, einfach schrecklich, wenn man so in seinem eigenen Haus überfallen wird. Geht es Ihnen und dem Baby gut?«

Kate versicherte ihm, daß es ihnen bestens ginge.

»Und die Polizei hat den Einbrecher nicht festnehmen können?«

»Nein. Sie haben Spuren gefunden, die darauf hindeuten, daß er den Bach etwa eine halbe Meile vom Haus entfernt verlassen haben könnte, aber nichts Eindeutiges. Sie haben eine Suchmeldung mit der Beschreibung ausgegeben, die sie von mir und Tom bekommen haben.«

»Und Ihrem Exmann geht es auch gut?«

Kate nickte. »Er wurde leicht am Arm verletzt, hat aber heute morgen schon wieder Gewichte damit gestemmt.« Sie machte eine Pause. »Tom wohnt bei uns – bei Julie und dem Baby und mir –, bis sie den Kerl gefunden oder wir alle unseren Mut wiedererlangt haben.«

Mauberly klopfte sich mit einem Bleistift auf die Wange. »Gut, gut. Wissen Sie, Kate, das Komische ist, ich war mein ganzes Leben lang gegen die Todesstrafe, aber wenn ich wie Sie aufwachen und jemanden im Zimmer meines Kindes finden würde ... nun, ich würde nicht einen Augenblick zögern, dem Betreffenden auf der Stelle das Lebenslicht auszupusten.« Er legte den Bleistift verlegen auf den Schreibtisch zurück.

»Ken«, sagte Kate, »ich weiß Ihre Anteilnahme zu schätzen, aber Sie wollten über etwas anderes mit mir reden, oder nicht?«

Der Verwaltungschef lehnte sich auf seinem Sessel zurück und bildete mit den Fingern einen Giebel. »Ja, Kate. Ich hatte noch keine Möglichkeit, Ihnen zu sagen, was für eine gute Arbeit Sie in Rumänien geleistet haben ... sowohl vor Ort wie auch mit dem anschließenden Bericht. Billington und Chen bei der WHO haben mir gesagt, daß er maßgeblich bei der Festlegung einer Politik für die Hilfeleistungen gewesen ist. Maßgeblich.«

Kate lächelte. »Aber was habe ich in letzter Zeit für Sie getan, richtig?«

Mauberly erwiderte das Lächeln. »Ganz so würde ich es nicht ausdrücken, Kate. Aber es ist einige Monate her, seit Sie sich zum letzten Mal rückhaltlos einem neuen Projekt verschrieben haben. Ich hatte gehofft, Sie würden bei den Hepatitis B-Forschungen in Colorado Springs mitmachen ... nicht, daß Bob Underhill nicht fähig wäre, verstehen Sie mich nicht falsch ...«

»Aber ich habe viel Zeit und Ressourcen des Zentrums auf den Versuch verwendet, meinen Sohn zu heilen«, sagte Kate leise.

Der Verwaltungschef rieb die Finger aneinander. »Das ist vollkommen verständlich, Kate. Ich hatte gehofft, ich könnte mich mit Ihnen über verschiedene Alternativen unterhalten. Ein Freund von mir, Dick Clempton, arbeitet in der Kinderklinik in Denver, und er ist einer der besten ADA-Experten in . . .«

Kate machte den Aktenkoffer auf, holte eine dicke Akte heraus und schob sie ihrem Boß auf dem Schreibtisch hin. Mauberly blinzelte.

»Lesen Sie das, Ken«, sagte sie.

Er holte ohne ein weiteres Wort die Brille aus der Brusttasche des Hemdes und fing an zu lesen. Nach der dritten Seite nahm er die Brille wieder ab und sah sie an. »Sind das unumstößliche Tatsachen?«

Kate nickte. »Sie sehen, wer die Aufnahme- und Laborberichte unterschrieben hat. Donna McPherson hat die Tests zweimal wiederholt. Es besteht kein Zweifel daran, daß der Körper des Patienten – Joshuas Körper – irgendwie die erforderlichen genetischen Komponenten kannibalisiert, um sein eigenes Immunsystem wieder aufzubauen.«

Mauberly überflog die restlichen Seiten, ließ die technischen Beschreibungen aus und studierte die Zusammenfassung. »Mein Gott«, sagte er schließlich. »Haben Sie schon mit jemand außerhalb des Zentrums darüber gesprochen?«

»Ich habe mir ein wenig Rat geholt, ohne alles preiszugeben, was Sie da vor sich sehen«, sagte Kate. »Yamasta am International Center for Interdisciplinary Studies of Immunology der Georgetown University, Bennet von der SUNY Buffalo, Paul Sampson am Trudeau . . . alles ausgezeichnete Leute.«

»Und?«

»Und keiner hat auch nur eine Hypothese, wie ein Kind mit SCID eine spontane Remission einer derart ausgeprägten Hypogammaglobulinanämie nur mit Bluttransfusionen als Katalysator bewerkstelligen kann.«

Mauberly rieb sich die Unterlippe mit dem Bügel seines Brillengestells. »Und haben Sie eine? Eine Hypothese, meine ich.«

Kate holte tief Luft. Sie hatte sich bisher noch gegenüber niemand geäußert. Aber jetzt hing alles davon ab, daß sie ihren Boß in ihre Gedanken einweihte: nicht nur die unvorstellbaren Durchbrüche, die sie für möglich hielt, nicht nur ihr Job, auch Joshuas Leben.

»Ja«, sagte sie, »ich habe eine Theorie.« Da sie unmöglich sitzen bleiben konnte, stand Kate auf und stützte sich auf die Stuhllehne. »Ken, stellen Sie sich eine Gruppe Menschen vor – sagen wir einmal, eine weitverzweigte Familie –, die in einer entlegenen Region eines isolierten osteuropäischen Landes lebt. Nehmen wir an, diese Familie leidet unter einem gravierenden, aber klassischen Fall von SCID ... einer Form der Krankheit, die alle vier Spielarten in sich vereint: Retikulardysgenese, Schweizer Typus, ADA-Mangel und SCID mit B-Lymphozyten.«

Mauberly nickte. »Ich würde sagen, diese Familie wäre innerhalb einer Generation ausgestorben.«

»Ja«, sagte Kate und beugte sich noch weiter nach vorn, »es sei denn, es gäbe eine zelluläre oder physiologische Mutation in dieser Familie – die ausschließlich durch rezessive Gene weitergegeben wird –, die es ermöglicht, genetisches Material von Spenderblut auszuschlachten, damit die eigene Immunschwäche überwunden werden kann. Eine solche Gruppe könnte jahrhundertelang überleben, ohne daß es die medizinische Fachwelt bemerkt. Und wenn man bedenkt, wie selten das doppelt Rezessive auftaucht, würden nur wenige Familienmitglieder mit SCID oder der mutierten Kompensierung geboren werden.«

»Nun gut«, sagte Mauberly, »gehen wir davon aus, daß es einige wenige – sehr wenige – Menschen mit dieser beschleunigten Immunreaktion auf der Welt gibt. Und das Kind, das sie adoptiert haben, ist einer davon. Aber *wie* funktioniert es?«

Kate ging die groben Umrisse der Daten durch, wobei sie mit Mauberly nie wie zu einem Laien sprach – dafür war er zu brillant und zu versiert in medizinischen Dingen –, sich aber auch nie in allzu spezielle Einzelheiten oder müßige Spekulationen verstieg.

»Gut«, faßte sie zusammen, »das alles deutete auf folgendes hin: Erstens, Joshuas Körper verfügt über eine Möglichkeit, menschliches Blut als Reparaturmechanismus für seine eigene Immunschwäche zu verarbeiten; zweitens, es gibt eine Stelle – wahrscheinlich dieses stark durchblutete Schattenorgan, das Alan entdeckt hat –, wo das Blut in seine Bestandteile zerlegt wird; drittens, das zugrunde liegende genetische Material wird im ganzen Körper verteilt, um das Immunsystem zu katalysieren.«

»Wie?« sagte Mauberly. Die Augen des Verwaltungschefs strahlten.

Kate breitete die Arme vor sich aus, wie es ihrer Angewohnheit bei Gastvorlesungen an der medizinischen Fakultät entsprach. »Die naheliegendste Vermutung wäre, daß es sich bei der Überträgerkomponente von Joshuas Krankheit um einen Retrovirus handelt – etwas so Hartnäckiges wie HIV, aber mit lebenspendenden statt tödlichen Folgen. Den Daten können wir entnehmen, daß die Verbreitung außerordentlich schnell vonstatten geht, und weitaus aggressiver als HIV selbst in seinen virulentesten Stadien.«

»Das muß auch so sein«, unterbrach sie Mauberly, »wenn sie das Überleben der Familie oder Familien gewährleisten soll, in denen die Mutation zutage tritt. Eine *langsame* Immunrekonstruktion wäre sinnlos, da die kleinste Erkältung im Zwischenbereich tödlich sein könnte.«

»*Genau*«, sagte Kate, die ihre eigene Aufregung nicht mehr verbergen konnte. »Aber wenn der mutierte Retrovirus isoliert werden könnte . . . geklont . . . dann . . .« Sie konnte nicht weitersprechen, obwohl es so wichtig war.

Mauberly sah in die Ferne. Seine Stimme zitterte. »Es ist verfrüht, Kate. Sie wissen, was wir beide denken, ist verfrüht.«

»Ja, aber . . .«

Er hielt eine Hand hoch. »Aber die Resultate wären dramatisch . . . regelrecht *wundersam*.« Er schlug Joshuas Akte zu und schob sie ihr über den Schreibtisch hinweg zurück. »Was brauchen Sie?«

Kate ließ sich fast auf den Sessel fallen. »Ich brauche Zeit, um an diesem Projekt zu arbeiten. Wir geben ihm einen Kodenamen . . . oh, RS-91 oder $R^3$.«

Mauberly zog eine Braue hoch.

»RS für Retrovirus-Suche und für Rumänische Sensation«, sagte sie mit der Andeutung eines Lächelns. »$R^3$ für Rumänischer Rezessiver Retrovirus.«

»Sie bekommen die Zeit«, versprach Mauberly. »Und den Etat. Und wenn ich einen der Crays verkaufen muß. Was noch?«

Kate hatte sich schon alles überlegt. »Uneingeschränkte Benützung der Aufnahmegeräte, der Pathologie und mindestens eines Labors Klasse IV«, sagte sie. »Und die besten Leute dazu.«

»Warum das Biolabor Klasse IV?« fragte Mauberly. Die teuren und hyperteuren Anlagen wurden ausschließlich für die gefährlichsten Toxine, Viren und rekombinierenden DNS-Experimente benützt. »Oh«, sagte er und sah die Antwort fast augenblicklich selbst. »Sie wollen versuchen, den Retrovirus zu isolieren und klonen.« Der Gedanke ernüchterte ihn. »Na gut«, sagte er schließlich. »Sie können Chandra haben.«

Kate nickte überrascht und dankbar. Susan McKay Chandra war der Superstar des CDC, eine der zwei oder drei besten Virus-

und Retrovirusexpertinnen der Welt. Normalerweise arbeitete sie in Atlanta, war aber früher schon für befristete Forschungsaufgaben in Boulder gewesen. *Nun,* dachte Kate, *ich habe ja die Besten gewollt.*

»Wir müssen es selbstverständlich dem Kontrollrat für menschliche Bio-Ethik melden«, begann Mauberly.

Kate sprang auf. »Nein! Bitte ... ich meine ...« Sie beruhigte sich. »Ken, überlegen Sie doch einmal ... wir experimentieren nicht mit einem menschlichen Wesen.«

Mauberly runzelte die Stirn. »Aber Ihr Sohn ...«

»Wurde einigen komplizierten, aber sehr grundlegenden medizinischen Tests unterzogen«, sagte Kate. »Und er wird sich noch einigen unterziehen müssen. Blut- und Urintests. Noch einem CT-Scan, Ultraschall, möglicherweise MR, und möglicherweise Isotopenszintigraphie, wenn wir feststellen, daß sein Knochenmark etwas damit zu tun hat – obwohl ich das gerne vermeiden würde, weil Aufnahmen von Knochen schmerzhaft sein können –, aber wir führen keine Experimente durch! Lediglich übliche Standarddiagnosetechniken, um Art und Grad der Immunschwäche zu isolieren, an der der Patient leidet. Der Kontrollrat wird uns monatelang die Hände binden ... vielleicht jahrelang.«

»Ja, aber ...«, sagte Mauberly.

»*Wenn* wir den $R^3$-Retrovirus isolieren, und *wenn* wir ihn klonen können, um ihn an HIV oder onkologische Forschungen anzupassen«, flehte Kate, »*dann* können wir den Rat informieren. Dann müßten wir es. Aber dann bestünde kein Zweifel mehr an der Notwendigkeit von Versuchen an Menschen.«

Ken Mauberly nickte, stand auf und kam um den Schreibtisch zu ihr herum. Kate erhob sich ebenfalls.

Erstaunlicherweise gab er ihr einen Kuß auf die Wange. »Gehen Sie jetzt«, sagte er. »Von heute zehn Uhr an sind Sie offiziell für das RS-Projekt abgestellt. Bertha wird den Papierkram erledigen. Und Kate ... wenn wir Ihnen oder Ihrer Familie mit den Folgen des Zwischenfalls am Samstag behilflich sein können, nun, dann sagen Sie es einfach ... Wir kümmern uns darum.«

Er begleitete sie zur Tür seines Büros. Draußen schüttelte Kate den Kopf – nicht nur über das Ausmaß dessen, was gerade passiert war, sondern auch wegen ihrer Erkenntnis, daß sie den »Zwischenfall am Samstag« ein paar Minuten vollkommen vergessen gehabt hatte.

Kate eilte in ihr Büro und begann mit den Planungen für ihr

Team und das vor ihr liegende Projekt. Sie arbeitete fieberhaft, beinahe besessen, aber sie wollte nicht eingestehen, nicht einmal gegenüber sich selbst, daß das nur daran lag, daß sie jedesmal, wenn sie die Augen zumachte, das blasse Gesicht und die dunklen Augen des Eindringlings vor sich sah. Wenn sie sich den Luxus gönnte, an etwas anderes als ihre Arbeit zu denken, sah sie automatisch diese schwarzen Augen, die starr auf die schlafende Gestalt ihres Sohnes gerichtet waren.

Kate und Tom trafen sich am Dienstag in Kates Mittagspause mit dem jungen Polizei-Detective. Der Detective hieß Lieutenant Bryce Peterson, und jetzt, bei Tage, fiel Kate auf, daß er nicht nur einen Bart und schlampige Kleidung trug, sondern das lange Haar auch noch zu einem Pferdeschwanz gebunden hatte – was Tom immer als ›Idiotendutt‹ bezeichnete.

Die Begegnung war alles andere als nützlich. Die Fragen des Lieutenants erstreckten sich auf Gebiete, die Kate und Tom samt und sonders schon beantwortet hatten, und der Detective hatte ihnen auch nichts Neues zu sagen.

»Sind Sie ganz sicher, daß Sie den Verdächtigen nicht gekannt haben?« fragte Lieutenant Peterson. »Nicht einmal flüchtig?«

Tom seufzte und strich sich mit einer Hand durch das schüttere Haar, eine Geste, die, wie Kate wußte, darauf hindeutete, daß sein Geduldsfaden am Ende war. »Wir kennen ihn nicht, sind ihm nie begegnet, haben ihn noch nie vorher gesehen und sind nicht mit ihm verwandt«, sagte Tom. Seine blauen Augen funkelten kalt. »Aber wir *könnten* ihn bei einer Gegenüberstellung identifizieren, wenn Sie ihn schnappen würden. Ist eine Festnahme schon in den Bereich des Möglichen gerückt, Lieutenant?«

Der Detective zupfte zerstreut an seinem Bart. »Sie konnten niemand Passenden im Computer finden . . .«

Kate war am Abend zuvor gelinde überrascht gewesen, als sie und Tom Bilder auf einem Videoschirm betrachtet hatten; sie war davon ausgegangen, daß sie das Verbrecheralbum durchblättern mußten, wie in alten Fernsehserien. »Nein«, sagte sie. »Keines der Bilder hatte Ähnlichkeit mit dem Mann.«

»Aber Sie sind ganz sicher, daß Sie ihn identifizieren könnten, wenn Sie ihn wiedersehen würden?« fragte der Lieutenant. Seine Stimme klang leicht näselnd, leicht nervtötend.

»Wir haben doch *gesagt*, daß wir ihn identifizieren könnten«, schnappte Tom. »Verraten Sie uns, wo er um Gottes willen abgeblieben sein könnte.«

Der Lieutenant blätterte einige Unterlagen durch, als könnte er die Antwort darauf dort finden. Als Kate die Unterlagen las, die verkehrt herum lagen, konnte sie sehen, daß sie einen anderen Fall betrafen. »Der Dieb wurde eindeutig verwundet, aber nicht so schwer, daß er nicht entkommen konnte«, sagte der Lieutenant. »Wir haben sämtliche Krankenhäuser und Kliniken in der Gegend informiert, falls er dort Hilfe suchen sollte.«

»Verwundet?« sagte Kate. »Lieutenant, dieser Mann wurde dreimal aus geringer Entfernung von einer Schrotflinte getroffen.«

»Remington Kaliber zwölf mit Patronen Nummer sechs«, fügte Tom trocken hinzu.

»Mit einer Schrotflinte«, sagte Kate, die sich bemühte, mit leiser und vernünftiger Stimme zu sprechen, was ihr auch gelang. »Der erste Schuß riß ihm die Brust auf und richtete schwere Schäden an Hals und Kiefer an. Der zweite Schuß hätte ihm beinahe den linken Arm abgerissen und hat Rippen freigelegt. Lieutenant, ich habe die Verletzungen mit eigenen Augen gesehen. Gott allein weiß, was der dritte Schuß angerichtet hat ... und der Sturz. Sie haben selbst gesehen, daß die Felswände dort fast vertikal sind.«

Der Polizei-Detective nickte und sah sie mit leerem Blick an. Seine Lider hatten das schwere, verschleierte Aussehen, das manchen Männern eigen ist; Kate kannte Frauen, die diesen Ausdruck sexy fanden ... sie war stets der Meinung gewesen, daß er auf Dummheit hindeutete. »Und?« sagte der Lieutenant.

»Warum sprechen wir von verwundet?« sagte Kate mit schroffer Stimme. »Warum fragen wir nicht, wer seinen Leichnam weggeschleppt hat, und warum?«

Der Lieutenant seufzte, als würden ihn diese Fragen von Amateuren ermüden.

Tom legte Kate eine Hand auf den Unterarm, bevor sie noch etwas im Zorn hinzufügen konnte. »Warum sprechen Sie von einem Dieb?« fragte er leise. »Warum nicht von einem Entführer?«

Der junge Polizist sah mit verschleiertem Blick auf. »Wir haben keine Beweise dafür, daß es sich um eine versuchte Entführung handelt.«

»Er war im *Kinderzimmer!*« schrie Kate. »Er hatte die Arme nach dem *Baby* ausgestreckt!«

Lieutenant Peterson sah sie gleichgültig an.

»Hören Sie«, sagte Tom, der sich offensichtlich bemühte, einen Mittelweg zu finden, damit die Unterhaltung nicht noch weiter außer Kontrolle geriet, »wir wissen, daß es keine Fingerabdrücke gibt, weil der Mann Handschuhe getragen hat. Sein Gesicht ist nicht in Ihrem Computer. Aber Sie haben Blutproben von den Felsen und Pflanzen in der Schlucht ... Fetzen der Kleidung, die auf dem Weg nach unten abgerissen wurden ... können Sie damit nichts machen? Oder es dem FBI übergeben?«

Der Lieutenant blinzelte langsam. »Was meinen Sie, weshalb sollte sich das FBI in eine lokale Angelegenheit einmischen?«

Kate knirschte mit den Zähnen. »Wird das FBI nicht automatisch bei Entführung oder versuchter Entführung eingeschaltet?«

Jetzt blinzelte der Lieutenant nicht. »Aber, Doktor Neuman, wir haben keine Beweise, daß es sich um eine versuchte Entführung handelte. Sie wohnen in einer wohlhabenden Gegend. In Ihrem Haus finden sich viele teure Kunstgegenstände, elektronische Ausrüstung, Silber ... ein logisches Ziel für ...«

»Komm mit, Kate«, sagte Tom, der aufstand und ihre Hand ergriff. »Deine Mittagspause ist zu Ende, meine Geduld ist zu Ende. Lieutenant, Sie lassen uns wissen, sollten Sie überhaupt noch etwas Neues erfahren, ja?«

Lieutenant Peterson schenkte ihnen seinen besten Don-Johnson-Gesichtsausdruck.

Als sie im Auto saßen und er sie den Berg hinauf zum CDC zurück fuhr, machte Tom das Handschuhfach auf und gab Kate ein kleines Holzkästchen. »Mach es auf«, sagte er.

Sie gehorchte und sagte nichts, sondern sah ihren Exmann nur an.

»Neun Millimeter Browning Halbautomatik«, sagte Tom. »Ich habe sie von Ned im Sportwarengeschäft. Nach der Arbeit morgen machen wir einen Ausflug und üben ein bißchen. Von jetzt an bleibt sie in der Nachttischschublade.«

Kate sagte nichts. Sie machte die Augen zu, sah das blasse Gesicht und die schwarzen Augen und bemühte sich – zum hundertsten Mal seit dem frühen Sonntagmorgen –, nicht anzufangen zu zittern.

Susan McKay Chandra traf am Donnerstag in Boulder ein und war alles andere als glücklich. Kate war schon immer der Meinung gewesen, daß die Virusexpertin wunderschön war: Chandra hatte die kleine Statur, die mokkalederfarbene Haut und das pechschwarze Haar ihres indianischen Vaters geerbt, aber die hellblauen Augen und das überschäumende Temperament waren ein Geschenk ihrer schottisch-amerikanischen Mutter. Während der halbstündigen Fahrt vom Flughafen Stapleton in Denver nach Boulder gewann dieses Temperament zusehends die Oberhand.

»Neuman, Sie haben keine Ahnung, wie wichtig die HIV-Forschungen sind, mit denen ich mich in Atlanta beschäftige«, fuhr sie Kate an, die dem Fahrer gesagt hatte, daß sie die Virologin abholen würde.

»Doch, das weiß ich«, sagte Kate leise. »Ich verfolge alles von Ihnen, was durch das Netz kommt, und studiere die Berichte, noch ehe sie im Druck vorliegen.«

Chandra verschränkte die Arme und ließ sich durch das Lob nicht beschwichtigen. »Dann sollten Sie wissen, daß es eine bodenlose Dummheit ist, mich wegen eines unausgegorenen Projekts hierher zu schleppen, wo jede Woche, die mein Team ohne mich auskommen muß, Tausenden das Leben kosten kann.«

Kate nickte langsam. »Hören Sie«, sagte sie. »Geben Sie mir zwei Stunden Zeit. Nein ... sagen wir neunzig Minuten. Wenn ich Sie bis zum Mittag nicht überzeugt habe, lade ich Sie im Flagstaff House zum Essen ein, besorge Ihnen ein Ticket erster Klasse mit der Delta-Maschine zurück nach Atlanta und fahre sie höchstpersönlich zum Flughafen.«

Chandras blaue Augen waren nicht feindselig, lediglich unnachgiebig. »Große Sprüche, Neuman. Aber ich nehme Sie beim Wort. Ich fürchte, nichts, bestenfalls die Wiederkunft Christi, könnte mich überzeugen, meinem Team fernzubleiben.«

Wie sich herausstellte, dauerte es nicht einmal eine Stunde, die Daten in Kates Büro durchzugehen. »Jesus Christus«, flüsterte Chandra, als sie den letzten Ordner durchgesehen hatte. »Dieses Kind könnte das biologische Äquivalent des Steins von Rosette sein.«

Kate bekam eine Gänsehaut auf den Armen. »Dann bleiben Sie? Zumindest bis wir eine Ahnung haben, wie wir diesen Retrovirus isolieren können?«

»Ob ich bleibe?« sagte die andere Frau lachend. »Versuchen Sie mal, mich loszuwerden, Neuman. Wie schnell können wir hier in das Klasse IV-Labor gehen?«

Kate sah auf die Uhr. »Wären zehn Minuten in Ordnung?«

Chandra blieb einen Moment am Fenster stehen und betrachtete die Flatirons. »Warum sagen wir nicht neunzig Minuten? Ich glaube, ich lade Sie zum Essen ins Flagstaff House ein. Es könnte lange dauern, bis wir beide wieder Zeit für eine zivilisierte Mahlzeit haben.«

Der Brief von Lucian kam vier Tage später. Kate las ihn, als sie abends um halb zehn von der Arbeit nach Hause kam und so müde war, daß sie kaum nach Joshua in dessen frisch gestrichenem Kinderzimmer sehen konnte. Dann duschte sie, sagte Julie gute Nacht und ging ins Arbeitszimmer, wo Tom seine Checkliste für eine Expedition ins Canyonland erstellte, und sah die Post durch. Als sie Lucians Brief sah, schlug ihr Herz auf eine seltsame und unerwartete Weise schneller. Er war mit International Federal Express geschickt worden.

Liebste Kate und kleiner Joshua,

der Sommer in Bukarest nimmt seinen Lauf, die Märkte sind längst nicht so gut besucht wie damals, als Ihr noch hier gewesen seid, eine schreckliche Hitzewelle ist hier, und ich bin auch hier. Es wird für mich kein Studienjahr in Amerika geben, jedenfalls nicht diesen Herbst. Mein Onkel und seine Familie können es sich nicht leisten, mir das Geld zu leihen, mein Vater besitzt großen Ruhm als Dichter, aber kein Geld (logisch! er ist Dichter!), und keine US-Universität wollte mir ein Stipendium geben, trotz Ihres ausführlichen (und zutreffenden) Empfehlungsschreibens, in dem Sie mich als die aufregendste Entdeckung seit Jonas Salk gepriesen haben.

Aber genug von meinen Sorgen. Ich werde wieder einen Winter voller Spaß im wunderschönen Bukarest verbringen und die Anmeldung im Frühjahr wiederholen.

Und wie geht es meiner Lieblingshämatologin und ihrem frischgebackenen Sohn? Ich hoffe, es geht Euch beiden gut. Ich würde mir Sorgen wegen Joshuas Zustand machen, wenn ich nicht grenzenloses Vertrauen in Ihre medizinischen Fähigkeiten hätte, Kate, ebenso wie in die, medizinisch gesprochen, fast wunderbaren Ressourcen in den Vereinigten Staaten von Amerika.

Übrigens, habe ich Ihnen je den Witz erzählt, wie unser verstorbenes, vielbetrauertes Höchstes Staatsoberhaupt und dessen Frau in ein Distriktkrankenhaus gegangen sind, um um sich von einem Arzt, der nicht der Partei angehörte, die Hämorrhoiden operieren zu lassen?

Tatsächlich? Merkwürdig, ich kann mich gar nicht erinnern, daß ich den erzählt habe.

Kate – letzte Woche ist hier etwas Seltsames und ein wenig Beunruhigendes passiert.

Sie erinnern sich vielleicht noch, daß ich mir diesen Sommer etwas Geld als Assistent in Dr. Popescus Vorlesung ›Anatomie für Fortgeschrittene‹ verdient habe? Nun, es war langweilig, ermöglichte mir aber, einige Frustrationen abzubauen, indem ich ein Skalpell schwingen durfte. Wie dem auch sei, zu meinen nicht ganz so angenehmen Aufgaben gehört es, frühmorgens in die städtische Leichenhalle zu gehen, die unbekannten Leichen dort anzusehen und die besten Kadaver für die neuen Studenten auszusuchen. (Soweit haben mich fünf Jahre Ausbildung und das Vermögen meiner Familie gebracht.)

Letzten Freitag sah ich mich auf der Suche nach den üblichen verstorbenen Drogenopfern, unbekannten Opfern von Verkehrsunfällen und Bauern, die an Unterernährung gestorben sind, in den Kühlräumen der Leichenhalle um, als ich auf einen bizarren Fall stieß. Der Leichnam war schon vor einigen Wochen gebracht worden, niemand hatte ihn abgeholt, und er sollte am Tag nach meinem Besuch eingeäschert werden. Als offizielle Todesursache wurden ›multiple Schnittwunden nach Unfall‹ angegeben, aber man mußte nur einen Blick auf ihn werfen und wußte, daß dieser Mann nicht infolge eines Unfalls gestorben war.

Dem Leichnam war sämtliches Blut entzogen worden. Nicht fast alles Blut, sondern sämtliches Blut, Kate, und Sie wissen selbst, wie schwierig das bei einem Unfall wäre. Der Leichnam war der eines Mannes Mitte bis Ende Fünfzig. Fast ein Dutzend prämortale Schnitte waren ihm an Rumpf, Beinen, Handgelenken und am Hals zugefügt worden. Alle Schnitte waren sauber – fast als wären sie ihm mit einem Skalpell beigebracht worden –, und alle befanden sich in der Nähe von Hauptarterien. Eine untypische, sehr häßliche Wunde befand sich am linken Knöchel, spaltete Schienbein und Wadenbein und wiederholte sich am rechten Bein und dem Knöchel. Um die kleineren Wunden herum befanden sich seltsame sekundäre Blässemuster. Das heißt, nur so lange seltsam, bis mir schließlich die Todesursache bewußt wurde.

Dieser Mann war auf den Kopf gestellt und an etwas aufgespießt worden, das Ähnlichkeit mit einem Fleischerhaken haben mußte, der durch die großen Beinknochen gedrungen war. Als er noch lebend dort hing, hatten mehrere Menschen diese fachmännischen Einschnitte an den Hauptarterien angebracht. Die Menge Blut, die er in kurzer Zeit verloren hat, muß unvorstellbar gewesen sein.

Aber noch erstaunlicher – und beunruhigender – war die Ursache dieser Schnitte und der Blässemuster um sie herum. Es waren Zahnwunden. Keine Bisse, eher tiefe Einschnitte, wo mehr als ein halbes Dutzend Münder sich festgesaugt und Lippen und Zunge festgehalten hatten, während sie das Blut dieses Mannes in sich aufnahmen. Was hat man uns beigebracht, wieviel Blut befindet sich im menschlichen Körper, Kate? Rund sechs Liter, glaube ich.

Aber damit ist diese entzückende rumänische Geschichte noch nicht zu Ende. Das Gesicht des Mannes war zerschlagen und verstümmelt, aber immer noch zu erkennen. Es war unser vermißter Minister für innere Angelegenheiten, der angeblich mit mehreren tausend Dollar amerikanischer Schmiergelder in den Westen geflohen sein sollte. Es war Ihr Mr. Stancu, Kate – der hilfreiche Beamte mit dem Namen des toten Dichters, der Mann, der Ihnen und Ihrem Sohn Joshua in so unerhört kurzer Zeit das Visum besorgt hat.

Nun, Mr. Stancu wird keine Visa mehr ausstellen. Ich habe niemandem von dieser grausamen Geschichte erzählt. Mr. Stancu wurde am nächsten Tag im Armen-Krematorium eingeäschert.

Warum beunruhige ich Sie mit dieser schrecklichen Sache, wo Sie doch sicher einen wunderschönen sonnigen Tag in Colorado genießen?

Ich bin nicht sicher. Aber seien Sie vorsichtig, Kate. Geben Sie gut auf sich und Ihren winzigkleinen Freund acht. Dies ist ein Ort des Bösen, und manchmal geschehen hier Dinge, über die nicht einmal ich einen Witz machen kann.

Alles Liebe aus Bukarest,

Und darunter hatte Lucian ein großes rundes Grinsegesicht unter einer Regenwolke gemalt.

Kate hielt den Brief mehrere Minuten lang, saß da und sah zum Fenster hinaus in die Dunkelheit, wo die Lichter der Veranda nicht hinreichten. Dann stand sie auf, ging an Tom vorbei, der sich über seine auf dem Arbeitszimmerboden ausgebreitete Ausrüstung beugte, ging den Flur entlang ins Schlafzimmer, machte die Nachttischschublade auf und holte die geladene Browning heraus. Sie saß immer noch auf dem Bettrand und hielt die Pistole, als Tom eine halbe Stunde später hereinkam.

# Kapitel 17

Der Sommer des Jahres 1991 war so naß und regnerisch wie seit Menschengedenken nicht mehr in Boulder, aber dennoch waren Ende August die Vorberge unter dem CDC braun, die Wiese hinter Kates Haus staubtrocken und gelblich, und der Rasen in der Stadt mußte täglich gesprengt werden. Als die Kinder der Umgegend in der Woche vor dem Labor Day wieder zur Schule mußten – ein Termin, den die in Massachusetts geborene und aufgewachsene Kate schrecklich verfrüht fand –, verzog sich indessen das stürmische Wetter und der Wetterbericht meldete die gewohnte Abfolge heißer, trockener, sommerähnlicher Tage.

Kate bemerkte es kaum. Die Welt außerhalb ihres Labors und der Labors des CDC kam ihr in zunehmendem Maße unwirklich vor. Sie stand vor Sonnenaufgang auf, fing um sieben Uhr an zu arbeiten, kam selten vor zehn oder elf Uhr abends nach Hause, und wenn sie sich überlegte, wieviel Sonnenschein und schönes Wetter sie zu sehen bekam, hätte es auch tiefster Winter sein können.

Sie erinnerte sich an einige wenige Ereignisse des Monats, die nichts mit ihren Forschungen zu tun hatten. Tom hatte die Beherrschung verloren, als sie ihm Lucians Brief gezeigt hatte, und gefragt, was der ›Dreckskerl von einem Leichenfledderer‹ damit bezweckte, ob er sie zu Tode ängstigen wollte?

Tom war im August zu einer Expedition ins Canyonland aufgebrochen, hatte sie aber bei jeder sich bietenden Gelegenheit angerufen. Nach seiner Rückkehr verbrachte er ein paar Tage in ihrem Haus, aber dann hatte er seine Sachen in ein Apartment in Boulder geschafft, nicht mehr als zehn Minuten entfernt. Er kam nach wie vor fast jeden Abend vorbei – zuerst, um mit Kate zu reden, aber dann, als deren Tage im Labor immer länger wurden, um nach Julie und Joshua zu sehen, bevor er nach Hause fuhr.

Lieutenant Peterson oder der ältere Sergeant hatten sich einige Male sehen lassen, konnten aber keine weiteren Fortschritte vermelden. Nach einer Weile gab sie ihrer Sekretärin Anweisung, sie nicht mehr zu stören, wenn die Polizei vorbeikam, sofern es nichts Neues zu berichten gab. Es gab nie etwas.

Kate erinnerte sich an einen Telefonanruf, den sie Ende des Sommers in ihrem Haus bekommen hatte.

»Neuman? Sind Sie das?«

Es war fast Mitternacht, sie war gerade heimgekommen – hundemüde, aber wie üblich kribbelnd vor Aufregung –, hatte nach Josh gesehen, sich etwas Eistee eingeschenkt und bereitete ein Mikrowellengericht zu. Das Läuten des Telefons hatte sie erschreckt. Die Stimme am anderen Ende der Leitung kam ihrem übermüdeten Gehirn vage vertraut vor, aber sie konnte sie nicht mit Sicherheit zuordnen.

»Neuman, tut mir leid, daß ich Sie so spät noch störe, aber Ihr Babysitter hat gesagt, daß Sie vor elf auf keinen Fall zu Hause sein würden.«

»O'Rourke!« sagte sie, als sie den sanften Akzent des Mittelwestens plötzlich erkannte. »Wie geht es Ihnen? Rufen Sie aus Bukarest an?«

»Nein, aus dieser anderen trostlosen Stadt der Zweiten Welt . . . Chicago. Die Welt hat mich eine Zeitlang wieder.«

»Großartig.« Kate setzte sich auf einen Küchenstuhl und stellte den Eistee auf den Tresen. Es überraschte sie, wie froh sie war, die Stimme des Priesters zu hören. »Wann sind Sie aus Rumänien zurückgekommen?«

»Letzte Woche. Seither reise ich mit meiner Zirkusvorstellung durch die Gemeinden und versuche, Geld für die Hilfsfonds aufzubringen. Das ist nicht leicht, seit Rumänien nicht mehr so sehr in den Schlagzeilen ist. Es war ein hektischer Sommer . . . nachrichtenmäßig gesehen.«

Kate wurde klar, wie irrsinnig das ganze Jahr gewesen war, soweit es die Nachrichten betraf. Zuerst der Golfkrieg und dann der landesweite Jubel über seine schnelle Beendigung – sie hatte durch ihren Aufenthalt in Rumänien fast nichts davon mitbekommen –, und jetzt die Unruhen in der Sowjetunion. Vor zwei Wochen hatte die Morgenzeitung berichtet, daß Gorbatschow aus Gesundheitsgründen seines Amtes enthoben worden war. Als sie am Abend CNN und die Schlagzeilen um halb zwölf einschaltete, wurde gemutmaßt, daß Gorbi gefangengesetzt und die Reformpläne gefährdet waren. Als sie sich wieder einmal eine Unterbrechung von der Arbeit im Labor gönnte und die Nachrichten einschaltete – am Mittwoch, dem neunzehnten August –, war Gorbatschow gewissermaßen wieder an der Macht, und die alte UdSSR zerbrach unwiederbringlich.

Jetzt stellte Kate fest, daß sie sich die ganze Zeit nie Gedanken darüber gemacht hatte, wie diese ganzen Unruhen und Umstürze sich auf die Situation in den Waisenhäusern in Rumänien auswirken könnten. »Ja«, sagte sie schließlich, »es war hektisch, was?«

»Was ist mit Ihnen?« fragte O'Rourke. »Waren Sie auch beschäftigt?«

Darüber mußte Kate lächeln. Sie hatte sich fast an die Achtzehn-Stunden-Tage gewöhnt. Sie erinnerten sie an ihre Zeit als Assistensärztin, nur war ihr Körper damals viel jünger und robuster gewesen. »Ich habe zugesehen, daß ich mich von jeglichem Ärger fernhalte«, sagte sie und fragte sich, noch während sie ihn hörte, weshalb sie ausgerechnet diesen Ausdruck benützte.

»Gut. Und wie geht es Joshua?«

Kate konnte den ängstlichen Tonfall in der Stimme des Priesters hören und überlegte sich, daß es Mut seinerseits erfordern mußte, diese Frage zu stellen. Als sie das Land verlassen hatte, hatte sie versprochen, ihm zu schreiben und ihn über den Gesundheitszustand des Kindes zu informieren, aber abgesehen von einer kurzen Nachricht Anfang Juni hatte sie sich nie die Zeit dafür genommen. Sie erinnerte sich, wie krank Josh gewesen war, als sie das Land verlassen hatten, und dachte sich, daß der Priester halb damit rechnen mußte, von Joshuas Tod zu hören.

»Joshua geht es gut«, sagte sie. »Fast sämtliche Symptome haben sich stabilisiert, aber er braucht immer noch etwa alle drei Wochen eine Transfusion.« Sie machte eine Pause. »Wir machen einige Experimente hinsichtlich der Ursache seines Problems.«

»Gut«, sagte O'Rourke schließlich. Es war offensichtlich, daß er hoffte, er würde mehr zu hören bekommen. »Nun, es gibt einen Grund für diesen nächtlichen Anruf.«

Kate sah auf die Küchenuhr und überlegte sich, daß es in Chicago fast ein Uhr sein mußte.

»Ich werde eine Bitte um Spenden nächsten Monat dem Kirchenrat von Denver vortragen – am sechsundzwanzigsten September, um genau zu sein –, und ich habe mich gefragt, ob Sie vielleicht Lust hätten, sich mit mir auf einen Kaffee oder so was zu treffen. Ich werde das ganze Wochenende in Denver sein.«

Kate spürte, wie ihr Herz schneller schlug, und schüttelte den Kopf über diese Reaktion. »Klar«, sagte sie. »Ich meine, ich bin im Augenblick schrecklich beschäftigt, und ich vermute, daß ich das im September auch noch sein werde, aber wenn Sie an einem Abend, wenn Sie hier sind, mal nach Boulder kommen möchten, vielleicht am Freitag, den siebenundzwanzigsten, könnten Sie mich sicher besuchen und Josh einmal ansehen.«

»Das wäre schön.«

Sie unterhielten sich einen Augenblick über Terminpläne und Wegbeschreibungen. O'Rourke stand ein Auto zur Verfügung, daher war es kein Problem für ihn, von Denver nach Boulder zu fahren. Als das erledigt war, herrschte einen Moment Stille.

»Nun«, sagte der Priester, »dann will ich Ihnen Ihren Schlaf lassen.«

»Ich Ihnen auch«, sagte Kate. Sie konnte hören, wie müde seine Stimme klang. Es folgte ein peinlicher Augenblick, als keiner die Gelegenheit nützte, das Gespräch zu beenden.

»Neuman«, sagte er schließlich, »Sie können von Glück sagen, daß es Ihnen gelungen ist, das Baby außer Landes zu bringen. Sie wissen sicher, daß die Regierung knapp eine Woche nach Ihrer Abreise neue Adoptionen verboten hat.«

»Ja.«

»Nun . . . Sie haben Glück gehabt.«

Kate versuchte, unbeschwert zu klingen. »Ich wußte nicht, daß Priester an Glück glauben, O'Rourke. Glauben Sie nicht, daß alles – bitte entschuldigen Sie den Ausdruck – vorherbestimmt ist?«

Sie hörte ein Seufzen. »Manchmal«, sagte er mit unendlich müder Stimme, »glaube ich, das einzige, woran man glauben und wofür man beten kann, ist Glück.« Sie hörte, wie er die Erschöpfung aus seiner Stimme verdrängte. »Wie auch immer, ich freue mich schon darauf, Sie und Joshua nächste Woche zu sehen. Ich rufe an, wenn ich in Denver bin, und gleiche unsere Pläne noch einmal ab.«

Sie verabschiedeten sich mit soviel Energie, wie sie aufbringen konnten. Dann saß Kate in dem dunklen Haus und lauschte der mitternächtlichen Stille.

Das RS-Projekt wurde an verschiedenen Fronten fortgesetzt, und jedes neue Forschungsgebiet versetzte Kate in Aufregung und unter enormen Druck.

Sie hatte zwar das Sagen im Projekt allgemein, aber Chandra war die tatsächliche Chefin bei der Suche nach dem Retrovirus, Bob Underhill und Alan Stevens hatten die Analyse von Joshuas blutabsorbierendem ›Schattenorgan‹ übernommen, und Kate selbst versuchte, den Mechanismus zu enträtseln, mit dem Joshs Körper die Spender-RNS aus dem Blut absorbierte und in provirale DNS umwandelte, die bereitstand, in seinem ganzen Körper in die Zellkerne verteilt zu werden. Ihr zweites und unmittelbareres Ziel war, ein Methode zu finden, wie der gesamte Immunrekonstruktionsmechanismus auch ohne massive Bluttransfusionen alle drei Wochen funktionieren konnte.

Mit Chandra in dem Klasse IV-Labor zu arbeiten kam einer Fortbildung gleich. Die HIV-Spezialistin hatte nicht einmal achtundvierzig Stunden gebraucht, um ihre ›Virusfabrik‹ im CDC Region RM aufzubauen und zum Laufen zu bringen. Kate hatte ihr noch einmal drei Tage ununterbrochener Arbeit gewährt, bevor sie zu einer ersten Konferenz erschienen war.

»Sehen Sie«, sagte Chandra, während sie Kate das Innerste des Biolabors zeigte, wo sie beide Antikontaminationsanzüge trugen und die Nabelschnüre von Sauerstoffleitungen hinter sich herzogen, »vor zehn Jahren hätten wir bei Null anfangen müssen, um den J-Virus isolieren zu können.«

»J-Virus?« hatte Kate über den Helmfunk gesagt.

»Joshua-Virus«, sagte Chandra. »Wie auch immer, selbst vor fünf Jahren hätten wir noch eine Menge Arbeit erledigen müssen, bevor wir auch nur hätten anfangen können. Aber durch die HIV-Forschungen der letzten Jahre können wir einige Abkürzungen nehmen.«

Kate, die durch das Zischen des Sauerstoffs im Anzug und den Anblick der Techniker, die hinter dem durchsichtigen Fenster hinter ihnen mit Handschuhen und ferngelenkten Greifern arbeiteten, abgelenkt wurde, hatte sich aufs Zuhören konzentriert.

»Sie wissen, ein Retrovirus ist lediglich ein RNS-Virus, der sein Genprodukt überträgt, nachdem seine RNS durch das reverse Transkriptaseenzym, das über DNS-Polymerase- und Ribonukleaseaktivitäten verfügt, in DNS umgewandelt wurde«, sagte Chandra.

Es machte Kate nichts aus, daß sie das Offensichtliche erklärt bekam, weil sie wußte, das war die Art und Weise, wie Chandra ihre Erklärungen für jedermann in Worte kleidete. Sie nickte durch den hinderlichen Helm.

»Also«, fuhr Chandra fort, »die Polymerase stellt eine einstrangige DNS-Kopie der Virus-RNS her, und dann eine zweite Kopie unter Benutzung der ersten Schablone. Ribonuklease eliminiert die ursprüngliche Virus-RNS. Dann wandert diese neue eingedrungene DNS in den Zellkern und wird unter dem Einfluß des viruseigenen Integraseenzyms in das Genom des Wirts integriert und bleibt dort als Provirus.«

Kate wartete.

»Nun, wir vermuten, daß der J-Virus sich genau wie jeder andere Retrovirus verhält«, sagte Chandra, die eine Petrischale hob und diese näher an die handschuhgeschützte Hand eines Technikers stellte. »Aber wir gehen davon aus, daß er sich nach dem Lebenszyklus des HIV-Virus modelliert ... oder möglicherweise handelt es sich bei HIV um eine Mutation des J-Virus, das wissen wir einfach nicht. Wie dem auch sei, wir arbeiten unter der Voraussetzung, daß der J-Virus den Weg des geringsten Widerstands geht und gp120-Glykoprotein an CD4-Rezeptoren in T-Helferlymphozyten und Langerhanszellen bindet. Nun haben meine Forschungen gezeigt, daß unser alter Freund HIV niemals Zellen ohne CD4 befällt, aber das wissen wir von J nicht. Dennoch ist und bleibt CD4 der logische Ausgangspunkt.«

Kate hatte sofort verstanden. Der HIV-Provirus hatte Zellen befallen und die Immunreaktion verhindert; der J-Virus brach, laut Chandras Ausführungen, RNS auf dieselbe Weise auf, wandelte sie auf dieselbe Weise in RNS um und drang auch auf dieselbe Weise in Zellkerne ein, *steigerte* aber das Immunsystem der Zelle, statt es zu behindern. »Sie setzen denselben Vektor für die Provirusintegration voraus«, sagte Kate, »versuchen aber, seine Fußabdrücke nach der Umwandlung zu finden.«

»Selbstverständlich«, sagte Chandra. »Wir können die Zellen nach der reversen Transkriptase mit den Kontrollkulturen vergleichen und herausfinden, wie der kleine Mistkerl genau funktioniert.« Sie sah Kate an. »Ich meine den J-Virus.«

Kate fuhr mit der handschuhgeschützten Hand über die Arbeitsfläche und hielt unmittelbar vor einer Kultur mit Joshuas Blut an. Allein auf dieser Fläche standen vierunddreißig ähnliche Kulturen. Weiter unten in der Folge standen reihenweise HIV- und SCID-Kulturproben, die vom CDC in Atlanta geschickt worden waren. »Wann kommen die ins Spiel?« fragte Kate und deutete auf die befallenen Kulturen.

»Vorausgesetzt, der J-Virus unterscheidet nicht zwischen den SCID-befallenen Zellen Ihres Sohnes und anderen SCID-Proben – wozu kein Grund besteht, Retroviren unterscheiden nicht –, können wir theoretisch den Ablauf der Bindung an CD4-Zellen in den vorbereiteten SCID-Schablonen beobachten.«

Kate sah die andere Frau durch die doppelten Schichten Plastik hindurch an. Die Experimente liefen an diesem Punkt erst eine Woche, aber sie brauchte Antworten für ihre eigene Arbeit. »Und konnten Sie beobachten, was Sie erwartet haben?« fragte sie und achtete sorgfältig darauf, mit beherrschter Stimme zu sprechen.

»Scheiße«, sagte Chandra. Sie wollte sich an der Nase kratzen, bevor ihr wieder einfiel, daß sie den Druckanzug trug. Sie krümmte sich, damit sie sich die Nasenspitze mit dem Schutzhandschuh durch das Plastikvisier des Anzugs kratzen konnte. »Entschuldigung. Oh ... ja, wir haben die J-Bindung sowohl an die SCID-Zellen des Patienten wie auch die vorbereiteten Kulturen dokumentiert. Kommt dem HIV-Modell ziemlich nahe.« Chandra gehörte zu den Forschern, die fast das Interesse an zurückliegenden Schritten eines Projekts zu verlieren schienen, wenn dieser Schritt bewerkstelligt worden war. Aber Kate hatte die Frau bewußt mehrere Tage arbeiten lassen, ohne sie durch Besprechungen oder Memoranden zu stören; jetzt brauchte sie Antworten.

»Wenn sich HIV an CD4 bindet«, sagte Kate und betrachtete die Kultur ihres Adoptivsohnes, als könnte sie dort Aktivitäten sehen, »ruft die Infektion von T-Lymphozyten einen zytopathischen Effekt hervor und hinterläßt eindeutige ... Fußabdrücke, wie Sie sich ausgedrückt haben ... wie etwa das Entstehen vielkerniger Zellfusion, wenn die gp120 an der Oberfläche infizierter Zellen mit dem CD4 anderer CD4-tragender Zellen verschmelzen. Das ist zumindest ein Teil des Grundes, weshalb wir so einen dramatischen Verlust von T-Helferzellen miterleben, obwohl der HIV-Retrovirus nur ... oh, eine von $10^5$ CD4-Zellen im Blut befällt.«

Chandra sah sie an, als hätte sie vergessen, daß Kate Hämatologieforscherin war. »Und?«

Kate unterdrückte einen schneidenden Unterton in der Stimme. »Haben Sie dieselben Zellfusionsformationen gefunden?«

Chandra schüttelte den Kopf. »Ich habe Pionierarbeit geleistet bei der Behandlung von HIV-positiven Opfern mit rekombiniertem löslichem CD4-Protein, um die Infektion an dem Punkt durch Hemmung der Zellfusion zu verlangsamen. Aber das würde im Falle des J-Virus nicht funktionieren.«

Kates Hoffung zerstob. »Warum nicht?«

»Das Integraseenzym des J-Virus transferiert die eindringende umgewandelte DNS nicht in die 1 von $10^4$ oder 1 von $10^5$ der Blutzellen, wie wir es sonst gewohnt sind, Kate.« Chandras Augen sahen hinter dem spiegelnden Plastik sehr nachdenklich und sehr intelligent aus.

»Wie hoch ist die Rate?« fragte Kate. Wenn sie zu gering war, sanken die Chancen, einen künstlichen J-Virus zu klonen, deutlich ab.

»Nach den ersten hundert untersuchten Proben«, sagte Chandra mit gepreßter Stimme, »schätzen wir eine Infektion von 98,9 Prozent.«

Kate war zumute, als hätte ihr jemand in den Magen geschlagen. Sie vergewisserte sich, daß der Tresen hinter ihr frei war, und setzte sich darauf. »Achtundneunzig Komma neun?«

»Und das ist eine zurückhaltende Schätzung.«

Kate schüttelte den Kopf. AIDS tötete seinen Wirt, indem eines von tausend oder zehntausend weißen Blutkörperchen infiziert wurde. Der J-Virus war so wirksam, daß innerhalb einer Stunde nach der Infektion praktisch alle Zellen im Wirtskörper neu programmiert wurden.

»Zytotoxizität?« sagte Kate. Eine derart schnelle und umfassende Infektion von Zellkernen mußte schreckliche Nebenwirkungen haben.

Chandra zuckte die Achseln. »Mikrobiologisch gesehen ... schwupp. Transfer und Umwandlungsprozeß verbrauchen selbstverständlich mucho Energie ... aber das haben Sie ja schon mit dem steigenden Fieber des Babys während des Prozesses dokumentiert. Nach dieser Absorption und Rekonstruktion von Blut ist das Kind ein chemischer und genetischer Schmelztiegel. Aber der Vorgang ist im Grundsätzlichen nach wenigen Stunden abgeschlossen, auch wenn unsere vorläufigen Studien darauf hindeuten, daß eine vollständige genetische Assimilierung etwa eine Woche oder so dauern müßte.«

Kate deutete mit der geschützten Hand auf die anderen Kulturen. »Und die HIV-Proben?«

Chandra blinzelte. »Weil wir mit der HIV-Diagnose durch Virendetektion so vertraut sind, benütze ich sie als zweite Kontrolle. Wir nehmen das Blut des Patienten – Entschuldigung Joshuas – und züchten Kulturen zusammen mit den HIV- und SCID-Schablonen, wobei wir eine CD4-Zellenlinie oder normale CD4-Lymphozyten benützen, die mit Phytohämaglutinin und IL-2 stimuliert wurden. Bei dem HIV-Virus machen wir eine Analyse auf reverse Transkriptase in einigen Kulturen und auf p24-Antigen in anderen. Dann vergleichen wir das mit den SCID- und Joshua-Kulturen, die wir gleichzeitig angelegt haben.«

»Und das Ergebnis?«

»Reverse Transkriptase ist in den Kulturen des J-Virus deutlich zu erkennen, wenn auch, wie ich schon sagte, ohne die Zytotoxizität. Die p24-Antigenanalyse funktioniert beim J-Virus nicht, was jammerschade ist, da man das Antigen bei HIV-Patienten manchmal durch eine enzymgekoppelte Immunosorbentanalyse direkt in einer Blutprobe nachweisen kann.«

Kate nickte. Sie hatte auch gehofft, daß ihnen diese vergleichsweise einfache Methode der Diagnose zur Verfügung stehen würde.

Chandra fuhr hastig fort, als wollte sie Kate beruhigen: »Wir gehen immer noch davon aus, daß der J-Virus einen J-Antikörper erzeugt, auch wenn die Folgen der Infektion immunrekonstruierend statt immunschwächend sind. Diesen Antikörper müßten wir heute oder morgen für Sie gefunden haben.«

Kate betrachtete das runde Dutzend Techniker, die im äußeren Labor arbeiteten. Obwohl es sich verglichen mit dem inneren Labor der Klasse IV um eine Hemdsärmelumgebung handelte, trugen die Techniker Kittel, Mundschutz, Baumwollüberschuhe und Gummihandschuhe. Kate wußte, daß es sich um ein Drucklabor handelte, in dem der Innendruck unter dem Druck im Rest des Gebäudes lag. Wenn das Labor ein Leck hatte, würde alles nach innen strömen, nicht nach außen. Selbst der offenbar nichttoxische J-Virus wurde für schuldig erachtet, bis seine Unschuld zweifelsfrei bewiesen war.

»Welche Techniken benützen Sie, um den Antikörper zu isolieren?« fragte Kate.

»Das übliche – Enzymimmunoanalyse, Western Blot, Immunofluoreszenz, Radioimmuno-Fällungsanalyse.« Chandras Stimme verriet ihren Eifer, sich wieder an die Arbeit zu machen.

»Prima«, sagte Kate kurz. »Von jetzt an möchte ich tägliche Berichte bekommen – wenn Sie wollen, können Sie Calvin hinter sich her laufen und sie abtippen lassen«, fügte sie hastig hinzu, um möglichen Einwänden vorzubeugen. »Aber Bobs Blutabsorptionsarbeit und meine Hämoglobinstudien sind von Ihren Durchbrüchen abhängig, daher müssen wir tagtäglich auf den neuesten Stand gebracht werden. Und ich möchte jeden Montag und Samstag eine halbstündige persönliche Besprechung.«

Kate sah, wie Zorn in Chandras Augen aufblitzte – aber nicht, weil sie ihre Wochenenden opfern mußte, dessen war Kate ganz sicher, weil sie sowieso an den Wochenenden arbeitete, sondern wegen der Zeitverschwendung, daß sie ihre Arbeit *erklären* mußte. Aber die berufliche Einsicht gewann die Oberhand über die vorübergehende Verdrossenheit der Forscherin, und sie nickte nur. Immerhin war Kate in der Position, Chandra sämtliche Spielsachen und Spiele wegzunehmen, wenn sie wollte.

Bis zum Freitag, dem 5. September, war der Antikörper des J-Virus isoliert und markiert.

Am Mittwoch, dem 11., hatten sie den J-Retrovirus selbst identifiziert.

Zwei Tage später begann Chandra mit ihren Versuchen, den Retrovirus zu klonen. Am selben Tag enthüllte sie ihren Geheimplan für die Mitkultur der HIV-Proben: Chandra vergeudete keine Zeit und experimentierte mit dem J-Virus als mögliche Heilmethode für AIDS.

Das überraschte Kate nicht; im Gegenteil, sie wäre erstaunt gewesen, wenn die fanatische HIV-Forscherin anders vorgegangen wäre.

Kate hatte keine Einwände, solange das RS-Projekt dadurch nicht behindert wurde.

Alan und Bob Underhill hatten am Donnerstag, dem 19. September, ein hypothetisches Schema des Absorptionsorgans fertiggestellt, und für den 25. September wurde ein Seminar des gesamten Teams anberaumt, damit alle zuhören und ihren Kommentar abgeben konnten. Bei diesem Stand der Dinge war es nur wenig schwieriger, das gesamte Team gleichzeitig in einem Raum zusammenzubekommen, als etwa eine Gipfelkonferenz der zwölf mächtigsten Staatsmänner der Welt zu organisieren, wenn man an jedermanns strenge Anweisung dachte, die Arbeit nicht zu unterbrechen.

Kates eigene Arbeit am DNS-Transfer und dem Problem der Blutsubstituierung machte ebenfalls gute Fortschritte. Fast zu gute, dachte sie. Sie sah nicht nur eine Möglichkeit, Joshua vom SCID-Aspekt seiner Krankheit zu heilen, sondern sie war auch überzeugt, daß ihre Arbeit Chandra helfen würde, den Durchbruch in Sachen HIV zu schaffen.

Alles lief zu gut.

Kate, die keineswegs abergläubisch war, hatte dennoch Bedenken, daß das Gleichgewicht des Leids im Universum sich bald wieder einstellen würde.

Dann, am Sonntag, dem 22. September – was sie anbetraf, ein ganz normaler Werktag –, verriet ihr der elektronische Wizard-Terminplaner, daß am nächsten Tag die Herbstsonnenwende war, daß Joshua am Dienstag Geburtstag hatte – zumindest, daß der Tag kam, an dem sie seinen Geburtstag immer feierten –, und daß Pater Michael O'Rourke sie noch vor Ablauf der Woche besuchen würde.

Kate wußte, daß sie ihm – ohne die Einzelheiten des Projekts preiszugeben – wunderbare Dinge zu erzählen haben würde. Sie wußte nicht, daß sich ihr Leben innerhalb einer Woche für alle Zeiten ändern sollte.

# Kapitel 18

Kate kam am Dienstag früher nach Hause, um Joshuas elfmonatigen ›Geburtstag‹ zu feiern. Diese monatlichen Feiern waren Julies Einfall gewesen: Zu einer Zeit, als nicht sicher war, ob das Baby noch eine Woche überleben würde, von einem Monat ganz zu schweigen, schien es wichtig zu sein, jeden Meilenstein zu feiern. Kate hatte sich willkürlich für den vierundzwanzigsten entschieden, mußte aber zugeben, daß ihr die Symmetrie der Zahl gefiel.

Die Abendnachrichten von CBS berichteten über Bergarbeiter, die in Rumänien Amok gelaufen waren und gefordert hatten, daß sie mit Zügen nach Bukarest gebracht wurden, wo die Unruhen dann als allgemeiner Protest gegen die Regierung fortgesetzt worden waren. Kate erinnerte sich, daß das gegenwärtige Regime im Jahr zuvor ›Bergarbeiter‹ – viele davon Agenten der *Securitate* in Overalls von Bergarbeitern – dazu benutzt hatte, das eigene Volk einzuschüchtern. Sie verfolgte die Videoaufzeichnungen von Männern, die Fenster einschlugen, Molotowcocktails auf Gebäude warfen und Türen mit Brechstangen aufbrachen, und sie fragte sich, was sich tatsächlich in diesem gebeutelten kleinen Land abspielen mochte. Sie war froh, daß sie und O'Rourke nicht mehr dort waren, und hoffte, daß sich Lucian und seine Familie im Hintergrund hielten.

Joshua mochte seinen Kuchen. Er wartete nicht, bis ihn Kate und Julie langsam mit dem Löffel fütterten, sondern riß ganze Stücke mit den Händen von dem Kuchen ab und schmierte sich soviel ins Gesicht, daß er bald fast soviel um den Mund herum verteilt hatte wie sich noch auf seinem Teller auf dem Tablett des Babystuhls befand. Später, nachdem sie sein Gesicht mit einem Waschlappen abgewischt und ihn auf den Boden gesetzt hatte, damit er mit seinem Holzpinguin spielen konnte, betrachtete Kate ihren Sohn mit einem klinischen, wenn nicht kritischen Blick.

Oberflächlich betrachtet bot Joshua ein Bild der Gesundheit: pummelig, rosige Wangen, strahlende Augen, und allmählich bekam er auch richtige Haare statt des Kranzes dunklen Flaums. Aber Kate wußte, daß es sich um eine Manifestation des letzten Abschnitts seiner, wie sie es nannte, »manisch gesunden« Phase handelte; in nicht einmal einer Woche würden Diarrhöe und Apathie sich wieder einstellen, gefolgt von schwerwiegenderer Lethargie und Infektionen. Bis zur nächsten Transfusion.

Kate betrachtete ihr Baby, das auf dem Rücken lag und mit dem Holzspielzeug kämpfte – zwei Pinguine auf einem Holzwägelchen, deren Lederfüße tapsten und deren Holzschnäbel sich bewegten, wenn sich die Räder drehten. Kein anspruchsvolles Spielzeug in einer Zeit, da Nintendo alles beherrschte, aber eines, das Joshua aus irgenwelchen Gründen faszinierte.

Kate wußte aus ihren Babybüchern und durch Gespräche mit anderen Müttern, daß ein elf Monate altes Kind schon allein stehen und sitzen, unter Umständen sogar laufen können sollte. Joshua lernte gerade zu krabbeln. Sie wußte, daß ›normale‹ elf Monate alte Kinder sich manche Kleidungsstücke schon selbst anziehen, einen Löffel halten, mehrere Worte, darunter »Mama« sagen und das Wort »Nein« verstehen konnten. Joshua kam mit Kleidung und Löffel nicht zurecht, sprach nicht, abgesehen von gelegentlichem Brabbeln, und man mußte selten einmal »Nein« zu ihm sagen. Er war körperlich und sozial ein zurückgebliebenes Kind. Zwar fühlte er sich bei Kate und Julie offensichtlich wohl, hatte aber Wochen gebraucht, bis er sich in Gegenwart von Tom unbeschwert gefühlt hatte.

Joshua ließ das Pinguinspielzeug fallen, drehte sich auf den Bauch und bewegte sich halb kriechend, halb krabbelnd Richtung Eßzimmer.

»Er ist unternehmungslustiger«, sagte Julie mit dem Mund voll Kuchen. »Heute morgen wollte er zur Eingangstür, als ich ihn aus seinem Bett geholt habe.«

Kate lächelte. Weder sie noch Julie waren der Meinung, daß Joshua aufgrund seiner vereinsamten Kindheit geistig behindert war; lediglich seine Entwicklung hinkte hinterher. Kate hatte die Meinung von drei befreundeten Spezialisten für frühkindliche Entwicklung eingeholt, und alle drei hatten eine unterschiedliche Meinung über die langfristigen Folgen geäußert, die fünf Monate in einem rumänischen Waisen- oder Krankenhaus auf ein Kind haben konnten. Zwei der Spezialisten hatten Joshua gesehen und waren beide der Meinung, daß der Junge vergleichsweise normal und gesund aussah, lediglich klein für sein Alter und in der körperlichen und geistigen Entwicklung etwas hinterher. Als Kate jetzt ihren Sohn beobachtete, wie er über den Teppich des Wohnzimmers krabbelte und dabei Geräusche wie ein Flugzeug von sich gab, sah sie das Verhalten eines glücklichen Acht- oder Neunmonatigen und nicht des elf Monate alten Jungen, dessen ›Geburtstag‹ sie gerade feierten.

Als sie ihn später in ihrem eigenen Schlafzimmer ins Bett legte, hob Kate Joshua ein letztes Mal hoch, tätschelte ihm den Rücken, roch seinen Talkum- und Babygeruch und fühlte den weichen Flaum seines Haares an den Wangen. Sein winziges Händchen griff nach ihrem Gesicht. Der regelmäßige Atem verriet, daß er bereits schlief und träumte, was elf Monate alte Kinder auch immer träumen mochten.

Kate legte ihn auf den Bauch, zog die Decke über ihn und unterhielt sich noch eine Weile mit Julie, dann gingen die beiden Frauen wieder an ihre Computer und ihre eigene Arbeit zurück.

Am Mittwoch trafen sich die drei Teams des RS-Projekts in dem fensterlosen Konferenzzimmer in der Nähe des Tomographielabors. Zusätzlich zu den Teamchefs und deren ersten Assistenten waren Direktor Mauberly und zwei weitere hochrangige Verwaltungsbeamte des CDC anwesend.

Bob Underhill und Alan Stevens machten mit ihrer Präsentation des Absorptionsorgans den Anfang. Als sie fertig waren, herrschte betroffenes Schweigen im Raum.

Ken Mauberly ergriff als erster das Wort. »Sie wollen damit sagen, daß dieses Kind ... Joshua ... über eine spezielle Mutation der Magenwand verfügt, mit der er Blut für Ernährungszwecke absorbieren kann.«

Underhill nickte. »Aber wir glauben, daß dieser Zweck zweitrangig ist. Der primäre Grund für die Existenz dieser Mutation besteht darin, das Blut in seine Bestandteile zu zerlegen, damit der Retrovirus – den Chandra und Neuman J-Virus getauft haben – auf effiziente Weise die geborgte RNS zu Immunrekonstruktionszwecken verteilen kann.«

Mauberly kaute auf seinem teuren Füller. »Aber damit das funktioniert, müßte das Kind *verdauen.*«

Alan Stevens schüttelte den Kopf. »Nein. Das Blut wird durch die Kapillaren des Absorptionsorgans geleitet, wobei es keine Rolle spielt, wie es in den Körper gelangt ist. Wir vermuten, daß es ein paar Stunden länger dauern würde, damit es im Falle von Nahrungsaufnahme statt Transfusion zu wirken beginnt, aber selbstverständlich haben wir keine diesbezüglichen Experimente angestellt ...« Er machte eine Pause, sah Kate an, dann seine Notizen. Stevens räusperte sich. »Niemand möchte dem Patienten Blut in Form von Nahrung zuführen, aber wenn wir mit der Analyse des Absorptionsorgans weiterkommen wollen, könnte das notwendig sein.«

Mauberly runzelte die Stirn. »Ich kann nicht . . . ich sehe keinen Sinn für den Überlebensmechanismus, wenn das Blut *getrunken* wird. Ich meine, dabei denke ich nun . . . nun . . .«

Kate stand auf. »Vampire?« sagte sie. »Bela Lugosi?«

Nervöses Gelächter ertönte.

»Wir haben alle solche Witze gehört oder gemacht, seit das Projekt begonnen wurde«, sagte Kate lächelnd und vertrieb so die Nervosität, »und das liegt eigentlich nahe, wenn man bedenkt, wo Joshua geboren wurde. Transsilvanien. Das Land der Vampire. Und dafür könnte es einen Grund geben.« Sie nickte Chandra zu.

Die Virologin stand auf, löschte mit der Fernbedienung das Licht und schaltete den Diaprojektor ein. »Diese Diagramme zeigen eine hypothetische Familie oder einen Clan über zwanzig Generationen hinweg, seit etwa fünfzehnhundert nach Christi bis heute, wobei die Verbreitung der J-Virus-Mutation innerhalb dieser Familie verdeutlicht wird. Angesichts der doppelt rezessiven Natur der Anomalie und der hohen Sterblichkeitsrate, von der man bei der Immunstörung ausgehen müßte, die die Anomalie begleitet, sehen Sie sicher ein, daß die Verbreitung nicht besonders groß sein kann, selbst wenn es sich um einen in unseren Augen gutartigen Virus handelt . . .«

Alle bemühten sich, die langen Stränge des hypothetischen Familienzuwachses zu entschlüsseln, bei denen die Stränge der J-Virus-Mutation hilfreicherweise rot markiert waren. Nach dreißig Sekunden pfiff Bob Underhill durch die Zähne. »Ich habe gedacht, die Mutation müßte neu sein, weil wir sie sonst schon einmal gesehen hätten, aber das hier zeigt, daß sie schon seit Jahrhunderten existieren könnte, ohne weite Verbreitung zu erfahren.«

Chandra nickte und ging weiter zum nächsten Dia. »Gehen wir von einer Verbreitung der Mutation durch Heirat und genetische Streuung aus, hätten wir es immer noch mit einer vergleichsweise kleinen Gruppe von Überlebenden des ursprünglichen Paars zu tun – dreihundert bis zweitausend Menschen weltweit.« Chandra sah Kate an. »Diese Menschen wären auf einen vergleichsweise konstanten Zustrom von Transfusionen angewiesen, um erwachsen zu werden, immer vorausgesetzt, die Krankheit reicht über die Kindheit hinaus, und wir haben keinen Grund, etwas anderes anzunehmen.«

Eine der großen Bosse des CDC, eine Ärztin und Verwaltungsbeamtin namens Deborah Rawlings, sagte: »Aber im fünfzehnten Jahrhundert gab es keine Transfusionen ... überhaupt nicht, bis zum vorigen Jahrhundert ...« Sie verstummte.

Kate stand im Licht des Projektors. »Genau. Damit diese Anomalie tatsächlich weiter vererbt werden konnte, müßten die Überlebenden tatsächlich Blut verdaut haben. Sie müßten ihren Kindern buchstäblich Blut gefüttert haben, wenn die Kinder den doppelt rezessiven J-Virus in sich hatten. Erst im letzten Jahrhundert hätten Transfusionen die vom J-Virus Befallenen retten können.« Sie wartete eine Minute, bis sämtliche Spezialisten und Verwaltungsleute diese Information verarbeitet hatten.

»Vampire«, sagte Ken Mauberly. »Der Mythos hat seine Wurzeln in der Realität.«

Kate nickte. »Keine Wesen der Nacht mit Fangzähnen«, sagte sie, »sondern Mitglieder einer Familie, die Menschenblut verdauen mußte, um mit dem vererbten defekten Immunsystem überleben zu können. Dabei bestünde logischerweise eine Neigung zu Heimlichtuerei, Solidarität, Inzucht ... als Folge dürfte die doppelt rezessive Anomalie etwas häufiger als sonst aufgetreten sein, so wie die Hämophilie, die die europäischen Königshäuser plagte.«

Ein Assistenzvirologe namens Charlie Tate hob zögernd die Hand, als wäre er ein Student der High-School.

Kate verstummte. »Charlie?«

Der junge Mann rückte die runde Brille zurecht. »Wie um alles in der Welt ... ich meine, wie hat der erste Träger des J-Virus herausbekommen, daß Blut ihn retten konnte ... oder sie ... Ich meine, wie ist jemand auf die Idee gekommen, Blut zu trinken?«

»Im Mittelalter«, sagte Kate, »berichten Aufzeichnungen von Damen des Adels, die in Blut *gebadet* haben, weil es der Legende zufolge die Haut schöner machen würde. Die Massai trinken heute noch Löwenblut, um den Mut des Tieres in sich aufzunehmen. Blut ist – bis in jüngste Zeit – Gegenstand von Aberglaube und Ehrfurcht gewesen.« Sie verstummte einen Moment und sah Chandra an. »Und jetzt, mit AIDS, bekommt es diesen Hauch von Geheimnis und Grauen wieder.« Kate seufzte und rieb sich die Wangen. »Wir wissen nicht, wie es angefangen hat, Charlie«, sagte sie leise. »Aber nachdem es funktionierte, hatten die Träger des J-Virus keine andere Wahl mehr ... als Menschenblut zu trinken oder zu sterben.«

Das Schweigen dehnte sich noch einmal dreißig Sekunden, bis Kate fortfuhr. »Ein Bestandteil meiner Arbeit war, diesen Zyklus zu beenden, und es sieht aus, als hätte ich eine Lösung gefunden.« Sie ging ein Dia weiter, worauf das Bild eines Schweinskopfs auf der Leinwand erschien.

Die Ärzte im Zimmer kicherten unwillkürlich.

Kate lächelte. »Die meisten von Ihnen wissen von dem DNX-Durchbruch bei menschlichem Ersatzblut vergangenen Juni ...«

Ken Mauberly hielt den Füller hoch. »Bitte frischen Sie unser überarbeitetes Verwaltungsgedächtnis auf, Kate.«

»DNX ist ein kleines biotechnisches Labor in Princeton, New Jersey«, sagte Kate. »Im Juni dieses Jahres gaben sie bekannt, daß sie eine perfekte Methode gefunden hatten, mittels Gentechnik menschliches Hämoglobin in Schweinen zu erzeugen. Sie haben die Forschungen dem FDA vorgelegt, und der Antrag auf Versuche an Menschen läuft zur Stunde.«

Mauberly klopfte sich mit dem Füller gegen die Unterlippe. »Wie kann uns dieses künstliche Hämoglobin bei der Erforschung des J-Virus helfen?«

»Es ist eigentlich kein künstliches Hämoglobin«, antwortete Kate, »es wird nur nicht im menschlichen Körper erzeugt.« Sie drehte das Diakarussell weiter. »Hier sehen sie ein vereinfachtes Schaubild des Prozesses. Übrigens habe ich mit einem alten Freund gearbeitet, Doktor Leonard Sutterman, dem obersten hämatologischen Berater des DNX, ebenso mit Doktor Robert Winslow, dem Chef der Abteilung Blutforschung der Armee am Letterman Institute of Research in San Francisco, daher wiederholen wir hier die Forschungen mit freundlicher Genehmigung und achten darauf, daß wir die beantragten Patente von DNX nicht verletzen.

Wie auch immer, hier das Schaubild. Zuerst extrahieren die Forscher die beiden menschlichen Gene, die, wie wir wissen, für die Erzeugung von Hämoglobin im menschlichen Körper verantwortlich sind.« Kate sah die Leute von der Verwaltung an. »Hämoglobin ist selbstverständlich der Bestandteil des Blutes, der den Sauerstoff transportiert.

Nun gut – nachdem die genetischen Informationen extrahiert wurden, werden die Gene kopiert und in einen Tag alte Schweineembryos injiziert, die von einem Spenderschwein stammen.

Diese Embryos werden dann in die Gebärmutter eines zweiten Schweins eingepflanzt, wo sie wachsen und als normale, gesunde Ferkel zur Welt kommen. Der einzige Unterschied ist der, daß diese Schweine menschliche DNS in sich haben, die sie veranlaßt, menschliches Hämoglobin zusammen mit ihrem eigenen Schweineblut zu erzeugen.«

»Entschuldigen Sie, Kate«, unterbrach sie Bob Underhill. »Wie drückt sich das in Prozentzahlen aus?«

Kate setzte zu einer Antwort an, aber dann verstummte sie. »Wovon, Bob? Der Zahl erfolgreicher transgener Schweine oder der Menge Hämoglobin, die diese produzieren?«

Underhill breitete die Arme aus. »Eins von beiden. Beide.«

»Etwa fünf Schweine von tausend tragen die umgewandelten erfolgreich aus«, sagte Kate. »Davon haben etwa fünfzehn Prozent aller Blutzellen menschliches Hämoglobin. Aber das DNX arbeitet daran, die Zahl auf etwa fünfzig Prozent aller Zellen zu steigern.«

Sie wartete eine Sekunde, aber es folgten keine unmittelbaren Fragen mehr. Kate ging wieder ein Dia weiter. »Hier sehen Sie, daß der wahre Durchbruch des DNX nicht etwa im Bereich der Gentechnik liegt – der Prozeß ist simpel genug –, sondern in der Vervollkommnung eines Prozesses, das Schweineblut zu reinigen, so daß verwendbares menschliches Hämoglobin gewonnen werden kann. Und das ist es, was meine Freunde Doktor Leonard Sutterman und Doktor Gerry Saddler von der Blutspendeabteilung des Roten Kreuzes in Aufregung versetzt.« Kate rückte das Diakarussell weiter auf einen freien Rahmen vor und stand einen Moment im gleißenden Licht. »Überlegen Sie doch, substituiertes Menschenblut . . . aber viel nützlicher als echtes Blut oder Plasma.«

»Wie das?« fragte Deborah Rawlings.

»Rote Blutkörperchen bestehen aus verfallgefährdeten Membranen«, sagte Kate. »Außerhalb des Körpers müssen sie gekühlt werden, und selbst dann verderben sie nach etwa einem Monat. Außerdem trägt jede Zelle den Immuncode des Körpers in sich, daher müssen die Blutgruppen übereinstimmen, wenn es nicht abgestoßen werden soll. Reines Hämoglobin umgeht beide Probleme. Als Chemikalie kann es monatelang aufbewahrt werden . . . unendlich lange. Doktor Winslow von der Armee schätzt, daß etwa zehntausend der fünfzigtausend tödlich Verwundeten in Vietnam hätten gerettet werden können, wenn dieses sauerstoffangereicherte Blutsubstitut zur Verfügung gestanden hätte.«

»Aber Plasma verfügt bereits über die Lagerfähigkeit von der Sie sprechen«, sagte Rawlings, »und das erfordert keine komplizierten Gentechniken.«

»Richtig«, sagte Kate, »aber es sind menschliche Spender erforderlich. Die Verfügbarkeit von Plasma wird von denselben Faktoren eingeschränkt, die zur Folge haben, daß manchmal keine echten Blutkonserven zur Verfügung stehen. Für das menschliche Hämoglobin, das mit dem DNX-Prozeß gewonnen wird, sind nur Schweine erforderlich.«

»Eine Menge Schweine«, sagte Alan Stevens.

»Das DNX hat ausgerechnet, daß etwa vier Millionen Spenderschweine risikofreies Blut für die gesamte US-Bevölkerung liefern könnten«, sagte Kate leise. »Und es würde nur etwa zwei Jahre dauern, diese Spenderschweine zu züchten.«

Bob Underhill pfiff wieder durch die Zähne.

Mauberly hob den Füller wie einen Taktstock. »Kate, ich begreife jetzt, worauf Sie damit für das RS-Projekt hinauswollen. Jemandem mit der J-Virus-Immunschwäche könnte man theoretisch dieses genetisch veränderte Schweineblut verabreichen, aber ich sehe keinen Nutzen darin.«

Kate nickte. »Richtig, Ken. Die einzigen Gene, die bei dem DNX-Prozeß geklont werden, sind die, welche die Produktion von Hämoglobin bewirken. Dies ist mein Vorschlag.« Sie ging weiter zu ihrem letzten Dia und ließ jedermann eine Minute Zeit, es zu studieren.

»Sie sehen«, fuhr sie schließlich fort und stellte fest, daß plötzliche Gefühlsregungen ihre Stimme aus unerfindlichen Gründen belegt klingen ließen, »ich habe einfach die Arbeit von Richard Mulligan, Tom Maniatis und Frank Grosveld abgewandelt für die Transplantation menschlicher Betaglobingene via Retrovirus zur Immunkonstruktion. Mulligan und die anderen haben sich darauf konzentriert, Beta-Thalassämie und Adenosindeaminasemangel zu heilen, aber sie haben auch erstaunliche Arbeit auf dem Gebiet der Erzeugung von tumorinfiltrierenden Lymphozyten, TIL-Zellen und dem Hormon Interleukin-2 geleistet; sie haben die Zellen Krebskranken gespritzt und mitverfolgt, wie die genveränderten Zellen die Tumore angegriffen haben.«

»Aber Sie sind nicht hinter Tumoren her«, sagte Charlie Tate. Der junge Mann hörte sich an, als würde er Selbstgespräche führen.

»Nein«, stimmte Kate zu. »Aber ich habe dieselben Klon- und Retrovirusinjektionstechniken benützt, um die regulierenden

Gene, die antigenspezifische Zell- und Humoralreaktionen kodieren, zu isolieren.«

»SCID«, sagte Ken Mauberly sehr leise. »Das ganze Spektrum angeborener Immunschwächekrankheiten.«

»Ja«, sagte Kate, die sich ärgerte, daß ihre Stimme sie verriet, indem sie das Ausmaß ihrer Empfindungen offenbarte. Sie räusperte sich. »Unter Verwendung des mit der DNX-Methode gewonnenen genetisch veränderten menschlichen Hämoglobins als Trägerschablone – von Schweinen, bitte ich zu bedenken, nicht von Menschen – ist es mir erfolgreich gelungen, normale ADA-Gene zu klonen und einzubringen, die den Adenosindeaminasemangel beheben, ebenso die erforderliche menschliche DNS, die sich der anderen drei Typen der Schweren Kombinierten Schwäche annimmt. Das Blutsubstitut des DNX ist ein hervorragender Träger. Die viral eingebrachte DNS liefert nicht nur sauberes, sauerstoffreiches Blut, das nicht der Gruppe des Patienten entsprechen muß, sie müßte auch sämtliche SCID-Symptome heilen.«

Eine ganze Weile herrschte völlige Stille.

Schließlich sagte Bob Underhill: »Kate, das würde dem J-Virus ermöglichen, das Immunsystem des Kindes weiterhin aufzubauen ... ohne daß jemals wieder echtes Menschenblut erforderlich wäre. Frage ... woher hatten Sie die DNS, um die ADA-, B-Lymphozyten und andere immunrekonstruierende Gene zu klonen?«

Sie blinzelte. »Aus meinem eigenen Blut«, sagte sie und spürte, wie sich ihr der Hals zuschnürte. Sie schaltete die Lampe des Projektors aus und wartete einen Moment, bis sie die Fassung wiedererlangt hatte, bevor sie das Licht wieder einschaltete. Einige Anwesende im Raum rieben sich die Augen, als würde ihnen das Licht weh tun.

»Ken«, sagte Kate, deren Stimme wieder fester klang, »wann können wir mit Versuchen an Joshua anfangen?«

Mauberly klopfte mit dem Füller. »Wir können den Antrag auf Genehmigung beim FDA sofort stellen, Kate. Aber aufgrund des DNX-Patents und der komplizierten Natur des Prozesses lautet meine Schätzung frühestens in einem Jahr ... möglicherweise länger.«

Kate nickte und setzte sich. Sie hatte nicht die Absicht, ihnen zu erzählen, daß sie gestern abend – die dreisteste Verletzung der Berufsethik – ihrem Adoptivsohn das modifizierte DNX-

Hämoglobin gespritzt hatte. Joshua hatte gut geschlafen und war am Morgen gesund und fröhlich gewesen.

Mauberly ergriff das Wort. »Diese Entwicklung versetzt uns alle in Aufregung«, sagte er. »Ich werde das CDC Atlanta unverzüglich informieren, dann unterhalten wir uns über eine mögliche Einbeziehung der Weltgesundheitsorganisation und anderer Stellen.«

Kate konnte sich vorstellen, wie Forscher auf der Suche nach anderen Trägern des J-Virus in Rumänien einfallen würden.

»Doktor Chandra«, sagte Mauberly, »möchten Sie uns im gegenwärtigen Stadium über die Ergebnisse der Erforschung des J-Virus hinsichtlich unserer Suche nach einer Heilmethode für HIV informieren?«

»Nein«, sagte Chandra.

Mauberly nickte und räusperte sich. »Nun gut«, sagte er, »aber möglicherweise bald?«

»Bald«, stimmte Chandra zu.

Ken Mauberly steckte den Füller wieder in die Hemdentasche und klatschte in die Hände. »Nun denn. Ich könnte mir vorstellen, daß sich alle wieder an die Arbeit begeben wollen. Ich möchte nur noch sagen . . .«

Die Forscher strömten aus dem Raum, noch ehe er zu Ende sprechen konnte.

Tom kam gegen achtzehn Uhr in ihr Büro. Einen Augenblick konnte Kate kaum glauben, daß es Tom war – er hatte sie nie im Büro im CDC besucht –, und dann fing ihr Herz wild an zu schlagen. »Joshua?« sagte sie. »Was ist mit ihm?«

Ihr Exmann zog eine Braue hoch. »Nichts ist mit ihm. Beruhige dich. Ich komme gerade von dort . . . Josh und Julie spielen im Sand vor der Veranda. Beide sind wohlauf.«

Kate verließ das Programm, an dem sie gearbeitet hatte. »Was ist dann?«

»Ich fand, es wäre ein angemessener Abend, dich zum Essen einzuladen«, sagte er.

Kate nahm die Lesebrille ab und rieb sich die Augen. »Danke, Tom. Ich freue mich wirklich über die Einladung. Aber vor mir liegen noch ein paar Stunden Arbeit . . .«

»Ich habe im Sebanton's einen Tisch reserviert«, sagte er leise und hielt weiterhin die Tür auf.

Kate schaltete den Computer aus, hängte den weißen Kittel an einen Haken neben der Tür und zog den Blazer an, den sie heute morgen zu der Besprechung getragen hatte. »Ich muß erst nach Hause«, sagte sie. »Geschirr spülen. Joshua füttern.«

»Joshua ist schon gefüttert. Und Julie freut sich darauf, den Kleinen heute abend ins Bett zu bringen. Laß den Cherokee auf dem Parkplatz stehen, ich fahre dich morgen früh zur Arbeit. Und jetzt geh in den Angestelltenwaschraum«, sagte er. »Ich habe für halb sieben reserviert.«

Boulder, Colorado, war eine Stadt mit zu vielen Restaurants, die meisten durchschnittlich, einige sehr gut und eines oder zwei exzellent. Sebanton's gehörte nicht zu den oben erwähnten, weil es sich nicht in Boulder befand. Das französische Restaurant lag an der Main Street von Longmont, einem unscheinbaren Kuhdorf zwölf Meilen weiter am Diagonal Highway. Schon allein das kleine Restaurant zu finden war eine Wissenschaft für sich, da es sich zwischen häßlichen Fassaden versteckte, die einmal Drogerie oder Kaufhaus oder Eisenwarenladen einer Kleinstadt gewesen und inzwischen zu Flohmärkten und Tierpräparatorläden verkommen waren. Aber Sebanton's war, obwohl schwer zu finden und von außen nicht besonders ansprechend, schlicht und einfach das beste französische Restaurant in ganz Colorado – möglicherweise in der gesamten Rocky-Mountains-Region. Kate betrachtete sich selbst nicht als Feinschmeckerin, aber eine Einladung ins Sebanton's hatte sie noch nie abgelehnt.

Zwei Stunden später dämpfte Dunkelheit den Ausblick aus dem Fenster des Restaurants und der kleine Innenraum wurde nur von Kerzenlicht erhellt. Kate kehrte zum Tisch zurück und betrachtete lächelnd Kaffee und Käsekuchen, die gebracht worden waren, während sie telefoniert hatte.

»Mit Julie und Josh alles in Ordnung?« fragte Tom.

»Beide wohlauf«, sagte Kate. »Sie hat Josh um acht hingelegt. Sie sagt, daß er einen aufregenden Tag hinter sich hat, auf der ganzen Veranda herumgekrabbelt ist und sich prächtig zu fühlen scheint.« Sie beugte sich nach vorn und sagte: »Na gut, Tommy. Was war der Anlaß?«

Er lehnte sich zurück und hob die Kaffeetasse mit beiden Händen. »Muß es denn einen Anlaß geben?«

»Nein«, sagte Kate, »aber ich kann sehen, daß es einen gibt. Dein Gesicht wird immer ein bißchen röter als sonst, wenn du etwas ausheckst. Heute abend könntest du leicht eine Schlittenlaterne für den Nikolaus abgeben.«

Tom stellte den Kaffee weg, hustete, faltete die Hände, löste sie wieder, lehnte sich zurück und verschränkte die Arme. »Nun, da ist tatsächlich etwas. Ich meine . . . ich habe mir vorgestellt, daß du da oben ganz alleine auf dem Berg bist . . . niemand außer Julie als Gesellschaft, und die zieht im Dezember aus.«

Kate biß sich zaghaft auf die Unterlippe. »Das macht nichts, Tom. Ich finde wieder jemanden. Außerdem wird es im Labor auch wieder ruhiger werden, dann habe ich mehr Zeit für . . .«

Tom schüttelte den Kopf und beugte sich näher zu ihr. »Das habe ich nicht gemeint, Kat. Fehlstart. Ich habe gemeint . . . was würdest du sagen, wenn ich wieder eine Weile einziehen würde? Nicht für immer, nur ein paar Wochen oder Monate. Um festzustellen, ob es funktionieren könnte . . .« Er verstummte. Jetzt war sein Gesicht röter als die viktorianische Tapete des Restaurants.

Kate holte tief Luft. Sie wußte, daß ihr und Tom kein Neuanfang bestimmt war. Sie liebte ihn – so oder so hatte sie ihn immer geliebt –, aber sie war auch überzeugt, daß ihre Ehe ein Fehler gewesen war, asynchron, eine Beziehung, die nichts anderes bewirkt hatte, als eine wunderbare Freundschaft zu verderben. Dessen war sie ganz sicher.

*Oder nicht?* dachte Kate. *Er hat sich verändert. In Gegenwart von Joshua ist er anders. Verdammt,* ich *habe mich* auch *verändert.* Sie schaute in ihren Kaffee, sah die Sahne darin kreisen und verspürte einen vergleichbaren Strudel von Gefühlen in sich.

»He«, sagte Tom, »du mußt nicht gleich antworten. Wahrscheinlich ist es eine dumme Idee gewesen. Ich habe nicht von einer Aussöhnung gesprochen, nur von . . .« Er verstummte.

Kate legte ihre Hand auf seine und bemerkte, wie klein und weiß diese neben seiner braunen Pranke wirkte. »Tom«, sagte sie, »ich finde, das ist kein guter Vorschlag, aber ich bin nicht mehr sicher. Ich bin einfach nicht mehr sicher.«

Er sah sie grinsend an – das jungenhafte, arglose Grinsen, das sie schon schwindlig gemacht hatte, als sie sich zum ersten Mal begegnet waren. »Hör zu, Kat«, sagte er, »denken wir einfach eine Weile darüber nach. Oder noch besser, unterhalten wir uns bei einem Drink darüber. Hast du immer noch diesen Brandy, den die Harrisons letztes Weihnachten aus England geschickt hatten?«

Sie nickte. »Aber morgen ist ein Arbeitstag . . .«

»Und wieheißtdernochgleich . . . dein Freund, der Priester, kommt zu Besuch«, ergänzte Tom lächelnd. »Na gut. Nur einen Schwenker. Vielleicht zwei. Dann fahre ich ganz vorsichtig den

Berg hinab zu meinem einsamen kleinen Einzelzimmer. Einverstanden?«

»Einverstanden«, sagte Kate, die beim Aufstehen schon die Wirkung des Weins verspürte, den sie getrunken hatte. Sie stützte sich mit einem unauffälligen Griff am Tisch ab. »Ich bin betrunken«, sagte sie.

Tom strich ihr über den Rücken. »Du bist erschöpft, Kat. Seit du aus Rumänien zurückgekommen bist, hast du Achtzig-Stunden-Wochen gehabt. Ich hätte dich heute abend da rausgeschleift, auch wenn ich dir keinen Antrag zu machen gehabt hätte.«

Sie legte ihm die Hand auf die Wange. »Du bist süß«, sagte sie.

»Stimmt«, sagte Tom, »darum hast du dich wahrscheinlich von mir scheiden lassen.« Sie gingen gemeinsam zum Landrover.

Kate hatte Tom eine Zugangskarte für das Tor des Geländes gegeben, und die benützte er jetzt, anstatt Julie zu stören, die mit ziemlicher Sicherheit noch an ihrer Dissertation arbeitete. Es war erst neun Uhr, aber sehr dunkel draußen, und die wenigen Sterne, die man durch die Wolken sehen konnte, schienen von kaltem Funkeln erfüllt zu sein.

»Letzte Woche haben wir die Feier der Herbstsonnenwende versäumt«, sagte Kate leise, als der Landrover die beiden unebenen Fahrspuren entlang schwankte und holperte. Die Sonnenwendfeier war einer von Toms selbsterfundenen Feiertagen, die allesamt als Ulk begonnen hatten, aber im Lauf ihrer gemeinsamen Jahre zu regelrechten Traditionen geworden waren.

»Es ist noch nicht zu spät zum Feiern«, sagte Tom. »Wir versuchen bloß nicht, Eier auf der Spitze zu balancieren . . . Moment mal.«

Er hielt den Landrover an, bevor sie um die letzte Biegung vor dem Haus kamen, und Kate bemerkte sofort, was er gesehen hatte: sämtliche Lichter in dem Haus waren gelöscht – nicht nur die Innenbeleuchtung, sondern auch das Verandalicht, das Sicherheitslicht der Garage, das Terrassenlicht, alles.

»Scheiße«, flüsterte Tom.

Kates Herz schien einen Schlag auszusetzen. »Wir hatten ein paar Stromausfälle diesen Sommer . . .«

Tom fuhr mit dem Landrover im Schrittempo weiter. »Ist dir aufgefallen, ob bei den Bedriges Licht brannte?«

Kate drehte sich auf dem Sitz herum und sah über die Wiese zum nächsten, eine Viertelmeile entfernt gelegenen Nachbarn.

»Ich glaube nicht. Aber das hat nicht viel zu sagen ... die sind in Europa.«

Die Scheinwerfer des Landrover strahlten die dunkle Garage, den Durchgang und einen Teil der Veranda an, als sie auf die leicht schräge Einfahrt fuhren. Tom machte die Scheinwerfer aus und wartete eine ganze Minute ab. »Die Torsicherung hat funktioniert«, sagte er. »Ich weiß nicht mehr, hat sie eine Art Notstromgenerator oder so?«

»Keine Ahnung«, sagte Kate. *Julie hätte uns hören müssen,* dachte sie. *Sie hätte zur Tür kommen müssen.* Drinnen war keine Spur von Kerzenlicht hinter den Fenstern von Erdgeschoß und erstem Stock auf dieser Seite des Hauses zu erkennen. *Julie arbeitet im Arbeitszimmer neben meinem Zimmer – Joshuas Zimmer –, bis ich nach Hause komme. Wenn sie bei Joshua geblieben wäre, könnten wir das Kerzenlicht von hier nicht sehen.*

»Bleib hier«, sagte Tom schließlich.

»Von wegen«, sagte Kate und machte die Autotür auf.

Tom murmelte etwas, kramte aber die Schlüssel hervor. Sie waren noch drei Schritte von der Eingangstür entfernt, als Julies verängstigte Stimme rief: »Keinen Schritt näher! Ich habe eine Waffe!«

»Julie!« rief Kate. »Wir sind es. Was ist denn los? Mach die Tür auf.«

Als die Tür aufging, herrschte völlige Schwärze dahinter, und der Strahl einer Taschenlampe leuchtete zuerst in Kates und dann in Toms Gesicht. »Schnell ... kommt rein!« sagte Julie.

Tom schlug die Tür zu und schloß hinter sich ab. Julie drückte Joshua an sich, während sie die Taschenlampe in der linken und die Browning-Automatik in der rechten Hand balancierte. Tom nahm ihr die Waffe ab, während die junge Frau aufgeregt flüsterte: »Vor etwa zwanzig Minuten ... ich habe am Computer gearbeitet ... sind alle Lichter ausgegangen ... ich habe im Eßzimmer nach Taschenlampe und Kerzen gesucht, als ich Schatten auf der Veranda gesehen ... und Männer flüstern gehört habe ...«

»Wie viele Männer?« fragte Tom mit sehr leiser Stimme. Kate hatte das Baby genommen, Julie hatte die Taschenlampe ausgeschaltet, und jetzt standen die drei Erwachsenen dicht beieinander in der dunklen Diele.

Julie, die den Kopf schüttelte, war nur als Umriß zu erkennen. »Keine Ahnung ... drei oder vier mindestens. Einen Augenblick habe ich gedacht, es wären vielleicht die Jungs vom Elektrizitätswerk, die gekommen sind, um den Schaden zu beheben ... *aber dann haben sie angefangen, an der Verandatür zu rütteln.«* Ihre Stimme klang abgehackt; Kate berührte Julie an der Schulter, während diese Luft holte. »Wie auch immer, ich lief ins Kinderzimmer und holte Josh und die Pistole und kam wieder heraus, als die Jungs gerade die Scheibe der Verandatür einschlugen. Ich rief hinaus, daß ich eine Waffe hätte, und auf einmal waren sie verschwunden. Ich lief durch das ganze Haus und vergewisserte mich, daß alle Fenster verschlossen waren ... es ist tot, Tom, das habe ich schon versucht.«

Er war zum Telefon in der Diele gegangen. Jetzt lauschte er einen Moment, nickte und legte den Hörer wieder auf.

»Wie auch immer«, sagte Julie, »nur eine oder zwei Minuten später hörte ich den Wagen und sah die Scheinwerfer. Er hat sich nicht wie der Cherokee angehört und ... mein Gott, bin ich froh, daß ihr hier seid.«

Tom hielt die Waffe, nahm Julie die Taschenlampe ab und ging, von den beiden Frauen gefolgt, von Zimmer zu Zimmer. Er schaltete das Licht jeweils nur Sekunden an und gleich wieder aus. Kate sah die Glasscherben der Verandatür, aber die Tür selbst war noch verschlossen. Sie gingen an der Küche vorbei ins Arbeitszimmer, vom Arbeitszimmer ins Schlafzimmer.

»Hier«, sagte Tom und gab Kate die Browning. Er verschwand einen Moment im begehbaren Kleiderschrank und kam mit der Schrotflinte und der Munitionsschachtel heraus. Er ließ Patronen in die Taschen seiner Tweedjacke fallen und lud die Schrotflinte einmal durch. »Kommt mit«, sagte er. »Wir verschwinden von hier.«

Auf beiden Seiten der Einfahrt befanden sich Büsche und Felsblöcke, und Kate war sicher, daß sich hinter jedem etwas bewegte, als sie Tom nachsah, der die zehn Schritte zum Landrover zurücklief. Sie sah in dem Augenblick, daß die Haube leicht nach oben stand, als sie Tom »Gottverdammt« sagen hörte. Er setzte sich trotzdem ans Steuer, aber der Anlasser rührte sich nicht; nicht einmal die Scheinwerfer gingen an.

Er kam zu ihnen auf die Veranda zurückgespurtet, wobei er die Schrotflinte im Arm hielt.

»Moment mal«, sagte Kate. »Hört doch.« Von hinter der Küche ertönte ein Geräusch; unten war etwas zerbrochen oder umgestürzt, eine Etage tiefer, wo Julies Zimmer und die anderen Gästezimmer lagen.

»Der Miata«, flüsterte Tom und ging voraus den Flur entlang, in die dunkle Küche und weiter zum Durchgang zur Garage.

Der Kühlschrank sprang an, und Kate zuckte zusammen und legte die Browning auf ihn an, bis sie das Geräusch erkannte. Joshua regte sich und fing leise an zu weinen. »Pssst«, flüsterte Kate. Sie gingen im spärlichen Licht der Fenster auf beiden Seiten durch den Durchgang in die Garage, Tom zuerst, dann Kate, dann Julie, die sich leicht an Kates Bluse festhielt. Hinter ihnen im Haus erklang noch ein Geräusch.

Tom stieß die Garagentür mit dem Fuß auf und legte die Schrotflinte an, über der er die Taschenlampe hielt. Beide schwang er hastig in einem Bogen; der Lichtstrahl fiel auf Regale, das geschlossene Garagentor, die offene Seitentür, den Miata, dessen Haube offenstand und dessen Zündkabel deutlich sichtbar herausgerissen worden waren.

Sie wichen in den Durchgang zurück und duckten sich dort. Tom machte die Taschenlampe aus.

»He«, flüsterte Julie, deren Zähne hörbar klapperten, »war sowieso nur ein Zweisitzer.« Sie ergriff Kates Hand, mit der sie das Baby hielt. »War nur Spaß.«

»Still«, sagte Tom. Seine Stimme klang leise, aber ruhig.

Sie duckten sich vor der Garagentür, unter der Ebene der Fenster des Durchgangs, und sahen die fünf Meter Fliesenboden entlang zur Küchentür. Sie hatten die Tür einen Spalt offen gelassen. Kate lauschte angestrengt, konnte aber nichts hören, da Joshua ihr leise ins Ohr wimmerte. Sie wiegte und tätschelte das Baby und spürte immer noch Julies Hand auf ihrem Arm.

Eine Bewegung von Schwarz auf Schwarz war zu sehen, Tom schaltete die Taschenlampe ein, und seine Schrotflinte knallte einen Wimpernschlag, bevor Julie schrie und das Baby zu weinen anfing.

Das weiße Gesicht und die Finger waren in der Sekunde, bevor Toms Schrotschuß einen Teil des Türrahmens zerfetzte, von der Küchentür verschwunden. Kate war sicher, daß sich das Gesicht innerhalb dieser Sekunde außer Schußweite geduckt hatte. Sie war auch sicher, daß es sich um dasselbe Gesicht handelte, das sie vor zwei Monaten im Zimmer des Babys gesehen hatte.

Tom machte die Taschenlampe aus, aber vorher konnte sie noch seinen betroffenen Gesichtsausdruck erkennen, als er sie ansah. Tom hatte den Mann auch wiedererkannt.

Ein Kratzen und Schaben ertönte in der Garage.

Kate versuchte, das Baby und ihren eigenen Herzschlag zu beruhigen, glitt zur Wand und hob den Kopf langsam zum Fenster des Durchgangs. Zwei dunkle Gestalten bewegten sich unvorstellbar schnell draußen in dem kleinen Fleckchen Garten zwischen dem Durchgang und der Felsklippe. Tom hatte sie ebenfalls gesehen.

»Scheiß drauf«, flüsterte er den beiden Frauen zu. »Wir müssen raus, damit wir auf die Wiese fliehen können ... Richtung Straße.«

Kate nickte. Alles war besser als dieser enge Flur, wo jeder sie aus beiden Richtungen angreifen konnte. Im trüben Licht der Fenster betrachtete sie die Pistole in ihrer Hand.

*Könnte ich wirklich jemanden erschießen?* Ein anderer Teil ihres Verstandes antwortete wie aus der Pistole geschossen: *Du hast schon auf jemanden geschossen. Und wenn er dich oder Joshua verfolgt, wirst du wieder auf ihn schießen.* Sie blinzelte angesichts dieses klaren Gedankens, der durch den wirbelnden Dunst widersprüchlicher Pflichten, ihres hippokratischen Eides und des Herzklopfens ihrer Angst schnitt wie ein Suchscheinwerfer durch Nebel: *Du wirst tun, was du tun mußt.* Kate betrachtete die Pistole und stellte mit fast klinischer Nüchernheit fest, daß ihre Hand nicht zitterte.

»Kommt«, flüsterte Tom. Er zog sie auf die Beine. »Wir gehen raus.«

In dem Durchgang gab es eine Tür, die zum Fußweg von der Garage zur Eingangstür führte, aber bevor Tom sie aufmachen konnte, geschah alles auf einmal.

Wieder schnellte eine Gestalt aus der Küchentür. Tom wirbelte herum, senkte die Schrotflinte auf Hüfthöhe und feuerte.

Das Fenster hinter ihnen zerbarst in Scherben, als zwei Männer in Schwarz sich durch das Glas warfen. Kate hob die Pistole, während sie gleichzeitig versuchte, Joshua vor dem Regen von Glasscherben zu beschützen.

Jemand kam zur Tür des Durchgangs herein. Tom lud die Schrotflinte durch und drehte sich zu dem Mann um.

Julie schrie, als dunkle Arme und weiße Hände aus der Garage schnellten, sie am Haar packten und in die Garage zerrten.

Die Schrotflinte donnerte wieder. Ein Mann schrie etwas in einer fremden Sprache. Kate stolperte rückwärts in den Korridor, wobei sie Joshua immer noch von dem Gewoge dunkler Gestalten, knirschender Glasscherben und plötzlich aufzüngelnder Flammen abschirmte, die von der offenen Küchentür zu sehen waren. Sie beugte sich in die Garage, streckte die Browning aus und versuchte, die dunkle Gestalt des Eindringlings von dem zappelnden Schatten zu trennen, der Julie sein mußte.

»Julie!« schrie Kate. »Fallen lassen!«

Der kleinere Schatten verschwand. Das weiße Gesicht eines Mannes, der sich zum Durchgang umdrehte, war zu sehen. Kate feuerte dreimal, wobei sie jedesmal spürte, wie die Automatik sich heftiger in ihrer Hand aufbäumte. Joshua stieß einen gellenden Schrei aus, und sie drückte ihn fester an sich, während sie sagte: »Julie?«

Hinter ihr ertönte die Schrotflinte wieder, und sie wurde plötzlich in die Ecke des Durchgangs geschleudert, als mehrere Gestalten mit ihr zusammenstießen. Toms Gesicht ragte einen Moment auf, aber sie sah, daß mindestens drei schwarzgekleidete Männer mit ihm rangen und ihm die Schrotflinte aus den Händen wanden, und bevor sie den Mund aufmachen konnte, um zu sprechen oder kreischen oder schreien, rief er: »Lauf, Kat«, und dann verschwanden die kämpfenden Gestalten durch die offene Tür.

Mindestens drei weitere dunkle Gestalten, deren Umrisse sich im schwachen Licht der Flammen in der Küche abzeichneten richteten sich in dem Durchgang auf.

Etwas bewegte sich in der Garage, aber Kate konnte nicht erkennen, ob es Julie war oder nicht. Einer der Männer in Schwarz griff nach ihrer Pistole.

Kate feuerte dreimal, der dunkle Schemen fiel und wurde von einer anderen stürmenden Gestalt ersetzt. Sie richtete die Browning direkt auf das weiße Gesicht, vergewisserte sich, daß es nicht Tom war, und gab noch zwei Schüsse ab. Das Gesicht kippte nach hinten weg, als wäre es von einer unsichtbaren Faust geschlagen worden.

Zwei weitere Männer erhoben sich vom Boden. Keiner war Tom. Die Hand eines Mannes tastete um den Türrahmen der Garage.

Kate hob die Pistole und drückte ab, hörte aber den Hahn vergeblich auf Metall klicken. Eine kräftige Hand legte sich um ihren Knöchel.

»Tom!« keuchte sie, und dann schlang sie ohne nachzudenken beide Arme um Joshua und warf sich durch das zerschmetterte Fenster. Dunkle Gestalten regten sich hinter ihr.

Kate landete schwerfällig im Blumenbeet und spürte, wie ihr

die Luft wegblieb. Das Baby hatte noch genügend Luft zum Schreien. Dann sprang sie auf und rannte hakenschlagend durch den Garten, wobei sie versuchte, hinter die Garage und weiter zu kommen, unter die Espen beim Zufahrtsweg.

Zwei Männer in Schwarz traten vor und versperrten ihr den Weg.

Kate kam schlitternd in krumiger Erde zum Stillstand, warf sich herum und lief zum Balkon und den Türen zum Untergeschoß.

Drei Männer in Schwarz standen zwischen ihr und dem Haus oder dem Durchgang.

Die Fenster dessen, was einmal das Kinderzimmer war, wurden von den Flammen im Innern orange gefärbt. Von Tom und Julie war keine Spur zu sehen.

»O Gott, bitte«, flüsterte Kate und wich zum Rand der Felsklippe zurück. Joshua weinte leise. Sie legte ihm die freie Hand auf den Hinterkopf.

Die fünf Gestalten kamen näher, bis sie einen Halbkreis bildeten, und drängten sie rückwärts, bis sie mit den Fersen auf dem bloßen Granit am Felsrand stand. In der plötzlichen Stille konnte Kate das Prasseln von Flammen und das Plätschern des Bachs zwanzig Meter unter sich hören.

»Tom!« schrie sie. Sie bekam keine Antwort.

Einer der Männer trat nach vorn. Kate erkannte das schmale, grausame Gesicht des Eindringlings. Dieser schüttelte fast traurig den Kopf und streckte die Arme nach Joshua aus.

Kate wirbelte herum und bereitete sich auf den Sprung vor, wobei ihr einziger Gedanke war, Joshua mit dem eigenen Körper vor dem Sturz abzuschirmen und zu hoffen, daß sie auf Zweige fallen würden. Sie machte einen Schritt ins Leere . . .

. . . und wurde zurückgezogen, als sich eine Hand im Handschuh in ihr Haar krallte. Kate schrie und schlug mit der freien Hand um sich.

Jemand entriß ihr das Baby.

Kate stieß einen Laut aus, der mehr Stöhnen als Schrei war, und drehte sich zu dem Angreifer um. Sie trat um sich, schlug, kratzte und versuchte zu beißen.

Der Mann in Schwarz hielt sie einen Moment auf Armeslänge von sich, und sein Gesicht war vollkommen gleichgültig. Dann versetzte er ihr einen harten Schlag, umklammerte ihr Haar noch brutaler, wirbelte sie herum, hob sie hoch und warf sie weit über den Rand der Felsklippe hinaus.

Kate verspürte einen irren Augenblick völligen Hochgefühls, während sie über von Flammen erhellten Baumwipfeln schwebte – *ich kann einen Ast packen!* –, aber der Ast war zu weit entfernt, ihr Sturz zu schnell, und dann verspürte sie Panik, als sie Kopf voraus durch Zweige fiel, die an ihrer Kleidung rissen und ihr die Schultern zerkratzten.

Und dann verspürte sie heftige Schmerzen im Arm und der Seite, als sie auf etwas fiel, das weitaus härter als ein Ast war.

Dann spürte sie überhaupt nichts mehr.

# *Träume von Blut und Eisen*

*Meine Feinde haben mich immer unterschätzt. Und sie mußten stets den Preis dafür bezahlen.*

*Das Licht, das jetzt zu den kleinen Fenstern meines Schlafzimmers herein fällt, hat eine herbstliche Tönung, wenn es über die rauhen weißen Wände, über die breiten Dielen des Fußbodens und über die zerwühlte Steppdecke auf meinem Bett wandert. Mein Gefängnis.*

*Ich sterbe hier seit Jahren, seit einer Ewigkeit. Die anderen tuscheln miteinander und denken, ich kann nicht hören, wie verzweifelt ihre Stimmen klingen. Ich weiß, daß es Probleme mit der Zeremonie der Weihe gibt. Sie haben Angst davor, mir von dem Problem zu erzählen; sie fürchten, es könnte mich beunruhigen und meine endgültige Auslöschung beschleunigen. Sie haben Angst, ich könnte sterben, bevor die Weihe stattgefunden hat.*

*Das glaube ich nicht. Nach all den Jahrhunderten ist es schwer, mit der Gewohnheit zu leben, so schmerzlich es auch sein mag, zu brechen. Ich kann nicht mehr gehen, kann kaum den Arm heben, aber dieser verfluchte Leib versucht weiterhin, sich selbst zu erneuern, obschon ich seit meiner Ankunft in der Heimat vor mehr als eineinhalb Jahren nicht mehr am Sakrament teilgenommen habe.*

*Es könnte sein, daß ich mich bald nach diesem Flüstern und dem hektischen Kommen und Gehen erkundige. Es könnte sein, daß meine Feinde wieder die Köpfe erheben. Und meine Feinde haben mich immer unterschätzt.*

*Ich begann meine Herrschaft im August 1456 und ließ die Zeremonie der Ölung in der Kathedrale von Tîrgoviște abhalten, der Stadt, wo mein Vater regiert hatte. Ich erfand meinen eigenen Titel: »Fürst Vlad, Sohn von Vlad dem Großen, Souverän und Herrscher über die Walachei und die Herzogtümer Amlas und Făgăraș.« Nach meiner Flucht aus dem Palast des Sultans und in Anerkennung der Allianzen, die ich mit den bojarischen Adligen von Transsilvanien geschlossen hatte, fand János Hunyadi es klüger, bei der Rückkehr eines Dracula auf Draculs Thron mitzuhelfen.*

*Anfangs war meine Stimme leise und versöhnlich. In einem Brief schrieb ich einen Monat, nachdem ich den Thron der Walachei bestiegen hatte, an den Bürgermeister und Ratsvorsitzenden von Brasov und benützte mein bestes Latein, um sie mit* honesti viri, fratres, amici et vicini nostri sinceri *oder »aufrichtige Männer, Brüder und Freunde und rechtschaffene*

*Nachbarn« anzureden. Binnen zwei Jahre sollten sich die meisten dieser feisten Bürger an den Pflöcken winden, wo ich sie gepfählt hatte.*

*Von einer Freude erfüllt, die nicht einmal das Meer der Zeit hat schwächen können, erinnere ich mich an den Ostersonntag des Jahres 1457. Ich hatte die Bojaren – diese adligen Paare, die sich in dem Glauben wiegten, daß ich nach ihrem Gefallen regierte – zu einem großen Fest nach Tîrgoviște eingeladen. Nach der Ostermesse begaben sich die Besucher in den Festsaal und die offenen Innenhöfe, wo lange Tafeln mit erlesenen Speisen für diese Edelleute und deren Familien aufgestellt worden waren. Ich gestattete ihnen, das Festmahl zu beenden. Dann erschien ich zu Pferde in Begleitung von hundert meiner getreuesten Soldaten. Es war ein wunderschöner Frühlingstag, wärmer als die meisten. Der Himmel hatte eine tiefe, erschreckend blaue Farbe. Ich erinnere mich, daß die Bojaren mir zujubelten, daß ihre Damen vor Bewunderung mit den Spitzentaschentüchern winkten, daß sie ihre Kinder auf die Schultern setzten, damit diese ihren Wohltäter besser sehen konnten. Ich warf als Antwort auf ihren Jubel meine gefiederte Mütze hoch. Das war das Zeichen, auf das meine Soldaten gewartet hatten. Die ältesten Bojaren und deren Frauen wurden auf meinen Befehl hin auf den Pfosten gepfählt, die ich vor der Stadtmauer hatte errichten lassen, während die arglosen Narren die Messe besuchten. Ich hatte das Pfählen als Bestrafung nicht erfunden – mein eigener Vater hatte gelegentlich davon Gebrauch gemacht –, aber von diesem Tage an war ich als* Vlad Tepes *bekannt, als ›Vlad der Pfähler‹. Der Titel mißfiel mir nicht. Während sich die älteren Bojaren nebst Frauen noch auf den Pfählen wanden, marschierte ich mit den Leibestüchtigen durch die Menge zu meiner Burg am Fluß Argeș, rund fünfzig Meilen entfernt. Die Schwächsten überlebten den dreitägigen Fußmarsch ohne Verpflegung nicht, aber ich hatte auch keine Verwendung für die schwächsten. Die Überlebenden – die Starken – zog ich heran, um Schloß Dracula wieder aufzubauen.*

*Das Schloß war schon damals alt und verlassen, die Türme eingestürzt, die große Mauer verfallen. Ich hatte es im Verlauf meiner Flucht vor dem Sultan und Hunyadi gefunden und dort Zuflucht gesucht, und eben dort hatte ich beschlossen, es als Schloß Dracula wieder aufzubauen, als meinen Horst und meine letzte Zuflucht.*

*Die Lage war perfekt – hoch auf einem entlegenen Kamm über dem Argeș, dessen tiefe Kluft sich von der Walachei durch die Făgăraș-Berge bis in den Süden von Transsilvanien erstreckte. Eine einzige Straße verlief entlang des Argeș – schmal, selbst in der mildesten Jahreszeit gefährlich, und gut zu verteidigen, sobald das Schloß wieder aufgebaut sein würde. Kein Feind, weder Türke noch Christ, konnte sich Schloß Dracula nähern, ohne daß ich es lange vorher erfuhr.*

*Aber zuerst mußte es neu aufgebaut werden.*

*Ich hatte eine Ziegelei am Flußufer errichten lassen, und die Steine dieser Ziegelei wurden in einer Kette bojarischer Sklaven von Mann zu Mann (oder von Frau zu Frau) den Berg hinaufgereicht. Die dortigen Dorfbewohner staunten nicht schlecht, als sie diese Sklaven sahen, die immer noch die Fetzen ihrer bojarischen Osterfesttagskleidung trugen.*

*Ich leitete auf dem Rücken meines Pferdes den Wiederaufbau dieser uralten serbischen Ruine. Die fünf Türme wurden neu erbaut, zwei davon beherrschten den höchsten Punkt des Kammes, die drei anderen lagen etwas tiefer am Nordhang. Die dicken Mauern wurden mit Steinen und Felsen doppelt so stark gemacht, damit sie auch dem schwersten türkischen Bombardement trotzen konnten. Die Mauern waren hoch, fünfundzwanzig Meter und mehr, und sie wuchsen aus dem Felsgestein selbst, so daß es sich um eine steile, dreihundert Meter hohe Mauer zu handeln schien. Die zentralen Innenhöfe und Laubengänge beschränkten sich auf den Raum zwischen den großen Türmen und auf die unebene Fläche des Kammes selbst, der an seiner breitesten Stelle nicht einmal dreißig Meter breit war. Eine gewaltige irdene Rampe erstreckte sich aus der südlichen Felswand, von dieser Rampe bildete eine Holzbrücke den einzigen Zugang zu dem Bollwerk. Der Mittelteil dieser Brücke war stets hochgezogen und dergestalt entworfen, daß man es nicht nur senken konnte, um Zutritt zu gewähren, sondern auch, um es, indem man nur zwei Kabel durchtrennte, in den Abgrund darunter stürzen zu lassen.*

*Im Mittelpunkt von Schloß Dracula ließ ich die wenigen überlebenden Bojarensklaven den Brunnen so tief graben, daß er sich mehr als dreihundert Meter tief durch solides Felsgestein bis zu einem unterirdischen Nebenfluß des Argeş erstreckte. Dieser unterirdische Fluß hatte seine eigenen Höhlen in den Berg gefressen, und ich befahl den Bau eines Fluchtwegs von diesem Brunnen zu den Höhlen, die sich dreihundert Meter tiefer zum Argeş hin öffneten. Man hat mir gesagt, daß die Einheimischen diese Höhlen am Fluß bis auf den heutigen Tag als* pivnita *oder ›Keller‹ bezeichnen. Mit seinen Fluchtwegen und tiefen Kerkern, seinen Höhlen und unterirdischen Folterkammern besitzt Schloß Dracula wahrhaftig seinen ›Keller‹.*

*Einige wenige Bojaren überlebten die viermonatige Bauzeit meines neuen Heims. Ich ließ sie in einer Reihe auf den Felsklippen über dem Dorf pfählen.*

*Im Sommer des Jahres 1457 überquerte ich die Karpaten am Paß Bran. Hunyadi war in Belgrad in einen erbitterten Kampf mit den Türken verstrickt, aber ich hatte andere Rechnungen zu begleichen. Auf den Ebenen bei Tîrgovişte griff ich die im Rückzug befindliche Armee von Wladislaw II.*

*an, dem Mörder meines Vaters. Ich besiegte ihn im Kampf Mann gegen Mann. Als er mich um Gnade bat, stieß ich ihm die Spitze meines Kurzschwerts durch den Unterkiefer ins Gehirn und zum Schädel wieder hinaus. Den Schädel ließ ich den Rest des Sommers auf der höchsten Mauer von Tîrgovişte zur Schau stellen. Lieder wurden darüber gesungen. Ich trank das Sakrament aus Wladislaws geköpftem Leichnam.*

*Meine Feinde waren Legion. Ich wußte von Anfang an, daß ich mir Respekt und Angst bei allen verschaffen mußte, wenn ich überleben wollte.*

*In diesem Winter zogen die genuesischen Botschafter an meinem Hof die Hüte, behielten aber die Kopfmützen auf, die sie darunter trugen. Als ich mich höflich erkundigte, weshalb sie die Köpfe in meiner Gegenwart bedeckt ließen, antwortete einer der Botschafter: »Das entspricht unserem Brauch. Wir sind nicht verpflichtet, die Kopfmützen vor irgend jemandem abzunehmen, nicht einmal bei einer Audienz beim Sultan oder dem Heiligen Römischen Kaiser selbst.«*

*Ich kann mich erinnern, daß ich verständnisvoll genickt habe. »Ich möchte Ihre Bräuche mit allem gebührlichen Respekt anerkennen«, sagte ich schließlich. Die Botschafter verbeugten sich lächelnd; sie hatten die Kopfmützen immer noch auf. »Ich möchte sie sogar noch bekräftigen«, fügte ich hinzu.*

*Ich rief meine Wachen herein, suchte die längsten Nägel aus, die ich finden konnte, und ließ sie kreisförmig durch die Mützen in die Schädel der kreischenden Botschafter schlagen. Den ersten Nagel schlug ich bei jedem selbst ein, und jedesmal sagte ich wie eine Litanei: »Seht, dies ist die Art und Weise, wie Vlad Dracula eure Bräuche noch bekräftigt.«*

*Ich befestigte die Insel Şnagov nördlich des Dorfes Bukarest, indem ich das dortige Kloster erweiterte und anbaute. In der Haupthalle ließ ich einen Fliesenboden mit wechselnden schwarzen und roten Fliesen legen. Um mich zu amüsieren, ließ ich eine Gruppe von Höflingen auf diesen Fliesen herumlaufen, während das Schloßorchester eine kurze Melodie spielte und Soldaten am Rand ihre Speere nach innen gerichtet hielten, damit niemand entkommen konnte. Dann mußte sich jeder der Höflinge für eine Fliese entscheiden.*

*Wenn die Melodie zu Ende war, legte ich einen schweren Hebel um, worauf sich mehrere der gewachsten Fliesen auftaten und die schreienden Höflinge durch Falltüren zehn Meter tief auf gespitzte Pflöcke in der Grube darunter stürzten. Fast fünfhundert Jahre später, 1932, schickte ein befreundeter Archäologe mir ein Foto von den Ausgrabungen auf der Insel Şnagov: Überreste der Pfähle waren immer noch zu sehen; die Schädel immer noch in fein säuberlichen Reihen aufgesteckt.*

*Drei Winter nach dem Wiederaufbau von Schloß Dracula verkündete einer meiner Mätressen, daß sie schwanger war, und hoffte damit einen höheren Status als meine anderen Konkubinen zu erlangen. Da ich davon ausging, daß sie log, fragte ich sie, ob es ihr etwas ausmachen würde, wenn sie untersucht würde. Da sie Bedenken äußerte, ließ ich sie vor versammeltem Hof in die Haupthalle bringen.*

*Sie bekundete ihre Liebe und wie leid ihr der Irrtum tat, aber ich befahl meinen Leibwächtern fortzufahren. Sie schnitten ihr den Bauch von der Vulva bis zum Brustbein auf und schälten die Schichten von Muskeln und Fleisch zurück, während sie noch am Leben war und sich wand.*

*»Sehet dies!« rief ich den blassen Gesichtern zu, die zu mir aufsahen. Meine Worte hallten von den Steinwänden wider. »Soll die ganze Welt sehen, wo Vlad Dracula gewesen ist!«*

# Kapitel 19

Kate bemerkte die Schmerzen, bevor sie etwas anderes bemerkte; sie wußte nicht, wer sie war, so sie sich befand oder warum die Welt aus verschiedenen Dolchen reinster Schmerzen zu bestehen schien, aber sie wußte, daß sie Qualen litt.

Sie schwamm aus einer gewaltigen Tiefe empor und erinnerte sich an das Wasser über ihrem Gesicht auf dem Grund von ... *wovon?* ... des Sturzes, aus dem ihr ganzes früheres Leben einzig und allein zu bestehen schien. Sie erinnerte sich, wie sie das Gesicht über diese Wasserfläche hinausgehoben hatte. Sie erinnerte sich an den Aufstieg, wobei sie den verletzten Arm hinter sich herzog; wie sie Wasser und etwas Schwereres aus den Augen blinzelte, während sie durch Schlamm und Nesseln und Schiefer und Espen und dornige Piniennuß ...

*Ich erinnere mich an die Flammen. Ich erinnere mich an den Geschmack von Asche. Ich erinnere mich an andere Verletzte im Licht der Krankenwagen und Feuerwehrautos ...*

Kate erwachte keuchend und blinzelte panisch. Weiße Decke. Weißes Bett. Das Gestell eines IV-Tropfs. Weiße Wände und graue medizinische Monitore.

Pater O'Rourke beugte sich über sie und berührte ihren unverletzten Arm dicht über dem Plastikarmreif des Krankenhauses. »Alles in Ordnung«, flüsterte er.

Kate wollte etwas sagen, aber ihre Zunge war zu trocken, die Lippen zu sehr geschwollen. Sie schüttelte den Kopf heftig von einer Seite zur anderen.

Das bärtige Gesicht des Priesters war gramzerfurcht, seine Augen sichtlich von Traurigkeit erfüllt. »Alles in Ordnung, Kate«, flüsterte er wieder.

Sie schüttelte den Kopf und leckte sich die Lippen. Es war, als müßte sie mit Wattebäuschen im Mund sprechen, aber es gelang ihr trotzdem, Laute herauszubringen. Sie mußte O'Rourke etwas erklären, bevor die Wogen von Schmerzen und Medikamenten sie wieder unter die Oberfläche des Bewußtseins hinabzogen. »Nein«, krächzte sie zu guter Letzt.

O'Rourke drückte ihre unversehrte Hand mit seinen beiden Händen.

»Nein«, sagte sie wieder, versuchte den Kopf zu drehen und

hörte den IV an seinem Gestell klirren. Sie schüttelte den Kopf und spürte den dicken und schweren Kopfverband. »Es ist nicht in Ordnung. Überhaupt nicht.«

O'Rourke drückte ihre Hand, aber er nickte. Er verstand.

Kate gab die Gegenwehr auf und ließ sich von der Strömung hinabziehen.

Der junge Polizei-Detective – Lieutenant Peterson, erinnerte sich Kate durch den wabernden Vorhang von Schmerzen und Medikamenten – kam am Morgen. Der ältere Sergeant mit dem traurigen Gesichtsausdruck stand neben der Tür, während der Lieutenant auf dem freien Besucherstuhl Platz nahm.

»Mrs. Neuman?« sagte der Detective. Er lutschte Pfefferminz, und das Klicken des Bonbons an seinen Zähnen erinnerte Kate an das Geräusch, das ihr linker Arm gemacht hatte, als sie in der Nacht zuvor geklettert war. *Nein, vor zwei Nächten,* vergegenwärtigte sie sich, wobei sie ihre ganze Energie aufwenden mußte, um sich zu konzentrieren. *Es ist Samstag. Es war Donnerstag nacht, als dein Leben zu Ende ging. Jetzt haben wir Samstag.*

»Mrs. Neuman? Sind Sie wach?«

Kate nickte.

»Können Sie sprechen? Können Sie mich verstehen?«

Sie nickte wieder.

Der Lieutenant leckte sich die Lippen und sah zu dem Sergeant, dessen Blick unscharf oder nach innen gekehrt blieb. »Nun, Mrs. Neuman, ich habe ein paar Fragen«, sagte der Lieutenant und schlug ein kleines Notizbuch auf.

»Doktor«, sagte Kate.

Der Lieutenant zog die Brauen hoch. »Möchten Sie, daß ich einen Doktor rufe? Geht es Ihnen nicht gut?«

»Doktor«, wiederholte Kate und knirschte wegen der Schmerzen in Kiefer und Hals beim Sprechen mit den Zähnen. *»Doktor* Neuman.«

Der Lieutenant der Polizei verdrehte leicht die Augen und klickte mit dem Kugelschreiber. »Okay – Doktor Neuman ... möchten Sie mir erzählen, was Donnerstag nacht passiert ist?«

»Sagen *Sie* es mir«, knirschte Kate.

Der Lieutenant sah sie an.

Sie holte tief Luft. Stunden waren seit ihrem letzten Schuß vergangen, und die Schmerzen waren unvorstellbar. »Sagen *Sie* mir, was passiert ist«, sagte sie. »Tom tot? Julie tot? Baby tot?«

Der junge Lieutenant schürzte die Lippen. »Nun, Mrs. Neuman ... im Augenblick müssen wir uns darauf konzentrieren, ein paar Einzelheiten zu bekommen, damit wir unsere Arbeit machen können. Dann konzentrieren Sie sich darauf, daß Sie wieder gesund werden. Ihr Freund, Pater wieheißternochgleich, wird bald wieder hier sein ...«

Kate packte mit der gesunden Hand das Handgelenk des Lieutenants, und zwar so kräftig, daß dieser offensichtlich erschrak. »Tom tot?« krächzte sie. »Julie tot? Baby tot?«

Lieutenant Peterson mußte sein Handgelenk unter Zuhilfenahme der anderen Hand befreien. Er seufzte und sagte: »Hören Sie, Mrs.... *Doktor* Neuman. Meine Aufgabe ist es, soviel wie möglich ...«

»Ja«, sagte der Sergeant. Der ältere Mann hatte den Blick auf Kate gerichtet. »Ja, Doktor Neuman. Ihr Exmann ist tot. Ebenso Ms. Strickland. Und ich fürchte, Ihr adoptiertes Kind ist ebenfalls in den Flammen umgekommen.«

Kate machte die Augen zu. *Die anderen auf Bahren, als sie mich im Schein der Flammen in den Krankenwagen geladen haben ... kohlenschwarze Haut, schwarze gefletschte Lippen ... der kleine Leichnam in dem Plastiksack für Kinder ... ich habe es* nicht *geträumt.*

Sie schlug die Augen auf und sah gerade noch den Blick, den der Lieutenant dem älteren Detective zuwarf. Peterson drehte sich eindeutig gereizt wieder zu ihr um. »Es tut mir leid, Doktor Neuman. Unser Beileid.« Er klickte wieder mit dem Kugelschreiber. »Könnten Sie uns jetzt erzählen, woran Sie sich in der Donnerstagnacht noch erinnern?«

Kate bemühte sich, auf den Wellen des Schmerzes aus ihrem Arm und dem Kopf zu reiten und kämpfte gegen die Strömung, die sie wieder in die dunklen, willkommenen Tiefen hinabziehen wollte, und sprach jedes Wort mit großer Sorgfalt aus, während sie ihm alles erzählte, woran sie sich erinnerte.

Als sie die Augen aufschlug, war es Nacht. Rechtecke gespiegelten weißen Lichts an den Wänden und das Glimmen einer Nachtbeleuchtung am Paneel hinter ihr bildeten die einzigen Lichtquellen. O'Rourke ließ das Buch sinken, das er im spärlichen Licht gelesen hatte, und rückte mit dem Stuhl näher. Er trug das Sweatshirt, das er schon in Bukarest getragen hatte. »Hi«, flüsterte er.

Kate schwebte zwischen Bewußtsein und Ohnmacht. Sie konzentrierte sich auf das Bewußtsein.

»Das liegt an dem Schlag auf den Kopf«, sagte O'Rourke leise. »Der Doktor hat Ihnen die Folgen der Gehirnerschütterung erklärt, aber ich glaube nicht, daß Sie wirklich wach waren, als er es erklärt hat.«

Kate formte die Worte sorgfältig im Geiste, bevor sie ihre Lippen sie aussprechen ließ. »Nicht . . . tot«, sagte sie.

O'Rourke biß sich auf die Lippen, dann nickte er. »Nein, sie sind nicht tot«, sagte er.

Sie schüttelte wütend den Kopf. »Baby . . .«, sagte sie. Aus unerfindlichen Gründen tat es ihr in Kiefer und Kopf weh, das ›J‹ in Joshua auszusprechen. Sie sprach es trotzdem aus. »Joshua . . . nicht tot.«

O'Rourke drückte ihre Hand.

Kate erwiderte den Druck nicht. »Nicht tot«, sagte sie wieder flüsternd, falls einer der Männer in Schwarz hinter dem Vorhang oder vor der Tür lauern sollte. »Joshua . . .« Ihr wurde schwindlig vor Schmerzen, und die Strömung nahm wieder zu. »Joshua ist nicht tot.«

O'Rourke lauschte.

»Müssen mir helfen«, flüsterte sie. »Versprechen.«

»Ich verspreche es«, sagte der Priester.

Ken Mauberly kam am Sonntagmorgen, als Kate allein war. Sie konnte sich trotz der Schmerzen konzentrieren und sprechen. Aber die Schmerzen waren immer noch sehr schlimm.

Kaum sah sie das Gesicht des Verwaltungschefs, da wußte sie, daß alles gleich noch viel schlimmer kommen würde.

Bei allen Kondolenzen erwies sich Mauberly als der Inbegriff von Optimismus und verhaltener Fröhlichkeit. »Gott sei Dank sind Sie davongekommen, Kate«, sagte er, rückte die Brille zurecht und beschäftigte sich nervös mit den Blumen, die er mitgebracht hatte. Er stellte sie in eine Vase und zupfte sie zurecht. »Gott sei Dank sind Sie davongekommen.«

Kate legte eine Hand auf den Wulst des Verbandes über der rechten Schläfe. Das schien alles ein wenig ins Lot zu bringen, wenn sie sprach. »Ken«, sagte sie und stellte überrascht fest, daß sie ihre alte Stimme wiederhatte, »was ist denn?«

Er erstarrte, ohne die Hände von den Blumen zu nehmen.

»Was ist los, Ken? Da ist doch noch etwas. Bitte sagen Sie es mir.«

Mauberly gab klein bei. Er zog einen Stuhl ans Bett und ließ sich darauf fallen. Als er sprach, standen ihm hinter der Brille Tränen in den Augen. »Kate, in der Nacht, als ... in derselben Nacht ist jemand ins Labor eingebrochen. Sie haben einen Brand in den Biolabors gelegt, Versiegelungen erbrochen, Unterlagen verbrannt, die Computer beschädigt, die Disketten gestohlen ...«

Kate wartete. Wegen des Vandalismus allein hätte er nicht geweint.

»Chandra ...«, begann er.

»Sie haben sie getötet«, sagte Kate. Es war keine Frage.

Mauberly nickte und zog die Brille ab. »Das FBI ... O Gott, Kate, es tut mir leid. Der Doktor und die Psychologen haben gesagt, es wäre zu früh, Ihnen alles zu erzählen und ...«

»Wer noch?« wollte Kate wissen. Sie hatte ihm die Hand auf den Unterarm gelegt.

Mauberly holte tief Luft. »Charlie Tate. Er und Susan haben noch spät in der Nacht gearbeitet, als die Eindringlinge das Sicherheitssystem überwunden haben.«

»J-Viruskulturen?« fragte Kate und verkniff das Gesicht wegen der zusätzlichen Schmerzen, die ihr das ›J‹ bereitete. »Joshuas Blutproben?«

»Zerstört«, sagte Mauberly. »Das FBI ist der Meinung, sie wurden vor Ausbruch des Feuers das Entsorgungsbecken runtergespült.«

»Geklonte Kopien?» sagte Kate. Sie hatte die Augen geschlossen und konnte Susan McKay Chandra sehen, wie diese sich über das Elektronenmikroskop beugte und Charlie Tate hinter ihr lachend etwas sagte. »Haben Sie auch die geklonten Kopien im Klasse-IV-Labor gefunden?«

»Alles futsch«, sagte Mauberly. »In diesem Stadium hatte noch niemand daran gedacht, Kulturen aus dem Gebäude wegzubringen. Wenn ich doch nur ...« Seine Stimme bekam einen schrillen, zornigen Unterton. Er strich mit sanften Fingern über Kates unversehrten Arm. »Kate, es tut mir leid. Sie sind durch die Hölle gegangen, und dies alles macht es nur noch schlimmer. Konzentrieren Sie sich darauf, wieder gesund zu werden. Das FBI wird diese Leute finden ... wer immer es getan haben mag, das FBI wird sie finden ...«

»Nein«, flüsterte Kate.

»Was war das?« Mauberly rückte näher, so daß die Stuhlbeine auf dem Boden quietschten. »Was, Kate?«

Aber sie hatte die Augen geschlossen und tat so, als sei sie eingenickt.

Das FBI war gekommen und wieder gegangen, die beiden Ärzte und ein halbes Dutzend Freunde, gefolgt von einem halben Dutzend Mitarbeitern, waren hier gewesen und von der rothaarigen Krankenschwester wieder hinausgescheucht worden, und nur Pater O'Rourke war noch da, als die letzten Streifen des Septemberlichts die Ostwand orange färbten. Kate schlug die Augen auf und sah an der Silhouette des Priesters vorbei zum Fenster hinaus. Dieser machte einen nachdenklichen Eindruck, wie er so an der Heizung beim Fenster lehnte. Der Sonnenuntergang warf schräge Lichtstreifen direkt den Sunshine Canyon entlang in den Westflügel des Krankenhauses. Es war noch nicht ganz neunzehn Uhr, und schon herrschte sonntagabendliche Stille in der Klinik.

»O'Rourke?«

Der Priester wandte sich vom Fenster ab und kam zum Stuhl neben ihrem Bett.

»Würden Sie etwas für mich tun?« flüsterte sie.

»Ja.«

»Helfen Sie mir, die Leute zu finden, die Tom und Julie getötet haben . . .« *Schwarze Leichen, Haut schuppig wie die Asche eines Baumstamms. Die Leichen kleiner, von den Flammen geschrumpft. Spröde Arme, in Boxerhaltung erhoben. Das Glänzen von Zähnen in einem Lächeln ohne Lippen.*

»Ja«, sagte O'Rourke.

»Noch mehr«, flüsterte Kate und ergriff seine große Hand mit der guten rechten Hand und dem Gips der linken. »Helfen Sie mir, Joshua zu finden.«

Sie spürte sein Zögern.

»Nein«, sagte sie lauter als flüsternd, aber immer noch mit beherrschter Stimme, nicht hysterisch. »Der verbrannte Leichnam des Babys war nicht Josh . . . zu *groß*. Glauben Sie mir. Werden Sie mir helfen, ihn zu finden?«

Der Priester zögerte nur noch einige Augenblicke, dann drückte er wieder ihre Hand. »Ja«, sagte er. Und dann, nach einer Minute, als das Sonnenlicht von der Ostwand verschwand und es plötzlich dunkler draußen vor dem Fenster wurde: »Ja, ich werde Ihnen helfen.«

Kate schlief ein, ohne seine Hand loszulassen.

# Kapitel 20

Kate verließ das Krankenhaus am Montag, dem 30. September, obwohl sie immer noch scheußliche Kopfschmerzen hatte, ihr linker Arm noch in Gips war und die Ärzte wollten, daß sie noch mindestens vierundzwanzig Stunden blieb. Sie dagegen war nicht der Meinung, daß sie noch einmal vierundzwanzig Stunden im Bett verbringen mußte.

Weil Wasser und Rauch den Teil ihres Hauses, der nicht abgebrannt war, verwüstet hatten, und weil sie ohnehin unter gar keinen Umständen in dieses Haus zurückgekehrt wäre, nahm sich Kate ein Zimmer im Hotel Harvest House nicht weit vom CDC entfernt. O'Rourke und andere Freunde hatten einen Teil ihrer Kleidungsstücke aus dem unbeschädigten Schlafzimmer des Hauses gerettet, und Arleen, Kates Sekretärin, hatte ihr ein paar neue Sachen gekauft. Kate trug die neuen Sachen.

Die sterblichen Überreste von Julie Strickland waren nach der Autopsie und zweifelsfreien Identifizierung anhand der zahnmedizinischen Unterlagen zur Bestattung nach Milwaukee überstellt worden. Kate hatte sich am Montagabend am Telefon mit Julies Eltern unterhalten und anschließend eine Stunde im Hotelzimmer im Dunkeln gelegen, wo sie weinen wollte, weinen *mußte*, aber nicht weinen konnte.

Toms Leichnam wurde am Dienstag, dem 1. Oktober, verbrannt. Er hatte Freunden einmal gesagt, er wollte, daß seine Asche den Winden der Kontinentalscheide mitten im Staat übergeben werden sollte, daher brach nach dem zum Bersten besuchten Gottesdienst eine Kolonne von vierzig Fahrzeugen, überwiegend Geländewagen, nach Buena Vista auf, um seinen Letzten Willen zu erfüllen. Kate fühlte sich nicht wohl genug, den Konvoi zu begleiten. Pater O'Rourke fuhr sie ins Hotel zurück. Das FBI lauerte ihr weiterhin in der Hotelhalle auf und bedrängte sie mit Fragen über Fragen nach Einzelheiten. Sie glaubten offenbar ihre Geschichte von Männern in Schwarz, wahrscheinlich Rumänen, die aus unbekannten Gründen versucht hatten, das rumänische Waisenkind zu entführen, und versprachen ihr, daß sämtliche Paßkontrollen der Vereinigten Staaten Ausschau halten würden. Sie konnten ihr allerdings nicht sagen, *nach wem* sie Ausschau halten würden.

Kate unterhielt sich am Dienstagabend mit Ken Mauberly und erfuhr von ihm, daß Chandras Leichnam zu ihrem Mann und ihrer Familie in Atlanta überführt worden war. Außerdem berichtete er von den Einzelheiten der Beerdigung des Virologen Charlie Tate in Denver.

»Wie sich herausstellte, war Charlie leidenschaftlicher Amateurastronom«, sagte Mauberly mit leiser Stimme am Telefon. »Ich habe am Sonntagabend an seiner Bestattungsfeier im Planetarium des Historischen Museums von Denver teilgenommen. Der gesamte Gottesdienst – kurze Nachrufe von Freunden, eine kurze Predigt seines unitarischen Priesters – wurde in der Kuppel abgehalten, wo nur die Sternbilder als Beleuchtung dienten. Als die Predigt zu Ende war, wurde plötzlich ein Stern am Himmel heller. Charlies Witwe – Sie erinnern sich doch an Donna, Kate, oder nicht? – nun, Donna stand auf und erklärte, daß das Licht dieses Sterns zweiundvierzig Lichtjahre von der Erde entfernt war und seine Reise zur Erde 1949 begonnen hatte, dem Jahr von Charlies Geburt – möglicherweise sogar an seinem Geburtstag – und erst diese Woche eingetroffen sei. Wie auch immer, der Stern wurde immer heller und heller, bis die ganze Kuppel eine helle, milchige Färbung hatte ... und unter diesem magnetischen Licht gingen wir alle nach draußen. Und der Grabstein, den sie anfertigen ließen ... nun, der Spruch ist sehr rührend.« Mauberly machte eine Pause.

»Was steht darauf, Ken?« fragte Kate.

Mauberly räusperte sich. »Charlie hat seine Grabsteininschrift schon vor Jahren selbst verfaßt. Sie lautet: ›Ich habe die Sterne zu sehr geliebt, um jemals Angst vor der Nacht zu haben.‹« Einen Augenblick herrschte Stille. »Kate, sind Sie noch da?«

»Ja«, sagte sie. »Ich bin noch da. Ken, wir sprechen morgen weiter.«

Kate hatte darauf bestanden, daß eine zweite und gründlichere Autopsie des Kindes durchgeführt wurde, das sie in dem niedergebrannten Haus gefunden hatten, und der Leichenbeschauer des County hatte zuerst viel Aufhebens deswegen gemacht. Der Leichnam des Kindes war erst im eingestürzten Abschnitt des Hauses gefunden worden, als die Flammen dort fast niedergebrannt waren – Kate stellte fest, daß sie fast eineinhalb Stunden mit dem gebrochenen Arm und der Gehirnerschütterung den Steilhang hinaufgekrochen war und erst entdeckt wurde, als sie auch die Leichen fanden –, und daher war wenig vom Leichnam des Kindes übrig, das man untersuchen konnte: keine Zähne für die zahnmedizinischen Unterlagen, die sowieso nicht vorhanden gewesen wären, und keine Möglichkeit, die Todesursache eindeutig festzustellen, weil der kleine Leichnam so schwere Verbrennungen aufwies und die einstürzenden Mauern und Balken so ernste innere Verletzungen bewirkt hatten. Nach einer kurzen Untersuchung war als Todesursache ›Tod durch Verbrennungen und andere Verletzungen im Zusammenhang mit dem Feuer‹ festgestellt worden und der Leichenbeschauer hatte sich den anderen Autopsien des Brandes zugewandt.

»Machen Sie es noch einmal und gründlicher«, hatte Kate zu dem verblüfften Leichenbeschauer gesagt. »Sonst werde ich es tun. Wir brauchen eine Blutprobe, eine vollständige Röntgenserie, Magnetresonanzaufnahmen der inneren Organe und Proben von der Magenwand und dem oberen Verdauungstrakt. Es ist von entscheidender Bedeutung für die Ermittlungen des FBI wie auch für die Suche des CDC nach einem möglichen Seuchenvirus ... wenn Sie noch einmal Mist bauen, sitzen Ihnen beide Organisationen im Nacken. Also machen Sie es noch einmal und machen Sie es gründlicher.«

Der Leichenbeschauer war wütend, hatte sich aber gefügt. Am Mittwoch, dem 2. Oktober, brachte Kate den umfangreichen Bericht zu Alan Stevens in der Tomographie des CDC. Dort freuten sich alle, sie zu sehen, aber sie hatte keine Zeit für Nettigkeiten. Sie würdigte die abgeriegelten Klasse-IV-Biolabors, wo Chandra und Tate gestorben waren, fast keines Blickes und nahm nicht einmal in ihrem eigenen Büro Platz, nachdem sie sich vergewissert hatte, daß Disketten, Akten und Projektberichte tatsächlich gestohlen worden waren. Sie traf sich mit Alan im Konferenzraum im Keller, der gerade frisch gestrichen worden war, aber immer noch nach Rauch roch.

»Kate, es tut mir so schrecklich leid ...«, begann der rothaarige Techniker.

»Danke, Alan.« Sie schob ihm den Bericht hin. »Den hat der Leichenbeschauer des County erstellt. Müssen wir es noch einmal wiederholen?«

Alan biß sich auf die Lippen, während er die gestapelten Seiten durchblätterte. »Nein«, sagte er schließlich, »die Schlußfolgerungen sind schlampig aufgeschrieben, aber die zugrunde liegenden Daten machen einen soliden Eindruck.«

»Könnte das Kind Joshua sein?«

Der Techniker schob sich die Brille höher auf die Nase. »Dieses Baby hat das richtige Geschlecht, das richtige Alter, ungefähr die richtige Größe, und es besteht kein Grund zu der Annahme, daß ein anderes Kind im Haus gewesen ist ...«

»Könnte es Joshua sein? Sehen Sie sich den Abschnitt ›Blutproben‹ an.«

Er nickte. »Kate, es ist nicht ungewöhnlich, daß bei Opfern von schweren Unfällen oder Großbränden wenig Blut im Körper zurück bleibt.«

»Ja, ich weiß«, sagte Kate so geduldig, wie sie nur konnte. Sie erwähnte nicht ihre Zeit als Assistenzärztin in der Notaufnahme oder ihre Ausbildung bei einem der besten Pathologen des Landes, bevor sie sich für die Hämatologie entschieden hatte. »Aber daß *das ganze* Blut fehlt oder verdampft ist, Alan?«

»Zugegeben, das ist ungewöhnlich«, sagte der Techniker. »Aber nicht unerhört.«

»Nun gut«, sagte Kate. Sie gab ihm den zweiten Hefter mit den Röntgenbildern und Ausdrucken von MR-Bildern. »Ist das Joshua?«

Alan verbrachte fast dreißig Minuten damit, die Aufnahmen zu studieren und sie mit den Ausdrucken und gespeicherten Computerbildern im Kontrollraum der Tomographie zu vergleichen. Als er fertig war, gingen sie in den Konferenzraum zurück.

»Und?« sagte Kate.

Das Gesicht ihres jungen Freundes wirkte fast verloren. »Ich kann die Abnormalität in der Magenwand nicht mit Sicherheit finden, Kate ... aber Sie sehen ja das Ausmaß der inneren Verletzungen, weil irgend etwas auf das Kind gefallen ist. Wahrscheinlich ein Stützbalken. Aber die tatsächlichen Gewebeproben untermauern die Identifizierung. Ich meine, die Zellpathologie ist ähnlich.«

»Ähnlich«, sagte Kate und stand auf. »Aber nicht unbedingt dieselbe wie bei Joshua?«

Alan nahm die Brille ab und sah sie blinzelnd an. Sein Gesicht sah sehr verwundbar und sehr traurig aus. »Nicht unbedingt ... bei diesen postmortalen Daten kann man das unmöglich mit Bestimmtheit sagen ... das müßten *Sie* ja am besten wissen. Aber die Chancen, daß sich ein Kind vergleichbarer Größe mit einer derart ungewöhnlichen Zellpathologie im selben Haus aufgehalten haben soll ...«

Kate ging zur Tür. »Das bedeutet nur, daß sie einen aus ihren Reihen geopfert haben«, sagte sie.

Alan betrachtete sie stirnrunzelnd. »Einen aus *wessen* Reihen?«

»Nicht so wichtig«, sagte Kate und machte die Tür auf.

Alan stand mit den Unterlagen auf. »Möchten Sie die nicht haben?«

Kate schüttelte den Kopf und ging.

Das Kind wurde auf einem wunderschönen Friedhof bei Lyons begraben, einer kleinen Gemeinde im Vorgebirge, wo Kate und Tom manchmal spazierengegangen waren. Als sie einen Grabstein verlangt hatte, war der Verkäufer einen Moment in ein Hinterzimmer gegangen und hatte die Fotokopie eines verzierten Grabsteins mit einem kindlichen Cherubimgesicht und einer Blumenranke mitgebracht.

Kate schüttelte den Kopf. »Ein schlichter Stein. Überhaupt keine Verzierungen.«

Der Verkäufer nickte enthusiastisch. »Und der Name des Verstorbenen soll darauf geschrieben werden ... äh, ja ... Joshua Neuman«, sagte er und räusperte sich. »Ich ... äh ... habe die Zeitungsberichte über die Tragödie gelesen, Doktor Neuman. Mein tiefstes Beileid.«

»Nein«, sagte Kate so tonlos, daß der Mann sie über die Brille hinweg ansah. »Kein Name«, sagte sie. »Schreiben Sie nur auf den Stein – Unbekanntes rumänisches Kind.«

Am Freitag, dem 4. Oktober, hob Kate die Summe von 15 830 Dollar von ihrem Sparkonto und 2200 Dollar von ihrem Girokonto ab, verstaute den größten Teil des Geldes in Umschlägen mit Papieren, die in ihrer Handtasche verschwanden, stopfte die restlichen Geldscheine in ihre Börse, nahm die Zubringer-Limousine zum Stapleton International Airport und begab sich an Bord eines Flugzeugs nach New York mit Anschlußflug nach Wien.

Das Flugzeug rollte schon vom Tor weg, als sich ein ganz in Schwarz gekleideter Mann neben ihr auf den Sitz fallen ließ.

»Sie kommen spät«, sagte Kate. »Ich dachte schon, Sie hätten es sich anders überlegt.«

»Nein«, sagte O'Rourke. »Ich habe es doch versprochen, oder nicht?«

Kate biß sich auf die Lippen. Die Kopfschmerzen, die vor ein paar Tagen noch migräneartige Ausmaße gehabt hatten, waren inzwischen viel besser geworden, heulten aber immer noch wie ein Sturmwind durch ihren Schädel. Es fiel ihr schwer, sich zu konzentrieren, aber sie versuchte es dennoch. »Hat Ihr Freund, der Senator, mit dem Mann in der Botschaft in Bukarest gesprochen?«

O'Rourke nickte. Der bärtige Mann sah müde aus.

»Und wird sich die Botschaft mit Lucian in Verbindung setzen?«

»Ja«, sagte O'Rourke. »Es wird alles erledigt. Sie haben jemanden ausgesucht, der . . . äh . . . nicht unvertraut mit problematischen Aufträgen ist.«

»CIA«, sagte Kate. Sie rieb sich mit der unverletzten Hand die Stirn. »Ich denke immer, daß ich etwas vergessen habe.«

O'Rourke schien ihr Gesicht zu studieren. »Die Reisevereinbarungen, die Sie gewünscht haben, wurden getroffen. Lucian wird wissen, wann und wo er uns treffen kann. Meine Freunde von der Matthiaskirche in Budapest haben Verbindung mit den Zigeunern aufgenommen. Alles, was wir besprochen haben, wird erledigt.«

Kate rieb sich weiterhin die Stirn, ohne daß es ihr selbst aufgefallen wäre. »Trotzdem . . . ich werde den Eindruck nicht los, daß ich etwas vergessen habe.«

O'Rourke beugte sich näher zu ihr. »Vielleicht haben Sie vergessen, daß Sie Zeit zum Trauern brauchen.«

Kate wandte sich unvermittelt ab und tat so, als würde sie während des Starts zum Fenster hinaussehen, dann erst sah sie den Priester wieder an. »Nein . . . ich spüre es . . . ich meine, der Tod von Tom und Julie und Chandra ist in mir wie ein Schmerz, der wahrhaftiger wirkt als die Gehirnerschütterung oder der Arm hier . . . aber ich kann mir keine Zeit nehmen, das alles zu spüren. Noch nicht.«

O'Rourke sah sie mit seinen grauen Augen an. »Und Joshua?«

Kates Lippen wurden verkniffen. »Joshua ist noch am Leben.«

Der Priester nickte fast unmerklich. »Aber wenn wir ihn nicht finden können?«

Kates dünnes Lächeln drückte weder Humor noch Wärme aus, nur feste Entschlossenheit. »Wir werden ihn finden. Ich schwöre bei den Gräbern der Freunde, die wir gerade begraben haben, und bei den Augen des Gottes, an den Sie glauben, daß wir Joshua finden werden. Und wir bringen ihn nach Hause.«

Kate wandte sich ab und sah zum Fenster hinaus, wie die Ebenen von Colorado hinter ihnen zurückblieben, als sie nach Osten flogen, aber sie spürte noch lange Zeit O'Rourkes Blick auf sich.

# Kapitel 21

Kate war noch nie in Wien gewesen, aber ihre verworrenen, von der Zeitverschiebung beeinträchtigten Erinnerungen daran waren angenehm: wunderschöne alte Architektur neben modernster Raffinesse, Parks, Gärten und Paläste an den Ringstraßen der Altstadt, gediegener Wohlstand, Zielstrebigkeit, Sauberkeit und ganz eindeutig eine Neigung zur Ästhetik, die in vielen Jahrhunderten nicht nachgelassen hatte. Sie dachte daran, daß sie bestimmt eines Tages gerne nach Wien zurückkehren würde, wenn sie wieder bei Verstand war.

Sie und O'Rourke trafen kurz nach Sonnenaufgang ein und nahmen ein Taxi zum Hôtel de France am Schottentor in der Nähe des Rooseveltplatzes und einer Kathedrale, die, so O'Rourke, Votivkirche genannt wurde.

»Sie waren schon einmal in Wien«, sagte Kate, die versuchte, sich trotz Kopfschmerzen und Zeitverschiebung zu konzentrieren.

»Selbst in so wohlhabenden Städten wie Wien gibt es Waisenhäuser«, sagte O'Rourke. »Hier, ich trage uns ein.«

Ihre Zimmer lagen im vierten Stock in einem modernen Teil des Hotels, der in einem zwei Jahrhunderte alten Gebäude hinter dem Hauptgebäude ausgebaut worden war. Kate betrachtete stirnrunzelnd die grauen Teppichböden, grauen Wände, Teakholzmöbel und die dem einundzwanzigsten Jahrhundert gemäße Ausstattung.

O'Rourke entließ den Pagen auf deutsch und wandte sich ab, um in sein eigenes Zimmer zu gehen, als Kate ihn von der Tür her rief.

»Mike ... ich meine Pater ... warten Sie einen Moment.«

Er blieb auf dem schmalen Flur stehen. Hinter ihm konnte man durch Fenster wie in einem Wintergarten auf Schieferdächer und alte Innenhöfe hinabsehen.

»O'Rourke«, sagte Kate, die versuchte, von dem dunklen Ort zurückzukehren, an den ihre Erschöpfung und Trauer sie immer wieder zu bringen versuchten, »ich habe vergessen, Ihnen das Flugticket und ... das alles hier zu erstatten.« Sie deutete müde in den Flur.

Der Priester schüttelte den Kopf. »Ich habe ein Darlehen von einem wohlhabenden Jugendfreund.« Er grinste zum ersten Mal in der Woche, die er bei ihr war, und ließ weiße Zähne gegen den dunklen Bart erkennen. »Dale ist Schriftsteller und fängt sowieso nie etwas Vernünftiges mit seinem unverdienten Vermögen an. Er hat mir das Darlehen mit Freuden gewährt.«

»Nein, ich werde Ihnen ... alles ersetzen«, sagte sie und hörte selbst die Erschöpfung in ihrer Stimme. Sie betrachtete ihn stirnrunzelnd. »Als wir dies alles geplant haben, haben Sie mir nie gesagt ... was glaubt Ihre Diözese oder Ihr Bischof oder wer immer Ihr Boß sein mag ... was glauben die, wo Sie stecken?«

O'Rourkes Grinsen verschwand nicht. »Im Urlaub«, sagte er. »Seit sechs Jahren überfällig. Von Seiner Exzellenz über die Verwaltung der WHO, mit der ich arbeite, bis zu meiner Haushälterin in Evanston sind alle der Meinung, es sei eine prima Idee, daß ich endlich einmal Urlaub mache.«

Kate lehnte sich müde an den Türrahmen. »Und welche Auswirkungen hätte es auf Ihren Ruf, wenn sie herausfänden, daß Sie mit einer Frau durch Europa reisen?«

O'Rourke warf die Zimmerschlüssel in die Luft und fing sie klirrend wieder auf. Er reiste mit einer einzigen ledernen Reisetasche, deren Gurt er jetzt gerade mit der Selbstverständlichkeit des weitgereisten Weltenbummlers über die Schulter schlang. »Es würde meinen Ruf immens verbessern, wenn einige meiner alten Seminarskommilitonen oder Professoren mich jetzt sehen könnten«, sagte er. »Die waren stets der Meinung, ich nähme alles zu ernst. Jetzt legen Sie sich schlafen, und wenn Sie aufwachen, treffen wir uns zu einem späten Mittag- oder frühen Abendessen, je nachdem. Einverstanden, Neuman?«

»Einverstanden, O'Rourke.« Sie sah, wie er pfeifend den Flur entlangging und bemerkte sein leichtes Hinken, bevor sie die Tür zumachte und abschloß.

Sie sollten sich am Sonntagabend in Budapest mit den Zigeunern treffen, und O'Rourke hatte für sie eine Passage auf dem Tragflügelboot Wien – Bukarest gebucht, das am Sonntag, dem 6. Oktober, morgens aufbrach.

»Es ist der letzte Tag, an dem das Tragflügelboot fährt«, sagte er, als sie am nächsten Tag im Rathauspark spazierengingen. »Der Winter steht vor der Tür.«

Kate nickte, glaubte es aber eigentlich nicht. Der Tag war warm, mindestens um die achtzehn Grad, und das leuchtende Herbstlaub in den Gärten und entlang der Ringstraße trug seinen Teil zu dem klaren, vollkommenen Herbsttag bei. Kates Stimmung verlangte nach Regen und Kälte.

»Wir haben den ganzen Tag Zeit«, sagte der Priester. »Irgendwelche Vorschläge, wie wir ihn verbringen sollen? Sie sollten sich selbstverständlich ausruhen.«

»Nein«, sagte Kate mit Nachdruck. Bei der Vorstellung, in einem Hotelbett zu liegen, wollte sie vor Ungeduld schreien.

»Nun, das Kunsthistorische Museum besitzt eine vorzügliche Sammlung«, sagte er. »Und es ist ein gutes Jahr für Mozart.«

»Haben Sie mir nicht gesagt, daß es im Kunsthistorischen Museum ein Porträt des echten Dracula gibt?« fragte Kate. Sie hatte alles, was sie in die Finger bekam, über einstige Herrscher Transsilvaniens gelesen, seit sie vor drei Monaten erstmals Joshuas Krankheit diagnostiziert hatte.

»Ja . . . ich glaube schon«, sagte der Priester. »Kommen Sie, wir nehmen die Linie 1.«

Auf einem kleinen Schild unter dem Porträt stand: VLAD TSEPESCH: WOIWODE DER WALACHEI, GEST. 1477, DEUTSCH, 16. JH. Auf einem kleineren Schild unter dem Gemälde konnte man in Deutsch und Englisch lesen: *Leihgabe des Ambras-Museums, Innsbruck.* Kate betrachtete das Gesicht des lebensgroßen Bildes.

Als Ärztin kamen ihr die großen, leicht vorquellenden Augen möglicherweise als hyperthyroidal vor; der prognathische Kiefer und die vorstehende Unterlippe waren manchmal ein Markenzeichen für Schwachsinn oder gewisse Abarten von Fehlfunktionen von Hypophyse oder Knochen. Platyspondylie? fragte sie sich. *Die charakteristische Abweichung, die man normalerweise bei Thymusdysplasie und anderen schweren kombinierten Immunschwächesymptomen fand?*

»Grausame Augen, finden Sie nicht?« sagte O'Rourke. Der Priester hatte die Hände hinter dem Rücken verschränkt und wippte leicht auf den Fersen.

Die Frage überraschte Kate fast. »Ich habe mir keine Gedanken gemacht, ob sie grausam sind«, sagte sie. Sie versuchte, das Porträt ohne medizinische Vorbehalte zu betrachten. »Nein«, sagte sie schließlich, »Grausamkeit sehe ich in diesen Augen nicht unbedingt . . . Arroganz auf jeden Fall, aber immerhin war er ein Fürst.«

»Woiwode der Walachei«, stimmte O'Rourke zu. »Das ist das

wirklich Beängstigende an den Grausamkeiten von Vlad dem Pfähler – damals gehörten sie mehr oder weniger zur Tagesordnung. So konnten Prinzen Prinzen bleiben.« Er drehte sich um und sah Kates faszinierten Blick. »Glauben Sie wirklich, daß Bela Lugosi hier etwas mit der Krankheit von Joshua zu tun haben könnte?«

Kate schützte ein Lächeln vor. »Albern, was? Aber Sie haben ja die medizinische Beschreibung des immunrekonstruierenden Prozesses gehört, dessen sich die Krankheit bedient. Das Trinken von Blut. Verlängerte Lebensspanne. Erstaunliche Genesungsfähigkeiten – fast so etwas wie Autotomie.«

»Was ist Autotom ... wie auch immer?«

»Autotomie ist die Fähigkeit mancher Reptilien, zum Beispiel Salamander, bei Gefahr den Schwanz abzuwerfen und wieder nachwachsen zu lassen«, sagte Kate. Wenn sie über medizinische Fragen nachdachte, hatte sie nicht so schlimme Kopfschmerzen. Dann ging auch die schwarze Flut der Trauer zurück. »Wir wissen nicht viel über die regenerativen Kräfte von Salamandern ... nur, daß sie auf Zellebene stattfindet und ungeheure Energiemengen erfordert.«

O'Rourke deutete mit dem Kopf zu dem Porträt. »Und Sie denken, Vlad könnte einen Salamander in seinem königlichen Stammbaum gehabt haben?«

Kate rieb sich die Stirn. »Es ist verrückt. Ich weiß, daß es verrückt ist.« Sie schloß einen Moment die Augen. In dem Museum hallten Schritte, Husten, Unterhaltungen in österreichisch, die sich so hart wie das Husten anhörten, und ab und zu Gelächter, das sich so irre anhörte, wie sie sich fühlte.

»Setzen wir uns«, sagte der Priester. Er nahm ihren Arm und führte sie zu einem Bereich der Kuppelhalle, wo es Kaffee und Kuchen gab. Er suchte einen Tisch abseits vom Besucherstrom aus.

Kate war einen Augenblick schwindlig, sie kam erst wieder richtig zu sich, als der Priester sie drängte, noch einen Schluck des starken Wiener Kaffees zu nehmen. Sie konnte sich nicht erinnern, daß er ihn bestellt hatte.

»Sie glauben tatsächlich, die Dracula-Legenden könnten etwas mit Joshuas ... Abweichung zu tun haben?« Seine Stimme war kaum lauter als ein Flüstern.

Kate seufzte. »Ich weiß, es ergibt keinen Sinn ... aber wenn die Krankheit auf eine Familie beschränkt bliebe ... immerhin erfordert sie ein seltenes doppelt rezessives Gen, damit sie zum Ausbruch kommt ... und wenn die Befallenen Menschenblut brauchen, um zu überleben ...« Sie verstummte und sah den Gang entlang zu dem Saal, wo das Gemälde hing.

»Eine kleine königliche Familie«, fuhr O'Rourke fort, »die aufgrund der Natur ihrer Krankheit und ihrer Verbrechen auf Heimlichtuerei angewiesen ist, die über Macht und das erforderliche Geld verfügt, Feinde auszuschalten und ihr Geheimnis zu wahren ... sogar um Entführer nach Amerika zu schicken, damit sie ein Baby aus dieser Familie zurückbringen ... ein versehentlich adoptiertes Baby.«

Kate senkte den Blick. »Ich weiß. Es ist ... verrückt.«

O'Rourke trank seinen Espresso. »Ja«, sagte er. »Wenn man nicht gerade einer Kirche angehört, die seit Jahrhunderten eine geheime Korrespondenz über eben so eine böse und abgeschiedene Familie führt. Eine Familie, die ihren Ursprung vor einem halben Jahrtausend irgendwo in Osteuropa hatte.«

Kate hob ruckartig den Kopf. Ihr Herz klopfte bereits, und sie spürte den Anstieg des Blutdrucks als stechenden Schmerz in ihrem gepeinigten Schädel. Sie achtete nicht darauf. »Sie meinen ...«

O'Rourke stellte die Tasse weg und hob einen Finger. »Immer noch nicht genug, um eine Theorie aufzustellen«, sagte er. »*Es sei denn* ... es sei denn, man bezieht den seltsamen Zufall mit ein, daß man jemanden kennengelernt hat, der große Ähnlichkeit mit dem verstorbenen, unbeweinten Vlad Ţepeş hat.«

Kate konnte ihn nur ansehen.

O'Rourke griff in die Manteltasche und holte einen kleinen Umschlag mit Farbfotos heraus. Es waren alles in allem sechs Stück. Der Hintergrund zeigte unverkennbar Osteuropa ... eine dunkle Fabrikstadt ... die Straße eines mittelalterlichen Städtchens. Dacias parkten am Bordstein. Kate wußte intuitiv, daß das Foto in Rumänien gemacht worden war. Aber der Mann im Vordergrund weckte ihre Aufmerksamkeit.

Er war uralt. Das merkte man gleich an seiner Haltung, der Krümmung der Wirbelsäule, dem wie geschrumpften Körper in zu großer Kleidung. Das Gesicht konnte man gerade über den Aufschlägen eines teuren Mantels und unter der schmalen Krempe eines Homburgs erkennen. Doch obwohl das Gesicht von Alter gezeichnet und entstellt war, war es ein bekanntes Gesicht; ohne Schnurrbart, aber mit der breiten Unterlippe, dem vorstehenden Kiefer, den im Schädel eingesunkenen, aber immer noch vage hyperthyroiden Augen.

»Wer ist das?« flüsterte Kate.

O'Rourke steckte die Fotos wieder in die Manteltasche. »Ein Mann, mit dem ich vor fast zwei Jahren zum ersten Mal nach Rumänien gereist bin ... ein Mann, dessen Namen Sie wahrscheinlich schon einmal gehört haben.«

Zwei Männer begannen lautstark in Deutsch unmittelbar hinter O'Rourkes Stuhl zu streiten. Ein Mann und eine Frau, Amerikaner, wie man ihrer Freizeitkleidung entnehmen konnte, standen drei Schritte entfernt, beobachteten Kate und den Priester und warteten offenbar ungeduldig auf den Tisch.

O'Rourke stand auf und hielt ihr die Hand hin. »Kommen Sie. Ich kenne ein ruhigeres Plätzchen.«

Kate hatte schon Bilder von dem großen Riesenrad gesehen, wie jedermann. Aber wenn man es in Wirklichkeit vor sich sah, wirkte es irgendwie noch bezaubernder. Sie und O'Rourke waren die einzigen Passagiere in der geschlossenen Kabine, in der gut und gerne zwanzig Menschen Platz gefunden hätten. In der Kabine hinter ihnen, die leer war, standen Eßtische mit Tischtüchern und Porzellan. Das Riesenrad beförderte ihre Kabine langsam in eine Höhe von sechzig Metern, zum höchsten Punkt, wo sie anhielten, als unten neue Passagiere einstiegen.

»Hübsche Jahrmarktsattraktion«, sagte Kate.

»*Riesenrad*«, sagte der Priester, der an einem Geländer lehnte und zum offenen Fenster hinaus auf das Herbstlaub sah, das im letzten Schein der abendlichen Dämmerung leuchtete. Kaum hatte er es gesagt, verschwand das Leuchten in den Wolken und der Himmel wurde fahl, dann dunkel. Die Kabine glitt lautlos weiter, an der Einstiegsrampe vorbei und dann wieder über die Baumwipfel hinaus.

Überall in Wien gingen die Lichter an. Die Türme der Kathedralen wurden plötzlich beleuchtet. Kate konnte die modernen Türme der UNO-City Richtung Donau sehen; Susan McKay Chandra hatte Kate einmal geschildert, wie aufregend es war, dort im Hauptquartier der United Nations Commission for Infectous Diseases an einer Konferenz teilzunehmen.

Kate zuckte zusammen, machte einen Moment die Augen zu und sah dann O'Rourke an. »Na gut, erzählen Sie mir von diesem Mann.«

»Vernor Deacon Trent. Haben Sie den Namen schon gehört?«

»Klar. Ein menschenscheuer Milliardär à la Howard Hughes, der sein Vermögen mit ... was? ... Haushaltsgeräten gemacht hat? Hotels? In der Nähe von Big Sur wurde ein großes Kunstmuseum nach ihm benannt.« Kate zögerte. »Ist er nicht letztes Jahr gestorben?«

O'Rourke schüttelte den Kopf. Die Kabine sank wieder nach unten; die Geräusche der wenigen noch fahrenden Karussells drangen deutlicher zum offenen Fenster herein. Ihre Kabine stieg wieder höher. »Mr. Trent hat das Unternehmen bezahlt, bei dem ich und einige andere Leute – ein hohes Tier von der WHO, der verstorbene Leonard Paxley aus Princeton und andere Schwergewichte – gleich nach der Revolution nach Rumänien gekommen sind. Ich meine *gleich* danach. Ceaușescu war noch nicht einmal kalt. Wie dem auch sei, ich kehrte im Februar letzten Jahres – 1990 – in die Staaten zurück, um zu versuchen, mit Unterstützung der Kirche Spenden für die Waisenhäuser da drüben aufzutreiben, und bevor ich Chicago im Mai dieses Jahres verließ, las ich in der Zeitung, daß Mr. Trent einen Schlaganfall erlitten hatte und sich irgendwo in Kalifornien in aller Abgeschiedenheit aufhielt. Aber als ich ihn zum letzten Mal gesehen habe, war er immer noch in Rumänien.«

»Das stimmt«, sagte Kate. »In *Time* stand ein Artikel über den Firmenstreit um die Übernahme seines Imperiums. Er war bettlägerig, aber nicht tot.« Sie erschauerte in der plötzlich kalten Brise.

O'Rourke zog das Fenster fast ganz zu. »Soweit ich weiß, ist er immer noch nicht gestorben. Aber schon als wir zum ersten Mal Bukarest besuchten, fiel mir auf, wie groß die Ähnlichkeit zwischen Mr. Vernor Deacon Trent und dem alten Porträt von Vlad Țepeș ist.«

»Familienähnlichkeit«, sagte Kate.

Der Priester nickte.

»Aber das Gemälde, das wir heute gesehen haben, ist eine Kopie – es wurde erst ein Jahrhundert nach Vlad Țepeș' Tod angefertigt. Möglicherweise ist es nicht besonders genau.«

O'Rourke nickte wieder.

Kate betrachtete die Lichter der Altstadt. Von unten, von der Looping-Achterbahn, ertönten Schreie. »Aber *wenn* es eine Familienähnlichkeit ist, dann könnte es eine Verbindung mit ... etwas geben.« Sie merkte selbst, wie lahm sich das anhörte, und schloß die Augen.

»In Rumänien leben etwa vierundzwanzig Millionen Menschen«, sagte O'Rourke leise. »Es besitzt eine Fläche von ... wieviel? ... rund hunderttausend Quadratmeilen. Irgendwo müssen wir anfangen, auch wenn unsere sämtlichen Theorien reichlich beschissen sind.«

Kate schlug die Augen auf. »Müssen Sie ein Ave Maria oder so was aufsagen, wenn Sie fluchen, O'Rourke? Ich meine, Buße tun?«

Er rieb sich die Wangen, lächelte aber nicht. »Ich erteile mir Dispens, da ich mir selbst keine Absolution erteilen kann.« Er sah auf die Uhr. »Es ist schon nach sechs, Neuman. Wir sollten ein nettes Restaurant suchen und früh zu Bett gehen. Das Tragflügelboot startet um acht, und wenn nichts sonst, so sind die Österreicher wenigstens pünktlich.«

# Kapitel 22

Das Tragflügelboot war schlank und besaß eine geschlossene Kabine, deren vorderer Abschnitt ein Dutzend Stuhlreihen mit nicht mehr als fünf Stühlen pro Reihe enthielt; die gerundeten Perspexscheiben ermöglichten einen Rundblick auf beide Ufer der Donau, während die Motoren warmliefen und das Boot vorsichtig vom Dock entfernten. Die Altstadt blieb rasch hinter ihnen zurück, und schon nach wenigen Augenblicken waren die einzigen Spuren von Leben die höhergelegenen Fischerei- und Jagdhütten auf beiden Seiten des Flusses, und wenig später verschwanden auch diese, und nur noch Wald säumte die Ufer.

Kate studierte den Zeitplan der Donau-Dampfschiffahrtsgesellschaft, stellte fest, daß die Reise auf der Donau nach Budapest rund fünf Stunden dauern würde, und sagte zu O'Rourke: »Vielleicht hätten wir direkt hinfliegen sollen.«

Der Priester drehte sich auf seinem Sitz um. Er trug Jeans, ein Baumwollhemd und eine abgetragene Fliegerjacke aus Leder. »Direkt nach Bukarest?«

Kate schüttelte den Kopf. »Ich glaube immer noch nicht, daß sie mich ins Land gelassen hätten. Aber wir hätten direkt nach Budapest fliegen können.«

»Stimmt, aber die Zigeuner wollten sich erst heute abend mit uns treffen.« Er wandte sich wieder ab und betrachtete das südliche Ufer, während das Tragflügelboot auf fünfunddreißig Knoten beschleunigte und auf den vorderen Flossen hochstieg.

Die Fahrt verlief vollkommen ruhig. »Wenigstens bekommen wir auf diese Weise die Naturschönheiten zu sehen.«

Warmes Sonnenlicht schien auf ihre Sitzreihe, und Kate döste halb, während das Tragflügelboot sie um eine Krümmung der Donau bei Bratislawa herum nach Nordosten brachte, dann nach Südosten, bis die Stimme einer jungen Frau über die Sprechanlage verkündete, daß das Ufer zur Rechten jetzt zu Ungarn gehörte, das zur Linken dagegen noch zur Tschechoslowakei. Hier in diesem Wald am Fluß schien der Herbst schon weiter fortgeschritten zu sein, viele Bäume waren kahl. Als sie nach Süden steuerten, bewölkte sich der Himmel, und der Streifen warmen Sonnenlichts, der auf Kate fiel, wurde erst schwächer und verschwand dann völlig. Warme Luft wurde aus der Lüftung des

Schiffs geblasen, um die plötzliche Kälte draußen auszugleichen.

O'Rourke hatte daran gedacht, vom Hotel ein Lunchpaket zusammenstellen zu lassen; jetzt öffneten sie die Kartons und aßen Salat und Roastbeef, während die Donau sich nach Süden in ungarisches Hoheitsgebiet wand. Sie waren gerade mit dem Essen fertig, als O'Rourke sagte: »Dieses Gebiet hier nennt man das Donauknie. Es war schon zu Zeiten der Römer wichtig ... die Römer unterhielten hier tatsächlich sogar Sommerwohnsitze. Es war jahrhundertelang die Grenze des Imperiums.«

Kate sah zu den bewaldeten Ufern und konnte sich gut und gerne vorstellen, daß das nordöstliche Ufer den Rand der bekannten Welt bildete. Der kalte Wind wehte spiralförmig Laub auf die graue, aufgewühlte Oberfläche der Donau.

»Dort«, sagte O'Rourke und deutete nach rechts. »Das ist Visegrád. Die ungarischen Könige ließen diese Zitadelle im dreizehnten oder vierzehnten Jahrhundert erbauen. König Matthias besetzte sie zur Blütezeit der Renaissance im fünfzehnten Jahrhundert.«

Kate warf kaum einen Blick nach rechts. Sie sah die uralte Festung auf dem Berg und eine breite Mauer, die zu einem Turm am Flußufer führte, der noch älter aussah.

»Dort wurde unser Freund Vlad Dracula von 1462 bis 1474 gefangengehalten«, sagte der Priester. »König Matthias ließ ihn den größten Teil seiner letzten Lebensjahre unter Hausarrest stellen.«

Kate wirbelte auf dem Stuhl herum und sah, wie die alte Mauer und der Turm rechts zurückblieben. Sie sah immer noch hin, als die Feste nicht mehr zu sehen war. Schließlich drehte sie sich wieder zu ihrem Begleiter um. »Also halten Sie mich nicht für vollkommen verrückt, weil ich mich für die Familie Dracula interessiere? Sagen Sie mir die Wahrheit, O'Rourke.«

»Ich finde nicht, daß Sie vollkommen verrückt sind«, sagte er. »Nicht vollkommen.«

Kate versuchte ein Lächeln. »Verraten Sie mir etwas«, sagte sie.

»Gerne.«

»Warum wissen Sie soviel über so vieles? Sind Sie schon immer so klug gewesen?«

Der Priester lachte – ein ungezwungenes, aufrichtiges Geräusch, das Kate, wie sie feststellen mußte, gern hörte – und kratzte seinen kurzen Bart. »Ahh, Kate ... wenn Sie nur wüßten.« Er sah einen Moment zum Fenster hinaus. »Ich wuchs in einer kleinen Stadt mitten in Illinois auf«, sagte er schließlich. »Und viele meiner Jugendfreunde waren echt klug.«

»So muß es wohl sein, wenn zu diesen Kleinstadtkumpeln Senator Harlen und dieser Schriftsteller gehören«, sagte Kate.

O'Rourke lächelte. »Ich könnte Ihnen einiges über Harlen erzählen, aber Sie haben schon recht, wir hatten ein paar wirklich kluge Jungs in unserer kleinen Gruppe. Ich hatte einen Freund namens Duane, der ... aber das ist eine andere Geschichte. Wie dem auch sein, ich war der Dummkopf der Gruppe.«

Kate verzog das Gesicht.

»Nein, im Ernst«, sagte der Priester. »Heut weiß ich, daß ich eine Lernstörung hatte – wahrscheinlich ein leichter Fall von Dyslexie –, aber die Folge war, daß ich in der vierten Klasse sitzenblieb, den Anschluß an meine sämtlichen Freunde verlor und mich jahrelang fühlte wie ein Idiot. Die Lehrer haben mich auch so behandelt.« Er verschränkte die Arme und hatte den Blick nach innen auf eine private Erinnerung gerichtet. Er lächelte. »Nun, meine Familie hatte nicht genügend Geld, mich aufs College zu schicken, aber nach Vietnam – nach dem Veterans' Hospital, sollte ich sagen –, konnte ich mit dem G.I.-Gesetz die Bradley University besuchen und anschließend das Seminar. Ich glaube, seither habe ich ununterbrochen gelesen, um diese frühen Jahre wettzumachen.«

»Und warum das Seminar?« fragte Kate leise. »Warum die Priesterschaft?«

Darauf folgte ein längeres Schweigen. »Das ist schwer zu erklären«, sagte O'Rourke schließlich. »Ich weiß bis auf den heutigen Tag nicht, ob ich überhaupt an Gott glaube.«

Kate blinzelte überrascht.

»Aber ich weiß, daß das Böse existiert«, fuhr der Priester fort. »Das habe ich schon früh gelernt. Und ich war stets der Meinung, daß irgend jemand ... eine Gruppe ... ihr Möglichstes tun sollte, dieses Böse aufzuhalten.« Er grinste wieder. »Ich glaube, viele von uns Iren denken so. Darum werden wir Polizisten oder Priester oder Gangster.«

»Gangster?« sagte Kate.

Er zuckte die Achseln. »Wenn du sie nicht besiegen kannst, werd' einer von ihnen.«

Eine Frauenstimme verkündete über Bordfunk, daß sie sich Budapest näherten. Kate sah Bauernhäuser und Villen auftauchen, die größeren Gebäuden wichen, und schließlich die Stadt selbst. Das Tragflügelboot bremste ab und sank von den vorderen Luftkissen herunter: sie schaukelten im Kielwasser von Booten und anderem Schiffsverkehr.

Budapest besaß möglicherweise die schönste Uferpromenade, die Kate je gesehen hatte. O'Rourke deutete auf sechs anmutige Brücken über die Donau, die bewaldete Fläche von Margitsziget – der Margaretheninsel –, die den Fluß teilte, und dann zur prachtvollen Stadtkulisse selbst – das alte Buda ragte hoch am Westufer empor, das jüngere, wimmelnde Pest erstreckte sich nach Osten. O'Rourke hatte ihr das wunderschöne Parlamentsgebäude auf der Pest-Seite gezeigt und beschrieb gerade den Schloßberg auf der Seite von Buda, als Erschöpfung und Ohnmacht plötzlich wie eine gewaltige Flut über Kate hinwegspülten. Sie machte einen Moment die Augen zu und verspürte ein Gefühl von Traurigkeit, Sinnlosigkeit und die todsichere Gewißheit, daß sie für immer und ewig in Raum und Zeit verloren war.

O'Rourke hörte sofort auf zu reden und berührte sie sanft am Arm. Die Maschinen des Tragflügelboots dröhnten leise, als sie bremsten und ein Pier auf der Pest-Seite des Flusses ansteuerten.

»Wann treffen wir den Gesandten der Zigeuner?« fragte Kate, ohne die Augen aufzumachen.

»Heute abend um sieben«, sagte O'Rourke, der sie weiter am Arm hielt.

Kate seufzte, drängte die Woge der Hoffnungslosigkeit so weit zurück, daß sie wieder atmen konnte, und sah den Priester an. »Ich wünschte, es wäre früher«, sagte sie. »Ich möchte aufbrechen, ich möchte es hinter mich bringen.«

O'Rourke nickte und sagte nichts mehr, während das Tragflügelboot sich schwankend und rumpelnd dem Ende dieses Abschnitts ihrer Reise näherte.

O'Rourke hatte Zimmer für sie in einem Novotel auf der Buda-Seite der Stadt gebucht, und Kate staunte über diese Insel westlicher Strebsamkeit inmitten dieses ehemaligen kommunistischen Landes. Bei Budapest mußte Kate daran denken, wie Bukarest – möglicherweise – in fünfundzwanzig Jahren aussehen könnte, wenn der Kapitalismus dort weiterhin Fortschritte machte. Kate, die sich nie für Wirtschaftswissenschaften interessiert hatte, kam mit einem Mal die wenn auch noch so naive Einsicht, daß der Kapitalismus, oder zumindest die Komponente individueller Initiative, jenen Lebensformen glich, die selbst in den kargsten ökologischen Nischen Fuß faßten und mit der Zeit – *voilà!* – ein üppiges Wachstum allen Lebens erreichten. In diesem Falle, wußte sie, würde das Wachstum zunehmen und sich vervielfachen, bis das Gleichgewicht von alt und neu, öffentlich und kommerziell, ästhetisch befriedigend und genormt mittelmäßig, zerstört sein würde und all die langweiligen, gleichmacherischen Nebenprodukte des Kapitalismus Budapest das Aussehen aller anderen Großstädte der Welt verleihen würden.

Aber im Augenblick schien in Budapest noch ein ausgeglichenes Verhältnis zwischen dem Respekt für das Erbe und dem Interesse am allmächtigen Dollar zu herrschen – oder Forint, wie auch immer. CNN und Hertz und alle üblichen ersten Knospen des Kapitalismus waren da, aber selbst im Verlauf der kurzen Taxifahrt durch die Stadt hatte Kate eine reichhaltige Mischung von alt und neu wahrgenommen. O'Rourke erwähnte, daß sämtliche Brücken und der Palast auf dem Schloßberg im Zweiten Weltkrieg von den Deutschen gesprengt oder bei Kampfhandlungen zerstört worden waren, und daß die Ungarn alles liebevoll wiederaufgebaut hatten.

In ihrem Zimmer, wo sie zum Fenster hinaus auf einen Abschnitt der Autobahn sah, bei der es sich um einen amerikanischen Highway hätte handeln können, rieb sich Kate den Kopf und sah ein, daß dieses scheinbare Interesse an Nebensächlichkeiten nur eine Methode war, sich von der dunklen Flut abzulenken, die immer noch gegen ihre Emotionen brandete. Von dieser Flut und von der Angst vor ihrer bevorstehenden Rückkehr nach Rumänien.

Sie stellte überrascht fest, daß die *wirklich* Angst vor dem hatte, was vor ihr lag – Angst vor der transsilvanischen Dunkelheit, die sie in den Krankenhäusern und Waisenhäusern dieser kalten Nation gesehen hatte –, und nach dieser kurzen, stechenden Erkenntnis der eigenen Angst verspürte sie einen winzigen Funken Hoffnung, daß es einen Weg geben würde, auf dem sie zu einem Ort gelangen konnte, wo noch andere Empfindungen als Trauer, Schock, Hoffnungslosigkeit und die grimmige Entschlossenheit, wiederzuerlangen, was nicht wiedererlangt werden konnte, zu finden sein würden.

Es klopfte an der Tür.

»Fertig?« fragte O'Rourke. Seine Fliegerjacke war rissig und abgetragen, und jetzt bemerkte Kate zum ersten Mal, daß sich in dem Netz der Lachfältchen um die Augen des Priesters herum auch winzige Narben befanden. »Ich habe mir gedacht, wir könnten ein leichtes Essen hier im Hotel zu uns nehmen und dann gleich zu dem Treffen gehen.«

Kate holte tief Luft, holte ihren Mantel und schlang sich die Handtasche über die Schulter. »Fertig«, sagte sie.

Sie sprachen während der kurzen Taxifahrt zum Clark Adam Ter, dem Kreisverkehr am westlichen Ende der Kettenbrücke und direkt unterhalb der Mauern des Schloßbergs nicht miteinander. O'Rourke sagte immer noch nichts, als sie mit der Seilbahn den steilen Hügel zum Gelände des Königspalastes selbst hinauffuhren.

»Schauen wir uns die Sehenswürdigkeiten an«, sagte er leise, als sie aus der Kabine stiegen. Er nahm ihren Arm und führte sie an hellen Straßenlampen vorbei auf ein riesiges Reiterstandbild weiter südlich an der Terrasse zu.

Kate wußte aus dem Stadtplan, daß die Matthiaskirche in der anderen Richtung lag, und verspürte nicht den geringsten Wunsch, Sehenswürdigkeiten zu bewundern, aber sie merkte an O'Rourkes Stimme und seiner verkrampften Hand auf ihrem Arm, daß etwas nicht stimmte. Sie folgte ihm, ohne Einwände zu erheben.

»Das ist Prinz Eugen von Savoyen«, sagte er, während sie um die riesige Gestalt des Reiters aus dem siebzehnten Jahrhundert herumgingen. Die Aussicht jenseits der Balustrade war atemberaubend: Es war noch nicht einmal halb sieben Uhr abends, aber im Stadtteil Pest leuchteten Straßenlaternen und Verkehr, hell erleuchtete Boote fuhren langsam auf der Donau dahin, und zahllose Glühbirnen, die sich strahlend im Fluß spiegelten, zeichneten die Konturen der Kettenbrücke nach.

»Der Mann in der Nähe der Stufen verfolgt uns«, flüsterte O'Rourke, als sie in den Windschatten der Statue traten. Kate drehte sich langsam um. Nur wenige andere Paare trotzten dem kalten Abendwind. Der Mann, den O'Rourke gemeint hatte, stand auf den Stufen einer Terrasse in der Nähe der Seilbahnhaltestelle; Kate sah flüchtig einen langen, schwarzen Ledermantel, Brille und Bart unter einem Tirolerhut. Der Mann betrachtete verbissen die Aussicht jenseits des Geländers.

Kate tat so, als würde sie den Stadtplan studieren. »Sind Sie sicher?« fragte sie.

Der Priester rieb sich den Bart. »Ziemlich. Ich habe gesehen, wie er beim Novotel hinter uns ein Taxi genommen hat. In der Seilbahn hat er sich bemüht, die Kabine neben unserer zu bekommen.«

Kate ging zu dem breiten Geländer und stützte sich darauf. Der Herbstwind trug den Geruch von Fluß und Herbstlaub und Autoabgasen zu ihr herauf. »Sind es noch mehr?«

O'Rourke zuckte die Achseln. »Ich weiß nicht. Ich bin Priester, kein Spion.« Er neigte den Kopf in Richtung eines älteren Paars, das mit einem Dackel beim Palast spazierenging. »Die könnten uns auch verfolgen ... keine Ahnung.«

Kate lächelte. »Der Hund auch?«

Ein Schlepper, der eine lange Barke den Fluß hinauf beförderte, salutierte der Stadt mit drei langgezogenen Heultönen. Unten strömte der Verkehr mit einer Kakophonie von Hupen durch den Clark Adam Ter und dann über die Kettenbrücke, wo die Hecklichter mit den roten Neonschildern der Gebäude auf der anderen Seite des Flusses verschmolzen.

Kates Lächeln verschwand. »Was sollen wir tun?«

O'Rourke beugte sich mit ihr über das Geländer und rieb sich die Hände. »Weitermachen, würde ich sagen. Haben Sie eine Ahnung, wer Ihnen folgen könnte?«

Kate kaute an einem losen Hautfetzen ihrer Unterlippe. Heute abend waren die Kopfschmerzen nicht so schlimm, aber ihr linker Arm juckte unter dem kurzen Gips. Sie war so müde, daß ihr das Konzentrieren vorkam wie eine Autofahrt auf dunklem Eis – eine langsame und rutschige Angelegenheit. »Rumänische *Securitate*? flüsterte sie. »Die Zigeuner? Das FBI? Ein ungarischer Gauner, der darauf wartet, daß er uns ausrauben kann? Warum gehen wir ihn nicht fragen?«

O'Rourke zuckte die Achseln, lächelte und führte sie zurück zur oberen Terrasse. Der Mann im schwarzen Ledermantel entfernte sich ein kleines Stück von ihnen und schien weiterhin in den Anblick von Pest und dem Fluß vertieft zu sein.

Sie schlenderten weiter Arm in Arm – *nur eines von vielen Touristenpärchen,* dachte Kate schwindelnd – an der Seilbahnhaltestelle vorbei über einen großen Platz, den ein Straßenschild als *Disz ter* auswies, und dann eine Straße entlang, die laut O'Rourke *Tarnok utca* hieß. Kleine Geschäfte lagen an dem kopfsteingepflasterten Weg; die meisten hatten am Sonntagabend geschlossen, aber in einigen konnte man gelbliches Licht hinter Butzenscheiben erkennen.

»Hier«, sagte O'Rourke und führte sie nach rechts. Kate sah über die Schulter, aber falls der Mann im schwarzen Ledermantel ihnen folgte, verbargen ihn die Schatten. Hier standen Droschken in einer Reihe auf der schmalen Straße, und das Geräusch von Pferden, die auf das Zaumzeug bissen und mit den Hufen scharrten, war in der kalten Luft überdeutlich. Kate sah zum neugotischen Turm der kleinen Kathedrale auf, während O'Rourke sie zu einer Seitentür führte.

»Offiziell heißt diese Kirche St. Marienkirche von Buda«, sagte er und hielt ihr die massive Tür auf, »aber alle nennen sie Matthiaskirche. Der alte König Matthias ist in der Legende wahrscheinlich populärer, als er es im wirklichen Leben war. Psst . . .«

Kate betrat das Kirchenschiff, als plötzlich leise Orgelmusik fast zum Crescendo anschwoll. Sie blieb stehen, und im ersten Moment stockte ihr der Atem, als die ersten Akkorde von Bachs ›Tokkata und Fuge in d-Moll‹ in der weihrauchgeschwängerten Dunkelheit erklang.

Das Innere der Matthiaskirche wurde lediglich von einem Regal mit Votivkerzen rechts von der Tür und einer großen, rot leuchtenden Kerze auf dem Altar erhellt. Kate hatte den Eindruck von großem Alter: rußgeschwärzte Steine – aber bei dem Ruß konnte es sich auch nur um Schatten handeln – der massiven Säulen, ein neugotisches Buntglasfenster über dem Altar, dessen Farben nur vom blutroten Kerzenlicht beleuchtet wurden, dunkle Gobelins, die vertikal über den Gängen hingen, eine gewaltige Kanzel links vom Altar und nicht mehr als zehn oder zwölf Menschen, die in den schattigen Bankreihen saßen, während die Musik hallte und jauchzte.

O'Rourke führte sie durch einen offenen Raum im hinteren Teil der Kirche, mehrere Steinstufen hinab und blieb in der letzten Bankreihe im Schatten links hinter dem Sitzbereich im Kirchenschiff stehen. Kate setzte sich nur; O'Rourke beugte mit aus Übung geborener Anmut die Knie, bekreuzigte sich und setzte sich dann neben sie. Bachs Orgelmusik vibrierte weiter in der warmen, weihrauchschwangeren Luft. Nach ein paar Augenblikken beugte sich der Priester näher zu ihr. »Wissen Sie, warum Bach ›Tokkata und Fuge‹ geschrieben hat?«

Kate schüttelte den Kopf. Sie vermutete zum Ruhme Gottes.

»Es war ein Stück, um die Pfeifen neuer Orgeln zu testen«, flüsterte O'Rourke.

Kate konnte im trüben roten Licht sein Grinsen sehen.

»Oder meinetwegen auch alter Orgeln«, fuhr er fort. »Bach wußte, wenn ein Vogel in einer der Pfeifen ein Nest gebaut hatte, würde dieses Stück es hinauspusten.«

In diesem Augenblick schwoll die Musik dergestalt an, daß Kate die Vibrationen in Zähnen und Knochen spüren konnte. Als es zu Ende war, konnte Kate einen Moment nur im Halbdunkel sitzen und nach Luft schnappen. Die wenigen anderen Anwesenden, ausnahmslos ältere Leute, standen auf, knicksten und gingen zur Seitentür hinaus. Kate sah über die Schulter, wie ein Priester mit weißem Bart in langer, schwarzer Soutane die Tür mit einem schweren Riegel versperrte.

O'Rourke berührte sie am Arm, worauf sie zum hinteren Teil des Kirchenschiffs zurückgingen. Der Priester mit dem weißen Bart breitete seine Arme aus, er und O'Rourke umarmten einander, und Kate sah die beiden blinzelnd an – den modernen Priester in seiner Fliegerjacke und den Jeans, den älteren Priester in Soutane, die ihm bis zu den Schuhspitzen reichte, und einem schweren Kruzifix, das ihm um den Hals baumelte.

»Pater Janos«, sagte O'Rourke, »dies ist meine teure Freundin Doktor Kate Neuman. Doktor Neuman, mein alter Freund Pater Janos Petofi.«

»Pater«, sagte Kate.

Kate fand, daß Pater Janos Petofi mit seinem weißen, geschnittenen Bart, den rosa Wangen und den strahlenden Augen ein bißchen wie der Nikolaus aussah, aber als der alte Mann ihre Hand ergriff, sich darüberbeugte und sie küßte, hatte das ganz und gar nichts vom Nikolaus an sich. »Hocherfreut, Sie kennenzulernen, Mademoiselle.« Sein Akzent hörte sich mehr Französisch als Ungarisch an.

Kate lächelte sowohl über den Handkuß wie auch die ehrenvolle Anrede, die ihr den Status einer jungen, unverheirateten Frau zuwies.

Pater Janos schlug O'Rourke auf den Rücken. »Michael, unser ... äh ... rumänischer Freund wartet schon.«

Sie folgten Pater Janos in den hinteren Teil der Kathedrale, durch einen schweren Vorhang, der als Tür diente, und eine Wendeltreppe aus Stein hinauf.

»Dein Spiel war erhebend, wie immer«, sagte O'Rourke zu dem anderen Priester.

Pater Janos lächelte über die Schulter. Seine Soutane raschelte auf den Steinstufen. »Äh ... eine Probe für das morgige Konzert für die Touristen. Die Touristen lieben Bach. Mehr als wir Organisten, fürchte ich.«

Sie betraten eine Chorempore zehn Meter über der dunklen Gruft der Kirche. Ein großer Mann saß am Ende der Reihe. Kate sah ein scharfgeschnittenes Gesicht mit Schnurrbart unter einer tiefgezogenen Mütze und einem hoch zugeknöpften Mantel.

»Ich bleibe, wenn du mich brauchst«, erbot sich Pater Janos.

O'Rourke berührte seinen Freund an der Schulter. »Nicht nötig, Janos. Wir unterhalten uns später.«

Der alte Priester nickte, verbeugte sich vor Kate und ging wieder die Treppe hinab.

Kate folgte O'Rourke zu der Bank, wo der dunkelhäutige Mann wartete. Obwohl sich ihre Augen an das Kerzenlicht in der Kirche anpaßten, war es hier oben sehr dunkel.

»*Dobroy,* Doktor New – *man*?« sagte der Mann mit einer Stimme zu O'Rourke, die so scharf wie sein Gesicht war. Seine Zähne funkelten seltsam. Er sah Kate an. »Oh . . . *rerk*?«

»Ich bin Doktor Neuman«, sagte Kate. Das Echo von Bachs Musik vibrierte immer noch durch die Schichten der Erschöpfung hindurch in ihren Knochen. Sie mußte sich auf die Wirklichkeit konzentrieren. »Sind Sie Nikolo Cioaba?«

Der Zigeuner lächelte, und Kate stellte fest, daß sämtliche sichtbaren Zähne des Mannes Goldkronen hatten. »*Voivoda* Cioaba«, sagte er rauh.

Kate sah O'Rourke an. *Voivoda.* Dasselbe Wort, das unter dem Porträt Vlad Țepeșs in Wien gestanden hatte.

»*Beszel Romany*?« fragte Voivoda Cioaba. »*Magyarul*?«

»*Nem*«, antwortete O'Rourke. »*Sajnalom. Kerem . . . beszel angolul*?«

Die Goldzähne funkelten. »Ja . . . ja, ich sprechen Englisch . . . *Dobroy.* Villkommen.« Bei Voivoda Cioabas Dialekt mußte Kate an einen alten Film mit Bela Lugosi denken.

»Voivoda Cioaba«, sagte Kate, »hat Pater Janos Ihnen erklärt, was wir wollen?«

Der Zigeuner sah sie einen Moment stirnrunzelnd an, dann funkelten die Goldzähne. »Vollen? *Igen*! Ja . . . Sie vollen nach Rumänien gehen. Sie kommen von *Egyesult Allamokba* . . . Vereinigte Staaten . . . und Sie gehen nach Rumänien. *Nem*?«

»Ja«, sagte Kate. »Morgen.«

Voivoda Cioaba runzelte heftig die Stirn. »Moachen?«

»*Hetfo*«, sagte O'Rourke. »Morgen. Montagnacht.«

»Ahhh ... *hetfo* ... ja, vir überqueren moachen nacht ... Montag. Alles ist ... vie sagt man? ... vereinbart.« Der Zigeuner bewegte die Finger vor dem Gesicht. »*Sajnalom* ... mein Sohn, Balan ... er spricht Englisch sehr gut, aber er ... Geschäfte. Ja?«

Kate nickte. »Und auf wieviel haben wir uns geeinigt?«

Der Woiwode Cioaba sah sie blinzelnd an. »*Kerem*?«

»*Mennyibe kerul*?« sagte O'Rourke. Er rieb Daumen und Zeigefinger aneinander. »*Penz*?«

Der Zigeuner breitete die Arme aus, als wollte er etwas aus der Luft wegwischen. Er hielt einen Finger hoch und deutete auf Kate. »*Ezer* ... du.« Er deutete auf O'Rourke. »*Ezer* ... du.«

»Eintausend für jeden«, sagte O'Rourke.

»US-amerikanische Dollar, bar«, sagte der Woiwode Cioaba, der jede Silbe sorgfältig betonte.

Kate nickte. Das hatte Pater Janos O'Rourke schon mitgeteilt gehabt.

»Jetzt«, fügte der Zigeuner hinzu. Seine Zähne funkelten.

Kate schüttelte langsam den Kopf, »Zweihundert für jeden von uns jetzt«, sagte sie. »Den Rest, wenn wir unsere Freunde in Rumänien treffen.«

Die Augen des Woiwoden Cioaba blitzten.

»*Ketszaz ejszakat* ... ah ... heute nacht«, sagte O'Rourke. »*Nyolcszaz on erkezes.* Okay?«

Kate hielt ihm einen Umschlag mit vierhundert Dollar hin, der Woiwode Cioaba ergriff ihn mit flinken Fingern und ließ ihn in einer Tasche seines Lammfellmantels verschwinden, ohne auch nur einen Blick darauf zu werfen, dann war wieder das Funkeln von Gold zu sehen. »Okay.« Er brachte eine Karte zum Vorschein, die er auf der Bank ausbreitete.

Kate und O'Rourke beugten sich näher hin. Der plumpe Finger des Zigeuners deutete auf Budapest und fuhr dann einer Eisenbahnlinie südöstlich durch das Land nach.

Die Stimme des Woiwoden Cioaba nahm den hypnotischen Singsang einer Litanei an, während er die Namen von Stationen unterwegs herunterleierte. Kate schloß die Augen und ließ die Litanei in der weihrauchschwangeren Dunkelheit der Kathedrale über sich ergehen.

»Budapest ... Újszász ... Szalnŏk ... Gyoma-endröd Békéscosaba ... Lŏkŏsháza ...«

Kate spürte die Vibration im Bein, als der Finger des Zigeuners fest auf die Karte klopfte. »*Lŏkŏsháza.*«

# Kapitel 23

Kate kannte den Orient-Expreß aus dem Buch von Agatha Christie und aus zahllosen Filmen: Plüschwaggons, elegante Speisewagen, überall luxuriöse Ausstattung und vornehme, aber geheimnisvolle Fahrgäste.

Dies war der Orient-Expreß, aber nicht *der* Orient-Expreß.

Sie und O'Rourke trafen vor sieben Uhr – der Abfahrtszeit – auf dem Bahnhof Keleti von Budapest ein. Dort herrschten wilde Geschäftigkeit und Stimmengewirr; davor ein riesiger, offener Schuppen aus Stahl und Glas, der Kate an Stiche von Bahnhöfen aus dem vorigen Jahrhundert erinnerte. Den Bahnhof am anderen Ende dieser Reise – Gara de Nord in Bukarest – kannte sie schon, weil sie und andere Angestellte der Weltgesundheitsorganisation WHO im Mai dort gewesen waren, um die Hunderte heimatloser Kinder zu erfassen, die im Bahnhof selbst lebten, in aufgebrochenen Kabinen schliefen und die vorübereilenden Reisenden anbettelten.

Sie und O'Rourke hatten bei Ibusz, der staatlichen ungarischen Fremdenverkehrsagentur, in voraus zwei Abteile in der ersten Klasse dieses Orient-Expreß gebucht, aber als sie dort eintrafen, stand ihnen nur ein Abteil zur Verfügung, und ›Erste Klasse‹ bedeutete eine enge, unbeheizte Kabine mit zwei Pritschen, einem schmutzigen Waschbecken mit der Warnung, daß das Wasser – falls welches zur Verfügung stand – gesundheitsschädlich und ungenießbar sei, und so wenig Platz, daß O'Rourke sich gerade auf das niedrige Becken setzen konnte, während Kate auf der Pritsche kauerte und die Knie der beiden fast aneinander stießen. Keiner beschwerte sich.

Der Zug fuhr ruckartig an und verließ den Bahnhof pünktlich. Beide betrachteten stumm, wie sie Budapest hinter sich ließen, Reihenhäuser aus der Stalin-Ära am Stadtrand passierten, weiter durch unzulänglich beleuchtete Vororte mit Schlackesteinhäusern fuhren und schließlich die Dunkelheit des offenen Geländes erreichten, wo der Zug sich Richtung Süden und Osten wandte. Der Wind pfiff durch die verzogenen Fenster, Kate und O'Rourke kuschelten sich beide in die Mäntel.

»Ich habe vergessen, etwas zu essen mitzubringen«, sagte der Priester. »Tut mir leid.«

Kate zog die Brauen hoch. »Gibt es keinen Speisewagen?« Trotz des verwahrlosten ›Erste Klasse‹-Abteils sah sie immer noch das Bild eines eleganten Mahls zwischen Leinentischtüchern und Porzellanvasen mit frischen Blumen vor sich.

»Kommen Sie mit«, sagte der Priester.

Sie folgte ihm auf den schmalen Gang. Es gab nur acht Abteile in diesem Wagen der ›Ersten Klasse‹, und sämtliche Türen waren verschlossen. Der Zug schwankte und ratterte, da sie doppelt so schnell wie jeder amerikanische Zug durch Kurven rasten. Man hatte den Eindruck, als würde der Wagen in jeder Kurve aus den schmalen Schienen springen.

O'Rourke schob die schwere, zerkratzte Tür am Ende des Abteils zurück; dicke Taue waren vor den Eingang geschlungen worden. »Am anderen Ende sieht es genau so aus«, sagte der Priester.

»Aber warum . . .« Klaustrophobie erfüllte Kate.

O'Rourke zuckte die Achseln. »Ich bin mit diesem Zug schon von Bukarest in den Westen gefahren, und da war es genauso. Vielleicht wollen sie nicht, daß die anderen Reisenden in die erste Klasse gelangen. Möglicherweise handelt es sich um eine Sicherheitsmaßnahme. Aber wir sind eingeschlossen . . . wir können aus dem Zug *hinaus*, wenn er hält, aber wir können nicht von Wagen zu Wagen gehen. Spielt aber keine Rolle, weil wir sowieso keinen Speisewagen haben.«

Kate war zum Heulen zumute.

O'Rourke rüttelte an der ersten Tür. Eine schwergewichtige Matrone öffnete stirnrunzelnd.

»*Egy uveg Sor, kerem*«, sagte der Priester. Kate hörte das erste Wort als »Egsch«. O'Rourke sah Kate über die Schulter an. »Ich glaube, wir brauchen ein Bier.«

Die Frau mit der finsteren Miene schüttelte den Kopf. »*Nem Sor . . . Coca-Cola . . . husz Forint.*«

O'Rourke verzog das Gesicht und gab ihr einen Fünfzigforintschein. »*Kettö Coca-Colas*«, sagte er und hielt zwei Finger hoch. »Wechselgeld? Ah . . . *Fel tudya ezt váltani?*«

»*Nem*«, sagte die stirnrunzelnde Frau und gab ihm zwei kleine Flaschen Cola. Sie schob die Tür zu.

In ihrem eigenen Abteil machte Kate die beiden Flaschen mit dem Schweizer Offiziersmesser auf, das Tom ihr gegeben hatte. Sie tranken Cola, schlotterten und betrachteten die schwarzen Bäume, die vor dem Fenster vorbeihuschten.

»Der Zug trifft gegen zehn Uhr morgen früh in Bukarest ein«, sagte O'Rourke. »Sind Sie sicher, daß Sie nicht an Bord bleiben wollen?«

Kate biß sich auf die Lippen. »Es ist Wahnsinn, mitten in der Nacht auszusteigen, was? Halten Sie mich für verrückt?«

Der Priester trank den letzten Rest seines Erfrischungsgetränks, dann wartete er noch einmal dreißig Sekunden. »Nein«, sagte er schließlich. »Ich glaube, das Überqueren der Grenze könnte durchaus das Ende der Reise bedeuten. Lucian hat uns gewarnt.«

Kate sah in die Dunkelheit hinaus, während der Zug wieder mit Höchstgeschwindigkeit durch eine Kurve raste. »Es ist paranoid, was?«

O'Rourke nickte. »Ja . . . aber selbst Paranoide haben Feinde.«

Kate sah auf.

»Ein Witz«, sagte der Priester. »Halten wir uns an den Plan.«

Kate stellte die Flasche weg und erschauerte. Sie konnte sich nicht vorstellen, wie es sein würde, im tiefsten Winter mit diesem Alptraumzug zu fahren. Die einzige Lichtquelle bildete eine schwache 10-Watt-Birne an der Decke. »Was könnte die Zigeuner daran hindern, uns auszurauben und zu töten?« sagte sie.

»Nichts«, sagte O'Rourke. »Abgesehen von der Tatsache, daß Janos schon früher mit ihnen Geschäfte gemacht hat und es den Behörden melden würde, sollten wir einfach verschwinden. Ich denke nicht, daß uns etwas geschehen wird.«

Der Scheinwerfer des Zuges strahlte stroboskopartig die Stämme vorbeihuschender Bäume an. Plötzlich tauchte eine Wiese aus der Dunkelheit auf, und das plötzliche Verschwinden der Bäume machte Kate schwindlig. »Erzählen Sie mir von den Zigeunern, O'Rourke.«

Der Priester rieb sich die Hände und hauchte sie an, um sie zu wärmen. »Frühe oder neuere Geschichte?«

»Egal.«

»Europäische Zigeuner oder unsere rumänischen Freunde?«

»Rumänische.«

»Die hatten es nicht leicht«, sagte O'Rourke. »Sie waren Sklaven bis achtzehnhunderteinundfünfzig.«

»Sklaven? Ich dachte, die europäischen Länder hätten die Sklaverei schon viel früher abgeschafft.«

»So ist es. Abgesehen von Rumänien. Abgesehen von den Zigeunern. Und in moderner Zeit ist es ihnen nicht viel besser ergangen. Hitler hat versucht, die ›Zigeunerfrage‹ zu lösen, indem er sie überall in Europa in Konzentrationslagern ermorden ließ. Über fünfunddreißigtausend wurden während des Krieges allein in Rumänien hingerichtet, und ihr einziges Verbrechen bestand darin, daß sie Zigeuner waren.«

Kate runzelte die Stirn. »Ich wußte nicht, daß die Deutschen Rumänien während des Krieges besetzt hatten.«

»Hatten sie auch nicht.«

»Oh«, sagte sie. »Fahren Sie fort.«

»Nun, bei der letzten rumänischen Volkszählung haben sich rund eine Viertelmillion Zigeuner als solche gemeldet. Aber die Mehrzahl möchte nicht, daß die Regierung etwas über ihre Herkunft erfährt, eben wegen der offiziellen Verfolgung, daher kann man davon ausgehen, daß sich mindestens eine Million im Land aufhalten.«

»Was für einer Verfolgung?«

»Offiziell«, sagte der Priester, »hat Rumänien unter Ceaușescu die Zigeuner nicht als eigenständige ethnische Gruppe anerkannt – nur als Untergruppe von Rumänen. Die offizielle Politik hieß ›Integration‹ – was bedeutete, Zigeunerlager wurden zerstört, Visa verweigert. Zigeunerarbeiter erhielten nur eine Staatsbürgerschaft zweiter Klasse und drittklassige Jobs, man schuf Zigeunergettos in den Städten, verweigerte Zigeunerdörfern auf dem Land Steuergelder zum Aufbau, behandelte Zigeuner generell mit Verachtung und belegte sie mit Klischees wie vor siebzig Jahren die Schwarzen in Amerika.«

»Und heute?« fragte Kate. »Nach der Revolution?«

O'Rourke zuckte die Achseln. »Gesetze und Verhalten sind weitgehend unverändert. Sie haben ja selbst gesehen, daß die Mehrzahl der ›Waisenkinder‹, die die Amerikaner adoptiert haben, Zigeunerkinder waren.«

»Ja«, sagte Kate. »Kinder, die von ihren Eltern verkauft wurden.«

»Richtig. Kinder sind das einzig wertvolle Gut, das Zigeunerfamilien im Überfluß haben.«

Kate sah in die Dunkelheit hinaus. »Hatte Vlad Țepeș nicht eine besondere Beziehung zu den Zigeunern?«

O'Rourke grinste. »Das ist schon eine ganze Weile her, stimmt aber . . . ich habe es auch gelesen. Der alte Vlad Dracula hatte Zigeuner als Leibwächter, einmal sogar eine ganze Armee ausschließlich von Zigeunern, und er zog sie gelegentlich für besondere Aufgaben heran. Als sich die Bojaren und andere Würdenträger gegen Dracula erhoben, waren die Zigeuner seine einzigen Verbündeten. Es scheint, als hätten sie die Mächtigen schon damals gehaßt.«

»Aber Vlad der Pfähler gehörte zu den Mächtigen.«

»Ein paar Jahre lang«, sagte O'Rourke. »Vergessen Sie nicht, daß er vor und nach seiner Zeit als Fürst mehr Zeit damit verbracht hat, zu fliehen und um sein Leben zu kämpfen, als er tatsächlich regierte. Dracula verabsäumte es nie, seinen Zigeunergefolgsleuten stets das zu geben, was sie immer zu schätzen wußten – Gold.«

Kate verzog das Gesicht und zog die Handtasche näher zu sich. »Hoffen wir, daß zweitausend amerikanische Dollar die Art von Gold sind, die sie immer noch zu schätzen wissen.«

Pater Michael O'Rourke nickte, danach saßen sie schweigend da, während der Zug in Richtung rumänische Grenze ratterte und holperte und schwankte.

Lőkősháza war eine Grenzstadt, aber O'Rourke sagte, daß sich die tatsächliche Zollabfertigung in Curtizi befand, einer wenige Meilen entfernt an der Bahnlinie gelegenen rumänischen Stadt. Er sagte, daß sie an die schlimmen alten Zeiten erinnerte – zwielichtige Paßkontrolleure, die um Mitternacht oder bei Sonnenaufgang, je nach Richtung, in die der Zug fuhr, an die Tür klopften; Wachen mit Sam-Browne-Gürteln, automatischen Waffen, Hunden, die unter dem Zug schnupperten; und weitere Wachsoldaten, die beim Durchsuchen Matratzen und Kleidungsstücke im Abteil herumwarfen.

Sie und O'Rourke warteten nicht auf den Zoll. Die meisten verbliebenen ungarischen Fahrgäste stiegen in Lőkősháza aus, und sie und O'Rourke mischten sich unter sie, strömten mit der Menge den Bahnsteig entlang und entfernten sich von den Straßenlampen, als sie den Bahnhof hinter sich gelassen hatten. Es war ein kleiner Bahnhof in einer Kleinstadt, daher näherten sie sich schon zwei Blocks von den Gleisen entfernt dem Ortsrand. Es war sehr dunkel. Ein kalter Wind wehte von den Feldern jenseits der menschenleeren Straße. In der Umgegend bellten und heulten Hunde.

»Das ist das Café, das Cioaba beschrieben hat«, sagte O'Rourke und deutete mit dem Kopf zu einem dunklen Gebäude mit geschlossenen Fensterläden. Auf einem großen Schild im Fenster stand: ZÁRVA, das O'Rourke mit ›geschlossen‹ übersetzte; ein kleineres Schild wußte zu berichten: AUTÓBUSZ MEGÁLLÓ, aber Kate glaubte nicht, daß heute nacht tatsächlich noch Busse verkehren würden.

Sie traten in den Schatten eines leerstehenden Schlackesteingebäudes auf der anderen Straßenseite dem Café gegenüber und warteten dort, wobei sie von einem Fuß auf den anderen traten, um sich warm zu halten. »Scheint mehr Dezember als Anfang Oktober zu sein«, flüsterte Kate, als zehn oder zwölf Minuten verstrichen waren.

O'Rourke beugte sich näher zu ihr. Kate konnte den Rasierschaum- und Seifegeruch seiner Wangen über dem ordentlich geschnittenen Bart riechen. »Sie haben noch keinen ungarischen oder rumänischen Winter erlebt«, flüsterte er. »Glauben Sie mir, für Osteuropa haben wir einen milden Oktober.«

Sie hörten, wie der Zug anfuhr und mit viel Dampf und Maschinenlärm den Bahnhof verließ. Eine Minute später kam ein Polizeiauto langsam die Straße entlang, aber Kate und O'Rourke standen weit hinten in den Schatten, und das Auto hielt nicht an.

»Ich glaube, Voivoda Cioaba hat beschlossen, daß vierhundert Dollar genug sind«, flüsterte Kate einen Augenblick später. Ihre Hände zitterten vor Kälte und Hilflosigkeit. »Was machen wir, wenn ...«

O'Rourke ergriff ihre Hand im Handschuh. Der Lieferwagen war alt und verbeult, ein Scheinwerfer stand schief und strahlte die Felder statt der Straße an, aber der Wagen fuhr auf den Parkplatz des geschlossenen Cafés und blinkte zweimal mit den Lichtern.

»Los«, flüsterte O'Rourke.

Der Woiwode Nikolo Cioaba fuhr sie nur rund zehn Kilometer aus Lŏkŏsháza hinaus, bevor er von der gepflasterten Straße abbog, zwei ausgefahrene Spuren hinab an einem Zug Zigeunerwagen vorbeifuhr, die Kate wie aus einem Bilderbuch vorkamen, und dann weiter zu einem Senkloch, wo der unebene Weg aufhörte.

»Kommt«, sagte er, und seine Goldzähne funkelten im Licht der Taschenlampe, die er in der Hand hielt. »Jetzt gehen wir zu Fuß.«

Kate stolperte zweimal während des steilen Abstiegs und wäre beinahe gestürzt – sie hatte die irre Befürchtung, als müßte sie den ganzen Weg bis nach Rumänien in dieser felsigen Dunkelheit zurücklegen –, aber dann erreichten sie den Grund der Senke, der

Woiwode Cioaba machte die Taschenlampe aus, und bevor sich ihre Augen anpassen konnten, wurden ein Dutzend angeschirmte Scheinwerfer eingeschaltet. Kate blinzelte. Sechs fast nagelneue Landrover parkten unter Tarnnetzen, die an Holzpfählen hingen. Zwanzig Männer oder mehr – die meisten trugen wie Cioaba dicke Lammfellmäntel und hohe Hüte – saßen in den Fahrzeugen oder lehnten daran. Aller Augen waren auf Kate und O'Rourke gerichtet. Einer der Männer kam nach vorn: ein großer, schlanker Mann ohne Bart oder Schnurrbart; er trug einen dicken Wollblazer, darunter einen zerlumpten Pullover.

»Mein ... *chavo* ... Sohn«, sagte der Woiwode Cioaba. »Balan.«

»Freut mich, Sie kennenzulernen«, sagte Balan mit einem vage britischen Akzent. »Es tut mir leid, daß ich meinen Vater gestern nicht zu dem Treffen begleiten konnte.« Er streckte die Hand aus.

Kate fand, daß sein Handschlag etwas Händlermäßiges hatte. Der Woiwode Cioaba ließ die Goldzähne funkeln und strahlte, als sei er stolz auf die Fremdsprachenkenntnisse seines Sohnes.

»Bitte«, sagte Balan und hielt die Tür des ersten Landrovers auf. »Es ist keine lange Fahrt, aber eine langsame. Und bei Sonnenaufgang müssen wir viele Meilen von der Grenze entfernt sein.« Er nahm ihr Gepäck und warf die Reisetaschen ins Heck des Fahrzeugs, während Kate und O'Rourke auf dem Rücksitz Platz nahmen.

Die anderen Männer waren unter lautstarkem Türenschlagen in ihre Landrover eingestiegen. Motoren heulten auf. Kate konnte sehen, wie Frauen in langen Röcken zwischen den Felsen hervorkamen und die Pfähle und Tarnnetze mit der Schnelligkeit langjähriger Übung einholten. Balan setzte sich ans Steuer, sein Vater auf den lederbespannten Beifahrersitz, dann fuhr ihr Wagen voran die Senke entlang und hinaus in einen flacheren Abschnitt eines Flußbetts. Eine Straße gab es nicht. Kate sah über die Schulter, aber die Scheinwerfer der anderen Landrover waren fast völlig mit schwarzem Klebeband überklebt und ließen lediglich dünne Lichtsicheln entweichen.

Der Waschraum im Orient-Expreß war miserabel gewesen – eine der schmutzigsten Toiletten, die Kate je im Verlauf ihrer Reisen gesehen hatte –, aber nach einer nierenrüttelnden Fahrt von rund einer Meile war sie über die Maßen froh, daß sie noch vor der Ankunft in Lőkösháza aufs Klo gegangen war. Es wäre peinlich gewesen, hätte die ganze Karawane anhalten müssen, während sie hinter einem Felsblock verschwand.

Kate, die von dem rhythmischen Rumpeln und Schwanken beinahe hypnotisiert wurde, war fast eingeschlafen, als Balan sagte: »Wenn ich mir die dreiste Frage erlauben darf . . . warum haben Sie beschlossen, das Paradies des Volkes auf diesem Weg zu betreten?«

Kate versuchte, sich etwas Schlaues einfallen zu lassen, aber es gelang ihr nicht. Dann versuchte sie, sich einfach nur etwas auszudenken, das auf eine falsche Fährte führen würde, aber ihr Denken hatte sich über die Müdigkeit hinaus in eine Region bewegt, wo die Gedanken träge wie kalte Molasse strömten.

»Wir sind nicht sicher, ob wir auf dem offiziellen Weg willkommen wären«, sagte O'Rourke. Kate konnte auf der engen Rückbank sein Bein an ihrem spüren. Neben ihnen auf dem Sitz und auf dem Boden waren Kartons gestapelt.

»Ahhh«, sagte Balan, als wäre damit alles erklärt, »wir kennen dieses Gefühl.«

O'Rourke rieb sich die Wange. »Hat sich die Lage der *Rom* seit der Revolution in Rumänien verbessert?«

Balan sah seinen Vater an, beide Männer betrachteten den Priester über die Schultern. »Sie kennen den Namen, den wir uns selbst geben?« sagte Balan.

»Ich habe Miklosichs Forschungen gelesen«, sagte O'Rourke. Seine Stimme klang rauh vor Erschöpfung. »Und ich bin in Indien gewesen, wo die Sprache der Roma wahrscheinlich ihren Ursprung hat.«

Balan kicherte. »Der Name meiner Schwester lautet Kali – ein uralter Zigeunername. Der Mann, der sie zur Frau kaufen wollte, heißt Angar, ebenfalls ein ehrwürdiger Zigeunername. Indien . . . jaaa.«

»Was schmuggeln Sie normalerweise?« fragte Kate. Ihr wurde zu spät klar, daß es sich dabei nicht um eine besonders diplomatische Frage handelte, aber sie war so müde, daß es ihr einerlei war.

Balan kicherte wieder. »Wir schmuggeln das, was uns in Tîmișoara, Sibiu und Bukarest den besten Preis bringt. Wir haben früher schon Gold, Bibeln, Kondome, Kameras, Waffen und schottischen Whisky geschmuggelt . . . im Augenblick transportieren wir Pornovideos aus Deutschland. Diese Bänder sind in Bukarest sehr beliebt.«

Kate betrachtete die Kartons neben O'Rourke und hinten unter ihren Taschen.

Der Woiwode Cioaba sagte etwas in maschinengewehrgleichem Ungarisch.

»Vater sagt, gelegentlich haben wir schon Leute *aus* Rumänien herausgeschmuggelt«, fügte Balan hinzu. »Aber jetzt schmuggeln wir zum ersten Mal jemand *hinein*.«

Sie fuhren durch hügeliges Wiesenland. Die trüben Lichter erhellten lediglich eine Andeutung von Fahrrillen zwischen Felsen und erodierten Wasserrinnen.

»Und dieser Weg ist sicher?« fragte O'Rourke. »Ich meine vor den Grenzwachen?«

Balan lachte leise. »Er ist nur so lange sicher, wie das Bakschisch, das wir bezahlen, ihn sicher macht.«

Darauf holperten sie scheinbar stundenlang schweigend dahin. Es fing an zu regnen, zuerst als eisiger Graupelschauer, dann so stark, daß Balan den einzelnen Scheibenwischer vor sich einschaltete. Kate erwachte ruckartig, als der Landrover plötzlich unvermittelt zum Stillstand kam.

»Ruhe«, sagte Balan. Er und der Woiwode Cioaba stiegen aus und schlossen die Türen, ohne sie zuzuschlagen.

Kate drehte den Kopf, konnte aber kaum die anderen Fahrzeuge erkennen, die hinter flaches Gebüsch gefahren waren. In der Nähe verlief ein Fluß; sie konnte ihn in der Dunkelheit nicht sehen, aber das Wasser rauschen hören. Sie kurbelte das Fenster herunter, und die kalte Luft hob den Nebel der Übermüdung ein wenig von ihr.

»Hören Sie«, flüsterte O'Rourke.

Da hörte sie es, eine Art starken Dieselmotor. Zwanzig Meter über ihnen tauchte plötzlich ein Panzerwagen auf einer Straße oder Eisenbahnbrücke auf. Auf der vorderen Haube war ein Suchscheinwerfer montiert, aber der wurde nicht nach rechts oder links geschwenkt. Kate hatte in Regen und Dunkelheit nicht einmal gesehen, daß die Brücke da war.

»Gepanzerter Mannschaftstransporter«, flüsterte der Priester. »Russische Bauart.«

Ein anderes Fahrzeug, eine Art Jeep, dessen Scheinwerfer die grauen Flanken des Panzerwagens davor anstrahlten, folgte ihm. Kate konnte den Regen als Silberfäden im Licht der Scheinwerfer sehen. Einer der Männer hinter der offenen Tür des Jeeps rauchte; sie konnte die orangerote Glut erkennen.

*Sie müssen uns sehen*, dachte sie.

Die beiden Fahrzeuge fuhren weiter; der Lärm des Dieselmotors war noch eine Minute oder länger zu hören.

Der Woiwode Cioaba und Balan stiegen wieder in den Landrover ein. Der junge Mann schaltete wortlos auf Allradantrieb, dann fuhren sie in den Fluß hinunter. Das Wasser reichte nur bis zu den Radkappen. Sie schaukelten und schwankten auf unsichtbaren Steinen dahin und fuhren unter der Brücke durch. Kate konnte sehen, daß rechts und links Stacheldraht bis zum Wasser herunter verlief, dann hatten sie den Zaun hinter sich in der Dunkelheit zurückgelassen und fuhren einen so steilen Hang hinauf, daß die Reifen des Landrovers durchdrehten, rutschten und fast weggeschmiert wären, bevor Balan wieder Halt fand und sie über den Rand des Ufers brachte.

»Rumänien«, sagte Balan leise. »Unser Heimatland.« Er lehnte sich zum offenen Fenster hinaus und spie aus.

Kate schlief möglicherweise stundenlang und erwachte erst wieder, als der Landrover erneut hielt. Einen schrecklichen Augenblick wußte sie nicht, wo sie war oder wer sie war, aber dann spülten Traurigkeit und die Erinnerungen wie eine schwarze Flutwelle über sie hinweg. *Tom. Julie. Chandra. Joshua.*

O'Rourke gab ihr Halt, indem er ihr eine kräftige Hand auf das Knie legte.

»Aussteigen«, sagte Balan. In seiner Stimme klang etwas Neues und Schneidendes mit.

»Sind wir schon da?« fragte Kate, verstummte aber, als sie die automatische Pistole in der Hand des Zigeuners sah.

Der Himmel wurde bereits heller, als Balan sie und O'Rourke von den Landrovern wegführte. Ein Dutzend weitere Männer, deren dunkle Gestalten in den Lammfellmänteln und Hüten riesig wirkten, standen im Kreis.

Der Woiwode Cioaba sprach hastig in einer Mischung aus Ungarisch, Rumänisch und Romani auf seinen Sohn ein, aber Kate verstand kein Wort. Falls O'Rourke es verstand, schien er nicht glücklich über das, was er hörte. Balan schnappte eine schneidende Antwort auf rumänisch, worauf der ältere Mann verstummte.

Balan hob die Pistole und richtete sie auf den Priester. »Ihr Geld«, sagte er.

O'Rourke nickte Kate zu, die den Umschlag mit den restlichen sechzehnhundert Dollar übergab.

Balan zählte rasch, dann warf er es seinem Vater zu. »Das *ganze* Geld. Schnell.«

Kate dachte an das viele Geld, das ins Futter ihrer Handtasche eingenäht war. Mehr als zwölftausend Dollar in amerikanischen Banknoten. Sie streckte gerade die Hand nach der Tasche aus, als O'Rourke sagte: »Das ist nicht euer Ernst.«

Balan lächelte, und das Funkeln seiner echten Zähne war unheimlicher als das Goldgrinsen seines Vaters. »Aber gewiß doch«, sagte der schlanke Zigeuner. Er sagte etwas auf ungarisch, worauf die Männer im Kreise lachten.

O'Rourke hinderte Kate daran, die Handtasche aufzumachen, indem er ihr eine Hand um das Handgelenk legte. »Diese Frau sucht nach ihrem Kind«, sagte er.

Balan sah ihn gleichgültig an. »Es war unachtsam von ihr, es zu verlieren.«

O'Rourke ging einen Schritt auf den Zigeuner zu. »Ihr Kind wurde ihr gestohlen.«

Balan zuckte die Achseln. »Wir sind die *Rom.* Viele unserer Kinder werden gestohlen. Wir haben selbst viele Kinder gestohlen. Was geht das uns an.«

»Ihr Kind wurde von den *Strigoi* gestohlen«, sagte O'Rourke. »Den *Priculici . . . vrkolak.«*

Eine unmerkliche Bewegung ging durch den Kreis der Männer, als wäre ein kalter Wind über das Flußbett gestrichen.

Balan zog den Schlitten der automatischen Pistole nach hinten. Kate fand, daß das Geräusch sehr laut klang. »Wenn die *Strigoi* ihr Kind haben«, sagte der Zigeuner leise, »dann ist ihr Kind tot.«

O'Rourke ging noch einen Schritt auf den Mann zu. »Ihr Kind *ist ein Strigoi*«, sagte er.

*»Devel«,* flüsterte der Woiwode Cioaba und streckte Kate zwei Finger entgegen.

»Wenn wir unsere Freunde in Chişineu-Criş treffen, bezahlen wir euch weitere tausend Dollar für die Gefahren, die ihr heute nacht erdulden mußtet«, sagte O'Rourke.

Balan schnaubte höhnisch. »Wir lassen eure Leichen hier liegen und nehmen euer *ganzes* Geld.«

O'Rourke nickte langsam. »Und damit habt ihr dann bewiesen, daß die *Rom* ohne Ehre sind.« Er wartete eine halbe Minute, bevor er weiter sprach. Das einzige Geräusch kam von dem unsichtbaren Fluß, der hinter ihnen rauschte. »Und ihr werdet den *Strigoi* und den Bürokraten der *Nomenklatura,* die ihnen dienen, den Sieg überlassen haben. Wenn ihr uns ziehen laßt, holen wir das Kind von den *Strigoi* zurück.«

Balan sah den Priester an, dann Kate, dann sagte er etwas zu seinem Vater. Der Woiwode Cioaba antwortete nachdrücklich auf ungarisch.

Balan steckte die automatische Pistole in seinen zerknitterten Blazer. »Eintausend amerikanische Dollar in bar«, sagte er.

Die Männer gingen zu ihren Fahrzeugen zurück, als hätten sie nur angehalten, damit sich alle die Beine vertreten konnten. Kate stellte fest, daß ihre Hände zitterten, als sie und O'Rourke Balan und dessen Vater zum Auto zurück folgten. »Was ist ein *Strigoi*?« flüsterte sie.

»Später.«

O'Rourke bewegte die Lippen, als sich der Landrover in Bewegung setzte und dem trüben Sonnenaufgang entgegenfuhr, und Kate stellte fest, daß er betete.

Das Dorf Chişineu-Criş lag an der rumänischen Straße E 671 nördlich von Arad, aber die Landrover fuhren nicht weiter als bis zum Stadtrand.

Lucians blauer Dacia wartete vor der vernagelten Kirche an der Westseite der Stadt, wie er es versprochen hatte. Das Licht reichte aus, daß man das Grinsen des jungen Mannes sehen konnte, als er Kate erblickte.

O'Rourke bezahlte die Zigeuner, während Kate sich von Lucian umarmen ließ. Dann schüttelte dieser dem Priester heftig die Hand und umarmte Kate noch einmal.

»He, geil, ihr habt es echt geschafft. Ihr seid mit dem Zigeunerschmugglern durchgekommen. *Sensationell.*«

Kate lehnte sich an den Dacia und sah den Landrovern nach, die wieder im Wald verschwanden. Sie erhaschte einen letzten Blick auf das Grinsen des Woiwoden Cioaba. Dann sah sie Lucian an. Der Haarschnitt des jungen Medizinstudenten war noch strenger, fast Punk, und er trug eine Baseballjacke der Oakland Raiders.

»Haben Sie eine gute Reise gehabt?« fragte Lucian.

Kate schleppte sich auf den Rücksitz des Dacia, während Lucian auf dem Fahrersitz Platz nahm und O'Rourke das Gepäck im Kofferraum verstaute.

»Ich werde schlafen, bis wir in Bukarest sind«, sagte sie und legte den Kopf auf das rissige Vinyl des Sitzes. »Du fährst.«

# Kapitel 24

Kate befand sich wieder im Orient-Expreß, aber sie konnte sich nicht erinnern, wie oder warum sie dort hingekommen war. Das Abteil war noch kleiner als das, in dem sie von Budapest nach Lökösháza gefahren waren, und dieses hatte nicht einmal ein Fenster. Sie und O'Rourke mußten sich noch enger als vorher zusammendrängen und hatten die Beine fast ineinander verschlungen, wie er ihr so gegenüber auf dem niedrigen Brett saß. Die Pritsche, auf der sie selbst saß, war jedoch größer und mit der Goldbrokatdecke und den übergroßen Kissen bedeckt, die sie und Tom vor Jahren in Santa Fe gekauft hatten. Und es war wärmer als vorher in dem Abteil, viel wärmer.

Sie und O'Rourke sagten nichts, während die Bewegung des Zuges sie vorwärts und rückwärts und von einer Seite auf die andere schaukelte. Bei jeder Bewegung berührten sich ihre Beine stärker – zuerst die Knie, dann die Innenseiten der Knie, und zuletzt ihre Schenkel –, aber sie rieben sich nicht aus freien Stücken aneinander, sondern stellten passiv, unerbittlich, beharrlich durch das sanfte Schaukeln des Zuges Kontakt her.

Kate war sehr heiß. Sie trug nicht die Wollhose, in der sie tatsächlich gereist war, sondern einen leichten braunen Rock, den sie an der High-School gern getragen hatte. Der Rock war durch das ständige Reiben der Beine in die Höhe gerutscht. Sie stellte fest, daß ihr Knie jedesmal, wenn sie nach vorn schaukelte, leicht über Pater O'Rourkes Lenden strich, und jedesmal, wenn der Rhythmus des Zuges ihn nach vorn schaukelte, strich sein jeansbekleidetes Bein langsam an ihrer Schenkelinnenseite hoch, bis sein Knie sie auch dort fast berührte. Er hatte die Augen geschlossen, aber sie wußte, daß er nicht schlief.

»Es ist warm«, sagte sie und zog die Bluse aus, die ihre Mutter für sie genäht hatte, als sie an einer privaten Bostoner Akademie in die Junior High-School aufgenommen worden war.

Es klopfte an der geschnitzten Holztür, und der Schaffner kam herein, um ihre Fahrkarten zu kontrollieren. Kate schämte sich nicht, weil sie nur einen Büstenhalter trug und ihr Rock bis zur Hüfte hochgerutscht war – immerhin war es *ihr* enges und überhitztes Abteil –, aber sie stellte einigermaßen überrascht fest, daß es sich bei dem Schaffner um den Woiwoden Cioaba handelte.

Der Zigeuner entwertete ihre Fahrkarten, blinzelte ihr zu und ließ seine Goldzähne sehen. Kate hörte das Schloß einrasten, als er hinausging.

Pater O'Rourke hatte die Augen nicht aufgeschlagen, solange der Zigeunerschaffner im Abteil gewesen war, und Kate war sicher, daß der Priester betete. Dann schlug Mike O'Rourke die Augen auf, und da war sie ganz sicher, daß er nicht gebetet hatte.

Es gab keine obere Koje, lediglich die breite untere Pritsche. Kate ließ sich auf die Kissen sinken, während O'Rourke aufstand, sich nach vorn beugte und den Oberkörper halb auf den ihren legte. Seine Augen waren sehr grau und sehr stechend. Sie fragte sich, was ihre eigenen Augen verrieten, als O'Rourke ihren Rock die letzten Zentimeter bis zur Hüfte hochschob und ihr schwungvoll die Unterhose an den Schenkeln hinab und über Knie und Knöchel zog. Sie konnte sich nicht erinnern, daß er sich ausgezogen hatte, aber jetzt sah sie, daß er nur Boxershorts trug.

Kate grub die Finger in O'Rourkes Haar und zog sein Gesicht näher an ihres. »Dürfen Priester küssen?« flüsterte sie und hatte plötzlich Angst, sie könnte Ärger mit dem Bischof bekommen, der im Abteil nebenan fuhr.

»Schon recht«, flüsterte er, und sie spürte seinen Atem süß an der Wange. »Es ist Freitag.«

Kate gefiel die Berührung seines Mundes auf ihrem. Sie glitt mit der Zunge zwischen seine Zähne und spürte im selben Augenblick, wie sich sein Glied an ihrem Schenkel versteifte. Sie küßte ihn immer weiter, während sie mit beiden Händen an seiner Seite hinabwanderte, die Finger unter den Elastiksaum der Shorts schob und diese mit einer so anmutigen Bewegung nach unten zog, als hätten sie es beide jahrelang geübt.

Sie mußte ihn nicht einführen. Nach einem kurzen Augenblick des Zögerns spürte sie die langsame, warme Bewegung, als er in sie eindrang und sie sich ihm öffnete. Kate strich mit den Händen an seinem muskulösen Rücken hinab und drückte die Handflächen auf seine warme Pofalte, um ihn noch näher an sich zu ziehen, obwohl er nicht mehr näher kommen konnte.

Der Zug wiegte sie weiter, so daß sie sich beide nicht bewegen mußten, sondern sich einzig und allein dem sanften Schwingen des Betts in dem Abteil auf den ratternden Schienen ergeben mußten, während das Schaukeln schneller wurde, die feuchte Wärme beharrlicher, die sanfte Reibung drängender.

Kate hatte gerade den Mund aufgemacht, um Mike O'Rourkes

Namen zu flüstern, als das Schloß knirschend aufgebrochen wurde, die Tür aufging und der Woiwode Cioaba mit seinem goldenen Grinsen eintrat. Hinter ihm standen vier Nachtgestalten mit schwarzen Kapuzen.

Jemand schüttelte sie am Arm.

Kate erwachte langsam, ihre Sinne reagierten träge, die Sinneseindrücke trafen separat ein wie Touristen mit Uhren, die auf verschiedene Zeitzonen eingestellt waren. Einen Augenblick war sie wach und theoretisch bei Bewußtsein, aber gleichzeitig vollkommen desorientiert, ihr Verstand in der ich-losen Leere gestrandet, die das Denken nur in den wenigen Sekunden duldet, wenn man aus tiefstem Tiefschlaf erwacht.

Lucian, dessen jugendliches Gesicht von einer kleinen Petroleumlampe in seiner Hand erhellt wurde, beugte sich über sie.

»Es wird Zeit, zur Arabischen Studentenunion zu gehen«, flüsterte er. Dann stellte er die Lampe hin und verließ ihr kleines Zimmer.

Kate setzte sich auf und spürte, wie die Müdigkeit an ihr zehrte, während die Echos ihres Traums schwächer wurden und flohen. Sie konnte sich nicht mehr genau erinnern ... etwas mit Tom? Oder waren es O'Rourke oder Lucian gewesen? Sie zitterte in der Kälte des dunklen Zimmers.

Die Erinnerungen preßten sich an sie wie ein kalter und ungewollter Galan. *Tom. Julie. Joshua!* Sie spürte die Schmerzen im linken Arm, und plötzlich stank die Luft nach Rauch und Asche. Trauer drohte sie in die kalte Dunkelheit zu stürzen, die sie umgab. Die Erinnerungen der vergangenen paar Wochen waren keine abgeteilten Bilder, sondern eine einzige, untrennbare, schrecklich schwere Masse, die sie nur dadurch fernhalten konnte, daß sie sich auf das nächste konzentrierte, das getan werden mußte.

*Die Arabische Studentenunion.*

Dann kehrte ihr ganzes Erinnerungsvermögen zurück, und Kate wußte, daß es nicht ihre erste Nacht in Bukarest war, obwohl ihr der Kellerraum, wo sie schlief, so fremd schien, sondern ihre dritte. Es regnete. Graupel peitschte gegen das kleine Fenster hoch droben in der Wand. Jetzt fiel ihr wieder ein, daß es in den drei Tagen und Nächten, seit sie in Bukarest eingetroffen waren, ununterbrochen geregnet hatte.

Sie sah an sich hinab und stellte fest, daß sie am Nachmittag in

Cordhosen und ihrem dunklen Pullover eingeschlafen war. Auf der abgenutzten Kommode neben der Tür stand ein Stück Spiegelglas ohne Rahmen, und dort strich Kate sich mit einer Bürste durch das Haar, bis sie schließlich aufgab. Sie nahm die Handtasche über die Schulter und ging ins Nebenzimmer zu Lucian.

Der Medizinstudent hatte Kate und O'Rourke eine Kellerwohnung in einer schmalen Gasse in der Altstadt westlich vom Cişmigiu-Park besorgt. Die Wohnung bestand aus Kates winzigem Schlafzimmer und dem ›Wohnzimmer‹ mit seinen Rauhputzwänden, wo O'Rourke die wenigen Stunden, die er hier war, auf dem Sofa schlief. Die Toilette oben war in dem Sinne ›privat‹, das wegen ›Renovierung‹ niemand im Erdgeschoß und dem ersten Stock wohnte, aber Kate hatte weder Arbeiter gesehen, noch Anzeichen dafür, daß in letzter Zeit in den verwohnten Räumen da oben gearbeitet worden wäre. Die großen Metallheizkörper im Keller waren so kalt und tot wie Stahlskulpturen; einzige Wärmequelle war ein kleiner Kohleofen in Kates Schlafzimmer. Lucian hatte einen schweren Sack Kohlen gebracht, aber gleichzeitig darauf hingewiesen, daß es verboten war, sie zu verbrennen, daher bemühte sich Kate, ihr Bedürfnis nach Wärme auf ein Brikett am Morgen zu beschränken, wenn sie sich anzog, und auf ein kurzes Feuer am Abend.

Es war bitter kalt.

Kate zitterte immer noch, als Lucian sie zum Dacia hinausführte.

»Wo ist O'Rourke?« fragte sie. Der Priester war heute morgen kurz nach dem Frühstück aufgebrochen, ohne zu verraten, wohin er ging.

Lucian zuckte die Achseln. »Wahrscheinlich sucht er immer noch nach Popescu.«

Kate nickte. Die Untätigkeit der letzten drei Tage hatte sie fast zum Wahnsinn getrieben. Sie war nicht sicher gewesen, was sie bei der Rückkehr nach Bukarest finden würden – möglicherweise einen Hinweis, eine Spur von Joshuas erzwungener Rückkehr –, aber da keine unmittelbaren Hinweise auftauchten, hatte sie wenig mehr getan, als sich in dem Kellerraum einzumummen, während O'Rourke Ausflüge in die Stadt unternahm. Oberflächlich betrachtet schien das sogar sinnvoll zu sein; sie hatten beide kein Visum, gingen davon aus, daß die Behörden nach Kate suchten, und sie konnten weder die amerikanische Botschaft noch UNICEF, noch die WHO, noch eine andere Familienorganisation um Hilfe bitten.

Aber O'Rourke konnte seine Beziehungen zu den wenigen hiesigen katholischen Kirchen oder dem Hauptquartier des einzigen rumänischen Franziskanerordens spielen lassen, um Kontakte herzustellen. Und ihr erstes Ziel war es gewesen, Mr. Popescu zu finden, den Verwaltungschef des Krankenhauses, wo Kate gearbeitet und Joshua gefunden hatte. Es gab keinen logischen Grund anzunehmen, daß der schmierige kleine Beamte Teil der Verschwörung war, ihren Adoptivsohn zu entführen, aber Popescu zu suchen war immerhin ein Anfang.

Doch O'Rourke hatte ihn nicht gefunden – Anfragen befreundeter Priester im Krankenhaus hatten nur ergeben, daß Popescu im Urlaub war –, und nach drei Tagen trieb die Frustration Kate aus ihrem Versteck, wenn nicht sogar direkt an den Rand des Wahnsinns.

Der Dacia sprang nach vielem Herumhantieren am Choke an, dann fuhren sie auf dem Kopfsteinpflaster des Bulevardul Schitu Magureanu westlich am Cişmigiu-Park entlang. Obwohl man erst die zweite Oktoberwoche schrieb, waren die meisten Bäume entlang der Straße schon kahl. Eisregen prasselte auf die Windschutzscheibe, aber nur der Wischer auf der Fahrerseite funktionierte und wippte quietschend hin und her wie ein einziger langer Fingernagel auf einer Schiefertafel.

»Erzähl mir noch einmal von der Arabischen Studentenunion«, sagte Kate.

Lucian sah sie an. Schattenstreifen von vereinzelten Straßenlampen, die zur regennassen Windschutzscheibe hereinschienen, zogen über ihr Gesicht. In diesem Herbst funktionierten nur die wenigsten Straßenlampen in Bukarest, aber der Dacia war auf den breiten Bulevardul Gheorge Gheorghiu-Dej gekommen, und hier funktionierten einige. Die Straße war so gut wie menschenleer.

»Die Araber besuchen die Universität mit Vollstipendien«, sagte Lucian, »aber fast keiner nimmt an den Vorlesungen teil. Sie verbringen ihre Jahre hier als Geldwechsler und Schwarzmarkthändler. Die Arabische Studentenunion ist für vieles davon das Zentrum.«

Kate versuchte, auf die Straße hinauszusehen, aber die Windschutzscheibe vor ihr war eine einzige wogende Masse eisigen Graupels. Als sie auf die noch breitere Straße Splaiul Independenţei abbogen, sah sie nach dem dunklen Kanal zu ihrer Rechten.

Die unvorstellbare Masse des unvollendeten Präsidentenpalastes konnte man gerade noch hinter Schuttfeldern und hohen Zäunen erkennen. Ein oder zwei Lichter waren in dem riesigen Gebäude angeschaltet, aber die betonten nur die Hoffnungslosigkeit und den unmenschlichen Maßstab des Gebäudes. Kate erschauerte. »Und der Mann, den wir besuchen, könnte etwas über Joshua wissen?«

Lucian zuckte die Achseln. »Meine Verbindungsleute sagen, daß Amaddi Verbindungen zur *Nomenklatura* unterhält. Er ist ihnen auf jeden Fall zu Diensten, wenn sie sich mit dem Schwarzmarkt auseinandersetzen. Es könnte sich lohnen, mit ihm zu sprechen . . .« Lucian sah sie an. »Aber es ist Wahnsinn, daß Sie mitkommen, Kate. Ich kann . . .«

»Ich will mit ihm reden«, sagte Kate. Ihr Tonfall duldete keinen Widerspruch.

Lucian zuckte erneut die Achseln. Er deutete auf die Medizinische Fakultät der Universität, als sie daran vorbeifuhren, und bog dann wieder nach Norden ab, an einer Reihe verfallener Wohnheime vorbei, dann durch eine lange Straße, wo rechts und links baufällige Mietskasernen der Stalin-Ära aufragten. Zerrissene Vorhänge wehten aus zerschmetterten Fensterscheiben, und es gab Löcher im Mauerwerk, die groß genug waren, daß ein Mensch durchgehen konnte. Der Regen hatte ein wenig nachgelassen, und Kate konnte große Ratten erkennen, die vor dem Licht der Scheinwerfer flohen. Vor dem Eingang zum Gebäude, vor dem sie anhielten, flatterte ein Vorhang aus zerrissenem Maschendraht.

»Die stehen leer, richtig?« sagte Kate.

Lucian schüttelte den Kopf. »Nein, das sind die Wohnheime der Araber.«

Kate kurbelte das Fenster hinunter und konnte hinter einigen der zerrissenen Vorhänge schwache Lichter ausmachen, bei denen es sich um Laternen handeln konnte.

Lucian deutete auf ein flacheres Gebäude ohne Fenster, dessen Mauern und die einzige Tür mit Graffiti besprüht waren. »Das ist die Studentenunion. Amaddi hat gesagt, daß er sich hier mit uns treffen möchte.«

Weder im Foyer noch in der Diele brannte Licht. Lucian klickte ein Feuerzeug an, worauf Kate gesprungene und schmutzige Fliesen und einen Flur sehen konnte, der fast völlig mit Kartons und Kisten zugestellt war. Als sie Lucian folgte, der sich zwischen den Kisten hindurchzwängte, konnte sie sehen, daß die Kisten mit Aufschriften wie PANASONIC und NIKE und SONY und LEVI'S versehen waren. Am Ende des Flurs befand sich eine geschlossene Metalltür. Lucian klopfte zweimal, wartete eine Sekunde und klopfte dann einmal. Die Tür ging quietschend auf, Lucian klickte das Feuerzeug aus und trat beiseite, um Kate den Vortritt zu lassen.

Das Zimmer war groß, mindestens zwanzig Meter im Quadrat, und an den Wänden stapelten sich noch mehr Kisten und Kartons. Eßtische und Plastikstühle lagen auf einer Seite durcheinander, ein einziger Tisch mit einer Laterne darauf war am gegenüberliegenden Ende des Raums aufgestellt worden. Der dunkelhäutige, bärtige Mann, der ihnen die Tür aufgemacht hatte, deutete auf diesen Tisch und trat in den Schatten zurück.

Drei Männer saßen an dem Tisch; bei zweien handelte es sich eindeutig um Eintreiber – schwarze Ledermäntel, Hälse breiter als die Köpfe, ausdruckslose Blicke –, aber der dritte war ein kleiner Mann mit einem armseligen Bartflaum und Aknenarben, die man selbst aus der Entfernung sehen konnte. Er winkte Kate und Lucian zum Tisch.

»Setzen«, sagte er auf englisch und deutete auf zwei Klappstühle.

Kate blieb stehen.

»Das ist Amaddi«, sagte Lucian. »Er und ich haben ... früher schon Geschäfte gemacht.«

Der kleine Mann grinste und ließ überaus weiße Zähne sehen. »Ein Sony Diskman ... ein Onkyo-Stereoempfänger ... fünf Paar Levi's 501 ... vier Paar Nike-Schuhe, einschließlich der neuen Nike-Air-Laufschuhe ... ein Abo für den *Playboy.* Ja, wir haben gute Geschäfte gemacht.«

Lucian verzog das Gesicht. »Du hast ein gutes Gedächtnis.«

Der junge Araber sah Kate an. »Sie Amerikanerin?«

Es war keine Frage, daher versuchte Kate erst gar nicht zu antworten.

»Was möchten Sie gerne kaufen, Madame? Möglicherweise Geld? Ich kann Ihnen einen Kurs von zweihundertfünfzig *Lei* pro Dollar bieten. Vergleichen Sie das mit dem offiziellen Kurs von fünfundsechzig *Lei* pro Dollar.«

Kate schüttelte den Kopf. »Ich möchte Informationen kaufen.«

Amaddi zog die Brauen hoch. »Gute Informationen sind immer ein seltenes Gut.«

Kate kramte in der Handtasche. »Ich bin bereit, für dieses spezielle Gut zu bezahlen. Lucian hat gesagt, Sie arbeiten für die *Nomenklatura.*«

Amaddis Brauen waren hochgezogen geblieben, jetzt lächelte er verhalten. »In diesem Land, Madame, arbeitet jeder für die *Nomenklatura.*«

Kate kam einen Schritt näher an den Tisch. »Ich habe Grund zu der Vermutung, daß Mitglieder der *Nomenklatura* meinen Adoptivsohn entführt und von Amerika nach Bukarest gebracht haben. Zumindest aber nach Rumänien. Ich möchte ihn finden.«

Amaddi blinzelte eine ganze Weile nicht. »Und warum ... in diesem Land mit zu vielen ungewollten Kindern ... warum sollte jemand, *Nomenklatura* oder Bauer ... noch ein Kind stehlen?«

Kate sah dem jungen Mann in die Augen. In dem schlechten Licht sah es aus, als wäre die Iris vollkommen schwarz. »Ich bin nicht sicher, warum. Mein Sohn – Joshua – kam vor einem Jahr in Rumänien zur Welt. Obwohl er ein Waisenkind war, wollte ihn jemand wiederhaben. Jemand Wichtiges. Jemand mit genügend Macht und Geld, Agenten nach Amerika zu schicken. Wenn Sie etwas von einem Kind gehört haben, das hierher zurückgekommen ist, bezahle ich für diese Information.«

Amaddi legte die Fingerspitzen aneinander. Die beiden Männer neben ihm sahen gleichgültig vor sich hin. Es war sehr still in dem Raum, der nach Gewürzen und kräftigem Aftershave roch.

»Ich weiß nichts von einem Kind«, sagte Amaddi bedächtig. »Aber ich habe einen Kunden, der sehr hoch in der ... wie soll ich sagen? der inoffiziellen *Nomenklatura* steht. Wenn jemand etwas von einem derart unwahrscheinlichen Vorkommnis weiß, dann wäre es mein Kunde.«

Kate wartete. Sie bemerkte am Rande, daß Lucian ihre Aufmerksamkeit erwecken wollte, aber sie ließ den jungen arabischen Studenten nicht aus den Augen. Dieser ergriff zuerst das Wort.

»Mein Kunde ist ein sehr mächtiger Mann«, sagte er leise. »Wenn ich Ihnen seinen Namen nennen würde, würde ich selbst ein großes Risiko eingehen.«

Kate wartete noch einmal dreißig Sekunden, bis sie sagte: »Wieviel?«

»Zehntausend«, sagte Amaddi mit gleichgültigem Gesicht. »Zehntausend amerikanische Dollar.«

Kate schüttelte fast traurig den Kopf. »Diese Information ist nicht das Gut, das ich brauche. Sie garantiert mir nichts. Der Mann weiß vielleicht gar nichts von meinem Kind.«

Amaddi zuckte die Achseln.

»Ich würde fünfhundert amerikanische Dollar für seinen Namen bezahlen«, sagte Kate. »Um meinen Willen zu zeigen, mit einem ehrlichen Mann wie Ihnen Geschäfte zu machen. Und wenn Sie andere Informationen bekommen – Informationen, die es auch wirklich wert sind –, dann können wir uns über derart hohe Summen unterhalten.«

Amaddi holte ein Streichholzbriefchen heraus, schlug es auf und stocherte mit einem Streichholz in seinen Backenzähnen. Sein Blick fiel einen Moment auf seine Spießgesellen. »Möglicherweise habe ich die Bedeutung dieser Person nicht richtig hervorgehoben«, sagte er. »Wenige andere . . . wenn überhaupt . . . wissen, daß er Mitglied der *Nomenklatura* ist. Dennoch nimmt er einen so hohen Rang ein, daß keine Aktion der *Nomenklatura* ohne seine persönliche Zustimmung stattfindet.«

Kate holte tief Luft. »Ist dieser Mann nicht nur Mitglied der *Nomenklatura*, sondern auch der *Strigoi*? Der *Priculici*?« Sie bemühte sich, die Stimme gelassen klingen zu lassen. »Der *Vrkolak*?«

Amaddi blinzelte und ließ das Streichholz sinken. Er fuhr Lucian auf rumänisch an. Kate hörte das Wort *Strigoi*. Lucian schüttelte den Kopf und sagte nichts.

»Was wissen Sie von den *Voivoda Strigoi?«* wollte Amaddi von ihr wissen.

In Wahrheit wußte Kate gar nichts. Als sie O'Rourke nach dem Sinn der rumänischen und slawischen Wörter gefragt hatte, die er bei seiner Verhandlung mit den Zigeunern um das Geld fallen ließ, hatte der Priester geantwortet: *»Strigoi* könnte man ungefähr mit Krieger übersetzen, aber es kann auch böse Geister, gemeine Gespenster oder Vampire heißen. *Priculici* und *Vrkolak* sind rumänische und slawische Bezeichnungen für Vampire.« Als Kate wissen wollte, weshalb diese Namen die Zigeuner so sehr beeindruckt hatten, hatte der Priester nur gesagt: »Die *Rom* sind ein abergläubisches Volk. Obwohl man munkelt, daß sie den *Strigoi* jahrhundertelang gedient haben, fürchten sie diese mythischen Herrscher von Transsilvanien. Sie haben ja gehört, wie der Woiwode Cioaba *Devel* sagte, als ich andeutete, Joshua könnte von den *Strigoi* sein.«

»Und er hat das Zeichen gemacht, um den bösen Blick abzuwehren«, hatte Kate gesagt. »Und dann ließ er uns gehen.« O'Rourke hatte nur genickt.

Amaddi stand auf, schlug mit der flachen Hand auf den Tisch und riß Kate so aus ihrem Nachdenken. »Ich habe gefragt, was Sie von den *Voivoda Strigoi* wissen, Frau.«

Kate unterdrückte den Impuls, vor dem Zorn des jungen Arabers zurückzuschrecken. »Ich glaube, sie haben mein Kind gestohlen«, sagte sie mit gelassener Stimme. »Und ich will es wiederhaben.«

Amaddi sah sie eine ganze Weile an, dann lachte er, daß es von den Betonwänden hallte. »Ausgezeichnet«, sagte er. »Angesichts dieses Mutes sollen Sie den Namen der Person für fünfhundert amerikanische Dollar bekommen. Und wir werden auch weiterhin Geschäfte miteinander machen ... wenn Sie überleben.« Er lachte wieder.

Kate zählte fünfhundert Dollar ab und behielt sie in der Hand, bis Amaddi einen Füller aus der Tasche holte und einen Namen und eine Adresse auf einen Fetzen Papier schrieb. Lucian las den Namen, sah Kate an und nickte. Kate überreichte das Geld.

Amaddi ging mit ihnen zur Tür. »Erzähl deiner amerikanischen Freundin von dem alten rumänischen Sprichwort«, sagte er zu Lucian. *»Copilul cu mai multe moase ramana cu buricul ne taiat.«*

Lucian nickte und ging voraus durch den dunklen Flur.

Im Dacia, bei strömendem Regen, atmete Kate inbrünstig aus. »Kennst du den Namen, den er geschrieben hat?«

»Ja«, sagte Lucian, dessen übliches Lächeln verschwunden war. »Er ist eine bekannte Persönlichkeit in Bukarest. Mein Vater kannte ihn.«

»Und du glaubst, er könnte tatsächlich ein Mitglied dieser geheimen *Nomenklatura* sein?«

Lucian wollte die Achseln zucken und hielt sich mit sichtlicher Anstrengung zurück. »Ich weiß nicht, Kate. Ich weiß es einfach nicht. Aber wir haben immerhin einen Ausgangspunkt.«

Sie nickte. »Und was war das für ein Sprichwort, mit dem Amaddi mich bedacht hat?«

Lucian ließ den Motor an und rieb sich die Wangen.

*»Copilul cu mai multe moase ramana cu buricul ne taiat* ... das ist so ähnlich wie, wie geht es noch? ›Zu viele Köche verderben den Brei‹? Nur in diesem Fall würde man es übersetzen mit: ›Ein Kind mit zu vielen Hebammen bekommt die Nabelschnur nicht durchgeschnitten.‹«

»Ha-ha«, sagte Kate.

Sie fuhren schweigend durch die verlassenen Straßen zurück.

O'Rourke wartete in dem kalten, dunklen Kellerraum, als sie zurückkamen. Seine Augen waren blutunterlaufen, und er sah unrasiert aus, trug aber immer noch den schwarzen Anzug mit dem Priesterkragen. Er fläzte sich auf dem braunen Lehnstuhl und sah Lucian nur an, während die beiden geschäftig ein Kohlefeuer im Nebenzimmer entfachten und einen Topf Suppe auf die Heizplatte stellten.

»Haben Sie Popescu gefunden?« fragte Kate.

»Nein. Ich war den ganzen Tag in Tîrgovişte.«

»Tîrgovişte?« Dann fiel Kate wieder ein, daß sich in dieser etwa fünfzig Meilen nordwestlich von Bukarest gelegenen Stadt das Waisenhaus befand, aus dem Joshua verlegt worden war. »Haben Sie etwas herausgefunden?«

»Ja«, sagte O'Rourke. Seine Stimme klang müde. »Die Leiter des Waisenhauses haben immer noch keine Informationen über Joshuas Eltern. Er wurde in einer Nebenstraße beim Waisenhaus gefunden.«

»Jammerschade«, sagte Lucian, der die Suppe mit einem Holzlöffel kostete. Er verzog das Gesicht. »Ich hoffe, Sie beide mögen Ihr Spülwasser fad gewürzt.«

»Aber ich konnte einen Aufseher bestechen, damit er mir eine Beschreibung der beiden Männer gab, die Joshuas Verlegung von Tîrgovişte nach Bukarest vereinbart haben«, fuhr der Priester fort. »Der Aufseher konnte die beiden Männer beschreiben, weil sie persönlich kamen, um die Verlegung anzuordnen.«

»Und?« sagte Kate. Sie zog den Fetzen Papier aus der Manteltasche. Wenn die Götter gnädig waren, konnte Lucian sagen, ob die Beschreibung des Mannes zu dem paßte, dessen Name da stand.

»Einer war in mittleren Jahren, kleinwüchsig, übergewichtig, anmaßend, mit pomadisiertem Haar und einer Vorliebe für Camel-Zigaretten.«

»Popescu!« sagte Kate.

»Ja«, sagte O'Rourke. »Der Mann, der Popescu begleitete, war jung, ebenfalls Rumäne, aber mit einem akzentfreien Amerikanisch. Der Aufseher sagte, er habe gehört, wie der junge Mann auf englisch mit dem Verwaltungschef des Waisenhauses gescherzt hat. Er sagte, daß dieser junge Mann teure Jeans aus dem Westen trug – Levi's – und amerikanische Turnschuhe mit der gekrümmten Welle auf der Seite. Nikes. Er und Popescu brachten Joshua mit einem blauen Dacia weg.«

Kate drehte sich um und sah Lucian an.

Der junge Mann stellte den Holzlöffel wieder in den Suppentopf. »He«, sagte er. »He. Es gibt Millionen blaue Dacias in diesem Land.«

O'Rourke stand auf. »Mein Aufseher hat einen Teil der Unterhaltung mitgehört, während sie Joshua reisefertig machten«, sagte er leise. »Der junge Rumäne mit dem makellosen Englisch sagte, daß er Medizinstudent sei. Ein Witz in Englisch war, wenn sie keine reichen Amerikaner finden könnten, die das Baby kauften, würde er es der Vivisektionsabteilung der Medizinischen Fakultät der Universität übergeben.«

Lucian wich von der Heizplatte zur Tür zurück. Kate versperrte ihm den Weg.

»Der Aufseher sagte, daß Popescu den jungen Mann mit dessen Namen anredete, als sie das Geld zählten, um die Waisenhausverwaltung zu bestechen«, sagte O'Rourke. »Er nannte ihn Lucian.«

# Träume von Blut und Eisen

*Mein Leben besteht jetzt fast ausschließlich aus Flüstern und Träumen. Die Träume handeln von Tagen und Feinden, die längst tot sind; das Flüstern im Flur und auf der Treppe und hier in meinem Zimmer, als wäre ich schon ein Leichnam, erzählt, wie das Kind für die Zeremonie der Weihe wiedererlangt wurde. Das Flüstern klingt jetzt überheblich. Sie sprechen von ihrer Klugheit, mit der sie das Kind zurückgeholt haben. Sie sprechen nicht davon, wie das Kind entführt wurde oder welche Feinde es in ihre Gewalt gebracht haben. Sie können sich nicht vorstellen oder scheinen sich nicht zu erinnern, welch schreckliches Strafmaß über sie hätte kommen können, wäre mir als dem Vlad aus früheren Zeiten das Wissen über die Unfähigkeit meiner Untertanen zu Ohren gekommen.*

*Einerlei. Ich bin nicht der Vlad aus früheren Zeiten. Dafür haben langsame Erosion und die sichere Abnutzung von Jahrzehnten und Jahrhunderten gesorgt.*

*Aber meine Träume sind von den Jahrhunderten unberührte Erinnerungen, und in meinen Träumen sehe ich mich zum ersten Mal richtig. Ich lausche dem Flüstern, während die letzten Einzelheiten der Zeremonie geplant werden, während meine Familie darüber zankt, ob ihr Vater in seinem sterbenden und teilnahmslosen Zustand überhaupt daran teilnehmen kann. Doch selbst wenn ich diesem Flüstern lausche, ziehen mich die Träume in ihren Bann.*

*Michael Beheim, der Hofdichter Friedrichs III., hat von meiner Begegnung mit drei Benediktinermönchen im Jahre 1461 geschrieben; Bruder Hans, der Pförtner, Bruder Michael und Bruder Jakob. Beheim hörte die Geschichte von dem dritten Mönche, Bruder Jakob, und ihre entstellte Version wurde fünf Jahrhunderte lang niedergeschrieben, zitiert und nacherzählt. Man mag die Voreingenommenheit des Dichters Beheim schon dem Originaltitel seines Gedichts entnehmen, welches er 1463 dem Heiligen Römischen Kaiser zu Gehör brachte:* Geschichte eines blutrünstigen Wahnsinnigen genannt Dracula von der Walachei.

*Nur die wenigsten haben sich je die Mühe gemacht, die Niederschrift der Schilderung Bruder Jakobs durch den Dichter Beheim in Frage zu stellen. Niemand hat je die vollständige Schilderung gehört. Bis heute.*

*Die Umstände waren folgendermaßen: Damals machte sich Sigismund von Lamberg, der Bischof von Ljubljana, das weitverbreitete Vorurteil zunutze, die Mönche der slowenischen Abtei Gorrion in der Stadt Gornijgrad hätten sich die verbotenen Reformen des Hl. Bernhard zu eigen gemacht, und diesen Vorwand nutzte er, um die Mönche aus dem Kloster zu vertreiben, damit er das Gut selbst in Besitz nehmen konnte. Drei dieser Mönche – Bruder Hans der Pförtner, Bruder Michael und Bruder Jakob – flohen nach Norden in ein Franziskanerkloster in meiner Hauptstadt Tîrgovişte.*

*Obwohl ich später gezwungen war, aus politischen Gründen zum Katholizismus zu konvertieren, haßte ich diese abscheuliche Religion damals, und auch heute liegt mir nichts daran. In den damaligen Zeiten war die Kirche lediglich eine rivalisierende Macht – und eine ruchlose obendrein –, auch wenn sie sich bemühte, ihren habgierigen, ränkeschmiedenden Machenschaften den Deckmantel der Barmherzigkeit umzuhängen. Ich bezweifle, daß sich daran etwas geändert hat. Und die Franziskaner waren die schlimmsten. Ihr Kloster in Tîrgovişte war ein Pfahl in meinem Fleische, den ich duldete, weil es mehr politische Schmerzen gebracht hätte, ihn herauszuziehen, als das Entfernen wert gewesen wäre. Das gewöhnliche Volk liebte die speichelleckerischen, betenden, fastenden Franziskaner, obwohl die Mönche die Leute mit ihren Almosen und Betteleien und ihrem unermüdlichen Winseln nach mehr Geld ausbluteten. Damals war die Kirche in der Walachei – besonders dieses verdammte Franziskanerkloster, das unerklärlicherweise trotz meiner erbittertsten Bemühungen bis auf den heutigen Tag in Tîrgovişte steht – ein Parasit, der mit Blutgeld aufgebläht und fett wurde, das meinem Königreich besser zugute gekommen wäre, wäre es mir zugeflossen.*

*Damals konnten die Franziskaner die Benediktiner nicht ausstehen, und ich vermute, daß sie den drei flüchtigen Benediktinermönchen nur Unterschlupf gewährten, um mich weiter zu reizen. Was ihnen auch gelang.*

*Ich begegnete Bruder Jakob, Bruder Michael und Bruder Hans, dem Pförtner, etwa eine Meile vom Kloster entfernt, als ich von der Jagd zum Palast zurückkehrte. Ihr nicht einmal halbherzig ehrerbietiges Gebaren erboste mich, daher befahl ich dem namens Michael – dem größten der drei –, daß er noch an eben diesem Nachmittag zu einer Audienz in meinem Palast zu erscheinen hatte.*

*Beheim berichtet, ich hätte den Mönch mit einem groben Verhör eingeschüchtert, aber in Wahrheit hatten der dürre Mönch und ich ein nettes Schwätzchen bei warmem Bier. Ich sprach leise und höflich und ließ mir meine tief verwurzelte Abscheu vor dieser korrupten Religion nicht anmerken. Meine Fragen waren lediglich höfliche theologische Erkundigungen. Bruder Michael erwärmte sich sichtlich für seine Predigten, so wie das Bier seine Eingeweide erwärmte, aber ich konnte das panische Blinzeln seiner kleinen Frettchenaugen sehen, als meine Fragen persönlicher wurden.*

*»Demnach sind also die Drangsale dieses Lebens lediglich ein unangenehmes Vorspiel zum verheißenen nächsten Leben?« fragte ich leise.*

»O ja, mein Fürst«, stimmte der dürre Mönch geflissentlich zu. »Unser Erlöser hat das ausdrücklich bestätigt.«

»Dann«, fuhr ich fort und schenkte dem Mann mehr Bier ein, »könnte man jemanden, der sich befleißigt, diese Zeit der Pein und Qual zu verkürzen, indem er den leidgeprüften Sterblichen seiner Erlösung näherbringt, bevor er Zeit findet, weitere Sünden zu begehen, als Wohltäter betrachten?«

Bruder Michael konnte ein verhaltenes Stirnrunzeln nicht verbergen, als er die Lippen zu seinem Bier führte. Aber das Schlürfen, das er von sich gab, hätte man als Zustimmung werten können. Ich beschloß, es dahingehend zu interpretieren.

»Demnach«, fuhr ich fort, »müßte ein armseliger Diener des Herrn wie ich selbst, der Hunderte Seelen – manche behaupten Tausende – ihrer Erlösung näher brachte, bevor sie die Möglichkeit hatten, ihre Seelen noch weiter zu beflecken ... würdest du nicht sagen, daß ich der Retter dieser Seelen bin?«

Bruder Michael befeuchtete seine ohnedies bereits feuchten Lippen. Möglicherweise hatte er von meinem zuweilen garstigen Sinn für Humor gehört. Vielleicht tat auch das Bier seine Wirkung. Wie auch immer, es gelang ihm nicht so recht, ein Lächeln zustande zu bringen, obschon er sich größte Mühe gab. »Man könnte diese Möglichkeit in Betracht ziehen, Sire«, sagte er schließlich. »Ich bin jedoch nur ein armer Mönch, der mit den strengen Gesetzen der Logik oder den Forderungen der Apologetik nicht vertraut ist.«

Ich breitete die Arme aus und lächelte. »Wie du sagtest, wenn wir von dieser Annahme ausgehen«, sagte ich herzlich, »dann gebietet die Vernunft eigentlich, daß jemand wie ich, der Tausenden Seelen geholfen hat, ihre irdischen Prüfungen hinter sich zu bringen ... nun, so einer müßte strenggenommen als Heiliger betrachtet werden, da er so viele Seelen gerettet hat, bevor diese eine Möglichkeit hatten, ihre Aussicht auf Erlösung durch Sündigen zu verspielen. Würdest du nicht zustimmen, Bruder Michael?«

Der dürre Mönch leckte sich wieder die feuchten Lippen und sah noch mehr wie ein Frettchen aus, das feststellen mußte, daß ihm jemand einen Käfig übergestülpt hatte, als es nicht aufpaßte. »Ein ... äh ... Heiliger, mein Fürst? Man könnte gewißlich auf diesen Gedanken kommen, aber ... äh ... nun, mein Fürst, Heiligkeit ist eine problematische und ... äh ... schwer zu beweisende Eigenschaft, und ... äh ...«

Ich beschloß, Mitleid mit dem eingeschüchterten Mann zu haben. »Dann sage mir folgendes«, fuhr ich mit etwas schneidenderer Stimme fort. »Könnte jemand wie ich, auch wenn der Status des Heiligen nicht unbedingt gesichert ist, Erlösung durch Jesus Christus finden?«

Bruder Michael stammelte fast vor Erleichterung über diese Frage. »O ja, Sire! Eine Erlösung für Euch ist möglich, so wie bei allen anderen Menschen auch. Unser Herr und Erlöser hat seine Barmherzigkeit durch den Tod am Kreuz auf uns alle ausgedehnt, und diese Barmherzigkeit wird nicht verweigert werden, wenn der reuige Sünder wahrhaftig bereut und wünscht, sein Leben ... das heißt, Sire, wenn der reuige Sünder den Wunsch hat, in der Gnade der Lehren und Gebote unseres Herrn zu leben.«

Ich nickte. »Und deine Mitbrüder würden selbstverständlich dieselben Ansichten äußern, was die Möglichkeit meiner Erlösung betrifft?«

Wieder das Frettchenblinzeln. Schließlich brachte er heraus: »Meine Mitbrüder kennen allesamt die Lehren Jesu und die Kraft der Barmherzigkeit Gottes, Sire.«

Ich lächelte – dieses Mal aufrichtig – und befahl dem dürren Mönch, sich nicht von der Stelle zu rühren, während ich nach seinen Gefährten rief.

Die abendlichen Schatten fielen bereits langgezogen auf den Steinfußboden, als ich dieselben Fragen Bruder Hans dem Pförtner stellte, einem kleineren, gedrungeneren Mann, dessen Tonsur aussah, als wäre sie mit einer Heckenschere geschnitten worden.

»Herr Mönch«, sagte ich, »du weißt, wer ich bin?«

»Gewiß«, sagte der kleine Mann, während seine beiden Gefährten das Schauspiel mit einer gewissen Nervosität verfolgten. Es war eindeutig, daß es sich bei ihm um den Fanatiker der Gruppe handelte. Seine Augen blickten furchtlos und vom Feuer der Rechtschaffenheit erfüllt. Weder seine Stimme noch seine Haltung drückten Unterwürfigkeit aus. Ich beschloß, über die mangelnde Höflichkeit hinwegzusehen, das traditionelle ›Sire‹ oder ›Mein Fürst‹ zu gebrauchen, wenn er mich ansprach.

»Du kennst meinen Ruf?« sagte ich.

»Ja.«

»Du weißt, daß er zutreffend ist?«

Der kleine Mönch zuckte die Achseln. »Wenn Ihr es sagt.«

»Er ist zutreffend«, sagte ich leise. Ich konnte aus dem Augenwinkel sehen, wie Bruder Michael erbleichte. Bruder Jakob, der wahrhaftig wie ein Jude aussah, war ausgesprochen blaß und ausgesprochen gleichgültig. »Es ist zutreffend«, fuhr ich im selben Plauderton fort, »daß ich Tausende Menschen gefoltert und ermordet habe, und die meisten hatten sich keines besonders schwerwiegenden Vergehens gegen mich und mein Reich schuldig gemacht. Viele meiner Opfer waren Frauen – davon viele schwanger –, und viele kleine Kinder. Ich habe viele sogenannte unschuldige Frauen und Kinder gefoltert, enthauptet und gepfählt. Weißt du, warum das so ist, Bruder Hans der Pförtner?«

»Nein.« Der untersetzte kleine Mönch hatte die Hände vor sich ver-

*schränkt und stand breitbeinig und entspannt da, als würde er sich die Beichte eines Bauern anhören. Sein Gesichtsausdruck drückte nur gelindes Interesse aus.*

*»Es ist so, weil ich, genau wie Jesus Christus ein guter Hirte war, ein guter Gärtner bin«, sagte ich. »Wenn man das Unkraut aus seinem Garten entfernt, dann muß man nicht nur das Unkraut an der Oberfläche ausreißen. Ein guter Gärtner muß tief graben, damit er die Wurzeln entfernen kann, die weit unten in der Erde wachsen und aus denen in kommenden Jahreszeiten neues Unkraut entspringen könnte. Stimmt es nicht, Bruder Hans der Pförtner?«*

*Der Mönch sah mich eine ganze Weile an. Trotz seines untersetzten Äußeren waren Muskulatur und Knochenbau seines Gesichts kräftig. »Ich bin kein Gärtner«, sagte er schließlich. »Ich bin ein Diener unseres Herrn Jesus Christus.«*

*Ich seufzte. »Dann beantworte mir diese Frage, Diener deines Herrn Jesus Christus«, sagte ich und bemühte mich, meine Stimme nicht zu schroff klingen zu lassen. »Vorausgesetzt, daß alles wahr ist, was über mich gesagt wird, daß Tausende unschuldiger Frauen und Kinder von meiner Hand oder auf meinen Befehl hin gestorben sind, befehle ich dir, mir mein Schicksal nach meinem Tod vorherzusagen.«*

*Bruder Hans der Pförtner zögerte nicht. Seine Stimme klang ruhig. »Ihr werdet in die Hölle kommen«, sagte er. »Wenn die Hölle Euch haben will. Ich an Satans Stelle könnte Eure Gegenwart wahrscheinlich nicht ertragen, obschon man behauptet, daß die Schreie der gequälten und verdammten Seelen wie Musik in Satans Ohren sind. Aber Ihr versteht die Lustbarkeiten Satans gewißlich viel besser als ich.«*

*Es fiel mir schwer, ein Lächeln zu verbergen. Ich stellte mir schon das Gerede vor, wenn ich diese drei Mönche mit Eseln vollgepackt mit Reichtümern zu ihren Abteien zurückschickte. Ich bewundere Mut bei meinen Gegnern.*

*»Demnach denkst du, daß ich kein Heiliger bin?« sagte ich leise.*

*Dann machte Bruder Hans der Pförtner einen Fehler. »Ich glaube, Ihr seid verrückt«, sagte er mit seiner tiefen, sanften, irgendwie traurigen Stimme. »Und ich bedaure die Tatsache, daß der Wahnsinn Euch zu ewiger Verdammnis geführt hat.«*

*Nach dieser Bemerkung zerstob meine gute Laune. Ich rief meine Wachen und ließ sie Bruder Hans den Pförtner halten, während ich einen Eisenpflock nahm und den Mann pfählte. Als Vorspiel der vergleichsweise barmherzigen Tat, ihn zwischen seinen dicken Pobacken zu pfählen, trieb ich kurze Stacheln durch seine Ohren und Augen und einen längeren seinen Hals hinab. Er wand sich immer noch unter Qualen, als ich ihm einen lan-*

*gen Eisennagel durch die Füße hieb und ihn an einem Strang hochziehen ließ, damit er kopfunter hing wie Geflügel auf dem Markt. Dann rief ich meinen Hof zusammen, damit alle Zeuge würden.*

*Unter den Blicken der leichenblassen Brüder Michael und Jakob ließ ich den Esel von Bruder Hans dem Pförtner holen und das Tier im Hof auf einer langen Eisenstange pfählen. Die Prozedur war laut und nicht so einfach, wie es sich anhören mag.*

*Als alles vorbei war, wandte ich mich an Bruder Jakob. »Du hast die Meinung deines Gefährten gehört, was meine Erlösung anbelangt«, sagte ich. »Wie sieht nun deine Meinung zu dieser Frage aus?«*

*Bruder Jakob warf sich, Gesicht zuerst, auf den Steinboden, eine Geste völliger Unterwerfung. Bruder Michael folgte seinem Beispiel einen Augenblick später.*

*»Bitte, mein Fürst«, wimmerte Bruder Jakob, der die Hände ausgestreckt und so fest ineinander verhakt hatte, daß sie so weiß wie jungfräuliches Pergament waren. »Gnade, mein Fürst! Ich flehe um Gnade, im Namen Gottes!«*

*Ich schritt zu ihnen, bis meine beiden Stiefelspitzen die Wangen der beiden Männer berührten. »In* wessen *Namen?« brüllte ich. Meine Wut war nur teilweise gespielt; ich war immer noch erbost über die letzten Bemerkungen von Bruder Hans dem Pförtner, bevor sein Selbstbewußtsein sich in klägliches Schreien aufgelöst hatte.*

*Bruder Michaels Denken funktionierte schneller. »In* Eurem *Namen, mein Fürst! Wir bitten um Gnade im geheiligten Namen Vlad Draculas! In Eurem Namen flehen wir Euch an!«*

*Ich konnte die Unterwürfigkeit in ihrer beider Stimmen hören, als ihr Flehen endlich einen Brennpunkt gefunden hatte. Ich stellte den Stiefel auf Bruder Jakobs Hals. »Und zu* wem *wirst du künftig beten, wenn du Gnade oder göttliche Unterstützung wünschst?«*

*»Zu unserem Herrn Dracula!« stöhnte Bruder Jakob.*

*Ich verlagerte das Gewicht und stellte den Stiefel auf den Hals von Bruder Michael. »Und* wer *ist die einzige Macht im Himmel und auf Erden, die die Gabe besitzt, deine Gebete zu erhören oder zu mißachten?«*

*»Mein Herr Dracula!« brachte Bruder Michael heraus, aus dem der Atem herausgepreßt wurde wie schlechte Luft aus einem Weinschlauch, als ich fester auf sein Rückgrat trat.*

*Einen Augenblick war im ganzen Hof kein Laut zu hören, abgesehen vom tropfenden Blut von Bruder Hans und seinem Esel. Dann nahm ich den Fuß von Bruder Michaels Hals und entfernte mich langsam, bis ich mich schließlich träge auf meinen Thron fallen ließ. »Ihr werdet meine Stadt und mein Land heute nacht noch verlassen«, sagte ich. »Ihr dürft eure*

*Tiere und soviel Proviant für die Reise mitnehmen, wie ihr wünscht. Wenn euch meine Soldaten noch innerhalb der Walachei oder Transsilvaniens finden, wenn die Sonne dreimal aufgegangen ist, dann werdet ihr zu eurem neuen Gott – also zu mir – beten, euer Tod hätte ebenso angenehm sein können wie der von Bruder Hans dem Pförtner oder seinem brüllenden Esel. Geht jetzt! Und verbreitet die Kunde von der unendlichen Barmherzigkeit Vlad Draculas.«*

*Sie gingen, aber den Lügen nach zu urteilen, die Bruder Jakob später dem allzu bereitwillig verleumdenden Dichter Michael Beheim diktierte, hatten sie ihre Lektion nicht ausreichend gelernt.*

*Die an jenem Tag anwesenden Höflinge freilich schon. Ebenso die Franziskanermönche, die in ihrem Kloster in Tîrgovişte blieben. Sie weilten verdrossen innerhalb ihrer Klostermauern, aber von diesem Tage an wurden sie zunehmend ruhiger.*

*Und die sorgfältig geschliffene Legende von Vlad Dracula wurde noch schärfer und bohrte ihre Klinge ins Herz meiner Feinde.*

# Kapitel 25

Als O'Rourke zu Ende gesprochen hatte, standen die drei als stummes Stilleben im Licht der zischenden Lampe, Lucian auf halbem Weg zwischen der Heizplatte und der Tür erstarrt, O'Rourke im Schatten bei dem gesprungenen Sofa, Kate dicht neben der Lampe. Sie hatte ständig zwischen dem erschöpften Priester und dem jungen Mann hin und her gesehen, aber jetzt hatte sie nur Augen für Lucian. Ihre Gedanken waren: *Wenn er jetzt versucht zu fliehen, müssen wir ihn festhalten. O'Rourke sieht völlig erschöpft aus. Ich werde es selbst tun müssen.*

Lucian lief nicht weg.

O'Rourke rieb sich die stoppeligen Wangen. Seine Augen drückten keinen Triumph aus, nur Traurigkeit.

*Wenn Lucian einer von* ihnen *ist,* dachte Kate, *dann wissen Sie, wo wir sind. Die Männer in Schwarz. Die Männer, die Tom und Julie und Chandra getötet haben. Die Männer, die Joshua entführt haben ...* Sie spürte, wie ihr Herz schneller schlug und bemerkte am Rande, daß ihre Fäuste sich wie aus eigenem Antrieb ballten.

Lucian ging zur Heizplatte zurück, nahm den Holzlöffel und rührte langsam die inzwischen kochende Suppe um.

In dem Augenblick hätte Kate ihn am liebsten erwürgt. »Stimmt das?« fragte sie. »Lucian, warst du das?«

Hätte er die Achseln gezuckt, hätte sie im selben Moment den Holzstuhl hinter ihm genommen und ihn ihm auf dem Kopf zerschlagen.

Er zuckte nicht die Achseln. »Ja«, sagte er. »Ich war es.« Er sah sie einen Moment an, dann hob er den Löffel und kostete die Suppe.

»Leg den Löffel weg«, sagte Kate. Sie überlegte sich, ob sie sich rechtzeitig ducken könnte, sollte Lucian den Topf kochender Suppe nach ihr werfen.

Lucian legte den Löffel weg und kam einen Schritt auf sie zu.

O'Rourke trat zwischen sie, als Kate gerade beide Fäuste hob. Lucian hob beide Hände und kehrte die Handflächen nach außen.

»Lassen Sie es mich erklären«, sagte er leise. Sein rumänischer Akzent wirkte jetzt ausgeprägter. »Kate, ich würde Joshua niemals weh tun ...«

Da spürte sie, wie sie die Fassung verlor, und sie mußte daran denken, wie sie vor drei Monaten – vor einer Ewigkeit – abgedrückt hatte, als der Mann in Schwarz ihr Baby zu bedrohen schien. Sie wünschte sich, sie hätte jetzt eine Waffe.

»Nein, es ist mein Ernst«, sagte Lucian, der um O'Rourke herumlangte und sie am Arm berührte.

Sie zog den Arm weg. Lucian hielt wieder die Arme hoch. »Kate, meine Aufgabe war es, das Baby sicher außer Landes zu bringen, und nicht, ihm weh zu tun.«

Es schien, als hätte Michael O'Rourke während des ganzen Wortwechsels nicht einmal geblinzelt. Jetzt trat er beiseite, zog das Stromkabel der Heizplatte heraus und stellte den Suppentopf vorsichtig auf einen gekachelten Sims, außerhalb von Lucians Reichweite. »Sie haben gesagt, Sie können es erklären.« Er verschränkte die Arme. »Erklären Sie.«

Lucian versuchte zu lächeln. »Ich denke, Sie haben selbst etwas zu erkären, Priester. Schließlich kann es kaum ein Zufall sein, daß Sie . . .«

*»Lucian!«* schnappte Kate. »Wir sprechen von *dir!«*

Der junge Mann nickte und hob wieder die Hände, als wollte er sie beschwören, sich zu beruhigen. »Na gut . . . wo soll ich anfangen?«

»Es war Ihre Aufgabe, das Baby außer Landes zu bringen«, sagte O'Rourke. »Was meinen Sie damit. Ihre Aufgabe? Wer hat Ihnen die Aufgabe gegeben? Für wen arbeiten Sie?«

Kate sah zur Tür und rechnete fast damit, Mitglieder der *Securitate* eindringen zu sehen. Aber abgesehen vom Zischen der Laterne und dem Klopfen ihres Herzens war kein Laut zu hören.

»Ich arbeite nicht für jemanden«, sagte Lucian, »ich arbeite *mit* einer Gruppe, die seit Jahren . . . Jahrhunderten . . . für die Freiheit kämpft.«

Kate schnaubte verächtlich. »Du bist ein Partisan. Ein Freiheitskämpfer. Klar doch. Und du bekämpfst die Tyrannen, indem du Babys entführst.«

Lucian sah sie an. Seine Augen glänzten hell. »Indem ich Babys *von* Tyrannen entführe.«

»Wie meinen Sie das?« sagte Pater O'Rourke.

Lucian seufzte und ließ sich auf das Sofa fallen. »Können wir uns nicht alle setzen?«

»Du setzt dich hin«, sagte Kate, die die Arme verschränkte, damit sie nicht zitterten. »Du setzt dich hin und erzählst.«

»Okay«, sagte Lucian. Er holte noch einmal tief Luft. »Ich bin

Angehöriger einer Gruppe, die Ceaușescu Widerstand leistete, als er noch an der Macht war. Davor kämpften mein Vater und meine Mutter gegen Antonescu und die Nazis.«

»Indem die Babys entführten«, unterbrach ihn Kate. Sie konnte nicht verhindern, daß ihre Stimme bebte.

Lucian sah sie an. »Nur wenn sie zu den *Voivoda Strigoi* gehören.«

O'Rourke verlagerte das Gewicht, als würde ihm seine Beinprothese Schmerzen bereiten. Sein Gesicht sah im Licht der Laterne ausgesprochen markant aus. »Das müssen Sie erklären.«

Lucian lächelte verzerrt. *»Sie* wissen doch von den *Strigoi«*, sagte er. »Ihr Franziskaner kämpft schon seit Jahrhunderten gegen sie.«

»Lucian«, sagte Kate und trat zwischen die beiden Männer, »warum hast du Joshua aus dem Waisenhaus in Tîrgoviște abgeholt? Hast du für Popescus Leute gearbeitet?«

Dieses Mal lachte der junge Mann unbeschwerter. »Kate, *niemand* arbeitet für Popescu. Dieser medizinische Zuhälter hat für jeden gearbeitet, der ihn bezahlte. Wir haben ihn bezahlt.«

»Wer ist wir?« schnappte Kate.

»Der Orden. Die Gruppe, der meine Familie seit Jahrhunderten angehört. Unser Kampf galt nicht nur dem politischen Überleben des Landes, sondern dem Überleben seiner Seele. Hinter den Ceaușescus, hinter den früheren kommunistischen Regimen, hinter Ion Antonescu, hinter ihnen allen . . . standen die *Strigoi.* Die Bösen, die wie Menschen einhergehen, aber keine sind. Die Dunklen Ratgeber. Die Mächtigen, die die Zukunft unserer Nation so sicher aussaugen, wie sie das Blut ihrer Menschen ausgesaugt haben.«

»Vampire«, sagte Kate. Ihre Aufmerksamkeit konzentrierte sich in diesem Augenblick so sehr auf Lucian, daß der Rand ihres Gesichtsfeldes zu verschwimmen schien.

Dieses Mal zuckte der junge Mann die Achseln. »Das ist der westliche Name. Die meisten Mythen stammen von euch . . . die spitzen Zähne, der Opernmantel . . . Bela Lugosi und Christopher Lee. Eure *Nosferatus* und Vampire sind Ammenmärchen, um kleine Kinder zu erschrecken. Unsere *Strigoi* sind nur allzu real.«

Kate stellte fest, daß sie nervös blinzelte. »Warum sollten wir dir das glauben?«

»Sie müssen mir nicht glauben, Kate. Sie waren die einzige, die die Wahrheit über die *Strigoi* selbst herausfinden konnte. Nur zu ... erzählen Sie mir, was Sie und Ihre Kollegen im weltberühmten amerikanischen CDC herausgefunden haben. Erzählen Sie es mir!« Er wartete nicht auf ihre Antwort. »Sie haben das Immunsystem eines Kindes gefunden, das sich selbst wiederherstellen, das die Folgen der schweren kombinierten Immunschwäche überwinden kann ... wenn es Blut bekommt.«

Kate versuchte zu schlucken, aber ihr Hals war zugeschnürt.

»Haben Sie das Blutabsorptionsorgan in der Magenwand isolieren können?« fragte Lucian. »Ich konnte es. In den Leichen ihrer Toten und den Körpern ihrer Lebenden ... wie Joshua. Konnten Sie den Immunrekonstruktionsprozeß in T- und B-Zellen nachweisen, wenn der Retrovirus den Purinmangel behoben hatte? Muß ich Sie wirklich davon überzeugen, daß es Menschen gibt, die ihre Körper wiederbeleben, indem sie DNS-Elemente aus dem Blut anderer Menschen benützen? Oder daß sie über erstaunliche regenerative Fähigkeiten verfügen? Oder daß sie – theoretisch – jahrhundertelang leben können?«

Kate leckte sich die Lippen. »Warum haben du und Popescu Joshua aus dem Waisenhaus in Tîrgovişte abgeholt? Warum hast du mich mit ihm zusammengebracht und die Fäden gezogen, damit ich ihn adoptiere?«

Lucian seufzte. Seine Stimme klang müde. »Sie kennen die Antwort darauf, Kate. Sie haben unsere medizinische Ausrüstung in diesem Land gesehen. Wir wissen, daß die Krankheit der *Strigoi* Ähnlichkeit mit dem HIV-Virus aufweist. Wir wissen, daß der Retrovirus der *Strigoi* über erstaunliche Fähigkeiten verfügt. Aber eine gründliche Gentherapie liegt in diesem Land nicht im Bereich des Machbaren. Mein Gott, Kate, Sie haben unsere Toiletten gesehen ... glauben Sie wirklich, daß wir imstande wären, ein effektives Labor der Klasse IV zu bauen und zu unterhalten?«

»Wer ist ›wir‹?« wiederholte O'Rourke. »Was ist dieser ›Orden‹?«

Lucian sah den Priester an. »Der Orden des Drachen.«

Kate hörte, wie sie selbst heftig Luft holte. »Davon habe ich gelesen. Vlad der Pfähler hat ihm angehört ...«

»Er hat ihn *besudelt*«, schnappte Lucian, dessen Stimme zum ersten Mal in dieser Nacht wütend klang. »Vlad Dracul und sein Bastard von einem Sohn haben auf alles gespuckt, wofür der Orden eintrat ... *eintritt*.«

»Und wofür tritt er ein?« fragte O'Rourke.

Lucian sprang so schnell auf die Füße, daß Kate dachte, er

würde sie und O'Rourke angreifen. Statt dessen riß der junge Mann die Knöpfe seines Hemdes auf und entblößte die Brust.

Dort funkelte ein goldenes Amulett: ein Drache, Klauen ausgestreckt, den Leib zu einem Ring geformt, den Schuppenring um ein doppeltes Kreuz geschlungen. Das Amulett war sehr alt, die Worte, die darauf standen, fast wegerodiert. »Los doch«, sagte Lucian zu O'Rourke. »Sie können doch Lateinisch lesen.«

»›O wie barmherzig ist Gott!‹« las O'Rourke und beugte sich näher hin. »Und: *›Gerecht und Gottesfürchtig‹*.« Er wich zurück. »Fragt sich nur: Gerecht und gottesfürchtig gegen wen?«

»Gegen Jesus Christus, der durch Vlad Dracul und dessen Brut geschmäht wurde«, sagte Lucian. Er knöpfte den einzigen verbliebenen Knopf seines Hemdes zu. »Gegen die Menschen, zu deren Schutz der Orden ins Leben gerufen wurde.«

»Schutz durch das Entführen von Babys«, sagte Kate, deren Stimme vor Sarkasmus triefte.

Lucian wirbelte zu ihr herum. »Ja! Wenn dieses Baby der nächste Fürst der *Voivoda Strigoi* ist.«

Kate fing an zu lachen. Sie wich zurück, bis sie den Holzstuhl an den Beinen spürte, und ließ sich immer noch lachend darauf fallen. Sie hörte erst auf, als sich das Gelächter wie Schluchzen anhörte. »Du hast Draculas Kind entführt, damit ich es adoptieren konnte . . .«

»Ja.« Lucian strich sich mit beiden Händen das Haar glatt. Seine Hände zitterten leicht. Er nickte O'Rourke zu. »Fragen Sie ihn, Kate. Er weiß mehr, als er Ihnen erzählt hat.«

Sie sah den Priester an.

»Die Franziskaner hören schon seit Jahrhunderten Gerüchte über die *Strigoi*«, sagte O'Rourke. »Und über den Orden des Drachen.«

»Woher sollen wir wissen, daß du nicht einer der *Strigoi* bist?« fragte Kate, die den jungen Medizinstudenten nicht aus den Augen ließ.

Lucian überlegte. »Haben Sie John Carpenters Remake von Howard Hawks' *Das Ding aus einer anderen Welt* gesehen?«

»Nein.«

»Scheiße«, sagte Lucian. »Ich meine, ist nicht so wichtig. Wie auch immer . . . sie finden in dem Film heraus, wer ein Mensch ist, indem sie das Blut testen. Ich würde Ihnen beiden gerne etwas abgeben, wenn Sie es versuchen wollen.«

O'Rourke zog eine Braue hoch. »Sie meinen es ernst, richtig?«

»Da haben Sie verdammt recht, ich meine es ernst, Priester. Ich kann mich für Kate verbürgen, aber was Sie betrifft, bin ich mir nicht so sicher.«

»Was würde ein Test beweisen?« sagte Kate. »Selbst wenn du den Retrovirus nicht hast, könntest du für die ... *Strigoi* arbeiten.«

Lucian nickte. »Klar. Aber Sie wüßten dann immerhin, daß ich keiner von ihnen bin.«

Kate seufzte und rieb sich das Gesicht. »Ich glaube, ich verliere den Verstand«, sagte sie. Sie sah Lucian blinzelnd an. »Was sollte das heute abend mit Amaddi ... ein ausgekochter Schwindel?«

»Nein«, sagt Lucian. »Mein Vater und andere Mitglieder des Ordens wissen schon lange von Amaddis Kontakten zur *Nomenklatura* der *Strigoi*. Aber keiner von uns konnte ihn darauf ansprechen.«

»Du hast Geschäfte mit ihm gemacht.«

»Um sein Vertrauen zu gewinnen.«

»Also ist der Name echt, den er uns gegeben hat?« fragte Kate. »Der Mann ist tatsächlich ein *Strigoi*?«

Lucian zuckte die Achseln. »In den letzten Monaten sind sowohl die *Strigoi* wie auch die letzten überlebenden Mitglieder des Ordens in den Untergrund gegangen. Wenn diese Person zu den *Strigoi* gehört, würde das einiges erklären.«

»Ich will nicht sagen, daß ich auch nur ein Wort davon glaube«, sagte Kate. »Aber wenn es stimmt ... und du behauptest, deine Eltern gehören diesem Orden des Drachens an ... können sie uns nicht helfen, diesen Mann zu finden?« Kate hatte Lucians Eltern nur einmal gesehen, aber das war ein wunderbarer Nachmittag mit erlesenem Wein und selbstgekochten Mahlzeiten in einer reizenden Altbauwohnung in Bukarest gewesen. Lucians Vater, ein Schriftsteller und Intellektueller, hatte sie beeindruckt, weil er große Weisheit und Einfluß zu besitzen schien.

»Die *Strigoi* haben meine Eltern im August ermordet«, sagte Lucian. Seine Stimme klang leise. »Die meisten Mitglieder des Ordens hier in Bukarest wurden aufgespürt und getötet. Viele verschwanden einfach. Die Leichen meiner Eltern wurden in der Wohnung aufgehängt, damit ich oder meine Schwester sie finden sollten. Eine Warnung. Die *Strigoi* sind heutzutage überaus selbstbewußt.«

Kate kämpfte gegen den Wunsch, Lucian zu umarmen oder seine Wange zu streicheln. *Vielleicht lügt er.* Aber ihre sämtlichen Instinkte behaupteten das Gegenteil.

»Sie haben vom Verwaltungschef des Krankenhauses – Popescu – in der Vergangenheitsform gesprochen«, sagte O'Rourke.

Lucian nickte. »Tot. Die Polizei fand seinen blutleeren Körper in der Woche, als Mr. Stancu – Ihr Mann im Ministerium – auf dem Seziertisch der Anatomischen Fakultät landete.«

»Weshalb sollten Sie Mr. Popescu töten?« fragte Kate. Sie gab sich die Antwort in Gedanken eine Sekunde bevor Lucian weitersprach.

»Sie konnten die Spur des Kindes – Joshuas – vom Waisenhaus bis in Popescus Klinik verfolgen. Ich bin sicher, daß das Frettchen ihnen alles über Sie – und mich – erzählt hat, bevor sie ihm die Kehle durchgeschnitten haben.«

»Und Sie haben sich seither versteckt?« sagte O'Rourke.

»Ich verstecke mich seit dem Tag, als Kate das Land verlassen hat«, sagte Lucian. »Ich riet meinen Eltern und ihren Freunden zu fliehen, aber sie waren störrisch . . . mutig.« Lucian wandte sich ab, aber Kate sah noch, wie ihm Tränen in die Augen traten.

*Vielleicht sind die Strigoi gute Schauspieler,* dachte sie. Sie war erschöpft. Der Geruch der heißen Suppe in dem Zimmer machte sie eine wenig schwindlig.

»Hören Sie«, sagte Lucian und breitete die großen Hände auf den Knien aus, während er auf der Sofalehne saß. »Ich kann Ihnen keine anderen Beweise dafür zeigen außer diesem . . .,« er klopfte sich auf die Brust, »daß ich zu dem Orden gehöre oder daß der Orden existiert. Aber benützen Sie Ihren gesunden Menschenverstand. Warum hätte ich mitgeholfen, Joshua in das Krankenhaus zu schmuggeln, und dann Ihnen, ihn zu adoptieren, wenn ich einer von den *Strigoi* wäre?«

»Wir wissen nicht einmal, ob Ihre *Strigoi* existieren«, sagte Kate.

Lucian nickte. »Na gut. Aber ich denke, ich kann Ihnen eine Demonstration geben, die es beweist.«

Kate und O'Rourke warteten.

»Als erstes gehen wir heute nacht in die Medizinische Fakultät und machen einen Bluttest an mir, damit bewiesen ist, daß ich nicht zu den *Strigoi* gehöre«, sagte Lucian. »Die Ausrüstung ist primitiv, aber ein simpler interaktiver Test sollte zeigen, ob mein Blut die *Strigoi*-Retrovirusreaktion zeigt.«

»J-Virus«, sagte Kate leise.

»Was?«

»J-Virus.« Sie sah auf. »Wir haben ihn im CDC nach Joshua genannt.«

»Okay«, sagte Lucian. »Wir machen einen einfachen J-Virus-Test, und dann empfähle ich – bitte verzeihen Sie das Wortspiel –, daß wir dem Haus des Mannes, den Amaddi genannt hat, einen Besuch abstatten. Wir folgen ihm, wohin er auch gehen mag.«

»Warum?« sagte O'Rourke.

»Weil er zu den *Strigoi* gehört«, sagte Lucian, »wird er uns zu anderen führen. Mein Vater war ganz sicher, daß es sich bei Joshua um das Kind handelt, das für die Zeremonie der Weihe auserkoren wurde . . . und es müßte fast an der Zeit sein, daß sie beginnt.«

«Was ist . . .,« begann Kate.

»Das erkläre ich, während wir zum Labor der Medizinischen Fakultät fahren«, sagte Lucian. Er stellte die Suppe auf die Heizplatte und steckte den Stecker wieder hinein.

»Was machen Sie da?« fragte O'Rourke.

»Wenn wir auf Vampirjagd gehen, möchte ich etwas im Magen haben«, sagte Lucian. Er lächelte nicht, als er anfing, die Suppe umzurühren.

Die Medizinische Fakultät der Universität war dunkel, abgesehen vom Südflügel, wo ein dösender Wachmann saß. Lucian führte sie durch laubübersäte Gärten zu einer Kellertür. Er machte sich an einem schweren Schlüsselring zu schaffen und schloß eine Tür auf, die nach Kates Meinung besser zu einem gotischen Schloß als zur Medizinischen Fakultät einer Universität gepaßt hätte.

Der Flur im Keller war schmal, mit zerkratzten Stühlen und Schreibtischen voller Spinnweben vollgestellt und roch nach Rattenkot. Lucian hatte eine Taschenlampe mitgebracht. An einer Stelle schloß er eine Seitentür auf, die quietschend nach innen schwang.

*Wer wartet auf uns?* dachte Kate. Sie versuchte, O'Rourkes Aufmerksamkeit auf sich zu lenken, aber der Priester schien in tiefes Nachdenken versunken zu sein.

Bei dem Raum schien es sich um ein Lager für uralte medizinische Fachbücher zu handeln – hier konnte Kate Mehltau riechen und den Rattenkot sogar sehen –, aber zusätzlich standen ein Feldbett, eine Leselampe und eine Heizplatte darin. Kate sah neuere amerikanische Taschenbücher, die neben den medizinischen Fachbüchern aufgestellt waren.

»Haben Sie hier gewohnt?« fragte O'Rourke.

Lucian nickte. »Die *Strigoi* haben meine Wohnung verwüstet, die Wohnungen meiner Freunde terrorisiert und ... von meinen Eltern habe ich ja schon erzählt. Aber die Medizinische Fakultät haben sie nur oberflächlich durchsucht.« Er lächelte. »Wenn ich die Vorlesungen besucht hätte ... nun, ein Dutzend meiner ›Freunde‹ und Professoren hätten mich verraten ... aber dieser Flügel des Gebäudes steht nachts leer.« Er machte das Licht aus und führte sie weiter den Flur entlang und dann zwei dunkle Treppenfluchten hinauf.

Im Labor sagte Kate: »Ich verstehe eines nicht. Haben die *Strigoi* Macht über Polizei und Grenzschutz? Ist die Polizei auch darin verwickelt?«

Lucian, der Mikroskop und Ausrüstung gerichtet hatte, hielt inne. »Nein«, sagte er. »Aber in diesem Land ... und in anderen, wie man mir sagte, arbeitet jeder irgendwann einmal für die *Strigoi*. Sie beherrschen die Herrschenden.«

Kate konnte kaum glauben, daß es sich bei dem Raum um ein funktionstüchtiges Schulungslabor einer Universität handelte: sie sah eine Gruppe optischer Mikroskope von vor dem Zweiten Weltkrieg, gesprungene Meßkolben, staubige Reagenzgläser, rissige Kachelarbeitsplatten und ramponierte Holzstühle. Es sah aus wie der Alptraum vom Labor einer High-School in einem amerikanischen Getto, Jahre, nachdem diese aufgegeben wurde. Aber Lucian hatte gesagt, daß es sich um *das* Labor der Medizinischen Fakultät handelte.

»Also war Ceaușescu ein *Strigoi*?« fragte O'Rourke.

Lucian schüttelte den Kopf. »Ceaușescu ... beide Ceaușescus ... waren Instrumente der *Strigoi*. Sie erhielten ihre Befehle vom Oberhaupt der Familie der *Voivoda Strigoi*.«

»Der Dunkle Ratgeber«, sagte O'Rourke.

Lucian sah stechend auf. »Wo haben Sie diesen Ausdruck gehört?«

»Demnach gab es einen Dunklen Ratgeber?«

»O ja«, sagte Lucian. Er stellte einen antiken Autoklaven auf die Arbeitsplatte und steckte den Stecker hinein. »Kate, würden Sie mir ein paar Lanzetten geben?«

Kate sah sich um und suchte nach sterilen Verpackungen, aber Lucian sagte: »Nein, dort im Waschbecken.«

In einer gesprungenen emaillierten Bettpfanne lagen mehrere Lanzetten aus Edelstahl. Sie schüttelte den Kopf und gab Lucian die Bettpfanne. Der stellte die Bettpfanne in den Autoklaven, der zu summen anfing.

»Dieser Test ist nicht wichtig«, sagte sie. »Er beweist gar nichts.«

»Ich finde doch«, sagte Lucian. Er zog die Jalousien vor den Fenstern herunter und schaltete das Licht über der Mikroskopbank aus. »Außerdem muß ich Ihnen noch etwas zeigen.« Lucian bückte sich vor einem kleinen Kühlschrank und holte eine winzige Phiole heraus. »Standardblutkonserven«, sagte er. Mit einer Pipette bereitete er drei Objektträger mit Blutkonserven vor. Dann nahm er die Lanzetten aus dem Autoklaven und holte Alkohol und Tupfer unter dem Tresen hervor. »Wer macht den Anfang?«

»Was sollen wir hier sehen?« sagte O'Rourke. »Kleine Vampirthrombozyten, die sich auf unsere Blutzellen stürzen?«

Lucian drehte sich zu Kate um. »Möchten Sie es ihm erklären?«

»Als Chandra ... als die Experten im CDC den J-Virus isoliert hatten«, sagte sie, »war es in der Retrospektive vergleichsweise einfach, die Auswirkungen auf Blutkonserven und vorbereitete Proben festzustellen. Der J-Virus ... eigentlich ist es ein Retrovirus ... bindet gp120-Glykoprotein an CD4-Rezeptoren in T-Helferlymphozyten ...«

»Mann, Mann«, sagte O'Rourke. »Sie meinen, Sie können einfach Blutproben unter dem Mikroskop ansehen und wissen, ob es sich um *Strigoi* handelt?«

Kate machte eine Pause und sah Lucian an. »Ganz so einfach ist es nicht. Wir können nicht einfach nur durch das Okular sehen, aber ... ja, man kann einen Unterschied feststellen, wenn der J-Retrovirus mit fremden Blutzellen reagiert.«

Lucian brachte den ersten Träger an. »Ist Ihnen die erstaunliche Zahl befallener Zellen aufgefallen?« Er sprach mit Kate.

»Wir haben fast neunundneunzig Prozent ermittelt«, sagte sie.

»Was bedeutet das?« fragte O'Rourke.

Kate erklärte es ihm. »Der HIV-Retrovirus befällt etwa eine CD4-Zelle in hunderttausend. Das sind sehr viele, wenn man bedenkt, wie viele Milliarden Zellen wir haben. Aber der J-Virus ... nun, der ist gierig. Er versucht, alle fremden Blutzellen zu infizieren, die ihm unterkommen.«

O'Rourke trat von der Arbeitsfläche zurück. Sein Gesicht über dem dunklen Anzug und dem Priesterkragen sah totenbleich aus. »Aber er kann nicht so ansteckend sein ... wir wären alle Vampire ... *Strigoi* ... wenn das so funktionieren würde.«

Kate mußte lächeln. »Nein, er ist überhaupt nicht ansteckend, soweit wir das sagen können. Er wird im Körper des Wirts durch einen komplexen doppelt rezessiven Genvorgang erzeugt, den wir nicht verstehen. Außerdem ist er nicht von der SCID-Immunschwäche abhängig, die zu dem Paket mit dazugehört.«

»Und was bedeutet das?« fragte O'Rourke.

Lucian antwortete, ohne das Gesicht vom Mikroskop zu nehmen. »Es bedeutet, daß man an einer seltenen tödlichen Blutkrankheit leiden muß, damit man durch eben diese Krankheit virtuelle Unsterblichkeit erlangt. Es ist nicht ansteckend.« Er sah auf. »Auch wenn wir vielleicht alle wünschen, daß es ansteckend wäre. Wer ist der erste?«

Kate machte eine ›Du-zuerst‹-Geste.

»Gestrenge Oberherrin«, sagte Lucian mit seinem spöttischen Mutant-Turtle-Dialekt. Er hob eine Lanzette, stach sich in den Finger, drückte soviel Blut heraus, daß er einen Tropfen auf den vorbereiteten Objektträger fallen lassen konnte, und gab Kate die Bettpfanne mit den Lanzetten. »Möchten Sie unserem Pater hier die Ehre geben?«

Kate stach O'Rourke in den Mittelfinger, drückte einen Tropfen Blut heraus, bereitete den Objektträger vor und wiederholte den Vorgang dann bei sich selbst. »Ich behaupte immer noch, daß das nichts beweist«, sagte sie.

Lucian behandelte die Proben ein paar Minuten lang unter Kates aufmerksamen Blicken. »Nun, es beweist immerhin, daß wir keine kleinen Vapirthrombozyten in meiner Probe *sehen* können«, sagte er schließlich und trat vom Mikroskop zurück. Kate beugte sich darüber und sah hinein.

O'Rourke winkte ab, als er an der Reihe war. »Ich konnte nie mehr als meine eigenen Wimpern sehen«, sagte er. »Was für Vorbereitungen machen Sie da eigentlich damit?«

Kates Probe wanderte als nächste auf den Objektträger. »Wir bereiten sie für eine Analyse auf reverse Transkriptase vor«, sagte Kate.

O'Rourke hörte sich enttäuscht an. »Also könnten wir keine kleine Vampirthrombozyten sehen, selbst wenn wir es versuchen würden?«

»Sorry, Kumpel«, sagte Lucian und holte eine Zentrifuge hervor, die nach Kates Meinung aussah, als wäre sie im Mittelalter hergestellt worden. »Aber die Analyse dürfte nicht lange dauern.« Er hielt ein sauberes Reagenzglas hoch. »Jetzt möchte ich noch eine Probe nehmen.«

Kate verspürte den Impuls, über die Schulter zu sehen. Sie fragte sich, was sie tun würde, sollte jemand dort in dem Schatten stehen. »Von wem?« sagte sie.

»Genau«, sagte Lucian. Er löschte das Licht und führte sie mit der Taschenlampe den Korridor entlang, wieder in den Keller und dann eine Treppe hinunter in ein noch tieferes Kellergewölbe.

Kate roch es zuerst. »Die Leichenhalle«, flüsterte sie O'Rourke zu.

Lucian blieb vor der letzten Schwingtür stehen. »Schon gut. Dies ist die alte Leichenhalle. Die Dozenten und Studenten benützen die neue, kleinere im Westflügel. Aber hier werden die Leichen gelagert, bevor die Studenten sie bekommen. Und manchmal benützt die Stadt sie als Zwischenlager für Tote, bei denen sich keine Verwandten melden.«

»Mr. Stancu vom Ministerium?« sagte Kate.

»Ja, den habe ich hier gefunden. Aber mein Brief an Sie war nicht vollkommen arglos, Kate. Ein Freund im Orden hatte mir den Tip gegeben, daß Stancu ermordet worden war. Genau wie Popescu.«

»Können wir diesen Freund kennenlernen?« sagte O'Rourke.

»Nein.«

»Warum nicht?«

»Er wurde in derselben Woche ermordet wie meine Eltern«, sagte Lucian. »Sie haben ihm den Kopf abgeschnitten.« Er machte die Türen auf, und die drei traten in eiskalte Dunkelheit. Kahle Edelstahltische mit Keramikbecken und Podesten ragten in der Dunkelheit auf. Sie waren nicht sauber.

»Wissen Sie«, sagte O'Rourke tonlos, »wir haben nur Ihr Wort darauf, daß Ihre Eltern tot sind.«

»Hm-mmm«, stimmte Lucian zu. Er gab Kate die Taschenlampe. »Danke«, sagte er, als sie sie gerade hielt. Er machte eine Klappe auf und zog eine lange Bahre heraus. Lucian hob das Leichentuch.

»Kate, kennen Sie ihn?« sagte Lucian mit gepreßter Stimme.

»Ja.« Als sie Lucians Vater zum letzten Mal gesehen hatte, hatte ihr der Mann Komplimente auf französisch gemacht, gelacht und allen am Tisch mehr Wein eingeschenkt. Jetzt sah er aus, als wäre ihm an zwei Stellen die Kehle durchgeschnitten worden. Seine Haut war weiß.

Lucian machte das Schubfach zu und das daneben auf. »Und sie?«

Kate betrachtete die Frau in mittleren Jahren, die vor Freude errötet war, als Kate die Familie Forsea eingeladen hatte, sie zu besuchen, wenn Lucian mit ihnen nach Abschluß des Medizinstudiums nach Colorado käme. Mrs. Forsea hatte sich eigens für die nachmittägliche Begegnung das Haar machen lassen. Kate konnte immer noch eine graue Locke sehen. Die Wunden am Hals waren fast identisch mit denen ihres Mannes.

»Ja«, sagte Kate, die O'Rourkes Hand ergriff und drückte, ohne es zu wollen. *Und wenn sie Schauspieler waren? In Wirklichkeit gar nicht Lucians Eltern? Wenn das Ganze eine weitreichende Verschwörung war?* Aber Kate wußte es besser.

Lucian machte das Schubfach zu.

»Wollten Sie uns das zeigen?« sagte O'Rourke.

»Nein.« Er machte sich an dem Schlüsselring zu schaffen und schloß eine schwere Stahltür auf, die in die gegenüberliegende Wand eingelassen war. Im Nebenzimmer war es kälter und noch dunkler, aber Kate konnte Leuchtziffern und Dioden sehen, die einen niedrigen Metallzylinder beleuchteten, der wie ein Blechwassertank aussah, wie sie sie auf Farmen in Colorado gesehen hatte. Die Oberfläche des Tanks blubberte und brodelte.

Nach zwei Schritten blieb Kate stehen und schlug die Hände vor das Gesicht.

»Großer Gott!« hauchte Pater O'Rourke. Er hob eine Hand, als wollte er sich bekreuzigen.

»Kommen Sie«, flüsterte Lucian. »Hier werden wir unsere letzte Probe nehmen.« Er führte sie weiter.

Der Stahltank war etwa neunzig Zentimeter tief und über zwei Meter lang und mit Blut gefüllt. Zuerst konnte Kate trotz der Farbe im spärlichen Licht und der offensichtlichen Viskosität nicht glauben, daß es sich um Blut handelte, aber Lucian hatte ihre Reaktion gesehen und sagte: »Doch, es ist echtes Blut. Ich habe es aus dem Krankenhaus Distrikt Eins und von anderen Stellen gestohlen. Ein Großteil stammt von den amerikanischen Hilfsorganisationen.«

Kate mußte an die sterbenden Kinder denken, die Bluttransfusionen gebraucht hatten, als sie vergangenen Mai noch in Bukarest arbeitete, aber bevor sie Lucian scharf anfahren konnte, sah sie, was unter der brodelnden Oberfläche in dem Tank schwebte.

»O mein Gott.« Sie hatte geflüstert. Jetzt beugte sie sich trotz ihres Grauens dichter hin, damit sie in den Tank hineinsehen konnte, und blinzelte im roten und grünen Leuchten des runden

Dutzends medizinischer Instrumente, die sich an einem Ende des Trogs drängten, wo isolierte Leitungen und Kabel in das Bad träge blubbernden Menschenbluts führten.

Es war ein Mann ... jedenfalls war es einmal einer gewesen ... nackt, Augen und Mund weit offen, das Gesicht dicht unter der Oberfläche. Verschiedene Teile seinen Körpers glänzten im öligen Licht, wenn Strömungen im Blut ihn an die Oberfläche spülten und wieder untertauchten. Er war fast in Stücke gehauen worden, und zwar – wie Kates an Unfallwunden gewöhnter Blick feststellte – mit einer Waffe mit großer Klinge.

»Ein geschliffener Spaten«, sagte Lucian, als hätte er ihre Gedanken gelesen.

Kate leckte sich die Lippen. »Wer war das?« Sie wußte, was Lucian antworten würde.

»Ich.« Sein Blick wirkte normal, weder wütend noch reuig. »Ich habe ihn gefunden, als er allein war, habe ihm mit einer Schaufel mit langem Griff ... ich glaube, Sie sagen Spaten dazu ... auf den Kopf geschlagen ... und dann so zerstückelt, wie Sie es jetzt sehen.«

O'Rourke ging neben dem Tank in die Hocke. Kate konnte sehen, wie sich Blutströpfchen auf dem Handrücken des Priesters sammelten, als dieser den Stahlrand des Trogs umklammerte. »Wer ist er?«

Lucian zog die Brauen hoch. »Können Sie das nicht erraten? Er ist einer der Männer, die meine Eltern ermordet haben.« Er ging zum Oszilloskop auf einem Metalltablett neben dem Tank und veränderte die Anzeige, indem er einen Schalter drückte.

Kate betrachtete den Leichnam im Tank. Das linke Ohr des Mannes fehlte, und diese Seite seines Gesichts war vom Wangenknochen bis zum Kinn aufgeschlitzt; der Hals war fast abgetrennt – sie konnte die Wirbelsäule sehen, wenn der Leichnam sanft gewiegt wurde –, und der obere Schulterbereich, Arme und Brust wiesen gewaltige Kerben auf. Kate konnte freigelegte Knorpel und Sehnen erkennen. Der Leichnam war an der Taille aufgeschnitten worden, die inneren Organe deutlich sichtbar ...

*Der Leichnam wurde geöffnet wie ein Kadaver von einem Medizinstudenten.*

Kate sah Lucian an. Dann fiel ihr zum ersten Mal auf, was die elektronischen Monitore hinter ihm anzeigten.

Sie wich von dem Tank zurück und sog unwillkürlich Luft ein. »Es lebt«, flüsterte sie.

O'Rourke sah betroffen auf, dann wischte er sich die Hände an der Seite des Tanks ab. »Wie könnte diese arme . . .«

»Es lebt«, flüsterte Kate noch einmal. Sie ging zu den Instrumenten und achtete nicht auf Lucian. Der Blutdruck war gering, die Rate des Herzschlags so langsam, daß kaum etwas angezeigt wurde, abgesehen von einem vereinzelten Peak, wenn der Herzmuskel Blut durch die Kammern und wieder zurück in das umliegende Blutmedium beförderte, und das EKG war mit nichts vergleichbar, das sie je gesehen hatte: Alpha- und Theta-Peaks so unregelmäßig und weit entfernt, daß es sich um Botschaften von einem fernen Stern hätte handeln können.

Aber keine flache Linie. Nicht gehirntot.

Das Ding im Tank befand sich in einem Stadium, das weiter von der Realität entfernt war als Schlaf, aber reger als ein Komaopfer. Und es lebte eindeutig.

Kate sah wieder Lucian an: Immer noch der freundliche, offene Gesichtsausdruck und das sanfte Lächeln. Das Lächeln eines Mörders. Nein, womöglich das Lächeln eines Sadisten.

»Sie haben meine Eltern abgeschlachtet«, sagte er. »Sie haben meine Mutter und meinen Vater an den Füßen aufgehängt, ihnen die Kehlen aufgeschlitzt wie Schweinen und von ihren offenen Wunden getrunken.« Er sah den Leichnam im Tank an. »Dieses Ding hätte schon vor einen Jahrhundert sterben sollen.«

Kate ging zu dem Tank zurück, krempelte die Ärmel hoch und griff mit beiden Händen hinein, wobei ihre Finger durch Verletzungen und gebrochene Rippen glitten und das Herz des Mannes berührten. Nach einem winzigen Augenblick erfolgte eine schwache Bewegung, als würde sich eine Schwalbe zaghaft auf ihrer Handfläche regen. Eine Sekunde später bewegte der Mann fast unmerklich die weißen Augen.

»Wie kann das sein?« fragte Kate, aber sie wußte es . . . wußte es seit dem Augenblick, als sie den Abzug von Toms Schrotflinte gedrückt und denselben Mann in der Nacht des Brandes wieder gesehen hatte.

Lucian deutete auf die Instrumente. »Das versuche ich ja herauszufinden. Darum kann ich die Medizinische Fakultät nicht verlassen.« Er winkte zu dem Leichnam im Tank. »Die Legenden behaupten, daß die *Nosferatu* von den Toten wiederkehren, aber es ist eine Tatsache, daß sie sterben können . . .«

»Wie?« fragte O'Rourke. »Wenn dieser Mann nach dieser . . .

Verstümmelung noch am Leben ist, wie sollte man da einen töten können?«

Lucian lächelte. »Köpfen. Opferung. Ausweidung. Multiple Amputation. Selbst ein einfacher Sturz aus dem Fenster genügt ... wenn sie tief genug auf etwas fallen, das hart genug ist.« Das Lächeln wurde zaghaft. »Oder man verweigert ihnen nach einer Verletzung einfach Blut, dann sterben sie. Nicht leicht, aber im Lauf der Zeit.«

Kate runzelte die Stirn. »Was meinst du damit, ›nicht leicht‹?«

»Der Retrovirus greift auf fremde Blutzellen zurück, um das eigene Immunsystem aufzubauen ... oder ganze Stoffwechselsysteme«, sagte Lucian. »Auf mikroskopischer Ebene haben Sie das in Ihrem Labor im CDC gesehen.« Er kehrte die Handfläche zu dem Tank. »Jetzt sehen Sie es auf der makroskopischen Ebene. Aber ...« Er ging zu einem multiplen IV über dem Tank und klinkte den Tropf ab. »Wenn man ihm frisches Blut verweigert, Wirtsblut, dann frißt sich der Virus selbst auf.«

Kate sah auf den Mann im Tank hinab. »Frißt seine eigenen Zellen auf? Kannibalismus der eigenen Blutzellen, obwohl der Retrovirus die DNS dort schon transkribiert hat?«

»Nicht nur die Blutzellen«, sagte Lucian. »Der J-Virus greift sämtliche Wirtszellen an, die er finden kann, zuerst im Arteriensystem, dann in den wichtigsten Organen, dann Gehirnzellen.«

Kate verschränkte die Arme und schüttelte den Kopf. »Das ergibt keinen Sinn. Es hat nicht den geringsten Wert für das Überleben der Person. Es ...« Sie verstummte, als sie begriff.

Lucian nickte. »An diesem Punkt versucht der Retrovirus nur noch, den Retrovirus zu retten. Kannibalismus gewährt ein paar Wochen Aufschub, auch wenn der restliche Körper verwest. Möglicherweise – in einem Körper, der jahrhundertelang transkribiert wurde – Jahre.«

Kate erschauerte.

O'Rourke ging zu den Instrumenten, dann wieder zum Tank zurück. Sein Hinken war deutlicher zu sehen. »Wenn ich richtig verstanden habe, was Sie beide sagen, dann könnte ein *Strigoi* Monate oder länger nach seinem klinischen Tod in einer Art körperlicher Hölle verweilen. Aber er wäre doch sicher nicht bei Bewußtsein?«

Lucian deutete auf das EEG. Als Kate das Herz des Mannes berührt hatte, zeigten die Gehirnwellen eine eindeutige Folge von Peaks.

O'Rourke machte die Augen zu.

»Folterst du diesen Mann?« fragte Kate.

»Nein. Ich dokumentiere die Rekonstruktion.« Er zog eine Schublade an einem der Metallwagen auf und reichte Kate einen Stapel Polaroidfotos. Diese sahen wie gewöhnliche Aufnahmen einer Autopsie aus – sie konnte die Tischplatte aus Edelstahl unter der weißen Haut des Leichnams sehen –, aber der Leichnam des Mannes war weitaus verstümmelter, als er jetzt in dem Tank aussah. Die Fotos zeigten tiefe Wunden, wo am tatsächlichen Torso nur noch helle Narben auszumachen waren.

»Vor sechzehn Tagen«, sagte Lucian. »Und ich bin anhand der Daten fast sicher, daß sich der Rekonstruktionsvorgang beschleunigt. Noch zwei Wochen, und er wird wieder kerngesund sein.« Er kicherte. »Und wahrscheinlich ein bißchen sauer auf mich.«

Kate schüttelte wieder den Kopf. »Die schlichte Frage der Körpermasse . . .«

»Jedes Gramm Körperfett wird umgewandelt, absorbiert und wieder absorbiert und genverwandelt, damit es, wo erforderlich, als Füllmaterial dienen kann«, sagte Lucian. Er zuckte die Achseln. »Oh, man würde nicht den ganzen Mann zurückbekommen, wenn man ihm die Beine abschneiden oder das Becken entfernen würde – die Umverteilung der Masse hat ihre Grenzen – aber alles andere . . . *voilà*!« Er verbeugte sich vor dem Tank.

»Und sie brauchen frisches Blut«, sagte Kate. Sie sah den Medizinstudenten finster an. »Ist das Joshuas Schicksal?«

»Nein. Das Kind hat Transfusionen bekommen, aber als er Rumänien verließ, hatte er das Sakrament noch nicht empfangen.«

»Sakrament?« sagte O'Rourke.

»Das tatsächliche Trinken von Menschenblut«, sagte Lucian.

»Das ist ein Sakrileg«, sagte O'Rourke.

»Ja.«

»Das Schattenorgan«, murmelte Kate. Dann, lauter: »Wenn sie das Blut direkt trinken, führt der J-Virus die DNS-Transkription und Immunrekonstruktion wirkungsvoller durch?«

»O ja«, sagte Lucian.

»Und hat es auch noch andere Auswirkungen? Auf das Gehirn? Auf die Persönlichkeit?«

Lucian zuckte die Achseln. »Ich bin kein Experte, wenn es um die Auswirkungen psychologischer und körperlicher Sucht geht, aber . . .«

»Aber die *Strigoi* ... verändern sich ... wenn sie tatsächlich Menschenblut getrunken haben?«

»Wir glauben es.«

Kate lehnte sich an ein Oszilloskop. Willkürliche Peaks bildeten pulsierende grüne Echos auf ihrer Haut. »Dann habe ich ihn verloren«, flüsterte sie. »Sie haben ihn in etwas anderes verwandelt.« Sie sah in eine dunkle Ecke des großen Raums.

Lucian kam näher zu ihr, hob eine Hand zu ihrer Schulter und ließ sie wieder sinken. »Nein, das glaube ich nicht, Kate.«

Sie hob ruckartig den Kopf.

»Ich glaube, sie warten bei Joshua bis zur Zeremonie der Weihe«, sagte er. »Dort wird er zum ersten Mal an dem Sakrament teilnehmen.«

Pater O'Rourke gab einen sarkastischen Laut von sich. »Auf einmal scheinen Sie ein Experte in Fragen der *Strigoi* zu sein.«

»Nicht mehr als Sie ... *Priester*«, fauchte Lucian zurück. »Ihr Franziskaner und Benediktiner und Jesuiten, ihr beobachtet und beobachtet und beobachtet ... seit Jahrhunderten beobachtet ihr ... während diese Tiere mein Volk ausbluten und unsere Nation in den Untergang treiben.«

O'Rourke sah ihn ohne zu blinzeln an. Lucian wandte sich ab, beschäftigte sich geflissentlich mit dem IV und brachte den Tropf wieder an.

»Du kannst es ... ihn ... nicht einfach hier lassen«, sagte Kate und deutete auf den Tank.

Lucian leckte sich die Lippen. »Andere werden von den Daten profitieren, auch wenn ich sterbe. Auch wenn wir alle sterben.« Er wirbelte zu ihnen herum und ballte die Fäuste. »Und keine Bange. Nur wenige von unserem Orden des Drachen haben überlebt, aber selbst wenn ich sterbe, wird jemand hierherkommen und diesen ... diesen *Dracul* verbrennen. Ich werde auf keinen Fall zulassen, daß er wieder lebt und wir seine Beute werden. Auf gar keinen Fall.«

Der Medizinstudent holte eine große Spritze aus der Schublade, zog Blut direkt aus dem Hals des Mannes, stellte den IV-Tropf wieder ein, versperrte die innere Tür und die der Leichenhalle und führte sie wieder nach oben ins Labor. Er vollendete die Analyse in zehn Minuten und zeigte Kate die Ergebnisse: drei normale Proben und eine, in der es nur so von J-Retroviren wimmelte, die die zugeführten Blutzellen angriffen.

Lucian führte sie aus dem Labor in die regnerische Nacht zurück. Auf dem Parkplatz atmete Kate tief durch und ließ den Regen den Gestank von Formaldehyd und Blut aus ihrer Kleidung spülen.

»Was jetzt?« fragte Kate. Sie fühlte sich erschöpft und emotional aufgewühlt. Nichts war mehr klar.

Lucian schaltete den einzelnen Wischer ein, dessen Quietschen die Nacht maß wie ein Metronom. »Einer von uns sollte das Haus dieses Mannes beobachten.« Er hielt Amaddis Papierfetzen hoch.

»Zeigen Sie her«, sagte O'Rourke. Er las den Zettel im spärlichen Licht, blinzelte und lachte, bis er auf die harten Polster des Rücksitzes fiel.

»Was ist denn?« sagte Kate.

O'Rourke gab den Zettel zurück und rieb sich die Augen. »Lucian, arbeitet dieser Mann für das NTB?«

Lucian runzelte die Stirn. »Für das Nationale Tourismusbüro? Nein, selbstverständlich nicht. Er ist ein ausgesprochen reicher Bauunternehmer, der auf dem Schwarzmarkt für schwere Maschinen aktiv war . . . seine vom Staat getragene Firma baute den Präsidentenpalast und viele der großen, leerstehenden Gebäude, die Ceaușescu in diesem Teil der Stadt errichten ließ. Warum?«

O'Rourke sah aus, als wollte er wieder lachen. Statt dessen rieb er sich die Wange. »Der Name . . . Radu Fortuna. Ist das ein kleiner Mann? Dunkelhäutig? Dicker Schnurrbart und eine Lücke zwischen den Vorderzähnen?«

»Ja«, sagte Lucian verwirrt. »Und einer von uns sollte sein Haus rund um die Uhr beobachten.« Er sah auf die Uhr. »Es ist fast elf. Ich übernehme die erste Schicht.«

O'Rourke schüttelte den Kopf. »Gehen wir alle«, sagte er. »Auf diese Weise können wir das Haus und einander im Auge behalten.«

Lucian zuckte die Achseln, dann steuerte er den Dacia auf die menschenleeren, regennassen Straßen.

# Kapitel 26

Das Haus von Radu Fortuna lag hinter hohen Mauern versteckt im *Nomenklatura*-Stadtteil des östlichen Bukarest. Große Villen wie diese im Stadtzentrum waren längst in Botschaften oder Bürohäuser für staatliche Ministerien umgewandelt worden, aber hier, in der ältesten und vornehmsten Gegend der Stadt, hatten Ceauşescu und dessen politische Erben sich selbst und die Auserwählten ihrer *Nomenklatura* mit prunkvollen Häusern belohnt, an denen seit der Herrschaft König Karls II. vor dem Krieg nichts verändert worden war.

»Scheiße«, murmelte Lucian, als er an der Mauer des Anwesens vorbeifuhr. »Ich hätte es wissen müssen, als ich die Adresse gesehen habe.«

»Was ist denn los?« fragte Kate.

Lucian wendete und fuhr um den Block. Die Straßen hier waren breit und menschenleer. »Zu Ceauşescus Zeiten durfte niemand außer dem Führer und seinen Kumpels von der *Nomenklatura* hier fahren. Das gesamte, acht Block umfassende Viertel war verbotenes Gelände.«

O'Rourke beugte sich nach vorn. »Sie meinen, man konnte verhaftet werden, nur weil man hier fuhr?«

»Klar.« Lucian schaltete die Scheinwerfer aus und fuhr wieder um den Block. »Man konnte *verschwinden,* nur weil man hier fuhr.«

»Hat sich das geändert, seit Ceauşescu gestorben ist?« fragte Kate.

»Ja. Irgendwie.« Lucian hielt an und setzte rückwärts in eine Gasse, die fast von tiefhängenden Bäumen, an denen noch tropfnasses Laub hing, und Hecken, die seit Jahren nicht mehr geschnitten worden waren, verdeckt wurde. Zweige kratzten an den Seiten des Dacia, bis man nur noch durch die Windschutzscheibe Ausblick auf Tor und Zufahrt zu Radu Fortunas Villa hatte. »Die *Poliţie* und *Securitate* patrouillieren hier aber noch. Es wäre bestimmt nicht gut, wenn wir von denen angehalten würden, da ich mit Sicherheit noch auf ihrer Fahndungsliste stehe und Sie überhaupt keine Papiere haben.« Er setzte den Dacia noch weiter zurück, bis sie durch ein Wirrwarr von Ästen auf die Straße sahen.

Nach einer Weile hörte es auf zu regnen, aber die Tropfen, die von den Zweigen auf das Dach und die Haube des Autos fielen, waren fast ebenso laut. Im Innern des Dacia wurde es kalt. Die Scheiben beschlugen, und Lucian mußte die Windschutzscheibe mit einem Taschentuch frei wischen. Irgendwann nach Mitternacht fuhr ein Polizeiauto langsam die Straße entlang. Es hielt nicht an, und kein Suchscheinwerfer wurde in ihre Richtung gedreht.

Als das Polizeiauto vorbei war, griff Lucian unter den Sitz und holte eine große Thermosflasche voll Tee hervor. »Tut mir leid, aber ich habe nur eine Tasse«, sagte er und gab Kate den Deckel. »Wir beide müssen uns die Flasche teilen, Pater O'Rourke.«

Kate beugte sich über die heiße Tasse und versuchte zu zittern aufzuhören. Seit Pater O'Rourkes Enthüllungen über Lucian vor ein paar Stunden schien sich das Zentrum des Geschehens verlagert zu haben. Sie wußte nicht mehr, wem oder was sie glauben sollte. Lucian schien anzudeuten, daß O'Rourke ebenfalls Mitglied einer Verschwörung war, bei der es um die *Strigoi* ging.

Sie brachte nicht genügend Energie auf, einen der beiden auszufragen. *Joshua*! dachte sie. Wenn sie die Augen fest zukniff, konnte sie sein Gesicht sehen, seinen angenehmen Babyduft riechen, die seidigen Berührungen seines weichen Haars an ihrer Wange spüren.

Sie schlug die Augen auf. »Lucian, erzähl uns einen Witz von ›Unserem Großen Führer‹.«

Der Medizinstudent gab O'Rourke die Thermosflasche. »Haben Sie schon davon gehört, wie Brigitte Bardot einmal unser Arbeiterparadies besucht hat?«

Kate schüttelte den Kopf. Es war bitter kalt. Sie konnte Flutlicht auf dem Grundstück gegenüber sehen, das auf Stacheldrahtrollen auf den Mauern funkelte. Es hatte wieder angefangen zu regnen.

»Unser Großer Führer hatte eine Privataudienz mit der Bardot und war auf den ersten Blick hingerissen«, sagte Lucian. »Sie haben sicher Fotos der verstorbenen Mrs. Ceauşescu gesehen. Dann werden Sie den Grund verstehen. Wie dem auch sei, er fängt an zu stammeln, weil er die französische Schauspielerin beeindrucken will. ›Ich bin hier der Boß‹, sagt er. ›Mademoiselles Wünsche sollen mir Befehle sein.‹ ›Na gut‹, sagt die Bardot, ›dann machen Sie die Grenzen auf.‹ Einen Augenblick ist Ceauşescu . . . wie sagt man? . . . fassungslos. Aber dann fängt er sich wieder und grinst sie mit seinem Monsterlächeln an.

›Ahhh‹, sagt er mit einem verschwörerischen Flüstern, ›ich weiß, was Sie von mir wollen.‹ Er blinzelt ihr zu. ›Sie wollen mit mir alleinsein.‹«

Lucian nahm die Thermosflasche von O'Rourke zurück und trank Tee.

Der Priester räusperte sich auf dem Rücksitz.

Kate fragte sich, ob ihm sein Bein in kalten, nassen Nächten wie dieser starke Schmerzen bereiten mochte. Sie hatte nie gehört, daß O'Rourke sich beschwert hätte, nicht einmal wenn das Hinken sehr deutlich war.

»Ich war vor Jahren in der Tschechoslowakei, als das Unglück von Tschernobyl geschah«, sagte O'Rourke. »Wurden darüber auch Witze gemacht?«

Lucian zuckte die Achseln. »Logisch. Wir machen über alles Witze, das uns eine Scheißangst macht oder uns zum Weinen bringt. Sie nicht?«

Kate nickte. »Wie die Definition von NASA nach dem Challenger-Absturz, ebenfalls 1986«, sagte sie. »Ähem . . . *N*eed *A*nother *S*even *A*stronauts – Brauchen sieben neue Astronauten.«

Niemand lachte. Sie unterhielten sich nicht, um einander zu erheitern.

»In der Tschechoslowakei«, sagte O'Rourke, »ging der Witz, daß die neue Nationalhymne für die UdSSR nach Tschernobyl folgendermaßen gehen sollte: *Pec nám spadla, pec nám spadla . . .* ›Unser Ofen ist eingestürzt, unser Ofen ist eingestürzt.‹« Nach einem Augenblick des Schweigens sagte der Priester: »Das ist ein Volkslied.«

»Nach Tschernobyl«, sagte Lucian, »haben wir hier gefragt, was die drei kürzesten Dinge der Welt sind.«

»Und was sind sie?« fragte Kate und trank den letzten Schluck Tee.

»Die rumänische Verfassung, die Speisekarte in einem polnischen Restaurant und die Lebenserwartung eines Feuerwehrmanns in Tschernobyl.«

Danach saßen sie mehrere Minuten schweigend in der Dunkelheit. Regen prasselte auf das Dach.

»Was meinen Sie, wird aus Gorbatschow und der UdSSR werden?« wandte sich O'Rourke an Lucian.

Der Medizinstudent kicherte leise. »Beide sind ausgestorben, aber noch weiß es keiner. Als Gorbatschow im August nach dem versuchten Staatstreich zurückkam und verkündete, daß er immer noch an das marxistische System glaubt, hat er selbst verkündet, daß er überflüssig ist.«

»Und die Nation?« fragte Kate.

Lucian schüttelte den Kopf. »Es gibt keine Nation, lediglich ein Imperium, das seine angeschlossenen Mitgliedsstaaten nicht mehr zu Unterwürfigkeit zwingen kann. Die Sowjetunion befindet sich schon längst auf dem Scherbenhaufen der Geschichte, genau wie das sozialistische Rumänien. Keiner der beiden Organismen war so anständig einzusehen, daß er tot ist ... ein *Nosferatu.*« Er trommelte mit den Fingern auf dem Plastiklenkrad. »Aber Rußland hat Jelzin, und das ist ein Mann mit Ambitionen ... mit *großen* Ambitionen. Ich sehe ein Funkeln in seinen Augen, das mich an unser ehemaliges Staatsoberhaupt hier erinnert. Jelzin wird die Hoheit Rußlands nächstes Frühjahr dazu benützen, die UdSSR aufzulösen.«

»So schnell?« fragte Kate.

»Möglicherweise noch schneller. Es würde mich nicht wundern, wenn die C.C.C.P. am Neujahrstag offiziell zu Grabe getragen wird.«

»Und wenn Gorbatschow ...«, begann O'Rourke.

Lucian hielt die Hand hoch und bat um Ruhe, dann beugte er sich nach vorne und wischte die beschlagene Windschutzscheibe ab.

Das elektrische Tor von Radu Fortunas Anwesen ging auf. Kate ließ sich tiefer in den Sitz sinken und überlegte sich dabei, daß es albern war, sich verstecken zu wollen.

Ein schwarzer Mercedes fuhr zum Tor heraus, bog auf der Straße nach links ab und fuhr davon. Das Licht der Scheinwerfer glitt ohne zu verweilen über den Dacia hinweg.

»Ist er das?« flüsterte Kate.

Lucian zuckte die Achseln, ließ den Dacia nach drei knirschenden Fehlversuchen an und fuhr aus der Gasse, als der Mercedes gerade abbog. Der Dacia schepperte und rasselte, als Lucian auf der Kopfsteinpflasterstraße auf vierzig oder fünfzig Stundenmeilen beschleunigte, ohne die Scheinwerfer einzuschalten. Sie bogen in die Strada Galati ein und sahen die Rücklichter des Mercedes drei Blocks voraus. Lucian saß über das Lenkrad gebeugt und trat das Gaspedal bis zum Anschlag durch. Der Dacia beschwerte sich noch lautstärker, dröhnte und rasselte aber weiter die verlassene Straße entlang.

»Folgen Sie diesem Wagen«, flüsterte Kate.

Sie blieben in Sichtweite des Mercedes, während sie auf der Strada Galati nach Norden fuhren, in leichten mitternächtlichen Verkehr gerieten – überwiegend Lastwagen –, den sie als Dekkung nutzten, als sie den Boulevardul Ilie Pintilie westwärts nahmen und den Mercedes um ein Haar verloren, als dieser am Kreisverkehr der Piaţa Victoriei verschwand. Lucian vermutete zu Recht, daß die Limousine nach Norden auf die Şoseaua Kiseleff abgebogen war, und nach einem Augenblick nervenzerreißender Spannung sahen sie den Mercedes wieder, wie er zwei Blocks entfernt über eine Kreuzung raste. Lucian peitschte den Dacia auf fast neunzig Stundenkilometer, bis der Mercedes nur noch einen Block entfernt war, dann verlangsamte er wieder und wahrte einen konstanten Abstand. Hilfreich war, daß alle anderen Autos und Lastwagen auf der Straße sich auch nicht an die Geschwindigkeitsbegrenzungen hielten.

Sie blieben auf der Straße von Bukarest nach Ploieşti, ließen die Alleen der besseren Stadtviertel hinter sich, passierten riesige Gebäude und Monumente, die dunkel und stumm in der Nacht ruhten, und dann waren sie auf dem Land, wo sich Felder auf beiden Seiten erstreckten. Der Mercedes fuhr, ohne zu verlangsamen, an der Zufahrt zum Flughafen Otopeni vorbei, aber Lucian bremste den Dacia auf sechzig Stundenkilometer ab, als sie die altbekannten Militär- und Polizeifahrzeuge an der Straße zum Internationalen Flughafen sahen. Hinter Otopeni gab er wieder Gas und ließ nur einen Lastwagen zwischen dem Mercedes und dem Dacia.

»Wir wissen nicht einmal, ob es überhaupt Radu Fortuna ist«, sagte O'Rourke vom Rücksitz.

»Warum haben Sie seinen Namen gekannt?« fragte Kate. »Warum haben Sie gelacht?«

Der Priester erzählte von seiner ersten Reise nach Rumänien vor zwei Jahren, zusammen mit der ›Hilfsgruppe‹ des Milliardärs Vernor Deacon Trent.

Lucian wäre beinahe von der Straße abgekommen. »Vernor Deacon Trent war hier?« Seine Stimme zitterte.

»Könnte sein, daß er immer noch hier ist«, sagte O'Rourke. »Seine Stiftung und sein Konzern gaben die Nachricht von seiner Erkrankung wenige Wochen, nachdem wir anderen zurückgekehrt waren, bekannt. Bis auf den heutigen Tag weiß niemand, wo er sich befindet oder in welcher Verfassung er ist. Er ist eine Art Howard Hughes der neunziger Jahre.«

Lucian schüttelte den Kopf. Vor ihm peitschte das einsame Wischblatt hin und her. »Vernor Deacon Trent ist kein Howard Hughes«, sagte er gepreßt. »Und was hat Genosse Radu Fortuna mit Mr. Trent zu schaffen?«

O'Rourke erzählte ihm, wie der freiwillige NTB-Reiseleiter die bizarre Rundreise übernommen hatte.

Lucian lächelte erheitert. »Ich könnte mir denken, daß Trent und Fortuna ihren Spaß mit Ihnen allen hatten.«

Kate wandte den Blick von der regenüberströmten Windschutzscheibe und den dunklen Feldern ab. »Wollen Sie damit sagen, Vernor Deacon Trent könnte ein *Strigoi* sein?«

Lucian blieb eine ganze Weile stumm. »Der Orden ist der Überzeugung, daß Trent eines der ursprünglichen Familienmitglieder sein könnte«, sagte er schließlich. »Möglicherweise sogar der legendäre Vater.«

»Vater?« sagte Kate, aber in diesem Augenblick bog der Mercedes vor ihnen von der Autobahn auf eine Nebenstraße ab.

»Scheiße«, sagte Lucian. Er war hinter dem Lastwagen an der Abfahrt vorbeigefahren, jetzt mußte er bremsen, eine Stelle finden, die breit genug zum Wenden war, und umkehren. Als der Dacia die schmale, unebene Straße voller Schlaglöcher entlangfuhr, waren die Rücklichter des Mercedes nur noch äußerst schwach auszumachen. Sie kamen durch Dörfer und an flachen, ›systematisierten‹ Wohnblocks links von ihnen vorbei, die ausnahmslos dunkel waren.

Kate sah wieder auf das Armaturenbrett. Sie waren fünfunddreißig Kilometer von Bukarest entfernt.

»Ich glaube, jetzt weiß ich, wohin sie fahren«, sagte Lucian.

Kate sah das Schild, als sie in das zweite kleine Dorf hineinfuhren: Şnagov.

»Davon habe ich gelesen«, sagte sie.

Im Zentrum des Dorfes bog der Mercedes an einer Gabelung der Straße rechts ab und beschleunigte wieder.

Lucian machte die Scheinwerfer aus und folgte ihm, so gut er konnte. In Dunkelheit und Regen war der unebene Weg praktisch nicht zu sehen.

»Wir verlieren sie«, sagte O'Rourke, als die Rücklichter hinter einer Kurve verschwanden.

Lucian schüttelte den Kopf. Etwa eine Meile weiter sahen sie die Rücklichter aufleuchten, dann waren die Scheinwerfer plötzlich links zu sehen, als die schwarze Limousine auf einen noch schmaleren Weg abbog. Lucian näherte sich mit dem Dacia langsam der Kreuzung.

»Beeilung!« sagte Kate, als der Mercedes sich immer weiter auf dem schmalen Weg entfernte.

»Kann ich nicht«, sagte Lucian. »Dies ist eine Privatweg. Sehen Sie den Kontrollpunkt?«

Kate sah ihn, als der Mercedes anhielt – ein Tor, vor dem mehrere Autos parkten. Taschenlampen leuchteten kurz auf, als jemand die Identität von Fahrer und Passagieren des Mercedes sicherstellte. Kate konnte etwa eine Viertelmeile nach dem Kontrollpunkt die Lichter einer großen Villa erkennen.

»Gottverdammt«, hauchte Kate. »Gibt es einen anderen Weg in das Haus?«

Lucian trommelte mit den Fingern auf dem Armaturenbrett. »Ich glaube nicht, daß das Haus ihr Ziel ist«, sagte er wie zu sich selbst. Plötzlich wurden weit hinter ihnen Scheinwerfer sichtbar. »Verdammt. Festhalten.« Er raste mit dem Dacia, ohne die Scheinwerfer einzuschalten, die Straße entlang, ging mit quietschenden Reifen in Kurven und holperte durch unerwartete Schlaglöcher. Hinter ihnen blieben die letzten Lichter zurück, der Wald hüllte sie auf beiden Seiten ein.

»Ich will zurück«, sagte Kate, deren Herz vor Wut und Hilflosigkeit klopfte. »Wenn die Möglichkeit besteht, daß sich Joshua in dem Haus aufhält, möchte ich zurück, und wenn ich zu Fuß über die Felder gehen muß.«

Lucian bremste nicht. »Das Anwesen lag am See«, sagte er. » Ich kenne noch einen Weg.«

Es herrschte überhaupt kein Verkehr, als sie zwei oder drei Meilen an Eisenbahnschienen entlangfuhren, wobei die Straße zunehmend schlechter wurde, je weiter sie sich von dem Dorf entfernten, bis Lucian schließlich, als der Weg gerade die Schienen kreuzte, nach links auf eine noch schlechtere Straße abbog. Schotter und Pfützen erzeugten Geräusche unter den Reifen. Er schaltete das Standlicht ein, während der Dacia unter einem tropfenden Dach kahler Zweige dahinkroch.

»Eine Art Staatswald«, sagte er stirnrunzelnd und konzentrierte sich darauf, Schlaglöchern auszuweichen, die so groß wie kleine Seen waren. Schließlich fluchte er und schaltete die Scheinwerfer ein.

Sie fuhren unter einem durchhängenden Holzbogen mit verwitterten Buchstaben durch und gelanten auf einen Weg, der kaum mehr als ein Trampelpfad durch den Wald war. Als Kate gerade fragen wollte, ob Lucian überhaupt noch wußte, wo sie sich befanden, wurde der Pfad wieder zu einer breiteren Asphaltstraße, auf der sie an einem dunklen und stillen Stuckgebäude links vorbeifuhren.

»Restaurant und Gästehaus«, sagt Lucian, der nicht einmal hinsah. »Es ist seit dem Tod Ceaușescus geschlossen.« Mehrere schmale Wege zweigten rechts und links ab, aber Lucian blieb mit dem Dacia auf dem breitesten. Jetzt konnte Kate umgestürzte Picknicktische und unkrautüberwucherte Rasenflächen sehen. Das Gebiet sah wie ein staatlicher amerikanischer Park aus, der seit Jahrzehnten verwahrloste.

Plötzlich bremste Lucian, hielt an, setzte mit dem Dacia zurück und bog links auf einen asphaltierten Weg, nicht breiter als ein Fußweg, ab. Der Weg hörte hundert Meter bergab auf, dort knirschte Schotter unter den Reifen. Kate konnte schwach das Glitzern von Wasser zwischen den Bäumen vor ihnen ausmachen.

Lucian parkte den Wagen. »Wir müssen uns beeilen.« Er griff ins Handschuhfach und holte eine Taschenlampe und etwas Schwereres heraus. Kate blinzelte, als sie feststellte, daß es sich bei dem zweiten Gegenstand um eine Pistole irgendeiner Machart handelte – eine Halbautomatik, wie es aussah. Lucian steckte die Pistole in die Jacke und probierte die Taschenlampe aus. Der Lichtstrahl war hell genug. »Gehen wir«, sagte er.

Sie gingen noch einmal hundert Schritte durch nasses Gras bergab, und plötzlich lag ein niedriger Drahtzaun vor ihnen. Links befand sich ein Tor, aber es war verschlossen. Lucian kletterte über das Tor, und Kate folgte ihm. O'Rourke hatte eindeutig Probleme mit seiner Beinprothese, aber er gab keinen Laut von sich, als er sich allein mit der Kraft seines Oberkörpers hoch- und darüberzog.

Die drei kauerten, so schien es, auf einer kleinen, grasbewachsenen Halbinsel mit einem Bootssteg, einem Schuppen und mehreren Erhebungen, in denen Kate umgedrehte Ruderboote erkannte. Es hatte aufgehört zu regnen, aber im Wald hinter ihnen tropfte es. Kuckucke und Ochsenfrösche lärmten in dem Sumpfgebiet links von ihnen.

Lucian beugte sich zu ihnen und flüsterte: »Ich glaube nicht, daß sie noch eine Wache im Schuppen haben, aber seien wir trotzdem so leise wie möglich.« Er gab O'Rourke ein Zeichen, worauf die beiden Männer das erste Ruderboot hochhoben, herumdrehten und zu einer Schotterfläche beim Steg trugen. Lucian bat erneut mit einer Geste um Ruhe, verschwand im Schatten bei dem Schuppen und kam mit zwei schweren Rudern zurück.

Kate stieg als erste ins Boot und setzte sich in den Bug, während Lucian die Ruder einhängte und O'Rourke sie abstieß und sich dann selbst ins Heck schwang. Sie trieben am Steg vorbei, dann ruderte Lucian fast lautlos, bis sie weit vom Steg und dem dunklen Schuppen entfernt waren.

Kates Augen hatten sich inzwischen an die Dunkelheit gewöhnt, und sie stellte fest, daß sie sich in einer breiten Lagune befanden. Ein großes, dunkles Gebäude – offensichtlich das Restaurant/Gästehaus, an dem sie vorbeigekommen waren – beherrschte ein Ende der Lagune wenige hundert Meter links von ihnen; dort konnte Kate unkrautüberwucherte Stufen sehen, die zum Wasser herabführten. Vor ihnen drangen weitere Sumpfgeräusche von einer dunklen Baumreihe herüber. Kate stellte fest, wie laut die Kakophonie inzwischen war; die Rufe der Ochsenfrösche und Kuckucke von drei Seiten übertönten auch Lucians Ruderschläge.

Lucian steuerte das Boot auf eine Stelle zwischen zwei von Bäumen gesäumte Punkte, auf den eigentlichen See hinaus, wie Kate bewußt wurde. Dieser wirkte in der Dunkelheit ausgesprochen breit, das gegenüberliegende Ufer – so es denn das gegenüberliegende Ufer *war* – lediglich als winzige Baumreihe am Horizont erkennbar.

Sie hatten den Zugang zur Lagune hinter sich gelassen – nur rund fünfzig Meter weiter – und befanden sich in den unruhigen Wellen, Strömungen und kalten Winden des eigentlichen Sees, als Kate nach unten sah, die Füße hob und sagte: »Wir laufen voll.«

»*La naiba!*« sagte Lucian. »Entschuldigung. Können Sie beide schöpfen?«

»Womit?« sagte O'Rourke. »Wir haben nur unsere Hände.« Der Priester beugte sich einen Moment über die Seite. »Hier sieht es nicht besonders tief aus. Ich glaube, ich kann Schlingpflanzen oder so etwas im Wasser sehen.«

Kate hörte Lucian kichern. »Die Lagune war ein paar Meter tief«, sagte er. »Hier draußen ist es etwas tiefer. Der Şnagov-See ist angeblich der tiefste See in ganz Europa. Soweit ich weiß, hat noch nie jemand seine ganze Tiefe ausgelotet.«

Es herrschte einen Augenblick Stille, abgesehen vom Lärm der Frösche und Kuckucke. O'Rourke sagte: »Sollen wir zum Ufer zurück?«

»Nein«, sagte Kate. »Wenn nötig, schöpfen wir mit den Händen.«

Lucian ruderte weiter. Der Zugang zur Lagune blieb zurück und verschwand schließlich, als sie nach links ruderten, weiter auf die dunkle Fläche des Sees hinaus. Kate konnte eine oder zwei Meilen jenseits des Wassers die Lichter eines großen Gebäudes sehen. »Ist das das Haus, wohin der Mercedes von Radu Fortuna unterwegs war?« flüsterte sie Lucian zu.

Der junge Mann grinste. »Aber dahin rudern wir nicht«, flüsterte er. »Wir wollen zu der Insel.« Er deutete mit dem Kopf in Richtung einer dunklen Erhebung, und Kate erkannte jetzt erst, daß diese nicht Teil des nördlichen Ufers war. Sie war immer noch rund eine halbe Meile oder mehr entfernt.

»Aber wenn Fortuna in dem Haus am Ufer ist . . .«, begann sie, verstummte aber, als sie über das Wasser hinweg hören konnten, wie ein starker Bootsmotor angelassen wurde. Sie drehte sich um und beobachtete vom Bug, wie auf dem hell erleuchteten Anwesen die Scheinwerfer eines Boots eingeschaltet wurden. Plötzlich flammten weitere Lichter auf, und drei Schnellboote legten von dem fernen Steg ab und schossen auf den See hinaus.

»Scheiße«, flüsterte Lucian und zog die Ruder ein. Die drei duckten sich erwartungsvoll und sahen, wie die Schnellboote in ihre Richtung rasten und Scheinwerfer über die Wasseroberfläche glitten.

»Runter!« flüsterte Lucian, worauf sie sich alle in zehn Zentimeter Wasser kauerten, so daß nur noch ihre Köpfe über den Bootsrand hinausragten.

Die Schnellboote kreuzten in dem eine halbe Meile breiten Streifen zwischen dem Anwesen und dem gegenüberliegenden Ufer der Insel, dann schwenkten sie zur anderen Seite und suchten sowohl das Ufer wie auch die Ausdehnung des Sees auf der anderen Seite mit ihren Suchscheinwerfern ab. Eines der Boote brauste zu der Lagune, von der die drei gerade aufgebrochen waren; es hatte den Suchscheinwerfer eingeschaltet, und das Klatschen der Rumpfhülle hallte schneidend und klar über das Wasser. Das Boot wendete und schien direkt auf sie zuzukommen.

Kate duckte sich und stellte fest, daß sie flüsterte – ein Stoßgebet an die Dunkelheit, die Wolken über ihnen und das flache Profil ihres Ruderboots. Das Schnellboot raste näher heran.

»Wenn sie schießen, springt ins Wasser«, flüsterte Lucian. Er zog den Schlitten der automatischen Pistole nach hinten.

Kate fragte sich, ob O'Rourke mit seiner Beinprothese schwimmen konnte. Nun, sie war eine gute Schwimmerin – sie schwamm dreimal wöchentlich ihre Bahnen im Freizeitzentrum von Boulder –, und falls erforderlich, würde sie beide Männer ans Ufer schleppen. *Joshua,* dachte sie und fügte seinen Namen dem geflüsterten Stoßgebet hinzu.

Das Schnellboot beschrieb eine Rechtskurve und brauste sechzig Meter links an ihnen vorbei. Die Wellen schlugen jetzt höher, da Wind aufkam, und ihr kleines Ruderboot konnte nicht mehr als eine winzige Silhouette vor dem gleichermaßen dunklen Ufer sein. Kate, O'Rourke und Lucian duckten sich im schwappenden Wasser, als das Schnellboot in die Lagune steuerte, mit dem Scheinwerfer das Ufer absuchte – den man als Leuchten zwischen herbstlich kahlen Zweigen ausmachen konnte – und dann wieder herauskam, um die Peripherie des Sees zu kontrollieren, wobei der Suchscheinwerfer gelegentlich etwas am Ufer eingehender untersuchte. Einmal war das Knattern von Schüssen schneidend und metallisch und klar über das Wasser zu hören, und dann vollendete das Boot seinen Kreis und brauste zur Insel zurück.

Das große Boot – wie es aussah, eine Art Jacht, zwölf bis fünfzehn Meter lang – tuckerte mittlerweile Richtung Insel, wobei es von allen drei Schnellbooten eskortiert wurde. Kate begab sich wieder in den Bug des Ruderbootes und spürte, wie ihr das Wasser über die Schenkel schlug. Sie war durchnäßt und fror. Über ihnen riß die Wolkendecke auf, so daß sie vereinzelte Sterne sehen konnte. Kalter Wind wehte von Norden.

Lucian fing wieder an zu rudern. Als er innehielt und keuchend atmete, sagte O'Rourke: »Lassen Sie mich übernehmen«, und rückte auf die mittlere Sitzbank. Kate zitterte und wünschte sich, sie hätte sich als erste freiwillig gemeldet, aber sie wollte im Bug bleiben und die Insel beobachten.

Das große Boot hatte an einem Steg an der linken Spitze der Insel angelegt, zwei der Schnellboote legten ebenfalls an. Das dritte zog weiter seine Kreise. Kate hörte Rufe, dann sah sie Taschenlampen auf dem Steg aufleuchten. Diese wurden gelöscht, und mit einem Mal flackerten Fackeln. Dunkle Gestalten waren deutlich unter den Fackeln zu sehen, wie sie vom Steg unter die Bäume auf das Gelände der Insel zogen.

»Wir brauchen Zeit, wenn wir es richtig machen wollen«, sagte Lucian, der O'Rourke am Rudern hinderte und auf eine Stelle mehrere hundert Meter östlich des Stegs deutete. »Wir können dort landen, müssen aber rudern, was das Zeug hält, wenn das Schnellboot auf der anderen Seite der Insel ist.« Er nahm die Uhr zur Hand und betrachtete das Leuchtzifferblatt, während das Boot seine Patrouille im Gegenuhrzeigersinn fortsetzte.

»Drei Minuten, zehn Sekunden«, sagte Lucian, während das Schnellboot wieder dröhnend um die Südwestspitze verschwand. »Sind Sie ausgeruht genug, so schnell zu rudern?« fragte er O'Rourke.

Der Priester nickte. Als das Schnellboot wieder um die Ostspitze verschwand, legte er sich ins Zeug. Das Ruderboot schien nur langsam voranzukommen, die Strömung sie weiter als sonst nach Westen zu treiben. Kate konnte O'Rourkes Ächzen und seinen pfeifenden Atem hören.

»Zwei Minuten«, flüsterte Lucian, der auf die Uhr sah.

Kate konnte gerade den Motor des Schnellboots auf der anderen Seite der kleinen Insel hören, konnte dunkle Gestalten auf dem Steg erkennen. *Und wenn sie uns nun sehen? Wenn das Boot nun plötzlich beschleunigt?* O'Rourke ruderte konstant, die unhandlichen Ruder griffen tief. Die Insel schien nicht näher als vorher zu sein.

»Eine Minute«, flüsterte Lucian.

Kate konnte das Schnellboot jetzt deutlich hören, wie es um die nordwestliche Spitze der Insel gebraust kam. Sie waren doch näher – die Insel wirkte größer, man konnte die dunklen Bäume unterscheiden, aber O'Rourke schien den größten Teil seiner Energie darauf zu verwenden, daß sie von der Strömung nicht noch weiter nach Westen Richtung Steg abgetrieben wurden. Die Ruder schienen jedesmal überlaut ins Wasser einzutauchen. Wenn das Schnellboot jetzt um die Spitze käme, befänden sie sich direkt in seinem Weg.

»Dreißig Sekunden« zischte Lucian.

O'Rourke senkte den Kopf und ruderte. Das schwere Ruderboot – das mit den Passagieren und der zunehmenden Wassermasse um so schwerer war – pflügte durch die rauhen Wellen. Die Strömung hier war sehr stark. Das Licht der Sterne reichte mittlerweile aus, daß Kate den Schweiß auf dem Hals des Priesters sehen konnte.

»Fünfzehn Sekunden«, sagte Lucian.

Sie waren noch zehn Meter vom Ufer entfernt.

»Dort«, flüsterte Lucian und deutete auf eine Stelle, die wie ein Zufluß unter den Bäumen aussah.

Das Patrouillenboot kam mit aufheulendem Motor hundertfünfzig Meter von ihnen entfernt um die Spitze geschossen. Der Suchscheinwerfer war eingeschaltet und suchte das Ufer ab. Als er den Steg passierte, konnte Kate ganz kurz Männer mit automatischen Waffen sehen, die ins Licht des Suchscheinwerfers blinzelten. Der Lichtstrahl schwenkte vom Ufer weg, eilte dem Boot voraus und wurde genau auf sie gerichtet.

# Kapitel 27

O'Rourke ächzte, als sie unter Äste glitten, die wie Knochenhände nach Kate griffen. Dann schabte der Bug mit einem Geräusch auf Fels, das man, davon war Kate überzeugt, auf der ganzen Insel hören konnte. Lucian duckte sich nach vorn, O'Rourke bemühte sich, sein Keuchen zu unterdrücken, und Kate griff nach Wurzeln, um zu verhindern, daß sie von der Strömung wieder hinausgetragen wurden, während das Schnellboot keine zehn Meter von ihnen entfernt vorbeidonnerte.

Ihr Herzschlag übertönte sogar O'Rourkes Keuchen, bis das Schnellboot wieder um die Ostspitze verschwand. In der Nische unter dem Bug lag ein durchnäßtes Seil. Wasser schwappte halb an Kates Waden hoch.

Lucian sprang über die Seite, hetzte das Ufer hinauf, band das Seil um einen Baumstumpf und winkte sie herauf. Kate konnte hören, wie O'Rourke hinter ihr auf Herbstlaub ausrutschte und nach Wurzeln und Steinen griff.

Fünfzehn Schritte das Ufer hinauf gelangten sie zu einer Baumreihe, die eine weite Grasfläche begrenzte. Ein leises *Klick* ertönte neben Kates Ohr, und sie konnte gerade das Messer in Lucians Hand erkennen, mit dem er Rinde von einem immergrünen Baum schnitt. *Kennzeichnet die Stelle, wo das Boot ist,* dachte sie. Sie war froh, daß jemand mitdachte.

Sie kauerten am Rand der Baumreihe. »Die Kapelle«, flüsterte Lucian, und Kate sah blinzelnd nach Westen. Drei Türme ragten über den kahlen Ästen auf. Eine Reihe Fackeln flackerte, als noch mehr dunkle Gestalten dem unsichtbaren Weg vom Steg zu der halb verborgenen Kirche folgten. Jetzt konnte Kate Stimmen hören – Männerstimmen, die etwas sangen, das nicht ganz gregorianisch war. Der Wind um sie herum schwoll an, raschelte in den Pinienästen und brachte Kate zum Zittern.

Lucian beugte sich näher zu ihr. Kate glaubte, daß er die Pistole wieder in der Hand hielt. »Das ist der Anfang der Zeremonie der Weihe«, hörte sie ihn flüstern. »Ich hätte wissen müssen, daß sie in der Kapelle des Klosters Şnagov stattfinden würde.«

Der Gesang schien jetzt lauter zu sein.

»Das ist die Kapelle, wo vierzehnhundertsechsundsiebzig Vlad Draculas geköpfter Leichnam begraben wurde«, flüsterte Lucian.

»Sie haben seine Gruft neunzehnhundertzweiunddreißig ausgegraben, aber das Grab war leer. Abgesehen von angenagten Tierknochen.« Lucian drehte sich um und lief lautlos und geduckt auf den Fackelzug und die Kapelle zu.

Kate zögerte nur eine Sekunde, griff nach O'Rourkes Schulter, um sich zu vergewissern, daß der Priester noch da war, und folgte dann.

Die Kapelle wurde von Fackeln erhellt, weitere Fackeln säumten den Weg vom Steg her. Ein zweites großes Boot war eingetroffen, und ein konstanter Zustrom von dunkel gekleideten Gestalten wälzte sich von der winzigen Anlegestelle zur Kirche. Lucian ging voraus an einem Rasenstück entlang, das so groß wie ein Fußballfeld war. Einmal hielt er an, um zu verschnaufen, und flüsterte Kate und O'Rourke zu: »Zu Vlad Țepeș' Zeiten war dies hier alles Innenhof und Festungsmauern.« Kate spürte Steine oder Mauerbrocken unter den Füßen, die in den feuchten Boden eingesunken waren.

Sie wären fast in einen Wachposten hineingelaufen. Lucian ging unter den tropfenden Bäumen voraus, Kate hatte in der Dunkelheit eine Hand auf seiner und eine auf O'Rourkes Schulter liegen, als plötzlich zwanzig Schritte von ihnen entfernt ein Streichholz aufflackerte. Kate konnte im Leuchten des Streichholzes ganz kurz das Gesicht eines Mannes erkennen – ein Gesicht unter der schwarzen Kapuze einer Skimaske. *Tom. Julia.*

Lucian erstarrte, Kate und O'Rourke blieben mitten im Schritt stehen. Kate atmete durch den Mund und betrachtete die bernsteinfarbene Glut der Zigarette. Nach einer geraumen Weile wurde ihr Herzschlag wieder langsamer; offenbar hatten die schlurfenden Schritte und der Gesang der in Mäntel gehüllten Gestalten auf der anderen Seite der Kapelle jedes Geräusch übertönt.

»Hier entlang«, flüsterte Lucian und führte sie nach rechts, an einem uralten Brunnen mit spitzwinkligem Dach vorbei, zwischen Rosenbüschen hindurch, wie es schien, und unter eine Reihe niedriger Bäume. Kate konnte einen weiteren Wachposten fünfzehn Meter entfernt an der Ecke der Kapelle sehen. Das Licht der Fackeln erhellte kaum seine schwarze Kapuze, den schwarzen Pullover und die mattschwarze automatische Waffe, die er in der Armbeuge hielt.

Sie gingen weiter, weg von der Kapelle, über einen niedrigen

Drahtzaun, und dann führte Lucian sie nach links durch einen Hain. Dunkle Gebäude – zwei Bauernhäuser und eine flache gemauerte Scheune – ragten rechts von ihnen auf. »Das derzeitige Kloster«, flüsterte Lucian. »Sie werden kein Licht machen oder herauskommen, wenn die *Strigoi* hier sind.«

Sie umkreisten die Kapelle, blieben in Sichtweite der Fackeln und schlichen so zur Südwestspitze der Insel. »Bleiben Sie hier, während ich mich umsehe.« Lucian entfernte sich durch ein dichtes Gebüsch.

Kate hörte, wie O'Rourke das Gewicht von seinem schlimmen Bein verlagerte, während sie kauerten; sie bekam gerade noch das kurze, gequälte Einatmen mit. Sie berührte den Priester an der Schulter. Plötzlich tauchte Lucian neben ihr auf. »Wir kommen auf dieser Seite näher ran.« Sein Flüstern war ein leiser Hauch in der Stille. Kate stellte fest, daß das Singen aufgehört hatte.

Fackeln erhellten das offene Tor der Kapelle von Şnagov. Die Kreuze, die dort eingeschnitzt waren, entsprachen dem doppelten Kreuz von Lucians Amulett vom Orden der Drachen. In der Nähe der Kapelle stand eine weißgetünchte Hütte, und zehn Meter näher bei den dreien, die in dem Hain der Weinreben kauerten, ein uralter quadratischer Turm. Lucian huschte aus dem Hain über die freie Fläche zu diesem Turm. Kate hörte das leise Kratzen seines Messers an den Scharnieren, dann wurde die alte Tür zu einem schwarzen Portal. Lucian winkte sie zu sich.

Kate umklammerte die Knie. »Ich weiß nicht, ob ich das fertigbringe«, flüsterte sie dem Priester zu. Der Gedanke, diese offene Fläche in so unmittelbarer Nähe der *Strigoi*-Wachen zu überqueren, erfüllte sie mit Entsetzen.

O'Rourke beugte sich so dicht zu ihr, daß sie seinen Bart an der Wange kratzen spürte. »Wir gehen gemeinsam«, flüsterte er und nahm ihre Hand.

Sie bewegten sich geduckt und bemühten sich, nur auf Gras zu treten. Als sie die offene Tür erreicht hatten, zögerte Kate zwei Herzschläge lang, bevor sie in die Dunkelheit trat. O'Rourke machte die Tür hinter ihnen zu. Lucian kauerte auf der untersten Stufe einer steilen Treppe. »Da ist ein Fenster«, flüsterte er mit kaum hörbarer Stimme. »Aber es stehen Wachen direkt darunter.« Sie gingen langsam die Treppe hinauf und prüften jede Stufe, ob sie quietschte. Die Stufen waren Jahrhunderte alt, aber massiv und fest; keine quietschte.

Das Turmfenster lag nur drei Meter über dem Boden und bot

Ausblick über weitere Rosensträucher und, wie es aussah, einen Weingarten. Ein halbes Dutzend schwarzgekleideter Wachen standen in diesem Rosengarten und an den Weinreben beim Weg; sie zeichneten sich lediglich als Silhouetten vor der von Fakkeln erhellten Kapelle ab. Hinter den offenen Türen konnte man weitere Fackeln sehen und Männerstimmen hören.

»Was sagen sie?« flüsterte Kate.

Lucian schüttelte den Kopf. »Das ist kein Rumänisch.«

O'Rourke beugte sich näher zu dem halb offenen Fenster. Vögel raschelten über ihnen im Dachgebälk des Turms. »Es ist Latein«, flüsterte er.

Kate erkannte die Kadenz der lateinischen Silben, konnte aber die Worte nicht verstehen. Sie bemühte sich, durch die Tür der Kapelle zu sehen, strengte sich an, ein Baby in den Armen einer dunkel gekleideten Gestalt zu erkennen, aber sie sah nur die vagen Schemen, hörte ab und zu eine lateinische Silbe und verspürte hilflose Wut, weil sie nicht besser sehen konnte. Sie ergriff Lucians Jacke und zog ihn näher zu sich, bis sie ihm direkt ins Ohr flüstern konnte. »Hast du auch daran gedacht, außer Messer und Pistole ein Fernglas mitzubringen?«

Der junge Mann schüttelte den Kopf.

Plötzlich, so unvermittelt, wie das Ende eines Gottesdienstes, verstummte das Singen und Klagen des rituellen Gesangs, es herrschte ein Augenblick Stille in der Kapelle und geschäftige Regsamkeit unter den Wachen, und dann kamen die in Mäntel gehüllten Gestalten auf das asphaltierte Gelände zwischen der Kirche und der weißgetünchten Hütte heraus. Kapuzen wurden abgenommen, Mäntel ausgezogen, Zigaretten angezündet, die Stimmen schwollen zu einem umgänglicheren Plauderton an; das Ganze erinnerte frappant an die Szene vor einer amerikanischen Kirche nach dem Sonntagsgottesdienst. Männer standen in Dreier- oder Fünfergruppen herum – Kate hörte keine Frauenstimmen, daher ging sie davon aus, daß es sich ausnahmslos um Männer handelte –, rauchten und unterhielten sich leise.

Kate lehnte sich so weit hinaus, um zu sehen und zu hören, daß O'Rourke sie hereinziehen mußte, bevor eine der Wachen unten im Rosengarten heraufsah. Die Stimmen waren nervtötend ununterscheidbar, aber sie konnten Deutsch, Italienisch und Englisch zwischen dem vorherrschenden Rumänisch heraushören.

»Kannst du verstehen . . .«, zischte sie Lucian zu.

Er brachte sie zum Schweigen und lauschte. Es war schwer, die tatsächliche Größe der Versammlung abzuschätzen, da die dunklen Gestalten, die ins Licht der Fackeln traten und wieder verschwanden, alle gleich aussahen, aber Kate vermutete, daß sich mindestens hundert Personen in der Kapelle befunden hatten oder auf dem Weg zum Steg warteten.

»Da . . . das ist Radu Fortuna!« flüsterte Lucian und deutete auf einen Mann, der gerade zur Tür der Kapelle herauskam.

»Ja«, flüsterte O'Rourke.

Kate bemühte sich, etwas zu erkennen, aber das Fackellicht war trügerisch, die Männer ständig in Bewegung, und sie sah nur ferne Gesichter im Schatten, bevor Lucian sie wieder zurückzog. »Hast du etwas gehört?« flüsterte sie. »Hast du etwas verstanden?«

»Pssst.« Lucian legte ihr einen Finger auf den Mund. Wachen riefen anderen Wachen etwas auf rumänisch zu. Eine tiefe Stimme bellte Befehle von der Tür der Kapelle.

*Sie haben mich gesehen,* war Kates erster panischer Gedanke. Und einen Augenblick später: *Sie haben das Boot gefunden. Jetzt kommen wir nie mehr von der Insel weg.*

Taschenlampen wurden eingeschaltet, eine der Wachen im Rosengarten nahm einen Scheinwerfer zur Hand, der weitaus heller als die Taschenlampen war. Kate, Lucian und O'Rourke zuckten ausnahmslos vom Fenster zurück, aber schon nach einem Moment wurde deutlich, daß die Lichtstrahlen in eine andere Richtung zeigten. Kate tastete sich zum Fenster zurück und sah hinaus, als einer der Männer gerade eine kurze Salve aus seiner automatischen Waffe abgab.

Sie wich erneut zurück, sah aber zuvor noch einen großen braunen Hund im Hain bei den Behausungen des Klosters zwischen den Bäumen laufen. Alle hörten sie ihn heulen und bellen.

Weitere Rufe in Rumänisch. Verhaltenes Gelächter. Die Taschenlampen wurden eine nach der anderen ausgemacht.

Es dauerte eine halbe Stunde, bis dic Männer zu ihren Booten zurückgewandert, an Bord gegangen und sämtliche Fackeln gelöscht worden waren – die Wachen bliesen die letzten auf dem Weg zum Bootssteg aus und sammelten sie ein –, dann heulten die Motoren der Schnellboote auf, die die Fähren eskortierten. Die Kapelle war wieder dunkel.

Kate und die beiden Männer saßen fast eine ganze Stunde auf dem schmalen Treppenabsatz, bis wieder jemand etwas sagte oder sich bewegte. Sie stellte sich vor, daß die schwarzgekleideten

Wachen immer noch in der Dunkelheit auf der Lauer liegen würden. Als schließlich die Insekten ihr Summen wieder aufnahmen, die Frösche am Ufer ihr Konzert fortsetzten und der braune Hund unten ungehindert an den Mauern der Kapelle schnupperte, nahmen sie ausreichend Mut zusammen, auf Zehenspitzen nach unten zu schleichen, die schwere Tür aufzumachen und durch den Hain zurück nach Osten zu gehen. Die Sterne waren herausgekommen, Kate konnte das Messer in Lucians Hand funkeln sehen.

»Für den Hund, falls er bellt«, flüsterte der Medizinstudent, aber der Hund setzte ihnen nicht nach, als sie am Rand der alten Innenhöfe entlangschlichen.

Das Boot lag noch, wo sie es festgezurrt hatten. Die beiden Männer wateten ins Wasser und kippten das Boot, damit das fünfzehn Zentimeter hoch eingelaufene Wasser abfließen konnte. Kate ging als letzte an Bord, löste das Seil und rutschte an Steinen hinab auf den Bug. Lucian stieß mit einem Ruder ab und ruderte langsam unter den Bäumen hervor.

Der weite See machte einen verlassenen Eindruck. Das große Anwesen am südwestlichen Ufer war dunkel. Sie sprachen kein Wort, während Lucian sie über den See in die Lagune ruderte. Sie schwiegen auch, als sie das Ruderboot zu dritt zu den anderen Booten zurücktrugen, umdrehten und lautlos auf den Stapel legten. In dem Schuppen des Bootshauses war immer noch kein Laut zu hören, kein Licht zu sehen.

Der Dacia sah unberührt aus, aber Lucian ließ sie im Dunkel unter den Bäumen warten, während er hinausschlich, sich dem Auto vorsichtig näherte und das Innere überprüfte. Die beiden gesellten sich zu ihm, und der alte Motor sprang ohne weiteres an.

Lucian fuhr, ohne die Scheinwerfer einzuschalten, von dem alten Parkplatz, suchte den Weg im Licht der Sterne und machte die Lichter erst an, als sie das schlafende Dorf Şnagov hinter sich gelassen hatten.

»Ich habe Joshua nicht gesehen«, sagte Kate, deren Stimme selbst in ihren Ohren seltsam gepreßt klang. »Ich habe überhaupt keine Kinder gesehen.«

»Nein«, sagte O'Rourke. Der Priester hatte auf dem Beifahrersitz Platz genommen. Kate fuhr hinten.

»Hast du etwas verstanden, was gesagt wurde?« fragte sie Lucian.

Er fuhr noch eine Minute schweigend weiter. »Ich glaube, ich habe jemanden sagen hören, daß es die erste Nacht war . . . gut für die erste Nacht, glaube ich.«

»Die erste Nacht wovon?« Kate drückte die Wange an das kalte Fenster rechts von ihr, damit sie wach blieb.

»Die Zeremonie der Weihe«, sagte Lucian. »Ich hätte mir denken können, daß das Kloster Şnagov der Ort der Zeremonie der ersten Nacht sein würde.«

»Weil es für die *Strigoi* wichtig ist?« sagte O'Rourke.

Lucian biß sich auf die Lippen. Im fahlen Licht des Armaturenbretts wirkte sein Gesicht sehr blaß. »Es war eine der Festungen von Vlad Ţepeş. Der Legende zufolge wurde er dort begraben.«

»Du hast gesagt, das Grab war leer«, sagte Kate.

»Ja. Aber sie fanden einen geköpften Leichnam in einer anderen Gruft in der Kapelle, gleich neben der Tür statt unmittelbar beim Altar, wo man das Grab eines Mannes von königlichem Geblüt erwarten sollte.« Er bremste vor der Abfahrt zur Hauptstraße und bog links in Richtung Bukarest ab. »Archäologen denken, daß es ein kleiner Scherz der Mönche gewesen ist . . . seinen Leichnam zu verlegen.«

O'Rourke kratzte sich den Bart. »Oder eine absichtliche Tat. Vielleicht betrachteten sie es als ein Sakrileg, daß er so nahe beim Altar begraben werden sollte.«

Lucian nickte. »*Wenn* es Vlad Dracula war. Der Orden geht davon aus, daß der Fürst einen seiner Diener köpfen und im königlichen Gewand bestatten ließ – sogar mit einem der Ringe des Drachen angetan –, um seine Feinde in die Irre zu führen.«

Kate war dicht davor, die Beherrschung zu verlieren. »Es spielt doch wohl keine Rolle, wer dort vor fünfhundert Jahren begraben wurde, oder? Wichtig ist nur, was sie heute nacht hier gemacht haben . . . und was es mit Joshua zu tun hat.«

Sie fuhren am Flughafen Otopeni vorbei und sahen vor sich die Lichter von Bukarest. Wolken zogen wieder auf. Auf der Autobahn waren nur Lastwagen unterwegs. »*Wenn* es sich um die Zeremonie der Weihe handelt«, sagte Lucian, als würde er laut denken, »und *wenn* Joshua der Auserwählte ist, dann werden die *Strigoi* noch mehrere Nächte Zeremonien abhalten, bevor er das Sakrament des Menschenbluts erhält.« Er rieb sich die Wange. »So jedenfalls behauptet es die Legende.«

Kates Stimme klang hart. »Und wissen deine Legenden auch, *wo* die Zeremonie stattfinden wird? Wieder auf Şnagov?«

»Nein«, sagte Lucian. »Ich glaube nicht, daß noch einmal etwas in diesem Kloster stattfinden wird. Möglicherweise an Orten, die wichtig für die Familie der *Strigoi* sind ... die eine bedeutende Rolle in der Legende von Vlad Țepeș spielen. Ich weiß es nicht.«

Kate legte sich auf die staubigen Schonbezüge zurück. »Das ist Wahnsinn.« Sie schlug mit den Fäusten gegen die Tür. »Mein Baby wurde entführt, und ich treibe mich hier herum und spiele Indiana Jones.«

Lucian gab ein Geräusch von sich. »Es war nicht so interessant wie bei Indiana Jones«, sagte er. »Ich konnte nichts deutlich erkennen. Falls ein Menschenopfer stattfand, habe ich es verpaßt.« Er merkte, was er gesagt hatte, und biß sich auf die Lippen.

Niemand hielt sie an, als sie auf Nebenstraßen zu ihrem leerstehenden Mietshaus und der Kellerwohnung fuhren. Lucian parkte einen Block von dem Haus entfernt in einer Gasse, dann schlichen sie mehr erschöpft als vorsichtig zurück. Niemand wartete in Dunkelheit und Kälte auf sie.

»Was jetzt?« fragte O'Rourke. »Sollen wir Radu Fortunas Villa bei Tage wieder überwachen?« Er sah auf die Uhr. »Es ist schon fast Tag.«

Lucian schien auf die Polster des Sofas zu sinken. »Ich weiß nicht. Ich kann nicht mehr klar denken.«

»Bleib heute nacht hier«, sagte Kate. »Ich finde, wir sollten zusammenbleiben. Auf dem kleinen Bett da drinnen liegen zwei Matratzen. Wir tragen eine für dich heraus.«

Lucian konnte nur nicken.

»Schlafen wir«, sagte sie. »Wir sind alle blind vor Erschöpfung. Unterhalten wir uns später über alles.« Sie stellte fest, daß sie Einsamkeit so dringend brauchte wie Schlaf, daß die Vorstellung, allein zu sein – und sei es in dem eiskalten, klammen Kellerraum –, fast ein körperliches Bedürfnis bildete.

Sie schleiften Lucians Matratze hinaus, es folgte eine kurze häusliche Episode, als sie ihm eine Decke suchten, und dann war Kate allein, die Tür geschlossen. Sie zog die schmutzige Kleidung aus, holte einen Flanellpyjama aus einer Reisetasche und kroch unter die Decke. Sie schlotterte mehr von den Nachwirkungen der Nacht als wegen der Kälte, aber der Schlaf überfiel sie dennoch wie eine Ohnmacht.

Plötzlich war sie hellwach, lief zur Tür und sperrte sie mit ungeschickten Fingern auf. Der Strahl von Lucians Taschenlampe schien ihr ins Gesicht, sie winkte ihn fort und sah den beiden

Männern in die fassungslosen Gesichter, während sie mit ihrer Erklärung begann.

»Ich habe die ganze Zeit gedacht, daß ich eben so sehr aus medizinischen wie aus persönlichen Gründen hinter Joshua her bin. Versteht Ihr das? Wir hatten den Retrovirus im CDC extrahiert und geklont ... das hatte ich gesagt ... Chandra war dabei, den Mechanismus zu begreifen, glaube ich, aber wichtiger ist, ihr Team hat die Wirkung des Virus auf kultivierte Proben untersucht ... Krebs, HIV ...«

»Neuman«, sagte O'Rourke, »können wir uns darüber nicht später unterhalten?«

»Nein!« sagte Kate. »Hören Sie, es ist wichtig ... ich meine, der Retrovirus verfügt über unglaubliche immunologische und onkologische Möglichkeiten. Aber ich war so darauf fixiert, *Joshua* zu finden ... um eine Probe von *Joshuas* Blut zurückzubekommen ...«

Lucian nickte. »Ich verstehe. Ihnen ist klar geworden, daß jeder *Strigoi* genügen würde. Die Männer, die wir heute nacht gesehen haben ...«

»Nein!« Kate senkte die Stimme. »Der Leichnam ... dieses *Ding*, das Sie im Tank in der Medizinischen Fakultät haben. Sein Blut enthält den reinen J-Virus. Ich war so dumm ... so besessen von Joshua ...«

Lucian sah sie an und rieb sich die Augen. »Ich hatte keine Ahnung, daß sie den *Strigoi*-Virus zur Immunrekonstruktion verwenden können.« Er stand nackt auf und zog die Jeans an.

Kate legte ihm die Hände auf die Schultern und drückte ihn auf das Bett zurück, wobei sie nebenbei zur Kenntnis nahm, daß sein Körper muskulös war, wie es ihr bei Männern gefiel, die Physis eines Schwimmers oder Läufers. »Später, im Lauf des Tages«, sagte sie, »holen wir uns reichlich Proben, analysieren sie, ob eine Kontamination vorliegt, und schaffen sie dann nach Boulder ins CDC. Ich lege Anweisungen bei, damit Ken genau weiß, was er mit dem neuen Team machen muß.«

»Wie ...«, begann der Priester.

»Ihre Aufgabe wird es sein, die Probe und meine Nachricht zur amerikanischen Botschaft zu bringen«, sagte sie. »Möglicherweise durch einen Ihrer Franziskanerkumpels in Kutte. Ich bin sicher, die *Strigoi* warten nur darauf, daß wir uns in der Botschaft sehen lassen.«

»Ja«, sagte Lucian. »Das steht fest.«

»Aber wir müssen die Probe nur *hinein* bringen«, fuhr Kate fort. Sie deutete auf O'Rourke. »Sie erwähnen den Namen von Senator Harlen in einem Begleitschreiben, oder vollbringen jeden politischen Zauber, den Sie können, und heute nacht wird die Probe in einem Diplomatenkoffer unterwegs in die Vereinigten Staaten sein.«

Der Priester nickte. »Das könnte funktionieren.«

»Es wird funktionieren«, sagte Kate. Sie war so müde, daß sie gegen den Türrahmen sank. »Ich brauche Joshuas Blut überhaupt nicht.«

»Aber das ändert nichts daran, daß Sie ihn suchen werden, Kate, oder?« sagte O'Rourke.

Sie sah ihn blinzelnd an. »Nein, überhaupt nichts.«

O'Rourke zog seine Decke hoch. »Dann können wir auch noch ein paar Stunden schlafen, bevor wir AIDS und Krebs heilen. Es scheint wieder ein langer Tag zu werden.«

# Kapitel 28

Alles stand in Flammen.

Lucian parkte den Dacia einen halben Block von der Medizinischen Fakultät entfernt; dort beobachteten er und Kate, wie die vorsintflutlichen Feuerwehrautos über den Bordstein fuhren oder die Straße absperrten, während Feuerwehrmänner mit Schläuchen zu einem einzigen Hydranten liefen und einander durch den Zaun um das Universitätsgelände zuriefen. Dicke Rauchsäulen stiegen in der kalten Morgenluft auf. Kate konnte Flammen in den zertrümmerten Fenstern der Medizinischen Fakultät sehen, und das orangerote Leuchten spiegelte den reflektierten Sonnenaufgang auf den Betongebäuden der westlichen Straßenseite wider.

»Bleiben Sie hier«, sagte Lucian und ging zur Barrikade der Feuerwehrautos und Polizeifahrzeuge. Trotz der frühen Morgenstunde hatte sich bereits eine kleinere Menschenmenge eingefunden.

Kate stieg aus dem Dacia aus und lehnte sich niedergeschlagen an die Autotür. Sie war nach nur zwei Stunden Schlaf aufgewacht und hatte Lucian schlafend im Nebenzimmer vorgefunden. O'Rourke war weg. Er hatte keine Nachricht hinterlassen. Sie und Lucian frühstückten gemeinsam, warteten noch zwanzig Minuten auf den Priester und legten ihm dann einen Zettel hin, auf dem nur stand: *Sind die Proben holen gegangen.* Kate hatte ihre einzige große Reisetasche in den Kofferraum des Dacia geworfen und lediglich die Zahnbürste in der Kellerwohnung zurückgelassen.

Als Lucian zum Wagen zurückkam, brauste gerade ein weiteres Feuerwehrauto vorbei. »Das Feuer begann im Keller«, sagte er. »Leichenhalle und medizinische Labors sind völlig vernichtet.« Er setzte sich ans Steuer, Kate ließ sich auf den Beifahrersitz fallen. Die Rauchsäule war jetzt noch dicker.

»Könnte es ein Unfall gewesen sein?« fragte sie.

Lucian trommelte auf das Lenkrad. »Wir müssen davon ausgehen, daß es keiner war. Die *Strigoi* müssen mich zur Universität verfolgt haben und ihren Mann gefunden haben. Ich bezweifle, daß sie sich die Mühe gemacht haben, ihn herauszuholen, bevor sie das Feuer legten.«

Kate erschauerte bei dem Gedanken, wie sich das Ding in dem Tank wand, während Flammen im Keller loderten. »Was machen wir jetzt?« fragte sie.

Lucian ließ den Dacia an und fuhr zurück zu dem Viertel enger Straßen westlich des Cişmigiu-Park. Er hatte gerade gegenüber ihres Mietshauses angehalten, als Kate sagte: »Fahr weiter.«

Lucian legte den Gang des Dacia ein und fuhr langsam die Straße hinab. »Was ist denn?« sagte er, ohne den Kopf zu drehen.

»Als wir weggefahren sind, war die Jalousie meines Kellerfensters unten«, sagte sie. »Jetzt ist sie oben.«

»Möglicherweise Pater O'Rourke . . .«, begann Lucian, dann sagte er: »Scheiße.« Er sah in den Rückspiegel. »Ein Auto verfolgt uns. Es parkte in der Gasse an der Ecke.«

Kate widerstand dem Impuls, sich umzudrehen.

»Ein schwarzer Mercedes«, sagte Lucian. »Wie ihn die *Securitate* vorzugsweise benutzt.«

»Besonders unauffällig kann es ja nicht sein, Leute in einem Mercedes zu verfolgen«, sagte Kate mit unbekümmerter Stimme. Ihr Herz klopfte, und ihr war ein wenig übel.

»Die *Securitate* muß nicht unauffällig sein«, sagte Lucian. Er war nach rechts auf die Strada Ştirbei Vodă abgebogen und mußte jetzt warten, als eine Straßenbahn aus einer schmalen Seitenstraße kam und Passagiere einsteigen ließ. Der Gegenverkehr aus der anderen Richtung hinderte ihn am Überholen.

»Verdammt«, flüsterte er, »da ist noch einer.«

Jetzt drehte Kate sich doch um. Unmittelbar hinter der Pferdekutsche hinter ihnen standen zwei schwarze Mercedes-Limousinen. Die Straßenbahn fuhr endlich weiter, und Lucian blieb mit dem Dacia dicht dahinter und wartete auf eine Möglichkeit zu überholen.

»Ich glaube, es ist auch einer vor uns«, sagte er mit völlig tonloser Stimme. »Ja, ein schwarzer Mercedes vor der Straßenbahn. Vier Insassen, genau wie bei denen hinter uns.«

Kate bemühte sich, die in ihrer Brust aufkeimende Panik zu ersticken. »Ist es nicht gut, daß es *Securitate* sind?« sagte sie. »Keine *Strigoi?*«

Lucian biß sich auf die Lippe. »Diese *Securitate* sind wahrscheinlich *Strigoi*. Oder arbeiten für sie.« Er sah in Seitenstraßen, bog aber nicht ab. Die Kutsche hinter ihnen war abgebogen, der Mercedes jetzt so nahe, daß Kate die Zigaretten der Männer auf dem Vordersitz sehen konnte.

»Wie haben sie uns nur gefunden?« flüsterte Kate. Sie umklammerte ihre Reisetasche und dachte an die Ampullen mit dem Serum darin. So weit waren sie gekommen, und jetzt alles umsonst.

Lucians Stimme klang schroff vor Nervosität. »Vielleicht Ihr Priester? Vielleicht hat er uns verraten, weil wir im Begriff waren, eine Blutprobe zur Botschaft zu bringen. Vielleicht arbeitet er schon die ganze Zeit für die *Securitate*.«

»Nein«, sagte Kate, aber in ihrem Verstand wirbelten dunkle Möglichkeiten durcheinander. *Wo stecken Sie, O'Rourke?* »Können wir ihnen entkommen?« sagte sie.

Lucian hatte sich die Lippe blutig gebissen. »Wahrscheinlich haben sie die Stadt abgeriegelt«, sagte er und sah in den Rückspiegel. Plötzlich rumpelte die Straßenbahn in eine Nebenstraße, und ihr Dacia befand sich mitten in einem Konvoi schwarzer Limousinen. Zwei fuhren vor ihnen, zwei dicht hinter ihnen.

»Sie werden uns jeden Moment anhalten«, sagte Lucian. »Irgendwo, wo sie schießen können, wenn es sein muß ... nicht, daß sie nicht auch in einer Menschenmenge schießen würden.« Er hörte auf, sich auf die Lippen zu beißen, und sah einen Moment ins Leere. »Eine Menschenmenge«, sagte er. »Heute morgen sollte eine Demonstration gegen die Regierung stattfinden.« Er grinste beinahe dämonisch. »Festhalten, Kate.«

Sie näherten sich gerade der Calea Victoriei, als Lucian das Lenkrad hart nach rechts riß und Gas gebend auf die breite Piața Gheorghiu-Dej gegenüber des von Einschußlöchern übersäten Kunstmuseums und der Halle des Palastes der Sozialistischen Republik Rumänien abbog. Gestreifte Schlagbäume sperrten den größten Teil des Platzes ab, aber Lucian gab weiter Gas und raste durch die Holzbarrieren. Kate drehte sich um und sah, wie alle vier Mercedes rechts abbogen, über Bordsteine rasten und die Verfolgung aufnahmen. Fußgänger auf der Calea Victoriei sprangen beiseite.

Als Kate sich wieder nach vorn drehte, konnte sie die Demonstration vor sich sehen – rund dreihundert Menschen, umgeben von mindestens ebenso vielen Polizeiautos. Bergarbeiter in Overalls auf Lastwagen warfen Demonstranten und Polizisten gleichermaßen finstere Blicke zu. Verschiedene Transparente und Spruchbänder flatterten über den Köpfen der friedlichen Demonstranten, aber die Versammlung stob schreiend auseinander, als Lucian mitten in die Ausläufer der Menge fuhr und wie wild am Lenkrad kurbelte, damit er keine Menschen überfuhr. Trillerpfeifen schrillten, als Lucian mit dem Dacia einen Halbkreis fuhr und tiefer in die verwirrte Masse von Demonstranten und graugekleideten Polizisten hineinfuhr.

»Raus!« rief er Kate zu und riß die Tür auf, während das Auto noch rollte. Er hatte ein dickes Lehrbuch vom Rücksitz geholt, das er jetzt auf das Gaspedal fallen ließ, bevor er endgültig hinaussprang.

Kate umklammerte ihre Handtasche und die Reisetasche, sprang zur Beifahrertür hinaus, landete ungeschickt auf dem Kopfsteinpflaster und verlor das Gleichgewicht. Sie überschlug sich und rollte gegen die Beine von Menschen, und mindestens ein Mann und eine Frau fielen mit ihr. Noch mehr Leute schrien, während der Dacia weiter sich langsam einen Weg durch die Menge bahnte und die Mercedes an den Rändern der Menge quietschend zum Stillstand kamen.

Kate kam benommen auf die Beine, schlang den Gurt der Tasche über die Schulter, vergewisserte sich, daß sie die Handtasche noch hatte, und sah an sich hinab. Ihr Mantel war schmutzig, ein Knie blutete unter der schwarzen Polyesterhose, aber ihre Kleidung war nicht zerrissen. Lucian hatte ihr nach ihrer Ankunft einheimische Kleidung gekauft, damit sie ausgehen konnte, ohne unerwünscht Aufmerksamkeit auf sich zu lenken. *Lucian.*

Sie ließ sich jetzt von der Menge mitreißen und drehte den Kopf, um ihn zu sehen, aber die Menge wogte hin und her wie ein einziger, panischer Organismus. Der Dacia war auf den Bordstein gerollt und in der Nähe des durchlöcherten Athenée Palace Hotels zum Stillstand gekommen, und die Mercedes fuhren inzwischen über den Platz wie schwarze Haie zwischen Schwimmern. Aber die Ursache des Geschreis lag hinter ihr; Kate drehte sich um und sah, wie die Bergarbeiter in ihren grauen Overalls von den Lastwagen sprangen und mit Knüppeln und Eisenrohren zwischen die Demonstranten gingen. Kate sah Spruchbänder kippen und fallen, da die Leute, die sie trugen, sie losließen und flohen, dann mußte sie mit ansehen, wie eine Frau, die ein kleines Kind trug, von zwei Bergarbeitern niedergeknüppelt wurde. Sie konnte Lucian nirgendwo sehen.

Trillerpfeifen ertönten, Soldaten waren wie aus dem Nichts aufgetaucht und sprangen von Lastwagen, aber sie ließen die Bergarbeiter unbehelligt und die Bergarbeiter sie, während sich Brutalität und Panik auf dem Platz ausbreiteten. Kate floh panisch mit zwei schwarzgekleideten Frauen und einem bessergestellten

Mann mit grauem Haar. Zwei junge Männer mit langen Haaren gesellten sich auf der wilden Flucht zur sicheren Calea Victoriei und den dortigen Hotels zu ihnen, aber plötzlich ertönten Schüsse und einer der jungen Männer fiel, als wäre er über einen Stolperdraht gestürzt. Kate hielt inne, wollte zu ihm zurück, weil sie an die medizinische Ausrüstung in ihrer Tasche dachte, aber dann sah sie die Polizisten und Bergarbeiter, die sie über den Platz verfolgten und betrachtete die blutige Masse, die einmal der Hinterkopf des jungen Studenten gewesen war. Sie drehte sich um und floh wieder mit der kreischenden Menge.

Noch mehr Polizeiautos kamen mit heulenden Sirenen und Blinklichtern die Calea Victoriei entlanggefahren. Kate bog in die Ştirbei Vodă ab und lief in die Richtung zurück, die sie und Lucian gefahren waren. Einige der Leute auf der Straße drängten in Richtung des Platzes, aber die meisten flohen, als sie die aufgebrachten Bergleute sahen. Kate sah über die Schulter und erblickte einen hünenhaften Mann im grauen Overall, der die Straße entlang auf eine alte Frau zulief, die sich unmittelbar hinter Kate bemühte, in Sicherheit zu gelangen. Die Frau hielt noch ein Transparent mit der Aufschrift FREIHEIT in Englisch und Rumänisch an die Brust gedrückt.

Kate wußte, daß es sich bei den ›Bergarbeitern‹ häufig um Agenten der *Securitate* handelte, die die neue Regierung benützte, um die Opposition zu terrorisieren, genau wie es Ceauşescu getan hatte; viele der Bergleute waren aber auch tatsächlich Bergleute, brutale Schläger, die sich immer noch der Kommunistischen und der Neofaschistischen Partei verpflichtet fühlten und als Stoßtrupp in die Stadt gebracht wurden. Sie schienen Spaß an ihrer Arbeit zu haben.

Der Bergarbeiter, der hinter Kate lief, packte die alte Frau am Kragen, warf sie gegen einen schmiedeeisernen Zaun und schlug mit einem dicken Holzprügel auf sie ein. Die Frau schrie. Kate blieb stehen, obwohl sie wußte, daß es ein Wahnsinn war, sich einzumischen, dann duckte sie sich zwischen zwei Autos und kramte in ihrer großen Tasche. Ängstliche Fußgänger strömten auf dem Gehweg und der Straße vorbei, aber niemand blieb stehen und half der Frau, die zusammengeschlagen wurde. Diese war inzwischen gegen den Zaun gesackt, aber der Bergarbeiter hatte sich breitbeinig vor sie gestellt und prügelte sie zielstrebig auf das Pflaster hinunter.

Kate holte zwei Einwegspritzen mit Demerol aus dem Ärzteset, warf die Verpackungen weg, ging direkt zu dem Bergarbeiter und stieß ihm beide Nadeln in den Stiernacken. Sie wich zurück, als der Bergarbeiter fluchte und das fassungslose und wütende Gesicht in Kates Richtung drehte. Er spie aus, rief ihr etwas zu und hob den Knüppel.

Kate trug Bauernschuhe mit dicken Sohlen, die Lucian ihr gekauft hatte. Die waren so schwer wie Kampfstiefel. Kate balancierte auf dem linken Fuß und trat dem Bergarbeiter mit einem ausholenden Tritt in die Hoden, wie ihn Tom ihr bei ihren Footballspielen in Boulder beigebracht hatte. Sie stellte sich einen Tritt vor, der den Ball aus einer Entfernung von dreißig Metern über das Tor befördern mußte, und legte ebensoviel Kraft hinein.

Der große Bergarbeiter sackte ohne ein Wort in sich zusammen und wand sich auf dem Gehweg. Er stand nicht mehr auf. Vom Ende der Straße, Richtung Plaza, erklangen weitere Trillerpfeifen und Schreie. Immer mehr Bergleute jagten fliehende Demonstranten, ein schwarzer Mercedes versuchte, sich einen Weg durch den stehenden Verkehr auf der Ştirbei Vodă zu bahnen.

Kate kniete neben der blutenden Frau und versuchte, ihr auf die Füße zu helfen. Es sah aus, als wäre die Nase der Frau gebrochen, Zähne fehlten zwischen den geschwollenen Lippen. Plötzlich kam ein Mann über die Straße, legte der Frau einen Arm um die Schulter und sprach ermutigend auf sie ein. Offensichtlich ein Freund oder Verwandter. *Wo warst du, als wir dich gebraucht haben?* dachte Kate, dann überließ sie sie ihrem Schicksal, nahm die Tasche und schritt hastig die Straße entlang.

Als sie sich umdrehte, sah sie den Mercedes nur einen halben Block entfernt, und dahinter Blinklichter von Polizeiwagen. Plötzlich sah sie eine Lücke in dem schmiedeeisernen Zaun links vor sich, drängte sich zwischen neugierigen Schaulustigen hindurch, ging eine Steintreppe hinab und erkannte, wo sie sich befand.

Der Cişmigiu-Park. Derselbe Eingang, zu dem O'Rourke sie an jenem Maitag vor so vielen Ewigkeiten gebracht hatte.

Kate ging weiter in den Park hinein, hielt sich an die schmalen Wege und wenig benutzten Pfade. Von den umliegenden Straßen konnte man Sirenen und Schreie hören, die sich entfernten, und mindestens noch einen Schuß. Kate stellte fest, daß ihr Knie schlimmer blutete, als sie gedacht hatte; sie fand eine Steinbank hinter einer Hecke, abseits der Fußwege, und säuberte die Wunde, so gut sie konnte, mit ihrem letzten Kleenex. Die Haut war vom Knie bis dicht oberhalb des Knöchels aufgeschürft. Kate benützte ein Baumwolltaschentuch und ein Tampax aus ihrer Handtasche als behelfsmäßigen Verband.

Nachdem sie die Blutung so vorerst gestillt hatte, saß sie einfach nur desorientiert und schmerzgepeinigt da. Kalter Wind kam auf und wirbelte Blätter rings um sie herum von den Bäumen. Die Blumenbeete waren ungepflegt, die Blumen nach schwerem Frost abgestorben. Stapfende Schritte hallten vom Hauptweg direkt hinter einer dichten Hecke.

Da fing Kate an zu weinen, weil sie das Brennen nicht mehr unten in ihrem Hals halten konnte. Sie verbarg das Gesicht in den Händen und weinte einfach nur.

Kate wußte nicht, wie lange sie da saß und weinte – es konnten ein paar Minuten sein, aber auch eine halbe Stunde –, als sie plötzlich feststellte, daß es regnete. Wieder ertönten hastige Schritte auf dem unsichtbaren Weg, als Suchtrupps oder Passanten Deckung suchten. Kate blieb einfach sitzen und hielt das Gesicht dem kalten Regen entgegen. Laub fiel wie nasses Papier um sie herum zu Boden, während der Regen in Graupel überging. Sie senkte das Gesicht und ließ die Hagelkörner auf ihren Hals und die Schultern prasseln.

Kate stellte fest, daß sie leise lachte. Als der plötzliche Eisregen nachließ, hob sie das Gesicht wieder zum grauen Himmel und sagte leise: »Mach es ruhig noch schlimmer, du Hure.« Das Pech war für Kate immer etwas Weibliches gewesen. Aber ihre Vorstellung von Gott auch.

Der Regen hörte im selben Augenblick auf wie Kates Gelächter. Sie zitterte – ihr billiger Mantel war durchnäßt –, achtete aber nicht auf die Kälte, sondern konzentrierte sich mit dem problemlösenden Teil ihres Verstandes auf die Situation. Die Tränen hatten ihr geholfen – hatten sie leer gemacht, sie beruhigt –, und nun ging sie die Situation an, als wäre sie eine schwierige hämatologische Diagnose.

Sie war eine illegal Eingereiste in einem feindlichen Land, wo fast unvorstellbare Mittel gegen sie ins Feld geworfen wurden, und die Chancen, Joshua zu finden, waren fast auf Null geschrumpft. Und selbst wenn sie das Kind gefunden hätte, so hatte sie keinen Plan gemacht, abgesehen davon, mit ihm zur Grenze oder zur amerikanischen Botschaft zu fliehen. Vorerst aber war sie von ihren beiden einzigen Freunden im ganzen Land getrennt worden, einem amerikanischen Priester und einem rumänischen

Medizinstudenten, und bei keinem war sie sicher, ob es sich tatsächlich um einen Freund handelte. *Wenn O'Rourke der* Securitate *und den* Strigoi *nun* tatsächlich *einen Hinweis gegeben hatte? Und wenn Lucian* tatsächlich *das* Strigoi-*Äquivalent eines Doppelagenten war, der eingefädelt hatte, daß sie benutzt und dann beseitigt wurde?*

Kate schüttelte den Kopf. Sie hatte nicht genügend Daten, die Loyalität der beiden Männer in Frage zu stellen, aber O'Rourkes Verschwinden kurz vor dem Brand, der die Quelle des J-Virus zerstörte, war belastend. Das Rätsel würde sich auch nicht lösen lassen, wenn sie nicht wieder mit einem oder beiden Verbindung aufnehmen konnte.

*Möchte ich sie wirklich wiedersehen?*

Ja, wurde ihr klar. Nicht nur weil sie fror, durchnäßt war, Angst hatte und kein Rumänisch sprach, sondern weil sie beiden gegenüber komplexe Gefühle empfand.

*Darum kannst du dich später kümmern. Was ist der nächste Schritt?*

Sie dachte, wenn ihnen die *Strigoi* tatsächlich so sehr auf den Fersen waren, daß sie die Kellerwohnung beobachteten und die medizinischen Labors niederbrannten, dann konnte sie Radu Fortuna unmöglich wieder folgen. Erhöhte Sicherheitsmaßnahmen würden getroffen werden. Welchen Teil der Zeremonie der Weihe die *Strigoi* heute nacht auch immer durchführen wollten, er würde ohne sie stattfinden müssen.

*Wo kann ich Lucian oder O'Rourke wiederfinden?*

Sämtliche Plätze, die ihr für ein Wiedersehen mit Lucian einfielen, waren mit Sicherheit auch den *Strigoi* bekannt: die Medizinische Fakultät, das Krankenhaus im Distrikt Eins, seine oder die alte Wohnung seiner Eltern. Kate schüttelte den Kopf.

*O'Rourke. Wir haben uns nie über einen Treffpunkt unterhalten, abgesehen von der Kellerwohnung, aber wo ... nicht im Zentrum der Franziskaner hier in Bukarest. O'Rourke hatte gesagt, daß es routinemäßig von der Regierung überwacht wurde. Er ruft seine Kontaktpersonen dort immer an und vereinbart einen Treffpunkt durch eine Art Kode. Also wo?*

Kate blieb noch zwanzig Sekunden schweigend sitzen, dann stand sie auf und schritt rasch zum entgegengesetzten Ende des Parks, mied größere Gruppen und wandte das Gesicht ab, wenn sie an anderen Passanten vorbeikam, die Schutz suchten.

O'Rourke saß auf der Parkbank bei der Lagune, wo sie im Mai gesessen waren und sich unterhalten hatten. Er war allein und hatte den Kragen des dicken Wollmantels hochgestellt, sah aber auf, als sie beim Kinderspielplatz stehenblieb, und sein Lächeln war aus dreißig Schritten Entfernung zu sehen.

»Ich bin schon vor der Dämmerung aufgestanden, um mich mit dem Abt des Franziskanerklosters in Bukarest zu treffen«, sagte O'Rourke. »Ich habe geschrieben, daß wir uns um neun in der Medizinischen Fakultät treffen würden. Haben Sie meine Nachricht nicht gesehen?«

»Nein«, sagte Kate. »Da war keine Nachricht.« Sie überquerten die Brücke über den schmalen Kanal zwischen den Lagunen des Parks.

»Ich habe aber eine dagelassen«, sagte O'Rourke. »Vielleicht hat Lucian sie genommen und Ihnen nichts davon gesagt.«

»Warum sollte er das tun?«

Der Priester machte eine Geste mit beiden Händen. »Ich weiß nicht. Aber wir wissen eine ganze Menge nicht über Lucian, oder nicht?«

*Über dich auch nicht,* dachte Kate, sagte aber nichts.

»Wie auch immer, ich habe mit Pater Stoicescu vereinbart, daß er die Probe mit dem J-Virus im Lauf des Vormittags zur amerikanischen Botschaft bringt. Aber als ich zur Medizinischen Fakultät kam, wimmelte es dort vor Polizei und Feuerwehr . . . ich habe Stoicescu angerufen und das Treffen abgesagt, dann wollte ich zur Wohnung zurück, aber dort war die Polizei. Ich konnte Männer in das Gebäude gehen sehen, und in der ganzen Straße standen teure Autos.«

»Die Leute der *Securitate* fahren Mercedes«, sagte Kate und schilderte ihm den Wahnsinn, der sich in den vergangenen Stunden zugetragen hatte.

O'Rourke schüttelte den Kopf. »Mir fiel nichts ein, was ich tun könnte, außer hierher in den Park zu kommen und zu hoffen, daß Sie sich an den Treffpunkt erinnern würden.«

»Fast hätte ich nicht mehr daran gedacht«, sagte Kate. Sie hatten einen der westlichen Eingänge des Parks erreicht. Kate zögerte und wich unter die Bäume zurück. »Da draußen ist es nicht sicher.«

Der Priester sah zur Straße. »Ich weiß. Wenn die *Securitate* weiß, wo wir Unterschlupf gefunden hatten, dann müssen die *Strigoi* auch wissen, daß wir im Land sind . . . und warum.«

»Wie?« fragte Kate. Sie ballte die Hände zu Fäusten.

O'Rourke schüttelte den Kopf. »Möglicherweise Lucian. Möglicherweise haben die Zigeuner geredet. Möglicherweise eine andere Leichtsinnigkeit ...«

»Ihre Anrufe bei den Franziskanern?« sagte Kate.

»Das bezweifle ich. Wir unterhalten uns auf lateinisch, nennen nie richtige Namen und vereinbaren Treffpunkte mit einem alten Kode, den wir ausgearbeitet haben, als ich noch hier in den Waisenhäusern arbeitete.« Er kratzte sich den Bart. »Aber es wäre immer möglich ...«

»Und spielt jetzt eigentlich auch gar keine Rolle mehr«, sagte Kate. »Ich weiß nur nicht, was wir als nächstes tun sollen. Wenn Lucian geschnappt worden ist ...«

»Haben Sie gesehen, daß er geschnappt worden ist?«

»Nein, aber ...«

»Wenn Polizei oder *Securitate* ihn verhaftet haben, können wir nichts machen«, sagte O'Rourke. »Und wenn er entkommen ist – was wahrscheinlicher erscheint –, dann hat er in Bukarest eine unendlich größere Chance als wir. Es ist seine Stadt. Und dann ist da noch sein legendärer Orden des Drachen.«

»Machen Sie sich nicht darüber lustig«, sagte Kate.

»Nein.« Schritte ertönten hinter einer Hecke, und O'Rourke zog Kate weiter unter die tropfenden Bäume zurück. Zwei Männer in Arbeiterkluft schritten rasch vorbei, ohne einen Blick hinter die Hecke zu werfen. »Ich mache mich nicht darüber lustig, aber ich glaube auch nicht, daß es sich um eine besonders tüchtige Organisation handelt. Sie konnten Lucian nicht einmal sagen, wo die nächste nächtliche Zeremonie der Weihe stattfinden wird.«

Kate hielt ihren Zorn im Zaum. »Und haben Sie es besser gemacht?«

»Durchaus«, sagte O'Rourke. »Kommen Sie.« Er nahm Kates Hand und führte sie die Straße entlang zu einem geparkten Motorrad unter einer Plastikplane. Das Motorrad hatte einen Beiwagen, und Kate fand, daß es uralt aussah, wie eine Requisite aus einem Film über den Zweiten Weltkrieg. O'Rourke zog die Plane herunter, legte sie zusammen und schob sie unter den flachen Sitz des Beiwagens. »Steigen Sie ein.«

Kate war noch nie in einem Beiwagen gefahren – und auch Motorrad nur einige Male mit Tom – und mußte feststellen, daß es nicht einfach war, sich in dem engen Raum zusammenzufalten. Die Windschutzscheibe war gesprungen, vor Alter vergilbt und an hundert Stellen geklebt. Als sie die Beine schließlich so gefaltet hatte, daß sie in dem eiförmigen Raum Platz hatten, gab

O'Rourke ihr eine Decke und eine Schutzbrille. »Ziehen Sie die auf.«

Kate rückte die Brille zurecht und versuchte sich vorzustellen, wie sie mit dem tropfnassen Bauernmantel und dem Schal und diesem absurden Ding aussehen mochte. Sogar die Brille war vor Alter halb milchig. »Wo haben Sie das alles her?« fragte sie.

Der Priester zog selbst eine Brille und eine Fliegermütze aus Leder auf, die Kate zum Lachen reizte. »Pater Stoicescu hat es mir gestern angeboten«, sagte er. »Einer der Patres, die zu Besuch waren, hat es hier gekauft und in einer Garage in der Nähe der Universität stehenlassen. Bis heute sah ich keine Veranlassung, es zu holen.« Er drehte einen Schlüssel herum, machte sich an einem Benzinhahn an der Seite des uralten Motors zu schaffen, sprang hoch und drückte mit einem Fuß ein Pedal nieder. Nichts geschah.

»Sind Sie sicher, daß Sie wissen, wie man dieses Ding fährt?« Kate kam sich in dem Beiwagen am Bordstein wie auf dem Präsentierteller und lächerlich vor. Sie rechnete jeden Augenblick damit, daß ein Mercedes der *Securitate* angefahren kommen würde.

»Ich hatte selbst eins, bevor ich in Vietnam war«, murmelte O'Rourke, der sich an einem anderen Schalter auf der Seite zu schaffen machte. Er stand wieder auf, sprang hoch, ließ das Gewicht auf das Pedal fallen. Wieder nichts. »Scheiße noch mal«, knurrte der Priester.

Kate zog eine Braue hoch, beschloß aber, nichts zu sagen.

O'Rourke versuchte es noch einmal und wurde mit einem Knattern aus dem Zylinder, einer Fehlzündung und dann Stille belohnt. »Verdammtes billiges Benzin«, sagte er und schraubte an etwas über dem Motor.

»Haben Sie gesagt, Sie wüßten, wo die Zeremonie heute nacht stattfindet?« sagte Kate leise. Es hatte wieder angefangen zu regnen, daher waren im Augenblick weder Fußgänger noch Verkehr zu sehen; dennoch verspürte sie den Drang zu flüstern.

O'Rourke hörte auf zu schrauben, beugte sich herüber und zog eine Karte aus einem elastischen Fach an der Innenseite des Beiwagens. »Sehen Sie«, sagte er.

Kate stellte fest, daß es sich um eine Kummerly & Frey-Straßenkarte im Maßstab 1:1000000 handelte, dann faltete sie sie auseinander, stellte fest, daß die Hälfte davon Bulgarien zeigte, legte sie anders herum zusammen, damit Rumänien zu sehen war, und sah rote Kugelschreiberkreise um mehrere Städte herum. »Braşov, Tîrgovişte, Sighişoara und Sibiu«, sagte sie. »Die sind alle eingekreist. Welche ist es ... und warum?«

O'Rourke versuchte sein Glück noch einmal mit dem Pedal, und nun sprang der Motor heulend an. Er drehte ein paarmal das Gas auf, bis der Motor gleichmäßig lief, dann ging er mit dem Gas zurück und beugte sich zu ihr. Er deutete mit dem Finger auf Tîrgovişte, eine Stadt etwa fünfzig Meilen nordwestlich von Bukarest. »Das sind allesamt Städte, die für die Familie der *Strigoi* von großer Bedeutung sind«, sagte er. »Ich glaube, sie werden die Orte für die Zeremonien der kommenden vier Nächte sein.«

»Woher wissen Sie das?«

O'Rourke sah über die Schulter und fuhr mit einem Aufheulen und in einer Abgaswolke auf die Straße. Kate klammerte sich mit der freien Hand am Rand des Beiwagens fest. Sie fand das Erlebnis, in dem tiefliegenden Beiwagen zu fahren, äußerst unangenehm. »Woher wissen Sie das?« wiederholte sie.

»Lassen Sie es mich später erklären«, rief er zurück. Er fädelte sich in den Verkehr auf dem Bulevardul Gheorghe Gheorghiu-Dej ein, dann bog er nach Norden auf den Bulevardul Nicolae Bălcescu ab, der durch das Stadtzentrum führte.

»Dann verraten Sie mir nur, woher Sie wissen, daß die heutige Zeremonie in Tîrgovişte stattfinden wird«, verlangte Kate und beugte sich näher zu ihm, als sie an einer roten Ampel direkt nach dem Hotel Intercontinental halten mußten.

O'Rourke rieb sich die Wange. Kate fand, daß er mit seinem Bart, dem Helm und der Brille kaum Ähnlichkeit mit einem Priester hatte. »Pater Stoicescu hat das Kloster von Tîrgovişte erwähnt, das ich vor zwei Tagen besucht hatte«, sagte er. Die Ampel sprang um, und sie setzten sich mit dem spärlichen Verkehr in Bewegung. Es nieselte immer noch. »Sie haben keine Telefonverbindung mehr.«

»Und?« Solange sie derart langsam fuhren, mußte Kate nicht brüllen.

»Die Mönche wurden festgenommen«, sagte er. »Die *Securitate* hat sie einfach ausgehoben. Nachdem sie jahrhundertelang von den Behörden geduldet wurden, hat man das Kloster auf einmal geräumt. Einer der Mönche war gerade dabei, Lebensmittel auf dem Markt zu kaufen, kehrte zurück und sah noch, wie die anderen Mönche in Polizeiautos verladen wurden, dann konnte er nach Bukarest fliehen und das hiesige Hauptquartier der Franziskaner informieren.«

»Verstehe ich nicht«, brüllte Kate. Sie hatten den Triumphbogen im nördlichen Stadtteil hinter sich gelassen und fuhren auf der Şoseaua Kiseleff am Herăstrău-Park vorbei. Rechts konnte sie nur kahle Kastanienbäume und braunes Gras sehen. Es fuhr kein schwarzer Mercedes hinter ihnen.

»Die Franziskaner wissen von den *Strigoi*«, rief O'Rourke zurück. »Das Kloster in Tîrgovişte überwacht die Familie der *Strigoi* schon seit Jahrhunderten. Wenn die *Securitate* die Priester verhaftet – und sei es nur zu einem kurzen Verhör –, dann könnte es sein, daß sich heute nacht etwas in Tîrgovişte abspielt, von dem wir nichts wissen sollen.«

Kate sagte nichts, hatte aber kein großes Vertrauen in seine Einschätzung. »Was ist mit Lucian?« rief sie über das Dröhnen des Motors hinweg. Sie stellte fest, daß sie von der Straße nach Kiseleff auf eine mit der Beschilderung ›Chitilei‹ abgebogen waren.

O'Rourke beugte sich zu ihr, ohne die Straße vor ihnen und den Verkehr aus den Augen zu lassen. »Wenn er auf freiem Fuß ist und sein Orden des Drachens existiert ... auch wenn nicht ... stehen die Chancen gut, daß wir uns an der Stätte der nächsten Zeremonie wiedersehen.«

Kate wischte mit den Händen einen Film trüben Wassers von der Brille. Sie konnte sich vorstellen, wie ihr Gesicht aussah. Wieder ließ die Logik zu wünschen übrig, aber sie hatte auch keinen besseren Vorschlag zu machen. Sie waren gerade an der letzten Reihe Mietskasernen der Stalin-Ära vorbeigekommen und hatten die Ringstraßen am Stadtrand hinter sich gelassen, als der Rhythmus des Motors langsamer wurde und O'Rourke bremste. Kate sah die quergestellten Autos einen Augenblick nach den Schildern, die den Weg geradeaus nach PITEŞTÍ und TÎRGOVIŞTE wiesen.

»Unfall?« sagte sie. Einen Block entfernt waren Polizeiblinklichter zu sehen.

O'Rourke stand auf den Pedalen. »Scheiße«, flüsterte er.

»Was ist?«

»Eine Straßensperre. Die Polizei scheint die Papiere zu überprüfen.«

Kate sah nach hinten und stellte fest, daß sich der Verkehr dort ebenfalls staute. Drei Autos weiter stand ein schwarzer Mercedes, in dem vier dunkle Gestalten saßen.

# Kapitel 29

Die Polizisten vor ihnen begnügten sich nicht damit zu warten, bis der Verkehr ihre Straßensperre erreichte, vielmehr schritten sie die Schlange der Fahrzeuge ab, sahen in Fenster hinein und verlangten Papiere. O'Rourke schaltete das uralte Motorrad auf Leerlauf und begann, auf der schmalen Straße zu wenden.

Kate zupfte an seinem Ärmel.

»Ich sehe den Mercedes«, sagte er, während der offene Gurt seines Fliegerhelmes flatterte. »Wir müssen das Risiko einfach eingehen.«

Kate umklammerte den Rand des Seitenwagens mit beiden Händen, senkte den Kopf, so daß kaum mehr als Schal und Brille zu sehen waren, und spähte verstohlen nach links, als sie den Weg zurückfuhren, den sie gekommen waren.

Die vier Männer in dem Mercedes sahen nicht auf, als sie vorbeifuhren. Kate blickte zurück und sah, wie der Mercedes aus der Schlange ausscherte und auf der linken Spur bis zur Straßensperre vorfuhr. Die Polizisten salutierten und ließen ihn durch. Andere Autos und ein paar Motorräder drehten vor der Sperre um.

O'Rourke fuhr an den Bordstein, als sie den Stadtrand wieder erreicht hatten, und parkte vor Arbeiterhäusern. Kate betrachtete die trostlosen Bauwerke aus der Stalinzeit, jedes mit den unvermeidlichen leerstehenden Geschäften im Erdgeschoß, während der Priester die Karte studierte. Sie wechselte die Lage der Beine, so gut es in dem engen Raum ging, und drehte sich zu ihm um. »Was jetzt?«

»Vielleicht nehmen wir die Hauptstraße nach Piteşti«, sagte er. »Dann die E 70 bis zu diesem Dorf hier . . . Petreşti, südlich von Găeşti . . . und dann auf der 72 nach Norden bis Tîrgovişte.«

»Und wenn sie die E 70 auch gesperrt haben?« fragte Kate.

O'Rourke schob die Karte wieder in das elastische Fach. »Darum kümmern wir uns, wenn es soweit ist.«

Die E 70 war gesperrt. Die Schlange war fast zwei Meilen lang. Der Priester verstand ausreichend Rumänisch, daß er das Knurren der Lastwagenfahrer entschlüsseln konnte, die zu ihren Fahrzeugen zurückliefen: die Polizei verlangte die Papiere an der

Stelle wo die Straße aus der Stadt hinausführte und zur vierspurigen Autobahn nach Pitești wurde.

O'Rourke wendete das Motorrad und fuhr in die Stadt zurück. Es war bereits früher Nachmittag, und Kates Magen knurrte. Sie hatte nicht richtig gefrühstückt und konnte sich nur an ein paar Löffel Suppe in der Nacht zuvor erinnern.

Es gab Geschäfte an der Hauptstraße, dem Bulevardul Pacii, aber die waren verlassen, und zwar schon seit sieben Uhr. Aggressive Fahrer, die nicht auf den restlichen Verkehr achteten, zwangen O'Rourke, über Kopfsteinpflaster und unebenen Asphalt auszuweichen, und Kate dachte mehr als einmal, der Seitenwagen würde umkippen. Sie sah ein Fernfahrerrestaurant bei den Bahngleisen, das geöffnet hatte, und wies den Priester darauf hin. Als sie auf dem Parkplatz standen und der Motor verstummt war, zog O'Rourke den Fliegerhelm ab und wischte sich den Schweiß von der Stirn.

»Wagen wir es und gehen rein?« fragte Kate.

»Wenn Sie so hungrig sind wie ich, wagen Sie es«, sagte O'Rourke. Sie ließen die Brillen und seinen Helm im Seitenwagen und gingen hinein.

Das Lokal war höhlenartig, kalt und vom Rauch hunderter Zigaretten erfüllt. Kellner eilten mit großen Bierflaschen von Tisch zu Tisch. Jeder Lastwagenfahrer hatte ein halbes Dutzend leere Bierflaschen vor sich stehen und schien bereit zu sein, noch einmal ein halbes Dutzend zu bestellen.

»Warum so viele auf einmal?« flüsterte Kate, als sie einen Tisch in der Nähe des Kücheneingangs gefunden hatten.

O'Rourke lächelte. Kate fiel zum ersten Mal auf, daß er den Priesterkragen abgenommen hatte und nur ein dunkles Hemd und Hosen unter dem dicken Wollmantel trug. »Sie haben Angst, dem Lokal könnte das Bier ausgehen«, sagte er. »Was auch noch vor dem Abendessen passieren wird.« Er versuchte, einen Kellner herbeizuwinken, aber die Männer mit den dunklen Jacketts und schmutzigen weißen Hemden beachteten ihn gar nicht. Schließlich stand der Priester auf und stellte sich direkt vor einen der hastenden Männer.

»*Daţi-ne supă, vă rog*«, sagte O'Rourke. Kates Magen knurrte bei dem Gedanken an einen großen Teller Suppe.

Der Kellner schüttelte den Kopf. »*Nu* ...« Er ließ einen wütenden Schwall Silben auf O'Rourke herabregnen und erwartete offensichtlich, daß O'Rourke beiseite gehen würde.

»*Mititei? Brînză? Cîrnaţi?*« fragte der Priester.

So nervös Kate war, beim Gedanken an Wurst und Käse lief ihr das Wasser im Mund zusammen.

»*Nu!*« Der Kellner sah sie böse an. »*American?*«

Kate stand auf und holte einen Zwanzigdollarschein aus der Handtasche. »*Ne puteţi servi mai repede, vă rog, ne grăbim!*«

Der Kellner griff nach der Banknote. Kate ließ sie wieder zwischen den Fingern verschwinden. »Wenn wir das Essen bekommen«, sagte sie. »*Mititei. Brînză. Salam. Pastrama.*«

Der Kellner sah sie wieder böse an, verschwand aber in der Küche. O'Rourke und Kate blieben stehen, bis er zurückkam. Fernfahrer sahen sie an.

»Es geht doch nichts über unauffälliges Benehmen«, flüsterte der Priester.

Kate seufzte. »Wären Sie lieber verhungert?«

Der Kellner kam mit sichtlich umgänglicherem Benehmen und einer fettigen weißen Tüte zurück. Kate schaute hinein und sah verpackte Würstchen, hartgekochte Eier und Salamischeiben. Er streckte wieder die Hand nach den zwanzig Dollar aus, aber Kate hielt einen Finger hoch. »*Băutură?*« sagte sie. »Etwas zu trinken?«

Der Kellner sah gequält drein.

»*Nişte apă*«, sagte Kate. »*Apă minerală.*«

Der Kellner nickte resigniert und sah O'Rourke an. »Bier«, sagte der Priester.

Eine Minute später kam der Kellner mit zwei großen Flaschen Mineralwasser und drei Flaschen Bier zurück. Er wünschte sich eindeutig, die Transaktion wäre vorbei. O'Rourke nahm die Flaschen; der Kellner nahm den Zwanzigdollarschein. Die Fernfahrer setzten ihre Unterhaltung fort.

Draußen nieselte es wieder. Kate verstaute Essen und Flaschen unter der Plane des Seitenwagens. Eine Minute später fuhr O'Rourke schon wieder auf der Straße nach Osten. »Ich weiß nicht, was ich tun soll, außer in die Stadt zurückzufahren«, rief er.

Kate betrachtete die Straßenbahn- und Eisenbahnschienen, die hier parallel zur Straße verliefen. Daneben sah sie ausgefahrene Spurrillen. »Die Schienen verlaufen hier nach Westen!« rief sie und deutete darauf.

O'Rourke verstand sofort. Er steuerte das Motorrad vor einer entgegenkommenden Straßenbahn vorbei, holperte über den Bordstein, raste durch ein abfallübersätes Feld und lenkte auf den ausgefahrenen Schotterweg. Eine Minute später knatterten sie hallend zwischen den rückwärtigen Fassaden von Reihenhäusern aus der Stalinzeit dahin. Der Priester bemühte sich, zertrümmerten Flaschen und verbogenen Metallstücken entlang den Schienen auszuweichen.

Am Stadtrand wurde der Schotterweg zu Schlamm und verlor sich dann völlig. »Festhalten!« rief O'Rourke, steuerte das Motorrad auf eine Kreuzung und dann auf die Eisenbahnschwellen. Kates Seitenwagen hing über die Gleise.

So tuckerten sie drei oder vier Meilen entlang, und Kate war jeden Zentimeter des Weges davon überzeugt, daß ihre Plomben herausgeschüttelt würden. Sie konnte sich nicht vorstellen, wie O'Rourke etwas sehen konnte; ihre eigene Sicht war ein vibrierendes, dreifach überlagertes Bild, das zudem von der Brille und dem Nieselregen getrübt wurde. »Und wenn ein Zug kommt?« brüllte sie, als sie die letzten umliegenden Bauernhäuser passiert hatten. Nur ein paar Männer in ihren Gärten hatten aufgesehen.

»Dann sterben wir!« brüllte O'Rourke zurück.

Fünf Meilen von der Stadt entfernt und mindestens drei Meilen nach der Straßensperre hielten sie an einer Kreuzung mit einem lehmigen Feldweg an, der nach Norden und Süden führte. Vor ihnen ertönte hinter einem dichten Hain von Bäumen die ausgesprochen laute Pfeife eines Zuges.

»Schätze, hier verlassen wir die Schienen«, sagte O'Rourke und bog Richtung Norden auf die Straße ab. Der Feldweg war schlammig, Kate mußte zweimal aussteigen und schieben, bis sie die Kreuzung mit der Autobahn E 70 erreicht hatten, die wie eine aufgegebene und verwahrloste Interstate nach Nordwesten führte. Eine Ewigkeit schien vergangen zu sein, seit O'Rourke sie im Mai auf dieser Straße nach Pitești gefahren hatte, damit sie den Kauf eines Babys direkt vor Ort miterleben konnte.

Auf der Straße nach Westen waren keine Polizeiautos zu sehen. Sie sahen keinen schwarzen Mercedes, als sie hinter dem großen Dorf Găești auf eine schmale und unebene Landstraße 72 wechselten. Auf einem Schild stand: TÎRGOVIȘTE 30 KM.

Sie unterhielten sich nicht mehr über den Lärm des Motors hinweg, Kates Kopf pochte nach der holprigen Fahrt auf den Schienen, und so fuhren sie Richtung Norden, den Bergen und der zunehmenden Dunkelheit entgegen.

Sie machten am Ufer des Flusses Dimbovița Rast, keine zehn Kilometer von Tîrgoviște entfernt. Die Landstraße 72 war schmal, kurvenreich und führte ausschließlich durch Dörfer, die aus nicht mehr als ein paar ärmlichen, an die Straße gequetschten Hütten bestanden. O'Rourke stellte das Motorrad unter den Bäumen an dem träge dahinfließenden Fluß ab. Der Käse war salzig, die Wurst alt, die *Ouă umpluți* – die gefüllten Eier – mit etwas gefüllt, das sie beide nicht kannten. Es war eine der köstlichsten Mahlzeiten, an die Kate sich erinnern konnte, und sie trank direkt aus der Mineralwasserflasche, um sie hinunterzuspülen. Es hörte auf zu regnen, und die Sonne traf zwar keine Anstalten hervorzukommen, aber dennoch schien es wärmer als seit Tagen zu sein. Kate fand Stellen an ihrer Kleidung, die tatsächlich trocken waren.

»Ihr Rumänisch scheint in dem Restaurant gewirkt zu haben«, sagte O'Rourke. Er schien das Bier zu genießen.

Kate leckte sich die Finger. »Überlebenstraining letztes Frühjahr. Ich habe nicht alle Mahlzeiten in der Krankenhauskantine eingenommen.« Sie wartete einen Moment, bevor sie sich über das letzte gefüllte Ei hermachte. »Ich hoffe, diese Fernfahrer waren am Ende ihrer Schicht, und nicht am Anfang.«

O'Rourke nickte. »Sie meinen wegen dem Bier? Ja. Nun, in diesem Land ist es eine Seltenheit, wenn nüchtern gefahren wird.« Er betrachtete seine fast leere Flasche. »Ich schätze, ich werde nach dieser hier aufhören.«

Kate nahm den Schal ab. »Sie haben heute zweimal ›Scheiße‹ gesagt, und jetzt tun Sie sich an Bier gütlich. Kein angemessenes Verhalten für einen anständigen Priester.«

Statt zu lachen, sah O'Rourke über den Fluß hinweg. Seine Augen waren glänzend und grau, und in diesem Augenblick sah Kate einen Funken des hübschen Jungen im müden und bärtigen Gesicht des Mannes. »Es ist lange her«, sagte er, »daß ich ein anständiger Priester war.«

Kate zögerte verlegen.

»Hätte sich vor zwei Jahren die Reise nach Rumänien nicht ergeben, die mich mit dem Problem der Waisenhäuser hier konfrontierte«, fuhr er fort, »hätte ich schon damals gekündigt.« Er trank noch einen Schluck.

»Hört sich komisch an«, sagte Kate. »Das Wort ›gekündigt‹, meine ich. Man stellt sich nicht vor, daß Priester ihren Beruf aufgeben.«

O'Rourke nickte flüchtig, ließ aber den Blick auf den Fluß gerichtet.

»Warum wollen Sie das Priesteramt aufgeben?« fragte Kate sehr leise. Es herrschte kein Verkehr auf der Straße, und der Fluß gab kaum ein Geräusch von sich.

O'Rourke spreizte die Finger, und Kate stellte fest, wie groß und kräftig seine Hände aussahen. »Aus den üblichen Gründen«, sagte er. »Das Unvermögen, den eigenen Unglauben zu überwinden.« Er nahm einen Ast und zeichnete geometrische Figuren in den weichen Sand.

»Aber Sie haben einmal gesagt daß Sie glauben ...«, begann Kate.

»An das Böse«, sprach der Priester zu Ende. »Aber deshalb bin ich noch lange nicht zum Priester qualifiziert. Oder dazu, die Sakramente zu spenden. Um als eine Art unausgegorener Vermittler zwischen Menschen, die wahrscheinlich gläubiger sind als ich, und Gott zu dienen ... wenn es einen Gott gibt.« Er warf den Zweig in den Fluß; beide sahen ihm nach, wie er in der stetigen Strömung davontrieb.

Kate fuhr sich mit der Zunge über die Lippen. »O'Rourke ... warum sind Sie hier? Warum sind Sie mit mir gekommen?«

Da sah er sie an, und seine grauen Augen wirkten sehr klar und sehr aufrichtig. »Sie haben mich darum gebeten«, sagte er.

Tîrgovişte war eine Stadt mit rund fünfzigtausend Einwohnern im Tal eines anderen Flusses, des Ialomiţa, gelegen, und dahinter konnte Kate die Ausläufer der Karpaten in den Wolken verschwinden sehen. Auf den ersten Blick handelte es sich bei Tîrgovişte um eine ebenso verschmutzte Industriestadt wie die Ölstadt Piteşti, aber dann holperten sie durch die geschäftigen Vororte und gelangten ins alte Zentrum der vormittelalterlichen Stadt.

»Das ist der alte Palast«, sagte O'Rourke, der die rechte Hand vom Gaszug nahm und auf Ruinen hinter einer zwei Meter hohen Mauer deutete. »Er wurde im späten dreizehnten Jahrhundert von Mircea dem Älteren erbaut, aber Vlad der Pfähler brannte ihn 1462 bei einer Schlacht gegen die Türken nieder. Kurz bevor er die Macht verlor, glaube ich.«

Kate wischte sich Schlamm von der Schutzbrille.

»Das ist der Chindia-Turm«, sagte O'Rourke und deutete auf einen runden Turm aus Stein, den man über der Mauer der Festung erkennen konnte. »Der alte Vlad ließ ihn als Wachturm und Beobachtungsposten erbauen, damit er den Foltern beiwohnen konnte, die er unten ihm Hof abhalten ließ. Das neue Gebäude unmittelbar außerhalb der Mauer dort ist das Museum.«

O'Rourke lenkte das Motorrad in eine Nebenstraße, aber ein Schild an der Tür verkündete, daß das Museum geschlossen sei. »Jammerschade«, sagte der Priester. »Ich kenne den Kurator hier. Ein arroganter kleiner Schlappschwanz – loyal zu Ceaușescu –, aber er weiß eine ganze Menge über die Geschichte von Tîrgoviște.«

Kate verlagerte das Gewicht in dem Seitenwagen. Ihre Beine waren fast eingeschlafen. »Zweimal Scheiße und einmal kleiner Schlappschwanz«, sagte sie. »Ihr Schuldenkonto wächst, Pater.«

»Schon seit Jahren, Schwester.« Er drehte das Gas zurück und fuhr langsam die Nebenstraße entlang. »Ich hätte schwören können, daß sie den heutigen Teil der Zeremonie hier abhalten würden, aber ich kann keine Vorbereitungen erkennen.« Sämtliche Zugänge zum historischen Teil des Palastes waren mit Ketten und Vorhängeschlössern versperrt und mit Schildern versehen, auf denen in Englisch und Französisch GESCHLOSSEN stand.

»Es ist noch nicht dunkel«, sagte Kate. »Vampire kommen erst heraus, wenn es dunkel ist.« Sie machte die Augen zu. Sie fühlte sich sehr müde und entmutigt. Aber als sie die Augen schloß, sah sie das deutliche Bild von Joshua vor sich, wie er bei einer seiner monatlichen Geburtstagsfeiern lachte und entzückt die kleinen Hände spannte und entspannte, wie seine dunklen Augen im Kerzenlicht glänzten ... Kate riß die Augen auf. »Was jetzt?« sagte sie.

O'Rourke brachte das Motorrad zum Stillstand. »Ich glaube, wir müssen einen Platz suchen, wo wir das Motorrad und uns selbst verstecken können«, sagte er. »Und dann warten wir, bis die Vampire herauskommen.«

»Und wenn sie nicht kommen?« sagte Kate. »Wenn es nicht der richtige Ort ist?«

»Dann sind wir gründlich und göttlich angeschissen.«

Kate strich ihm über den Arm. »Zweimal Scheiße, ein kleiner Schlappschwanz und jetzt ein ›göttlich angeschissen‹«, sagte sie. »Sie sollten zusehen, daß Sie bald zur Beichte gehen, O'Rourke.«

Der Priester zog den Lederhelm ab und rieb sich heftig die Kopfhaut. Sein Haar stand in verfilzten Strähnen ab. Er grinste durch den Bart. »Der Meinung bin ich auch«, sagte er. »Aber da sämtliche Priester in Tîrgoviște von der *Securitate* verhaftet worden sind, werden Sie sich wohl oder übel meine Beichte anhören müssen.«

Kate verzog das Gesicht. Das Motorrad fuhr weiter durch stille Nebenstraßen.

Die Scheune lag völlig abgeschieden inmitten einer gottverlassenen Wiese, nicht einmal eine halbe Meile vom Gelände des Palastes entfernt. Sie war eindeutig seit Jahren nicht mehr benützt worden, davon abgesehen, daß die Überreste eines Traktors mit Eisenrädern und ohne Motor eingelagert waren, aber das Heu auf dem Schober schien relativ frisch. In der ganzen Umgegend lag kein Bauernhaus. Eine weitere halbe Meile entfernt konnte man die Türme einer petrochemischen Fabrik durch den neuerlichen Nieselregen erkennen.

»Systematisierung«, sagte O'Rourke, der in beide Richtungen sah, bevor er das Motorrad von der schmalen Straße auf den Weg zur Scheune schob. »Wahrscheinlich hat Ceauşescu das Bauernhaus dem Erdboden gleichmachen lassen.«

»Das Heu ist frisch«, sagte Kate.

O'Rourke deutete mit dem Kopf auf zwei magere Kühe auf der fernen gegenüberliegenden Seite der Wiese, deren Rippen man selbst auf diese Entfernung sehen konnte. »Bei den ganzen chemischen Niederschlägen leuchtet ihre Milch wahrscheinlich schön giftgrün«, sagte er.

»Hübsche Vorstellung«, sagte Kate, folgte ihm in die Scheune und zog das windschiefe Tor zu, soweit es ging. Sie zitterte jetzt sichtlich. Ihr war warm im Kopf, und sie fühlte sich schwindlig.

O'Rourke legte eine Hand auf die Stirn. »Mein Gott, Neuman, Sie verbrennen.«

Sie hielt die Handtasche fester an sich. »Ich habe Antibiotika, Aspirin . . .«

»Sie müssen sich erst einmal aufwärmen«, sagte er und kletterte eine halb verfaulte Holzleiter zum Schober hinauf. »Die Luft ist rein«, rief er von oben.

Das Stroh war eigentlich nicht frisch, aber vergleichsweise sauber. O'Rourke machte ein Nest darin und legte die Decke des Seitenwagens hinein. »Ziehen Sie den Mantel und die Überkleidung aus«, sagte er. Er zog selbst den tropfnassen Mantel aus.

Kate zögerte nur einen Augenblick. Dann streifte sie den nassen Mantel samt Schal ab, stellte fest, daß der Pullover und die billige Polyesterhose ebenfalls durchnäßt waren, und zog auch diese aus. Sogar ihre Unterwäsche war feucht, aber sie ließ den BH und das weiße Baumwollhöschen an. Sie hatte Gänsehaut auf Armen und Beinen und wußte, daß man ihre Brustwarzen durch den formlosen BH hindurch erkennen konnte. Kate ließ sich ins Stroh fallen und zog die halbe Decke um und über sich. Der Stoff kratzte und roch nach Benzin. »Ich habe Kleidung zum Wechseln in der Tasche«, sagte sie mit klappernden Zähnen.

»Für mich haben Sie nicht zufällig etwas dabei, oder?« fragte O'Rourke. Er war viel durchnäßter als sie. Als er sein schwarzes Hemd auswrang, tropfte Wasser heraus. Die Haut seiner Brust und Oberarme war ausgesprochen weiß, und Kate konnte sehen, daß seine Finger vor Kälte zitterten. Die schwarze Hose war sichtlich naß, aber er zögerte, als er sie aufgeknöpft hatte. »Machen Sie die Augen zu«, sagte er.

»Seien Sie nicht kindisch«, schnappte Kate, die die Kiefer zusammenbiß, damit ihre Zähne nicht so sehr klapperten. »Ich bin Ärztin, wissen Sie das nicht mehr? Soll ich Ihnen eine Vorlesung über Unterkühlung halten?«

»Nein«, sagte O'Rourke und machte den Reißverschluß auf. Er hängte ihrer beider Kleidungsstücke über ein Holzgeländer, wo das schwache Sonnenlicht durch die einzige schmutzige Scheibe der Scheune darauf fallen konnte.

*Er trägt keine Unterwäsche!* war Kates einziger Gedanke. Dann erst bemerkte sie das Plastik der Prothese, die direkt unter dem linken Knie anfing, und überlegte sich, daß seine Bitte möglicherweise etwas anderem als reiner Scham entsprang.

Kates Blick wanderte von der Beinprothese zu dem Mann selbst. Pater Michael O'Rourke war nicht so schlank wie Lucian, die Muskeln traten nicht so deutlich hervor, aber als er sich umdrehte und die Kleidungsstücke auf dem Geländer ausbreitete, bewunderte Kate seine knackige Kehrseite in einer Art und Weise, die alles andere als medizinisch war. Als er sich umdrehte, folgte sie der Linie dunklen Haars von der Brust bis zu dem dichten Schamhaar. Penis und Hodensack waren vor Kälte geschrumpft.

Kate wandte sich ab und kramte in der Tasche nach Kleidungsstücken.

»Machen Sie die anderen Kleidungsstücke nicht naß«, sagte O'Rourke, der auf die Decke schlüpfte und das lose Ende hochzog. Er hatte sich ihr zugewandt, ihre Knie berührten sich nicht ganz, und es war gerade genügend Decke übrig, daß er sich damit zudecken konnte. »Wärmen Sie sich zuerst und ziehen Sie sie dann an.«

Unter anderen Umständen, mit einem anderen Mann, wäre

Kate überzeugt gewesen, daß das ein Antrag war. Jetzt, bei Michael O'Rourke, war sie nicht so sicher. »Nur einen Pullover«, sagte sie und zog einen marineblauen Pullover heraus, den sie überstreifte, während sie gleichzeitig den Verschluß ihres nassen BHs öffnete und diesen so unauffällig wie möglich auszog, bevor sie die Arme in die Ärmel des Pullovers steckte. Ihr blieb nicht verborgen, daß ihre Brüste durch die Bewegung größer wirkten. »Der Rest sind überwiegend Jeans und Röcke, die hier fehl am Platze wirken würden«, flüsterte sie und zog die Decke wieder fest. »Ich muß das verdammte Polyesterzeug tragen, das Lucian mir gekauft hat, wenn wir uns wieder auf der Straße sehen lassen wollen.« Sie zog einen trockenen Schlüpfer aus der Tasche und schob ihn unter die Ecke der Decke. *Wie stelle ich das an, ohne zu auffällig zu wirken?* Sie versuchte gar nicht erst, unauffällig zu sein, zog unter der Decke die Beine an, schlüpfte aus dem nassen Höschen und zog das trockene an.

O'Rourke hatte über der Decke die Arme umklammert, und Kate stellte fest, daß auch er versuchte, das Zittern zu unterdrükken; was ihm aber nicht gelang. Sie fragte sich, ob das Zittern teilweise an Nervosität liegen mochte. Sie lagen in ihrer kleinen Vertiefung im Stroh wie zwei Indianer, die einander Angesicht in Angesicht gegenüberkauern.

»Kommen Sie her«, flüsterte Kate, legte sich im Stroh zurück und zog an der Decke, so daß O'Rourke gezwungen war, ihr zu folgen. Es folgte ein peinlicher Augenblick, als sie die Decke neu zurechtrücken mußten, dann lagen sie nebeneinander, ohne sich ganz zu berühren, konnten aber die Wärme unter dem Stoff teilen. Kate wollte einen Scherz machen, um die greifbare Spannung zu lindern, entschied sich aber dagegen. O'Rourke sah sie mit seinen klaren grauen Augen an, und sie war nicht sicher, ob sie eine Frage darin erblickte oder nicht.

»Drehen Sie sich um«, flüsterte sie.

Nachdem sie beide eine Embryonalhaltung eingenommen hatten, blieb gerade ausreichend Decke, daß sie sich beide ordentlich zudecken konnten. Kate drückte sich, ohne zu überlegen, in Löffelhaltung an ihn, spürte ihre Brüste, die unter dem Wollpullover zusammengedrückt wurden, spürte die Rückseiten seiner noch vom Regen feuchten Schenkel an der Vorderseite der ihren. Ihre Hände berührten seine kalten Schultern und glitten an seinen Armen hinab. Sie konnte die verkrampften, vor Kälte zitternden Muskeln spüren und wurde sich bewußt, daß O'Rourke fast die ganze lange Fahrt nach Tîrgovişte durchnäßt gewesen sein und gefroren haben mußte. Sie kuschelte sich dichter an ihn, schlang den verbundenen linken Arm um seinen Körper und drückte ihm die flache Hand auf die Brust.

»Ich glaube nicht . . .«, begann O'Rourke.

»Psst«, flüsterte Kate und preßte Beine und Hüften an seine. »Schon gut. Wir wärmen uns nur und ruhen uns ein wenig aus, bis es dunkel wird.« Sie spürte, wie seine Brust sich dehnte, als wollte er noch etwas sagen, aber er blieb stumm. Einen Augenblick später spürte sie, wie er sich entspannte.

Kate spürte ihre eigene Erregung, spürte Wärme und Feuchtigkeit zwischen den Schenkeln und ein gewisses Gefühl der Schwere in der Brust, das bei ihr stets auf Erregung hindeutete, aber sie spürte auch, wie zum ersten Mal seit dem Brand eine große Ruhe über sie kam. Sie hielt das Gesicht dicht an seinen Nacken, spürte ein Kitzeln, wo sich sein ungeschnittenes Haar lockte, und atmete seinen sauberen Männergeruch ein. Er hatte aufgehört zu zittern.

Kate war sich deutlich bewußt, daß ihre Brustwarzen nur durch den dünnen Baumwollstoff von seiner Haut getrennt wurden, spürte die Wärme seiner Pobacken an den Schenkeln und fühlte die Krümmung seines Rückens fest am Bauch, aber sie ließ das Verlangen, das diese Nähe auslöste, fürs erste einfach entgleiten, zu einer angenehmen Empfindung im Hintergrund werden, während sie sich entspannte und die Wärme des Augenblicks genoß.

Und schlief.

Es war dunkel, als sie aufwachte, und einen Augenblick verspürte sie einen Anflug von Panik, daß sie verschlafen und die Zeremonie verpaßt haben könnten, aber dann sah Kate die trüben Schleier der Dämmerung vor dem schmutzigen Fenster und wußte, daß die Sonne gerade untergegangen war. Ihnen blieben noch Stunden bis Mitternacht.

O'Rourke war eingeschlafen – Kate verspürte keinen Sekundenbruchteil Verwirrung darüber, wo sie sich befand, oder mit wem –, aber er hatte sich im Schlaf umgedreht, so daß er nun ihr zugewandt lag. Kate hatte den verbundenen Arm immer noch um ihn gelegt, aber O'Rourke hatte sich unter der schmalen Decke dichter an sie gekuschelt und die Hände vor sich verschränkt, so daß sie in dem warmen Tal zwischen ihren Brüsten lagen. Es war unmöglich, daß er vorgab zu schlafen: O'Rourke schnarchte leise, den Mund hatte er so verwundbar arglos geöffnet, wie Kate es so oft aufgefallen war, wenn sie nach Joshua gesehen hatte.

Kate studierte O'Rourkes Gesicht im spärlichen Licht: seine Lippen waren voll und schön, die Wimpern lang – sie konnte sich vorstellen, wie niedlich er als Junge ausgesehen haben mußte –, und in seinem braunen Bart fanden sich rötliche und vorzeitig ergraute Strähnen. Sein entspannter Gesichtsausdruck machte ihr deutlich, wieviel Belastung in seinem offenen und freundlichen Antlitz geschrieben stand, als würde Mike O'Rourke eine schwere Last mit sich herumschleppen, die er nur im Schlaf ablegen konnte.

Kate sah nach unten, konnte aber die Beinprothese nicht in der Lücke sehen, wo die schmale Decke auseinandergerutscht war. Aber sie sah die lange Rundung seines nackten Schenkels, wo sein Bein neben ihrem lag.

Ohne darüber nachzudenken – weil sie es sich anders überlegt haben würde, hätte sie nachgedacht –, beugte sich Kate über ihn, küßte O'Rourkes Wange und – als er die Augen aufschlug und überrascht den Mund zumachte – zärtlich seine Lippen. Er wich nicht zurück. Kate rückte einen Moment ab und sah ihm in die Augen, erblickte etwas Wichtigeres als Überraschung darin und brachte das Gesicht wieder dichter über seines. Dieses Mal öffnete sie die Lippen nur Sekunden, bevor er es tat. Sie zog ihn mit der verbundenen linken Hand dichter an sich, spürte seine noch gefalteten Hände zwischen den Brüsten und an ihrem Schenkel seinen Penis, der sich langsam, aber konstant versteifte.

Sie rangen keuchend nach Luft, dann küßten sie sich wieder, und dieses Mal wurde etwas unendlich Komplexeres als ihr beiderseitiges Verlangen und ihre Erregung durch den Kuß vermittelt – es war ein langsames und gleichzeitiges Öffnen der Gefühlsregungen, eine Resonanz, die so wahrhaftig war wie das Klopfen ihrer Herzen.

Kate wich zurück; ihre Sinne schwammen buchstäblich in einem Strudel von Gefühlsregungen. »Es tut mir leid, ich . . .«

»Ssch«, flüsterte O'Rourke, hob die Hände zu ihrem Hinterkopf, schob die Finger unter das Haar und zog sie zu einem weiteren Kuß an sich.

Kate glaubte, die feuchte Vollkommenheit dieses Kusses würde nie zu Ende gehen. Als er doch vorbei war, zitterte ihre Stimme. »Ich meine, es ist in Ordnung, wenn wir es machen. Ich meine, ich habe ein IUD . . . aber ich würde verstehen, wenn du . . .«

»Ssch«, flüsterte er wieder und zog ihr den Pullover über den

Kopf. Ihre Brustwarzen reagierten in dem Augenblick auf die kalte Luft, als ihre Augen bedeckt wurden, dann konnte sie wieder sehen, und er zog die Decke zurecht. »Psst«, sagte er, legte ihr einen Finger auf den Mund und griff mit der anderen Hand nach ihrem Slip, zog ihn hinunter und weg.

»Wenn du nicht willst, macht es n . . .«, begann sie mit belegter Stimme.

»Sei still«, flüsterte O'Rourke. »Bitte.« Er küßte sie wieder, dann glitt er mit dem linken Arm hinter sie, legte ihr kräftige Finger auf den Rücken und rollte sich halb auf sie, wobei er sein Gewicht mit dem linken Arm abstützte.

»Bitte«, wiederholte sie, dann sagte sie nichts mehr, hob das Gesicht zu seinem und küßte ihn, während sie mit einer Hand seinen Hinterkopf hielt und mit der anderen an seinem Rücken hinab zum Ansatz der Wirbelsäule glitt. Dort spürte sie Narben, die meisten klein, aber mindestens eine lang und unregelmäßig. Sie spürte ganz kurz die Berührung der Prothese, als er sich hochstützte und zwischen ihre Beine glitt, aber dann bemerkte sie nur noch die Wärme seines restlichen Körpers, seine Küsse und seine Erektion, die sich warm und beharrlich an die Wölbung ihres Bauches drückte.

Kate stöhnte und bewegte die rechte Hand abwärts, unter seine Schenkel, umfing sein Geschlecht, glitt daran empor und führte ihn zu sich. Als sie die Knie hob, um ihn zu empfangen, war sie ausgesprochen feucht.

O'Rourke hatte es nicht eilig. Er küßte sie innig, hob den Kopf und sah sie mit unendlicher Zärtlichkeit an, dann küßte er sie wieder so langsam und leidenschaftlich, daß Kate glaubte, sie hätte eine oder zwei Sekunden das Bewußtsein verloren. Sie bewegte die Hüften, und da drang er in sie ein, nicht ungeschickt, nicht von verzweifelter männlicher Hast erfüllt, sondern so feucht, langsam und bestimmt wie seine Küsse.

Kate hörte einen Moment auf zu atmen, als er innehielt, und es schien, als würde er sich zurückziehen, aber dann machte er unendlich langsam weiter. Schließlich bewegte er sich tief in ihr, aber immer noch langsam, so langsam, daß sie den vollkommenen Kontakt spüren konnte, als er über die empfindlichste Stelle in ihr glitt, sich fast ganz zurückzog und wieder bewegte.

Die nächsten Minuten waren wie eine Erinnerung an die Zukunft, in der ihr Liebesakt immer besser und besser und mit jedem Mal intimer wurde. Nichts wirkte gezwungen oder peinlich.

Sie bewegten sich mehrere drängende Augenblicke im Einklang, Kates Sinne trugen sie auf einen Gipfel der Leidenschaft, wo sie kaum atmen konnte, dann verlagerte O'Rourke das Gewicht ein wenig und seine rechte Hand war zwischen ihnen, ein Teil der Feuchtigkeit und des Kontakts, und jedesmal, wenn er sich ein wenig zurückzog – wobei Kate bei der langsamen Bewegung zumute war, als würde sie sich um ihn herum und in sich selbst falten –, streichelten seine feuchten Finger sie zärtlich abwärts, sie spürte das Gefühl der Reibung seiner Finger und des Schafts seines Penis gleichzeitig, und dann glitt seine Hand wieder langsam an ihr hoch, während er noch tiefer in sie eindrang. In manchen Augenblicken überstieg Kates Erregung alles, was sie jemals erlebt hatte, sie bewegte hastig und verlangend die Hüften, dann bremste sie sich, wenn der Rhythmus ihrer Bewegungen wieder abschwoll, bis sie das Tempo in vollkommener Einheit feuchter Reibung wieder steigerten.

Kate war kein Neuling in Liebesdingen – sie war mit Tom leidenschaftlich gewesen, und mit einigen Liebhabern in den Jahren vor und nach Tom –, aber nichts hatte sie auf das Gefühl von Intimität und Erregung vorbereiten können, das sie jetzt verspürte. Als sie gerade den Eindruck hatte, als könnten weder sie noch O'Rourke es auch nur noch eine Sekunde aushalten, als müßten sie beide erschauernd im nächsten Augenblick den Orgasmus erleben, wechselten sie den Rhythmus, als hätten sie die Choreographie seit langem einstudiert, und dann begannen sie einen neuen Zyklus der Empfindungen.

Sie wälzten sich herum, die Decke fiel unbeachtet ab, und Kate war oben, während O'Rourke die großen Hände auf ihren Brustkorb drückte, so daß er mit den Fingern ihre beiden Brüste berühren konnte. Er sah sie an, und sein Gesicht brachte zum Ausdruck, daß er sich in der sinnlichen Zone zwischen Lust und Schmerz befand. Sie sah, daß er sich auf die Lippe gebissen hatte, und senkte den Kopf, um den Blutstropfen wegzuküssen. Er versuchte jetzt, ihre Bewegung zu bremsen, indem er ihr fest die Hände auf die Hüften stemmte, aber Kate spürte, daß es kein Zögern und kein Abwarten mehr geben konnte. Sie warf den Kopf zurück, stützte beide Hände auf seine Brust und führte eine wiegende Abwärtsbewegung aus, die sie beide an die Grenze und darüber hinaus führte. Einen pulsierenden Augenblick wußte Kate nicht eindeutig zu sagen, wessen bevorstehenden Orgasmus sie deutlicher spürte, den ihren oder den O'Rourkes.

Dann machte O'Rourke die Augen zu, Kate ihre eine Sekunde später, sie kam, begleitet von einer warmen Flut, die sich durch ihren ganzen Körper ausbreitete, und einen Augenblick danach spürte sie, wie O'Rourke in ihr pulsierte und stöhnte.

Sekunden später lag Kate in voller Länge auf ihm, während O'Rourke sie dicht an sich drückte und die Decke über sie beide zog. Er blieb in ihr, immer noch steif, und hielt sie mit kräftigen Händen, während sie eine Wange auf seine Brust legte und halb döste. Es wurde völlig dunkel. Die Kälte in der Scheune schien jetzt etwas Greifbares zu sein. Irgendwo, weit entfernt jenseits der Wiese, meckerte eine Ziege.

»Macht das nicht alles kaputt?« flüsterte Kate, die endlich wie aus einem Traum erwachte.

»Es macht nichts kaputt«, flüsterte O'Rourke. Er strich ihr mit den Händen über den Rücken.

»Aber dein Gelübde . . .«

»Ich hatte mich schon entschieden, das Priesteramt niederzulegen, Kate. Meine Reise nach Chicago diente dazu, den Austritt persönlich zu überbringen.« Er drehte den Kopf auf die Seite und nahm eine Hand gerade lange genug weg, daß er einen Strohhalm wegwischen konnte, der sich in seinem Bart verfangen hatte. Dann legte er die Hand wieder auf ihren Rücken. »Ich habe mich achtzehn Jahre lang an das Zölibatsgelübde gehalten, ohne den Sinn darin einzusehen.«

»Achtzehn Jahre«, flüsterte Kate. Sie strich mit den Fingerspitzen über seine Brust. Als sie das Gesicht von seiner Brust hob, um etwas zu flüstern, küßte er sie.

»Hast du auch empfunden . . .«, begann sie.

»Als wären wir schon seit Jahren Liebende?« führte er für sie zu Ende. »Als würden wir uns an künftige Liebesakte in der Zukunft erinnern? Ja, das habe ich. Tue ich noch.«

Kate schüttelte den Kopf. Sie glaubte nicht an das Übernatürliche, hatte nie an Wunder geglaubt . . . aber diese körperliche Telepathie ließ sie erzittern. O'Rourke zog die Decke enger um sie und küßte sie aufs Ohr. »Wir sollten uns besser anziehen und herausfinden, ob die Zeremonie heute abend stattfindet«, flüsterte er.

Da stürmte alles wieder auf sie ein: das fremde Land, die Kälte, die Dunkelheit, der Alptraum, daß sich Joshua in den Händen grausamer Fremder befand. »Halt mich nur noch einen Moment fest«, flüsterte sie und legte wieder die Wange auf seine Brust.

Er hielt sie fest.

# Kapitel 30

Die Sicherheitskräfte der *Strigoi* trafen irgendwann nach halb elf Uhr in ihren Lastwagen, Mercedes und Militärfahrzeugen ein, die durch die menschenleeren Nebenstraßen von Tîrgovişte rumpelten und um das Museum und das Gelände des alten Palastes herum Aufstellung nahmen. An den drei Toren standen bereits Wachen, auf den Mauern war Stacheldraht entrollt worden. Jetzt überwachten die schwarzgekleideten Gestalten mit ihren automatischen Waffen die Zufahrtsstraßen, bezogen auf Dächern in den umliegenden Straßen Stellung und zündeten Fackeln auf dem Gelände rings um den Chindia-Turm an. Um das Palastgebäude herum lagen kaum Privatwohnungen – bei den meisten Gebäuden handelte es sich um kleine Geschäfte, oder sie gehörten zu den Fabriken rings um die Altstadt –, aber diese wenigen Häuser und Geschäfte waren dunkel und verlassen: die Bewohner von Tîrgovişte waren vorgewarnt und hatten das Gebiet vor Einbruch der Nacht geräumt.

Kate und O'Rourke beobachteten alles durch die eingestürzte Mauer im zweiten Stock eines halbverfallenen Gebäudes einen halben Block von dem Gelände entfernt. Sie hatten die Wachen gesehen, die Mauern überprüft und sich zurückgezogen, bevor die restlichen Sicherheitskräfte eingetroffen waren. Kate war dafür gewesen, über die Mauern zu klettern, solange noch Zeit dazu war, aber O'Rourke hatte sie zu einer abgedeckten Zisterne hinter dem verlassenen Gebäude geführt. »Dies ist ein vergessener Zugang zu dem Gelände. Die ausgetrocknete Zisterne führt zu einem Abwassersystem, das Teil des ursprünglichen Komplexes war. Wir können hier eindringen ... einer der jungen Priester ist einmal aus Jux ganz reingekrochen. Aber es ist besser, wenn wir es erst nach Einbruch der Dunkelheit versuchen.«

»Woher kennst du diesen Weg hinein?« hatte Kate geflüstert.

Da sagte er es ihr: Sein früherer Ausflug nach Tîrgovişte hatte ebenso dem Zweck gedient, das Palastgebäude zu erforschen und sich mit den hiesigen Franziskanermönchen zu treffen, wie dem Besuch des Waisenhauses. Die Mönche hatten ihm das Gelände gezeigt, alte Karten und Baupläne hervorgekramt, die während der Restauration des Palastes vor fünfzig Jahren angefertigt worden waren, und ihn zu der Zisterne geführt.

Da wich Kate vor ihm zurück. »Du hast gewußt, daß die Zeremonie hier stattfinden würde«, sagte sie. »Du hast über alles Bescheid gewußt.«

O'Rourke schüttelte den Kopf. »Nicht über alles. Wir haben vermutet, daß dies der Ort der zweiten Nacht der Zeremonie der Weihe sein würde. Das Palastgelände wurde gestern für die Öffentlichkeit gesperrt, die Sicherheitsmaßnahmen drastisch verschärft.«

»Wer ist *wir?«* fragte Kate.

»Die anderen Franziskaner. Ich schwöre dir, Kate, ich habe von alledem erst gehört, als ich vor zwei Jahren nach Rumänien gekommen bin.«

»Und warum hast du es mir nicht gesagt?«

O'Rourke wollte etwas sagen, doch dann verstummte er. Er strich ihr über die Wange. »Es tut mir leid. Hätte ich sollen. Ich dachte eben, es wäre vorbei, als du mit Joshua das Land verlassen hattest.«

Kate hatte die Fäuste geballt. »Aber du hast die Gefahr gekannt! Du hast gewußt, daß sie mich verfolgen würden!«

»Nein!« Er ging einen Schritt auf sie zu, blieb aber stehen, als sie zurückwich. »Nein. Ich wußte nicht, daß das Kind etwas mit den *Strigoi* zu tun hatte. Das mußt du mir glauben, Kate.«

Sie sah ihn an. »Du hast gesagt, daß Lucian es gewußt hat. Er und der Orden des Drachen, oder wie auch immer er heißt.«

O'Rourke schüttelte den Kopf. »Einige der Mönche, die heute hier verhaftet worden sind, gehören dem Orden des Drachen an. Die Organisation gibt es wirklich – im geheimen schon seit Jahrhunderten –, aber ich hatte keine Ahnung, daß Lucian mit ihr in Verbindung steht. Ich bin immer noch nicht überzeugt. Das war einer der Gründe, weshalb ich heute morgen in aller Frühe Pater Stroicescu besucht habe.«

»Und was hat er gesagt?«

O'Rourke breitete die Arme aus. »Er gehört dem Orden nicht an. Der Priester, der Mitglied ist, wurde hier in Tîrgoviște festgenommen. Ich weiß nicht, ob Lucian lügt.«

»Warum sollte er. Schließlich hat er mitgeholfen, oder nicht?«

O'Rourke sagte nichts.

»Na gut«, hatte Kate gesagt. »Ich vertraue dir vorerst.« Sie machte die Augen zu. Ihr Körper spürte immer noch das Gefühl seines Penis in ihr. *Mein Gott, was habe ich getan?* »Gehen wir zum Gelände.«

»Später«, sagte O'Rourke, und sie konnte sehen, wie er zitterte. Ihre Kleidung war noch nicht völlig trocken, und der Nachtwind war kalt. »Wenn die VIPs eintreffen.«

Die VIPs trafen nacheinander eine Stunde vor Mitternacht ein. Die Schlange der Mercedes glitt zwischen Absperrungen und Wachen hindurch und verschwand im Haupttor. Kate konnte widerscheinendes Fackellicht im oberen Drittel des Chindia-Turms erkennen, der über der Mauer des Anwesens zu sehen war. »Es ist Zeit«, flüsterte sie.

O'Rourke nickte nervös und führte sie die rissige Treppe zu der Zisterne im dunklen Hof hinunter. Sie konnte selbst im trüben Licht sehen, wie blaß er war.

»Was ist denn?« fragte sie.

O'Rourke biß sich auf die Lippe. »Tunnel«, sagte er.

Kate holte die Taschenlampe hervor, die sie in die Tasche eingepackt hatte. »Wir haben die hier.«

»Es ist nicht wegen der Dunkelheit«, sagte er mit zusammengebissenen Kiefern. Kate sah, daß seine Zähne klapperten und er einen Schweißfilm auf Stirn und Oberlippe hatte.

»Du bist krank«, flüsterte Kate.

»Nein.« O'Rourke wandte sich von der Zisterne ab und lehnte sich an die Wand. »Der Tunnel ...« Er knirschte mit den Zähnen.

Da begriff Kate. »Du hast gesagt, im Krieg ... Vietnam ... warst du eine Tunnelratte. Da hast du ...«

O'Rourke wischte sich den Schweiß vom Gesicht. »Ich habe einen Tunnelkomplex untersucht, den unser Trupp in der Nähe eines Dorfes gefunden hatte.« Seine Stimme bebte, dann wurde sie wieder fester. »Tunnel, die von anderen Tunnels abzweigten. Bazella und seine Jungs hatten Spreng- und Splittergranaten geworfen, aber es gab so viele Windungen, so viele Höhen und Tiefen ... Wie dem auch sei, ich war im NVA-Hauptquartier ... Lazarett, Baracken, und so weiter. Aber die NVA – die regulären nordvietnamesischen Einheiten – waren ausgeflogen. Abgesehen von einem verwesenden Leichnam, der ein paar Meter vom Ausgang zum Flußufer entfernt im Tunnel verkeilt war. Ich dachte mir, ich könnte mich daran vorbeidrücken ...« O'Rourke verstummte und sah ins Leere.

»Der Leichnam war eine Falle«, flüsterte Kate. Sie spürte die Erinnerung an die Narben auf seinem Rücken und den Oberschenkeln in den Fingerspitzen.

O'Rourke nickte. »Sie hatten den Magen des Mannes ausgehöhlt und mit C-4 und einem einfachen Stolperdraht als Zünder gespickt. Als ich sein Bein berührte, hat er meines weggepustet.« Er versuchte zu lachen, aber es hörte sich hohl und traurig an.

Kate rückte näher zu ihm und drückte das Gesicht an seine Wange.

»Es ist keine ausgewachsene Klaustrophobie«, flüsterte er. »Ich meine, du hast mich in Flugzeugen und Zügen erlebt. Solange ich einen Weg *hinaus* sehen kann ...« Er verstummte. »Es tut mir leid.«

»Nein«, flüsterte Kate. »Schon gut. Ich finde, es ist besser, wenn du hier wartest. Ist auch logischer. Wenn ich in Schwierigkeiten gerate, muß jemand hier draußen sein, der Hilfe holen kann.«

Dieses Mal lachte O'Rourke richtig. »Bei wem? Wo? Wir sind auf uns allein gestellt, Kate.«

Sie brachte ein Lächeln zustande. »Ich weiß, aber ich warte immer noch darauf, daß die Kavallerie über den Hügel geprescht kommt.«

»Laß mir eine Minute Zeit«, sagte O'Rourke. Er holte mehrmals tief Luft, schwang die Arme ein paarmal hin und her und beugte sich über die trockene Zisterne. Es waren nur zweieinhalb bis drei Meter bis zum Boden, und es befanden sich Lücken und Stufen in dem lockeren Mauerwerk. »Halt das Licht ruhig ... gut, so ... Pater Danielescu hat gesagt, daß sich dort der Eingang befindet.«

Kate sah nur Mauerwerk und vertrocknete Kletterpflanzen.

»Halt sie still, bis ich einen Weg in den alten Abwasserkanal gefunden habe«, sagte O'Rourke. »Dann reichst du die Lampe herunter und folgst mir.« Er kletterte über die Mauer und tastete sich bis auf den Grund. Einmal fiel ein Stein polternd auf den abfallübersäten Boden der Zisterne, aber O'Rourke gelangte mühelos hinunter. Kate richtete den Lichtstrahl auf die Wand, während er die Steine abtastete, ein Taschenmesser zu Hilfe nahm und an einem zog, bis dieser sich löste. Die anderen ließen sich mühelos entfernen.

»Licht«, sagte er, stand auf und streckte die Arme hoch.

Kate warf ihm die Taschenlampe hinunter. Er hielt den Lichtstrahl auf Fußstützen, während sie herunterkletterte. Dann duckten sie sich und spähten in die Öffnung.

»Bäh«, sagte Kate und ballte die Fäuste. Sie hatte das Funkeln von Rattenaugen gesehen, und jetzt konnte sie das Scharren ihrer Krallen hören, als sie vor dem Licht flohen. Der Lichtstrahl der

Taschenlampe fiel auf ihre öligen schwarzen Rücken. Der Abwasserkanal – wenn es einer war – maß nur einen Meter im Durchmesser und wurde wenige Meter weiter drinnen, wo die Rattenaugen sie angefunkelt hatten, noch schmaler.

»Wie können wir da reingehen?« flüsterte Kate.

O'Rourke beugte sich näher zu ihr. »Die gute Nachricht ist: ich möchte wetten, daß sich kein einziger Nordvietnamese da drinnen aufhält. Ich gehe als erster.« Er fand einen kräftigen Ast auf dem Boden der Zisterne und nahm ihn in die rechte Hand; die Taschenlampe hielt er in der linken. Als er seine Schultern in den Eingang zwängte, verbarg sein Körper das Licht.

Kate schloß die Augen und dachte an Joshua.

»Breit genug«, hörte sie O'Rourkes gepreßtes Flüstern. »Pater Danielescu hat gesagt, daß die Leitung ganz durch führt, und ich glaube, er hat recht. Komm, ich halte das Licht.«

Kate versuchte die Entfernung abzuschätzen, die sie kriechen mußten. Die Länge eines Footballplatzes? Zwei Drittel dieser Strecke? Auf jeden Fall war sie endlos. Der uralte Tunnel konnte einstürzen, und keiner würde je erfahren, daß sie hier waren. Die Ratten würden ihre Augen fressen. Es war Wahnsinn.

»Ich komme«, flüsterte sie und kroch in die Öffnung.

Abgesehen vom Schrecken des Feuers und dem Tod von Tom und Julie war der hundert Meter lange Tunnel das schrecklichste und gräßlichste Erlebnis in Kates Leben. Sie konnte O'Rourke keuchen hören, konnte das Zittern unterdrückter Panik in seinem Körper sehen, dessen Silhouette sich im Licht der Taschenlampe vor ihr abzeichnete, aber der Rest war nur scharfkantiges Felsgestein, Schlamm, wuselnde Ratten und Dunkelheit, die nur noch verschlimmert wurde durch das zunehmende Gefühl von Klaustrophobie, als der schmale Durchgang noch schmaler und jede enge Biegung noch enger wurden. Ab und zu hielt O'Rourke inne, dann umklammerte sie sein Bein oder hielt seine Hand, wenn der Tunnel breit genug war, daß sie ihren Arm vorstrecken konnte, aber sie sprachen kaum, und der Rhythmus ihres Keuchens wurde immer verzweifelter, je weiter sie in die Dunkelheit krochen.

»Was ist mit schlechter Luft?« flüsterte sie, als sie sich durch eine besonders enge Stelle gezwängt hatten, wo die Tunnelwand eingestürzt war. Sie hatten sich zwischen Schlamm und Wurzeln durchgequetscht, und Kate konnte sich nicht vorstellen, daß sie es noch einmal durch dieses Nadelöhr zurück schaffen würde. Allein bei dem Gedanken blieb ihr die Luft weg, und sie atmete in kurzen, abgehackten Zügen.

»Die Ratten leben hier«, keuchte O'Rourke. Kate konnte hören, wie sie vor ihm wuselten und in Seitenröhren verschwanden, die nicht breiter als ihre Schenkel waren. »Wenn sie atmen können, dann können wir es wohl auch.«

»War dein Priesterfreund sicher, daß der Durchgang passierbar ist?«

O'Rourke hörte auf zu kriechen. »Nun, mit diesem jungen Priester persönlich habe ich eigentlich nicht gesprochen . . .«

»Aber du *weißt,* daß er es bis in die Anlage hinein geschafft hat?« wollte Kate wissen. Ihre Brust fühlte sich eingeschnürt, als würde jemand ein Band aus Stahl darum legen und festziehen.

»Ja!« sagte O'Rourke, kroch weiter und murmelte etwas, das Kate nicht verstand.

»Was war das?«

»Ich sagte, der Priester ist als Junge hier durchgekrochen«, sagte O'Rourke und stieß heruntergestürzte Steine aus dem Weg. Die Taschenlampe erzeugte eine Korona um sein Haar und den Bart.

»Als *Junge!«* Kate packte O'Rourkes Stiefel. »Wie *klein* war dieser Junge denn, gottverdammt?«

Der Priester hielt wieder inne und rang nach Luft. »Ich weiß nicht. Ich glaube, nicht allzu klein. Ich hoffe es.« Er kroch weiter, wobei seine Schultern auf beiden Seiten an Fels streiften.

Ein paar Minuten später zog Kate gerade eine Wurzel aus dem Weg und bestaunte deren seltsame, gegliederte Form, als sie sich auf die Ellbogen stützte und sagte: »O'Rourke . . . Mike . . . leuchte mit dem Licht hierher, ja?«

Sie hielt einen menschlichen Unterarm in der Hand; der Zwischenraum zwischen Elle und Speiche war dicht mit Erde verklebt. Sie ließ ihn hastig los und zwängte sich auf einer Seite daran vorbei.

»Das ist gut«, flüsterte O'Rourke. »Wir müssen unter dem Friedhof auf dem Gelände sein. Gleich hinter der Kirche.«

Kate nickte und strich sich das Haar aus den Augen. Sie hatte als Medizinstudentin mit Leichen zu tun gehabt und als Ärztin bei Autopsien geholfen, daher verspürte sie keine unziemliche Angst vor den Toten. Sie hätte nur gerne vorher Bescheid gewußt, wenn sie es mit einem Leichnam zu tun bekam.

In diesem Augenblick ging die Taschenlampe aus. Kate zuckte zusammen und spürte auch, wie O'Rourkes Körper mehrere Sekunden zur Bewußtlosigkeit erstarrte. »Scheiße«, flüsterte er und schlug mit dem Handballen mehrmals auf die Taschenlampe ein. Nicht einmal ein Flackern. Kate hielt O'Rourkes rechten Knöchel umklammert, während dieser sich an den Batterien zu schaffen machte und wieder auf die Taschenlampe schlug. Nichts. Sie spürte Nervosität, die wie ein elektrischer Strom durch ihn floß; seine Haut wurde klamm, die Muskeln hart wie Marmor. Jetzt war es, als wären seine beiden Beine Prothesen.

»O'Rourke?« flüsterte sie. »Mike?«

Stille. Sie spürte, wie er die Haltung veränderte, bis er auf dem Rücken lag, und nach dem leisen Rascheln und Zucken des Körpers konnte sie sich vorstellen, daß er die Hände hob und mit den Fingern die Tunneldecke abtastete, als wäre sie sein Sarg. Sein Atem war flach und viel zu schnell.

»Mike?« flüsterte sie noch einmal und streckte die Hand höher aus, damit sie ihn am Arm berühren konnte. Sie konnte die Vibration spüren, die sich tief in ihm aufbaute, gleich dem ersten Beben tektonischer Platten, die sich nach jahrelangem Druck eines Berges verschieben.

»O'Rourke«, schnappte sie. »Gib Antwort.«

Er gab ein Geräusch von sich, das irgendwo zwischen einem Räuspern und einem Stöhnen lag.

»Gib Antwort«, flüsterte sie wieder, nicht mehr so schneidend. »Schon gut. Wir kommen auch ohne Licht durch. Wir kriechen einfach weiter, ja?« Sie drückte seinen Arm. Es war, als würde sie eine Granitstatue berühren, die schwach vibrierte.

Er gab noch ein Geräusch von sich, dann flüsterte er etwas Unverständliches.

»Was?« Kate streichelte den Rücken seiner geballten Faust.

Seine Stimme klang nervös und verkrampft. »Zu viele Tunnel unter dem Gelände. Nur dieser hier führt zur Kirche.«

Kate drückte seine Hand. »Na und? Bleiben wir eben in diesem. Kein Problem.«

Er zitterte, als hätte er Fieber. »Nein. Wir könnten unter dem Tor hindurchkriechen und in ein anderes Abwassersystem gelangen.«

»Werden wir kein Licht sehen?« flüsterte Kate. Sie konnte die Ratten hinter sich wuseln hören. Wenn das Licht sie nicht fernhielt, konnten sie über ihre Beine laufen . . . ihr Gesicht.

»Ich ... weiß ... nicht ...« Sein Flüstern verstummte, das Zittern wurde schlimmer.

Kate drückte sein Bein oberhalb des Knies. »Mike, hast du heute nacht zum ersten Mal mit einer Frau geschlafen, seit du Priester geworden bist?«

»Was?« Die Silbe wurde gehaucht.

Kate zwang sich, im Plauderton zu sprechen, fast heiter. »Ich habe mich nur gefragt, ob Priester so etwas öfter machen ... ihre Gelübde übertreten, meine ich. Du mußt doch jede Menge Gelegenheit haben, mit den vielen einsamen Frauen in der Gemeinde. Oder den einsamen jungen Freiwilligen und Mädchen des Friedenskorps in den Ländern der dritten Welt.«

»Gott ... *verdammt«,* hauchte O'Rourke. Er zog das Bein von ihr weg. Sie konnte hören, wie er den Arm hob, als würde er die Faust ballen. »Nein«, sagte er mit etwas festerer Stimme, »das ist keine Angewohnheit von mir. Ich war nicht mehr mit jemand intim seit ... seit ich in Vietnam in Stücke gerissen wurde. Ich war kein guter Priester, Kate ... aber ein aufrichtiger.«

»Das weiß ich«, flüsterte sie mit leiser Stimme. Sie tastete nach seiner Hand, zog sie nach unten, robbte in der Dunkelheit nach vorne und küßte sie.

Sein Atem ging jetzt immer noch schnell, aber regelmäßiger. Sie konnte spüren, wie das Zittern wie langsames Nachbeben aus seinem Körper verschwand. Kate rieb die Wange an seiner offenen Handfläche.

»Tut mir leid«, sagte der Priester. »Jetzt weiß ich, was du vorhattest. Danke.«

Kate küßte seine Finger. »Mike, wir sind fast da. Gehen wir weiter.« Etwas strich an ihrem Bein entlang, und sie hörte eine Ratte in einen Tunnel flitzen. Sie hoffte, daß es nur eine Ratte war.

O'Rourke versuchte sein Glück noch einmal mit der Taschenlampe, gab auf, steckte sie in den Gürtel, drehte sich auf den Bauch und robbte weiter. Kate folgte ihm und hielt den Kopf hoch und die Augen offen, um nach Licht Ausschau zu halten, obwohl ihr ständig Sand in Haare und Augen fiel.

Einige Zeit später sahen sie es – es konnten nur Minuten gewesen sein, aber keiner hatte eine Uhr mit Leuchtzifferblatt, und ihr Zeitgefühl war aus den Fugen. In einem normal dunklen Raum wäre der Lichtstrahl überhaupt nicht zu sehen gewesen, aber für ihre an die absolute Dunkelheit angepaßten Augen war er wie ein Fanal. Sie krochen die letzten Meter vorwärts und sahen zu dem

Gitter in der Tunneldecke hinauf. Hier war das Abwasserrohr breiter, daher konnte Kate fast neben O'Rourke robben. Sie lagen auf dem Rücken und griffen zu dem Gitter hinauf, das sich als Umriß abzeichnete.

»Ein Eisengitter«, flüsterte O'Rourke. »Das müssen sie eingesetzt haben, seit Pater Chirica vor Jahren hier durchgekrochen ist. Wahrscheinlich, um die Ratten abzuhalten.« Er streckte die Finger durch das schwere Gitter und zog. Kate konnte seine Zähne knirschen hören und nahm seinen Schweißgeruch wahr. Das Gitter gab nicht nach.

O'Rourke nahm die Hände mit einem Stöhnen weg. Kate spürte Panik, die sie zu überwältigen drohte, eine nackte Angst, die ihr wie Übelkeit im Hals emporstieg. Sie war überzeugt, daß sie den Weg durch den langen Tunnel zurück nicht überstehen würde. »Gibt es einen anderen Eingang?« flüsterte sie.

»Nein. Nur den zum Keller dieser Kirche. Er gehörte einmal zu Vlad Ţepeşs Palast ... es gab unterirdische Verliese und Durchgänge ...« O'Rourke fauchte und bearbeitete das Gitter wieder mit den Händen. Rostflocken fielen wie Schnee herunter, aber das Gitter bewegte sich nicht.

»Hier«, flüsterte Kate und griff nach dem Gitter. »Drücken wir statt zu ziehen.« Sie stemmten die Handballen gegen das Gitter und drückten, bis ihnen die Arme weh taten. Dann lagen sie keuchend da, während das Wuseln im Tunnel näher kam.

»Es muß einbetoniert sein«, flüsterte O'Rourke, der am Rand entlangtastete. »Und es dürfte kaum breit genug für unsere Schultern sein. Meine jedenfalls.«

Kate versuchte, ihren keuchenden Atem zu verlangsamen. »Das spielt keine Rolle«, sagte sie. »Wir gehen da durch.« Sie wandte das Gesicht dem Gitter zu. Der Raum darüber war feucht und roch nach nassem Stein, aber die Luft da oben war unendlich frischer. »Das Metall ist alt und rostig«, flüsterte sie. »Und die Stäbe sind nicht besonders dick.«

»Sie müssen auch nicht dick sein.« O'Rourkes Stimme klang tonlos. Sie konnte einen blassen Schimmer erkennen, wo sein Gesicht war.

»Eisen rostet wie verrückt«, zischte Kate. »Komm, nimm die Beine hoch ... so ... die Knie dagegen. Ja, verschieb den Körper so wie ich meinen, damit das ganze Gewicht auf dem Rücken liegt. Okay, auf drei drücken wir, bis entweder das Gitter kaputtgeht oder wir.«

O'Rourke begab sich grunzend in Position. »Einen Augenblick«, flüsterte er. Er murmelte fast unhörbar etwas.

»Was ist das?« fragte Kate. Ihr Rücken tat schon weh.

»Ein Gebet«, sagte O'Rourke. »Gut, ich bin soweit. Eins ... zwei ... *drei.*«

Kate drückte und krümmte sich, bis sie Muskeln reißen hörte, und auch als sie glaubte, sie könne nicht weiterdrücken, drückte sie weiter. Sie spürte, wie ihr Rost in Augen und Mund fiel, spürte die rauhen Steine des Tunnelbodens, die ihr durch Mantel und Bluse in den Rücken schnitten, spürte ihren Hals, der sich drehte, als würde ihr ein glühend heißer Draht durch die Nervenbahnen gezogen ... und drückte immer noch weiter. Mike O'Rourke neben ihr strengte sich noch mehr an.

Das Gitter brach nicht, es schoß aus dem umliegenden Gestein und dem billigen Beton wie ein Kork aus einer Champagnerflasche. Kate kletterte als erste hinauf und hinaus, blieb volle fünfzehn Sekunden auf dem kalten Steinboden liegen und atmete die frische Luft, bevor sie den Arm ausstreckte und O'Rourke hinaushalf. Er mußte die Jacke ausziehen und zerriß sich das Hemd, konnte sich aber durch das unregelmäßige Loch in die Schwärze zwängen.

Sie umarmten sich auf dem Boden der Gruft der Kapelle, und ihr Hochgefühl wurde langsam zur Angst, während sie darauf warteten, daß schwarzgekleidete Wachen hereinstürmen und nach der Ursache des schrecklichen Lärms sehen würden, den ihr Eindringen gemacht haben mußte. Sie konnten zwar die fernen Laute der Zeremonie der Weihe hören, aber keine Schritte und keine Alarmsirenen wurden laut.

Nach einem Augenblick standen sie auf, hielten einander, um sich zu stützen, und gingen die Treppe hinauf, durch eine aufgebrochene Tür in die eigentliche Kapelle.

Fackellicht bewirkte, daß Farben durch einige Buntglasfenster hereinbluteten. Kate sah O'Rourke an, nahm sein verschwitztes und gerötetes Gesicht, seine zerrissene und schmutzige Kleidung wahr und mußte lächeln. Sie sah wahrscheinlich noch schlimmer aus. Die Kapelle war klein und fast kreisförmig, und so leer, wie nur archäologische Ausgrabungsstätten leer sein können, aber durch eine Tür mit einer einzigen klaren Scheibe hatte man Ausblick auf den keine fünfzig Meter entfernten Chindia-Turm. Auf den Rasenflächen und Palastruinen zwischen ihnen und dem Turm drängten sich Fackeln, menschliche Gestalten, dieselben schwarzgekleideten Wachen, die sie schon auf der Insel Şnagov gesehen hatten, und sogar ein geparkter Helikopter und zwei überlange Mercedes-Limousinen.

Kate sah das alles nicht. Sie hatte nur Augen für die Gruppe rotgekleideter Gestalten, die langsam an der Kapelle vorbei zum Fundament des Turms schritten. Einer trug ein Bündel, das man irrtümlich für ein in rote Seide gewickeltes Päckchen hätte halten können. Aber Kate irrte sich nicht; sie hatte flüchtig rosa Wangen und dunkle Augen im Licht der Fackeln gesehen, als die Männer das Bündel an der Kapelle vorbeitrugen, vorbei an singenden Gruppen anderer vermummter Gestalten.

O'Rourke hielt sie zurück und hinderte sie daran, die Tür aufzureißen und im Fackelschein zwischen die Menge zu rennen.

»Es ist mein Baby«, flüsterte Kate, die schließlich gegen den Priester sank, aber nie die Tür des Turms aus den Augen ließ, wo die Männer mit dem Bündel verschwunden waren. »Es ist Joshua.«

## *Träume von Blut und Eisen*

*Ich glaube allmählich, daß ich nicht sterben kann. Es ist fast zwei Jahre her, seit ich zum letzten Mal an dem Sakrament teilgenommen habe, aber immer noch mag der Tod sich nicht einstellen. Ich könnte die Aufnahme von Nahrung oder Wasser verweigern, aber dieses Vorgehen wäre reine Narretei; mein Blut würde sich über einen Zeitraum von Monaten hinweg selbst verzehren, statt willig zu sterben. Und nicht einmal ich, der in einem einzigen Leben mehr Schmerz erfahren hat als die meisten Generationen von Familien zusammengenommen, nicht einmal ich könnte diese Folter ertragen.*

*So liege ich bei Tage hier und lausche den Stimmen meiner Familie, so wie ich in meiner frühesten Kindheit hier gelegen habe. Nachts stehe ich auf und gehe in meinem Zimmer auf und ab, folge den Fluren dieses alten Hauses und sehe aus den Fenstern, zu denen ich schon als Baby hinausgesehen habe. Meine Muskeln sind nicht völlig verkümmert . . . werden sie nie sein.*

*Ich komme langsam zur Überzeugung, Gottes größte Strafe für mich ist, daß er mir verweigert zu sterben. Vor Jahrhunderten, als ich jung war, erwachte ich in den frühen Morgenstunden mit kaltem Schweiß beim Gedanken an ewige Verdammnis. Jetzt ist die Vorstellung von ewiger Strafe gleichbedeutend mit der simplen Tatsache, zum ewigen Leben verdammt zu sein.*

*Aber am Tage döse ich. Und wenn ich hier liege, nicht richtig wach und nicht richtig schlafend, weder tot noch unter den Lebenden weilend, träume ich meine Erinnerungen.*

*Meine Feinde fielen über mich her.*

*Mit Unterstützung meines verräterischen Bruders Radu überquerte Sultan Mehmed II. mit seinen Legionen von Arabern, Janitscharen, rumelischen Sepoy und schlitzäugigen Anatoliern die Donau, um mich vom Thron zu stürzen. Mehmeds Armee war bei weitem stärker als meine eigene. Ich verwechselte Ehre nicht mit Dummheit. Auf meinen Befehl hin zogen sich unsere Streitkräfte nach Norden zurück und hinterließen Verwüstung in unserem Kielwasser.*

*Die Städte und Dörfer meines Königreichs wurden den Flammen übergeben. Die Kornkammern wurden geleert und zerstört. Vieh, das nicht mit der Armee nach Norden getrieben werden konnte, wurde vor Ort geschlachtet. Auf meinen Befehl hin wurden Brunnen vergiftet und Dämme aufgeworfen, um Sümpfe zu erzeugen, wo Mehmed mit seinen Kanonen passieren mußte.*

*Das sind die historischen Fakten des Rückzugs – moderne Strategen wür-*

*den von einem ›strategischen Rückzug‹ sprechen –, aber sie vermitteln keinesfalls, wie es wirklich war. Ich liege hier, während der Abend die dunklen Holzbalken über mir mit stumpfem Blutrot färbt, und erinnere mich an die Straßen, die von weinenden Flüchtlingen aus unseren eigenen Städten und Dörfern, Ochsenkarren und Ackergäulen sowie ganzen Clans zu Fuß verstopft waren, die ihre erbärmlichen Habseligkeiten trugen, während hinter uns Flammen den Horizont erhellten und der Himmel schwarz vom Rauch unserer Selbstzerstörung wurde. Ich lag den vergangenen Winter hier und konnte lauschen, wie die Dienerschaft der Familie sich auf Treppen und Absätzen unterhielt – mein Gehör funktioniert immer noch ganz ausgezeichnet, wenn ich es möchte –, und sie flüstern miteinander von Saddam Husseins Krieg gegen die Amerikaner und von den Ölfeldern, die er in seinem Zorn anzünden ließ und deren Rauchwolken den Himmel verdunkelten. Sie tuscheln von den Kämpfen in Jugoslawien im Westen und schütteln die verhüllten Köpfe darüber, wie schrecklich der moderne Krieg sei. Saddam Hussein ist ein Waisenknabe verglichen mit Hitler, und Hitler war ein Waisenknabe verglichen mit mir. Ich folgte Hitlers Armee einmal beim Rückzug in seine Heimat und war erstaunt, wieviel Material und Infrastruktur er unzerstört ließ. Saddam hat in der Wüste Feuer gelegt; ich zu meiner Zeit habe einige der fruchtbarsten Landstriche in ganz Europa in Wüste verwandelt.*

*Dieses Zeitalter weiß nichts mehr vom Krieg.*

*Wir zogen uns ins Zentrum des Zentrums meines Reichs zurück, weil alle Transsilvanier damals schon an der Mutterbrust lernten, daß die Rettung unseres Volkes und unserer Nation stets in den tiefsten Klüften und auf den höchsten Bergen, in den dunkelsten Wäldern und entlegensten Regionen liegt, wo Wölfe heulen und der Schwarzbär zu Hause ist.*

*Ich habe Stoker gelesen. Ich habe seinen albernen Roman gelesen, als er 1897 veröffentlicht wurde, und habe die erste Bühnenproduktion in London gesehen. Dreiunddreißig Jahre später sah ich diesen linkischen Ungar, der durch einen der dümmlichsten Filme schlich, die ich in meinem ganzen Leben je mit ansehen mußte. Ja, ich habe Stokers erbärmliches, schlecht geschriebenes Melodram gelesen, dieses Kompendium der Verwirrungen, das den edlen Namen Dracula in den Schmutz zog und trivialisierte. Es ist selbstverständlich Schund und Unsinn, aber ich muß gestehen, es findet sich ein kurzer, mit ziemlicher Sicherheit versehentlicher Absatz reiner Poesie in diesem kindischen Geschreibsel.*

*Stokers idiotischer Vampir mit seinem Opernmantel hält inne, als er im Wald einen Wolf heulen hört. »Hört sie euch an«, sagt er in einem Bühnenflüstern. »Die Kinder der Nacht. Was für eine wunderbare Musik sie machen.«*

*In diesem versehentlich poetischen Absatz wird etwas von der transsilvanischen und rumänischen Seele enthüllt. Das Heulen des Wolfs – einsam, furchteinflößend, an abgelegenen Orten hallend – ist die Musik der rumänischen Seele. In der Dunkelheit der Wälder finden wir unsere Erlösung und Wiedergeburt. Im unzugänglichen Gebirge stellen wir uns mit dem Rücken zum Felsgestein und blicken unseren Feinden ins Auge. So ist es immer gewesen. So wird es immer sein. Ich habe eine Rasse von Kindern der Nacht gezeugt und angeführt.*

*Damals, im Sommer 1462, flohen Tausende von Soldaten und Abertausende meiner Bojaren und Bauern vor den Söldnerscharen des Sultans nach Norden. Es war der heißeste Sommer seit Menschengedenken. Wo wir vorbeikamen, blieb kein Stein auf dem anderen. Meine Spione berichteten, daß Mehmeds Janitscharen murrten, weil es in den verkohlten Ruinen unserer Städte nichts mehr zu plündern gab, und in der Asche unserer Bauernhöfe nichts zu essen. Ich ließ Gruben auf dem einzig möglichen Weg vorwärts ausheben, gespitzte Pflöcke eingraben und die Gruben dann mit großer Sorgfalt zudecken. Ich kann mich erinnern, wie ich eines Juniabends bei unserer Nachhut blieb und den Schreien der Kamele des Sultans lauschte, wenn sie in die Gruben fielen. Es war die süßeste Musik.*

*Ich führte Angriffe gegen die Masse der türkischen Schweine, wobei ich Wege und Pässe benützte, die nur wenigen meines Volkes bekannt waren, überraschte sie von hinten, brachte ihre Nachzügler und Wagen mit Kranken und Verwundeten in meine Gewalt, wie ein Wolfsrudel die schwächsten der Herde aussucht und reißt, und dann pfählte ich sie so, daß die anderen ihre Leichen finden mußten.*

*Ich schickte meine Agenten in die trostlosen Leprakolonien und in die pestverseuchten Schatten meiner noch existierenden Städte und ließ sie türkische Kleidung mitbringen, die die Kranken und Todgeweihten tragen mußten, wenn wir sie ins Lager des Sultans schickten, damit sie sich unter die Janitscharen, Anatolier, Sepoy und Araber mischten, aus deren Kelchen sie tranken und von den gemeinsamen Schüsseln aßen. Ich befahl, daß noch lebende Opfer der Syphilis, des Schwarzen Todes, der Schwindsucht und der Pocken zu den Türken gingen, und ich belohnte sie großzügig, wenn sie mit den Turbanen der Männer zurückkamen, die sie mit tödlichen Krankheiten angesteckt hatten.*

*Aber sie rückten unablässig weiter vor, meine Feinde, obwohl sie an Durst und Hunger und Krankheiten zugrunde gingen und Angst hatten, des Nachts in ihren eigenen Lagern zu schlafen, und im Dunkel der Wälder und beim Heulen der Wölfe Entsetzen litten, sie rückten weiter vor. Wir ließen einen einzigen Weg mit Vorräten und unvergifteten Brunnen hinter uns zurück, eine Schneise so deutlich wie eine Pulverspur, die zur Sprengstoffkammer führt.*

*Sie wandten sich nach Westen, nach Bukarest, und stellten fest, daß die Stadt menschenleer war und keinerlei Nahrungsmittel bot; sie wichen nach Norden aus, nach Şnagov, wo Hunderte meiner Bojaren und Soldaten auf der befestigten Insel warteten. Mehmed und Radu konnten Şnagov nicht einnehmen. Der See war so tief, daß Männer in Rüstung ihn nicht überqueren konnten, ohne Gefahr zu laufen, zu ertrinken. Und meine Mauern waren hoch und unüberwindlich, falls es doch einigen gelang, den See zu bezwingen. Mein Kriegsgerät ließ einen verheerenden Regen der Vernichtung auf sie niederprasseln.*

*Mehmed folgte mir weiter nach Norden, kehrte Şnagov den Rücken und verdammte weitere Männer zu nächtlichen Angriffen und morgendlichem Pfählen.*

*Dann, in der Nacht des 17. Juni im Jahre des Herrn 1462, griff ich Mehmeds Armee nicht mit einem plündernden Stoßtrupp an, sondern mit einer dreizehntausend Mann starken Armee meiner tapfersten Bojaren und deren eigens ausgewählten Soldaten. Wir schlugen die Wachen in die Flucht, teilten die Garnison, erdolchten alle, die versuchten, sich uns in den Weg zu stellen, und stießen durch das Zentrum ihres Lagers wie ein glühendes Schwert durch weiches Fleisch. Wir hatten Fackeln und mit Schießpulver getränkte Fanale mitgebracht; diese zündeten wir an, um das rote Zelt des Sultans zu finden. Ich hatte die unerschütterliche Absicht, den Hund vor Sonnenaufgang persönlich zu töten und sein Blut zu trinken.*

*Wir eroberten das rote Zelt und schlachteten alle darin ab, aber es war das falsche rote Zelt. Es war mir kein großer Trost, daß wir Mehmeds zwei Wesire Isaak und Mahmud geköpft hatten. Bis ich meine Männer neu formiert hatte, stürmten die Reiter des Sultans von drei Seiten auf uns ein. Selbst da hätte ich die Schlacht noch für mich entscheiden können, denn Mehmed hatte die Nerven verloren und war aus dem Lager geflohen, seine Infanteristen flohen und mischten sich in kopfloser Verwirrung unter uns, aber einer meiner Kommandanten, ein Bojare namens Gales, verabsäumte es, mit der zweiten Welle von Westen anzugreifen, wie ich es befohlen hatte. Wegen Gales' Feigheit konnte Mehmed entkommen, und meine Streitmacht mußte sich aus dem zuschnappenden Ring der ottomanischen Reiter freikämpfen.*

*Dort, im Lager von Mehmed, bekam ich zwei Pfeile in die Brust. Ich brach sie ab und hielt sie im Licht der Fackeln und Brandsätze hoch, um meine Männer anzuspornen. Die geheime heilende Kraft, die mich von Geburt an von gewöhnlichen Sterbenden unterschied, war da schon stärker in mir. Und ich hatte eine Stunde vor Beginn des Kampfes an dem Sakrament* teilgenommen. Ich hörte den Ruf »Fürst Dracula kann nicht sterben!«, und dann eilten meine überlebenden Bojaren an meine Seite, wir bildeten einen Panzer mit Schild und Klingen und erkämpften uns einen Weg aus diesem Wahnsinn hinaus.

Der Sultan kehrte zu seiner Armee zurück. Manche behaupten, daß er von seinen Generälen und meinem Bruder Radu ins Lager zurückgezerrt werden mußte.

In jener Nacht trank ich sein warmes Blut nicht.

In meinem Zorn befahl ich Gales, den feigen Kommandanten, eine Stunde vor Sonnenaufgang in mein Feldherrenzelt. Meine Wachen entwaffneten ihn, zogen ihn aus, banden ihm die Arme hinter den Rücken und hängten ihn an dem großen Kardanring aus Eisen auf, den ich auf alle unsere Feldzüge mitnehmen ließ. Dann machte ich mich, noch vom Ruß und Blut der Schlacht besudelt und mit schlimmen Schmerzen in der Brust, an die Arbeit.

Meine einzigen Werkzeuge waren eine Ahle, ein Korkenzieher und das Rasiermesser meines Vaters aus dem feinsten Stahl ganz Europas. Sie reichten aus. Ich trank aus seinem lebenden Körper, bis die Sonne aufging, dann schlief ich, stand auf, gab Befehle für den Rückmarsch nach Tîrgoviște, kehrte zurück und tat mich bis Sonnenuntergang dieses Tages an ihm gütlich. Es steht geschrieben, daß die Türken die Schreie des Feiglings an diesem Tag vierzig Meilen entfernt hörten.

In Tîrgoviște bereiteten wir uns auf eine Belagerung von einem Jahr oder länger vor. Die Stadt war abgeriegelt, die neu gebauten Türme und Mauern bemannt, die Kanonen eingeschossen, Vieh und Geflügel in die Festung getrieben, unterirdische Flüsse wurden durch das geheime Abwassersystem, das ich erbauen ließ, in die Stadt geleitet. Sultan Mehmeds Pöbel und der habgierige Radu kamen.

Sie blieben siebenundzwanzig Meilen vor unseren Toren. Mehmed und seine Männer hatten Hunderte Wälder durchquert, um die Vorgebirge der Karpaten und die Tore von Tîrgoviște zu erreichen, aber an diesem Morgen trafen sie auf einen neuen Wald, vor dem sie Rast machten, bevor sie ihn durchquerten.

Im vergangenen Winter hatte ich beim Feldzug gegen die Türken Tausende meiner Widersacher getötet. Ich achtete sorgsam darauf, die genaue Zahl der getöteten Ottomanen im Überblick zu behalten, daher hatte ich meinen bojarischen Befehlshabern den Auftrag erteilt, den Gefallenen die Köpfe abzuschneiden und sie nach Hause zu bringen, wo man sie leichter zählen konnte. Im Februar beschwerten sich die Soldaten: zu viele Köpfe, zu viele schwere, tropfende Säcke. Am Ende des Feldzugs ließ ich die Köpfe zählen, machte eine gründliche Inventur und schnitt ihnen die Nasen und

*Ohren ab, die ich meinem Freund und zeitweiligen Verbündeten, König Matthias Corvinus von Ungarn, schickte. Er hat nie auf meinen Brief und das Geschenk geantwortet, aber ich weiß, daß er beeindruckt gewesen sein muß.*

*Selbstverständlich machten wir Tausende türkische Gefangene während des Feldzugs. In der Juniwoche, als Mehmed auf die Tore meiner Hauptstadt vorrückte, befanden sich mehr als dreiundzwanzigtausend Gefangene in unseren Zelten und Verliesen.*

*Als Mehmeds gewaltige, aber erschöpfte und ausgehungerte Armee nun wütend den morgendlichen Marsch von rund siebenundzwanzig Meilen dem sicheren Sieg bei Tîrgoviște entgegen begann, hielten sie vor dem Wald an, der auf meinen Befehl hin errichtet worden war. Einem Wald aus rund dreiundzwanzigtausend gepfählten Türken, von denen manche noch im Morgenlicht zappelten.*

*Die Leichen der Lieblingsbefehlshaber und Freunde des Sultans, die er zu retten gehofft hatte, hingen an höheren Pfählen, darunter Hamza Pascha und der legendäre Grieche Thomas Catavolinos.*

*Der Speichellecker und Chronist des Sultans, Laonicus Chalcondyles, hat über diesen Morgen geschrieben: »Der Kaiser, überwältigt von dem Anblicke, der sich ihm darbot, sagte, er könne einem Mann, der derart erstaunliche Dinge vollbringen und in dieser Weise seine Herrschaft ausüben und mit seinen Untertanen verfahren konnte, das Land nicht wegnehmen, denn gewiß sei ein Mann, der dies zustande brächte, größerer Taten wert.«*

*So schrieb Chalcondyles. Aber Chalcondyles log mit Sicherheit, daß sich die Balken bogen. Hätten wir an diesem Morgen dabeisein können, und ich war dabei und beobachtete alles vom Rücken eines Pferdes keine halbe Meile entfernt, so hätten wir eine demoralisierte Armee gesehen, die kehrtmachte und sich vom Gestank des Todes abwandte, der von meinem neuen Wald emporstieg. Und wir hätten ihren erschütterten Sultan sehen können, der sich beinahe in die seidenen Pumphosen machte. Und wir hätten gesehen, wie er seinen Männern befahl, in Sichtweite dieses Waldes das Lager aufzuschlagen, als könnten sie nicht abziehen oder die Blicke abwenden, und bevor die dunkle Nacht kam, hatten sie einen Graben rings um ihre feige Armee ausgehoben, tiefer als die Donau, und tausend Feuer entfacht, um mich fernzuhalten. Ich glaube, in jener Nacht hätte ich in ihr Lager spazieren, »Buh!« sagen und miterleben können, wie die ganze Armee von Grausen gepackt geflohen wäre.*

*Sultan Mehmed und seine Gruppe wandten sich am nächsten Morgen von Tîrgoviște ab und begannen ihren langen Marsch zurück nach Braila, zu ihrer Flotte und ihrem verfluchten Heimatland. Meine Spione meldeten, daß die Armee des Nachts in Adrianopel einmarschierte, damit die Bevöl-*

*kerung ihre Schmach nicht sehen sollte, und daß die einstmals stolzen Legionen von Anatoliern, Rumeliern, Arabern und Janitscharen nichts weiter als verfaultes Hundefleisch waren, als der Sultan nach Konstantinopel zurückgekehrt war. Aber der Sultan befahl, daß sein brillanter Sieg über Dracula im ganzen Land gefeiert werden sollte.*

*Soviel zu den Siegen des Islam, denke ich, während ich zuhöre, wie die zu Besuch weilenden Familienmitglieder und emsigen Kammerzofen von Kriegen an entlegenen Orten sprechen.*

# Kapitel 31

Kate wäre zu Joshua auf den überfüllten Innenhof des Palastes hinausgelaufen, wenn O'Rourke sie nicht zurückgehalten hätte. Zwischen ihnen und dem Chindia-Turm, wo das Baby hingebracht worden war, waren mindestens hundert vermummte *Strigoi* zu sehen, aber Kate hätte dennoch versucht, den Platz zu überqueren, hätte O'Rourke sie nicht festgehalten und dann einfach in die Arme genommen.

»Wir können jetzt gar nichts machen«, flüsterte er. Wachen standen keine zehn Meter von der Tür der Kapelle entfernt. »Wir beobachten nur, wohin sie ihn bringen.«

Kate krallte sich mit beiden Fäusten in sein zerrissenes Hemd. »Können wir ihnen folgen?«

O'Rourke schwieg, und sie wußte die Antwort selbst: Es würde zu lange dauern, durch den Tunnel zurückzukriechen, sie wußten nicht, mit welchem Mercedes das Kind gebracht worden war, und die Wachen würden auf jeden achten, der ihren Herren, den *Strigoi,* folgte. Kate hämmerte mit den Fäusten auf O'Rourkes Brust. »Das ist so ... *nervtötend.«* Sie holte tief Luft, um die Tränen zurückzuhalten, dann beobachtete sie weiter den Turm und hoffte darauf, noch einen Blick auf ihren Sohn werfen zu können.

Der Chindia-Turm war ein fünfundzwanzig bis dreißig Meter hoher Turm aus Stein, quadratisch am Fundament, aber weiter oben wurde er rund, mit eingefaßten Schießscharten ganz oben. Der Turm sah im Licht der Fackeln für Kate wie eine Spielfigur aus, die vom Schachbrett geflohen war. An der Seite konnte sie zwei Bogenfenster ausmachen, jedes mehr als mannsgroß, und einen Balkon aus Stein und Schmiedeeisen vor einem Fenster, rund zwölf Meter hoch. Sie bemerkte einen Riß, der vom breiten Fundament bis unter die Schießscharten verlief, häßliche Eisenstangen hielten Stein und Ziegel zusammen wie gigantische Klammern.

O'Rourke bemerkte ihren Blick. »Der stammt von einem Erdbeben vor ein paar Jahren«, flüsterte er. »Seither ist der Turm für Touristen geschlossen. Ceauşescu hat die Mittel für die Renovierung bereitgestellt, aber sie wurde nie durchgeführt.«

Kate nickte zerstreut. Sie wußte, daß O'Rourke versuchte, sie von der schrecklichen Gefahr abzulenken, in der Joshua schwebte. *Und wenn sie ihn jetzt schon heute nacht Menschenblut trinken lassen?* Möglicherweise hatten sie es schon getan. Sie hatten das Baby aus Şnagov nicht gesehen, aber da hatte sie eine ganze Menge nicht gesehen.

Die Menge der rotvermummten Gestalten entfernte sich langsam von der Kapelle und den Palastruinen und versammelte sich um den Chindia-Turm. Musik ertönte, als würde eine Kapelle spielen, und dann sah Kate das tragbare Tonbandgerät, Verstärker und Lautsprecher nicht weit von dem gelandeten Helikopter und den parkenden Limousinen entfernt. Die Musik klang vage und seelenlos – möglicherweise die Nationalhymne eines osteuropäischen Staates –, aber dann wechselte das Tempo, triumphierende Akkorde schwollen an, und Kate stellte fest, daß die Titelmusik von *Rocky* aus den Lautsprechern schmetterte. Sie schüttelte den Kopf. Wenn dies alles ein Alptraum war, dann hatte er gerade vom Surrealistischen ins Lächerliche gewechselt.

Gestalten in roten Umhängen traten durch die Tür auf die Plattform über der Menge. Lauter Jubel von den Männern drunten schwoll an. Dann stockte Kate der Atem, als sie sah, wie einer der Männer – war es Radu Fortuna? Sie konnte es nicht mit Sicherheit sagen – ein in Seide gewickeltes Bündel über das Geländer hielt, als wolle er es der Menge unten darbieten. Das Bündel regte sich, und Kate umklammerte O'Rourkes Arm, weil sie überzeugt war, daß Joshua hinuntergeworfen werden würde.

Die Gestalten auf dem Balkon schienen sich die Jubelrufe etwa eine Minute anzuhören, dann schritten sie wieder durch den Rundbogen hinein. Die Musik verstummte, die Menge löste sich auf und entfernte sich in Gruppen vom Turm. Kate sah, daß Zigaretten angezündet und Kapuzen abgenommen wurden. Kein Gesicht kam ihr bekannt vor, allerdings war auch keines so nahe, daß sie es deutlich sehen konnte. In dem Innenhof herrschte eine Atmosphäre wie bei einem Treffen des Rotary Club, wenn das Geschäftliche erledigt war.

Aber noch entfernte sich niemand.

Es dauerte noch zwanzig oder dreißig Minuten, bis die Gruppe der Männer aus dem Turm herauskam. Kate strengte sich an, konnte das Baby aber eine ganze Weile nicht sehen. *Haben sie ihn da drinnen gelassen? Ist jemand oder etwas bei ihm?* Ihr Herz klopfte. Dann sah sie den fünften Mann in der Prozession, der linkisch etwas trug, und konnte das rote Bündel auf den rotverhüllten Armen erkennnen.

Die Leute auf dem Hof machten Platz, bildeten eine Gasse durch die Menge, und Kates Sicht wurde wieder versperrt. Sie hatte sich noch nie so überflüssig und nutzlos gefühlt.

Jetzt bildeten die Wachen in Schwarz einen Kordon um den rotweiß gestreiften Helikopter. Ein Anlasser stotterte, die Rotoren drehten sich langsam, die Menge wich instinktiv zurück und bildete einen größeren Kreis um die Maschine. Kate sah, wie die Türen hinter mehreren VIPs in Rot ins Schloß fielen, dann hallte der Lärm des Motors über das Palastgelände, die Rotoren verschwammen, der Helikopter erbebte, schien sich auf den Kufen nach vorn zu neigen, stieg in die Höhe und entfernte sich schnell mit blinkenden Navigationslichtern über die Bäume hinweg nach Norden. Die Menge sah den Lichtern nach, bis diese in den Wolken verschwanden, dann strömten die Männer zu ihren Limousinen zurück, Chauffeure hielten Türen auf, Wachen schnellten in Habtachtstellung.

»War das ein Helikopter der Regierung?« flüsterte Kate. Sie fragte sich, ob er nach Bukarest zurück flog. Er war Richtung Nordwesten geflogen, weg von der Hauptstadt, als er in den tiefhängenden Wolken verschwunden war.

»Es war ein Jet-Ranger amerikanischer Bauart«, flüsterte O'Rourke. »Ich habe keine Ahnung, was für Hubschrauber die Regierung benützt, aber es würde mich wundern, wenn es amerikanische wären. Ich vermute, daß es sich um eine Privatmaschine handelt.«

Kate nickte. Es überraschte sie nicht, daß O'Rourke die Maschine identifizieren konnte: Männer schienen stolz darauf zu sein, daß sie von jeder Maschine den richtigen Namen kannten – besonders von Flugzeugen und Kriegsmaschinen. Kate wünschte sich, sie hätte jedesmal einen Dollar bekommen, wenn sie mit Tom einen albernen Kriegsfilm im Kabelfernsehen ansah und der etwas sagte wie: »Sieh dir das an! Das soll ein alter Sherman-Panzer sein, aber sie haben einen M-60 genommen.« Oder: »Glauben Sie wirklich, daß wir eine F-5 nicht von einer MiG-29 unterscheiden können?« Für Kate war das alles Unsinn. Sie glaubte, daß Jungs diese Nebensächlichkeiten lernten, weil sie gerne Modelle bauten und nie über den Stolz hinauswuchsen, den sie empfanden, wenn sie exotische Maschinen beim Namen nennen konnten.

Aber da sie sich weiter unterhalten wollte, während die Innenhöfe sich leerten und die letzten Wachen sich von der Kapelle entfernten, weil ihr die Brust vor Schmerz und Hilflosigkeit weh tat, flüsterte Kate müßig: »Woher weißt du, daß es ein . . . wiehießernoch . . . ein Jet-Ranger war?«

O'Rourke überraschte sie. »Weil ich schon einen geflogen habe.«

Sie sah ihn im spärlichen Licht an. Sein Bart und sein Haar waren von Staub und Rost verklebt. Sie versuchte sich ihr eigenes Haar vorzustellen. »Einen *geflogen?*«

Er drehte sich um, grinste und nickte jungenhaft mit dem Kopf. »Als ich in Vietnam war, war ich der einzige Stoppelhopser, dem es tatsächlich Spaß gemacht hat, mit Mühlen herumzufliegen.«

»Mühlen?« Kate strich mit den Fingern durch das Haar und strich Sachen heraus, an die sie nicht einmal denken mochte.

»Helikopter. Hubschrauber.« O'Rourke sah wieder zu den Autos, die zum Haupttor hinausfuhren. »Wie dem auch sei, ich kannte einen Oberstabsfeldwebel, der mit den Mühlen ins A-Shau-Tal flog und trotzdem noch Spaß am Fliegen hatte. Er gab mir ein paar Flugstunden dort, und später, als ich mein neues Bein bekommen hatte, stellte sich heraus, daß er eine Chartergesellschaft in Kalifornien gegründet hatte, als ich in der Nähe in einem Veteranenkrankenhaus lag.« O'Rourke rieb sich den Bart, als wäre es ihm peinlich, daß er so eine lange Geschichte erzählte. »Jedenfalls gab er mir Unterricht.«

»Hast du einen Pilotenschein gemacht?« fragte Kate. Sie beobachtete den Exodus und fragte sich, wie sie herausfinden sollten, wo die Zeremonie der kommenden Nacht stattfinden würde. Die Stadt, der Liebesakt, der Tunnel, die Fackeln und die Musik, das alles wirkte unwirklich. *Joshua war wirklich.* Sie zwang sich, sich zu konzentrieren.

»Nein«, sagte er und probierte die Tür aus. Sie war verschlossen, aber nur mit einem Vorhängeschloß und einem rostigen Riegel draußen, die man eintreten konnte. »Ich dachte mir, daß bestimmt kein großer Bedarf nach einbeinigen Hubschrauberpiloten besteht, daher habe ich statt dessen das Seminar besucht.« Plötzlich zog er sie nach unten, wich mit ihr in das kleinere Zimmer zurück und drückte ihren Kopf tiefer. »Psst!« flüsterte er.

Eine Minute später wurde das Vorhängeschloß entfernt, die Tür geöffnet, die Lichtstrahlen von Taschenlampen strichen über den Hauptbereich der Kapelle hinweg, dann konnte Kate hören, wie die Tür zugemacht und abgesperrt wurde. Sie warteten fünf Minuten, bis sie wieder etwas sagten.

»Wahrscheinlich die letzte Überprüfung«, flüsterte O'Rourke.

Sie schlichen zur Tür zurück. Der Innenhof war dunkel und menschenleer. Haupt- und Nebenausgänge waren geschlossen, der Chindia-Turm nur eine dunkle Silhouette vor den tiefhängenden Wolken, die vom Feuer und den Lichtern der chemischen Fabriken im Nordosten erhellt wurden.

Sie warteten weitere zwanzig Minuten, während Kate sich das Gesicht rieb, um gegen Taubheit und Erschöpfung anzukämpfen, dann trat O'Rourke die Tür auf und riß den Riegel aus dem morschen Holz.

»Den Museumsleuten wird es nicht gefallen, was wir mit ihrer Kapelle machen«, flüsterte Kate. Es war ein kläglicher Witz, aber Kate war schwindlig vor Erleichterung, daß sie nicht wieder den Tunnel zurückkriechen mußten.

Sie schlichen langsam weiter und hielten sich geduckt hinter eingestürzten Mauern und Rosenbüschen ohne Blüten, aber es hielten sich keine Wachen mehr auf dem Palastgelände auf, und auf der angrenzenden Straße herrschte kein Verkehr. Es war, als hätten sie die ganze Zeremonie geträumt.

Die Mauern wurden immer noch von Stacheldraht und Glasscherben gekrönt, aber O'Rourke fand eine niedrige Fußgängertür an der Rückseite der Anlage, über die sie klettern konnten. Als Kate hinüberstieg, zerriß sie sich wieder die Hose.

Die Straßen von Tîrgoviște waren nach der nächtlichen Invasion der *Strigoi*-VIPs immer noch still und verlassen, aber Kate und O'Rourke hielten sich trotzdem in den Schatten und Gassen. Heute nacht bellten nicht einmal die Hunde in der Stadt.

Das Motorrad stand noch in der Scheune. Während sich O'Rourke an der unförmigen Maschine zu schaffen machte, klettere Kate die Leiter hinauf, um die Reisetasche und die Decke vom Heuboden zu holen. Die flackernden Lichter der petrochemischen Fabrik fielen durch die schmutzige Fensterscheibe herein und schienen auf das Nest im Heu, wo sie und O'Rourke erst vor Stunden miteinander geschlafen hatten. *Ist das wirklich passiert?* Kate seufzte müde, legte die Decke zusammen und stieg die Leiter hinunter.

O'Rourke hatte das Tor aufgemacht und schob die unförmige Maschine hinaus.

»Ich würde tausend Dollar für ein Bad geben«, sagte sie, während sie immer noch Schmutz von Haar und Kleidung strich. »Und fünfhundert für ein Wasserklosett.«

»Hol dein Scheckbuch raus«, sagte O'Rourke und warf den Motor an.

Das Franziskanerkloster lag in einem Viertel von Tîrgovişte, das so alt war, daß immer nur jeweils ein Auto von den Abmessungen eines Dacia Platz hatte. Aber es waren weder Dacias noch Automobile anderer Fabrikate auf den Straßen zu sehen. Der Auspufflärm des Motorrads, der von den uralten Fassaden aus Stein und Holz widerhallte, hörte sich für Kate obszön an. Im schwachen Scheinwerferlicht konnte man erkennen, daß jedes Haus hier eine persönliche Note zu haben schien, die Armut und sozialistische Gleichförmigkeit Lügen straften, welche vor so langer Zeit aufgezwungen worden waren: bunte Verzierungen, wunderschöne Bogenfenster an einem Haus, das man kaum als Hütte bezeichnen konnte, kostbare Steinmetzarbeiten am unteren Drittel eines alten Gebäudes, kunstvolles Schmiedeeisen einer Tür, die sich in einem baufälligen Zaun befand, sogar teure Vorhänge am Fenster eines Hauses, das in den Vereinigten Staaten als Stall oder Schuppen hätte gelten können.

Das Kloster war ein langes, flaches, einstöckiges Gebäude, das abseits der Straßen in einem Viertel lag, wo sich Brachgrundstücke mit dunklen und manchmal fensterlosen Gebäuden abwechselten. O'Rourke fuhr einmal daran vorbei, wendete, inspizierte das Gebäude auch beim zweiten Vorbeifahren, bog in eine Gasse ab und fuhr an der rückwärtigen Fassade des Gebäudes entlang. Es war dunkel und machte einen verlassenen Eindruck. Das Tor war mit einem Vorhängeschloß versperrt, aber der Zaun war so niedrig, daß man darüberklettern konnte. Kate konnte weitläufige Gärten und Rabatten auf dem dunklen Gelände erkennen.

»Warte einen Augenblick hier«, sagte O'Rourke leise und stellte das Motorrad in einem Hain ab, wo die Gasse in eine breitere Straße einmündete. »Wenn die *Strigoi* nach uns suchen, haben sie möglicherweise jemanden hier zurückgelassen.«

Kate berührte ihn am Arm und spürte die Spannung des neuerlichen Kontakts trotz Müdigkeit und Niedergeschlagenheit. »Es lohnt sich nicht, das Risiko einzugehen«, flüsterte sie.

O'Rourke grinste. »Ein Bad«, sagte er. »Wasserklosetts. Möglicherweise frische Kleidung.«

Kate wollte aus dem Seitenwagen aussteigen. »Ich komme mit.«

O'Rourke schüttelte den Kopf. »Kompromiß. Setz dich auf das Motorrad. Wenn ich herausgerannt komme, laß das Ding an und nimm mich unterwegs mit. Weißt du, wie man es anläßt und fährt?«

Kate runzelte die Stirn, nickte aber. Sie hatte ihm im Verlauf der Fahrt so oft zugesehen, daß sie wußte, sie konnte es anlassen. Aus unerfindlichen Gründen mußte sie an ihren Miata zu Hause denken, der bei dem Feuer zerstört worden war. Sie hatte das Auto geliebt – das Gefühl von Freiheit und Unbeschwertheit, das sie empfand, wenn sie damit auf den kurvigen Bergstraßen raste, während ihr das reine Sonnenlicht von Colorado ins Gesicht schien und der Wind ihr Haar zerzauste ...

»Kate?« sagte O'Rourke und drückte ihre Schulter. »Weilst du noch unter uns?«

»Ja.« Sie rieb sich Wangen und Augen mit den Handrücken. Die Erschöpfung lag wie ein schweres Gewicht auf ihr.

O'Rourke schlich die dunkle Gasse entlang, wo seine schwarze Kleidung ihn fast unsichtbar machte, während Kate benommen dasaß und lauschte, wie der kalte Wind mit dem trockenen Laub raschelte. Keine Geräusche von Insekten waren zu hören, kein Vogelzwitschern und kein Verkehrslärm von der dreißig Meter entfernt gelegenen Hauptstraße. Sie versuchte, sich an das Gefühl von Erregung und Menschlichkeit zu erinnern, das sie im Mai bei ihren Spaziergängen durch Bukarest empfunden hatte, an die jungen Paare, die einander in dunklen Einfahrten küßten, das Gelächter, die Großeltern, die ihren Enkeln im Cişmigiu-Park beim Spielen zusahen. Das alles hatte sich auf einer anderen Welt abgespielt.

»Die Luft ist rein«, sagte O'Rourke hinter ihr, und sie schnellte zehn Zentimeter hoch. Sie war wieder kurz vor dem Eindösen gewesen.

Sie ließen das Motorrad unter den Bäumen stehen, kletterten über den niedrigen Zaun und betraten das Kloster durch ein Fenster an der Seite, das nicht verschlossen war.

»Die Franziskaner sind seit dem dreizehnten Jahrhundert in Tîrgovişte«, sagte O'Rourke leise, während er eine Kerze anzündete.

»Das Licht ...«, begann Kate.

»Wir halten uns in den inneren Räumen und Sälen auf. Die Läden sind geschlossen. Ich glaube nicht, daß die Polizei zurückkommen wird. Die neun Bewohner hier wurden zum Verhör nach Bukarest gebracht und werden dort wahrscheinlich erst morgen ... besser gesagt heute ... wieder frei gelassen, nachdem die *Strigoi* ihre kleine Zeremonie hier veranstaltet haben.«

Kate folgte ihm den Flur entlang und sah im Vorübergehen in

die Zimmer. Das Licht der Kerze dehnte ihre Schatten an den rauhen Wänden entlang bis zur drei Meter hohen Decke. Kate war noch nie in einem Kloster gewesen und daher nicht sicher, was sie erwarten sollte: möglicherweise gotisches Interieur – kerkerartige Zellen, Holzschüsseln und Geschirr, möglicherweise einige abgenutzte neunschwänzige Katzen zur Selbstkasteiung.

*Reiß dich zusammen, Kate,* dachte sie. Sie wollte wieder schlafen.

Das Haus war größer und sauberer als die meisten, die sie in Rumänien gesehen hatte, nicht so vollgestopft, aber es hätte sich um die Behausung einer großen Bauernfamilie handeln können. Die Zimmer waren schlicht, enthielten aber Betten, die bequem aussahen, und Schränke. Nur die einfachen Kruzifixe an der Wand über jedem Bett deuteten auf ein Kloster hin. Die Küche war moderner als die meisten rumänischen Küchen: keine Holzschüsseln, aber jede Menge Plastikteller und Krüge, die Kate an ein Ferienlager erinnerten. Im Speisesaal stand ein abgenutzter und ungepflegter, aber dennoch eleganter, sechs Meter langer Tisch, der in jedem Antiquitätengeschäft in Amerika für mehrere tausend Dollar gehandelt worden wäre. Einer der Räume auf der anderen Seite des Speisesaals war in eine bescheidene Kapelle mit einem kleinen Altar und Kniebänken für rund zwanzig Personen umgebaut worden. Kate hatte selbst bei Kerzenschein den Eindruck von Schlichtheit, Sauberkeit und Gemeinschaftssinn.

»Hast du dich hier aufgehalten?« flüsterte Kate. Es fiel schwer, in der Stille nicht zu flüstern.

»Gelegentlich. Es war ein ausgezeichnetes Sprungbrett, wenn ich mit Kindern in den Bergstädten gearbeitet habe. Pater Danielescu und die anderen hier sind gute Menschen.« O'Rourke machte eine weitere Tür auf.

»Ahhh«, sagte Kate. Das Bad war groß und tief und an drei Wänden gekachelt. Es war makellos sauber. Kate strich mit den Händen über Kacheln und das Emaille der Wanne selbst, dann runzelte sie die Stirn. »Wo sind die Hähne? Wie bekommt man Wasser in dieses Ding?«

O'Rourke stellte die Kerze auf den Sims und ging in eine Ecke, wo sich auf einem Tresen eine Pumpe wie in Bauernhäusern über einem emaillierten Zuber befand, der wiederum auf einem kleinen Propangasbrenner mit einer einzigen Flamme zu stehen schien. »Es dauert eine Weile«, sagte O'Rourke, »aber es ist das heißeste Wasser in Tîrgoviște.« Er begann zu pumpen.

Danach waren sie fünfzehn Minuten lang eifrig damit beschäftigt, zu erhitzen, zu schleppen und auszugießen, aber schließlich war die Wanne gefüllt. Dann machten sie Pause. Kate zeigte mehr Verlegenheit als O'Rourke. *Ist er immer noch Priester? Mache ich etwas Wichtiges kaputt? War das in dem Heuschober nur ein Ausrutscher? Eine Sünde, die er beichten muß?*

Zur Hölle damit, dachte sie und knöpfte die schmutzige Bluse auf.

»Ich überprüfe die Türen und Läden«, sagte O'Rourke, der unter der Tür stehenblieb. »Steig schon rein und laß dir Zeit, ich bade nach dir.«

Kate stand in Unterwäsche vor ihm und sah ihm in die Augen. »Sei nicht albern. Das wäre eine Verschwendung von Zeit und heißem Wasser. Ich kann die Augen zumachen, wenn du kommst. Die Wanne ist groß genug. Wir werden nicht einmal bemerken, daß der andere da ist.« Sie legte BH und den weißen Slip ab.

O'Rourke nickte und ging den dunklen Flur entlang.

Als Kate sich in das dampfende Wasser sinken ließ, war ihr zum Weinen zumute. Es schien keine Heizung in dem Kloster zu geben, abgesehen von Kaminen in den großen Sälen, die Temperatur im Haus entsprach der herbstlichen Kälte draußen, und das Wasser dampfte buchstäblich und erzeugte einen köstlichen Nebel, der über den Rand der Wanne wallte, an den Kacheln hinabsank und sich auf dem Boden ausbreitete.

Das Wasser war heiß. Auf dem Sims lag ein Klumpen Seife, der die Form eines Meteoriten hatte; sie seifte sich ein und ließ die Seife Schaum bilden, während sie bis zum Hals im heißen Wasser lag, den Kopf zurücklegte und die Augen zumachte.

Sie hörte O'Rourke hereinkommen und beobachtete mit zugekniffenen Augen, wie er Handtücher und einen Stapel zusammengelegte Kleidungsstücke ablegte, dann machte sie die Augen wieder zu, während er sich auszog und zur Wanne kam. Er saß cinc Wcilc auf dem Sims, dann hörte sie das leise Geräusch von Plastik auf dem Boden und stellte fest, daß er die Prothese ablegte. Kate schlug die Augen auf und sah ihn an.

»Jetzt hast du mich wirklich nackt gesehen«, sagte er ohne eine Spur von Verlegenheit. Er hob das unversehrte Bein und den Stumpf und ließ sich zaghaft in das dampfende Bad sinken. »Es gibt einen Himmel«, flüsterte er.

Das Wasser stieg höher an Kates Kinn, und sie spürte, wie sein Schenkel den ihren streifte. In der vorsintflutlichen Wanne war soviel Platz, daß sie beide nebeneinander in entgegengesetzte Richtungen sitzen konnten, ohne daß es eng wurde.

»Mir ist, als sollten wir etwas unternehmen«, flüsterte Kate. »Joshua folgen.« O'Rourke gab ihr einen Schwamm, den sie über ihrem Gesicht ausdrückte. »Irgend etwas.«

»Wir wissen nicht, wohin sie gegangen sind«, sagte er leise.

Kate nickte und ließ Arme und Hände treiben. Das heiße Wasser tat ihr an den Brüsten weh und erinnerte sie an sämtliche Blutergüsse, die sie sich bei der langen, alptraumhaften Kriechpartie durch den Tunnel des Palastes geholt hatte. »Du hast Städte eingezeichnet. Orte, wo deiner Meinung nach die Zeremonie stattfinden könnte. Lucian war der Meinung, daß die Zeremonie vier Nächte dauern würde. Haben deine Priesterfreunde gewußt, wo die Zeremonien der beiden nächsten Nächte stattfinden werden?«

»Nein.« O'Rourke seifte Arme und Schultern ein. »Es gibt Dutzende Städte und Stätten, die für den historischen Vlad Țepeș von Bedeutung waren und Teil eines Rituals sein könnten, das mit seiner Person zu tun hat. Brașov, Sibiu, Rîmnîu Vîlcea, die Zitadelle Rîșnov, Bran, Tîmișoara, Sighișoara, sogar Bukarest selbst.«

»Aber du hast verschiedene Kreise auf der Karte eingezeichnet«, sagte Kate. Sie mußte sich aufrichten und Brust und Hals mit dem Schwamm abreiben, sonst wäre sie eingeschlafen.

»Meine Vermutungen waren Sighișoara, Brașov und das sogenannte Schloß Dracula«, sagte er. »Das sind außerordentlich wichtige Stätten in der wahren Geschichte von Vlad Țepeș. Aber ich weiß nicht, welcher Ort ... oder in welcher Nacht.«

Kate strich sich Seife aus den Augen. »Es gibt *tatsächlich* ein Schloß Dracula? Ich habe gedacht, das Nationale Tourismusbüro hätte das einfach erfunden.«

»Sie führen Touristen zu falschen Stätten ... etwa dem Schloß Bran, das nichts mit Vlad Țepeș zu tun hatte«, sagte O'Rourke. »Oder sie fahren die wenigen Dracula-Touristen hinauf zum Borgopaß und anderen Orten, von denen Bram Stoker geschrieben hat, die historisch allerdings völlig bedeutungslos sind. Aber es existiert ein Schloß Dracula – oder zumindest die Ruinen davon – am Fluß Argeș, keine hundert Meilen von hier.« Er beschrieb es ihr, einen Haufen Steine auf einer Felsspitze hoch über dem entlegenen Tal des Argeș.

»Warst du schon dort?« sagte Kate.

»Nein. Die Straße ist den größten Teil des Jahres unpassierbar, und die passierbaren Stellen waren fast das ganze laufende Jahr hindurch gesperrt. Hinter dem Schloß liegt ein Wasserkraftwerk in den Făgăraş-Bergen, über der Stadt Curtea de Argeş, und das Militär bewacht dieses Gebiet sehr streng. Außerdem ließ Ceauşescu die Ruine sperren, weil umfangreiche Renovierungsarbeiten dort vorgenommen werden sollten. Wahrscheinlich haben sie das Projekt nach Ceauşescus Tod aufgegeben.«

Plötzlich war Kate hellwach. »Es sei denn, die Restaurierung war ein Projekt der *Strigoi*.«

O'Rourke fuhr so schnell in die Höhe, daß das Wasser überschwappte. »Für die Zeremonie . . .«

»Ja. Aber in welcher Nacht? Und können wir dort hingelangen?«

»In die Nähe«, sagte O'Rourke. Er griff nach dem Handtuch auf dem Sims, trocknete sich die Hände ab und faltete die Karte auseinander, die er vom Motorrad mit hereingebracht hatte. »Entweder wir fahren nach Süden und nehmen die Autobahn sieben bis Piteşti und dann die Sieben-C bis Curtea de Argeş . . . oder wir nehmen den weiten Umweg nach Nordosten bis Braşov in Kauf, dann weiter nach Norden bis Sighişoara, nach Südwesten bis Sibiu und schließlich das ganze Tal des Flusses Olt hinunter bis zur Autobahn Dreiundsiebzig-C. Das wären . . . ich weiß nicht . . . zweihundertfünfzig bis dreihundert Meilen auf teilweise unsicheren Straßen.«

Kate schüttelte den Kopf. »Warum sollten wir diesen Weg nehmen?«

O'Rourke legte die Karte weg und seifte sich nachdenklich den Bart ein. »Der Jet-Ranger brach Richtung Nordwesten auf. Wenn das seine tatsächliche Route war, kann er zu einer Million Stellen geflogen sein, aber . . .« Er verstummte, tauchte das Gesicht unter Wasser und kam prustend wieder hoch. »Sighişoara liegt in dieser Richtung. Etwa hundertfünfzig Meilen von hier.«

Kate erinnerte sich, was sie über Vlad Ţepeş gelesen hatte. »Dort wurde er geboren.« Sie runzelte die Stirn. »Wenn Lucian recht hat und die Zeremonie der Weihe vier Nächte dauert, und wenn die Zeremonie die Laufbahn von Vlad Ţepeş feiern soll, hätten sie dann nicht in Sighişoara anfangen müssen?«

O'Rourke hob die Hände über das seifige Wasser. »Und wenn sie sich rückwärts in der Zeit vorarbeiten? Auf Şnagov wurde Vlad angeblich begraben. In Tîrgovişte hat er regiert . . .«

»Und in Sighişoara wurde er geboren«, führte Kate zu Ende. »Prima, aber was ist mit der vierten und letzten Nacht? Dein Schloß Dracula scheint nicht in die Reihenfolge zu passen.«

»Es sei denn, daß der nächste Fürst dort die Weihe empfangen soll«, flüsterte O'Rourke. Seine Augen sahen in die Ferne.

Kate ließ sich in das abkühlende Wasser zurücksinken. »Wir mutmaßen nur. Wir haben keinen blassen Schimmer. Ich wünschte, Lucian wäre hier.«

O'Rourke zog eine Braue hoch.

»Nicht gerade in diesem Augenblick«, sagte Kate und errötete. »Aber er schien zu wissen . . .«

»Wenn er die Wahrheit gesagt hat.« O'Rourke verlagerte das kürzere Bein. »Dreh dich um und komm hierhergerutscht.«

Kate zögerte einen Augenblick.

»Ich schrubbe dir den Rücken und shampooniere dir das Haar«, sagte er und hielt ein kleines Fläschchen Shampoo hoch.

»Kein duftendes und parfümiertes amerikanisches Shampoo, aber wahrscheinlich besser für dein Haar als das, was sich im Tunnel unter dem Friedhof des Palastes darin festgesetzt hat.«

Kate drehte sich um und rutschte bis zur Mitte der Wanne, während O'Rourke ihr zuerst den Rücken wusch und dann mit kräftigen Fingern die Kopfhaut massierte. Das Shampoonieren zog sich in die Länge, und wenn sie an Zauberei geglaubt hätte, dann hätte sie gern drei Wünsche frei gehabt, um sich wünschen zu können, das Gefühl würde ewig so weitergehen. *Und niemals dem Morgen ins Auge sehen.*

»Dreh dich um«, sagte sie, rutschte vorwärts und drehte sich selbst um. »Jetzt ich bei dir.«

Nach dem Haarewaschen, nach dem rituellen Einseifen und Abspülen ihrer Körper küßten sie sich und nahmen einander sogar nackt in dem noch dampfenden Wasser in die Arme, aber sie verspürten beide keinen Sog der Leidenschaft, jedoch nicht nur, weil sie beide wund und erschöpft waren. Es war, als wären sie nicht nur Liebende, sondern auch Freunde, zwei Freunde, die einander schon seit Ewigkeiten kannten. *Ich bin müde,* dachte Kate. *Ich verkläre das alles.*

*Nein,* sagte ein anderer Teil ihres Verstandes.

»Wo auch immer die Zeremonie morgen nacht stattfinden wird«, sagte O'Rourke und brach damit den Bann, »heute können wir nicht mehr viel tun. Nachts sind die Bergstraßen gefährlich, und die Polizei hält private Fahrzeuge häufig an. Wir sind besser beraten, wenn wir tagsüber fahren, wenn mehr Verkehr herrscht. Morgen früh werfen wir eine Münze und entscheiden uns, welchen Weg wir nehmen.«

»Es wird schwer werden, hier rauszukommen«, sagte Kate. Die Kerze war niedergebrannt. Es war sehr kalt.

»Wir werden uns wieder eine Bresche schlagen ... ach du Scheiße, ist das kalt!« sagte O'Rourke, der sich auf den Kachelsims gezogen hatte und zur Seite drehte. Sein Körper dampfte in der kalten Luft. Er trocknete sich hastig ab.

Kate stieg aus der Wanne und folgte seinem Beispiel. Es war, als würde man aus einer Sauna in Eiseskälte treten. Sie schlang die dünne Decke um sich. »Sag mir, daß wir hier gemeinsam ein paar Stunden schlafen«, sagte sie mit klappernden Zähnen. »Gemeinsam.«

»Die Betten sind ausgesprochen für nur eine Person gedacht«, sagte O'Rourke. Er balancierte auf einem Bein, während er die Prothese festschnallte.

Kate runzelte die Stirn. »Du hast dieses Ding doch nicht beim Schlafen an, oder? Ich meine, abgesehen von Heuschobern.«

O'Rourke befestigte sie vollends und richtete sich auf. Kate stellte fest, daß die moderne Prothese außerordentlich lebensecht wirkte. »Nein«, sagte er, »aber manche finden es würdelos, zum Bett zu hüpfen.«

»Einzelbett?« sagte Kate, die zitterte, da ihr Körper abkühlte.

»Gute Decken«, sagte O'Rourke. Er lächelte zärtlich. »Und ich habe mir die Freiheit genommen, ein zweites Bett ins erste Schlafzimmer zu tragen und es dort neben das andere zu stellen.«

Kate nahm ihre Reisetasche und einen Stapel frische Kleidungsstücke mit einem Arm und legte den anderen um den Priester. *Ex-Priester,* dachte sie. *Oder bald Ex-Priester.* »Ich will ja nicht unromantisch sein«, sagte sie, »aber sehen wir zu, daß wir unter diese guten Decken kommen, bevor uns die Ärsche abfrieren.«

O'Rourke nahm die erlöschende Kerze, dann machten sie sich auf den Weg zum Schlafzimmer.

# Kapitel 32

Der Tag war wie ein Rückfall in den Spätsommer; der blaue Himmel betonte jedes verbliebene Blatt entlang der Autobahn 71 nach Braşov. Kate fand, daß ›Autobahn‹ eine übertriebene Bezeichnung für den schmalen, von Schlaglöchern durchzogenen Asphaltstreifen war, der sich von Tîrgovişte nach Norden und Osten erstreckte, sich seine qualvolle Bahn über die Pässe der Karpaten suchte und dann dramatisch abfiel, bis er sich wieder mit der Autobahn 1 südlich von Braşov vereinte.

Kate, die sich nach dem Bad der vergangenen Nacht, mehreren Stunden Schlaf und mit der sauberen Kleidung, die O'Rourke gefunden hatte – mindestens einer der Mönche im Kloster von Tîrgovişte war so klein, daß Kate seinen dunklen Pullover über dem letzten sauberen schwarzen Rock tragen konnte und sogar einigermaßen vorzeigbar damit aussah –, war versucht, den Schal abzunehmen, den Kopf zurückzulegen und das Sonnenlicht zu genießen, während sie im Seitenwagen dahinfuhr.

Es war nicht möglich. Das Gefühl, wie dringend es war, Joshua zu finden, saß zu tief, die Angst, die falsche Entscheidung zu treffen, war zu groß.

Sie hatten keine Münze geworfen, um die Richtung zu bestimmen. Nachdem sie die Karte bei Tageslicht studiert hatten, hoben sie beide die Köpfe und sagten: »Sighişoara.« Was Kate anbetraf, handelte es sich dabei um reine Intuition. *Das Reisen in Transsilvanien macht einen abergläubisch,* dachte sie.

»Wenn wir uns irren, was den Ort der heutigen Zeremonie betrifft, haben wir morgen nacht eine letzte Chance«, sagte O'Rourke.

»Ja«, sagte Kate, »*wenn* Lucian die Wahrheit gesagt hat. Unsere Informationen sind wacklig, basieren auf Gerüchten und sind ganz allgemein unausgegoren. Wenn unser Plan eine medizinische Diagnose wäre, würde ich den Arzt wegen Kurpfuscherei verklagen.«

Heute morgen waren nur wenige Autos zu sehen, dennoch herrschte dichter Verkehr: schwere Lastwagen, die blaue und graue Abgaswolken hinter sich ließen; Traktoren, die aussahen, als stammten sie aus dem Henry-Ford-Museum, Sektion Jahrhundertwende, und deren Eisenräder die schlechten Asphaltstraßen noch mehr verwüsteten; Pferdekarren mit Gummireifen; buntbemalte Ponywagen; vereinzelte Zigeunerwagen; Schafherden, die dumm auf der Straße standen und verloren aussahen, während ihre Hirten mit denselben Mienen hinterhertrotteten; Vieh, das von Kindern getrieben wurde, die nicht älter als acht oder neun Jahre waren und nicht einmal aufsahen, wenn ein Schwerlaster vorbeidonnerte oder das Motorrad sie im Zickzack passierte, um Kühen auszuweichen; Fahrräder, die scheinbar ziellos herumfuhren; vereinzelte deutsche Autos, die mit hundertachtzig Stundenkilometern vorbeipreschten und dabei die arroganten deutschen Hupen ertönen ließen, ohne daß der Fahrer das Motorrad auch nur eines Blickes würdigte; einige Dacias, die dahinkrochen oder schadhaft am Straßenrand standen; Armeefahrzeuge, die offenbar versuchten, sich mit den vorbeisausenden deutschen Autos ein Wettrennen zu liefern, und qualmend mitten auf der Straße tuckerten; und Fußgänger.

Fußgänger waren zuhauf unterwegs: Zigeuner mit braungebrannter Haut und weiter Kleidung; alte Männer mit weißen Stoppeln auf den Wangen und Filzhüten, die jede Form verloren hatten; scharenweise Schulmädchen in der Nähe zweier kleiner Dörfer und einer Kleinstadt, durch die sie fuhren – Pucioasa, Fieni und Matoeini –, die abgetragenen, aber steif gestärkten blauen Röcke und weißen Blusen der Mädchen strahlend im Sonnenschein; Kinder im Vorschulalter, die Vieh hüteten, Rinder und Jungen mit gleichermaßen gelangweilten Mienen; alte Bäuerinnen, die am Straßenrand entlangstapften – es gab keine Böschung zur Autobahn, lediglich nahezu die ganze Strecke entlang einen fast einen Meter tiefen Graben voll übelriechendem Wasser –; ältere Bäuerinnen, die wie die Kühe von kleinen Kindern geführt wurden; und ab und zu *ofiter de politiţie*, die vor den Polizeistuben der Ortschaften standen.

Die Polizisten sahen nicht einmal auf, als das Motorrad durch Fieni rumpelte, eine durch und durch rußgeschwärzte Industriestadt. O'Rourke hielt sich peinlich genau an die Geschwindigkeitsbegrenzungen.

»In Braşov müssen wir tanken!« rief er.

Kate nickte und ließ das schwankende Fahrrad nicht aus den Augen, das gerade vor dem Pferdekarren vor ihnen zu erkennen war.

Es war nicht die Zeit, die Augen zuzumachen und das Sonnenlicht zu genießen.

Als sie das Bergdorf Moroeni hinter sich gelassen hatten, verschwand der Verkehr auf geheimnisvolle Weise, die kurvige Straße war verlassen, es kühlte spürbar ab, und nur die wenigsten Bäume hatten noch Laub. Kate fragte, ob sie das Motorrad eine Weile fahren könne.

»Hast du es schon einmal gemacht?«

»Tom hat mich mit seiner 360er Yamaha fahren lassen«, sagte sie selbstbewußt. *Einmal. Eine kurze Strecke. Langsam.* Aber sie konnte gut mit Maschinen umgehen und hatte O'Rourke genau beobachtet.

O'Rourke fuhr auf den Schotterstreifen, wo die Serpentinen der Straße anfingen, parkte und stieg ab. Er ließ den Motor im Leerlauf. »Paß auf die Kupplung auf«, sagte er. »Die ist im Eimer. Kein nennenswerter zweiter Gang.« Er hinkte zum Seitenwagen, während Kate aufstand und sich streckte.

*Er hat Schmerzen,* dachte sie. *Es war eine Qual für ihn, dieses Ding mit dem Kupplungspedal und allem zu fahren.* Sie nahm auf dem Fahrersitz Platz, wartete, bis O'Rourke sich gesetzt hatte, und startete mit ein bißchen zuviel Gas.

Das uralte Motorrad versuchte samt Seitenwagen eine Drehung, O'Rourke gab einen kurzen, ausgesprochen seltsamen Laut von sich, Kate verhinderte es etwas vorschnell, indem sie den Bremsgriff so fest zog, daß O'Rourke mit dem Kopf gegen den Windschutz aus Plastik prallte und sie fast aus dem Sattel geworfen worden wäre; sie beschloß, gleich in den dritten Gang zu schalten, verfehlte ihn ein paarmal, setzte die Maschine aufheulend im ersten wieder in Bewegung, sah gerade noch rechtzeitig auf, um zu vermeiden, über den Felsrand zu fahren, brauchte die ganze Breite der Straße, um sich wieder zu erholen, und dann bekam sie die Maschine auf die rechte Seite, fuhr mit der richtigen Geschwindigkeit und mit der richtigen Ruhe. Fast.

»Jetzt hab ich's«, sagte sie, schaltete die Gänge mit dem Fuß und stemmte sich gegen den Wind.

O'Rourke nickte und rieb sich den Kopf.

Die Autobahn überquerte einen hohen Paß bei Sinaia, und als Kate die Kuppe erreichte, hatte sie sich mit dem Motorrad geeinigt.

»Halt an!« rief O'Rourke und deutete auf einen schmalen Betonstreifen auf der gegenüberliegenden Straßenseite.

Kate nickte, lenkte, stellte fest, daß sie noch gar nicht mit der Bremse geübt hatte – wo war die eigentlich? –, fand sie und zog sie fest genug, daß das Schlittern sie nicht über den Felsrand hinaus beförderte. Nicht ganz. Das Motorrad hatte sich während der Bremsphase gedreht, und als Staub und fliegende Geröllbrocken sich gelegt hatten, standen sie in Bergabrichtung und O'Rourke und der Seitenwagen hingen über Baumwipfeln und Felsen.

Er zog langsam die Brille ab und rieb sich Staub aus den Augen. »Ich wollte nur die Aussicht bewundern«, sagte er leise über das Knattern des Motors hinweg.

Kate mußte zugeben, daß es sich lohnte, wegen der Aussicht anzuhalten. Im Norden und Westen ging das Bucegi-Massiv der Karpaten in das schneebedeckte Făgăraş-Massiv über, das sich an der Stelle, wo der Horizont verschwamm, nach Süden krümmte. Auf den höchsten Vorbergen unter den schneebedeckten Ebenen wuchsen robuster Wacholder und Krüppelkiefern, die mittleren Regionen leuchteten grün von Pinien und Fichten, die flacheren Hügel waren von weißen Birken gefleckt, und die Täler meilenweit unten erstrahlten in der Farbenpracht von Eichen, Holunder, Ulmen und Sumach. Wolken brodelten von Norden und Westen heran, aber die Sonne schien noch hell genug, daß ihre Schatten über Kalksteinhänge in die bewaldeten Täler darunter fielen. Abgesehen von einem winzigen Straßenabschnitt hinter ihnen, war keine Spur von Menschenwerk zu sehen. Keine. Soweit Kates Auge reichte kein Schornstein, kein Dach, kein Smog, kein Flugzeug, keine Fernsehantennen im Westen und Süden. In einem Land, das sich verächtlich über jegliche Umweltbedenken hinwegsetzte, sah sie hier zum ersten Mal die Schönheit der Landschaft.

»Wunderschön«, sagte sie und war wütend auf sich selbst wegen des Klischees, wußte aber nicht, was sie sonst sagen sollte. »Was ist das für eine hellgrüne Pflanze da oben? Bei den Wacholderbäumen unter dem Schnee?«

»Ich glaube, sie wird *Zimbru* genannt«, sagte O'Rourke. Er beugte sich über den Rand des Seitenwagens und sah nach unten. »Sag mal, könntest du die Bremse lösen, die Kupplung ein kleines bißchen kommen lassen und ein Stück vorwärtsfahren . . . Richtung Straße?«

Kate gehorchte. Sie mochte das Tuckern des übergroßen Motors und das Gefühl des Motorrads zwischen den Beinen. Sonnenlicht funkelte auf dem polierten Chrom der Lenkstange.

»Danke«, sagte O'Rourke und räusperte sich. Er deutete nach Südwesten. »Der Fluß Argeş und Vlads Schloß liegen in dieser Richtung.«

»Wie weit?«

»Schätzungsweise hundert Klicks Luftlinie. Sechzig, vielleicht siebzig Meilen. Auf der Straße ...« Er biß sich auf die Lippe. »Wahrscheinlich acht Stunden Fahrt.«

Kate sah ihn an. »Wir haben uns nicht geirrt, Mike. Heute nacht findet es in Sighişoara statt.«

Er sah sie an und nickte. »Was würdest du dazu sagen, wenn wir uns einen besseren Parkplatz auf dem Gipfel suchen, das Motorrad von der Straße entfernen und etwas essen?«

Sie hatten Brot und Käse im Kloster gefunden und ausreichend Weinflaschen, ganz Transsilvanien betrunken zu machen. O'Rourke hatte ihr erklärt, daß die Mönche noch Weingärten besaßen und Wein für die hiesige Region abfüllten. Auf diese Weise trugen sie dazu bei, ihre Unkosten zu decken. Kate hatte drei Flaschen unter dem Sitz des Seitenwagens verstaut und fünfzig amerikanische Dollar dafür in einer Schublade in der Küche hinterlassen.

Der Käse war gut, das Brot altbacken, aber vorzüglich, und der Wein schmeckte köstlich. Sie hatten keine Gläser, aber es machte Kate nichts aus, direkt aus der Flasche zu trinken. Sie trank nur ein paar Schlucke, immerhin mußte sie fahren. Das letzte Sonnenlicht wärmte ihr die Haut, bevor die Wolken endgültig die Oberhand gewannen, und riefen ihr sinnliche Erinnerungen an den vergangenen Tag und die Nacht ins Gedächtnis zurück.

»Hast du einen Plan?« fragte O'Rourke, der sich an einen Baumstamm gelehnt hatte und auf einer harten Kruste kaute.

»Hm? Was?« Kate war, als hätte jemand kaltes Wasser auf sie geschüttet.

»Einen Plan«, sagte O'Rourke. »Wenn wir die *Strigoi* gefunden haben.«

Kate reckte das Kinn vor. »Wir holen uns Joshua zurück«, sagte sie nachdrücklich. »Dann verlassen wir das Land.«

O'Rourke kaute langsam, schluckte und nickte. »Ich will nicht einmal nach Teil zwei fragen«, sagte er, »aber wie wollen wir Teil eins bewerkstelligen? Wenn das Baby wirklich ihr neuer Fürst oder was auch immer ist, dann werden sie es nicht hergeben.«

»Das weiß ich«, sagte Kate. Jetzt verdeckten die Wolken die Sonne. Kalter Wind wehte von den Schneeflächen über ihnen herunter.

»Also ...« O'Rourke breitete die Arme aus.

»Ich glaube, wir können verhandeln«, sagte Kate.

O'Rourke runzelte verhalten die Stirn. »Womit?«

Sie deutete mit dem Kopf zu ihrer Reisetasche. »Ich habe Proben des Hämoglobinsubstituts mitgebracht, das ich Joshua gegeben habe. Es müßte den *Strigoi* ermöglichen, ihre Sucht nach Menschenblut zu überwinden, den J-Virus aber dennoch in ihrem Immunsystem funktionsfähig erhalten.«

»Ja«, sagte O'Rourke, »aber warum sollten sie sich mit Methadon begnügen, wenn sie den Genuß von Heroin haben können?«

Kate sah über das Tal hinaus, das jetzt im Schatten lag. »Ich weiß nicht. Hast du einen besseren Vorschlag?«

»Es sind die Leute, die Tom und deine Freundin Julie getötet haben«, sagte er mit sehr leiser Stimme.

»Das *weiß* ich!« Kate hatte nicht gewollt, daß ihre Stimme so schneidend klang.

Er nickte. »Ich weiß, daß du das weißt. Ich wollte wissen, ob du nur gekommen bist, um Joshua zu holen, oder steht auch noch Rache auf deinem Plan?«

Kate wandte ihm wieder das Gesicht zu ... »Ich weiß nicht. Ich glaube nicht. Die medizinische Forschung ... das Durchbruchpotential des Retrovirus ...« Sie blickte nach unten und berührte ihre schmerzende Brust. »Ich will nur Joshua zurückhaben.«

O'Rourke rutschte näher zu ihr und legte einen Arm um sie. »Wir sind eine seltsame Wahl für das dynamische Duo«, flüsterte er.

Sie sah ihn an und verstand eindeutig nicht.

»Maskierte Verbrecherjäger. Superhelden. Batman und Robin?«

»Was meinst du damit?« Die Schmerzen in ihrer Brust ließen etwas nach.

»Du hast gesagt, du hast auf den Eindringling geschossen, als er zum ersten Mal in dein Haus in Colorado eingedrungen ist«, sagte O'Rourke. »Auf den *Strigoi.* Aber du hast ihn nicht getötet.«

»Ich habe es *versucht*«, sagte Kate. »Sein Körper erholte sich wieder, weil ...«

»Ich weiß, ich weiß.« Der Druck von O'Rourkes Arm war tröstlich, nicht herablassend. »Ich wollte damit sagen, bis jetzt hast du noch niemanden getötet. Das mußt du aber vielleicht, wenn wir unsere Suche fortsetzen. Kannst du es?«

»Ja«, sagte Kate nüchtern. »Wenn Joshuas Leben und seine Freiheit davon abhängen.« *Oder deines,* fügte sie stumm hinzu und sah ihm in die Augen.

O'Rourke aß das Brot zu Ende und trank einen Schluck Wein. Einen schwindelerregenden Augenblick fragte sich Kate, wie oft dieser Mann – ihr Liebhaber – die Messe gelesen und die Eucharistie für die Kommunion vorbereitet hatte. Sie schüttelte den Kopf.

»Ich werde niemanden töten«, sagte er leise. »Nicht einmal, um den Menschen zu retten, der mir am meisten auf der Welt bedeutet. Nicht einmal, wenn dein Leben davon abhängen würde, Kate.«

Kate sah die Traurigkeit in ihm. »Aber . . .«

»Ich habe schon Menschen getötet, Kate. Sogar in Vietnam, wo keiner der bekannten Gründe noch einen Sinn ergab, gab es immer einen Grund zu töten. Um am Leben zu bleiben. Um die Kameraden am Leben zu erhalten. Weil man angegriffen wurde. Weil man Angst hatte . . .« Er betrachtete seine Hände. »Keiner dieser Gründe ist gut genug, Kate. Nicht mehr. Nicht für mich.«

Zum ersten Mal, seit sie den Priester – Ex-Priester – gesehen hatte, wußte sie nicht, was sie sagen sollte.

Er versuchte zu lächeln. »Du hast dir für dieses Unternehmen den schlechtesten nur denkbaren Partner ausgesucht, Kate. Zumindest wenn es darum geht, Menschen zu töten.« Er holte tief Luft. »Und ich glaube, darauf wird es hinauslaufen.«

Kates Blick war starr. »Und du meinst, daß diese . . . diese *Strigoi* Menschen sind?«

Er bewegte den Kopf fast unmerklich hin und her. »Nein. Aber ich war auch nicht sicher, ob die Schatten in Vietnam Menschen waren. Sie waren Schlitzaugen.«

»Aber das war etwas anderes.«

»Vielleicht«, sagte O'Rourke und begann, ihren bescheidenen Picknickplatz aufzuräumen. »Aber selbst wenn die *Strigoi* so sehr von menschlichen Empfindungen entfremdet sind, daß man sie als eine andere Rasse betrachten kann – was ich nicht glauben werde, bis ich weitere Beweise gesehen habe –, reicht es nicht aus. Für mich nicht.«

Kate stand auf und wischte sich den Rock ab. Sie zog die Jacke über den Pullover. Der Wind war jetzt kälter, der Himmel grauer. Der kurze Rückfall in den Herbst war vorbei, der Winter wehte wieder von den Karpaten herab.

»Aber du wirst mir helfen, Joshua zu finden«, sagte sie.

»O ja.«

»Und du wirst mir helfen, ihn aus diesem ... Land zu bringen.«

»Ja«, sagte er. Er mußte sie nicht an die Polizei, das Militär, die Grenzwachen, die Informanten, die Luftwaffe, die *Securitate* erinnern – die allesamt die Befehle derer befolgten, die ihre Befehle wiederum von den *Strigoi* erhielten.

»Mehr verlange ich nicht«, sagte Kate aufrichtig. Sie berührte ihn am Arm. »Wir sollten uns lieber auf den Weg machen, wenn wir wirklich noch hundert Meilen vor uns haben, bis wir nach Sighişoara kommen.«

»Auf der Autobahn geht es schneller«, sagte O'Rourke. Er zögerte. »Möchtest du noch eine Weile fahren?«

Kate überlegte nur einen Augenblick. »Ja«, sagte sie. »Ja, ich will.«

Die Straße vom Paß hinunter bestand aus einer Reihe haarsträubender Serpentinen, aber Kate hatte es inzwischen raus, wie sie mit dem Motorrad umgehen mußte, und sie nutzte die Kompression der unteren Gänge aus, damit die Bremsen nicht überhitzten. O'Rourke hatte zweimal den Benzintank überprüft und war der Meinung, es müßte bis Braşov reichen, aber die Unsicherheit machte Kate nervös.

Auf diesem steilen Abschnitt der Straße herrschte überhaupt kein Verkehr, und Kate sah nur eine Handvoll Hütten weit entfernt unter Pinien. Dann erreichten sie den Stadtrand von Sinaia, wo die Häuser dichter standen und größer waren, offenbar Landhäuser der privilegierten *Nomenklatura* – den Parteiapparatschniks und belächelten Bürokraten, die zusätzliche Brosamen vom Staat verdienten. Sinaia selbst sah wie ein typisches osteuropäisches Touristikzentrum aus – große, alte Hotels und Anwesen, die vor hundert Jahren prunkvolle Stätten gewesen, seither aber nicht mehr renoviert worden waren, Spuren von Wintersportanlagen, wo die Taue und vereinzelte T-Masten eines ›Skilifts‹ zu sehen waren, sowie ein neues, größeres Stadtviertel mit Mietskasernen aus der Stalinzeit und Schwerindustrie, die das Tal verpestete.

Aber die Landschaft oberhalb der Stadt ließ sich durch sozialistische Häßlichkeit nicht beeinträchtigen. Auf beiden Seiten von Sinaia und der vielbefahrenen Autobahn 1, die durch die Stadt führte, ragten die Bucegi-Berge als fast groteskes Relief auf, wobei die Gipfel einzelner Bergspitzen zweitausendeinhundert Meter erreichten. Kates Haus – ihr Exhaus – in den Vorgebirgen über Boulder lag zweitausendeinhundert Meter hoch, und die

Rockies im Westen erreichten Höhen bis zu viertausendzweihundert Metern, aber die Bucegi-Berge wirkten weitaus dramatischer und ragten fast senkrecht aus dem Tal des Flusses Prahova, das nicht weit über Meereshöhe lag, empor. Das Ergebnis, fand Kate, die aufsah, während sie das Motorrad durch den Lastwagenverkehr steuerte, der aus einem Stahlwerk kam, war eine Gebirgslandschaft, wie Bierstadt, der Maler des neunzehnten Jahrhunderts, die Rockies gern gesehen *hätte*: vertikal, zerklüftet, die Gipfel in Wolken und Nebel verschwunden.

Kate war schon einmal in den Schweizer Alpen gewesen, aber die Kulisse hier konnte es mit allem aufnehmen, was sie dort gesehen hatte. Nur die grauen Gestalten, die am Straßenrand entlangschlurften, die leerstehenden Geschäfte, die verfallenen Anwesen, die baufälligen Mietskasernen und die schmutzigen Industrieanlagen, die schwarzen Rauch in die Berge bliesen, erinnerten sie daran, daß sie sich in einer Umgebung befand, die kein Schweizer, der etwas auf sich hielt, auch nur eine Stunde lang ertragen hätte.

Es gab keine Tankstelle in Sinaia, daher fuhr Kate weiter zum dreißig Meilen nördlich gelegenen Brașov. Die Straße führte am Fluß entlang, auf beiden Seiten Felswände und atemberaubende Panoramen. Aber Kate hatte keine Augen für die Aussicht. Als der Schwerverkehr spärlicher wurde, nahm sie das Gas zurück, damit sie sich verständlich machen konnte. »O'Rourke«, rief sie. Als er aus seinem Nachdenken aufsah, fuhr sie fort: »Warum traust du Lucian nicht?«

Er beugte sich näher zu ihr, als sie an einer geschlossenen byzantinischen orthodoxen Kirche vorbeiholperten und der Autobahn um eine lange Biegung des Flusses folgten. »Anfangs war es nur ein Instinkt. Daß etwas . . . etwas nicht stimmt.«

»Und dann?« sagte Kate. Auch weiterhin quollen Wolken zwischen den Bergen im Westen hervor, aber ab und zu beleuchteten Sonnenstrahlen das Tal und den schmalen Fluß.

»Und dann überprüfte ich etwas, als ich wieder in den Vereinigten Staaten war. Bevor ich nach Colorado ging . . . und bevor ich dich dort im Krankenhaus besucht hatte. Weißt du noch, wie du mir gesagt hast, Lucian hätte sein fließendes Englisch bei Besuchen in den Staaten gelernt? Als er mit seinen Eltern dort war?«

Kate nickte und wich einem Zigeunerwagen und einer kleinen Schafherde aus. Sie scherte gerade wieder auf die rechte Fahrspur ein, als ein Holzlaster in der entgegengesetzten Richtung vorbeidonnerte. Es dauerte eine halbe Meile, bis sie dessen blaue Abgaswolken hinter sich gelassen hatten. »Und?« sagte sie.

»Ich habe das Büro meines Freundes in Washington angerufen – Senator Harlen aus Illinois, du erinnerst dich? –, und Jim hat versprochen, das für mich zu überprüfen. Die Visaunterlagen durchsehen und so weiter. Aber er hat sich nicht mehr gemeldet, bevor wir beide nach Rumänien aufgebrochen sind.«

Kate verstand nicht. »Also hast du nichts erfahren?«

»Ich habe ihn gebeten, die Botschaft in Bukarest zu verständigen, wenn er die Unterlagen gefunden hat, damit sie die Nachricht im Hauptsitz der Franziskaner in Bukarest hinterlassen können«, brüllte O'Rourke über den Motorenlärm hinweg. »Sie hatten die Nachricht, als ich gestern morgen mit Pater Stoicescu gesprochen hatte. Am Morgen, nachdem uns Lucian die Leichen seiner Eltern und das Ding im Tank in der Medizinischen Fakultät gezeigt hat.«

Kate sah ihn an, sagte aber nichts. Vor ihnen wurde das Tal breiter.

»Die Visaunterlagen beweisen, daß Lucian die Vereinigten Staaten viermal in den letzten fünfzehn Jahren besucht hat. Beim ersten Mal war er zehn. Das letzte Mal war im Herbst 1989, vor zwei Jahren.« O'Rourke verstummte einen Moment. »Er war nicht ein einziges Mal mit seinen Eltern dort. Jedesmal kam er allein mit einem Stipendium der World Market and Development Research Foundation.«

Kate schüttelte den Kopf. Vibration und Motorenlärm verursachten ihr Kopfschmerzen. »Davon habe ich nie gehört.«

»Aber ich«, sagte O'Rourke. »Sie haben vor fast zwei Jahren meinen Vorgesetzten in der Erzdiözese angerufen und gefragt, ob die Kirche jemanden vorschlagen könnte, der an einer Rundreise durch Rumänien teilnehmen sollte, die sie finanziert haben. Der Erzbischof hat mich ausgesucht.« Er beugte sich aus dem Seitenwagen, damit Kate besser hören konnte. »Die Stiftung wurde von dem Milliardär Vernor Deacon Trent gegründet. Lucian besuchte die Vereinigten Staaten viermal auf Einladung von Trents Gruppe – möglicherweise sogar auf persönliche Einladung des alten Mannes.«

Kate fand eine Stelle am Straßenrand, die breit genug zum Parken war, und hielt an. Rechts von ihnen rauschte der Fluß. »Willst du damit sagen, Lucian *kennt* Trent? Und Trent ist wahrscheinlich der Anführer der *Strigoi*-Familie? Eventuell sogar ein direkter Nachkomme von Vlad Țepeș?«

O'Rourke blinzelte nicht. »Ich sage dir nur, was das Büro von Senator Harlen herausgefunden hat.«

»Und was beweist das?«

Er zuckte die Achseln. »Zumindest beweist es, daß Lucian dich belogen hat, als er sagte, er hätte mit seinen Eltern die Staaten bereist. Und im schlimmsten Fall . . .«

»Heißt es, daß Lucian ein *Strigoi* ist«, sagte Kate. »Aber er hat uns den Bluttest gezeigt . . .«

O'Rourke verzog das Gesicht. »Ich fand, daß er große Mühe auf sich genommen hat, um etwas zu entkräften, das wir nicht einmal behauptet hatten. Bluttests können gefälscht werden, Kate. Das solltest ausgerechnet du wissen. Hast du genau zugesehen, als er den Test durchgeführt hat?«

»Ja. Aber er hätte die Objektträger oder Proben vertauschen können, als ich abgelenkt war.« Ein Schwerlaster donnerte vorbei. Kate wartete, bis das Dröhnen abgeklungen war. »Wenn er ein *Strigoi* ist, warum hat er uns dann Unterschlupf gewährt und uns zur Insel Şnagov gebracht, damit wir einen Teil des Rituals sehen können, und . . .« Sie holte tief Luft und sprach es aus. »Es wäre für die *Strigoi* ein einfacher Weg gewesen, uns im Auge zu behalten, richtig?«

O'Rourke sagte nichts.

Kate schüttelte den Kopf. »Es ergibt immer noch keinen Sinn. Warum ist Lucian weggelaufen, als die *Securitate* oder wer auch immer uns in Bukarest verfolgt haben? Und warum hätte er zugelassen, daß wir getrennt werden, wenn es seine Aufgabe war, uns im Auge zu behalten?«

»Ich glaube nicht, daß wir die Machtkämpfe wirklich begreifen, die hier stattfinden«, sagte O'Rourke. »Wir haben die Regierung gegen die Demonstranten gegen die Bergarbeiter gegen die Intellektuellen, und die *Strigoi* scheinen auf beiden Seiten die meisten Fäden zu ziehen. Vielleicht bekämpfen sie sich untereinander, ich weiß es nicht.«

Kate stieg wütend von dem Motorrad und sah über den Fluß. Sie hatte Lucian gemocht . . . mochte ihn *noch*. Konnten ihre Instinkte sich so getäuscht haben? »Einerlei«, sagte sie laut. »Lucian weiß nicht, wo wir sind, und wir wissen nicht, wo er ist. Wir werden ihn nie wiedersehen. Wenn es seine Aufgabe war, uns zu überwachen, dann haben sie ihn wahrscheinlich gefeuert.« *Oder Schlimmeres.*

O'Rourke hatte sich aus dem Seitenwagen gefaltet und über-

prüfte den Benzintank. Auf dem schmalen Armaturenbrett zwischen der Lenkstange befand sich eine Benzinanzeige, aber die hatte keine Nadel und das Glas war zerbrochen. »Wir brauchen Benzin«, sagte er. »Möchtest du nach Braşov fahren?«
»Nein«, sagte Kate.

Sie bekamen kein Benzin in Braşov.
Ausländer konnten – zumindest theoretisch – mit rumänischen *Lei* kein Benzin an gewöhnlichen Tankstellen kaufen. Die Gesetze verlangten immer noch, daß Touristen mit ihren Devisen Benzingutscheine in Hotels, bei wenigen Autovermietungen und den Zweigstellen des Nationalen Tourismusbüros erstanden – jeder Gutschein galt für zwei Liter – und diese an speziellen ComTourist-Zapfsäulen einlösten, die die wenigen und weit verstreuten Tankstellen reserviert hatten.
Soweit die Theorie. In der Praxis, erklärte O'Rourke, standen die ComTourist-Zapfsäulen meist unbeachtet im Hintergrund, während der Tankstellenbesitzer die Touristen zum vorderen Ende der unvermeidlichen Warteschlange vor den normalen Zapfsäulen winkte. Das löste haßerfüllte Blicke der Leute in den langen Schlangen aus, während die zeitraubende Prozedur der Gutscheinverrechnung über die Bühne ging, und es gehörte auch das Bakschisch für den Tankwart dazu (*niemals* der Tankstellenbesitzer, und nicht selten eine Frau mit sechs Schichten Mänteln und einem schmutzigen Overall).
Braşov selbst war eine einstmals wunderschöne mittelalterliche Stadt, die mit Industrie, Mietskasernen der Stalin-Ära, halb fertiggestellten Bauprojekten Ceauşescus, aufgegebenen Systematisierungsprojekten und noch mehr Industrie, gleich Muscheln an einem gesunkenen Schiff verunstaltet worden war. Es wäre sicher möglich gewesen, einige Straßen oder Panoramen mit einstiger Schönheit zu finden, aber Kate und O'Rourke gelang das während ihrer Fahrt auf der hektischen Calea Bucureştilor und dem Boulevard Calea Făgăraşului, wo sie die Autobahn Sibiu–Sighişoara und die auf der Karte versprochenen Tankstellen suchte, eindeutig nicht.
Eine Tankstelle war geschlossen und halb verfallen, Fensterscheiben eingeschlagen und Zapfsäulen zerstört. Die andere, unmittelbar an der Ausfahrt vom Boulevard zur Autobahn Sibiu–Sighişoara, wurde von einer Schlange belagert, die sich über eine Meile bis in den Stadtbezirk hinein erstreckte.

»*Merde*«, flüsterte O'Rourke. Dann: »Wir können nicht warten. Wir müssen es an der ComTourist-Zapfsäule versuchen.«

Ein dicker Mann im fleckigen Overall kam heraus und sah sie mit verkniffenen Augen an. Kate beschloß, sich in dem Seitenwagen zu ducken und möglichst unsichtbar zu machen, während O'Rourke sich um alles kümmerte; in Rumänien war kaum etwas auffälliger als eine Frau aus dem Westen, die das Ruder in der Hand hatte.

»*Da?*« sagte der Geschäftsführer, der sich die Hände an einem fettigen Tuch abwischte. »*Pot sa te ajut?*«

»Ja«, sagte O'Rourke, dessen Verhalten plötzlich selbstbewußt und ein wenig arrogant war. »*Sprechen Sie Deutsch? Ah ... vorbiţi germana?*«

»*Nu*«, sagte der Mann. Hinter ihnen pumpte eine Frau in mehreren Jacken Benzin in den Tank des ersten Autos der Schlange, die sich buchstäblich bis zum Horizont erstreckte. Alle beobachteten den Wortwechsel bei der ComTourist-Zapfsäule.

»*Scheiße*«, sagte O'Rourke offenbar verdrossen. Er drehte sich zu Kate um. »*Er spricht kein Deutsch.*« Er wandte sich wieder an den Geschäftsführer und sprach mit lauterer Stimme weiter. »Äh ... *de benzină* ... äh ... *Faceţi plinul, vă rog.*«

Kate verstand soviel Rumänisch, daß sie entnehmen konnte: »Volltanken, bitte.«

Der Geschäftsführer sah sie an, dann wieder O'Rourke. »*Chitanta? Cupon pentru benzină?*«

O'Rourke blickte zuerst verständnislos drein, dann zog er einen amerikanischen Zwanzigdollarschein aus der Tasche. Der Geschäftsführer nahm ihn, sah aber alles andere als glücklich aus. Und er öffnete auch nicht das schwere Vorhängeschloß an der Zapfsäule. Er hielt einen öligen Finger hoch und sagte: »Bitte ... Sie ... hier ... bleiben«, und ging in seine Tankstelle zurück.

»O-oh«, sagte Kate.

O'Rourke sagte nichts. Er stieg wieder auf das Motorrad, ließ den Motor an und fuhr langsam weiter. Aller Augen beobachteten sie aus den Autos, als sie in die Stadt zurückfuhren. »Dumm, dumm, dumm«, sagte O'Rourke zu sich selbst.

»Fahren wir nicht in die falsche Richtung?« fragte Kate.

»Ja.« Er fuhr zur Hauptstraße zurück, wandte sich am Kreisverkehr nach rechts, gab Gas und mischte sich zwischen den Schwerverkehr Richtung Südwest. Auf einem Straßenschild stand RIŞNOV 13 KM.

»Wollen wir nach Rişnov?« rief Kate über das Klappern und Rattern hinweg.

»Nein.«

»Haben wir genügend Benzin bis Sighişoara?«

»Nein.«

Kate stellte keine Fragen mehr. Am Stadtrand von Braşov zweigte eine andere Straße nach Nordwesten ab, und O'Rourke nahm die. Ein Kilometerstein trug die Aufschrift FĂGĂRAŞ. O'Rourke fuhr an den Straßenrand, dann studierten sie die Karte. »Wenn wir auf der Straße Sibiu–Sighişoara weitergefahren wären, hätte uns diese fette Kröte die Polizei hinterherschicken können«, sagte er. »Jetzt suchen sie möglicherweise erst im Süden, bevor sie den Norden durchkämmen. Verdammt.«

»Mach dir keine Vorwürfe«, sagte Kate. »Wir brauchen das Benzin.«

O'Rourke schüttelte wütend den Kopf. »In diesem Land gehört es zum Alltag, daß einem das Benzin ausgeht. Dacias haben kleine Pumpen unter der Haube eingebaut, damit die Leute einen oder zwei Liter in liegengebliebene Fahrzeuge pumpen können. Alle haben Literkanister im Kofferraum liegen. Ich war ein Idiot.«

»Nein, warst du nicht«, sagte Kate. »Du hast nur in amerikanischen Verhältnissen gedacht. Wenn einem das Benzin ausgeht, fährt man eine Tankstelle an. Habe ich auch gedacht.«

O'Rourke strich die Karte am Rand der Windschutzscheibe glatt und deutete mit dem Finger. »Ich glaube, wir kommen auch auf diesem Weg hin. Schau her . . . wir bleiben auf der Autobahn 1 bis zu diesem Dorf . . . hier, Şercaia, etwa fünfzehn Klicks diesseits des Făgăraş . . . und dann nehmen wir diese Nebenstraße zur Autobahn dreizehn, und dann direkt nach Sighişoara.«

Kate studierte die dünne rote Linie zwischen den beiden Autobahnen. »Diese Straße dürfte in einem schlimmeren Zustand sein als der Trampelpfad über die Berge.«

»Ja . . . und nicht so befahren. Aber es liegen keine Hochpässe auf dem Weg. Sollen wir es versuchen?«

»Haben wir eine andere Wahl?« fragte Kate.

»Eigentlich nicht.«

»Dann mal los«, sagte sie und hörte Lucians Tonfall in dem Ausdruck. »Vielleicht haben wir Glück und finden noch eine Tankstelle.«

Sie hatten kein Glück. Dem Motorrad ging das Benzin etwa sechs

Meilen nördlich von Şercaia entfernt auf einer Sand- und Schotterstraße aus, die auf der Karte als dicke rote Linie eingezeichnet war. Seit sie von der Autobahn abgebogen waren, herrschte überhaupt kein Verkehr mehr, und sie hatten keine Häuser gesehen, abgesehen von einer großen Kolchose, aber jetzt sahen sie ein einsames Haus etwa eine Viertelmeile voraus, nur ein kleines Stück abseits der Straße hinter einem Zaun, an dem sich vertrocknete Reben wilden Weins rankten. Kate stieg aus und ging zu Fuß, während O'Rourke das schwere Motorrad samt Seitenwagen die Strecke auf der Straße schob.

»Verflucht noch mal«, sagte er schließlich und schüttelte das Motorrad, damit er es durch eine Schlammlache brachte. »Hoffen wir, daß sie einen Literkanister *benzină* haben.«

Eine alte Frau stand vor dem Tor und sah ihnen entgegen. »*Bună dimineața*!« sagte O'Rourke.

»*Bună ziua*«, antwortete die alte Frau. Kate fiel auf, daß sie ›Guten Tag‹ und nicht ›Guten Morgen‹ gesagt hatte. Sie sah auf die Uhr. Es war fast eins.

»*Vorbiți engleză? Germana? Franceza? Maghiar? Roman?*« sagte O'Rourke, der sich lässig hinstellte.

Die alte Frau sah sie weiter an und verzog ab und zu die zahnlosen Kiefer zu etwas, das ein Lächeln sein konnte.

»Egal«, sagte er und lächelte jungenhaft. »*Imi puteți spune, vă rog, unde este e cea mai apropiabă stație de benzină?*«

Die alte Frau sah ihn blinzelnd an und hob die leeren Hände. Sie wirkte nervös.

»*Simtem doar turiști*«, sagte O'Rourke beruhigend. »*Noi călătorim prin Transilvania . . .*« Er grinste und deutete auf das Motorrad am Straßenrand. ». . . *de benzină*.«

Als die alte Frau sprach, klang ihre Stimme wie Altmetall, das auf Metall knirscht. »*Ești însetat?*«

O'Rourke blinzelte und drehte sich zu Kate um. »Hast du Durst?«

Kate mußte nicht lange nachdenken. »Ja«, sagte sie. Sie lächelte der alten Frau zu. »*Da! Mulțumesc foarte mult*!«

Sie folgten ihr über das schlammige Grundstück zum Haus.

Das Haus war klein, die Veranda, auf der sie saßen, noch kleiner, und die Tochter oder Enkeltochter der alten Frau, die ihnen Gesellschaft leistete, war so winzig, daß sich Kate grotesk überproportioniert vorkam. Die alte Frau stand unter der Tür und sprach in ihrem krächzenden Schnellfeuergewehrdialekt, während die Tochter oder Enkeltochter hin und her lief, Kissen auf dem schmalen Diwan für sie aufschüttelte, sie zu den Sesseln führte und dann aus dem Zimmer verschwand, um Gläser, eine Flasche Scotch, Tassen, Untertassen und eine Kanne voll Kaffee zu bringen.

Die jüngere Frau sprach weder Deutsch, Französisch, Englisch, Ungarisch oder einen Zigeunerdialekt, daher versuchten sie alle, sich auf Rumänisch verständlich zu machen, was viel Peinlichkeiten und Gelächter nach sich zog, besonders nachdem die Scotchgläser nachgefüllt worden waren. Diese faßten mehr als die winzigen Kaffeetassen.

Durch das verballhornte Rumänisch erfuhren sie, daß die alte Frau Ana hieß, die jüngere Marina, daß sie kein *benzină* hier auf der Farm hatten, aber Marinas Mann bald heimkommen und ihnen sicher gerne zwei Liter Petroleum geben würde, mit dem sie das Motorrad wohlbehalten nach Făgăraş oder Sighişoara, oder Braşov, oder wo immer sie auch hinwollten, bringen würde. Marina schenkte noch Kaffee und dann Scotch ein. Ana stand unter der Tür und grinste zahnlos.

Marina erkundigte sich in langsamem, sorgfältigem Rumänisch, ob sie in Bukarest wohnten, ob ihnen Rumänien gefiel, ob sie Hunger hätten, wie die Farmen in Amerika aussähen, ob sie schon Touristenattraktionen gesehen hätten und ob sie etwas Schokolade mochten. Ohne auf eine Antwort zu warten, sprang sie auf und lief ins Nebenzimmer. Das Radio, das leise gespielt hatte, wurde viel lauter gedreht, und einen Moment später kehrte Marina mit kleinen Schokoladenkeksen zurück, die, wie Kate vermutete, für einen besonderen Anlaß aufgehoben worden waren.

O'Rourke und Kate aßen Kekse, tranken Kaffee und sagten »*Este foarte bine*«, um Essen und Trinken zu loben, und erkundigten sich noch einmal, wann Marinas Mann nach Hause kommen würde. Ob es noch lange dauerte?

»*Nu, nu*«, sagte Marina, die lächelnd nickte. »*Approximativ zece minute.*«

O'Rourke lächelte ihr zu und sagte zu Kate: »Können wir noch zehn Minuten warten?«

Plötzlich wollte Kate nicht mehr warten. Sie stand auf, verbeugte sich und dankte den beiden Frauen. Ana stand lächelnd und blinzelnd unter der Tür, als Kate darauf zuging.

Sie hörten den Helikopter zuerst. O'Rourke ergriff ihre Hand, dann liefen sie auf den kleinen Hof hinaus, als die rot-weiße Maschine gerade über die kahlen Bäume und die Scheune geflogen kam. Als sie vorüber war, schoß ein zweiter Hubschrauber, schwarz, nur Cockpit und Landekufen, summend wie eine wütende Hornisse über das Bauernhaus.

Kate und O'Rourke sahen noch einmal zu Ana und Marina, die mit den Fingern an den Mündern unter der Tür standen, dann liefen die beiden Amerikaner zur Straße.

Polizei- und Militärfahrzeuge versperrten die Straße hundert Meter entfernt in beiden Richtungen. Männer in Schwarz hielten automatische Waffen, während sie das Bauernhaus umstellten. Selbst aus der Entfernung konnte Kate Funkgeräte knistern und Männer rufen hören. Sie und O'Rourke blieben schlitternd auf der Schotterstraße stehen und sahen sich panisch um.

Die beiden Helikopter kehrten zurück; einer schwebte über ihnen, während der größere Jet-Ranger sie umkreiste, schwebte und fünfzehn Meter von ihnen entfernt aufsetzte. Der Luftzug der Rotoren wirbelte Staub rings um O'Rourke und Kate herum auf.

Sie wirbelte herum, überlegte sich, ob sie zur Scheune laufen sollte, stellte fest, daß die schwarzgekleideten Gestalten bereits dort waren, und sah weitere durch den Hof und die Straße entlang kommen. Der schwarze Helikopter summte über ihnen und schnellte hin und her.

»Marina hat das Radio lauter gestellt, damit wir den Anruf nicht hören konnten«, sagte O'Rourke. »Oder die Fahrzeuge. Der Teufel soll sie holen.« Er ergriff Kates Hand. »Es tut mir leid.«

Die Tür des Jet-Rangers ging auf; drei Männer sprangen heraus und kamen rasch auf sie zugelaufen. O'Rourke flüsterte den Namen des kleinen Mannes: Radu Fortuna. Der zweite Mann war der Fremde mit den dunklen Augen, den Kate schon zweimal gesehen hatte – einmal im Zimmer ihres Sohnes, einmal in der Nacht, als sie versucht hatten, sie zu töten. Der dritte Mann war Lucian.

Radu Fortuna blieb drei Schritte von ihnen entfernt stehen und lächelte. Er hatte eine schmale Lücke zwischen den kräftigen Vorderzähnen. »Ich glaube, Sie haben für einigen Verdruß gesorgt, ja?« Er lächelte O'Rourke zu, schüttelte den Kopf und gab einen Schnalzlaut von sich. »Nun, die Zeit des Verdrusses ist vorbei.« Er nickte, worauf die Männer in Schwarz nach vorn gelaufen kamen, O'Rourkes Arme festhielten, Kates Handgelenke packten. Sie wünschte sich, Lucian würde näher kommen, damit sie ihm ins Gesicht spucken könnte.

Er sah sie ausdruckslos an und blieb auf Distanz.

Radu Fortuna fauchte einem der Männer etwas zu, worauf dieser zum Haus zurücklief und Ana und Marina etwas gab. Fortuna lächelte Kate zu. »In diesem Land, Madame, arbeitet einer von vier Einwohnern für die Geheimpolizei. Hier sind wir alle entweder ... wie sagt man? ... die Informierten oder die Informanten.«

Radu Fortuna nickte. Kate und O'Rourke wurden unvermittelt gepackt und halb zu dem wartenden Helikopter gezogen, halb getragen.

# Kapitel 33

Rumänien war aus der Luft wunderschön. Der Helikopter blieb tief, unter dreihundert Metern, folgte dem oberen Lauf des Flusses Olt nach Nordosten und dann nach Nordwesten, ein breites Tal entlang. Kate sah das Band einer kaum befahrenen Landstraße unter ihnen und überlegte sich, daß das die Autobahn von Braşov nach Sighişoara sein mußte. Das Tal wich einer Hochebene, die stellenweise noch grün war, vergleichsweise frei von Bäumen, abgesehen von einigen dichten Hainen auf Gipfeln, und von Pässen durchzogen, die die schneebedeckten Massive der Făgăraş- und Bucegi-Berge im Süden mit der namenlosen Gebirgswildnis verbanden, die sich, soweit Kates Auge reichte, nach Norden erstreckte. Der Helikopter flog über steigende Hochebenen hinweg, manchmal über die verfallenen Ruinen einer Burg oder über riesige Abteien aus Stein, die aussahen, als hätte sie seit Jahrhunderten niemand mehr besucht, und über mittelalterliche Festungen, die auf Gipfeln und Hängen thronten und das Tal darunter beherrschten. Es gab einige Gehöfte in diesem Tal, bei denen es sich ausnahmslos um kollektive Monstrositäten handelte, die nichts weiter als Anhäufungen von langgezogenen Stallungen und Backsteinhäusern zu sein schienen. Dörfer waren kaum zu sehen, und wenn, waren sie winzig. Das restliche Panorama bestand aus Wäldern, Berghängen, steilen Klüften, in denen tiefhängende Wolken brodelten, und uralten Ruinen. Alles war dramatisch und wunderschön.

Kate Neuman lag nicht das geringste an der Aussicht.

Sie und O'Rourke saßen auf einer gepolsterten Bank im hinteren Teil der Kabine des Jet-Ranger und hatten die schmerzenden Handgelenke auf dem Rücken gebunden. Niemand hatte ihnen Sicherheitsgurte angelegt, und die Böen, Aufwinde, Windstöße und anderen Unannehmlichkeiten von Kleinflugzeugen schüttelten sie unangenehm durch. Besonders Kate verabscheute das schwindelerregende Gefühl, wenn der Helikopter plötzlich absackte und sie vom Sitz gehoben wurde. Achterbahnen hatte sie immer gehaßt.

Niemand sagte etwas. Der Lärm der Maschinen und Rotoren war so überwältigend, daß eine Unterhaltung nicht möglich gewesen wäre, selbst wenn das jemand gewollt hätte. Radu Fortuna saß auf dem vorderen rechten Sitz, wo normalerweise der Copilot sitzen würde, Lucian hatte sich auf einem Notsitz hinter dem Piloten festgeschnallt, Gesicht nach hinten, und der dunkle Mann, den Kate nur als den Eindringling bezeichnete, saß zwischen O'Rourke und ihr. Der Mann war sicher angeschnallt. Lucian sah mit seinem gelassenen, fast zerstreuten Ausdruck zum rechten Fenster hinaus. Kate versuchte, ihn nicht anzusehen. Ihr Verstand wirbelte durcheinander, aber sie fand keine Antwort, keine ausgefeilten Pläne und kaum Hoffnung, an die sie sich klammern konnte.

Der Helikopter kippte nach links, Kate erschrak, als sie hilflos gegen den *Strigoi*-Eindringling rutschte – der nach Moschus und Schweiß roch –, und dann flogen sie ein schmaleres Tal mit höheren Gipfeln auf beiden Seiten entlang. Das dünne Band einer Straße verlief unten an einem anderen Fluß entlang. Das Dröhnen von Maschinen und Rotoren machte Kates Kopfschmerzen fast unerträglich. Ihr linker Arm, bandagiert und schmerzend, pochte im Einklang mit ihrer Migräne.

Radu Fortuna hatte ein Funksprechgerät übergestülpt, jetzt schob er einen Kopfhörer herunter, hielt die Hand auf das Mikrofon, drehte sich auf dem Sitz herum und rief: »Sighişoara.«

Kate sah mit blicklosen Augen starr geradeaus.

Die Stadt sah wie ein Ort aus dem Märchen aus: sie kauerte an einem kleinen Berg inmitten von höheren Gipfeln, war von einer hohen Stadtmauer mit Zinnen umgeben, die Steilhänge waren mit Wehrtürmen, steilen Schieferdächern, Kopfsteinpflasterstraßen, überdachten Fußwegen und hohen braunen und gelben Wohnhäusern bedeckt, die vor fast tausend Jahren erbaut worden waren.

Dann kippte der Hubschrauber wieder, und Kate konnte einen Blick auf die sozialistische Wirklichkeit des ›neuen Sighişoara‹ werfen. Industriekomplexe am Stadtrand, eine Autobahn, gesäumt von billigen Schlackesteinwohnhäusern, und einige Villen der *Nomenklatura*, die fett und arrogant auf gegenüberliegenden Berghängen thronten. Aber im Gegensatz zu vielen anderen Städten in Rumänien konnte dieses Eindringen von Nachkriegshäßlichkeit der Atmosphäre des mittelalterlichen Stadtkerns keinen Abbruch tun. Die gesamte Altstadt mußte noch genau so aussehen wie zu der Zeit, 1431, als Vlad Ţepeşs Vater zum ersten Mal in die Stadt geritten war und sie zu seiner Hauptstadt gemacht hatte.

Der Helikopter kippte wieder, und dieses Mal sah Kate die Militärfahrzeuge am Straßenrand, die Polizeiautos an den Straßensperren und die fast vollkommene Abwesenheit von Fahrzeugen innerhalb der Stadt.

»Sie sehen, es wäre ungebetenen Gästen nicht leicht gefallen, uns heute nacht zu besuchen«, brüllte Radu Fortuna. »Ja?« Kate antwortete nicht, da setzte er den Kopfhörer wieder auf und sagte etwas zu dem Piloten.

Sie flogen über die Altstadt auf dem Berg hinweg, deren Türme, rote Ziegeldächer, schmale Gassen und steile Treppen größer und damit lebensechter wurden. Kate sah, daß das Areal von Sighişoara innerhalb der sicheren Stadtmauern angelegt war, und obwohl Stufen und einige wenige kurvenreiche Straßen es mit dem größeren Ort weiter unten verbanden, blieben Mauer und Altstadt weitgehend intakt. Sie flogen über die Stadtmauer, wichen haarscharf einem Turm mit großer Uhr aus, bremsten so heftig, daß Kate beinahe aus dem Sitz geschleudert worden wäre, und landeten sanft, hoben noch einmal kurz ab und setzten dann mit einem Ruck auf, als hätte die Maschine die Fähigkeit zu fliegen verloren. Der Pilot legte Schalter um, während Lucian und Radu Fortuna aus der Maschine ausstiegen und geduckt davonliefen. Der zweite Helikopter, die seltsame schwarze Maschine mit dem kuppelförmigen Cockpit, summte wütend über ihnen vorbei und verschwand hinter dem Turm.

Der *Strigoi* in der Mitte stieß Kate hinaus, dann O'Rourke. Kate wäre fast gestolpert und Gesicht voraus auf dem scharfkantigen Kopfsteinpflaster gelandet, aber die kräftigen Hände des Mannes packten sie grob am Oberarm und zogen sie hoch.

Sie waren auf einer Rasenfläche in der Nähe der Festungsmauer gelandet, einem kleinen Flecken mit Blick auf die Mauer der Altstadt, von der man Ausblick auf die Neustadt weiter unten, einen Fluß und die bewaldeten Berghänge jenseits des Tals hatte. Hinter ihnen erstreckten sich die Wohnhäuser des uralten Sighişoara mit ihren spitzgiebligen Dächern den Hang hinauf. Kate sah einen Kirchturm zwischen den Bäumen über ihnen. Sie versuchte, alles zu sehen, sich sofort zu orientieren, damit sie, falls sie fliehen konnte, gleich wußte, welchen Weg sie einschlagen mußte.

Sie wußte nicht, welchen Weg sie einschlagen mußte.

Lucian machte einen Schritt in ihre Richtung, als wollte er etwas sagen. Wäre er näher gekommen, hätte sie ihn getreten, aber er blieb stehen und zögerte, dann machte er kehrt, ging zu einem wartenden Auto und sprach dort mit einem dunkelhäutigen

Mann. Radu Fortuna kam zu ihr, bemerkte Richtung und Intensität ihres Blickes und sagte: »Sie glauben, daß Ihr Freund Mitglied unserer Familie ist, hm? Nein, nein, nein.« Er schüttelte den Kopf und ließ sein breites Grinsen sehen. »Der junge Student arbeitet für Geld, wie so viele in unserem Land. Er hat seinen Zweck erfüllt.«

Fortuna schnippte mit den Fingern, worauf der dunkelhäutige Mann Lucian ein dickes Bündel Banknoten gab.

*Er hat mich und Joshua für* Lei *verkauft,* dachte Kate. Ihr war übel.

Das wartende Auto war weder ein Dacia noch ein Mercedes, sondern ein deutscher Mittelklassewagen. Lucian nahm das Geld, setzte sich auf den Rücksitz und sah nicht noch einmal her, während der Chauffeur den Motor anließ und durch den Torbogen hinausfuhr.

»Kommen Sie«, sagte Radu Fortuna. Inzwischen hatten sich mehrere der schwarzgekleideten Wachen auf dem Gelände versammelt; diese nahmen Kate und O'Rourke an den Armen und führten sie dem zügig ausschreitenden Fortuna hinterher.

Sie kamen aus dem rechteckigen Gelände in ein kleineres offenes Areal, einer Art Parknische, und schritten dann nur etwa dreißig Meter einen Kopfsteinpflasterweg am Hang hinab bis zu dem gewaltigen Turm, den Kate aus der Luft gesehen hatte. Die Zeiger auf dem Zifferblatt zwanzig Meter über ihnen standen still.

Fortuna führte sie an der kleinen Haupttür mit dem winzigen Schild MUSEUM vorbei einige Steintreppen hinab, durch eine dicke Tür, die geöffnet wurde, als er darauf zuging, durch eine schmalere zweite Tür, noch eine Flucht ausgetretener Steinstufen hinunter und in einen Keller, der nur von zwei schmucklosen 20-Watt-Birnen erhellt wurde.

»Ion!« schnappte Fortuna.

Der Eindringling – *Er und seine Männer haben Tom und Julie getöten! Er hat mich von einer Felswand geworfen!* – kam nach vorn und hob eine schwere eisenbeschlagene Falltür aus Holz, die in den Fliesenboden eingelassen war. Die Öffnung war ein Rechteck, das in völlige Schwärze führte.

Radu Fortuna lächelte und winkte Kate. »Kommen Sie, kommen Sie. Sie haben eine weite Reise auf sich genommen, um in den Genuß unserer Gastfreundschaft zu kommen. Jetzt genießen Sie sie auch.« Er nickte, worauf die Wachen sie vorwärts schubsten und sie in die Öffnung hinabließen, ohne die Fesseln ihrer qualvoll schmerzenden Arme zu lösen.

Eine fast vertikale Holztreppe führte nach unten, aber sie verfehlte sie mit dem Fuß und fiel rund einen Meter tief auf den Steinboden. Der Aufprall verschlug ihr den Atem, sie konnte nichts tun, als sich auf die Seite zu rollen, als O'Rourke hinter ihr heruntergestoßen wurde.

Radu Fortuna stand über ihnen, so daß sich Gesicht und Schultern als Silhouette in der offenen Falltür abhoben. »Unser Turm hat eine wunderbare Aussicht, unser bescheidenes Museum eine faszinierende Sammlung. Aber ich glaube, möglicherweise werden Sie keine Zeit haben, sie ausgiebig zu bewundern, ja? Machen Sie trotzdem das beste aus Ihren letzten gemeinsamen Augenblikken.«

Er wich zurück, und die Falltür schlug mit einem Geräusch zu, das Kate nicht für möglich gehalten hätte, hätte sie es nicht selbst gehört. Von oben war das Scheppern und Einrasten eines Riegels zu hören.

Die Dunkelheit war nicht vollkommen: die schwächste Andeutung eines Schimmers war zu erkennen, ein so spärliches Licht um die Ränder der Falltür herum, daß man fast glauben konnte, es wäre eingebildet. Sie arbeitete sich in eine sitzende Haltung und hob den Kopf zu dieser Verheißung von Licht.

Stimmen und Gelächter ertönten von oben. Schwere Stiefel trampelten über die Falltür und entfernten sich dann auf Stein. Ein Lachen ertönte aus größerer Entfernung, dann war mehrere Minuten lang überhaupt kein Ton zu hören, obwohl Kate spürte, daß da oben jemand war, wartete, beobachtete. Sie drehte sich um, als sie neben sich eine verhaltene Regung spürte. »Mike?«

»Ja.« Seine Stimme klang schmerzverzerrt. Er war schwerer gestürzt als sie. Kate fragte sich, ob seine Beinprothese beschädigt worden war.

»Alles in Ordnung, O'Rourke?«

»Ja.« Er atmete in der Dunkelheit tief durch. »Was ist mit dir, Neuman?«

Sie nickte, überlegte sich, daß er das ja nicht sehen konnte, und sagte: »Ja.« Ihre Nase lief, sie drehte den Kopf und wischte sie an der Schulter ab. Ihre Handgelenke waren immer noch straff auf den Rücken gefesselt; sie konnte kaum mehr die Hände spüren.

»Wir haben es versaut«, sagte der Priester.

Kate sagte nichts. Sie rutschte näher hin, bis sie seinen gefesselten rechten Arm spüren konnte. Sie veränderte die Lage, bis sie Rücken an Rücken saßen und sie mit den Händen nach seinem

Handgelenk greifen konnte. Sie hatte sich vorgestellt, sie könnte ihm die Fesseln lösen, während er ihre aufband, fand aber unnachgiebige Plastikstreifen, die mit einer Schnalle wie eine Krankenhausklammer befestigt waren.

»Sinnlos«, flüsterte er. »In den Staaten verwenden Polizisten diese Plastikfesseln. Man kann sie nicht zerreißen oder aufbinden. Man kann sie nicht einmal mit einer Schere durchschneiden. Sie haben eine Spezialschere, die sie schneiden kann.«

Kate ballte die Finger zu Fäusten. »Was werden sie mit uns machen?« Noch während sie sie aussprach, wurde ihr klar, wie dumm diese Frage war.

O'Rourke beugte sich näher zu ihr. Es war feucht und klamm in der Grube, daher war ihr seine Wärme angenehm. »Nun, hat Lucian nicht gesagt, daß keiner der *Strigoi* bis zur letzten Nacht der Zeremonie Blut trinkt?«

»Nein«, flüsterte Kate. »Er hat gesagt, der Legende zufolge trinkt der Fürst, der geweiht werden soll, erst in der vierten Nacht Blut.« Sie lachte laut heraus, ein Geräusch, das sich in der Dunkelheit seltsam und etwas furchteinflößend anhörte. »Obwohl ich sagen möchte, daß man Zweifel am Wahrheitsgehalt einiger Dinge haben könnte, die Lucian uns mitgeteilt hat. Herrgott ...« Ihr Lachen verstummte.

»Andererseits«, flüsterte O'Rourke mit leiser und beherrschter Stimme, als wollte er sie beruhigen, »scheint es doch so zu sein, daß er einiges mehr über die *Strigoi* weiß, als er preisgeben wollte. Vielleicht ist seine Information ja *doch* zutreffend.«

Kate versuchte wieder zu lachen, aber ihr Mund war plötzlich zu trocken, ihr Hals zugeschnürt. Sie sammelte Speichel im Mund und fuhr sich mit der Zunge über die Lippen. »Tut mir leid, daß ich dich da mit reingezogen habe, O'Rourke.«

»Kate, du mußt nicht ...«

»Nein, hör zu. Bitte. Es tut mir leid, daß ich dich mit hineingezogen habe, aber ich schwöre, ich werde uns rausbringen. Und Joshua.«

O'Rourke sagte nichts. Plötzlich konnte man aus mehreren Richtungen ein Kratzen hören.

»O Scheiße«, hauchte Kate, die eine Gänsehaut bekam. »Ratten.« Sie und O'Rourke drängten sich dichter aneinander, preßten die Rücken zusammen und zogen die Beine an. Linkisch, fast ohne Gefühl in den Fingern, weil der Blutkreislauf unterbrochen wurde, griffen sie zwischen sich und hielten einander in der Dunkelheit die Hände.

Zeit wurde unmeßbar, abgesehen von einem zunehmenden Druck in Kates Blase. Sie döste halb ein, spürte O'Rourke, der in seinem eigenen Zustand dumpfer Erschöpfung gegen sie sank, und erwachte erst, als der Drang zu urinieren stärker wurde. Sie machte die Augen zu und betete ganz allgemein, daß jemand kommen und sie herauslassen würde, bevor sie sich den Rock naß machen oder versuchen mußte, in eine Ecke zu kriechen und sich die Unterwäsche herunterzuziehen.

Die Dunkelheit war so umfassend, daß keinerlei Einzelheiten zu erkennen waren, aber sie hatten sich soweit bewegt, um zu wissen, daß es sich bei der Grube um nichts weiter handelte als eben um eine Grube, etwa drei mal drei Meter lang. Es schien kein Stroh zu geben, keine Ketten mit Handschellen und baumelnden Skeletten an den Wänden und, soweit sie das nach Streckbewegungen mit den Beinen beurteilen konnten, nur kalten, nassen Stein und ab und zu wuselnde Ratten in den Ecken. *Ich hoffe, daß es nur Ratten sind.*

Schließlich konnte sie es nicht mehr aushalten und flüsterte O'Rourke zu: »Entschuldige mich.« Sie kroch in die Ecke, wo die wenigsten Geräusche von Rattenkrallen auf Stein zu hören gewesen waren, kauerte sich hin, schaffte es, den Rock hoch- und die Unterhose hinunterzuziehen, und urinierte. Das Wasser schien überlaut auf den Steinboden zu plätschern.

»Scheint kein Toilettenpapier da zu sein«, sagte sie laut.

O'Rourke kicherte in der Dunkelheit. »Ich rufe die Hausverwaltung an.«

Kate schaffte es, alles wieder zurechtzuziehen, kroch auf Knien zur Mitte der Grube zurück und fühlte sich feucht, unwohl, ein bißchen verlegen und grenzenlos erleichtert.

Sie lehnte sich an O'Rourke und legte den Kopf auf seine Schulter. »Etwas wird geschehen«, flüsterte sie.

»Ja.« Er küßte sie auf die Wange, sie spürte das angenehme Kratzen seines Barts. Wenn sie sich genau richtig an ihn kuschelte, konnte sie seinen Herzschlag spüren.

Kate war gerade eingedöst, als die Falltür mit einem Lärm aufgerissen wurde, bei dem ihr das Herz stehenblieb. Sie schrak aus einem Traum auf.

*O Gott, es stimmt wirklich.*

Das trübe Licht der 20-Watt-Birne war grell wie die Sonne in ihren schmerzenden, ungeschützten Augen. Kate sah durch Tränen die Silhouette des Mannes namens Ion.

»Du sollst dich von dem anderen verabschieden«, sagte Ion in Englisch mit starkem Akzent. »Ihr sehr euch nicht mehr wieder.«

Zwei Männer kamen und schleppten O'Rourke nach oben und weg.

Kate schrie und stand auf, schrie sie an, verwünschte sie, versuchte, nicht zu weinen, und weinte trotzdem. Zwei Männer in Schwarz kamen die steile Treppe herunter, und sie trat nach ihnen. Einer trat zurück; seine derben Stiefel jagten Schockwellen des Schmerzes durch ihr Schienbein.

Sie hoben sie grob an Armen, die längst nicht mehr kribbelten, sondern zu Dolchen der Schmerzen geworden waren. Kate wurde fast übel, sie hätte sich beinahe übergeben, als sie sie aus der Grube hoben. Sie wußte nicht, ob die Übelkeit von Schmerzen, Angst, Wut oder schierer Erleichterung darüber ausgelöst wurde, daß sie die Grube verlassen durfte.

Radu Fortuna stand oben. Seine dunklen Augen funkelten. »Er möchte Sie zuerst sehen, Frau.« Fortuna hob eine haarige Hand und drehte ihr den Handrücken zu. »Nein, sagen Sie nichts. Wenn Sie etwas sagen, das mich erbost, nehme ich eine Nadel und eine Angelschnur und nähe Ihnen die Lippen zu. Sie dürfen nur sprechen, wenn ›Er‹ Ihnen eine Frage stellt. Verstanden?« Er hatte die große Hand nicht gesenkt.

Kate nickte.

»Gut«, sagte Radu Fortuna. Er schnippte mit den Fingern. »Ion, bring sie hinauf ins Haus. Vater möchte die Frau sehen.«

# Kapitel 34

Es war Nacht, die Straßen menschenleer. Sie führten Kate zu einem alten Haus an der Ecke nicht weit von dem Turm entfernt. Über der Vordertür hing ein kunstvolles Schild. Kate sah auf und stellte fest, daß es sich um einen goldenen Drachen handelte, fast zu einem Ring gekrümmt, Krallen ausgestreckt und Maul offen. Im Innern sah es aus wie in einem leerstehenden Restaurant oder Weinkeller. Spinnweben verbanden den Tresen der Bar mit den niedrigen Deckenbalken.

Der Mann namens Ion ging vor ihr her die Treppe hinauf, während einer der namenlosen *Strigoi* in Schwarz ihr folgte und sie ab und zu stieß, wenn sie auf den steilen Stufen aus dem Tritt kam. Die Holzstufen waren so alt, daß sie in der Mitte ganz ausgetreten waren. Der Teppich auf dem Treppenabsatz im zweiten Stock war so abgelaufen, daß weder Farbe noch Muster zu erkennen waren.

Auf diesem Treppenabsatz holte Ion eine stumpfe Schere aus der Tasche und schnitt die Plastikfesseln an ihren Handgelenken durch. Kate hob die Hände und probierte, die Finger zu bewegen, während sie versuchte, ihre Schmerzen vor den beiden Männern zu verheimlichen.

»Du sprichst nur, wenn Vater Fragen stellt«, sagte Ion und wiederholte damit noch einmal Radu Fortunas Anweisung. Die Augen des Eindringlings wirkten schwarz. »Verstanden, ja?«

Kate nickte. Obwohl sie sich alle Mühe gegeben hatte, trieben ihr die Schmerzen in den Händen Tränen in die Augen.

Ion lächelte und machte die Tür auf.

Es war kein großes Zimmer, und es wurde nur von zwei Kerzen erhellt. Bei den winzigen Fenstern an der Ostwand stand ein Bett; Kate konnte darin eine vermummte Gestalt sehen.

Einer der Schatten bewegte sich, und Kate zuckte zusammen, als sie zwei hünenhafte Männer in gegenüberliegenden Ecken sah. Sie waren gigantisch – mindestens einsneunzig bis einsfünfundneunzig groß und kräftig –, und ihre rasierten Köpfe glänzten im spärlichen Licht. Jeder trug schwarze Kleidung und einen langen Schnurrbart. Der Nähere der beiden deutete ihr mit einer Geste, ans Bett zu treten. Ein einziger Stuhl stand daneben.

Kate ging näher hin und stellte sich hinter den Stuhl. Sie versuchte, den Mann unter der Decke zu betrachten, als wäre sie eine Ärztin, die zum ersten Mal einen Patienten sieht: nur Kopf, Schultern und die gelblichen Finger befanden sich über der Decke; er schien Mitte bis Ende achtzig zu sein; er war fast kahl, abgesehen von langen weißen Strähnen, die von den Ohren ausgingen und auf dem Kissen lagen; sein Gesicht war über und über runzlig, voller Leberflecken, hager, daß es an Ausgezehrtheit grenzte, die Augen lagen tief in den Höhlen, und sein Mund wies die für sehr alte oder sehr kranke Menschen typische spitze Form auf; Nase, Unterlippe, Wangen und Kinn waren vorstehend, der Kiefer prognathisch; Luft strömte mit der schrecklichen Kadenz des Cheyne-Stokes-Atmens in und aus seinem Mund, und der Atem war übelriechend – das konnte Kate aus drei Schritt Entfernung riechen –, wie es häufig bei Menschen vorkam, die so lange gefastet hatten, daß der Körper benötigtes Gewebe verdaute; er hatte noch alle Zähne.

Kate stand da, konnte nicht diagnostisch denken, konnte überhaupt kaum einen klaren Gedanken fassen. Vor nicht allzu langer Zeit hatte sie eine jüngere Version dieses Gesichts gesehen: im Kunsthistorischen Museum in Wien, das Porträt von Vlad Ţepeş, Leihgabe der ›Monstergalerie‹ von Schloß Ambras.

Dann hörte das schreckliche Atmen auf, und der alte Mann schlug die Augen auf wie eine Eule, die Beute gehört hat.

Kate stand mucksmäuschenstill und unterdrückte den Impuls zu fliehen. Ihre Finger, in denen noch der Schmerz des wiederhergestellten Blutkreislaufs pochte, wurden weiß, so sehr umklammerte sie die Stuhllehne, bis ihr Splitter unter die Fingernägel drangen.

Die beiden sahen einander einige Minuten nur an. Kate bemerkte seine Augen: wie groß und dunkel und herrisch sie waren. Dann bewegte er die Finger auf der Decke und Kate bemerkte die Fingernägel, die mindestens sechs Zentimeter lang und gelb wie altes Pergament waren. Das Schweigen zog sich weiter in die Länge.

Der alte Mann sagte etwas, das sich wie Türkisch oder Persisch anhörte. Die Worte kamen ihm leise über die Lippen, wie das kaum hörbare Krabbeln großer Insekten in faulendem Holz.

Kate verstand nicht und sagte nichts.

Der alte Mann blinzelte langsam, leckte sich die dünnen, rissigen Lippen mit einer weißen Zunge, die viel zu lang zu sein schien, und flüsterte: »*Cum te numesti?*«

Kate verstand das einfache Rumänisch. »Ich bin Doktor Kate Neuman«, sagte sie und stellte erstaunt fest, wie sicher ihre Stimme klang. »Wer sind Sie?«

Er schenkte der Frage keine Beachtung. »*Doctorul Neuman*«, flüsterte er vor sich hin, und Kate bekam eine Gänsehaut, als sie ihn ihren Namen aussprechen hörte.

Sie fragte sich, ob der alte Mann noch bei Verstand war oder ob die Alzheimersche Krankheit sein Gehirn so verwüstet hatte wie die Jahre seinen Körper.

Er leckte sich wieder die Lippen, und Kate dachte an eine Echse, die sie einmal beim Sonnen in den Tortugas gesehen hatte. »Sind Sie Doktor Neuman, die Hämatologin von den Centers for Disease Control?« flüsterte er in akzentfreiem Englisch.

Kate blinzelte überrascht. »Ja.«

Der alte Mann nickte. Der raubvogelhaft spitze Mund wurde zur Andeutung eines Lächelns verzogen. »Ich bin stolz darauf, daß ich die bedeutendsten Blutspezialisten des Landes kenne.« Er machte eine ganze Weile die Augen zu, und Kate dachte schon, er wäre möglicherweise wieder eingeschlafen, aber dann krächzte seine Stimme wieder. »Fühlen Sie sich wohl hier, Doktor Neuman?«

Kate hatte keine Ahnung, was ›hier‹ bedeutete – Rumänien? Sein Haus? Die Grube im Turm? –, aber die Antwort wußte sie. »Nein«, sagte sie tonlos. »Mein Kind, mein Freund und ich sind entführt worden, ich wurde von Schurken überfallen und werde im Augenblick gegen meinen Willen festgehalten. Wenn ... *falls* die amerikanische Botschaft davon erfährt, wird das zu einem ernsten internationalen Zwischenfall führen. Es sei denn ... es sei denn, wir werden auf der Stelle freigelassen.«

Der alte Mann nickte mit geschlossenen Augen. Es war schwer zu sagen, ob er sie verstanden hatte. »Kennen Sie mich, Doktor Neuman?«

Kate zögerte. »Sie sind Vernor Deacon Trent.« Es war nicht ganz eine Feststellung.

»Ich war Vernor Deacon Trent.« Der alte Mann hustete – ein Geräusch, als würden Steine in etwas Hohlem rasseln. »Eine Gefälligkeit, dieser Name. Nach einer Weile empfindet man Raum und Zeit als Hindernisse für die Erinnerung. Man macht immer Fehler.«

Einer der kahlen Männer im Schatten kam nach vorn, hob Kopf und Schultern des alten Mannes mit grenzenloser Behutsamkeit und half ihm, Wasser aus einem kleinen Glas zu trinken. Als er fertig war, verschwand der Hüne wieder im Schatten.

»Einer der jungen Dobrins«, flüsterte der alte Mann. »Ihre Vorfahren waren ausgesprochen hilfreich, als ... vergessen Sie es. Was meinen Sie, wird mit Ihnen, dem Kind und dem Priester, mit dem Sie gereist sind, geschehen, Doktor Neuman?«

Kate machte den Mund auf, um zu sprechen, aber eine plötzliche Angst lähmte ihr Innerstes und ihren Hals. Sie mußte sich setzen. »Ich weiß nicht.«

Der alte Mann nickte unmerklich mit dem Kopf. »Ich will es Ihnen sagen. Morgen nacht, Doktor Neuman, wird Ihr Adoptivsohn ... mein leiblicher Sohn ... zum Fürsten und zukünftigen Thronfolger einer einzigartigen Familie werden. Morgen nacht wird das Kind den Namen Vlad bekommen und das Sakrament kosten. Und dann wird sich die Familie in hundert Städte in einundzwanzig Ländern verteilen, und der Knabe wird hier zum Mann heranwachsen, während sein ... Onkel ... die weitverzweigten und mannigfaltigen Angelegenheiten der Familie regelt und darauf wartet, daß ich sterbe. Möchten Sie noch etwas wissen, Doktor Neuman?«

Die Stimme des alten Mannes war immer schwächer geworden, aber seine Augen leuchteten.

»Warum?« flüsterte sie.

»Warum was, Doktor Neuman?«

Kate beugte sich näher zu ihm und flüsterte ebenfalls. »Warum dieses wahnsinnige Ritual? Warum diese Übung in Perversion? Ich kenne Ihr sogenanntes Sakrament. Ich kenne die Krankheit Ihrer Familie. Ich kann sie heilen, Mr. Trent ... kann Sie heilen und Ihnen gleichzeitig Ersatz für das Menschenblut anbieten, das Sie stehlen mußten. Ich kann Sie heilen und Ihnen die Möglichkeit geben, der Menschheit zu helfen, statt sie als Beute auszunutzen.«

Der Kopf des alten Mannes drehte sich langsam, wie der einer aufziehbaren mechanischen Puppe. Seine Augen blinzelten nicht. »Erzählen Sie«, sagte er.

Kate verspürte eine Aufwallung von Hoffnung. Sie hielt die Stimme ruhig und unbeteiligt, während die Aufregung in ihrem Innern wuchs. *Ich habe etwas, das ich gegen unser Leben eintauschen kann. Gegen das Leben von uns allen.*

Sie erzählte ihm alles: von dem J-Retrovirus, von Chandras Studien, von der Hoffnung auf Heilmethoden für AIDS und Krebs, die der Retrovirus bot, und schließlich von der erfolgreichen Anwendung des menschlichen Hämoglobinsubstituts bei Joshua.

»... und es funktioniert«, kam sie zum Schluß. »Es stellt die Bausteine zur Verfügung, die erforderlich sind, damit der Retrovirus seine immunrekonstruierende Funktion aufrechterhalten kann, ohne echtes Blut konsumieren zu müssen. Bei regelmäßiger Dosierung kann das Hämoglobinsubstitut intravenös zugeführt werden, so daß man die hormonale und stimmungsverändernde Wirkung des mutierten Blutabsorptionsorgans verändern, wenn nicht gänzlich übergehen kann.« Sie verstummte atemlos und hatte eine Heidenangst, sie könnte zu wissenschaftlich geworden sein und den alten Mann überfordert haben. »Ich wollte damit sagen«, sagte sie mit klopfendem Herzen, »ich habe etwas von diesem experimentellen Blutersatz *mitgebracht*. Ihre Männer haben mir meine Handtasche weggenommen, aber ich habe medizinische Ausrüstung darin ... mehrere Phiolen des künstlichen Hämoglobins, das ich an Joshua erprobt habe.«

Jetzt blinzelte er langsam, und als er sie wieder ansah, waren seine Augen müde. »Somatogen.«

Jetzt war es Kate, die blinzelte. »Was?«

»Somatogen«, sagte der alte Mann und bewegte sich etwas, um eine bequemere Haltung zu finden. »Das ist eine biotechnische Firma in Ihrer Heimatstadt Boulder, Colorado. Sie müßten sie kennen.«

»Ja.« Kates Stimme klang kläglich.

»Oh, es ist keines meiner Unternehmen. Ich besitze nicht einmal die Aktienmehrheit. Aber ich ... wir ... die fortschrittlicheren Mitglieder der Familie ... haben die Forschungen mit künstlichem Hämoglobin dort überwacht. Sie wissen wahrscheinlich von der DNX Corporation und von Alliance Pharmaceutical. Die haben den Durchbruch schon verkündet, wenn möglicherweise auch ein wenig vorschnell – aber Somatogen werden ihre Bekanntgabe während der zehnten jährlichen Hambrecht and Quist Lifesciences Conference in San Francisco im Januar des neuen Jahres machen.«

Kate sah den alten Mann an.

Er zog eine Braue hoch. »Glauben Sie, die Familie würde sich nicht für solche Forschungen interessieren? Glauben Sie, wir leben alle in Osteuropa und sorgen dafür, daß die Waisenhäuser voll sind, um unsere Bedürfnisse zu befriedigen?« Ein rasselnder, keuchender Laut war zu hören, bei dem es sich um ein Lachen oder ein Husten handeln konnte. »Nein, Doktor Neuman, ich kenne Ihr Wunderheilmittel. Ich habe die Prototypen ausprobiert und sie funktionieren ... gewissermaßen. Am meisten bin ich mir aber des kommerziellen Wertes bewußt.« Er lächelte. »Haben Sie gewußt, Doktor Neuman, daß der Umsatz für sichere Transfusionen allein in den Vereinigten Staaten bei zwei Milliarden Dollar jährlich liegen würde ... und das jetzt, da die AIDS-Seuche noch im Frühstadium ist?« Er hustete oder lachte wieder. »Nein, Doktor Neuman, nicht die Sucht nach Blut ist so schwer zu überwinden ...«

Kate lehnte sich auf dem harten Stuhl zurück. Sie fühlte sich ausgelaugt, niedergeschlagen. »Was dann?«

Der alte Mann hob einen Finger mit langem, gelbem Nagel. »Die Sucht nach Macht, Doktor Neuman. Die Sucht nach Vergünstigungen. Die Sucht danach, Gewalt ohne Konsequenzen zu kosten. Haben Sie dafür auch ein Heilmittel in Ihrer Reisetasche?«

Kate starrte ihn an, sah ihn aber nicht mehr. Es folgte ein längeres Schweigen, das sie nur am Rande mitbekam. *Wenn ich jetzt aufstehe und weglaufe, schaffe ich es vielleicht bis zur Zimmertür. Wenn ich es bis draußen schaffe ... vielleicht warten die anderen nicht auf dem Treppenabsatz. Wenn ich aus dem Haus hinaus komme ...* In diesem Augenblick sah sie ganz Rumänien als eine Verlängerung der schwarzen Grube, in der sie die letzten sechs oder sieben Stunden verbracht hatte. Eine Grube mit Wänden, die zu steil zum Klettern waren; eine Grube mit Polizei und Militär und Zollbeamten und einer Luftwaffe, die allesamt den Befehl befolgten, sie zu finden und zu töten. Und außerhalb von Rumänien sah sie die Macht der *Strigoi* als langen schwarzen Arm, ohne Knochen, wie ein Tentakel, aber mit unendlicher Reichweite, und die Hand an diesem Arm war mit Rasierklingen statt mit Fingernägeln versehen. *Wenn ich wie durch ein Wunder mit Joshua entkommen könnte, wie lange würde es dauern, bis ich eines Nachts aufwachen und einen Fremden in Schwarz in meinem Zimmer finden würde ... oder im Zimmer meines Kindes? Wie viele würde sie hinter mir herschicken? Sie würden nie aufgeben. Niemals.*

»Was ...« Kate verstummte und räusperte sich. »Was wird aus Pater O'Rourke und mir?«

Der alte Mann schlug die Augen nicht mehr auf. Seine Stimme klang vage und verträumt. »Sie werden morgen nacht zu einer heiligen Stätte gebracht werden, Sie und der Priester. Die Familie wird dort sein. Der junge Vlad wird dort sein. Zum richtigen Zeitpunkt werden Sie und der Priester auf zwei goldenen Pflöcken gepfählt werden. Dann wird der Onkel des neuen Fürsten ... Onkel Radu ... unser neuer Anführer in allen Angelegenheiten ... Ihre Halsschlagadern öffnen.«

Kate hörte ein Klingeln in den Ohren, dunkle Punkte tanzten vor ihren Augen.

»Sie werden als erstes Ihrem Kind Nahrung spenden«, flüsterte der alte Mann. »Und dann der Familie.«

Der alte Mann schien mehrere Minuten lang überhaupt nicht zu atmen, aber dann fing das geqälte Keuchen wieder an. Er war eingeschlafen. Kate rührte sich nicht, bis die Tür geöffnet wurde, Radu Fortuna den *Strigoi* namens Ion ins Zimmer bat, ihre Hände vorn gefesselt wurden und man sie unverzüglich wieder zu der Grube im Keller des Turms brachte.

O'Rourke war nicht da. In dieser Nacht sah sie ihn nicht wieder. Welche Zeremonie die *Strigoi* auch immer in dieser kalten Oktobernacht in Sighişoara abhalten mochen, sie hielten sie ohne Kates Anwesenheit und Wissen ab.

Später, in der unbarmherzigen Dunkelheit des nächsten Morgens, kamen sie sie holen.

# Kapitel 35

Kate hatte sich in der Dunkelheit nie wohl gefühlt. Als Kind hatte sie nachts das Nachttischlämpchen angelassen, bis sie zehn Jahre alt war; und auch als Erwachsene hatte sie eine schwache Lampe im Bad oder auf dem Flur gehabt – damit die Finsternis nicht allzu undurchdringlich wurde.

In der Grube herrschte völlige Dunkelheit. Die einsame 20-Watt-Birne im Keller mußte ausgeschaltet worden sein, da nicht einmal der schwächste Schein durch die Ritzen um die Falltür herum fiel. Obwohl es da oben dunkel war, spürte sie, daß einer von den *Strigoi* sich dort aufhielt. Sie konnte ihn nicht hören, *spürte* aber seine Anwesenheit. Die war alles andere als beruhigend.

Es schien, als wären Stunden vergangen, und Kate wußte, die Sonne mußte aufgegangen sein, aber an der Dunkelheit, dem Gestank und dem Kratzen änderte sich nichts. Manchmal war ihr zumute, als wäre die Zeit völlig stehengeblieben, als wären erst Minuten vergangen, seit sie in die Grube zurückgebracht worden war. In der nächsten Minute war sie überzeugt, daß der nächste Tag bereits gekommen und verstrichen, daß Joshua schon in den Clan der Bluttrinker eingeführt worden war.

*Nein, er wird mein Blut als erstes trinken. Ich werde dabei sein.*

Kate döste nur einmal ein und erwachte, als ihr eine Ratte über den Rock und die nackten Beine lief. Sie schrie nicht, aber in den Augenblicken, nachdem sie das Ding quer durch die Grube geworfen hatte, schüttelte sich ihr ganzer Körper vor Ekel. *Es* schrie, als es gegen die Wand prallte.

Kate wußte, dies sollten nach allen vernünftigen Maßstäben die verzweifeltsten Stunden ihres Lebens sein. Ihre Erkenntnis, daß es kein Entkommen für Joshua, O'Rourke und sie selbst gab, daß der Einfluß der *Strigoi* sich zu weit erstreckte, ihre böse Macht zu groß war, hätte sie trudelnd in einen Abgrund aus Hoffnungslosigkeit und Verzweiflung stürzen müssen.

Aber so war es nicht.

In den schwarzen Stunden in der Grube stellte Kate fest, daß ihre externe Identität abgestreift wurde: hochdekorierte Akademikerin, Ärztin, angesehene Forscherin, Frau, gewesene Ehefrau, Liebende, Mutter. Was übrig blieb, hatte nichts mit Identität zu tun, mit dem, *wer* sie war, sondern ausschließlich damit, *was* sie war.

Kate Neuman war eine Frau, die nicht bereit war, widerstandslos in die Nacht zu gehen. Sie hatte nicht vor, den Mann zu opfern, den sie liebte – die Erkenntnis, daß sie Mike liebte, war wie ein Licht, das langsam in der Dunkelheit heller wurde –, ebenso wenig das Kind, das zu beschützen sie geschworen hatte. Es spielte keine Rolle, daß die Macht der *Strigoi* fast unvorstellbar war. Es spielte keine Rolle, daß sie keine Geheimwaffe hatte, nachdem der alte Mann ihr ›Wunderheilmittel‹ verächtlich abgelehnt hatte; es spielte keine Rolle, daß ihr in der stockdunklen Grube bisher noch kein neuer Plan eingefallen war. Ihr würde etwas einfallen. Und wenn ihr nichts einfiel, würde sie ohne zu überlegen handeln und darauf vertrauen, daß das Handeln *allein* die Variablen verändern würde.

Sollten die *Strigoi* ruhig ihr Schlimmstes aufbieten. Der Teufel sollte sie holen.

Als sie eine Ewigkeit später die Falltür aufmachten, um sie zu holen, lächelte sie.

Kate hatte in der Grube nicht geweint, aber selbst bei dem kümmerlichen Sonnenschein im Freien traten ihr Tränen in die Augen. Sie konnte sie nicht wegwischen, weil ihre Hände noch gefesselt waren. Die Plastikfesseln waren noch dieselben, aber nach dem Gespräch mit dem alten Mann am Abend zuvor hatten sie ihr die Arme vorn festgebunden, und nicht mehr so fest, daß der Blutkreislauf unterbrochen wurde.

Ion und zwei kleinere Männer, die alle jene billigen, ausgebeulten Anzüge trugen, die ein Markenzeichen Osteuropas zu sein schienen, führten sie zu einem wartenden Mercedes hinaus. Ein zweites schwarzes Auto stand etwas weiter bergab. Ein kalter Wind wehte von Norden. Radu Fortuna stand mit verschränkten Armen mitten auf der Straße und sah aus, als wäre er äußerst zufrieden mit sich.

Kate sah auf die Uhr. Es war ein Uhr vierzig. Der frühe Nachmittag hielt jenes trübe Licht bereit, das vom bevorstehenden Winter kündete. *Werde ich wirklich keine neue Jahreszeit mehr sehen? Keinen Sonnenaufgang? Muß ich sämtliche Erfahrungen, die mir noch bleiben, in den nächsten zwölf Stunden erdulden ... und dann nichts mehr?* Kate schüttelte den Kopf und verdrängte solche Gedanken, bevor sie ihre Brust mit Panik erfüllen konnten. Sie stellte zufrieden fest, daß unter der flatternden Oberfläche der Panik der eiserne Kern der Entschlossenheit erhalten blieb, die sie in der Dunkelheit gefunden hatte.

»Ich hoffe, Sie haben letzte Nacht gut geschlaft . . . nein, geschlafen? . . . ja, geschlafen«, strahlte Radu Fortuna.

Kate sah ihn nur an. Plötzlich wurde ihre Aufmerksamkeit auf vier Männer gelenkt, die aus der Richtung eines anderen steinernen Turms hinter der Rasenfläche die Kopfsteinpflasterstraße entlangkamen. Einer von ihnen war Mike O'Rourke. Kate sah zuerst, daß er hinkte; als die vier Männer näher kamen, stellte sie dann fest, daß er von zwei Wachen der *Strigoi* gestützt wurde. Selbst aus dreißig Schritt Entfernung konnte sie erkennen, daß sein Gesicht zerschlagen, ein Auge zugeschwollen und die Lippen aufgedunsen und blutleer waren.

O'Rourke sah sie, lächelte durch die geschwollenen Lippen und hob die gefesselten Hände zum Salut. Die Wachen machten die hintere Tür des zweiten Mercedes auf und stießen den Ex-Priester in das Auto. O'Rourke ließ sie, Kate, nicht aus den Augen.

»Mike!« rief sie und wurde jetzt von ihren eigenen *Strigoi*-Wachen festgehalten. »Ich liebe dich!«

O'Rourke wurde auf den Rücksitz gestoßen, die Autotür zugeschlagen, dann fuhr das Auto davon, passierte den Torbogen der Altstadt und verschwand die steile und schmale Straße hinab. Kate wußte nicht, ob O'Rourke sie gehört hatte.

Radu Fortuna kicherte und stieß Ion an. »Wie rührend«, sagte Fortuna lachend. »Wie ungemein rührend.«

Kate wirbelte zu ihm herum. »Warum haben sie ihn geschlagen?«

Radu Fortuna sagte nichts, aber Ion schien offenbar der Meinung zu sein, daß er seinen Teil zur momentanen Erheiterung beitragen konnte. »Der Priester-Idiot hat kein echtes Bein. Das wissen wir nicht. Als die Männer gestern nacht in die Zelle kommen, um ihn zu Vater zu bringen, schlägt der Priester-Idiot Andrei und Nikolae mit dem Bein auf die Köpfe, das er abgenommen hat. Er versucht zu gehen. Nikolae bewußtlos. Andrei und drei anderen gefällt es nicht, sie schlagen. Sie schlagen sehr lange und . . .«

»Halt den Mund, Ion«, schnappte Radu Fortuna, der nicht mehr lächelte.

Ion hielt den Mund.

*Also ist Mike auch bei dem alten Mann gewesen.*

Eine der Wachen der *Strigoi* machte die hintere Tür des wartenden Mercedes auf. Kate machte sich im Geiste eine Notiz, daß sie, sollte sie dies alles lebend überstehen, niemals eines von diesen verdammten Autos kaufen würde.

»Nun, ich wünsche Ihnen eine gute Reise«, sagte Radu Fortuna, der neben der offenen Tür stand, während einer der Schurken sie ins Innere schubste.

»Wohin werde ich gebracht?« Sie stellte enttäuscht fest, daß Ion um das Auto herumging und sich zu ihr auf den Rücksitz setzte. Der *Strigoi*-Schurke mit der Narbe über dem Auge setzte sich ans Steuer, während der andere einfach draußen stehenblieb.

Radu Fortuna breitete die Arme zu einer wegwerfenden Gebärde aus. »Sie möchten die Zeremonie sehen, ja? Sie sind, glaube ich, einen weiten Weg für dieses Privileg gekommen. Heute nacht haben Sie das Privileg.« Er grinste sie an, und da fiel ihr eine gewisse Ähnlichkeit zwischen Fortunas Zahnlückengrinsen und den unentwegten Fernsehbildern von Saddam Hussein vergangenen Winter und Frühling auf: bei beiden Männern blieben die Augen unbeteiligt vom Mienenspiel. Radu Fortunas Augen waren so tot wie schwarzes Glas. Nur die Mundmuskulatur führte die Bewegungen normaler menschlicher Emotionen aus.

»Nun«, fuhr er mit vor Heiterkeit überschäumender Stimme fort, »ich glaube, wir müssen uns jetzt voneinander verabschieden. Ich werde Sie heute abend sehen, ja, aber da werden viele Menschen dabeisein und Sie sind wahrscheinlich zu beschäftigt für ein Schwätzchen. Bye-bye.« Er schlug mit der Handfläche auf das Autodach, der andere *Strigoi*-Schurke nahm neben ihr Platz, so daß sie zwischen Ion und ihm mit seinem Knoblauchatem eingepfercht war; Radu Fortuna schlug die Tür zu, dann setzte sich der Mercedes in Bewegung, fuhr unter dem Torbogen der Mauer durch, bergab an Häusern vorbei, die schon im Mittelalter alt gewesen waren, und aus Sighişoara hinaus.

Sie bogen nach rechts auf eine schmale Landstraße ab. Kate sah an Ion vorbei und konnte das weiße Schild lesen: MEDIAŞ 36 KM, SIBIU 91 KM. Sie machte die Augen zu und versuchte, sich an die Karte zu erinnern, die sie und O'Rourke mehrere Tage lang benützt hatten. Wenn man die verschiedenen Autobahnen, die sie benutzt hatten, als ungefähren Kreis betrachtete und die Berge und zahlreichen Umwege unberücksichtigt ließ, dann stellte sie sich vor, daß sie im Gegenuhrzeigersinn unterwegs waren, wobei sich Bukarest als Ausgangspunkt in der Position sechs Uhr be-

türme hinausragte. Dann befanden sie sich wieder auf dem Land und fuhren auf der Autobahn 14 nach Sibiu.

Als sie Mediaş hinter sich ließen, fiel ihr etwas Seltsames auf. Die Schicht einer Fabrik mußte gerade zu Ende sein, und Dutzende, Hunderte Arbeiter standen am Rand der Straße, die aus der häßlichen Stadt hinausführte. Der Verkehr staute sich an einem ungeteerten Abschnitt der Straße, und die vor Ruß und Dreck schwarzen Männer stellten sich vor Dacias und andere Autos und winkten ungeduldig mit den Armen, Handflächen nach unten, als wollten sie den Autofahrern befehlen, zu halten. Kate stellte fest, daß es sich bei der Geste um die rumänische Version des ausgestreckten Anhalterdaumens handelte.

Die Männer versuchten nicht, den Mercedes anzuhalten. Kate beugte sich nach vorn und hob sogar einmal die gefesselten Hände, damit man sie sehen konnte, aber die Arbeiter wandten die Blicke von dem schwarzen Auto ab. Manche wichen fast furchtsam vom Straßenrand zurück.

Sie ließen die Stadt hinter sich, und Kate sank auf dem Sitz zurück. Ihr war übel vor Hunger, Durst und einem Ausmaß von Angst, wie sie es sich nie hätte vorstellen können.

Ein paar Meilen hinter der Stadt legte Ion ihr wieder die dicken Wurstfinger auf den Schenkel. Er sagte etwas zu dem jungen *Strigoi* rechts von ihr, und danach hatte das Gelächter in dem verrauchten Auto einen neuen, gepreßten Unterton.

»Mein Freund«, sagte Ion und beugte sich so nahe zu ihr, daß Kate Essensreste zwischen seinen Zähnen sehen konnte, »er sagt, daß er noch nie eine amerikanische Frau gefickt hat.«

Kate sagte nichts. Sie stellte sich vor, ihr Körper würde aus Rasierklingen bestehen.

Ion sagte noch etwas und rieb die Hand wieder an ihrem Schenkel. Als sie versuchte, ihn daran zu hindern, schlug er ihre Hände weg. Ion sagte etwas zu dem Mann, der nach Knoblauch roch; einen Augenblick später legte ihr dieser die linke Hand auf den rechten Schenkel.

Kate schloß die Augen und versuchte, sich an die Kurse in Selbstverteidigung zu erinnern, die sie vor Jahren im Freizeitzentrum von Boulder belegt hatte. Aber ihr fiel nur Toms lakonische Bemerkung ein, als sie einmal mit Muskelkater vom Training gekommen war und sich unbesiegbar gefühlt hatte: »Kat«, hatte er gesagt, »ich muß dir eine schlechte Nachricht mitteilen, die mir mein Daddy einmal gegeben hat – ein böser großer Typ kann einen guten kleinen Typ immer windelweich prügeln. Ich fürchte, selbst wenn du Meister in diesem Treten und Herumfuchteln wirst, wirst du immer ein kleiner Typ bleiben. Also bewaffne dich. Lern mit dem Gewehr umzugehen, das ich im Schrank habe.« Dann hatte er sie in die Arme genommen. »Oder bleib immer in meiner Nähe, Mädchen.«

Kate schlug die Augen auf. Der Fahrer sah über die Schulter nach hinten. Sein Gesicht war gerötet.

Ion deutete auf einen Schotterweg, der von der Autobahn weg zu einer kleinen Gruppe weißer Bäume führte. Der Fahrer nickte und bog von der Autobahn ab. Ein einziger Dacia fuhr vorbei, dann war die Straße wieder verlassen. Die Stoßdämpfer des Mercedes fingen die Bodenunebenheiten auf, als sie im Schrittempo die hundert Meter zu den Bäumen und einem verfallenen Haus oder einer Scheune fuhren, die einmal dort gestanden hatte. Jetzt waren nur noch Steine und das eingestürzte Dach übrig.

Ions Finger glitten an ihren Schenkeln entlang bis zum Schritt. Er befingerte sie durch den dünnen Baumwollstoff des Höschens.

*Wenn ich bis drei gezählt habe, kratze ich ihm die Augen aus. Ich schlage die Fingernägel hinein und reiße ihm die Augäpfel aus den Höhlen. Soll es hier zu Ende sein, wenn es sich nicht vermeiden läßt.* Sie krümmte die Finger, spürte die ungepflegten Nägel und wünschte sich, sie wären länger. *Eins ... zwei ...*

Als hätte er ihre Gedanken gelesen, schlug Ion ihr ins Gesicht. Es schien eine beiläufige, fast träge Bewegung gewesen zu sein, aber die Wucht der Hand des großen Mannes warf sie in das Sitzpolster zurück, und sie verlor fast das Bewußtsein. Sie schmeckte Blut in Mund und Nase. Als sie wieder richtig mitbekam, wo sie sich befand und was vor sich ging, lag sie halb auf dem Rücksitz ausgestreckt, der pockennarbige Mann, der nach Knoblauch roch, war ausgestiegen und stand hinter Ion und der offenen Tür, und Ion schob ihren Rock hoch und zog ihr den Slip hinunter. Ion stand halb, halb war er in das Auto gebeugt. Er hatte das Gewicht auf die Unterschenkel verlagert. Sie hatte keinen Ansatzpunkt zu treten, keine Möglichkeit, sich zurückzuziehen. Der Fahrer hatte sich mittlerweile ganz auf dem Sitz herumgedreht; er ließ die Arme über die lederbespannte Sitzlehne hängen und verkrampfte und entspannte die Finger, wie sie es Männer schon bei Boxkämpfen und Footballspielen tun gesehen hatte.

Ion fuhr die beiden anderen an und lächelte ihr dann zu. »Ich habe ihnen gesagt, wir wechseln uns ab. Jeder von uns dreimal.

Einmal für jedes deiner Löcher, ja?« Er griff in die Jackentasche, holte eine Schere heraus, schnitt die Plastikfessel um ihre Handgelenke durch und reichte dem Fahrer die Schere. Er sagte etwas, worauf der mit dem Knoblauchatem gehässig lachte.

»Ich sage ihm«, übersetzte Ion, »wenn du dich wehrst, soll er dir die Nase abschneiden.« Er schürzte die feuchten Lippen. »Und ich habe ihm gesagt, daß er dich runterdrücken soll, wenn er es macht, damit ich nicht gestört werde.« Ion knöpfte die Hose auf und riß sie mit einer brutalen Bewegung nach unten. Er spuckte sich in eine Hand, rieb sich den halb erigierten, unbeschnittenen Penis heftig, während er mit der anderen Hand ihre Schenkel spreizte.

*Ich bin nicht hier. Das bin nicht ich.*

Der *Strogoi* namens Ion beugte sich über sie und atmete ihr ins Gesicht. »Ich weiß noch ... du hast versucht, mich zu töten, Hure ... jetzt ficke ich dich zu Tode.« Er machte den Mund weit auf und senkte ihn über ihren. Seine Zunge strich wie feuchtes Schmirgelpapier über ihre zugekniffenen Lippen. Sie konnte spüren, wie sein nasses Glied gegen ihre Schenkel und den Schritt stieß.

Kate konzentrierte sich so sehr darauf, nicht dazusein, nichts zu spüren und zu empfinden, daß der peitschende Knall zuerst fern wirkte und nichts mit ihr zu tun haben schien. Dann ertönte er wieder, wie ein brechender Zweig, und Kate schlug die Augen auf. Ion zog den Mund weg. Er war noch nicht in ihr, aber sein Gesicht zeigte schon den schlaffen, beängstigend leeren Ausdruck mancher Männer kurz vor dem Orgasmus. Ein weiterer peitschender Knall, dann schien der *Strigoi* mit dem Knoblauchatem hinter Ion sich von der offenen Autotür weg zu stürzen.

Der Fahrer schrie etwas, der Zweig brach erneut, Glas barst und regnete herab, dann fiel die Schere neben Kates rechter Schulter auf den Teppichboden.

Sie reagierte innerhalb eines Sekundenbruchteils, wand sich, schlang den rechten Arm über Ions Unterarm, ergriff die aufgeklappte Schere und riß diese mit einer einzigen Bewegung, gegen die es keine Abwehr gab, nach oben und links. Sie spürte, wie die Klinge Wangenmuskeln durchdrang und über Zähne glitt. Ion schrie und spuckte Blut auf die schwarzen Lederpolster. Dabei rieb er die ganze Zeit weiter die Lippen an ihr und drückte den Penis gegen ihren Schritt.

Kate rutschte zurück, zog die Knie hoch, bekam die Füße auf

Ions Schultern und stieß ihn zur Tür hinaus. Sie schob sich rückwärts, aber die andere Tür war versperrt.

Ion heulte, taumelte und bemühte sich, das Gleichgewicht nicht zu verlieren, als ihm die heruntergelassene Hose über die Knie rutschte. Der *Strigoi* drückte die Hand auf die Wange, drückte den Muskel- und Hautlappen fest, der vom Ohr bis zum Mund verlief, spie Blut aus und sagte: »Dafür töte ich dich.«

»Nein«, sagte eine Stimme hinter ihm.

Ion wirbelte herum, Lucian trat in Kates Gesichtsfeld, hob eine schwarze Pistole mit sehr langem Lauf und schoß Ion aus einem Meter Entfernung direkt ins Gesicht.

# Kapitel 36

Lucian kam zur offenen Tür des Mercedes, wo Kate den Rücken gegen die verschlossene Tür preßte und die Schere vor sich hielt, wobei sie den Daumen fest auf den oberen Teil der Schneide drückte. Sie keuchte und versuchte, nicht zu hyperventilieren, obwohl ihre Lungen nach mehr Luft verlangten.

»Kate«, sagte Lucian, ließ die Pistole mit dem langen Lauf sinken und streckte die Hand aus.

Kate knirschte mit den Zähnen und hob die Schere wie ein Messer. »Bleib mir vom Leibe. Rühr mich nicht an.«

Lucian nickte und wich zurück. Er griff ins Gras unter dem Auto, hob ihren Slip auf und legte ihn vorsichtig auf den Rücksitz. »Ich warte hier draußen«, sagte er leise.

Kate saß argwöhnisch mit der erhobenen Schere da, während Lucian den Leichnam des Fahrers hinauszog und dann zurückkam, um die beiden anderen zu holen. Sie zog das Höschen an, während sich ihr Körper noch vor Schock und Ekel krümmte, dann sah sie zur Autotür hinaus, bevor sie ausstieg.

Lucian hatte die Leichen auf die andere Seite des Autos gezogen, neben die verfallene Scheune. Die Pistole hatte er in den Gürtel gesteckt, hielt aber eine Axt in den Händen. »Kate, kommen Sie her und sehen Sie sich das an.«

Sie lehnte sich einen Moment an das Auto. Sie zitterte, und ihr Verstand weigerte sich zu arbeiten. Farben schienen sich zu verändern, und ein Teil von ihr wollte immer noch schreien oder weinen – oder beides.

»Kate, bitte kommen Sie es sich ansehen.« Lucian kniete neben dem Leichnam des Fahrers.

Sie ging langsam, mit der Schere in der Hand, auf ihn zu. Der Anblick des Fahrers, der noch zuckend auf dem Boden lag, löste einen Ärztereflex in ihr aus, sie kniete sich neben den Mann und tastete mit den Fingern am Hals nach dem Puls. Sie fand keinen. Die Hände und Beine des Mannes zuckten trotzdem.

»Ich habe ihm in Stirn und Hals geschossen«, sagte Lucian emotionslos. »Finden Sie nicht auch, daß er tot sein sollte?«

Kate sah den jungen Medizinstudenten an, als sähe sie ihn zum ersten Mal.

Lucian berührte die zuckenden Finger. »Der Virus weigert sich zu sterben, Kate. Selbst jetzt versiegelt er Wunden, und die Gerinnung läuft mit unvorstellbarer Geschwindigkeit ab. Der Virus sorgt für Sauerstoffzufuhr zum Gehirn, während die Körpertemperatur schon auf die eines Leichnams sinkt.«

Kate fühlte wieder den nicht vorhandenen Puls. Sie war überrascht, als sie ihre eigene Stimme hörte. »Er kann kein Blut ins Gehirn befördern. Das Herz steht still.«

Lucian nickte und bohrte drei Finger tief in den Solarplexus des Fahrers. »Fühlen Sie hier. Nicht? Na gut ... aber das Schattenorgan, die Blutabsorptionsmutation, übernimmt minimale Kreislauffunktionen. Der Virus möchte überleben. Dieser Mann ist klinisch tot, Kate. Aber wenn er innerhalb der nächsten achtundvierzig Stunden oder so frisches Blut bekommt, wird sich der Körper regenerieren. Es wird nicht zu Gehirnschäden kommen – und wenn, sind sie minimal. Dieses ... Ding ... wird wieder auferstehen, wenn die *Strigoi* ihn finden und mit Blut versorgen. Gehen Sie zurück.«

Kate stand auf und wich zurück, während Lucian die Beine spreizte, die Axt hob und diese mit einer einzigen heftigen Bewegung heruntersausen ließ. Blut spritzte, und der Kopf des Fahrers wurde vom Körper getrennt.

»Mein Gott ...«, sagte Kate und wandte sich ab. Sie ging weg und lehnte sich an den Mercedes, während Lucian die Prozedur bei Ion und dem jüngeren *Strigoi* wiederholte.

Lucian hatte die geköpften Leichen in die verfallene Scheune geschleppt. Jetzt hob er die Köpfe einen nach dem anderen auf, trug sie zu dem Hain und warf sie weit zwischen die Bäume. Er nahm Grasbüschel, rieb sich Blut von Hosen und Schuhen und kam zum Auto zurück. Dort stand Kate, rieb sich die Arme und hielt die Schere vergessen in der rechten Hand. Lucian nahm sie ihr weg und warf sie in das hohe Gras. »Bleiben Sie hier stehen«, sagte er leise und schob sie von dem Auto weg.

Er machte die Fahrertür auf, strich Glasscherben von den glatten Lederbezügen, ließ den Motor an und fuhr den Mercedes unter das eingestürzte Dach der Scheune. Als er zurückkam, zog er die Axt aus dem weichen Erdboden, in dem er sie steckengelassen hatte, hob sie auf und ging auf Kate zu. »Ich mußte mein Auto ein Stück entfernt stehenlassen und zu Fuß über die Wiese gehen. Ich habe dafür gesorgt, daß immer Bäume zwischen mir und dem Auto waren. Kommen Sie.«

Er wollte ihre Hand nehmen, aber Kate wich zurück. Lucian

nickte und ging die Straße entlang. Kate wartete eine Minute, dann folgte sie ihm.

Der weiße Dacia sah wie der blaue Dacia aus, den Lucian in Bukarest gefahren hatte. Er quietschte, schepperte und qualmte genau so, und er hatte keinen zweiten Gang. Kate machte es sich auf dem rissigen Vinylsitz bequem und ließ sich von Lucian nach Westen und Süden fahren.

»Ich war versucht, den Mercedes zu nehmen«, sagte er. »Alle hätten ihn als Auto der *Strigoi* erkannt und uns in Ruhe gelassen. Aber aus der Luft wäre er zu auffällig gewesen – und alle hätten sich erinnert, in welche Richtung wir gefahren sind.«

»Du bist mir gefolgt«, sagte Kate. Es war nicht unbedingt eine Frage.

Lucian nickte. »Sie haben mich nach Bukarest gefahren, ich holte mein Auto, die Pistole meines Vaters, die Axt, ein Fernglas und fuhr gleich wieder zurück. Ich habe gesehen, wie sie den Priester nach Osten gefahren haben. Sie müssen über Brașov und Pitești zum Schloß fahren.«

»Zum Schloß?« Die Worte klangen seltsam in Kates Mund. Ihr Verstand spielte immer wieder die Augenblicke der Vergewaltigung durch, das Gefühl der Hilflosigkeit, als er sie niederdrückte, den Eindruck, als wäre sie zu jemand und etwas anderem geworden als sie selbst.

»Vlads Schloß am Argeș«, sagte Lucian. »Dort findet heute nacht die Zeremonie statt. Sie haben den Priester auf dem westlichen Weg dorthin gebracht; Sie wollte man über Sibiu und Calimenaști befördern. Das ist eine Gewohnheit, falls sie verfolgt werden. Ich bin nur Ihrem Auto gefolgt.« Er sah sie an.

Kate schaute ihm zum ersten Mal direkt in die Augen. »Du hast uns verraten.«

Lucian sah wieder auf die Straße, wo ein Zigeunerwagen vor ihnen fuhr. Er hupte, überholte den Wagen, scheuchte einige Schafe von der Straße und sah sie wieder an. »Nein, Kate. Ich habe niemals ...«

Sie ballte die Fäuste. »Du hast für sie gearbeitet. Soweit ich weiß, könntest du *noch* für sie arbeiten.«

Lucian holte tief Luft. »Kate, Sie haben gesehen, wie ich die drei getötet habe ...«

»Du hast selbst gesagt, daß die *Strigoi* untereinander kämpfen!« Sie hatte ihn nicht anschreien wollen. »Fraktionen! Du könntest gleichzeitig für und gegen sie sein. Du hast uns *verraten.* Uns belogen. Uns ausgeliefert.«

Lucian nickte. »Das mußte ich ... um euch beiden das Leben zu retten. Die *Strigoi* wußten, daß ihr kommen würdet. So lange ich euch im Auge behielt, waren sie beruhigt ...«

»Du bist einer von ihnen«, flüsterte Kate.

»Sie *wissen,* daß ich das nicht bin!« schnappte Lucian. »Darum habe ich den Bluttest durchgeführt.«

»Bluttests kann man fälschen.«

Lucian steuerte den Dacia an den Straßenrand und drehte sich zu ihr um. »Kate, ich kämpfe, seit ich ein Kind war, gegen die *Strigoi.* Meine Adoptiveltern sind im Kampf gegen sie gestorben.«

»Adoptiveltern?« Kate erinnerte sich an den alten Dichter mit dem eleganten Benehmen und seine graziöse Frau; sie erinnerte sich an zwei ausgeblutete Leichen auf der Bahre in der Medizinischen Fakultät.

Lucian nickte. »Ich war eine Waise. Ich wurde von ihnen adoptiert, als ich vier war. Meine Eltern wurden wegen den medizinischen Experimenten getötet, die sie an den *Strigoi* durchführten – sie versuchten, den Retrovirus zu isolieren.«

Kate schüttelte den Kopf. »Dein Vater war Dichter, kein Arzt. Ich habe ihn kennengelernt, weißt du nicht mehr?«

Lucian verzog keine Miene. »Mein Adoptivvater war Dichter. Meine Adoptiv*mutter* war von neunzehnhundertfünfundsechzig bis neunzehnhundertsiebenundachtzig Direktorin des Staatlichen Virologischen Instituts. Ihretwegen habe ich das Medizinstudium angefangen. Um mehr über die *Strigoi* zu lernen. Um zu erfahren, wie man sie vernichten, den Retrovirus aber trotzdem isolieren kann, damit man ihn benützen könnte, um ...«

»Das Ding im Tank«, flüsterte Kate.

Lucian nickte. »Er war nicht der erste. Wir mußten experimentieren, um herauszufinden, wie die *Strigoi* tödliche Verletzungen überleben können. Mutter hat jahrelang daran gearbeitet, den Virus zu isolieren.« Lucian drehte sich um und umklammerte das Lenkrad, bis seine Knöchel weiß wurden. »Wir hatten nie die erforderliche Ausrüstung ... Zugang zu den wichtigen medizinischen Fachzeitschriften.« Er sah zum Fenster hinaus. Auf der Straße donnerte ein Lastwagen vorbei.

Kate schüttelte langsam den Kopf. »Aber du hast für die *Strigoi* gearbeitet ...«

»Als ein ... wie sagt man in James-Bond-Filmen? Ein Doppelagent. Ein Maulwurf. Ein Betrüger, der beobachtete, was beobachtet werden mußte.«

Kate sah ihn wieder blinzelnd an. »Du warst in den Vereinigten Staaten. Nicht mit deinen Eltern, sondern als Gast des Instituts von Vernor Deacon Trent.«

Lucian nickte bei jedem ihrer Worte. »Und in Westdeutschland. Und einmal in Frankreich. Ich habe Botengänge für einige der mächtigeren Mitglieder der Familie erledigt. Die *Strigoi* haben mir als Boten vertraut. Sie haben mein Medizinstudium mit finanziert, damit ich mit ihnen an den Forschungen über das Substitut für Menschenblut arbeiten konnte, an dessen Entwicklung sie in Amerika und anderswo beteiligt waren.«

Kate verschränkte die Arme und rückte von ihm weg. »*Warum* sollten sie dir trauen?«

Er hörte auf zu sprechen und sah sie eine Zeitlang schweigend an. »Weil meine leiblichen Eltern *Strigoi* waren«, sagte er schließlich.

»Aber du hast gesagt . . .«

Er nickte. »Ich bin kein *Strigoi*. Das stimmt. Vergessen Sie nicht, Kate, es ist eine ausgesprochen seltene doppelt rezessive Erscheinung. Die meisten der J-Virus-Positiven, die sich paaren, haben normale Kinder. Die Regression geht in neunundachtzig Prozent aller Fälle hin zur Norm. Andernfalls wäre die Welt übervölkert von *Strigoi*. Und wenn die *Strigoi* normale Kinder bekommen, dann machen sie das, was normale Eltern in Rumänien mit behinderten oder kranken oder mißgestalteten Kindern machen . . .«

»Sie setzen sie aus«, flüsterte Kate. Sie rieb sich die Schläfen. »Also haben deine Stiefeltern dich gefunden, adoptiert . . .«

»Nein«, sagte Lucian mit so leiser Stimme, daß sie ihn kaum hören konnte. »Ich wurde von jemandem aus dem Waisenhaus geholt und zu Mutter und Vater gebracht, der die Familie noch mehr haßt als Sie oder ich. Von jemandem, der beschlossen hatte, gegen sie vorzugehen. Ich habe fast mein ganzes Leben lang für diese Person und für unser gemeinsames Ziel gearbeitet, die *Strigoi*-Familie auszurotten.«

»Wer ist er?« sagte Kate.

Lucian schüttelte den Kopf. »Das ist das einzige, das ich Ihnen nicht sagen kann, Kate. Ich habe mein Ehrenwort gegeben, die Identität meines Mentors niemals preiszugeben.«

»Aber es gibt keinen Orden des Drachen, richtig?« sagte Kate.

Lucian lächelte. »Nur mich. Und die Person, die mich unterstützt.« Das Lächeln erlosch. »Und Mutter und Vater, bis die *Strigoi* sie getötet haben.«

Kate sah ihn durchdringend an. »Warum haben sie dir immer noch vertraut, als sie das über deine Pflegeeltern herausgefunden hatten?«

Lucian biß sich auf die Lippen. »Weil ich sie verpfiffen hatte. Das mußte ich. Es war nur noch eine Frage von Wochen, bis sie entdeckt worden wären. Wir ... ich mußte zu den *Strigoi* gehen, damit kein Verdacht auf mich fallen würde. In diesem Sommer waren die Einsätze so hoch, daß wir nicht riskieren konnten, alles in letzter Sekunde zu zerstören.«

»Welche Einsätze?« fragte Kate. »Meinst du Joshua? Du hast mir geholfen, ihn zu adoptieren, und dann hast du den *Strigoi* geholfen, ihn wieder zu entführen.«

Lucian schüttelte den Kopf. »Ich hatte gehofft, Sie würden das Geheimnis des Retrovirus finden, bevor sie euch aufspüren können. So war es ja auch.«

Da verlor Kate die Beherrschung, warf sich über den Sitz auf ihn und schlug ihm mit den Fäusten auf die Brust. »Sie haben Tom und Julie *getötet,* du verlogener Dreckskerl! Sie haben sie getötet und mein Haus niedergebrannt und mein Baby entführt und ... *gottverdammt!*« Erst als sie mit den Fingern nach seinen Augen krallte, hielt er ihre Handgelenke fest.

»Kate«, flüsterte er, »es mußte sein. So wie der Tod meiner Eltern sein mußte. Es steht einfach zuviel auf dem Spiel.«

Sie riß sich von ihm los und warf sich gegen die Beifahrertür. »*Was* steht auf dem Spiel? Wovon redest du?«

Lucian legte den Gang ein und fuhr wieder auf die verlassene Straße. »Es geht um die Ausrottung der *Strigoi*-Familie«, sagte er. »Samt und sonders. Heute nacht.«

Auf dem Kilometerstein stand COPŞA MICA – 8 KM. Die Straße wand sich am Fluß Tirvana Mare entlang durch einsame Hochebenen ohne Bauernhäuser, ohne Dörfer und ohne Verkehr, abgesehen von vereinzelten Wagen mit Gummireifen. Die Wolken hingen tief, kalter Wind wehte Blätter über die Straße und schlug wie mit Fäusten auf den kleinen Dacia ein.

»Erzähl mir alles«, verlangte Kate.

Lucian ließ die Straße nicht aus den Augen. »Das wäre Dummheit, Kate. Es ist unwahrscheinlich, daß sie uns heute noch verfolgen – sie werden erst in mehreren Stunden merken, daß du nicht da bist – und bis dahin sind wir weit weg von hier. Aber wenn wir geschnappt werden . . .«

»Erzähl mir alles«, sagte Kate. Ihre Stimme hatte einen Befehlston angenommen, den sie in vielen Stunden in Notaufnahmen, Operationssälen und Konferenzzimmern geschärft hatte.

Lucian sah sie an. »Es wäre wirklich eine Dummheit, zu . . .«

»Erzähl mir alles.« Ihr Tonfall duldete keinen Widerspruch.

Lucian leckte sich die Lippen und strich den Bürstenschnitt glatt. »Es ist alles vorbereitet, Kate. Heute nacht wird die *Strigoi*-Familie sterben. Alle.«

»Wie?« sagte Kate tonlos.

Lucian schüttelte den Kopf, redete aber weiter. »Sie versammeln sich im Schloß über dem Argeş . . . es heißt Zitadelle Poienari . . . die uralte Festung, die Vlad vor mehr als fünfhundert Jahren neu aufbauen ließ. Alles ist vorbereitet . . . sie werden die Zeremonie nicht überleben.«

»Wie wurde es vorbereitet?« Ihre Stimme drückte Zweifel aus.

»Die Zitadelle steht seit den Tagen von Vlad leer und wird gemieden«, sagte Lucian. »Die Einheimischen fürchten sie immer noch. Die Regierung beachtet sie nicht. Das Tourismusbüro führt die wenigen Touristen zu falschen ›Schloß Draculas‹ wie Burg Bran bei Braşov, statt die wahre Stätte am Argeş preiszugeben.«

»Und?« fragte Kate.

»Diese Zeremonie wurde schon seit Jahren erwartet. Ceauşescu begann vor mehr als drei Jahren mit dem Wiederaufbau der Zitadelle Poienari. Die neue Regierung hat ihn trotz des wirtschaftlichen Zusammenbruchs beendet. Die *Strigoi* verlangten es.« Er machte eine Pause und sah sie an, dann fuhr er fort: »Bei den Renovierungsarbeiten wurde Sprengstoff plaziert.« Er holte tief Luft. »Die Zünder sind so eingestellt, daß sie heute nacht während der Zeremonie hochgehen sollen. Der gesamte Berg ist verkabelt. Keiner der *Strigoi* wird lebend herauskommen.«

Kate verschränkte die Arme. »Du lügst schon wieder.«

Ihr Verhalten schien ihn zu verblüffen. »Nein, Kate, ich schwöre . . .«

»Du mußt lügen. Die *Strigoi* würden nie zulassen, daß jemand einfach so die Stätten ihrer Zeremonie besucht. Außerdem würden ihre Wachen die gesamte Anlage vor der Zeremonie durchsuchen. Sie sind grausame Dreckskerle, aber sie sind keine Idioten.«

Sie fuhren in das Bergdorf Copşa Mica. Dabei handelte es sich um eine Industriestadt, wie sie Kate noch nicht gesehen hatte: die

Straßen waren schwarz vor Ruß, die Häuser waren schwarz, die Menschen, die auf den Straßen spazierengingen, waren grau und schwarz, und aus hohen Schornsteinen quoll weiter Schmutz. Lucian fuhr mit dem Auto auf ein unebenes Areal zwischen Eisenbahnschienen. »Kate«, sagte er, »es ist wahr. Ich schwöre es.«

Sie sah ihn nur an.

Er seufzte. »Die Renovierung wurde von den Anführern der *Strigoi*-Familie genehmigt, weitgehend von Vernor Deacon Trents Stiftung finanziert und von der Baufirma von Radu Fortuna ausgeführt.«

Kate hatte die Arme immer noch vor der Brust verschränkt. »Und du möchtest mir weismachen, daß Fortuna deine angeblichen Bomben einfach so übersehen hat. Oder soll es so vonstatten gehen wie das Attentat auf Hitler – ein Überläufer der *Strigoi* mit einer Bombe im Aktenkoffer?«

Lucian hielt sie an den Armen fest, ließ sie aber sofort wieder los, als er spürte, wie sie erstarrte. »Tut mir leid. Hören Sie zu, Kate ... Fortuna hat die Baustelle so gut wie nie besucht. Der größte Teil der Arbeiten wurde von ungarischen Maurern ausgeführt. Ich habe im Sommer als Aufseher über das Projekt gearbeitet ...« Er verstummte, als er ihren ungläubigen Ausdruck sah. »Die *Strigoi* vertrauen mir, Kate. Ich war als Teenager ein internationaler Kurier gewesen. Ich war ehrgeizig und habgierig und nur denjenigen gegenüber loyal, die über ausreichend Macht verfügten, mir zu helfen. Und ich hatte Hilfe ...« Er verstummte.

»Dein geheimnisvoller Mentor«, sagte Kate sarkastisch.

»Ja.«

»Und die Bombe wurde angebracht, als niemand hingesehen hat.«

»Es ist nicht eine einzige Bombe, Kate. Die beiden Haupttürme von Vlads Zitadelle wurden neu gebaut, ebenso der große Saal, die südlichen Brustwehre, die alte Zugbrücke und die Ostzinnen, wo heute nacht die eigentliche Zeremonie stattfinden wird. Alles ist mit Sprengstoff gespickt und mit verschiedenen Zeitzündern versehen. Die gesamte Bergkuppe wird explodieren.«

Kate wahrte den kalten Blick, spürte aber, wie ihr Herz schneller schlug. »Die Sicherheitsleute der *Strigoi* würden sie finden.«

Lucian schüttelte den Kopf. »Die haben das Schloß schon ein dutzendmal durchsucht. Der Sprengstoff ist im Mauerwerk eingeschlossen. Sogar die Zeitzünder wurden verputzt und versteckt. Sie haben sie nicht gefunden, und sie werden sie nicht finden. Man kann sie nicht entschärfen. Wenn die *Strigoi* heute nacht da sind, werden sie ausgerottet.«

»Mit Joshua«, sagte Kate. »Und O'Rourke.«

Lucian nahm ihre Hand. »Es tut mir leid, Kate. Ich hatte gehofft, sie würden das Baby heute zusammen mit dir bringen. Aber anscheinend fliegen sie ihn heute abend mit Radu Fortuna und anderen VIPs im Hubschrauber hin.«

Kate zog ihre Hand weg. »Jetzt lügst du wieder, Lucian. Du hast nicht gedacht, daß Joshua bei mir im Auto sein würde. Wenn es so gewesen wäre, hättest du uns nicht gerettet. Du bist darauf *angewiesen,* daß er heute nacht da ist, damit die Zeremonie über die Bühne gehen kann. Damit das Attentat stattfinden kann.«

Er sah weg, und da wußte sie, er hatte gelogen, was die Rettung von Joshua anbetraf, aber nicht hinsichtlich der Bomben. Ihre Arme und Beine wurden buchstäblich kalt bei dem Gedanken. Draußen huschten graue Schatten durch die Industrieabgase von Copşa Mica.

»Kate«, sagte Lucian leise, drehte sich aber nicht um und sah sie an, »Sie müssen wissen, daß in den vergangenen fünfhundert Jahren nur drei solcher Zeremonien der Weihe stattgefunden haben. Ein günstigerer Zeitpunkt kommt nie wieder. Die gesamte Familie wird dasein – alle *Strigoi,* die wichtig genug sind, daß sie etwas gelten.«

Kate nickte. »Und mein Baby und ein Ex-Priester, der nie einer Menschenseele etwas zuleide getan hat, sind ein kleiner Preis für die Chance, sie alle auszurotten.«

Lucian wirbelte mit aufgerissenen Augen zu ihr herum. *»Ja!* Hundert Babys und hundert Priester wären ein kleiner Preis!« Er hielt sie an den Schultern und schüttelte sie. »Ist Ihnen klar, wie viele Jahrhunderte mein Volk von diesen Ungeheuern *versklavt* worden ist, Kate? Wissen Sie, wie viele Babys und Priester wegen deren Grausamkeit eines schrecklichen Todes sterben mußten? Können Sie sich eine Nation vorstellen, die nie einen Atemzug ohne den Schatten totalitären Wahnsinns tun konnte?« Seine Stimme zitterte. Sein ganzer Körper zitterte.

Lucian ließ sie los und legte den Gang wieder ein. »Es spielt keine Rolle, was Sie denken, Kate. Es wird heute nacht passieren. Um Joshua tut es mir leid . . . wirklich. Und um O'Rourke. Sie werden Märtyrer, genau wie meine Adoptiveltern.« Er fuhr langsam die Straße durch die schwarze Stadt entlang.

»Wohin fahren wir?« fragte sie niedergeschlagen.

»Hier in Copșa Mica wechseln wir auf die Autobahn Vierzehn B«, sagte er. »Dann fahren wir bei Einbruch der Nacht auf der E-Einundachtzig nach Cluj-Napoca, dann nach Westen bis Oradea und zur ungarischen Grenze.«

»Wie kommen wir da rüber?«

Lucian lächelte. »Ich kenne bessere Wege als Ihre Zigeunerschmuggler. Morgen abend sind wir schon in Budapest.«

»Und Joshua wird tot sein.«

Er sah sie an. »Ja. Wäre es Ihnen lieber, er wäre ein vollwertiger *Strigoi?* Er wird heute abend Menschenblut trinken, Kate. Aber es wird ihn nicht zu einem von ihnen machen. Es wird ihnen allen ein Ende bereiten.«

Sie streckte die Hände aus und griff nach dem Lenkrad. Verblüfft steuerte Lucian auf einen freien Marktplatz vor Fabriktoren. Niemand war auf dem großen Schlackesteinplatz zu sehen. Die Straße nach Westen verlief rechts von ihnen. Die Straße nach Sibiu und der Zitadelle zweigte unmittelbar hinter ihnen links ab. Schwarzer Schnee regnete vom Himmel auf alles herab.

»Du weißt, daß man Joshua dieses Schicksal ersparen könnte«, sagte sie. »Mit Transfusionen des Menschenblutsubstituts kann man seine Immunschwächekrankheit aufheben, aber das Schattenorgan kommt dabei überhaupt nicht ins Spiel. Er wird nicht von Menschenblut abhängig werden ... von Menschenleben. Für ihn wird das künstliche Hämoglobin wie Insulin sein, nichts weiter. Sein Körper könnte uns ein Heilmittel für Krebs, für AIDS zur Verfügung stellen, und er müßte kein *Strigoi* werden.«

Lucian strich ihr über die Wange. »Es ist zu spät, Kate.«

Da kippte sie um, drehte die Augen unter zitternden Lidern nach oben und rutschte von dem Vinylsitz herunter gegen die Tür.

»Kate!« Lucian beugte sich über sie und hob ihr den kraftlosen Kopf.

Kate zog ihm die Pistole aus dem Gürtel und drückte ihm die Mündung auf die Brust. »Setz dich hin, Lucian.«

»Kate, um Himmels willen ...«

»Setz dich«, schnappte sie.

Er gehorchte und legte die Hände auf das Lenkrad. »Sie werden mich nicht erschießen.«

Sie wartete, bis er sie anschaute, damit er ihr in die Augen sehen konnte. »Ich werde dich nicht töten, Lucian. Aber ich werde auf dich schießen. Ins Bein. Nicht in die Schlagader, aber ich werde einen wichtigen Knochen zertrümmern. Damit du mir nicht folgen kannst.«

»Ihnen folgen? Wohin?«

»Ich gehe Joshua holen.«

Lucian lachte. Es war ein kläglicher Laut. »Kate, darf ich Ihnen etwas erklären, ja?«

Sie sagte nichts.

»Es geht hier nicht nur um den Sprengstoff oder die üblichen Sicherheitsmaßnahmen der *Strigoi«,* sagte er in dem Schweigen. »Dies ist eine bedeutende Nacht. *Strigoi* aus aller Welt, die in den ersten drei Nächten nicht dabei waren, werden heute anwesend sein. Wie Ostern für gläubige Christen. Da oben werden mindestens fünfhundert Menschen sein. Und alle werden ihre eigenen Wachen dabeihaben.«

Kate hielt die Pistole geradeaus.

Lucian strich sich wieder mit der Hand durch das Haar. »Kate, wir würden nicht einmal dorthin kommen. Es führt nur eine Straße zu der Zitadelle am Argeş ... Landstraße Sieben C, und verglichen mit der sieht diese lausige Straße hier wie eine Ihrer amerikanischen Interstates aus. Die Landstraße Sieben C ist in den Făgăraş-Bergen nördlich des Schlosses wegen früher Schneefälle und Erdrutsche gesperrt. Sie kann nur von Juni bis August befahren werden, und selbst dann riskiert man auf dieser Straße sein Leben. Sogar die *Strigoi* fliegen oder nehmen die Autobahn durch Braşov oder Sibiu.«

Kate hatte den Finger um den Abzug gelegt.

Lucian hielt beide Hände vor sich und bat mit nach außen gekehrten Handflächen um mehr Zeit. »Nördlich der Zitadelle ist die Straße gesperrt, dort sind Hunderte Soldaten wegen des großen Wasserkraftwerks am Argeş, oberhalb des Schlosses stationiert.«

»Die *Strigoi* müssen auch hin«, sagte Kate.

Lucian nickte. »Die fahren von Bukarest und Rîmnícu Vîlcea aus hin. Ja. Aber die Straße wird schon Meilen vor der Zitadelle gesperrt sein. Von der Stadt Curtea de Argeş an werden Straßensperren und Kontrollen errichtet sein. Niemand, der kein *Strigoi* ist, wird durchkommen.«

»Wie weit würde ich kommen, bevor die Straßensperren anfangen?« fragte Kate.

Lucian zuckte die Achseln. »Woher, zum Teufel, soll ich das wissen? Das Dorf Căpăţîneni liegt nur vier oder fünf Kilometer unterhalb des Schlosses.«

»Wenn ich bis dahin komme«, sagte Kate, »könnte ich die letzten paar Meilen zu Fuß gehen.«

*»Scuzyţi-mă, Domnul, Politişt, puteţi să-mi arataţi cumsăjung Poienari Citadel?«* sagte Lucian im Falsett. *»Mă duc la plimbare.«*

»Was?« sagte Kate. »Was ist mit der Zitadelle?«

»Nichts«, sagte Lucian. »Ich habe mir nur vorgestellt, wie Sie sich nach der Richtung erkundigen und den *Strigoi*-Wachen erzählen, daß Sie nur einen Spaziergang machen.« Er schüttelte langsam den Kopf. »Sie können nicht zu der Zitadelle kommen, Kate. Wenn doch, würden sie Sie einfach schnappen und für ihr verdammtes Sakrament verwenden. Sie können ihnen das Baby unmöglich wegnehmen.«

Kate ließ die Pistole nicht sinken. »Vielleicht würde es sich lohnen, wenn man nur dafür sorgen könnte, daß sie ihn nicht zu einem vollwertigen *Strigoi* machen.«

Er sah sie stirnrunzelnd an. »Sie meinen, das Kind töten, bevor sie es trinken lassen können? Aber warum, Kate? Die Zeremonie fängt kurz vor Mitternacht an. Die *Strigoi* sind eine pünktliche Rasse. Die Weihe soll etwa eineinhalb Stunden dauern. Der Sprengstoff wird fünfundzwanzig Minuten nach zwölf gezündet. Die Chancen stehen gut, daß sie nicht zum sogenannten Sakrament der Zeremonie gekommen sein werden, bis . . . bis es passiert.«

Kate nickte verstehend. »Steig aus dem Auto aus, Lucian. Ich weiß nicht mehr, wem ich trauen oder was ich glauben soll, aber ich weiß, ich bin dir dankbar für das, was du vor einer Stunde getan hast. Er . . . sie . . .« Ihre Hand fing an zu zittern, sie stützte sie auf dem Knie ab. Die Mündung der Pistole blieb auf Lucians Brust gerichtet. »Wenn du mir versprichst, mir nicht zu folgen, lasse ich dich einfach hier zurück. Du kannst dich alleine nach Ungarn durchschlagen.«

Lucian machte die Tür auf und stieg aus. Die Straße war verlassen, abgesehen von einem Zigeunerwagen, der vorüberrumpelte. Das schwarze Pferd mit dem durchhängenden Rücken hätte unter der Rußschicht jede beliebige Farbe haben können. Die Gesichter der Kinder, die unter der grauen Sackplane hervorsahen, wiesen rußige Striemen auf, wo ihnen Tränen die Wangen hinabgelaufen waren. Ihre Hände waren schwarz.

»Kate«, sagte Lucian mit trauriger Stimme, »warum?«

»Keine Sorge. Du hast selbst gesagt, wenn sie mich erwischen, werden sie mich einfach bei ihrer Zeremonie opfern. Sie werden sich nicht die Mühe machen und mich verhören. Wie dem auch sei, ich könnte alles aushalten bis ... wann? Fünfundzwanzig nach zwölf?«

Lucian umklammerte die obere Strebe der Autotür. »Aber *warum?«*

Kate ließ die Pistole sinken. »Ich weiß nicht. Ich weiß nur, daß ich Joshua und O'Rourke da oben nicht im Stich lasse. Leb wohl, Lucian.« Sie rutschte hinüber, zog die Tür zu, legte den Gang ein und wendete auf der verlassenen Straße um hundertachtzig Grad, damit sie zu der Kreuzung zurück konnte, wo die Autobahn 14 nach Süden Richtung Sibiu führte. Die Windschutzscheibe war schon so mit Ruß und Asche verschmiert, daß sie die Scheibenwischer einschalten mußte. Diese rutschten mit einem Geräusch wie Fingernägel auf Glas hin und her.

Lucian war über die Straße gelaufen, während sie wendete. Jetzt streckte er beide Hände aus, wie sie es bei den Anhaltern in Medias gesehen hatte. Als sie an dem rußigen Stopschild hielt, streckte er beide Daumen hoch.

»Danke, Babe«, sagte er, als er sich auf den Beifahrersitz fallen ließ. »Ich dachte schon, es würde mich nie jemand mitnehmen.«

Kate hatte die Pistole auf dem Schoß liegen. »Versuch nicht, mich aufzuhalten, Lucian.«

Er hielt drei Finger hoch. »Nein. Ich schwöre es. Pfadfinderehrenwort.«

»Und warum ...«

Er zuckte die Achseln, machte es sich auf dem zerrissenen Beifahrersitz bequem und stützte die Knie ab. »He, Kate, haben Sie gewußt, daß wir versucht haben, Ceauşescu durch Strom zu töten, bevor wir ihn erschossen haben?«

Kate wollte etwas sagen, aber dann wurde ihr klar, daß es sich um einen von Lucians dummen Witzen handelte. »Nein«, sagte sie, »das habe ich nicht gewußt.«

»Doch«, sagte Lucian, »aber obwohl wir den Knopf ein dutzendmal gedrückt haben, konnte ihm der Strom nichts tun. Hinterher, während das Erschießungskommando nach Kugeln suchte, haben wir ihn gefragt, warum Elektrizität nicht funktioniert hat. Wissen Sie, was er antwortete?«

»Nein.«

*»Látjátok, minding rossz vezetö voltam.«*

Kate wartete.

»Er sagte: ›Wissen Sie, ich war schon immer ein schlechter Führer/Leiter.‹ Verstanden? *Vezetö* heißt Führer, aber auch so etwas wie Halbleiter. Verstanden?«

Kate schüttelte den Kopf. »Du mußt nicht mit mir kommen, Lucian.«

Er spreizte die Finger und ließ sich noch tiefer in den Sitz sinken. »He, warum nicht? Es ist leichter zu folgen. Ich bin auch immer ein lausiger *Vezetö* gewesen.«

Kate bog nach rechts auf die Autobahn 14 ab. Die schwarzen Buchstaben waren gerade noch auf dem rußgrauen Schild zu erkennen: SIBIU 43 KM. RÎMNÍCU VÎLCEA 150 KM.

Als sie Rauch und Ruß von Copşa Mica hinter sich gelassen hatten, stellte Kate die Scheibenwischer ab, mußte aber die Scheinwerfer einschalten. Obwohl es noch früh war, wurde es bereits dunkel.

# *Träume von Blut und Eisen*

*Falls es ein schlimmeres Los gibt als das eines Patriarchen, der sich machtlos in den Händen der eigenen Familie befindet, so möchte ich gar nicht darüber nachdenken. Die Ereignisse nehmen ihren Lauf, aber es wird immer deutlicher, daß meine letzte Tat für die Familie als bloßes Zeremonienspiel im Machtkampf von Radu Fortuna inszeniert wird.*

*Radu. Ich muß an meinen Bruder Radu denken, den Knaben mit den langen Wimpern, der zum Liebling mehr als eines Sultans wurde. Der Knabe, der aufwuchs und mir durch Verrat und Arglist den Thron gestohlen hat. Die Menschen nannten ihn Radu den Schönen und begrüßten seine sanfte Art nach meinen strengen Jahren als ihr Lehnsherr.*

*Die Idioten.*

*Ich wußte, welch hirnloser, feiger kleiner Sodomit Radu war. Sultan Mehmed hatte keine Probleme, mit Radu als seiner Marionette die Walachei und Transsilvanien zu beherrschen: Gott allein weiß, der Sultan hatte seine Finger oft genug in dieser speziellen Marionette gehabt.*

*Ich, Wladislaus Dragwylya, hatte die Türken entscheidender als jeder christliche Herrscher der Geschichte geschlagen, hatte den Sultan zitternd nach Konstantinopel zurückgejagt und meinem Volk die Freiheit errungen. Aber mein Volk hat mich verraten.*

*Der Sultan hatte Radu, sein Spielzeug, in der Walachei zurückgelassen, damit er mir meine Bojaren abspenstig machte und ihre Treueschwüre unterminierte. Radu war in den dunklen Kammern der Diplomatie erfolgreich, wo er und der Sultan bei Tageslicht auf den Schlachtfeldern versagt hatten. Nun, da ich die Freiheit der Sieben Städte durch Vergießen meines eigenen Blutes gewährleistet hatte, wandten sich die Bojaren der deutschen Festungen gegen mich und schlossen einen geheimen Pakt mit der Schlange Radu.*

*Im Mittsommer des Jahres 1462 war meine Position, wie Politiker sich heute ausdrücken, unhaltbar geworden. Ich hatte die Türken geschlagen, wo ich sie gefunden hatte, aber meine Armee hinter mir war geschmolzen wie Zucker im Mund eines Kindes. Ich nahm meine wenigen und treuesten Bojaren, meine tapfersten und am besten ausgebildeten Soldaten und floh. Ich floh zu meinem Schloß über dem Fluß Argeş.*

*Hier die Legende, die von meinen letzten Stunden in Schloß Dracula berichtet.*

*Die Türken rückten in der Nacht vor und postierten ihre Mörser auf den Hochebenen in der Nähe des Dorfes Poenari auf den Klippen jenseits des*

*Argeş. Am Morgen wollten sie meine Zitadelle erstürmen. Dann, so will es die Legende, gedachte einer meiner Verwandten, der vor Jahren von den Türken verschleppt worden war, meiner großen Güte ihm gegenüber und seiner Liebe zur Familie, erklomm eine hohe Kuppe und feuerte einen Pfeil als Warnung durch das einzige erleuchtete Fenster meines Turms. Die Legende berichtet weiter, der Pfeil wäre so wohlgezielt gewesen, daß er die Kerze auslöschte, bei deren Licht meine Konkubine las.*

*Sie war allein im Zimmer, überliefert uns die Geschichte. Als sie die Nachricht vom bevorstehenden Angriff der Türken las, weckte sie mich, versicherte mir in hysterischem Tonfall, sie wolle ihren Körper lieber von den Fischen des Argeş fressen als von den Türken berühren lassen, und warf sich von den Zinnen in den dreihundert Meter tiefer gelegenen Fluß. Zum Angedenken an diese Geschichte heißt der Fluß bis auf den heutigen Tag Rîul Doamnei – Fluß der Prinzessin.*

*Das alles stimmt nicht.*

*In Wahrheit gab es keinen Verwandten, keinen Pfeil mit einer Warnung und keinen selbstlosen Freitod. Hier ist die Wahrheit:*

*Wir hatten von der Zitadelle aus zwei Tage lang beobachtet, wie Radu und die Türken auf Poenari und die Klippen dahinter vorrückten. Zwei weitere Tage hatten wir ihr Bombardement erduldet, obschon ihre Kirschholzgewehre kaum Schaden anrichten konnten; ich hatte die Türme mit soviel Schichten Stein und Lehmziegeln befestigen lassen, daß sie diesem unbedeutenden Beschuß mühelos standhielten.*

*Dennoch wußten wir, daß Radus Reiter am Morgen den Argeş überqueren und das Tal entlang zu den Bergen jenseits der Festung vorstürmen würden, während die türkischen Infanteristen, dumm und unerschütterlich wie wandelnde Baumstämme, zu Hunderten sterben mußten, wenn sie die Felswand der Zitadelle hinaufkletterten. Aber sie würden siegen. Unsere Streitkräfte waren zahlenmäßig unterlegen, die Festung so abgelegen auf ihrer einsamen Felsspitze, daß es keinen anderen Ausgang als die Niederlage von Fürst Dracula geben konnte. In jener Nacht war ich vollauf mit Vorbereitungen für meine Flucht beschäftigt, als meine Konkubine, Voica mit Namen, meine Zeit mit einem Streit vergeuden wollte. Frauen haben überhaupt kein Gespür für den richtigen Zeitpunkt; wenn sie streiten wollen, dann müssen sie streiten, und dabei ist es einerlei, ob wichtige und große Ereignisse stattfinden.*

*Voica und ich schritten auf den dunklen Zinnen entlang, während sie mit tränenerstickter Stimme sprach. Das Thema waren weder die vorrückenden Türken noch die Bedrohung durch meinen verräterischen Bruder Radu, sondern die Zukunft unserer Söhne Vlad und Mihnea.*

*An dieser Stelle sollte ich noch anfügen, daß ich Voica liebte, jedenfalls so, wie ein Führer von Menschen und Nationen eine Frau lieben kann. Sie war zierlich, mit dunklen Augen und dunkler Haut, aber für gewöhnlich unbeschwerter Laune, und sie gehorchte mir. Bis auf diese Nacht.*

*Von unseren beiden Jungs war Mihnea normal geboren worden, aber sein einjähriger Bruder Vlad war mit einer verzehrenden Krankheit geschlagen, die meinen Vater und mich geplagt hatte. Vlad hatte das heimliche Sakrament erst vor Tagen empfangen. Jetzt strahlten seine Augen vor Gesundheit, und ich wußte, daß der Junge wie sein Vater werden und das Sakrament sein ganzes Leben lang verlangen würde.*

*Ausgerechnet diese Nacht suchte Voica aus, um Einwände vorzubringen, daß unser Kind so großgezogen werden sollte. Ich legte ihr dar, daß weder das Kind noch ich diesbezüglich eine Wahl hatten; wenn er überleben wollte, mußte er trinken. Das brachte Voica auf. Ihre Mutter war eine heimliche Trinkerin gewesen. Tatsächlich war ihre Mutter als Hexe angeklagt und hingerichtet worden, und ich hatte Voica kennengelernt, als sie an meinem Hof vor Gericht gebracht wurde, um ein ähnliches Schicksal zu erleiden. Aber Voica hatte das Sakrament niemals gekostet. Statt sie verbrennen oder pfählen zu lassen, brachte ich sie in meinen Palast, ließ ihr meine Zuneigung zuteil werden und gestattete ihr, meine Kinder zur Welt zu bringen. Und nun dankte sie es mir, indem sie auf den Zinnen einherstolzierte, während man die Lagerfeuer von Radu und den Türken über das schwarze Tal des Flusses hinweg sehen konnte, und verlangte, daß der junge Vlad ohne das Sakrament aufwachsen sollte. Sie bezeichnete es als Blasphemie. Sie bezeichnete es als Hexerei. Sie nannte mich* Strigoi, *wie ihre Mutter.*

*Ich unterhielt mich mehrere Minuten mit ihr, doch die Stunde unseres Aufbruchs rückte näher. Ich verkündete, daß die Unterredung beendet wäre.*

*Voica war stets eine übertrieben gefühlsbetonte und dramatische Frau gewesen. Wahrscheinlich war das der Grund, ebenso wie die Tatsache, daß ihre Mutter das Blut von Leichen trank, weshalb Voica in Ketten vor meinen Thron geführt worden war. Jetzt folgte sie ihrem Sinn für das Dramatische, sprang auf die Brüstung und drohte, sie würde sich und unsere beiden Babys in den Fluß hinabstürzen, wenn ich ihren Wunsch nicht erfüllte.*

*Ich war ihres Gebarens überdrüssig und bestrebt, die Flucht anzutreten, bevor der Mond aufging, sprang ebenfalls auf die Brüstung und entrang ihr unsere beiden Kinder. Da verlor sie das Gleichgewicht. Einen Augenblick dachte ich, das gehörte auch zu ihrem melodramatischen Spektakel, aber dann sah ich das ungespielte Entsetzen in ihrem Gesicht, verlagerte Vlad auf den Arm, mit dem ich Mihnea hielt, und streckte die Hand aus, um sie zu stützen.*

*Unsere Fingerspitzen berührten sich. Sie fiel ohne einen Laut nach hinten und verschwand in der Dunkelheit der Kluft wie eine Meerjungfrau, die in tiefere Gewässer taucht. Einer ihrer Schuhe blieb auf dem nassen Stein zurück. Ich behielt diesen Schuh drei Jahrhunderte lang und verlor ihn erst, als ich während einer unbedeutenden Revolution aus einem brennenden Gebäude in Paris fliehen mußte.*

*Ich nahm in jener Nacht die Kinder mit und ließ alle anderen im Schloß zurück. Ihre Loyalität bedeutete mir nichts. Sie bedeuteten mir nichts.*

*Ich hatte mich unter anderem aus dem Grunde für die Zitadelle Poenari entschieden, weil diese auf zwei Spalten im Felsgestein erbaut war, die mehr als dreihundert Meter zur Höhle mit dem unterirdischen Fluß hinabführte. Die erste Spalte war nur zwanzig Zentimeter breit, aber sie diente bei Belagerung stets als Quelle für frisches Wasser. Die zweite Felsspalte war mit etwas Unterstützung der Steinmetze, welche mit den Bojaren starben, die Schloß Dracula an jenem längst vergangenen Ostersonntag des Jahres 1456 neu aufgebaut hatten, so verbreitert worden, daß ein Mann mit Hilfe von Eisenkabeln und Sprossen hinabklettern konnte.*

*Unten, in der geheimen Höhle, die mehr als eine Meile oberhalb des Bergs der Zitadelle zum Argeş führte, warteten die sieben Brüder Dobrin mit verkehrt herum beschlagenen Pferden, um alle zu verwirren, die uns folgten. Die Dobrins führten mich durch das wilde Tal, dann über die geheimen Pässe und gefährlichen verschneiten Ebenen der Făgăraş-Gipfel nach Norden. Hätten wir nicht Mittsommer geschrieben, wäre uns selbst dieser Rückzug nach Transsilvanien versperrt geblieben.*

*Als ich in der Gebirgswildnis südlich von Braşov das Gebiet von Transsilvanien betrat, verlangte ich nach einem Pergament aus Kaninchenhaut und vermachte das ganze Land im Norden und Westen, soweit das Auge reichte, den gleichmütigen Brüdern Dobrin. Kein Herrscher, die meine Nachfolge in der Walachei, in Transsilvanien und jetzt Rumänien angetreten haben, hat jemals diesem Befehl zuwidergehandelt. Selbst Ceauşescu mit seiner Kollektivierung und Systematisierung ließ diese Parzelle privaten Landes unberührt von seinem sozialistischen Wahnsinn.*

*Das ist die wahre Geschichte, auch wenn ich mir nicht vorstellen kann, daß sie jemanden interessiert. Nicht einmal die Familie, die vergessen hat, ihren Patriarchen zu ehren und ihm zu gehorchen, obwohl die meisten Nachfahren des jungen Vlad sind, den ich in jener Nacht vor dem Tod gerettet habe.*

*Mein halb träumender Zustand wird vom Lärm der anreisenden Familienmitglieder gestört. In einem Augenblick werden sie nach oben kommen, mich baden, in kostbare Gewänder kleiden und mir die Kette vom Orden des Drachen um den Hals hängen.*

*Eine letzte Zeremonie. Ein letzter Akt als Patriarch.*

# Kapitel 37

Kate und Lucian fuhren im düsteren Licht durch Sibiu: Sibiu, wo mittelalterliche Straßen zu Kopfsteinpflasterplätzen, umgeben von Häusern und Bauwerken mit verschlafenen Dachfenstern, führten.

Sie fuhren durch das Flußtal des Olt, als das Spätnachmittagslicht grauer Dämmerung wich. Die Straße wand sich zwischen steilen Berghängen am Fluß entlang. Eben war die Straße noch breit, glatt asphaltiert und von einer Schotterböschung begrenzt, und im nächsten Augenblick holperten sie durch ausgefahrene Spuren im Lehm, wo ein Straßenbauprojekt angefangen und vor Monaten oder sogar Jahren wieder aufgegeben worden war.

Sie umgingen die Industriestadt Rîmnícu Vîlcea. Der Dacia mußte aufgetankt werden, aber an der einzigen Tankstelle, wo sie vorbeikamen, stand eine Schlange mit mindestens einer Stunde Wartezeit. Lucian sagte, daß er ein Schwarzmarktdepot für Benzin am östlichen Stadtrand kannte, und sie hielten an, um sich am Steuer abzuwechseln. Nur wenige rumänische Frauen fuhren Auto; wenn sie so wichtig waren, daß sie per Auto reisten, wurden sie in aller Regel chauffiert. Lucian nahm am Lenkrad Platz, fuhr unmittelbar nach dem Stadtrand von der Autobahn ab und erstand Fünfliterflaschen voll Benzin bei einem Lastwagen, der an einem alten Tunnel stand.

Später mußte Kate oft daran denken, wie sehr dieser simple Wechsel am Steuer ihrer beider Schicksale besiegelt hatte.

Kurz nach Rîmnícu Vîlcea bog Lucian auf der Straße, die in südöstlicher Richtung nach Piteşti führte, auf die Autobahn 73C ab und folgte dieser durch einige spärlich beleuchtete Dörfer in die Dunkelheit der Karpaten. Fünfzehn Kilometer weiter sahen sie die erste Straßensperre in einem Ort namens Tigveni, wo die Straße sich Richtung Curtea de Argeş im Osten oder Suici im Norden gabelte.

»Scheiße«, sagte Lucian. Sie befanden sich gerade auf einer Anhöhe am Ortsrand, als sie die Lichter, die Militärfahrzeuge und zwei schwarze Mercedes sahen, die am Kontrollpunkt hielten. Lucian schaltete die ohnehin schon schwachen Scheinwerfer des Dacia aus, wendete um hundertachtzig Grad und fuhr in den Ort zurück, wo er in eine dunkle Seitenstraße einbog, die kaum mehr als eine Gasse war. Tigveni mochte etwa hundert Menschen in den acht bis zehn Häusern beherbergen, aber heute nacht war der Ort dunkel und still, obwohl es noch nicht einmal acht Uhr war.

»Was jetzt?« flüsterte Kate, die wußte, daß es albern war, zu flüstern, es aber trotzdem tat. Die Pistole lag auf der flachen Ablage zwischen den Vordersitzen.

Lucians Gesicht war gerade noch zu erkennen. »Es sind noch vierzehn Kilometer bis nach Curtea de Argeş«, sagte er. »Dann dreiundzwanzig Kilometer nach Norden, das Tal hinauf bis zur Zitadelle.«

»Über zwanzig Meilen«, flüsterte Kate. »Wir können unmöglich von hier aus zu Fuß gehen.«

Lucian rieb sich die Wange. »Als ich auf der Zitadelle gearbeitet habe, mußte ich regelmäßig nach Rîmnícu Vîlcea fahren, um Baustoffe und Arbeiter abzuholen. Ab und zu kam es vor, daß die Brücke hier vor der Stadt durch Stürme weggerissen wurde.« Er schlug auf das Lenkrad. »Festhalten, Babe.«

Lucian jagte den Dacia mit ausgeschalteten Scheinwerfern eine unebene Seitenstraße entlang, über eine Wiese, wie es schien, und dann auf zwei Fahrrinnen entlang, die an einem Fluß verliefen. Kate hörte Frösche und Insekten in der Dunkelheit unter den Bäumen, und einen Augenblick konnte sie sich vorstellen, daß der Sommer kam, nicht ging.

Der Dacia hielt unter den Bäumen auf einem breiten Schotterstreifen am Ufer und Lucian machte den Motor aus. Zweihundert Meter links von ihnen erhellten die Scheinwerfer einer Militärstraßensperre die Nacht.

»Sie halten Autos auch auf der einspurigen Brücke an«, flüsterte Lucian. Vor ihren Augen näherte sich eine Limousine der Barriere, Taschenlampen wurden eingeschaltet, Kate konnte die Helme der Soldaten glänzen sehen, als diese zu dem Auto gingen, es überprüften, salutierten und es passieren ließen.

»Wir hätten den Mercedes nehmen sollen«, flüsterte sie.

Lucian grinste. »Klar, wir sehen auch so *strigoi*mäßig aus, oder nicht? Haben Sie Ihre Ausweispapiere dabei?«

Kate sah auf die Uhr. Vier Stunden für zwanzig Meilen. »Was jetzt?«

Lucian deutete auf den Fluß. Dieser war hier mindestens dreißig Meter breit, machte aber einen seichten Eindruck. Gespiegeltes Licht der fernen Scheinwerfer funkelte auf zahllosen Wellen.

»Wir können ihn hier unmöglich überqueren, ohne daß sie uns sehen oder hören«, zischte Kate. »Gibt es keine andere Stelle? Weiter von der Straße entfernt?«

Lucian zuckte die Achseln. »Ich kenne keine. Hierher haben die Einheimischen den Verkehr umgeleitet, wenn die Brücke fortgespült war.« Er sah nach links. »Hören Sie ihre Musik? Jemand in einem der Laster hat das Radio eingeschaltet.«

»Ja, aber sie müssen nur hier herschauen.«

Lucian kurbelte das Fenster hinunter und beugte sich hinaus. »Die Bäume verbergen hier fast den ganzen Weg. In Ufernähe ist es fast dunkel.« Er drehte sich zu Kate um. »Ihre Entscheidung, Kate.«

Sie zögerte nur einen Augenblick. »Fahr.«

Lucian ließ das Auto an. Der Vierzylindermotor hörte sich für Kate wie ein Flugzeugmotor an. Lucian legte den ersten Gang ein und tastete sich bis zum Fluß vor. Innerhalb von Sekunden reichte das Wasser bis zu den Radkappen, dann zum unteren Rand der Tür, dann schwappte es über die Stoßstange. Der Dacia schaukelte und schwankte.

»Wir lecken Wasser«, flüsterte Kate und hob die Füße vom nassen Boden. Lucian hatte eine Hand am Lenkrad, die andere am Schalthebel und fuhr Schrittempo weiter.

Plötzlich kippte das rechte Vorderrad, etwas stieß heftig gegen die Unterseite des Autos, und der Motor wurde abgewürgt. Sie standen mitten im Fluß, das Wasser schwappte halb bis an die Fenster, und sie bemühten sich, nicht laut zu atmen.

Die Musik von den beiden Militärlastern hatte einen lauten Zigeunerrhythmus. Lucian zog den Choke und griff nach dem Zündschlüssel.

»Nein!« sagte Kate und hielt seine Hand fest, als er den Schlüssel gerade herumdrehen wollte.

Eine Limousine war zu der Straßensperre gefahren. Die Musik verstummte. In der plötzlichen Stille konnten sie die Fragen der drei Soldaten und sogar die leisen Antworten aus dem Wagen hören. Der Strahl eines der Scheinwerfer auf einem Lastwagen schwankte, glitt von dem Mercedes herab und leuchtete über den Fluß. Einen Augenblick später fuhr die Limousine weiter, die Scheinwerfer wurden tiefer gerichtet und die Musik fing wieder an.

Lucian drehte den Zündschlüssel herum.

*Bitte, lieber Gott,* flehte Kate zu einem Gott, an den sie nie richtig geglaubt hatte, *bitte laß nicht zu, daß die Spule oder die Zündkerzen oder etwas anderes, das Tom mir immer erklären wollte, naß oder kaputt ist. Amen.*

Der Dacia sprang an. Lucian rollte vorsichtig hin und her, befreite das Rad aus dem Loch und fuhr weiter zum gegenüberliegenden Ufer. Kate spürte, wie ihre Haut und die Muskeln sich langsam wieder entkrampften, als sie eine halbe Meile auf dem ausgefahrenen Feldweg zurückgelegt hatten und die Straßensperre hinter Bäumen und dem Hügel nicht mehr sehen konnten. Sie hatte nicht gewußt, daß der Körper förmlich auf den Einschlag von Kugeln warten konnte.

»Okay«, hauchte Lucian, als er den Dacia wieder auf die schmale Straße steuerte. »Ich habe keine Ahnung, was wir machen, wenn wir nach Curtea de Argeş kommen, aber, he ... Improvisieren heißt die Devise, richtig?«

Sie umgingen Curtea de Argeş und zwei Straßensperren, die sie in der Ferne sehen konnten, indem sie auf der Eisenbahnlinie, die an der Westseite des Argeş verlief, nach Norden fuhren. »O'Rourkes Idee«, sagte Kate.

Sie hatten einen Platten, den Lucian mit Kates Hilfe im Licht der wenigen Sterne wechselte, die zwischen den Wolken zu sehen waren. Der Ersatzreifen war dermaßen geflickt und abgefahren, daß sie sich nicht vorstellen konnte, wie sie damit noch viel weiter kommen wollten. *Es ist auch nicht mehr weit,* beruhigte sie sich. *Fünfzehn Kilometer. Das wird der Reifen aushalten.*

*Wenn du nicht vorhast zurückzufahren,* ergänzte ein anderer Teil ihres Verstandes.

Einen Kilometer weiter bog das Gleis nach Westen durch Tunnel in die Făgăraş-Berge ab. Kate machte sich zu Fuß auf den Weg, bis sie in der Dunkelheit zwei zugewachsene Fahrrinnen gefunden hatte, dann holperten sie den alten Zufahrtsweg entlang, bis sie eine aus zwei Planken bestehende Brücke über den Fluß und die Autobahn 7C erreicht hatten, die an der Zitadelle vorbeiführte.

Lucian stieg aus dem Auto aus, Kate gesellte sich zu ihm. Die Straße war verlassen, aber sie hatten vorher schon Gegenverkehr gesehen. Im Osten und Westen ragten Vorgebirge auf und gingen in Gebirgsmassive über, die in Dunkelheit und Wolken verschwanden. Im Norden wurde das Tal zunehmend schmaler, so daß Kate an eine leicht offenstehende Tür denken mußte. In die Dunkelheit.

Lucian deutete auf ein orangefarbenes Leuchten vor den Wolken über den Gipfeln vor ihnen. »Sie haben die Stätte der Zeremonie bereits beleuchtet.« Er sah auf die Uhr. »Viertel nach zehn. Die Zeit vergeht wirklich wie im Fluge, wenn man sich amüsiert.«

Kate war zumute, als müßte sie mit den Fäusten auf das Autodach hämmern. Statt dessen berührte sie Lucian am Arm. »Wir können nicht so weiter kriechen. Wie kommen wir schneller hin?«

Er grinste sie an. »Was würden Sie dazu sagen, daß wir einfach fahren? Vielleicht haben sie so nahe keine Straßensperre mehr.«

»Wie nahe sind wir?«

Er sah zu der schwarzen Tür in den Bergen. »Drei Meilen. Vier.«

Kate ging auf die Straße. »Ich sehe keine Scheinwerfer wie bei den anderen Straßensperren.«

Lucian nickte. »Vielleicht haben wir sie alle hinter uns gelassen. Vielleicht liegt nichts mehr zwischen uns und der Zitadelle als Parkplätze für die *Strigoi.*«

Kate versuchte zu lächeln, stellte aber fest, daß sie statt dessen den Tränen nahe war. Sie ging zu Lucian und legte die Arme um ihn.

»Was ist, Babe?« flüsterte er.

Sie schüttelte den Kopf und spürte, wie weich seine Wange war. »Danke, Lucian. Danke, daß du ... ihn heute ... aufgehalten hast.« Ihr Hals war so zugeschnürt, daß sie nicht mehr sagen konnte.

Lucian tätschelte ihr verlegen den Rücken. Kate lächelte durch unterdrückte Tränen bei dem Gedanken, wie jung er war, wie unternehmungslustig. Sie küßte ihn auf die Wange und trat zurück. »Okay, finden wir den Parkplatz.«

Keine zwei Meilen weiter stießen sie auf eine Straßensperre.

Keine Scheinwerfer, keine Militärlastwagen, nur zwei schwarze Lieferwagen der *Strigoi,* die hinter ihnen aus dem Wald gefahren kamen, während ein schwarzer Mercedes und eine Art Panzerwagen hinter einer Kurve in der Straße auftauchten.

Lucian trat auf die Bremse, der Dacia kam schlitternd zwischen den beiden Hindernissen zum Stillstand. »Verdammt«, flüsterte er.

Hier gab es keine Schleichwege, keine hilfreichen Eisenbahnschienen, keinen offensichtlichen Ausweg. Die *Strigoi* hatten diese Falle gut vorbereitet: auf beiden Straßenseiten fiel die Böschung zweieinhalb bis drei Meter steil ab, links jenseits des Straßengrabens verlief der Fluß, rechts ragte die Felswand auf.

Suchscheinwerfer leuchteten auf dem Panzerwagen auf, die schmutzige Windschutzscheibe des Dacia wurde milchig vom weißen Licht. Kate blinzelte und schirmte die Augen ab, aber der grelle Schein war wie ein körperlicher Angriff.

Jemand rief ihnen mit Megaphon etwas zu.

»Sie möchten, daß wir langsam zu ihnen fahren«, flüsterte Lucian. Er grinste breit und winkte den unsichtbaren Gestalten hinter dem Scheinwerfer mit den Händen. »Sie möchten, daß wir die Hände oben lassen.«

Kate legte die Hände auf das Armaturenbrett. Lucian ließ seine beiden auf der oberen Rundung des Lenkrads. Er legte den Gang ein und fuhr im Schrittempo auf den Mercedes und den dreißig Meter entfernten Panzerwagen zu.

Wieder wurde etwas Rumänisches in das Megaphon gebellt.

»Sie möchten, daß wir anhalten und aussteigen«, sagte Lucian. Er hielt an. »Ich will eigentlich nicht anhalten und mit diesen Typen reden, Sie?«

»Nein«, sagte Kate.

»Sollen wir es versuchen?« Lucian grinste jetzt aufrichtig.

»Versuchen wir es«, sagte Kate. Ihr Herz schlug so heftig, daß sie Schmerzen in der Brust hatte. Das weiße Licht füllte die ganze Welt aus.

»Okay, Babe.« Er verlagerte die rechte Hand, berührte die ihre, rammte den Gang hinein und trat das Gaspedal bis zum Anschlag durch.

Der Dacia machte einen Sprung, wäre um ein Haar abgewürgt worden, und setzte sich dann aufheulend in Bewegung. Das Megaphon plärrte wieder. Lucian lächelte wieder und winkte. *Vielleicht erkennen sie ihn,* dachte Kate noch. Dann setzten die Schüsse ein.

Lucian riß das Auto nach rechts herum, als wollten sie versuchen, hinter den Panzerwagen zu kommen, sie entkamen dem Scheinwerfer einen Moment, Kate sah die schmale Lücke zwischen Mercedes und Panzerwagen in dem Augenblick, als Lucian in den dritten Gang schaltete und darauf zu raste, und dann explodierte die Windschutzscheibe in tausend Scherben, Kate schirmte die Augen ab, Kugeln heulten über die Haube, das Dach und die Kotflügel, ein schrecklicher Aufprall schleuderte sie gegen die Tür, dann lenkte Lucian heftig, um sie auf der Straße zu halten. Er schaltete die Scheinwerfer ein, die die verlassene Straße vor ihnen erkennen ließen, dann war das grelle weiße Licht wieder da, im Rückspiegel und der Heckscheibe. Diese Scheibe barst nach innen, Kates spürte, wie etwas an ihrer linken Ferse zerrte und etwas zwischen ihrem erhobenen Arm und den Rippen hindurchpfiff, und dann hatten sie die Kurve hinter sich gelassen, beschleunigten wieder und schlingerten dabei heftig.

»Wir haben es geschafft!« schrie Kate, die es nicht glauben konnte, obwohl sie es schrie. Sie wußte, die Aufregung, die sie empfand, lag weitgehend am Adrenalinstoß, aber das war ihr einerlei. Lucian grunzte etwas und mühte sich mit dem Lenkrad ab.

Da platzte der rechte Vorderreifen mit einem Knall, der lauter als das Gewehrfeuer war, der Dacia schmierte nach rechts weg, Lucian riß ihn wieder nach links, dann lagen sie plötzlich auf der Seite und schlitterten die Straße entlang. Kate schlug die Arme über den Kopf und spürte, wie sie die Knie an der Unterseite des Armaturenbretts anschlug, dann sah sie durch die zertrümmerte Windschutzscheibe, wie abwechselnd Straße und Himmel, Straße und Himmel, vorübersausten.

Der Dacia drehte sich ein letztes Mal, landete auf den Reifen und rutschte dann seitwärts die zehn Meter hohe Böschung in den Fluß hinab.

Das alte Auto verschwand nicht völlig im Wasser, sondern blieb verkehrt herum liegen, zwischen einem Baum und einem Felsbrocken eingekeilt, die Haube im Wasser, das linke Vorderrad drehte sich. Der rechte Reifen bestand nur noch aus Gummifetzen über verbogenem Metall. Kate stellte fest, daß sie das alles von außerhalb des Autos sah, richtete sich auf, hielt sich an einem Felsbrocken fest, der so groß wie ihr Kopf war, und betrachtete den auf dem Dach liegenden Dacia, dessen Scheinwerfer unter Wasser waren.

»Lucian!« Sie lief zur Seite des Autos, fand ihn halb unter dem Fahrersitz eingeklemmt, der sich aus seiner Verankerung gelöst hatte und auf ihn gestürzt war, und zog ihn – unter Mißachtung jeder Erste-Hilfe-Vorschrift, die sie als Unfallärztin gelernt hatte – aus dem Wrack heraus. Von der Straße über ihnen waren noch keine Laute von Verfolgern zu hören.

»Lucian«, flüsterte sie und schleppte ihn stromabwärts in den Schutz der Bäume. »Wir haben es geschafft. Wir sind an ihnen vorbei.«

»Ja«, grunzte er.

Sie legte ihn an die Wurzel des größten Baums, lief zum Autowrack zurück und tastete nach der Pistole. Sie konnte sie nicht finden, dafür aber das Fernglas, das auf dem Rücksitz gelegen hatte. Den Lederriemen schlang sie sich um den Hals, dann watete sie zu Lucian zurück und lauschte angestrengt. Immer noch kein Laut von Fahrzeugen.

Lucian saß aufrecht und atmete in tiefen Zügen, als müßte er nach Luft schnappen, nachdem ihm der Atem gestockt hatte. Sie kniete sich neben ihn. »Ich glaube, mir fehlt nichts. Mein Gott, was für ein Schlamassel. Ist mit dir alles in Ordnung, Lucian?« Im spärlichen Licht sah sein Gesicht leichenblaß aus.

Er stützte sich mit einer Hand am Baumstamm ab.

»Eigentlich nicht«, sagte er. »Ich glaube, ich muß mich einen Moment hinlegen.«

Sie hörte, wie der Gang des Panzerwagens eingelegt wurde und dieser sich auf der Straße in ihre Richtung in Bewegung setzte. Zweihundert Meter leuchtete der Suchscheinwerfer ins Wasser. »Nein, komm mit, wir müssen über den Fluß in das Wäldchen dort«, zischte sie ihm ins Ohr. »Komm schon, Lucian.« Sie hob ihn in eine sitzende Haltung und zog dann die feuchte Hand weg.

»Nur ... einen Moment ausruhen«, murmelte er. »*Am o durere aici,* Kate. Äh ... ich meine, ich habe genau hier Schmerzen. *Mă doare pieptul.*« Er griff sich an die Brust.

Kate zog ihn nach vorne und riß die Fetzen seines Hemdes weg. Soweit sie in der Dunkelheit erkennen konnte, hatte er vier große Einschußlöcher oben am Rücken, zwei nahe oder über der Wirbelsäule, und noch eine Verletzung unten rechts. Sie tastete die Brust ab, fand aber nur ein Austrittsloch. Dieses war groß und blutete stark.

»Oh, Lucian«, flüsterte sie und benützte die Fetzen des Hemdes als Druckverband. »Oh, Lucian ...«

»Müde«, flüsterte Lucian. »*Mă simt obosit.*«

»Ruh dich aus«, flüsterte sie, hielt ihn im Arm und strich ihm mit der freien Hand über die Stirn. Sie spürte, wie sein Kopf gegen sie sank. Der Panzerwagen war jetzt fast über ihnen. Sie konnte den Dieselgestank seiner Abgase riechen.

»Babe«, flüsterte Lucian mit drängender Stimme, »ich habe vergessen, Ihnen etwas zu sagen.«

»Schon gut«, gurrte Kate und hielt den provisorischen Verband fest. Das Bündel war blutgetränkt und sie konnte es immer noch sprudeln hören. In der Notaufnahme hatten sie das immer eine laufende Brustverletzung genannt. Nur intensivste und sofortige Versorgung konnte jemanden mit einer laufenden Brustverletzung retten. »Schon gut«, flüsterte sie und wiegte ihn.

»Gut«, sagte Lucian mit erleichterter Stimme und starb.

Sie spürte ihn entschwinden. Sie spürte, wie Energie und Bewußtsein und Lebenskraft aus ihm strömten wie Luft aus einem zerrissenen Ballon. Wäre sie religiös gewesen, hätte sie gesagt, daß sie spürte, wie die Seele den Körper verließ.

Kate kannte Erste Hilfe. Sie kannte Mund-zu-Mund-Beatmung. Sie kannte ein Dutzend High-Tech-Wiederbelebungstechniken und ein Dutzend grundlegende. Sie wußte, daß keine davon Lucian jetzt noch helfen konnte. Sie legte ihm die Finger auf die Lider, schloß sie, küßte sie und ließ ihn sanft auf das Moos am Ufer gleiten.

Der Panzerwagen tuckerte auf der Straße hin und her wie ein übelriechender Drache. Ein zweites Fahrzeug hatte sich dazugesellt, es wurde hin und her gerufen. Die Suchscheinwerfer glitten dreißig Meter tiefer über den Fluß, dann zwanzig Meter oberhalb der Stelle, wo sie kauerte. Kate stellte fest, daß das Wrack des Dacia unter einem leichten Felsvorsprung lag und daß sie eine fünfzig bis sechzig Meter lange Spur von zerfetztem Gummi und Metalltrümmern auf der Böschung hinterlassen haben mußten, aber offenbar keinen eindeutigen Hinweis, wo sie von der Straße abgekommen waren.

Trotzdem würden sie nicht lange brauchen. Der Scheinwerfer wurde immer hektischer hin und her bewegt, noch mehr Stimmen brüllten oben auf der Straße.

Kate berührte Lucians erkaltete Hand ein letztes Mal, dann schritt sie am Ufer entlang, hielt sich unter den Bäumen, erstarrte, wenn Schritte stapften oder Scheinwerfer zwischen den kahlen Zweigen hindurch schienen. Zweihundert Meter stromaufwärts blieb sie keuchend stehen und watete dann ins Wasser. An dieser Stelle war der Fluß nur einen Meter zwanzig bis einen Meter fünfzig tief, aber er floß sehr schnell und war bitter, bitter kalt. Kate keuchte, watete aber weiter, wobei ihre Schuhe auf glatten Steinen am Grund abrutschten.

Stromabwärts wurden Rufe laut, dann konzentrierten sich die Scheinwerfer auf das Wrack des Dacia. Wenn Kate jetzt ausrutschte, würde die Strömung sie innerhalb von Sekunden bergab ins Licht befördern. Sie rutschte nicht aus. Als sie das andere Ufer erreicht hatte, waren ihre Beine taub, und ihre Zähne klapperten unkontrolliert. Sie achtete nicht darauf und zog sich ins seichte Wasser.

Jetzt leuchteten noch mehr Scheinwerfer über den Fluß. Ein Lichtstrahl glitt über sie hinweg, als sie sich gerade aus dem Wasser zog. Er kehrte unverzüglich zurück, als wollte er nach ihr tasten, aber da kroch sie schon durch hohes Schilfgras und Schlamm auf die Bäume zu. Auf dieser Seite des Flusses lag endloser Wald, der sich eine halbe Meile oder mehr zwischen dem Fluß und den schwarzen Bergen erstreckte. Alles dunkel. Keine Straßen. Kein Licht.

Schüsse peitschten über das Wasser. Sie schossen auf sie. Kate achtete nicht darauf, stand auf und stolperte in den Wald. Das Licht der Sterne reichte gerade aus, daß sie auf die Uhr sehen konnte. Die funktionierte noch. Es war siebenundzwanzig Minuten nach zehn.

Sie konnte Lichter weit oben an der Schlucht erkennen, aber die Zitadelle war laut Lucian immer noch zwei bis drei Meilen entfernt. Kate hielt sich weit unter dem schützenden Dach der Bäume, wandte sich nach Norden und marschierte los.

# Kapitel 38

Kate brauchte eine Stunde, bis sie zu dem Licht gelaufen war, und dann entpuppte sich das Licht nur als ein weiteres Dorf und nicht als die Zitadelle selbst. Sie hielt sich unter den Bäumen, sah über den Fluß zu dem winzigen Ort, wo es von Militärfahrzeugen, Polizei und beleuchteten Straßensperren nur so wimmelte, und dachte: *Lucian hat diesen Ort erwähnt... Căpățîneni. Die Zitadelle müßte keine Meile entfernt im Norden liegen.* Aber der Fluß krümmte sich jenseits des Dorfes unter einer Brücke hindurch, die Autobahn verlief hinter diesem Punkt an der Westseite des Flusses entlang, und die umliegenden Felswände verbargen die Zitadelle vor Blicken. Kate konnte einen orangefarbenen Widerschein auf den tiefhängenden Wolken erkennen, aber dieser schien unmöglich weit entfernt und unmöglich hoch zu sein.

Sie sah auf die Uhr: 23.34. Sie würde es nie rechtzeitig schaffen, die Meile zurückzulegen und den Berg hinaufzuklettern. Lucian hatte gesagt, daß Stufen an der Bergflanke hinauf bis zu der Zitadelle führten – tausendvierhundert Stufen. Kate versuchte, das in Meter und Höhe umzurechnen. Dreihundert Meter über dem Fluß? Mindestens. Sie lehnte sich erschöpft an einen Baum und konzentrierte sich darauf, nicht zu weinen.

Links von ihr ertönte ein schlurfendes, schnarchendes Geräusch, und Kate erstarrte, dann duckte sie sich mit geballten Fäusten. Sie hatte keine Waffe, nur das alte Fernglas, das ihr um den Hals hing. Das Geräusch ertönte wieder, und Kate schlüpfte zwischen den Bäumen vorwärts.

Auf einer Wiese zwischen Fluß und bewaldeten Hügeln stand ein einsamer Zigeunerwagen. Das kleine Lagerfeuer war zu Glut niedergebrannt. Hinter dem Wagen fraß ein weißes Pferd das trockene Gras. Es war ein riesiges Pferd mit Hufen so groß wie Kates Kopf. Es hob den Kopf, gab ein Wiehern von sich, das Ähnlichkeit mit einem Niesen hatte, und graste weiter. Das Geräusch der gewaltigen Zähne, die Gras zermalmten, war in der kalten Nacht deutlich zu hören. Sonst kein Ton.

*Ja,* dachte Kate.

Sie umkreiste die Stelle unter den Bäumen, hielt sich geduckt und setzte die Füße vorsichtig auf. Gelegentlich konnte man Megaphone oder Rufe aus dem Dorf über den Fluß hinweg hören.

Einmal erstarrte Kate zur Reglosigkeit, als ein schwarzer Helikopter von Süden nach Norden über dem Fluß durch das Tal flog. Dann verschwand die Maschine hinter einer Felswand, und Kate setzte ihren Weg zu dem Pferd fort. Ihr Herz klopfte, als sie den Schutz der Bäume verließ und durch das hohe Gras schlich.

Das weiße Pferd hob den Kopf und sah ihr neugierig entgegen.

»Psst«, flüsterte Kate unsinnigerweise, als sie neben dem Pferd stand, das sie zwischen sich und dem Zigeunerwagen hielt. »Psst.« Sie tätschelte ihm den Hals und stellte fest, daß sein Zaumseil mit einem längeren Seil verbunden war, das acht bis zehn Schritte näher beim Wagen begann. »Scheiße«, hauchte sie.

Der Pflock war tief in den Boden geschlagen. Kate duckte sich, bekam ihn nicht heraus, verlagerte die Position, legte das ganze Gewicht hinein und zog den langen Pflock aus dem Boden. Das Pferd entfernte sich ein Stück und betrachtete ihre Bemühungen mit großen Augen. Kate rollte das Seil zusammen, eilte zu dem Tier, tätschelte ihm den Hals und flüsterte ihm beruhigend zu.

Eine Hand wurde auf Kates Schulter gelegt, während gleichzeitig ein Messer ihren Hals berührte. Eine brüchige Stimme flüsterte etwas in einer Sprache, die weder Rumänisch noch Englisch war. Kate blinzelte, als die Klinge weggezogen wurde. Sie drehte sich um.

Die Zigeunerin hätte in Kates Alter sein können, sah aber zwanzig Jahre älter aus. Selbst im trüben Licht konnte Kate die Runzeln, die hängenden Wangen und die Zahnlücken sehen. Sie und die Frau waren gleichermaßen in einen dunklen Rock und einen dunklen Pullover gekleidet. Das Messer, das die Frau in der Hand hielt, war kaum größer als ein Dolch, hatte sich an Kates Hals aber ausgesprochen scharf angefühlt.

»Du ... amerikanische Frai?« sagte die Zigeunerin. Ihre Stimme kam Kate viel zu laut vor. Lastwagen fuhren über die Brücke hinter ihr. »Du kommst nach Rumänien mit Voivoda Cioaba?«

Kate spürte, wie ihre Knie weich wurden. »Ja«, flüsterte sie zurück.

»Kommst mit *preot*? Priester?«

Kate nickte.

Die Frau packte Kates Pullover, knüllte ihn in der kräftigen Faust, stieß sie rückwärts ins Gras und hielt das Messer an Kates Gesicht. »Du Mutter von *Strigoi*.« Das letzte Wort zischte sie nur noch.

Kate bewegte den Kopf langsam einen Zentimeter von der Messerspitze entfernt hin und her. »Ich hasse die *Strigoi.* Ich bin gekommen, um sie zu vernichten.«

Die Frau sah sie blinzelnd an.

»Sie haben mein Baby gestohlen«, flüsterte Kate.

Die Zigeunerin blinzelte. Das Messer bewegte sich nicht. *»Strigoi* haben viele Zigeunerbabys gestohlen. Viele hunderte *ani* ... Jahre. Sie holen Zigeunerbabys zum Trinken. Jetzt nehmen sie Zigeunerbabys und verkaufen an Amerikaner.«

Darauf wußte Kate nichts zu sagen.

Die Frau nahm das Messer weg und kniete im Gras. Das Pferd graste in der Nähe weiter und beachtete sie gar nicht. »Ich bin hergekommen, weil ganze Familien von *Romani* diese Woche hergebracht worden. Soldaten haben geholt ... in Soldatenhaus bei Damm. Mein Mann und meine Tochter dort. Ich war bei Schwester in Ungarn. Soldaten lassen niemanden Straße entlang. Ich glaube, *Strigoi* werden heute nach *Romani* benützen. Ja?«

Kate mußte an die Zeremonie denken. Sie und O'Rourke sollten, wie Radu Fortuna sich ausgedrückt hatte, das Sakrament liefern, ihr Blut für Joshua und die VIPs der *Strigoi.* Aber woran sollten sich die vielen hundert *Strigoi*-Gäste gütlich tun?

»Ja«, sagte Kate. »Ich glaube, die *Strigoi* werden sie heute nacht töten.«

Die Zigeunerin ballte die Fäuste. »Du tust etwas dagegen?«

Kate holte tief Luft. »Ja.«

»Du tötest sie irgendwie? Amerikanische Bombe, wie bei Saddam Hussein?«

Kate lächelte nicht. »Ja.«

Die Zigeunerin sah skeptisch drein, erhob sich aber und half auch Kate hoch. »Gut. Du willst Pferd?«

Kate biß sich auf die Lippe und sah zur Straße. Militärlastwagen und Polizeifahrzeuge fuhren regelmäßig Patrouille.

Der Berghang diesseits des Flusses war bewaldet, aber so steil, daß man unmöglich mit einem Pferd reiten konnte. Auf der anderen Seite erstreckte sich der Fluß bis zu den steilen Klippen am anderen Ufer.

»Ich muß versuchen hinauf zur Zitadelle zu kommen ...«

Die Zigeunerin schüttelte den Kopf. »Nicht Straße.« Sie deutete in den Wald hinter sich. »Dort alter Weg. Fast nicht mehr da. Aus Zeiten von Vlad Ţepeş ...« Die Frau verstummte, spie aus und wehrte den bösen Blick mit zwei Fingern ab, die sie Richtung Norden zu dem Leuchten hin hob. Sie ging zu dem Pferd und sagte etwas Schneidendes zu ihm, steckte das Messer in den Gürtel ihres Rocks und legte die hohlen Hände zusammen, was Kate als Aufforderung, auf das Pferd zu steigen, wertete.

Kate stieg auf, aber alles andere als anmutig. Sie war manchmal in Colorado geritten, aber niemals auf so einem großen Pferd. Ihre wunden Schenkel schmerzten allein von dem breiten Rücken.

»Komm«, sagte die Frau, hob das zusammengerollte Seil auf und führte das Pferd in Richtung Wald.

Kate sah auf die Uhr. Es war 23 Uhr 46.

Da schien kein Weg zu sein, aber die Frau führte das Pferd zwischen den Bäumen hindurch, und das Tier schien zu wissen, wohin es gehen mußte. Manchmal mußte sich Kate ducken und am Hals des Pferdes festklammern, damit sie nicht von Ästen abgeworfen wurde.

Der Weg, wenn man die vageste Andeutung eines Trampelpfads überhaupt als Weg bezeichnen konnte, machte hinter der Felsklippe eine Biegung und führte steil über die Talsohle hinauf.

Kate stellte fest, daß sich die Straße unten etwa eine Meile am Fluß entlang bis zur Zitadelle erstreckte, aber dieser Weg verkürzte die Entfernung um mindestens die Hälfte.

Als sie zwei Drittel des Wegs den Berg hinauf zurückgelegt hatten, holte die Frau den Dolch heraus, schnitt das Seil durch, gab Kate das kurze Ende und sagte zu ihr: »Ich kehre jetzt um. Gehe zum Damm bei Bilea Lac. Wenn Mann und Tochter nicht befreit werden, ich bei ihnen.« Sie zögerte einen Moment, dann gab sie Kate das kurze Messer. Kate steckte es in den Gürtel und überlegte sich, wie absurd dieser kleine Doch gegen mehrere hundert *Strigoi* und deren Armee war.

Die Zigeunerin verweilte und hob eine schwielige Hand. Kate hielt sie zu einem Handschlag Handfläche an Handfläche, dann verschwand die Zigeunerin mit einem fast unhörbaren Rascheln ihres schwarzen Rocks.

Kate nahm das kurze Seil in eine Hand, krallte sich mit der anderen in der Mähne fest, beugte sich dichter über den Hals des Pferdes, drückte die Fersen in die Flanken des Tiers und flüsterte. »Geh . . . bitte, geh.«

Das riesige Tier trottete weiter einen Pfad aufwärts, den Kate nicht einmal erkennen konnte.

Es war eine Minute vor Mitternacht, als Kate auf der hohen Kuppe aus dem Wald herauskam und Schloß Dracula auf seinem Gipfel sehen konnte.

Es war eindrucksvoller und fantastischer, als sie es sich hätte vorstellen können: Zwei der fünf Türme waren vollständig wieder aufgebaut worden, der befestigte Gipfel ließ sich vom Rest des Berges nur mittels einer langen Brücke – wahrscheinlich eine Zugbrücke – über eine tiefe Kluft erreichen, der große Saal und die Zinnen der Brustwehre erstrahlten im Licht von Fackeln; Menschen in Schwarz und Rot tummelten sich auf der hundert Meter langen Felsspitze, auf den Zinnen und auf den Terrassen am gegenüberliegenden Ende der Zitadelle. Fackeln loderten an steilen Treppen auf, die zickzackförmig zwischen den kahlen Bäumen hindurch verliefen – nach Süden in den Wald, dann zu den dreihundert Meter tiefer gelegenen Wiesen. Da unten konnte Kate einen beachtlichen Parkplatz voll schwarzer Limousinen ausmachen, ebenso Wachen der *Strigoi,* die im Licht von Fackeln patrouillierten. Eine Grasfläche auf einem niedrigeren Gipfel mehrere hundert Meter entfernt an der Treppe unterhalb der Zitadelle war von Bäumen befreit worden; dort konnte Kate den Helikopter von Radu Fortuna sehen, an dessen Landekufen ein einsamer Pilot oder Wachsoldat lehnte. Auf dem ganzen oberen Weg in die Zitadelle und am nördlichen Rand der neu aufgebauten Zitadelle entlang konnte man fast zwei Meter große gespitzte Pfähle im Fackelschein erkennen.

Sie rutschte vom Pferd herunter, band es hinter einem Felsblock an einem Ast fest und kroch weiter, um das Schloß mit dem Fernglas zu beobachten.

Einer der Tuben war gesprungen und hatte sich mit Wasser gefüllt, aber der andere vergrößerte die Szene. Von ihrem Beobachtungsposten auf der Spitze über der Zitadelle und etwas nordwestlich davon konnte Kate die Wachen auf der Zugbrücke sehen, die Wachen beim geschäftigen Eingang zur Zitadelle, die Wachen am nördlichen Ende der Zinnen und die Szene auf der am weitesten vom Eingang entfernten Terrasse.

Fackeln spiegelten sich dort flackernd auf Hunderten von Gesichtern und Seidenroben. An der höchsten Stelle der Terrasse war ein Platz geräumt worden, genau an der Stelle, wo Zinnen und die Südwand fast lotrecht dreihundert Meter bis zum Fluß hinabfielen. Dort konnte Kate Vernor Deacon Trent auf einem kleinen Thron am Rand der Zinnen sehen. Der alte Mann trug ein kostbares rotes und schwarzes Gewand und sah wie eine zur Schau gestellte verschrumpelte Mumie aus. Auf diesem freien Platz waren zwei spitze Pflöcke in den Stein eingelassen: einer war unbenützt, Mike O'Rourke war an den anderen gefesselt.

Kate stand das Herz still, als sie ihn sah. Sie hatten Mike in eine Parodie seiner Priesterkleidung gesteckt – schwarze Kleidungsstücke, hoher weißer Kragen, ein Kruzifix aus Dornen, das verkehrt herum an einem Diadem aus Reben hing –, und er trug eine schwarze Augenbinde. Die Hände waren um den Pfahl gebunden.

Radu Fortuna stand vor der Menge und erstrahlte in einem Gewand aus reiner roter Seide, das weitaus prächtiger als das des alten Mannes war. Kate hatte nur Augen für das in Seide gekleidete Bündel auf Fortunas Armen.

Das Fernglas zitterte, sie mußte es auf einem Ast abstützen. Joshuas Gesicht war deutlich zu erkennen; es sah im Feuerschein blaß und fiebrig aus. Auf einem Tisch zwischen Fortuna und O'Rourke standen vier goldene Pokale auf weißem Leinen. Die Gruppe sang leise. Fortuna sagte etwas.

Kate ließ das Fernglas sinken und sah auf die Uhr. 00:05. *Lucian hat gesagt, die Zeitzünder sind auf 00:25 Uhr eingestellt.* Sie war keine hundert Meter von ihrem Kind und ihrem Geliebten entfernt, aber es hätte gut und gerne auch ein Lichtjahr sein können. Wachen der *Strigoi* in Schwarz beobachteten den Zugang, standen auf der Brücke, hüteten den Eingang der Zitadelle und säumten die Menge auf der breiten Terrasse. Die Menge selbst würde sie von der Zeremonie fernhalten. Ihre Uhr sprang auf 00:06.

Kate warf das Fernglas weg, kletterte über den Felsblock und ließ sich in die Spalte hinab, die ihre Kuppe von derjenigen trennte, auf der die Zitadelle stand. Die Felsen waren rutschig. Fünfzehn Meter tiefer verjüngte sich die Spalte zu einem Felsenschlitz, der noch einmal fünfundzwanzig bis dreißig Meter abfiel wie das Innere eines Felsenschlots. Die Breite betrug hier nur eineinhalb Meter, und Kate sah im widerscheinenden Licht der Fackeln von oben einen relativ flachen Felsvorsprung.

Sie überlegte nicht. Sie sprang.

Ihre billigen rumänischen Schuhe glitten über den Fels, und sie stellte fest, daß ihr ein Teil des Absatzes fehlte. *Weggeschossen, als wir die Straßensperre durchbrochen haben.* Sie rutschte auf den schmalen Abgrund zu.

Unter Anwendung einer Technik, die Tom ihr während einer ihrer wenigen gemeinsamen Kletterpartien beigebracht hatte, spreizte sie alle Glieder auf der steilen Felswand, damit ihr ganzer Körper Reibungswiderstand erzeugte.

Sie hörte auf zu rutschen.

Dreißig Meter rechts von ihr ragte die Brücke über die Spalte auf und verband die Treppe auf den Weg zur Zitadelle. Wachen schritten auf den hallenden Holzdielen hin und her.

Kate tastete sich nach rechts und suchte mehr intuitiv als durch Seh- oder Tastsinn Halt für Hände und Füße. Einmal löste sich ein Stein, und sie hielt den Atem an, während Geröll polternd in die Spalte fiel, die an dieser Stelle mindestens neun Meter breit war. Ihr kam das Geräusch der fallenden Steine schrecklich laut vor, aber keiner der Schatten oben auf der Brücke blieb stehen oder rief etwas.

Kate kroch unter die Brücke und kletterte über Stützbalken so dick wie Baumstämme. Sie hätte hinaufklettern können, aber das hätte ihr nichts gebracht. Sie konnte die Schritte der Wachen sechs Meter über sich hören, ebenso den Gesang der *Strigoi*.

Kate kletterte weiter nach rechts und sorgte dafür, daß sie stets mit drei Stellen der Felswand Kontakt hatte, wie Tom es ihr beigebracht hatte, bis die rauhe Felswand auf einmal zu Ende war und sie in das Flußtal selbst hinabsah.

Unter Kates rechtem Fuß fiel die Felswand mehr als dreihundert Meter tief in die Dunkelheit ab. Die Fackeln erhellten nur Bruchstücke der Steinmauer vor ihr, aber sie stellte fest, daß die Südmauer der Zitadelle an dieser Stelle direkt aus der Felswand wuchs.

Dieses Ende des Schlosses war nicht breit, höchstens fünfunddreißig Meter, aber die Mauer war steil, schien an manchen Stellen überzuhängen, und oben auf den Zinnen knisterten Fakkeln. Die Steine hier gehörten zum ursprünglichen Gebäude, sie waren an manchen Stellen erodiert, vom Eis rissig geworden und von Unkraut und stellenweise sogar von kleinen Büschen überwuchert.

Kate sah sofort, wenn sie an einer Stelle dieses Abschnitts abrutschte, würde sie keinen Halt mehr finden, bis sie von der Mauer in die Leere der Schlucht stürzte. Sie sah auf die Uhr.

00:14

*Gerade noch Zeit genug, zum Finale auf die Terrasse zu kommen.*

Sie schüttelte den Kopf. Ohne nach unten zu sehen, tastete sich Kate an der vertikalen Mauer von Schloß Dracula entlang und begann den Aufstieg in einer stetigen, krabbengleichen Weise.

# Kapitel 39

Die Abschlußprüfung von Kates kurzlebiger Bergsteigerausbildung bei Tom war eine Kletterpartie auf den dritten Flatiron gewesen, eine gigantische Kalksteintafel, die über Boulder aufragte wie eine gebrochene, schräggestellte Gehwegplatte. Diese Kletterpartie hatte fast einen ganzen Samstagvormittag erfordert; Kate überlegte sich, daß sie für diesen Aufstieg maximal fünf Minuten Zeit hatte.

Die Schloßmauer wies mehr Möglichkeiten auf, Halt für Hände und Füße zu finden als die Flatirons. Kate glitt weiter nach rechts, wurde manchmal langsamer, hielt aber nie wirklich inne. Sie erinnerte sich von ihren Bergsteigerausflügen mit Tom, wenn sie ihm beim Klettern zugesehen hatte, daß Geschwindigkeit manchmal fehlende Reibung wettmachen konnte, daß man allein durch Schnelligkeit an einer Felswand haften konnte wie eine Fliege, obwohl es nicht genügend Reibungswiderstand gab, um einen Kletterer zu halten, wenn er in seinen Bewegungen innehielt.

Kate hielt nicht inne.

Fünfzehn Meter weiter veränderte sich die Neigung der Mauer und wurde stellenweise tatsächlich vertikal und manchmal noch schlimmer als vertikal. Die Fackeln von oben spendeten etwas Licht, aber was wie ein vielversprechender Halt aussah, entpuppte sich nicht selten als millimeterdünner Absatz bröckelnden Gesteins, ein scheinbar solider Griffpunkt für die Hand erwies sich als Unkraut mit einer Wurzel von vier Zentimetern. Aber Kate arbeitete sich weiter voran, sie kletterte, wenn es sein mußte, um ein Hindernis zu überwinden, und stieg widerwillig tiefer, wenn sie unter einem Überhang hindurch oder einen glatten Abschnitt der Mauer umgehen mußte. Einmal spürte sie, wie die Klinge des albernen kleinen Dolchs ihr in die Seite stach, aber es wäre gefährlich gewesen, den Körper so zu drehen, daß sie das Messer ergreifen und wegwerfen konnte. Sie ließ sich also davon stechen und kletterte weiter.

Es war ein Fehler, daß sie auf halbem Wege dachte, es ginge schneller, wenn sie einem zehn Zentimeter breiten Sims folgte, wo Eis den Stein aufgebrochen hatte. Einen Augenblick schien es schneller zu gehen, aber dann brach der Sims mit einem Geräusch von bröckelndem Sand unter ihr weg, und sie rutschte an der

Wand hinab, ohne auch nur an einer Stelle vollen Kontakt zu haben, ohne Angriffspunkte für die Hände, und die Spitzen ihrer billigen Schuhe rutschten nutzlos über den Stein.

Kate machte die Augen zu und krümmte die Finger zu Klauen. Ihre rechte Hand glitt in eine Spalte, wo ein vergessenes Erdbeben einen Stein um einen Zentimeter versetzt hatte, drei ihrer Fingernägel brachen ab, aber sie ließ die Finger gekrümmt und hielt sich fest, wobei ihr ganzes Gewicht an drei Fingern ihrer gefühllosen rechten Hand hing.

Kate tastete die Wand mit der linken Hand ab, aber sie fand keinen Halt. Ihre Zehen schabten, ohne einen Sims oder eine Vertiefung zu finden, über die Mauer. Dann fiel ihr Toms Technik ein, Zehen und Handflächen festzudrücken und einfach Reibungswiderstand als Ausgleich der Schwerkraft zu erzeugen.

Sie zog die Knie hoch, preßte die Füße an den fast vertikalen Stein, drückte die linke Handfläche fest auf das Gemäuer und konnte so ihre verkrampfte rechte Hand ein wenig entlasten. Sie keuchte inzwischen so laut, daß sie fürchtete, sie würden sie acht Meter weiter oben auf der Terrasse hören, aber sie nahm außer dem Knistern der Fackeln und dem unablässigen Gesang, der jetzt etwas anschwoll, nichts wahr. Sie drehte den Kopf und sah auf die Uhr.

Der Reibungswiderstand würde nicht lange halten. Sechzig Zentimeter rechts von ihrem winzigen Halt ragte ein Stein weiter heraus und bot theoretisch Angriffsfläche für beide Hände. Ritzen einen Meter zwanzig darunter konnten den Füßen als Stütze dienen. Wenn es ihr nur gelingen würde, mit der linken Hand über den Körper zu greifen ...

Sie schaffte es nicht. Jede Bewegung der Handfläche oder des Arms verlagerte das ganze Gewicht wieder auf die schmerzenden Finger der rechten Hand. Ihre Zehen rutschten, und sie hatte nirgends ausreichend Halt, die Füße wieder zu heben. Ihr blieb nur die Möglichkeit, den winzigen Sims loszulassen und zu versuchen, die sechzig Zentimeter nach rechts zu hangeln.

*Eins,* dachte sie, *zwei* ... ihre Beine fingen an zu zittern wie eine Nähmaschine, ihre Finger lösten den Griff ... *scheiß' drauf.* Kate bewegte die Hand, rutschte ab, wahrte mit allen vier Punkten Kontakt, als sie nach rechts krabbelte, rutschte wieder ab ... *zu weit!* ... und erwischte dann einen ›Zehenhalt‹, als sie gerade glaubte, sie würde daran vorbeirutschen. Dieser Schlitz war so breit, daß sie vier Finger in voller Länge zwischen das Gestein schieben konnte. Sie preßte das Kinn gegen die winzige Spalte und schnaufte hinein. Eine Fledermaus schnellte aus dem Loch; die ledrigen Schwingen strichen ihr über das Gesicht. Kate dachte nicht einmal daran, loszulassen.

*Ich könnte eine Minute hier bleiben. Ausruhen.*

*Von wegen. Beweg dich!*

Sie schlug die Augen auf. Noch neun Meter, dann müßte sie sich an der Stelle befinden, wo sie hinwollte, direkt unter dem Rand der Terrasse, wo der Gesang der Zeremonie weiterging. Sie drehte vorsichtig den Kopf und sah auf die Uhr.

00:19. Sie hatte keine Zeit mehr für den Rest des Weges.

*Und wenn meine Uhr nachgeht?* Kate wurde von plötzlichem Kichern geschüttelt, bis sie sich die Nase am linken Handgelenk abwischte und aus ihrer Hysterie erwachte. Ihre Arme zitterten wieder.

Sie sah nach oben, suchte sich eine Route von Riß zu Riß, Stein zu Stein, und fing an zu klettern.

Kate kam keine sechs Meter von der Stelle entfernt über die Mauer, wo sie sein wollte. Aller Augen waren auf Radu Fortuna gerichtet, der Joshua über sich hielt wie eine Opfergabe. Ein *Strigoi* mit schwarzer Kapuze stand neben Mike O'Rourke und hielt dem Ex-Priester eine gekrümmte Klinge an den Hals. Der Gesang war sehr laut.

Kate, die ein Stöhnen nicht unterdrücken konnte, zog sich über den letzten Steinquader und schwang die zerkratzten und blutenden Beine von der Zinne auf einen niedrigen Sims, der an der Innenseite der Mauer entlanglief. Sie gönnte sich keine Zeit, Erleichterung zu verspüren, daß sie die Felswand überwunden hatte.

Köpfe wurden in ihre Richtung gedreht. Der Gesang geriet ein wenig ins Stocken. Aber Radu Fortuna und der Mann, der sich Vernor Deacon Trent nannte, waren so auf die Zeremonie fixiert, daß sie die Köpfe nicht wandten.

Bevor jemand sich bewegen konnte, rannte Kate zu Radu Fortuna. Ihre Beine, die nach der Kletterpartie unsicher waren, hätten beinahe unter ihr nachgegeben, aber sie biß die Zähne zusammen und legte die letzten zehn Schritte im Laufschritt zurück. Sie überlegte nicht, was für einen Anblick sie den versammelten *Strigoi* bieten mußte – eine Frau mit irrem Blick, die über die Schloßmauer geklettert kam, das Gesicht noch von Lucians Blut beschmiert, Hände blutend, Kleidung zerrissen und unordentlich.

Vernor Deacon Trent sah sie als erster, riß die Augen mit den schweren Lidern auf und hob die Hand von der geschnitzten Lehne des Throns; Radu Fortuna sah sie eine Sekunde später.

Nicht rechtzeitig.

Kate stieß Fortuna heftig mit der Schulter an, rammte gegen seinen Brustkasten und hörte, wie die Luft aus seinen Lungen entwich. Er ließ Joshua fallen.

Kate schnappe das Baby und wich zurück. Joshua war nicht viel schwerer als vor seiner Entführung; seine Haut war blaß, die Augen zu weit aufgerissen, zu dunkel, zu ängstlich. Er fing an zu weinen.

Die *Strigoi* standen Reihe an Reihe. Jetzt wurden rote und schwarze Gewänder beiseite gestoßen, Wachen schrien und drängten von der rückwärtigen, fünfzehn Meter entfernten Mauer auf die Terrasse, die Menge stieß Schreie und Verwünschungen aus, Hände griffen nach Kate und dem Baby.

Sie sah auf die Uhr. 00:20.

Kate hastete zu dem niederen Sims zurück, sprang Sekunden, bevor Radu Fortuna sie ergreifen konnte, hinauf und dann sofort auf die Zinnen der Schloßmauer.

Radu Fortuna und die anderen kamen drei Schritte von der Mauer entfernt schlitternd zum Stillstand.

Kate trat gelassen auf die höhere Zinne und hielt Joshua mit beiden Armen über den Rand; die geschwollenen und blutenden Finger hatte sie fest unter seine winzigen Ärmchen gepreßt. Das rote Seidentuch fiel von ihm ab und flatterte im Wind, der an der Schloßmauer heraufwehte.

»Keinen Schritt weiter!« schrie sie. »Oder ich lasse ihn fallen.«

# Kapitel 40

»Verrückte amerikanische Schlampe«, zischte Radu Fortuna, dessen Gesicht so nahe war, daß Kate weißen Speichel in seinen Mundwinkeln erkennen konnte, »Sie können doch nicht allen Ernstes glauben, daß wir Sie und das Kind gehen lassen.«

»Nein«, sagte Kate. Plötzlich war sie vollkommen ruhig. Bis hierher hatten ihre sämtlichen Bemühungen sie geführt. Hier sollte sie sein. Joshua hatte aufgehört zu weinen und strampelte nur sanft in ihren Händen. Seine winzigen Füßchen waren bloß, und sie mußte daran denken, wie oft sie ›Dieses kleine Schweinchen‹ miteinander gespielt hatten, bevor sie ihn zu Bett brachte. Er sah sie mit großen Augen an.

»Geben Sie uns das Kind«, befahl Fortuna und kam noch einen Schritt näher.

»Wenn Sie nicht zurückbleiben«, sagte Kate, »lasse ich ihn fallen.« Sie warf Joshua ein wenig in die Höhe und fing ihn wohlbehalten unter den Ärmchen auf. Aber ein Raunen ging durch die Menge der versammelten *Strigoi*.

Radu Fortuna wich einen Schritt zurück. Die Menge war zu dicht und drängte so sehr nach vorn, daß ihm nicht mehr Raum blieb. Er drehte sich um und sagte wie aus der Pistole geschossen etwas auf rumänisch zu Vernor Deacon Trent. Der alte Mann stieg von seinem Thron und wurde zu einem Gesicht in der Menge.

»Doktor«, sagte Vernor Deacon Trent zu ihr, »dies alles ist vollkommen sinnlos.«

»O nein«, sagte Kate, »ganz und gar nicht.« Sie konnte ihre Uhr nicht sehen. Möglicherweise drei Minuten blieben ihr noch. Nicht genügend Zeit. Aber sie würde weitermachen.

Vernor Deacon Trent zuckte die Achseln. Zwei riesige Leibwächter zupften ihn hastig am Ärmel, als stellte Kates Anwesenheit an sich schon eine Bedrohung dar. »Wenn Sie springen wollen, dann springen Sie«, sagte der alte Mann und wandte sich ab.

Kate fuhr sich mit der Zunge über die rissigen Lippen. »Lassen Sie ihn frei.« Sie nickte in die Richtung, die sie meinte.

Radu Fortuna drehte sich langsam um. »Den Priester?« Er lachte lauthals. »Das alles nur, um Ihren Liebhaber zu retten?« Er spie aus und drehte sich um. Ein Dutzend Wachen der *Strigoi* hatten Gewehre oder automatische Waffen auf Kates Gesicht gerichtet. Wenn sie schossen, würde Joshua mit ihr abstürzen.

Kates Arme, die das Baby über die Dunkelheit hielten, waren sehr müde.

»Lassen Sie ihn frei«, sagte Kate. »Lassen Sie ihn frei, dann komme ich herunter und gebe Ihnen das Kind.«

Radu Fortuna schnaubte höhnisch. »Nein.«

Kate drehte sich um und sah nach unten. Es würde ein langer Sturz werden. Sie drehte das Handgelenk, so daß sie die Uhr sehen konnte. 00:22. Zu spät. Sie fragte sich, ob sie und das Baby etwas spüren würden.

»Ja«, sagte Vernor Deacon Trent mit seiner zitternden Altmännerstimme aus der Menge. »Laßt den Priester frei.«

»*Nu!*« schrie Radu Fortuna. »Ich verbiete es!«

Vernor Deacon Trents Gesicht schien sich vor Kates Augen von etwas Altem und Verbrauchtem zu etwas Mächtigem und nicht völlig Menschlichem zu verwandeln. »*Laßt ihn frei!*« bellte der alte Mann, und dieses Mal war keine Spur von Schwäche aus seiner Stimme herauszuhören.

Radu Fortuna blinzelte, als wäre er geschlagen worden. Er machte eine klägliche Geste zum Henker, der neben O'Rourke an dem Pfahl stand. Das lange Messer schnitt die Fesseln durch, die den Priester festhielten.

O'Rourke nahm die Augenbinde ab, rieb sich die Handgelenke und sah sie an. »Kate, ich werde nicht . . .«

»Halt den Mund, Mike«, sagte sie mit sanfter Stimme. Sonst war nur das Prasseln der Fackeln zu hören. »Geh einfach.«

»Aber ich . . .«

»Geh einfach, Liebling.« Sie nickte zu der Treppe und den Stufen, die vom Schloß hinabführten. »Geh den Weg hinab . . . am Hubschrauber vorbei, ja? Am Hubschrauber vorbei und zu der Kurve, die wir von hier aus sehen können. Wenn du dort bist, nimmst du eine Fackel und winkst damit, damit wir sehen können, daß du unversehrt bist. Dann werde ich ihnen das Baby zurückgeben.«

»So soll es sein«, sagte Radu Fortuna auf englisch und auf rumänisch.

O'Rourke zögerte nur einen Augenblick. Er nickte und stieg wortlos von der Opferstelle, ging um den Tisch mit den Pokalen herum und schritt zwischen den *Strigoi* dahin. Er hinkte, hatte seine Prothese aber eindeutig noch. Die dichte Menge bildete eine Gasse für ihn, eine der Wachen spie aus, als er vorüberging, aber niemand hielt ihn auf.

Kate lehnte sich noch weiter hinaus und hielt das Baby an die Seite. Sollte sich jemand auf sie stürzen, würde er sie beide hinunterstoßen. Joshua fing leise an zu weinen und packte mit den pummeligen Händchen den Stoff ihres Pullovers. Er plapperte Silben, und Kate war sicher, daß sie ›Mommy‹ gehört hatte.

»Geben Sie uns das Kind, dann lassen wir Sie auch gehen«, sagte Radu Fortuna aalglatt und streckte die Arme aus.

Kate suchte nach Vernor Deacon Trent, aber das alte Gesicht war nicht mehr in der Menge zu sehen. »Sie werden mich nicht gehen lassen«, sagte Kate müde.

»*Der Teufel soll dich holen, Weib!*« explodierte Fortuna. »Selbstverständlich werden wir Sie nicht gehen lassen! Ebensowenig wie den verfluchten Priester. Selbst wenn er diesen Berg verläßt, werden wir ihn finden, ihn zurückbringen und sein elendes Blut trinken! *Und jetzt geben Sie mir das Kind!*«

Kate hielt Joshua mit schnurgeraden Armen über den Abgrund. Die Schmerzen zerrten an ihren Muskeln und Schultergelenken, aber die Bewegung sorgte dafür, daß Fortuna mitten in seinem Wortschwall verstummte.

Sie konnte die Uhr sehen. 00:25. Sie schloß die Augen.

Das weiße Licht kam überraschend. Der Lärm war höllisch laut.

Der Bell-Jet-Range-Hubschrauber passierte gerade den Westturm und schien den Ostturm zu streifen; der Suchscheinwerfer war eingeschaltet und blendete die *Strigoi* ebenso wie Kate. Der Helikopter bremste, schwebte seitwärts, als wollte er in der Mitte der *Strigoi*-Menge landen, und scheuchte die Versammlung zur gegenüberliegenden Wand zurück, während der Wind der Rotoren sie mit Staub, Sand und Geröll überschüttete, das von der Terrasse aufgewirbelt wurde. Die Pokale auf dem langen Tisch wurden fortgeweht, rote und weiße Roben flatterten und Tücher wirbelten in die Luft wie Toilettenpapierfahnen bei Sturmwind.

Radu Fortuna kreischte einen Fluch, der im unvorstellbaren Lärm der Rotoren unterging. Wachen versuchten, nach vorne zu stürmen, und verloren im Gedränge der zurückweichenden *Strigoi* die Waffen.

Kate sah ganz flüchtig O'Rourke auf der linken Seite der Stahl- und Plexiglaskuppel des Helikopters, wie er mit verkniffenem Gesicht offenbar heftig mit den Kontrollen beschäftigt war, dann

Gesicht offenbar heftig mit den Kontrollen beschäftigt war, dann hielt sie das Baby mit einem Arm und ruderte mit dem anderen, um das Gleichgewicht nicht zu verlieren, da der Wind der Rotoren sie von der Mauer in die Kluft zu wirbeln drohte.

Radu Fortuna schnellte vorwärts und packte sie am Knöchel. Joshua schrie im Durcheinander von Licht und Lärm.

Der Helikopter drehte, die Landekufen befanden sich keine zwei Meter über Kate, dann bewegte sich die Maschine zur Seite, über die Schlucht hinaus, wie auf einer unsichtbaren Eisschicht. Der Luftzug der Rotoren warf Kate um ein Haar auf Radu Fortuna. Der *Strigoi* schirmte die Augen mit einer Hand ab und zerrte mit der anderen an ihrem Knöchel. Mehrere Wachen drängten durch die Menge.

Der Helikopter schwebte zu Kate zurück, wobei die Maschine schwankte wie ein Ruderboot bei starkem Seegang. Kate duckte sich, als die rechte Kufe an der Stelle vorbeischoß, wo sich vor einer Sekunde noch ihr Kopf befunden hatte. Sie wollte sich aufrichten, duckte sich aber wieder, als die Tür, die O'Rourke an der rechten Seite der Maschine offengelassen hatte, aufschwang und ihr fast den Kopf abgerissen hätte. Rotorenlärm und Wind waren unvorstellbar.

Radu Fortuna fauchte und packte den Kragen ihres Pullovers. Kate drehte sich nicht um, als sie den rechten Ellbogen mit aller Gewalt zurückstieß und ihm zwischen die Zähne rammte. Seine Hand ließ ihren Kragen los.

Kate stand hastig auf, solange die Tür noch offen war, beugte sich über die Leere und legte ihr Baby auf den rechten Sitz. O'Rourke brüllte etwas, das sie nicht hören konnte, nahm die rechte Hand vom Steuerknüppel und hielt Joshua fest, damit dieser nicht wieder hinausrollte, mußte die Hand zu den Kontrollen zurückführen und kippte den Helikopter nach links, damit das Baby nicht ins Freie fiel.

Kate ruderte mit den Armen, bekam das Gleichgewicht nicht wieder und sprang, so fest und weit sie konnte, über den Abgrund hinaus.

# Kapitel 41

Der Helikopter schwenkte schon wieder zum Schloß zurück, und Kate prallte heftig gegen die rechte Kufe, schlang beide Arme darüber, ihr Kinn schnappte nach unten, ihre Brüste fühlten sich an, als hätte jemand mit einem Baseballschläger darauf geschlagen, und sie spürte, wie ihr schlagartig die Luft wegblieb. Sie hielt sich fest.

Die Tür der rechten Seite schwang immer noch auf und zu, während O'Rourke die Kontrollen bediente und versuchte zu schweben, ohne Joshua hinausrollen zu lassen. Der Helikopter drehte nach links. Kate sah über die Schulter und sah im Wirbelsturm von Staub und Geröll, wie die *Strigoi*-Wachen ihre Maschinenpistolen hoben.

*»Nu!«* schrie Radu Fortuna. Er sprang auf die Mauer.

Kate wollte O'Rourke zurufen, er solle nach links steuern, aber der Ex-Priester war offenbar zu sehr damit beschäftigt, die Maschine zu kontrollieren und zu verhindern, daß der Rotor an den Turmzinnen zerschellte. Der Helikopter glitt wie auf unsichtbaren Schienen nach zweieinhalb Meter weiter, Radu Fortuna streckte die Arme nach oben aus, hielt sich an der offenen Tür fest und stieg mühelos auf das Landegestell.

O'Rourke sah nach links, erblickte den Schatten des Mannes, der sich hereinlehnte, und kippte den Helikopter scharf nach links. Kates Finger glitten vom Landegestell ab, aber sie klammerte sich an der Kufe und der Metallstrebe fest, an der die Kufe befestigt war. Unter ihren Füßen stand die vertikale Schloßmauer plötzlich kopf und schien zur Seite zu schwingen, als der Hubschrauber erst in den Sturzflug ging und dann wieder emporstieg, immer ein wenig nach links geneigt, damit Joshua nicht herausfiel.

Kate schwang das Bein auf das Gestell und trat Radu Fortunas Füße unter ihm weg, bevor er in die Kabine einsteigen konnte.

Fortuna stürzte nach vorn und schwang mit der Tür nach außen; seine Füße hingen frei in der Luft. Kate gab ihren sicheren Halt auf, balancierte auf der Kufe nach vorn, als wollte sie eine Rolle vorwärts an einer runden Reckstange machen, und streckte die linke Hand in die offene Kabinentür. Dort befand sich ein Griff, und sie schloß die Hand darum und zog sich auf der schlüpfrigen Kufe auf ein Knie.

O'Rourke hielt den Helikopter zwanzig bis fünfundzwanzig Meter über der Schloßterrasse. Ein Dutzend Gewehre waren auf sie gerichtet, aber wegen Radu Fortuna und dem Baby schoß niemand.

Als der Helikopter aufrecht stand, schwang die Tür nach innen. Fortunas untersetzter Körper wurde gegen Kate geschleudert und drückte sie an den Türrahmen, ließ ihr aber nicht genügend Platz, daß sie sich in die Kabine ziehen konnte, und Fortunas kräftige linke Hand packte sie am Hals und drückte zu.

Sie standen jetzt beide auf der schwankenden Kufe. Ihr Gewicht neigte die Maschine übelkeiterregend nach rechts, Kate spürte, wie Joshuas zierliche Gestalt gegen ihren Rücken kullerte. Wenn sie und Fortuna jetzt abstürzten, würde das Baby ihnen folgen. Sie versuchte, sich aus dem Griff des *Strigoi* zu befreien, aber der Hubschrauber neigte sich nach links, er sackte mit seinem ganzen Gewicht gegen sie und machte die rechte Hand frei, damit er sie richtig würgen konnte. Er drückte die Daumen auf ihre Luftröhre, und Kate wußte, im nächsten Augenblick würde er ihr das Genick brechen.

Der Helikopter schwankte leicht, ihre Körper lösten sich ein wenig voneinander, Kate zog den Dolch der Zigeunerin aus dem Gürtel und trieb ihn durch Fortunas flatternde Kleidung in seinen Magen.

Die Klinge drang nicht tief ein; Kates Bewegungsfähigkeit war zu eingeschränkt, Fortunas Kleidung zu dick. Aber Schmerz und Schock verhinderten, daß Fortuna die Daumen ganz um ihren Hals legen konnte. Kate ließ den Griff an der Innenseite der Tür los und bohrte die Klinge tiefer; sie wußte genau, wo sich das größte Bündel Nervenfasern befand.

Radu Fortuna schrie auf, nahm die Hände von ihrem Hals, entwand ihr das Messer und zog es aus der flachen Schnittwunde. O'Rourke neigte die schwebende Maschine genau im richtigen Augenblick nach links. Kate beugte sich, soweit es ging, über Joshuas kreischende Gestalt über den Sitz zurück, zog die Beine hoch und stieß Fortuna von der Kufe.

Sie schwang die Beine hinein, drückte das Baby fest an die Sitzlehne, lehnte sich zur flatternden Tür hinaus und verfolgte Fortunas Sturz. Mehrere hundert weiße Gesichter sahen aus schwarzen und roten Kapuzen zu ihnen herauf, während der kleine Mann, der mit den Armen ruderte und die Beine anmutig wie ein Fallschirmspringer ausgestreckt hatte, zwei vollständige Saltos in der

Luft schlug und dann mit dem Gesicht nach oben und ausgestreckten Gliedmaßen die letzten fünfzehn Meter fiel. Direkt auf den Pfahl, der für Kate vorgesehen war.

Die Menge der *Strigoi* hob die Hände, als Blut auf ihre Gewänder und Gesichter spritzte. Zwei der Wachen feuerten kurze Salven.

»Hoch!« schrie Kate und schlug die Tür zu. »Höher!« Ihre Uhr zeigte 00:26 und dreißig Sekunden.

Etwas prallte hinter ihnen gegen das Fahrgestell, aber O'Rourke drehte etwas an dem Steuerknüppel in seiner rechten Hand, legte mit der linken einen Schalter um, trat auf Ruderpedale, und dann heulte der Motor des Jet-Ranger höher auf. Sie neigten sich nach links und stiegen in die Höhe, weg von der Zitadelle und dem Mündungsfeuer.

Kate sah nach unten, stellte fest, daß sich das Schloß jetzt auf der anderen Seite befand, sah etwas Dunkles tief unten – *wie eine riesige Fledermaus* –, dessen Schatten einen winzigen Moment über den Fluß wanderte, und dann hob sie wieder den Arm, sah auf die Uhr und brüllte über das Dröhnen des Motors hinweg O'Rourke an: »Wie spät ist es?«

Er sah sie ungläubig an. »Du erwartest von mir, daß ich die Hand vom Steuerknüppel nehme, um dir zu sagen . . .«

»*Verdammt noch mal, wie spät ist es?*« kreischte sie und stellte fest, daß sie sich selbst in ihren Ohren ein wenig hysterisch anhörte.

O'Rourke blinzelte, nahm die linke Hand eine Sekunde von den Kontrollen und sagte: »Nach meiner Uhr ist es null Uhr fünfundzw . . .«

Unter ihnen, rings um sie herum, explodierte die Welt.

# Kapitel 42

Im letzten Augenblick riß O'Rourke den noch steigenden Helikopter herum, der Schockwelle entgegen, und das rettete ihnen wahrscheinlich das Leben. Sie wurden nicht vom Himmel gefegt wie ein fliehendes Insekt, statt dessen stieg der Bell-Jet-Ranger auf der Druckwelle empor wie ein Blatt auf einem Feuersturm. Der Flug verlief vertikal und schneller als jeder Fahrstuhl, an den sich Kate erinnern konnte, und den Anblick unter ihnen würde sie so schnell nicht vergessen.

Die Zitadelle Poenari – Schloß Dracula – explodierte an mehreren Stellen gleichzeitig, gigantische Flammenpilze schossen dreihundert Meter über die Felszinne hinaus, auf der das Schloß erbaut war. Weitere Explosionen erfolgten in den Wäldern, auf der Treppe, der Wiese, wo der Helikopter gestanden hatte, und der Treppe zum Tal tief unten. Eine Sekunde später schien eine zweite Folge von Explosionen in der Felswand selbst zu erfolgen.

Der Westturm der Zitadelle wurde zu einer Milliarde Trümmern, die dem erblühenden orangefarbenen Feuerball vorausflogen, aber der Ostturm schien wie ein mittelalterliches Space Shuttle emporzusteigen – der größte Teil der oberen Zinnen schien noch unversehrt zu sein und auf einer Feuersäule zu balancieren. Dann wurde diese Illusion zerstört, als sich der Turm in zehn Tonnen schwere Bruchstücke auflöste, die auf die schreienden *Strigoi* auf der Terrasse stürzten. Die Terrasse selbst wurde von Explosionen erschüttert, die hundert Meter lange Flammenzungen über das Tal des Flusses hinauslodern ließen.

Wenn noch menschliche Gestalten auf den östlichen und nördlichen Abschnitten der Felsspitze verblieben, so waren diese nicht zu sehen, als weitere Explosionen Risse in die wenigen erhaltenen Steine und Mauerteile schlugen. Die Terrasse des Schlosses löste sich von den Trümmern des Hauptgebäudes und stürzte dreihundert Meter tief in das Tal hinab; die Staubwolke verdichtete Rauch und Staub noch, die die gesamte Breite der Schlucht erfüllten.

Die Bäume in einem Umkreis von hundert Metern um die einstige Zitadelle waren in Flammen aufgegangen, das Feuer loderte binnen Sekunden zu den Kronen hinauf, ein gewaltiger Wind schien die Stämme hin- und herzupeitschen wie Grashalme.

Das alles sah Kate in den wenigen Sekunden ihrer vertikalen

Fahrstuhlfahrt. Sie drückte den schreienden Joshua fester an sich, als der Helikopter den Scheitelpunkt seines Bogens erreichte und sich anschickte, senkrecht in die Feuersbrunst hinabzustürzen. Da sie keinen Sicherheitsgurt angelegt hatte, schnellten sie und das Baby zehn Zentimeter vom Sitz hoch, als der Helikopter den Zenit erreichte.

»Festhalten!« rief O'Rourke sinnloserweise, dann riß er den Knüppel in der Hand scharf nach links, trat auf das rechte Ruderpedal und öffnete den Schub weit. Das Dröhnen der Jet-Turbinen wurde lauter als die Explosionen und Erdrutsche sechshundert Meter unter ihnen.

Sie konnten die Maschine in der Höhe von vierhundertfünfzig Metern über den brennenden Ruinen der Zitadelle nicht abfangen, und O'Rourke versuchte es augenscheinlich auch gar nicht. Er senkte den Bug des Helikopters und begann einen Sturzflug in die Schlucht hinab. Die Turbine heulte noch lauter, Alarmsignale leuchteten an der Konsole vor ihm und Kate auf, und der Wind rüttelte an der nicht richtig geschlossenen Tür, Zentimeter von Joshuas Gesicht entfernt. Kate drückte das Baby fest an sich und beobachtete, wie ihnen der Fluß mit erschreckender Geschwindigkeit entgegengerast kam.

O'Rourke trat mit seinem gesunden Bein und der Prothese fest auf die Pedale, umklammerte den Steuerknüppel mit beiden Händen und fing den unruhigen, heulenden Sturzflug der Maschine langsam ab. Kate spürte die Hitze des brennenden Berges, als sie daran vorbeischossen, dann rasten die Wände der Schlucht auf beiden Seiten vorbei, und der Fluß nahm die gesamte rußverschmierte Windschutzscheibe vor ihnen ein. Kate machte eine Sekunde die Augen zu.

Als sie sie wieder aufschlug, flogen sie zehn Meter über dem Argeş in südlicher Richtung dahin. Kate sah Lastwagen und Lichter links am Flußufer und stellte fest, daß das die Stelle war, wo sie den Unfall mit dem Dacia gehabt hatten. Die Stelle, wo sie Lucian zurückgelassen hatte. Sie machte die Augen wieder zu. *Lebewohl, mein Freund. Keine Waisenkinder werden mehr dazu mißbraucht werden, den Durst der* Strigoi *zu stillen.* Joshua regte sich in ihren Armen, und sie tätschelte dem Baby den Rücken. *Und mit etwas Glück ... nur etwas Glück ... wird es keine Babys mit AIDS mehr geben.*

O'Rourke löschte die Alarmzeichen eines nach dem anderen, indem er Schalter an der Konsole zwischen ihnen drückte. Er sah nach rechts. »Alles in Ordnung?«

Kate wollte antworten, aber dann fing sie statt dessen an zu lachen. Sie hob die freie Hand, um das Lachen zu unterdrücken, was aber nur damit endete, daß sie in die Handfläche prustete und kicherte. O'Rourke runzelte einen Moment die Stirn, dann fing er selbst an zu lachen!

Als sie wieder aufhören konnten, nahm Kate das Baby in den rechten Arm und berührte seine Schulter mit der linken Hand. »Werden sie uns jetzt abschießen? Die Luftwaffe zum Beispiel?«

O'Rourke ließ den Steuerknüppel einen Moment los, nahm einen Kopfhörer von einer Halterung und streifte ihn über den Kopf. Er klopfte auf das Mikrofon, dann hob er den rechten Ohrhörer. »Nein, das glaube ich nicht. Rumänien besitzt eine Luftwaffe, die nachts nicht gerne fliegt.« Er legte Schalter an der Konsole um, worauf sie ein Piepsen aus den Kopfhörern neben sich hören konnte. O'Rourke deutete darauf, und sie streifte sie über.

»Hörst du mich jetzt besser?« fragte er. Das Heulen der Maschinen und der Lärm der Rotoren waren jetzt fern, seine Stimme klang deutlich im Kopfhörer.

Sie nickte.

Er schwenkte nach rechts und stieg über den Vorgebirgen höher. Kate stellte fest, daß sie bereits die gesamte Strecke zurückgelegt hatten, für die sie und Lucian Stunden durch die transsilvanischen Berge zwischen Rîmnícu Vîlcea und Curtea de Argeş gefahren waren. Sie ließ sich in den Sitz zurücksinken, fand einen Schultergurt und schnallte sich an. Joshua atmete unbeschwert und war am Eindösen. Kate schüttelte den Kopf.

»Diese Art Hubschrauber ist mit einem Transponder ausgestattet«, sagte O'Rourke über Bordfunk. »Ich vermute, niemand in ganz Rumänien würde sich mit diesem Hubschrauber einlassen, selbst wenn wir die Hauptstadt überfliegen würden.« Sie stiegen weiter in die Höhe. Hohe Gipfel waren vor ihnen zu sehen, aber sie befanden sich schon höher als die schneebedeckten Bergkuppen.

»Haben wir genügend Treibstoff, damit wir hier rauskommen?« fragte sie in das kleine Mikrofon. O'Rourke wußte, daß sie mit ›hier‹ Rumänien meinte.

Er lächelte ihr zu. Sein Auge war immer noch fast zugeschwollen und der Mund nach den Schlägen, die sie ihm verabreicht hatten, eine aufgedunsene Masse, aber er sah glücklich aus. »Wenn wir auch nur den leisesten Rückenwind haben, reicht der Treibstoff aus, daß wir im Zentrum von Budapest landen können«, sagte er. »Welche Seite des Flusses ziehst du vor, Buda oder Pest?«

»Deine Entscheidung«, flüsterte Kate in das Mikrofon. »Ich habe genügend Entscheidungen für einen einzigen Tag getroffen.«

O'Rourke nickte und konzentrierte sich auf die Kontrollen.

»Mike«, sagte sie eine Minute später. Sie wiegte Joshua sanft und spürte den warmen Atem des Kindes an der Wange. »Lucian ist tot.«

»Das tut mir leid«, sagte er. »Möchtest du darüber reden? Und wie hast du alles geschafft?«

»Bald«, sagte Kate. »Aber sag mir vorher etwas ... weißt du etwas über Lucians Mentor?«

»Mentor? Nein.« Seine Stimme klang verwirrt.

»Du warst es nicht?«

»Nein, Kate.«

Sie strich dem Baby mit der Hand über den Kopf. Sein Haar war gewachsen. Er bildete Speichelbläschen im Schlaf. *Neues Heilmittel bei Cholik,* dachte sie unsinnigerweise. *Nehmen Sie das Baby auf einen Hubschrauberflug mit.* »Könnte es die Kirche gewesen sein ... die Lucians Kampf gegen die *Strigoi* finanzierte, meine ich?«

O'Rourke dachte eine Weile nach. »Nein, das glaube ich nicht. Ich glaube, ich hätte davon gehört, wenn die Kirche aktiv in so etwas verwickelt gewesen wäre. Die Kirche konnte all die Jahre nichts Besseres tun, als die Opfer zu versorgen. Es tut mir leid, Kate ... ist das mit dem Mentor sehr wichtig?«

»Wahrscheinlich nicht«, sagte Kate. Sie flogen jetzt durch vereinzelte Wolken und stiegen immer noch höher. Die Lichter der Instrumente waren rot. O'Rourke machte sich an etwas zu schaffen, dann ging eine Heizung an. Kate fand das Geräusch und das Gefühl der warmen Luft beruhigend, als wäre sie wieder ein Kind, das mit seinen Eltern auf einer nächtlichen Fahrt mit dem Auto unterwegs war, während die Heizlüftung leise blies. Obwohl noch Adrenalin durch ihren Körper gepumpt wurde, fühlte sich sich ein wenig schläfrig.

»Aber wir müssen über etwas Wichtiges reden«, sagte sie. Das ›uns‹ fügte sie nicht hinzu.

O'Rourke nickte. Sie sah in seine Richtung und stellte fest, daß er ihr zulächelte. »Ich freue mich darauf, darüber zu reden«, sagte er leise.

Joshua gab eines der vage beunruhigten Geräusche von sich,

die Babys machen, wenn sie träumen, und Kate wiegte ihn sanft. Plötzlich kamen sie aus der Wolkenschicht heraus, und ihr schien, als wäre die Oberfläche der Wolken ein Meer und sie ein Unterseeboot, das zur Oberfläche stieg ... und darüber hinaus. Die Wolken leuchteten unter ihnen in jeder Richtung, soweit das Auge reichte. Hier war nichts von Grenzen, von Nationen, von der Dunkelheit zu spüren, die unter diesen Wolken lag. Es hätte Kate nichts ausgemacht, eine Zeitlang über diesen Wolken zu bleiben. Sie wiegte das Baby, gurrte ganz leise und sah zum Fenster hinaus, als sie in den Horizontalflug übergingen und Richtung Nordwesten flogen.

»Ich habe den Rückenwind, den wir brauchen«, sagte O'Rourke. »Und ich bin ziemlich sicher, daß das NavStar-System korrekt funktioniert. Wir werden einen Teil der Strecke dem Lauf der Donau folgen.«

Kate nickte zerstreut. Sie hatte gerade festgestellt, wie hell die Sterne am mondlosen Himmel strahlten – so hell, daß sie die Oberseite der Wolken in einen milchigen Ozean subtiler Weißtöne verwandelten.

O'Rourke hielt den Steuerknüppel jetzt mit der linken Hand und drehte mit der rechten an der Skala des Funkgeräts. Als er den Kanal gefunden hatte, den er wollte, streckte sie den Arm aus und ergriff zärtlich seine Hand.

Wortlos und händchenhaltend flogen sie unter dem Baldachin der Sterne nach Westen.

# *Epilog*

*Als sie 1932 mein Grab auf der Insel Şnagov öffneten, stellten sie fest, daß es leer war. Im Winter des Jahres 1476 hatte ich den Thron von Transsilvanien für kurze Zeit zurückerobert, aber meine Feinde waren Legion, und sie gaben ihre Bemühungen nicht auf, bis ich tot war.*

*In jenem Winter wurde ich, von zahlenmäßig überlegenen Feinden umzingelt, von denen, die meinen Kopf wollten, in die Sümpfe bei Şnagov zurückgetrieben. Statt meines Kopfes fanden sie dort in den Sümpfen meinen geköpften und verstümmelten Leichnam. Sie identifizierten mich anhand meiner königlichen Kleidung und des Siegelrings mit dem Zeichen des Ordens der Drachen an meinem Finger.*

*Ich hatte nur einen getreuen Bojaren auf meiner Flucht in die Sümpfe mitgenommen. Dieser war treu, aber nicht besonders klug. Er hatte ungefähr meine Größe und Figur.*

*Es war das erste Mal, daß ich Transsilvanien mit einem meiner Söhne verließ. Es sollte nicht das letzte Mal sein.*

*Ich muß zugeben, ich war nicht sicher, ob ich bis zum Ende in der Zitadelle bleiben würde. Am Morgen, als sie mir die schwerfälligen Gewänder anzogen und mit der Maschine nach Süden flogen, beschloß ich, daß ich bleiben würde. Ich war sehr müde. Wenn mein Körper nicht freiwillig sterben wollte, würde ich ihm auf andere Weise Frieden geben.*

*Aber als die Frau auftauchte, gefiel mir die Ironie der Situation. Ich vermutete, daß der junge Lucian seinen Befehlen zuwider gehandelt und eingegriffen hatte, um sie zu retten. Ich hatte es halb erwartet. Manchmal ist es am besten, wenn man das Schicksal die letzte Karte ausspielen läßt.*

*Ich hatte Lucian nur die beiden Male getroffen, als ich ihn in die Vereinigten Staaten brachte, damit er seine Anweisungen bekam, aber ich werde ihn nicht vergessen. Zuerst weigerte sich der Junge zu glauben, daß er einer meiner Söhne war, aber ich zeigte ihm Fotos von seiner Mutter, die selbstverständlich aufgenommen wurden, bevor sie vor mir floh und in ihre Heimat zurückkehrte. Ich zeigte Lucian die Dokumente, die bewiesen, daß es Radu Fortuna war, der seine leibliche Mutter getötet und ihn in ein Waisenhaus gebracht hatte. Ich sagte ihm, er habe großes Glück gehabt, da die meisten reinen* Strigoi*-Paare ihre normalen Kinder töteten.*

*Lucians Eifer war ausgesprochen dienlich. Er trat dem Orden des Drachen bei. Er zweifelte nie an meinen Motiven, die Familie zu säubern, indem wir die dekadenten Zweige ausrotteten. Er verstand meine aufrich-*

*tigen Motive, eine wissenschaftliche Lösung für die Krankheit der Familie zu finden.*

*Was auch ein Grund gewesen sein mag, weshalb ich nicht bis zum letzten Akt blieb. Am Morgen der Zeremonie hatte ich mir selbst das Serum injiziert, das die Ärztin von so weit her gebracht und schließlich doch in Sighișoara verloren hatte. Am Abend konnte ich die Veränderungen bereits spüren. Es war wie das Sakrament, aber ohne die hormonellen Amokläufe, die mich im Lauf der Jahrhunderte so sehr ermüdet hatten. Als diese alberne Frau sich über die Brustwehr unserer Zitadelle zog, fühlte ich mich Jahrhunderte jünger. Die lang empfundene Abscheu vor dem, was Radu Fortuna und seinesgleichen meiner Familie angetan hatten – ganz zu schweigen von den Menschen meiner Nation –, brannte in meinen Eingeweiden wie Flammen reinsten Zorns, wie ich ihn seit vielen Jahren nicht mehr empfunden hatte.*

*Daher beschloß ich zuletzt, doch nicht bis zum Ende zu bleiben.*

*Die Dobrins schleusten mich durch die Menge zu dem geheimen Ausgang im Keller des Hauptsaals. Der deutsche Fahrstuhl, den ich dort hatte einbauen lassen, funktionierte so reibungslos wie alles deutscher Fabrikation. Ich muß zugeben, ich dachte an die Tonnen Sprengstoff, die in den Mauern verborgen waren, durch die wir abwärts fuhren. Ich dachte an die tschechischen, ungarischen und deutschen Ingenieure, die die Ladungen im Lauf der vergangenen zwei Jahre für mich angebracht hatten, und deren Gebeine inzwischen unter dem frischen Mörtel dort begraben lagen. Der Ironie des Ganzen konnte man sich auch kaum entziehen, aber die Zeit wurde knapp, und die Angst der Dobrins gestattete mir nicht, den Sinn eines altes Mannes für Ironie voll auszukosten.*

*Dieses Mal warteten keine Pferde in der Höhle, nur ein Golfwagen und der dritte Dobrin-Bruder. Es dauerte keine Minute, den gekachelten Tunnel zum Fluß entlangzufahren, aber uns blieben auch nur ein oder zwei Minuten.*

*Der schwarze Helikopter OH-6 Loach wartete dort, wo ich es befohlen hatte, die Maschinen waren warmgelaufen, die Rotoren drehten sich, der vierte Dobrin saß an den Kontrollen. Innerhalb von dreißig Sekunden waren wir gestartet. Dennoch wäre es um ein Haar zu spät gewesen. Über uns explodierte der gesamte Berg, während wir Richtung Sighișoara und der Heimat flogen. Ich muß gestehen, mir haben Feuerwerke immer gefallen, und dies war wahrscheinlich die beste Vorstellung, die ich je gesehen habe.*

*In den Wochen und Monaten seit jener Nacht konnte ich feststellen, daß das Hämoglobinsubstitut noch andere Nebenwirkungen hat, abgesehen davon, daß es meine Fähigkeit, das Leben zu genießen, erneuert. Es reduziert meine Träume fast auf Null. Das ist keine unerwünschte Nebenwirkung.*

*Ich mußte an mein Kind denken, das in dieser Nacht weggebracht wurde. Anfangs spielte ich mit dem Gedanken, ihn zurückzuholen und so großzuziehen, wie ich Vlad und Mihnea großgezogen hatte. Aber dann überlegte ich mir, welches Potential er birgt, und ich beschloß, daß die Ärztin ihn großziehen und von ihm lernen sollte.*

*In meinem langen Leben bin ich häufig eine Quelle des Schreckens für mein Volk und meine Diener gewesen. Heute weiß ich, daß es mir gefallen hätte, der Erlöser meines Volkes zu sein. Vielleicht gelingt es mir durch dieses Kind . . . nur vielleicht.*

*Inzwischen denke ich darüber nach, in die Staaten zurückzukehren, zumindest in den zivilisierten Teil von Europa, damit ich näher an den Laboratorien bin, wo mein Hämoglobinsubstitut hergestellt wird. In letzter Zeit denke ich darüber nach, daß Japan ein Land ist, wo ich mich noch nie aufgehalten habe. Ein faszinierendes Land, so voll Energie und Geschäftigkeit, die das Blut des Lebens sind, von dem ich mich heute ernähre.*

*Vorläufig habe ich den Gedanken aufgegeben, bald zu sterben. Diese Wunschvorstellungen waren die Folge von Krankheit, Alter und Alpträumen. Jetzt habe ich keine Alpträume mehr.*

*Vielleicht werde ich ewig leben.*

# *Danksagung*

Der Autor möchte gerne folgenden Personen für ihre unschätzbare Hilfe bei der Vorbereitung auf diesen Roman danken:

*In Rumänien:*

Mein aufrichtiger Dank gilt dem Dichter Emil Manu und seiner Frau und Familie für ihre wunderbare Gastfreundschaft. Besonderer Dank geht an Lucian und Joanne Manu für ihre Freundschaft, Einsichten und für einen Blick in das Bukarest, das die meisten Touristen nicht zu sehen bekommen. Außerdem ein aufrichtiges *multumesc foarte mult* an Marius vom ONT und Ana Manole und deren Schwester im Dorf Ciofringeni für ihre Freundlichkeit Fremden gegenüber.

*In den USA:*

Ich möchte Gahan Wilson für eine angenehme Unterhaltung beim Essen und für eine Kopie seines 1977 im *Playboy* erschienenen Artikels ›Dracula Country‹ danken. Er war die beste Hilfe, das wirkliche Schloß Dracula zu finden. Mein Dank gilt auch Keith Neightenhelser von der Depauw University, weil er mich mit den Forschungen von Robert Cochran und Laszlo Kurti über die ›Politik des Witzes‹ in Rumänien und Osteuropa vertraut gemacht hat. Außerdem möchte ich mich bei Dana Gall für den Rumänischunterricht und bei Rodica Varna dafür bedanken, daß sie mich von einem Hotel in Bukarest fernhielt, dessen Mauern unter Beschuß geraten waren.

Ein ganz besonderer Dank gebührt Byron Preiss und Richard Curtis, die mich überhaupt erst dazu gebracht haben, über Dracula zu schreiben. Und Dank gebührt Chris Pepe bei Putnam für ihre Geduld und Begeisterung.

*In den USA, Rumänien, Ungarn und Österreich:*

Ein unzulängliches, aber aufrichtiges Dankeschön an Claudia Logerquist für ihre Forschungen, linguistischen Fähigkeiten, ihre Vitalität, Tapferkeit und ihren Sinn für Abenteuer.

Zuletzt möchte ich nicht verschweigen, daß ich tief in der Schuld von Radu R. Florescu und Raymont T. McNally stehe, den Verfassern von *Dracula: Prince of Many Faces, In Search Of Dracula* und zahlreichen anderen Büchern. Ihre Schriften haben fast im Alleingang das Interesse am historischen Vlad Dracula neu geweckt, und ich möchte ihre Bücher dem interessierten Leser empfehlen. (Ein Hinweis allerdings für den ernsthaften Dracula-Sucher – die Legende unter der Fotografie der einzigen existierenden Büste von Vlad Țepeș auf S. 170 von *Dracula: Prince of Many Faceș* behauptet, daß diese Büste im Dorf Copitineni (*sic*) zu finden sei. In Wahrheit befindet sich diese Büste aber nicht im Schatten von Schloß Dracula in Căpățineni, sondern gegenüber des alten Palastgeländes in Tîrgoviște, rund hundert Kilometer entfernt.)

Dank für die Forschungen dieser Männer und anderer Gelehrter. Ich kann sagen, daß alle Erinnerungen, die ich Vlad Dracula in diesem Buch zuschreibe, möglicherweise mit Ausnahme des Sakraments, der Wahrheit entsprechen.